여왕벌

QUEEN BEES
by SIÂN EVANS

여왕벌
QUEEN
BEES

세상을 쥐락펴락한 레이디 인플루언서들

시안 에번스 지음 정미현 옮김

나의 아버지, 데이비드 뮤리그 에번스에게

등장인물

낸시 애스터 Lady Nancy Astor (1879~1964)

결혼 전 이름은 낸시 위처 랭혼. 미국 버지니아주 출신이다. 열정적으로 정치계를 일군 개척자이자 강경한 태도를 고수한 금주가였다.

시빌 콜팩스 Lady Sibyl Colefax (1874~1950)

결혼 전 이름은 시빌 할시. 주변에 위인과 호인을 열심히 불러 모은 인맥 수집가이자 성공한 인테리어 디자이너였다.

로라 메이 코리건 Mrs Laura Mae Corrigan (1879~1948)

결혼 전 이름은 로라 휘트록. 위스콘신주 출신으로, 남들의 냉대나 속물적인 태도에 휘둘리는 법이 없던 그녀는 재미난 말장난의 귀재였고 제2차 세계 대전 당시 성대한 파티를 주도한 사교계 유명인이었다.

에메랄드 커나드 Lady Emerald Cunard (1872~1948)

결혼 전 이름은 모드 앨리스 버크. 미국 샌프란시스코 출신인 커나드는 번득이는 재치로 문화계 상류층을 사로잡았고 에드워드 8세의 퇴위 과정에서 결정적인 역할을 했다.

마거릿 그레빌 Dame Margaret Greville (1863~1942)
일명 〈로니 부인〉, 결혼 전 이름은 마거릿 헬렌 앤더슨. 스코틀랜드 백만장자의 사생아로 태어나 마키아벨리식 수법으로 여러 왕족과 정치인의 환심을 사고자 했다.

이디스 런던데리 Lady Edith Londonderry (1878~1959)
결혼 전 이름은 이디스 채플린. 런던 사교계의 유명 인사이자, 발목에 있는 뱀 문신을 뽐내곤 하던 열정적인 여성 인권 운동가였다.

들어가며

삶은 곧 한 판의 파티다. 시작한 후 합류하고 파장 전
에 떠나게 된다.

엘사 맥스웰*

양차 세계 대전 사이에 다양한 출신의 열정적이고 야망 있는
여성들이 각자 넘치는 매력과 지성과 재력을 십분 활용해 영국
사회의 상류층에 스며들어 영향력을 발휘했다. 이 걸출한 사교
계 유력 인사들은 정계, 왕실, 연극계, 과학계, 예술계 등 다양
한 분야의 〈유명인〉과 관계를 구축해 자기만의 〈세트〉**를 만
들고자 했고, 공개 토론장이나 다름없는 이곳으로 당대에 가장
빛을 발하는 중요 인물들을 불러 모았다.
   그중에도 빅토리아 시대에 태어난 특별한 〈여왕벌〉 6명은
영국 역사에 지대한 영향을 미쳤다. 제1차 세계 대전으로 인한

   * Elsa Maxwell(1883~1963). 미국의 가십 칼럼니스트, 작가, 작사가, 극
작가. 당대의 왕족과 상류층을 위한 파티를 열어 명성을 얻은 사교계 유명 인사다.
본문의 각주는 옮긴이의 주로, 원주는 미주로 달았다.
   ** 공동의 관심사나 이익을 중심으로 자주 어울리는 이들의 집단을 뜻한다.
이후 클리브덴 세트 등이 등장한다.

사회 혁명의 덕을 본 그들은 이전이었으면 넘지 못했을 장벽을 통과해 최상위 사교계에 진입했다. 다들 정치, 사회, 문화계 최상류층을 집중 공략하는 독자적인 유력 인사로 자신을 재창조하는 역량을 발휘했다. 대외적으로 이름을 떨칠 정식 기회가 제한돼 있던 시대에 이들처럼 수완 좋고 활동적인 여성들은 영향력 있는 사교계 실세라는 자리를 업으로 삼기로 했다.

그들은 흥겹고 편안한 분위기의 연회장처럼 꾸민 저택에서 호화롭고 즐거운 환대를 베풀어 당대에 두각을 나타내며 활동하는 사람들을 의도적으로 끌어모았다. 브라이트 영 싱스* 무리가 벌이는 허튼 짓거리부터 에드워드 8세의 퇴위, 뮌헨 협정에 이르기까지 여러 사건 사고에 개입하며 전간기에 다방면으로 크나큰 영향을 미쳤다.

유사 이래 자신의 권위과 매력, 인맥, 유머 감각을 무기 삼아 사회에 영향력을 행사하고자 열을 올린 여성들은 늘 있었다. 그들은 여왕이건, 한 집안의 안주인이건, 귀족이건, 문인이건 간에 자신이나 가족, 친구의 이익을 도모해 자신의 뜻한 바를 이루거나 지적, 문화적 자극을 충족했다. 사교계 여성 실세들은 〈소프트 파워〉**를 이용하여 각계의 유명인, 희대의 악동,

---

* 1920년대 런던의 타블로이드 신문이 자유분방한 삶을 살던 젊은 귀족과 사교계 인사들에게 붙인 별명. 화려한 코스튬 파티를 열고 야밤에 런던을 활보하며 보물찾기를 하고 술과 약물에 취한 이들의 삶을 언론이 열광적으로 취재했다. 이들을 다룬 소설로는 에블린 워의 『타락한 사람들*Vile Bodies*』이 있고, 이를 각색해서 만든 영화 「브라이트 영 싱스」(2003)도 나왔다.

** 군사력이나 경제 제재 등 물리적 힘인 하드 파워에 대응하는 개념이다. 강제력보다는 매력을 통해, 명령이 아닌 자발적 동의로 얻어지는 능력을 말한다.

비범한 인재, 미남, 미녀, 부자 들을 불러 모았고 이 화려한 인맥의 후광에 힘입어 자신들의 관심사와 재능을 꽃피울 수 있는 자기만의 세계를 구축했다. 호화로운 응접실과 우아한 거실은 그들만의 리그가 벌어지는 집결지이자 흙수저 출신의 똑똑한 젊은이들을 키워 주고 피후견인과 협력자들의 이익을 꾀하는 곳이었으며, 중매가 이뤄지고 작당 모의와 뒷담화가 오가는 아지트이자 연줄 좋은 지인에게 넌지시 정보를 흘리고 경쟁자들에 관해 상스러운 소리를 늘어놓는 장소였다.

이 책에 등장하는 전간기의 여왕벌들은 출신 배경이 제각각이었다. 6명 중 3명, 낸시 애스터, 로라 코리건, 에메랄드 커나드는 미국 태생이었으며 그중 애스터만 상류층 출신으로 칠 수 있다. 동시대에 자웅을 겨룬 영국 태생의 여왕벌들은 시빌 콜팩스, 이디스 런던데리, 마거릿 그레빌이었고 그중 런던데리만 명문가 출신이었다. 6명은 다양한 출신 배경이었음에도 하나같이 계급 사다리를 오르는 과정에서 과단성 있고 야심만만한 〈출세주의자〉 같은 면모를 드러냈다. 다들 애초에 결혼을 발판 삼아 영국 사회의 권력층에 안착했으며, 일단 〈이름〉을 알린 후 지성과 재치와 수완을 한껏 발휘해 자신의 열정을 좇아갔다.

그들은 활동 영역이 달랐지만 어울리는 지인들이 종종 겹칠 수밖에 없었고 경쟁 구도가 생기기도 했다. 낸시 애스터와 이디스 런던데리는 힘 있고 부유한 직업 정치인과 결혼해 귀족 사회에 입성한 케이스였다. 두 사람은 정치적으로 보수주의인 집안에서 자랐으나 나중에는 자기 나름의 급진적인 사회적 이상을 키워 나갔으며, 자신의 목표를 달성하고자 인맥을 동원하고 설득력을 발휘해 큰 성과를 이뤄 냈다.

커나드와 콜팩스는 양차 대전 사이에 영국, 미국, 유럽 전역에서 전성기를 구가하던 미술계, 음악계, 문학계에 애정을 쏟았다. 시빌 콜팩스와 (나중에는 에메랄드 커나드로 불리길 원한) 모드 커나드는 지식인과 유명 인사를 연회장에 끌어들이기 위해 서로 불꽃 튀는 경쟁을 벌였으며, 훗날 영국 왕실에 극적인 결과를 불러올 에드워드 8세와 심프슨 부인의 열애를 부추기기도 했다.

한편 〈매기〉나 〈로니 부인〉으로도 알려진 마거릿 그레빌은 왕실의 보수파 인사들과 막역한 사이였는데 히틀러나 〈브라운 셔츠〉*에 대한 호기심과 애초에 잘못된 팬심 때문에 복잡한 국제 정치판에 얽혀 들게 되었다. 그레빌과 완전 앙숙이자 사교계 라이벌인 로라 코리건은 사교 모임에서 실수나 일삼는 물 건너온 경박한 부잣집 마나님으로 입방아에 올랐다. 마치 브라이트 영 싱스를 위해 화려한 것들로 가득한 색다른 파티를 주최하는 일이 유일한 존재 이유라도 되는 양 서커스 단장처럼 굴며 자신의 판타지를 충족시켰다. 그러나 코리건은 제2차 세계 대전 당시 나치 점령하의 파리에 남아 숱한 위험을 감수하면서 상당 금액의 재산을 헌납해 자선 활동을 지원하는 등 모두의 예상을 깬 용감한 행보를 보였다.

런던 사교계의 여왕벌들은 조건 좋은 결혼을 통해 부를 얻었고 결과적으로 신분 상승의 기회까지 거머쥔 셈이다. 19세

* 히틀러 지휘하의 나치 돌격대원.

기에 존재했던 엄격한 계급 구분이 제1차 세계 대전 이후에는 확연히 약해지면서 이 여성들이 영향력 있는 위치에 오를 수 있는 분위기가 조성되었다. 자연스레 그 시대의 수많은 여성은 자신과 남편의 사회적 지위에 따라 대규모 행사를 주도해야 했다. 마거릿의 기 센 시어머니 바이올렛 그레빌의 표현을 빌려 〈커틀릿에는 커틀릿으로〉 응수하는 식의 접대가 오갔다. 그런데 이 책에서 살펴보는 등장인물 6명은 특별한 이들을 지인으로 곁에 포진시키는 일을 일생일대의 과업으로 삼았으며 자기 휘하에서 연을 맺어야 한다고 느낀 다양한 사람을 한데 불러 모았다. 그들은 다 남을 위해서라는 명분을 곧잘 내세웠지만 여왕벌들도 각기 당대의 가장 탐나는 인물들을 자기 집으로 불러들여 약간의 반사 이익도 누렸다는 결론은 비켜 갈 수 없다.

확실한 건 이들 6명이 불안정한 유년기나 불행한 경험에 영향을 받았다는 사실이다. 이디스 런던데리와 모드 커나드는 어린 시절에 부모를 여의었다. 시빌 콜팩스는 늘 불안정했던 어머니가 아버지와 관계가 소원했기 때문에 어릴 적에 친척들 집을 전전하거나, 인도와 영국을 왔다 갔다 하거나, 비수기의 콘티넨털 리조트에서 근근이 버티며 지냈다. 마거릿 그레빌은 자기 인생에 사생아라는 낙인이 먹장구름처럼 드리워 있음을 절감하면서 에든버러의 외딴 하숙집에서 어린 시절을 보냈다. 미국 중서부 시골의 흙수저 집안 출신인 로라 메이 코리건은 언젠가 금수저들을 자기 마음대로 조종하겠노라 치기 어린 다짐을 했다. 낸시 애스터는 아버지가 남북 전쟁 이후 가족의 재산을 되찾았으나 세상 든든해 보이던 재정 상황도 한순간에 휘청일 수 있음을 절실히 깨달았고, 어린 나이에 알코올 의존자와 결혼했던 경험으로 훗날까지 크고 작은 영향을 받게 되었다.

이렇게 어린 시절을 보낸 6명은 성인이 되었을 때 자기만의 사교계, 다시 말해 자신이 어느 정도 통제할 수 있는 친구와 지인 집단을 만들고자 했다. 그들은 좋은 집안과 결혼하는 것이 얼마나 중요한지 잘 알았다. 각자 만난 배우자는 비록 성격이 잘 맞지 않더라도 평생 파트너십을 유지하며 필요한 부분을 채워 줄 능력이 되는 이들이었다.

이 여성들은 정규 교육을 충분히 받지 못했지만 머리가 좋았고 호기심이 많았으며 대개 독학으로 배움을 채웠다. 제1차 세계 대전 종전 후 처음으로 여성이 전문적 직업에 발을 들여놓을 수 있었던 시점과 맞물려 이들 중 몇몇은 집을 벗어나 스스로 길을 개척해 나가면서 세간의 주목을 받는 롤 모델로 등극했다. 6명 중 가장 연장자인 마거릿 그레빌은 영악한 여성 사업가이자 영국 최고의 부자로 꼽혔는데 쉰다섯 살이 된 1918년에야 비로소 여성에게 총선 투표권이 주어지는 시대를 맞았다. 낸시 애스터는 육 남매를 키웠고 마흔 살이 된 1919년에 플리머스 선거구 관할 국회 의원으로 선출되었다. 가장 젊은 로라 메이 코리건이 1922년에 런던에서 매력 공세를 펼치기 시작한 시점은 그의 나이 마흔세 살 때였다. 이들 모두 인생에서 가장 맹위를 떨치기 시작한 시기가 이미 한창 원숙한 나이에 접어든 후였다.

낸시 애스터, 마거릿 그레빌, 이디스 런던데리는 활동 영역이 굉장히 넓었다. 당대의 유명 인사였던 이들은 각지를 돌아다녔고 미국, 인도, 유럽에서 황금 인맥을 구축했다. 그들은 정부와 의회에 상당한 영향력을 행사하면서 직접 본보기가 되어 여성이 전통적으로 부여된 것 이상의 직업과 역할을 수행할 수 있음을 입증했다. 그들의 다양한 활동은 왕실과 귀족은 물론 국제 관계에도 영향을 미쳤다. 애스터와 런던데리는 모든 계층의 여성이 더 나은 삶을 살 수 있도록 영향력을 발휘했다. 가령 18세 미만 주류 판매 금지법 등 여성 권익 보호를 위한 법안 도입에 힘썼고, 국가에서 자금을 지원하는 전문 산파를 제공해 산모와 영아 사망률을 낮췄으며, 여성 부대Women's Legion를 후원해 여성이 가정 밖에서도 일할 수 있음을 증명했다. 한편으로 에메랄드 커나드, 시빌 콜팩스, 로라 코리건은 도움이 절실한 곳에 후원과 격려를 아끼지 않아 영국의 문화계가 질적, 양적으로 발전하는 데 이바지했다. 노골적으로 속물근성을 드러내고 부자들하고만 어울리는 것으로 악명 높았던 그레빌조차 근 40년간 꾸준히 장학금 지원 사업을 진행해 집안 형편이 좋지 않지만 꿈이 있는 청년들이 야간 학교에 다니며 전문 자격을 취득하도록 도왔다.

전간기에 활약한 여왕벌 6명은 영국 역사의 틀을 만드는 데 일조했다. 그들은 힘과 끈기와 결단력이 있었다. 물론 권력층과의 친분이나 과시용 인맥 수집을 즐기는 면모도 있긴 했다. 그들의 손님 접대는 가히 전설적이었다. 무엇보다도 그들은 훌륭한 친구였고, 격이 다른 파티를 주관할 줄 아는 전문가였다. 동시대에 활동한 정치인 오즈월드 모즐리는 자서전에 이런 평을 남겼다. 〈어마어마한 즐거움이 가득했다. 최고로 명석한 사람들이 최고로 아름다운 사람들과 만났으니, 바로 그것이 진정한 사교계 아니겠는가.〉[1]

차례

1장
태생

장차 영국 사교계를 주무르게 될 여왕벌 6명은 빅토리아 시대의 절정기인 1863년부터 1879년 사이에 태어났다. 당시 시대적 상황과 다양한 성장 배경이 그들을 빚은 모체이긴 하나, 이 6명의 여성은 번뜩이는 지혜로 자신을 재창조하여 결국 태생을 초월한 삶을 살았다는 점에서 동시대인들과 확연히 차별화된다.

이들 중 최연장자인 마거릿 그레빌은 1863년 12월 20일, 런던 세인트존스우드의 외딴 셋집에서 태어났다. 마거릿의 부모라고 주장하는 윌리엄 앤더슨과 헬렌 앤더슨은 딱히 대단할 것 없는 혈통의 스코틀랜드인이었는데, 헬렌의 아이가 태어났을 때는 원래 그들이 살던 에든버러에서 멀리까지 와 있었다. 출생 기록을 처리한 호적 담당관은 당연히 두 사람을 부부로 여겼지만 사실상 헬렌과 윌리엄은 우연히 성이 같았고, 고용주가 같았던 것 외에는 아무 관계도 아니었다. 윌리엄은 아기를 합법적으로 호적에 올리고 헬렌이 미혼모라는 오명을 벗기 위해 공들여 꾸민 음모에 연루된 공모자였다.

헬렌 앤더슨은 1860년대 초에 에든버러에서 변변찮은 하녀 신분으로 살았다. 그러다 양조업을 하는 미혼의 사업가 윌리엄 매큐언의 정부가 되었고 1863년에 임신한 사실을 알게 되었다. 매큐언의 양조장에는 지하실 책임자로 일하는 믿을 만한 직원 윌리엄 머레이 앤더슨이 있었는데, 그는 이미 결혼해서 가정을 꾸린 남자였다. 그런 그가 곤경에 빠진 헬렌을 도와줄 용의가 있다고 해서 이 두 스코틀랜드인은 런던으로 거처를 옮겨 부부인 척하며 함께 출산을 기다렸다. 출생 신고를 하고 이듬해 1864년 4월에 유아 세례까지 마친 후 윌리엄 앤더슨은 처자식이 있는 에든버러의 집으로 돌아가서 1890년대 중반까지 매큐언의 양조장에 계속 근무했다. 아무래도 매큐언이 이 모종의 사기 행각에 자금을 댔고, 차후에 헬렌 앤더슨이 스코틀랜드로 돌아왔을 때 런던에서 남편이 아내와 어린 딸을 남겨 두고 세상을 떠난 뒤 음전한 미망인으로 귀향한 상황이 연출된 것 같다. 기록이 별로 남아 있지 않지만 1868년경 앤더슨 부인은 매큐언이 자금을 댄 것으로 추정되는 사업체인 에든버러 이스트메이트랜드 스트리트의 하숙집을 운영하고 있었다. 당시 헬렌 모녀가 에든버러의 파운틴브리지 102번지에 살았는데 이 집은 윌리엄 앤더슨이 사는 107번지의 길 건너에 있었다. 이들 모두 매큐언의 양조장에서 일하며 누가 봐도 사이좋은 이웃으로 지냈다.

어린 마거릿의 실제 태생을 두고 에든버러 사람들이 적잖이 수군댔지만 매큐언은 그에 아랑곳할 필요가 없는 재력가였다. 그의 개인 회계 장부를 보면 향후 20여 년간 〈앤더슨 부인〉에게 한 번씩 꽤 후한 금액을 보냈다는 것을 알 수 있다. 어린 마거릿의 교육비는 물론, 무용 수업비도 대주었다. 그러다 센

트럴 에든버러 지역구 자유당 의원과 든든한 연줄을 자랑하는 엄청난 거부에, 평생 독신으로 살 것 같았던 매큐언이 쉰여덟이던 1885년에 돌연 결혼을 발표했다. 상대는 시내에서 딸과 함께 하숙집을 운영하는 마흔여덟의 덕망 있는 미망인 앤더슨 부인이었다. 이 소식에 그 지역의 상류층 인사들은 눈살을 찌푸리며 언짢아했다. 언론에서는 앤더슨 양을 매큐언의 〈의붓딸〉로 언급하는 데 매번 아주 조심스러워했다. 갓 결혼한 매큐언 부부와 마거릿은 이내 런던으로 터를 옮기면서 비난의 눈초리를 보내는 스코틀랜드인의 레이더망에서 벗어났다. 마거릿은 말년에 친구들에게 이런 점잖은 충고를 건넸다.

「절대로 닮았니 어쩌니 운운하지 말게.」

윌리엄 매큐언은 공식적으로 마거릿을 입양한 적은 없었으나 그의 〈의붓딸〉이 자신의 어마어마한 재산 대부분을 상속받을 것이라고 주변에 운을 띄웠으며 마거릿을 런던 사교계에 입성시켰다. 그는 최상류층의 세계에 살면서 추밀 고문관 신분으로 많은 고위 공직자와 지주 가문을 알고 지냈다. 그리고 나중에 에드워드 7세가 되는 황태자의 측근과 친구들이 포진한 말버러 하우스 세트*와도 가깝게 지냈다. 방종한 생활을 즐기는 황태자는 자수성가한 백만장자들에게 재정적 조언을 구하고 비공식적으로 돈을 빌리는 일에 일말의 거리낌 없는 위인이었다.

젊은 여성의 결혼식은 일생에서 가장 중요한 날로 꼽혔다. 입신출세에 뜻이 있는 야망가라면 탐나는 상대의 마음을 사로

* 황태자 앨버트 에드워드의 궁을 중심으로 모이던 남녀의 사교 모임이다. 런던의 말버러 하우스가 주 활동 무대였다.

잡기 위해 자신이 가진 무기는 뭐든 써먹어야 했고, 결혼 적령기의 젊은 여성이 내놓을 만한 가장 매력적인 카드 중에는 부모나 후원자나 보호자에게 물려받은 상당한 재산도 있었다. 마거릿 앤더슨의 경우 이 세 가지 역할을 매큐언이 겸하고 있던 셈이다. 그는 마거릿을 좋은 집안과 결혼시켜 딸의 장래를 든든히 지켜주고 싶은 마음이 간절했다. 귀족이라는 타이틀은 〈거래〉의 묘를 발휘해 부를 축적한 야망 있는 집안으로서는 굉장히 탐낼 만한 목표물이었다. 마침맞게도, 영국의 상류층 중에는 가문의 얼이 깃든 가보와 너른 토지를 지키려면 당장 급전이 필요한 집안이 수두룩했다. 결과적으로, 남들이 우러러볼 작위를 물려받게 될 아들과 빳빳한 신권을 원 없이 쓸 수 있는 딸을 둔 부모들 사이에서 신중하게 혼담이 오가거나 은연중에 혼사가 장려되는 경우가 많았다. 신분 상승의 사다리를 급히 기어오르는 과정에서 생기는 어떤 마찰도 돈이라는 찜질제로 달래면 백발백중 누그러졌다.

매큐언 부부와 20대에 접어든 마거릿 앤더슨은 1880년대 후반에 런던의 체스터필드 가든스 4번지로 이사했다. 같은 거리의 7번지에는 그레빌 경 내외가 살고 있었다. 그레빌 경은 글래드스턴 총리의 보좌관을 역임했고, 매큐언처럼 자유당 측 상류층과 알고 지냈다. 가까이 살던 두 집안이 친분을 맺게 되었다. 대령 로널드 헨리 풀크 그레빌, 또는 친구들 사이에 로니로 통하는 그레빌가의 장남이자 상속자는 꽤 탐나는 결혼 상대자로 꼽혔다. 성격이 느긋하고, 매력이 넘치고, 잘생기고, 경마를 좋아하고, 황태자와 절친하게 지내는 이였다. 그레빌 가문은 지위도 높고 아일랜드에 어마어마한 대지를 소유하고 있었음에도 연중 내내 현금이 부족했다. 황태자와 어울려 지내며 돈을 펑펑 써대는 말버러 하우스 세트 내에서 로니가 계속 체면 유지를 하려면 부유한 아내를 찾는 게 급선무였다.

하지만 바로 길 건너에 사는 마거릿 앤더슨은 로니 그레빌의 제1지망이 아니었다. 로니가 쫓아다닌 여자는 부유하고 아름다우며 성격 좋은 미국인 버지니아 대니얼 보닝이었다. 버지니아의 양아버지인 윌리엄 보닝이 캘리포니아주 금광 채광업자이자 금융업자이며 딸에게 4백만 달러 상당의 지참금을 쥐여주었다는 사실이 그녀의 매력을 배가시켰다. 불행히도 이 시기에 윌리엄 보닝은 이전 동업자 존 맥케이와 장기간에 걸쳐 지독한 보복 전쟁을 벌이던 중이었고, 이 싸움은 대서양을 사이에 둔 양 대륙에서 너무나 추악하고 악명 높은 사건으로 유명했다. 두 사람의 아내들에 관한 음해성 내용이 의도적으로 언론에 실렸고 주인공들의 입을 통해 런던의 사교 모임에 퍼지기도 했는데, 두 집안 사이의 문제는 1891년 1월 샌프란시스코의 은행에서 벌어진 격렬한 주먹다짐으로 정점을 찍었다. 이 소소한 접전이 언론에서는 대놓고 오락거리처럼 보도되었다.

보닝의 시선이 돌아가 있을 때 맥케이가 일격을 가했다. 그러자 상황이 시작됐다. 의자가 엎어지고 잉크 통이 날아가면서 벽면에 기다란 까만 줄무늬를 남겼다. 심심찮게 벌어지는 개싸움 한 판이었다. 행장 헤일먼이 〈이보십쇼! 선생님들! 이건 절대 용납 못 합니다!〉하고 소리쳤다.[1]

구혼에 쏟은 시간이 2년이었는데도 그레빌 내외는 이 결혼을 진행하지 않기로 했다. 로니는 버지니아처럼 부유한 양아버지를 두었으되 속 시끄럽지 않은 집안 배경을 가진 다른 신붓감을 물색하기로 다짐했다. 더구나 그에게 필요한 아내는 나중에 에드워드 7세가 될 황태자 주변의 다소 퇴폐적으로 어울리던 무리 사이에서 잘 살아남을 만한 사람이었다. 로니는 바로 지척에 사는 완벽한 짝을 발견했다. 백만장자의 사생아로 태어나 에든버러의 하숙집에서 자란 마거릿 앤더슨은 지체 높은 이들을 매료시키고 접대할 줄도 알면서 입 무겁게 비밀을 지킬 줄도 아는 여자였다. 샌프란시스코에서 주먹다짐이 벌어지고 정확히 3개월 후 마거릿은 로니와 결혼했다.

짐작건대 그레빌 부부는 미래의 며느리가 셀커크 출신의 사망한 막노동꾼의 외동딸이 아니라는 것쯤은 알았을 것이다. 1860년대 중반, 날짜도 정확하지 않은 어느 날 런던에서 세상을 떠난 그 사내는 마거릿의 진짜 부모를 감추려고 꾸며 낸 이야기 속 인물이었다. 그레빌가에서는 집안의 장남이자 상속자를 자기네 계층보다 한참 아래인 사람과 결혼하도록 허락하진 않았을 것이다. 마거릿이 정통 귀족peerage 계급의 일원은 아니었어도 〈양조업자beerage〉* 집안 중에서는 단연 눈에 띄었다. 자수성가한 사업가들의 딸은 재정난에 처한 지체 높은 가문으로 시집가곤 했다. 1891년 4월 25일에 로니와 마거릿의 결혼식이 성대하게 치러졌고 두 사람의 결혼 생활은 더없이 만족스러

* 영국 귀족을 경멸 조로 이르는 말이기도 하다. 영국 귀족 중에 양조업자가 많은 데서 유래한다.

였다. 로니는 매기에게 상류 사회로 진출할 기회를 주었다. 로니가 군에 몸담고 있을 때부터 절친했던 조지 케펠은 아름다운 스코틀랜드 여인 앨리스와 결혼했다. 그레빌가와 케펠가는 집안끼리 돈독해졌다. 앨리스는 훗날 에드워드 7세가 될 이의 사랑을 한몸에 받는 정부가 되었고, 그레빌 부부는 그의 최측근 집단에 들어가게 되었다. 향락을 즐기고 멋 부리기를 좋아하는 로니에게 매기는 메이페어의 호화로운 저택을 포함한 풍족한 생활뿐만 아니라 경마나 자동차 경주 같은 취미를 마음껏 즐길 기회를 안겨 주는 존재였다. 그사이 마거릿은 〈로니 부인〉이라는 다소 도발적인 이름으로 자신을 칭하면서 런던의 파티장에서 알아주는 사교계 실세로 입지를 굳히기 시작했다.

두 사람이 결혼하자 마거릿은 로니를 설득해 근위 기병 연대에서 장교로 임관한 후 정치계에 입문하게 했다. 로니는 친구 윈스턴 처칠의 지지를 얻어 1896년에 브래드퍼드 이스트에서 보수당 의원으로 선출되었고 10년 동안 선거구를 대표했다. 마거릿은 익히 아버지의 활동을 봐 왔던 터라 정치인들과 어울리는 데 익숙해졌다. 정치판이 그녀의 마키아벨리적인 성향을 끌어낸 셈이다. A. J. 밸푸어 총리가 그녀의 화법을 〈달콤한 독약 같은 것〉이라고 평할 정도였다.[2] 마거릿은 남편과 달리 야망이 컸고 권력에 가까이 있겠다는 의지가 강했다. 마거릿의 대녀 소니아가 보기에도 대모는 분명 무시무시한 사람이었다.

어느 시대에 태어났더라도 매기는 눈에 띄었을 것이다. 세상 물정에 밝은 나이 든 스코틀랜드인 양조업자의 딸로 자란 그녀는 아주 어린 시절부터 아버지의 사업에 관심을 가져 모든 사업 과정과 경영의 복잡한 사항에 통달했고, 결국 스스로 사업 감각을 발휘해 이사회의 한 자리를 차지했다. 권력을 향한 그녀의 사랑은 한결같았다. 어린 시절에는 에든버러에 있는 아버지의 사무실에서 홀짝홀짝 한 모금씩 권력의 맛을 봤고, 나중에는 (아버지의 돈을 뒷배로 두고) 유럽의 상류 사회에서 사교계를 휘돌며 권력을 음미했다. …… 그녀는 아버지의 절친한 친구이자 그레빌 경의 장남인 로니 그레빌과 결혼했다. 그는 매력적이지만 야망이라곤 없었으며 그녀가 다정한 손길로 어떤 모양으로든 마음대로 주무를 수 있는 남자였다. …… 자식이 생기지 않자 그녀는 (가급적 왕좌 곁을 고수하며) 다시 권력을 좇기 시작했고 정치 로비를 통해 로니를 자기 뜻대로 이끌었다.[3]

젊은 마거릿 헬렌 앤더슨은 로널드 그레빌과 화려한 결혼 생활을 하며 자신을 완전히 다른 사람으로 빚어냈다. 그녀는 인생의 암울한 초창기를 넘어서서 진짜 태생을 둘러싼 억측을 초연히 극복한 후 사회적 지위를 갖춘 중요한 여성이 되었다. 1891년에 결혼 직후 새롭게 태어난 마거릿 그레빌이 전문 통신 매체에서 제공하는 자신에 관한 언론 기사를 스크랩하기 시작했다는 사실에 주목할 만하다. 이는 마치 그녀의 삶이 새롭게 시작되었다는 의미 같았다. 이제 그녀는 스스로 이름을 드날릴 준비가 되어 있었다.

✢

훗날 콜팩스 부인이 되는 시빌은 1874년 12월 4일에 윔블던에 있는 이모부 소유의 집에서 태어났다. 이모부 월터 배젓은 저명한 언론인이자 수필가, 『이코노미스트』의 편집장, 『영국 헌정 *The English Constitution*』의 저자였다. 시빌의 아버지 윌리엄 할시가 파견 근무지인 인도로 돌아갔을 때 시빌이 태어났다. 1875년에 윌리엄의 아내 소피와 갓 태어난 딸이 칸푸르에 있던 윌리엄과 함께 지내게 되면서 시빌은 어린 시절을 인도에서 보냈다. 시빌은 열한 살 위인 오빠 윌리, 열 살 위인 언니 에델이 있었지만 둘 다 잉글랜드의 기숙 학교에서 지냈던 터라 사실상 외동딸처럼 자랐다. 하지만 유년기는 행복하지 않았다. 부모님은 근본적으로 잘 맞지 않는 사이였고 결혼 생활은 바람 잘 날이 없었다. 시빌은 자신의 유년기를 간단명료하게 이런 식으로 표현했다. 〈아버지는 일을 했고, 어머니는 눈물을 흘렸고, 나는 아무것도 모른 채 바닥에 앉아 놀았다.〉[4]

시빌이 여섯 살이 될 때까지 어머니와 시빌은 인도와 유럽을 끊임없이 오가며 살았다. 여름에는 혹서를 피하기 위해 심라에서 지냈는데, 그곳에서 시빌은 라호르의 예술 학교 교장이자 박물관 관장인 록우드 키플링을 만났다. 수많은 〈대영 제국의 아이들〉처럼 키플링의 자녀 러디어드와 트릭스도 둘 다 잉글랜드에서 학교에 다녀서 키플링은 늘 자식을 그리워했다. 똑똑한데 왠지 쓸쓸해 보이는 어린 소녀에게 마음이 간 키플링은 이 아이가 예술과 문학에 눈을 뜨도록 이끌어 주었고, 이렇게 시빌은 평생 키플링가와 친분을 유지하게 되었다.

　시빌은 강렬한 색채와 소리와 냄새로 가득한 인도의 감각적인 활기를 맛본 후 1880년에 어머니와 런던으로 돌아왔으나 춥고 투박하고 단색투성이인 런던이 너무도 싫었다. 소피는 런던에 도착하자마자 〈빅토리아 이모들〉로 알려진 기 센 자기 자매들 수중에 딸을 던져두고는 모피 코트를 휘날리며 모험을 찾아 유럽으로 달아나 버렸다. 다행히도 시빌을 매일 돌보는 일은 시빌의 외할머니 시중을 들던 메리 조던이라는 하녀의 몫이었다. 어린 시빌에게 따스하고 안전하며 사랑 가득한 둥지가 되어 준 메리는 시빌의 부모가 주지 못한 사랑을 채워 주는 존재였다. 시빌은 친척 대부분을 〈불쾌한〉 사람들이라 평하며 기회가 있을 때마다 다른 데서 친구를 만나 깊은 우정을 다졌다. 그녀는 가족을 복불복 같은 존재라고 보면서 안목만 있다면 누구든 자기만의 집단을 만들 수 있다고 생각했다.

　소피는 1880년 크리스마스에 유럽에서 돌아와 삼 남매를 데리고 윔블던 커먼의 언니네 집으로 들어갔다. 이즈음 시빌은 예술적인 런던의 언저리쯤을 맛본 차였다. 알고 지내던 이들 중에 윌리엄 모리스*의 딸 메이 모리스, 화가 에드워드 번 존스와 조르지아나**의 딸 마거릿 번 존스가 있었다. 이모 중 한 명인 에밀리 배링턴은 〈멜버리 로드의 에게리아〉로 알려져

　* 영국의 화가이자 공예가, 건축가, 디자이너, 시인, 사상가. 미술 공예 운동을 주도한 최초의 공예 운동가이자 디자인 분야의 기초를 다진 인물이다.
　** 번 존스는 라파엘로 전파의 대표자 중 한 명인 화가이자 디자이너다. 벽화를 그리는 로제티에게 회화를 배웠는데 모리스도 함께 제자로 있었다. 아내 조르지아나도 화가이자 조각가다.

있었는데 로마의 왕에게 조언을 해주던 고대 신화의 님프 같은 사람이었다. 에밀리는 미술 공부를 하려고 왕립 미술원에 들어가려던 뜻을 이루지 못해 한이 맺혔는지 마치 나비 연구가가 수집을 하듯 유명한 화가와 조각가를 집요하게 쫓아다녔다. 1879년에 에밀리는 남편 러셀, 남편과 사별한 언니 엘리자와 함께 켄싱턴 멜버리 로드의 집을 한 채 구입했다. 그곳은 바로 화가이자 조각가인 조지 프레더릭 와츠의 옆집이었고, 저명한 화가 홀먼 헌트와 프레더릭 레이턴 남작의 집에서도 지척이었다. 에밀리는 20여 년간 웨스트런던의 엘리트 예술가들을 줄기차게 따라다녔다. 화실에서 작업 중인 와츠를 찾아가는 건 예사였고, 언니와의 친분을 이용해 레이턴 경을 붙들고 이야기를 늘어놓곤 했다. 시빌은 멜버리 로드의 이모 집을 자주 들러 에밀리 이모가 집요하게 명사들을 쫓아다니는 모습을 곁에서 보며 유명인이 모이는 문화 살롱을 만들어 가는 과정을 체험 학습으로 익혔다. 고생스럽더라도 유명인과 안면을 트는 자체는 불가능한 일이 아니었지만 잘나가는 사교계 인사라면 자신의 목표 대상이 그들과 비슷한 부류와 어울리거나 (가급적) 지위나 업적 면에서 우위에 있는 부류를 만날 수 있는 호의적이고 마음 편한 환경을 만들 필요가 있었다.

　시빌의 가족은 여전히 아슬아슬한 관계로 지냈다. 1882년 12월에 시빌의 어머니 소피가 잠깐 인도로 돌아갔는데 떠나기 직전까지 시빌에게 일정을 알리지도 않았다. 시빌이 말년에 쓴 글에 〈열차가 움직이기 시작하자 난생처음 슬픔의 격통이란 걸 감지했다. 버림받았다는 느낌은 심지어 오늘도 그 감각이 되살아날 정도다〉라는 내용이 있다.[5] 기숙 학교로 보내진 시빌은 처음으로 또래 친구들이 생겨 학교생활을 즐기고 있었으나 변덕스러운 어머니 소피가 이내 마음을 바꿔 시빌을 집에서 공부시키려고 프랑스인 입주 가정 교사를 들였다. 다행히도 가정 교사 비고트 양은 젊고 활기 넘치는 여성이었다. 시빌은 이제 음악회나 연극 공연에 데려가 줄 동행이자 보호자가 생긴 덕에 문화적 지평을 넓힐 기회가 많아졌다.

1889년에 시빌의 부모와 삼 남매는 워릭 가든스에서 거북하게 한집 살림을 다시 시작했다. 아버지 윌리엄은 1883년에 인도 파견 공무직에서 은퇴했고 이후 호주로 가서 큰돈을 벌 요량이었으나 허탕만 치고 돌아왔다. 인도에서 수십 년을 보낸 그는 영국 생활에 다시 적응하기 힘들어했다. 해외 주재민들이 고국에 돌아와 흔히들 겪는 문제였다. 소피는 시빌을 대동해 유럽 전역을 여행 다니며 어떻게든 남편을 피해 다녔다. 두 모녀는 프렌치 리비에라의 외진 싸구려 호텔에서 빠듯한 예산을 조금씩 아껴 쓰며 숱한 겨울을 났다.

1894년 봄, 소피가 드디어 피렌체에 가기로 마음먹었다. 이는 딸의 인생에 일대 전환을 불러올 결정이었다. 무기력한 소피는 오전에 좀처럼 침대에서 벗어나지 않으려 한 반면, 혼자 있기를 좋아하는 열아홉의 시빌은 르네상스의 도시를 탐험하며 걸어 다니느라 오전 나절을 보냈다. 다행히도 피렌체를 방문한 나이 지긋한 영국인 몇몇이 보호자처럼 시빌을 데리고 다녔다. 피렌체를 〈구경〉 중이던 그들은 피렌체의 예술, 문화, 건축에 특히 관심이 많았다. 이 영국인 무리에는 작가 리턴 스트레이치, 화가 겸 비평가 로저 프라이와 그의 아내, 미술 감정가 허버트 혼, 박식한 미술사가 버나드 베런슨이 포함돼 있었다. 그들은 토스카나의 시골에서 목가적인 소풍을 즐기고 두오모와 우피치, 미술관과 팔라초*를 돌아다니는 내내 자신의 이론과 새롭게 발견한 사실과 좋아하는 예술가들에 대해 이야기 꽃을 피웠다. 시빌은 이 여정에 흠뻑 빠져들었다.

> 나의 피렌체 친구들과 어울리기 시작하자 모든 게 달라졌다. 그들은 내게 세상을 향한 문을 활짝 열어 보였다. …… 마지막으로 한 번만 더 그 봄날의 피렌체에서 토스카나의 언덕에 앉아서 하고픈 것들이 있다. 이 책 저 책을 들춰 보는 것. 박식함이 넘치며 흥겹고 때론 실없기도 한 매혹적인 대화를 듣는 것. …… 처음으로 내가 진짜 어른들 틈에 있음을 깨달았다. 그 시절 그 친구들에게, 그 첫 경험에 나는 은혜 입은 게 많다.[6]

시빌이 창의적이고 교양 있는 사람들을 향해 평생 열렬한 애정을 보낸 것을 감안하면 아서 콜팩스를 남편으로 택한 것이 처음에는 다소 뜬금없어 보인다. 시빌이 스물두 살, 아서가 서른한 살이던 1897년 5월에 두 사람이 만났다. 아서는 요크셔주 출신의 논리적이고 과묵한 남자로, 뜬구름 잡는 일은 탐탁지 않아 하는 부류였다. 반면에 시빌은 독특한 예술적 취향과 연극적 소질이 배어나는 재치 있는 말솜씨를 선보였다. 아서는

---

* 중세 이탈리아의 도시 국가 시대에 세워진 관청이나 귀족의 저택.

고전 문법 학교를 나와 옥스퍼드 대학교에서 장학금을 받으며 자연 과학을 공부했고 1등급 우등 학위를 받았다. 그리고 스트라스부르에서 박사 과정을 마쳤다. 그곳에서 독일어에 능통하게 되었는데 빅토리아 시대의 영국인 중에 독일어가 유창한 사람은 꽤 드물었다. 아서의 첫사랑은 법학이었지만, 신중하게 고민한 끝에 교수로서 규칙적인 생활과 확실한 수입을 보장받는 길을 선택했다가 뜻밖에도 법학 장학금 소식을 듣게 되어 진짜 적성을 찾아갈 수 있었다. 그는 1894년에 변호사 자격을 취득한 후 언어 능력과 과학적 배경지식을 활용해 국제 특허법을 전문으로 하는 법정 변호사로서 성공적으로 경력을 쌓아갔다.

아서와 시빌은 1901년에 약혼했다. 시빌에게 아서는 그녀가 어린 시절에 곁에 둔 적이 없던 견실하고 믿음직한 사람의 표본이었다. 갓 결혼한 콜팩스 부부는 품위 있다는 평을 들었지만 부유한 편은 아니었다. 들쑥날쑥한 아서의 수입은 결혼생활 내내 부부의 걱정거리였다. 그들은 1901년 7월에 나이츠브리지에서 결혼식을 하고 서머싯으로 신혼여행을 갔다가 사우스켄싱턴의 온슬로 스퀘어 85번지로 돌아왔다. 이 집은 향후 18년간 두 사람의 보금자리가 되었다. 남의 집을 전전하며 살던 불안정한 성장기를 거친 시빌에게 드디어 자기 집이 생긴 것이다. 바로 이곳에서 처음으로 특유의 솜씨를 발휘해 인테리어를 설계하고, 아래층 방에 패널을 설치해 밝은색으로 칠하고, 응접실에 매력적인 호두나무 가구를 배치하고, 다이닝 룸을 마호가니재로 꾸미고, 고풍스러운 러그가 깔린 정원 전망의 안락한 거실을 만들었다. 이 모든 요소가 나중에 그녀가 살게 되는 집에서도, 궁극적으로 그녀의 경력에서도 다시 훌륭하게 구현되었다.

✦

완성형의 정치력을 발휘한 사교계 실세이자 미래의 런던데리 부인 이디스 헬렌 채플린은 1878년 12월 3일에 태어났다. 이디스는 고작 네 살 때 어머니를 여의어서 서덜랜드 던로빈 캐슬에 사는 제3대 서덜랜드 공작인 외할아버지 집에서 자랐다. 그녀는 평생 스코틀랜드를 향한 낭만과 애정을 품고 살았는데, 이것이 스코틀랜드 소작농의 사생아로 태어나 영국 최초의 노동당 출신 총리가 된 램지 맥도널드와 의외의 친분을 키우게 된 이유였다.

　　이디스는 귀족 태생이라는 사실 외에도 사람들이 매력을 느낄 만한 부분이 많았다. 큰 키에 당당한 아름다움이 돋보이는 침착한 여성으로서 위엄 있는 존재감을 드러냈으며, 그 당시로는 다소 도발적으로 발목에 뱀 문신을 뽐내며 다녔다. 그리고 운동선수처럼 몸이 탄탄했고 야외 활동을 즐겼다. 특히 승마에 탁월한 기량을 선보였는데, 당대 귀족 계급의 젊은 여성들이 으레 따르던 방식대로 두 다리를 한쪽으로 드리우고 걸터앉기보다는 다리를 벌리고 말에 올라타 당시 세간에 충격을 안겨 주곤 했다. 명사수에 야외 스포츠 신봉자였던 그녀는 말년에 입증했듯이 사람들을 조직하고 감화시키는 능력도 뛰어났다.

외할아버지의 런던 저택은 버킹엄 궁전 근방에 있는 매우 웅장한 스태퍼드 하우스였다. 얼마 후 이디스의 이모 밀리센트는 서덜랜드 공작부인이 되어 자기만의 사교계를 구축할 수 있게 되자 뜻이 맞는 귀족들과 〈소울스〉라는 모임을 꾸려 활발히 교류했다. 문화와 문학을 사랑하는 지식인이었던 밀리센트는 노동자 계층의 복지에 관한 진보적인 생각을 품고 있었으며 양성평등이 더 개선될 필요가 있다고 믿은 여성이었다. 밀리센트는 조카 이디스보다 겨우 열한 살 더 많았다. 이디스가 나중에 사교 활동을 통해 〈소프트 파워〉를 발휘하는 면모를 습득하게 된 곳은 바로 스태퍼드 하우스에서 벌어지던 화려한 응대 현장이었다.

귀족 혈통의 이디스에게 토리당원의 안주인 역할은 당연한 운명 같았다. 남편이 정치적 야망을 실현하도록 충실히 뒷받침하는 것에서 그 역할이 시작되었다. 두 사람은 1897년에 만났고, 1899년 이디스가 스무 살 때 제6대 런던데리 후작의 장남인 캐슬레이 자작, 혹은 찰스 베인-템페스트-스튜어트와 결혼했다. 그는 꽤 탐나는 배우잣감으로 꼽혔으나 그의 사촌 윈스턴 처칠은 그를 대놓고 〈얼간이 찰리 런던데리〉라 칭했다.

훤칠하고 늘씬하며 잘생긴 찰스는 당대 최고의 신랑감 축에 들었다. 그는 승마에 탁월한 재주가 있어서 1897년에 〈더 블루스〉로 알려진 왕실 근위 기병대에 들어갔다. 런던데리가의 재산은 상당한 규모를 자랑했다. 토지가 아일랜드에 3300만 평, 잉글랜드에 2800만 평이 있었고, 빅토리아 시대 후반과 에드워드 시대에 수요가 많았던 석탄을 채굴하는 사업에서 주 수입을 얻었다.

런던데리가에서 소유한 더럼주의 원야드 저택은 사냥과 경마장 방문 등으로 손님을 접대하는 대규모 하우스 파티*를 주최하던 신고전주의풍의 으리으리한 대저택이었다. 북아일랜드의 스트랭퍼드 호수가 내려다보이는 웅장한 마운트 스튜어트는 런던데리가 가족이 즐겨 머무는 지방의 본 저택이었다. 이곳에서 크리스마스, 부활절, 성령 강림절을 보내면서 들짐승이나 엽조를 사냥하거나 항해 등을 즐겼다. 북웨일스에도 플라스 매킨레스라는 대규모 영지가 있었다. 파크 레인에 위치한 런던 저택은 와이엇 형제가 디자인한 위풍당당한 타운 하우스**인 런던데리 하우스였다. 이곳의 중앙 계단은 인근의 랭커스터 하우스에 필적할 만했다. 커다란 채광창과 로코코 양식의 샹들리에가 있고, 그랜드 볼룸으로 이어지는 2층짜리 개별 층계참이 있었다. 이 중앙 계단은 웰링턴 공작의 집인 앱슬리 하우스의 워털루 체임버를 모델로 했다. 웰링턴 공작처럼 런던데리가 사람들도 웅장한 디자인과 프랑스식 가구와 카노바***의 조각품을 선호했다.

사교적이며 유머 감각 있고 호기심 많은 이디스는 런던 사교계에서 금세 자신의 그룹을 형성했고, 이 그룹 내에서는 어

---

* 시골 저택에서 손님들이 며칠씩 머물면서 즐기는 파티.
** 시골에 본 저택이 있는 영국 귀족의 도시 저택.
*** 안토니오 카노바(1757~1822). 이탈리아의 신고전주의 조각가다. 풍부한 곡선과 섬세한 용모의 우아한 조각상, 흉상, 나체상 등을 남겼다.

릴 적 이름인 키르케를 고수했다. 키르케는 인간을 동물로 바
꾸는 마법을 부리는 그리스 여신의 이름이었다. 그래서 이디
스의 그룹은 〈노아의 방주〉로 알려지게 되었고 각자 자신의 캐
릭터를 대표하는 익살스러운 별명을 붙였다. 그런데 이 그룹
의 파티 주최자인 이디스의 남편에게 골라 준 이름 찰리 더 치
타는 양면적인 의미가 있었다. 그는 상습적으로 연애를 일삼는
부지런한 바람둥이였는데 매력이 넘치는 걸 어쩌겠냐며 수차
례 은근슬쩍 책임을 회피하곤 했다. 그의 연애사는 유명했다.
찰스는 아예 처음부터 이디스를 두고 끊임없이 바람을 피웠다.
심지어 약혼 초기에 웨스트몰랜드 부인과 외도를 벌이기도 했
다. 그 일이 밝혀졌을 때 이디스는 찰스에게 편지를 썼다. 〈나
는 정말 괜찮아요. 전부 말도 안 되는 일인 걸 아니까요. ……
당신은 내가 조금도 개의치 않는다는 걸 알잖아요.〉[7]

미국 여자를 향한 그의 유난스러운 사랑은 일평생 가실 줄
을 몰랐다. 찰리와 이디스의 결혼식이 1899년 11월 28일에 열
렸는데, 그 후 얼마 안 되어 이디스가 알게 된 사실이 있었다.
나중에 〈영원한 플래퍼〉로 알려진 세인트루이스 출신의 쾌활
한 미국인 배우이자 유부녀인 파니 워드와 찰리가 이미 불륜
관계였다는 것이다. 파니는 1900년 2월 6일에 찰리의 딸 도
러시를 출산했다. 런던데리 부부의 결혼식이 치러진 지 고작
10주 후의 일이었다. 찰리는 미국인 상속녀 콘수엘로 밴더빌
트와도 오랫동안 불같은 연애를 했는데, 결국 그녀는 찰리의
육촌인 제9대 말버러 공작과 결혼했다. 나중에 찰리와 콘수엘
로는 함께 파리로 도피해 영국 사교계를 경악시켰다. 그가 최

장기간 가장 진지한 관계를 이어 간 불륜 상대는 얼 오브 앤캐스터의 아내인 뉴욕주 출신의 엘로이즈 앤캐스터였다. 찰리는 이디스에게 보내는 편지 안에다 엘로이즈에게 보내는 짧은 편지를 끼워 넣고 이렇게 부탁하곤 했다. 〈동봉한 편지를 당신이 엘로이즈에게 보내 줄 수 있을 거요. …… 우표를 붙여서 그냥 발송해 주시오. 당신이 그래 주면 정말 고마울 거요.〉[8] 이디스와 찰리 둘 다 엘로이즈를 찰리의 〈아내〉라 언급한 것만 보더라도 엘로이즈는 두 부부의 삶에 늘 존재하는 사람이었다. 찰리는 당사자 모두 이 상황을 용납한다고 생각했고, 이디스는 또다시 남편을 용서하기로 하며 이같이 말했다.

「여자들이 당신을 죽자 살자 쫓아다니는 건데 내가 어떻게 당신을 탓해요. 당신이 너무 잘생겨서 그런걸..」[9]

아마도 이디스는 웬만하면 찰리의 외도를 문제 삼기 싫었을 것이다. 지켜본 바로는 틀어진 결혼 생활이 얼마나 끔찍한지 알았던 까닭이다. 시아버지인 제6대 런던데리 후작은 1875년에 슈루즈베리 백작의 딸 테리사 체트윈드 탤벗과 결혼했다. 이들은 중매결혼으로 부부가 되었는데, 이는 당시에 상류 계급 내에서 비일비재한 정략결혼 형태였다. 상류층의 구성원은 일단 결혼 후 〈상속자와 예비 후보자〉로 자녀 몇 명을 낳는 것으로 의무를 다한 이상 정신적 사랑이든 육체적 사랑이든 가정 밖에서 연애에 빠져드는 게 예삿일도 아니었다. 그래도 연루된 모든 당사자는 철저히 신중하게 처신해야 했다. 남의 말하기 좋아하는 사람들이나 사교계의 경쟁 상대, 하다못해 하인들에게도 불륜을 숨겨 스캔들을 피하는 게 상책이었다.

테리사는 결혼한 지 10년도 안 된 1884년쯤, 악명 높은 바람둥이 헨리 커스트와 이미 사랑에 빠져 있었다. 불가항력의 매력을 지닌 그는 사실 러틀랜드 공작부인의 딸 다이애나 매너스의 생부라고 알려져 있다. 헨리는 그레이 백작 부인인 글래디스하고도 같은 시기에 염문을 뿌렸다. 그녀는 테리사 런던데리가 헨리에게 쓴 연서를 숨겨둔 함을 발견해 훔치기까지 했다. 질투에 찬 글래디스는 편지를 골라 낭독하며 친구들하고 낄낄댔는데 이 재미도 시들해지자 테리사의 연애편지 꾸러미를 하인 손에 들려 런던데리 경에게 직접 배달시켰다. 런던데리 경은 편지들을 읽고 다시 고이 싸서 테리사의 화장대 위에 〈향후 우리 사이에 대화는 없소〉라는 쪽지와 함께 두고 나왔다.

당시의 믿을 만한 소식통에 따르면, 런던데리 경은 그때부터 죽을 때까지 30년 동안 꼭 필요한 경우를 제외하고는 아내에게 입을 꾹 닫고 살았다. 상류 사회에도 얼마간 연민의 분위기가 돌긴 했지만 런던데리 부인은 외도를 저지른 것도 모자라 남편에게 모욕을 안기면서 불륜을 들켰다는 점에서 이미 선을 넘고 말았다. 하지만 진짜 상황은 그리 선정적으로 흘러가진 않았다. 1890년대 후반에 남편 런던데리 경은 일말의 애정을 담아 아내에게 다시 한번 편지를 썼고 자신이 죽은 후 아내가 아무런 부족함 없이 살 수 있도록 유언장에 여러 조항을 빽빽이 추가했다. 물론 두 사람은 두 번 다시 진심으로 가까워지지 못했을 뿐더러 남들이 없는 데서 부부 사이에는 베일 듯 〈냉기〉가 흘렀지만, 그런데도 상호 간에 예의를 엄수할 수밖에 없었고 최고 수준으로 손님들을 대접하며 여전히 사회적인 의무를 충실히 수행했다. 토리당원 사교 모임 주최자 중 첫손에 꼽혔던 테리사는 매년 런던데리 가문의 유명한 장신구를 걸치고 다이아몬드를 빛내며 런던데리 하우스의 그 유명한 층계 맨 위에 서서 남편과 당시 총리의 호위를 받으며 런던데리 가문의 품격 있는 무도회에 참석한 지체 높은 손님들을 맞이했다. 테리사 세대의 귀족 여성에게 의무와 계급과 의전이야말로 사교계를 단단히 결합시키는 중요한 요소였다. 혹자는 그녀를 〈티아라를 쓴 노상강도〉로 비유하기도 했다.

✢

영국 정치계에 대변혁을 일으킨 장본인은 기개 넘치는 미국인 여성 낸시 랭혼이었다. 낸시는 월도프 애스터와 결혼하면서 우선 버킹엄셔의 웅장한 이탈리아식 하우스 클리브덴의 안주인이 되었고, 후에는 하원 의사당에 한 자리를 차지한 최초의 여성 하원 의원이 되었다. 빅토리아 여왕이었다면 이를 승인하지 않았을 것이다. 실제로 여왕은 나중에 낸시의 시아버지가 된 미국인 백만장자에게 클리브덴 하우스가 매각된 것을 개탄한 바 있었다. 윌리엄 월도프 애스터는 1890년에 부친에게 막대한 재산을 물려받았다. 그는 자녀들이 유괴 위협을 받은 적도 있어서 더는 미국에서 안전하다 느끼지 못하던 차에 영국 신사로 살고픈 마음도 간절해졌다. 1892년에 아내 마미, 자녀 월도프, 존 제이컵, 폴린을 데리고 영국으로 건너와 클리브덴 하우스를 임대했고 이듬해에 애스터 부부가 그 집을 현재가로 약 4100만 달러(2800만 파운드)에 해당하는 125만 달러로 매입했다.

친영파 미국인 애스터는 못마땅해하는 왕실 분위기는 안중에도 없이 화려한 이탈리아 미술품과 골동품을 클리브덴에 채워 넣느라 바빴다. 안목 높은 이 감식가에게 돈은 하등 문제가 아니어서 신대륙의 달러로 구대륙의 보물을 부지런히 사들였을 뿐이다. 그가 정원에 추가한 60미터짜리 석조 난간은 17세기에 제작된 구조물로 로마의 보르게세 공원에서 구입한 것이었다. 그는 이탈리아 조각상과 로마의 석관도 설치했고 각종 정원수와 토피어리로 정원을 꾸몄다. 1897년에는 미국인 조각가 토마스 월도 스토리에게 의뢰해 거대하고 화려한 분수를 제작했다. 대리석과 화산암으로 만든 〈사랑의 분수〉는 다소 야한 벨 에포크풍 조각상과 뒤엉켜 눈길을 끌었다. 집 내부를 개조한 것 중에는 퐁파두르 부인이 살았던 샤토 다니에르 저택에서 본떠 만든 화려함의 극치인 18세기풍 방이 있다. 금박 조각을 입힌 장식 판자로 덮인 이 방은 클리브덴 저택의 우아한 프랑스풍 다이닝 룸이 되었다. 본디 자기 영역을 중시하고 성미가 까다로운 윌리엄은 호기심 많은 지역 주민들의 간섭을 차단하려고 유리 파편이 위에 박힌 담벼락으로 저택 부지의 상당 부분을 가로막았다. 그래서 사람들은 그에게 철벽남Walled-off 애스터라는 별명을 선사했다.

애스터 일가의 삶은 클리브덴에 살던 시절과 런던의 타운하우스 투 템플 플레이스에 살던 시절로 나뉘었는데 이들의 행복도 오래가지 않았다. 마미 애스터가 1894년 크리스마스 직전에 세상을 떠난 것이다. 중재의 묘를 발휘하던 사랑하는 아내가 곁을 떠나자 윌리엄 애스터는 점점 더 독단적이고 괴팍해졌다. 그는 손님들을 초대해 주말 동안 머물게 하고서는 그의 집에서 지내는 동안 할 수 있는 것과 할 수 없는 것을 정확히 지시하며 일정대로 움직일 것을 강요했다. 예외 없이 자기 자식들도 몹시 엄하게 다뤘다. 희한하게도 윌리엄 애스터와 빅토리아 여왕은 둘 중 누구도 예상치 못했겠지만 꽤 많은 공통점이 있었다. 그는 왕세자가 그레빌 부부나 그들과 절친한 조지와 앨리스 케펠 같은 세속적인 부류와 어울리던 꽤 방탕한 〈말버러 세트〉를 대단히 못마땅해했다. 실제로 애스터는 앨리스 케펠을 그의 집에서 환영받지 못하는 〈천한 매춘부〉에 불과하다고 표현할 정도였다.

1899년에 그가 영국 국민이 되었을 때 미국 언론이 그의 결정을 맹렬히 비난했고, 그는 혹시 모를 암살 시도를 대비해 장전한 권총 두 자루를 옆에 둔 채 잠을 청했다. 이제 윌리엄 월도프 애스터는 영국 사회의 더 높은 계층에 침투하기로 결심했다. 1892년에 영국의 유력 일간지 『폴 몰 가제트』를 인수해 편집 논조를 친자유당에서 친보수당으로 바꿔 버렸다. 그는 오지랖 넓은 바람둥이이자 토리당 의원인 해리 커스트를 편집장으로 앉혔다.

윌리엄의 장남 월도프 애스터는 아버지처럼 내향적이고 숫기가 없었지만 사회의식이 강했고 공직에 관심이 많았다. 이튼 칼리지와 옥스퍼드 대학교에 다닐 때 동년배들 사이에 인기가 있었다. 옥스퍼드 대학교 재학 시절 벌링던 클럽*에 들어가

* 옥스퍼드 대학교 학생들의 남성 전용 다이닝 클럽.

비세스터 스쿨 학생들과 사냥을 다니고 조정도 즐겼는데, 조정은 심장을 혹사시켜 건강을 해쳤다. 결국 클리브덴으로 돌아가 시골 귀족의 삶을 따르면서 겨울 사냥을 즐기고 대지 관리를 돕고 단기로 외국 여행을 다니며 지냈다. 더구나 1905년에 결핵 진단을 받은 터라 1년에 몇 개월은 해외에서 지낼 것을 권유받았다. 그러다 1905년 12월, 젊은 월도프는 대서양 횡단 항해 중에 낸시 랭혼 쇼를 만나 홀딱 반해 버렸다. 월도프 애스터를 만났을 당시 낸시는 여섯 살배기 아들 바비를 둔 스물여섯의 이혼녀였다.

낸시의 아버지는 이전에 담배 재배업을 하던 대농장주 치스웰 대브니 랭혼이었다. 그는 노예 노동으로 굴리던 땅이 남북 전쟁으로 큰 타격을 입자 농장을 접고 담배 경매에 뛰어들었다. 그 후 철도 계약업자가 되어 상당한 재산을 벌어들여서 버지니아주 부동산에 투자했다. 그즈음 아내 낸시 위처 킨(아일랜드계)과 2남 5녀의 자식들을 데리고 버지니아주 샬러츠빌 근처에 있는 미라도르라는 저택으로 이사했다.

낸시는 다른 자매들처럼 아름답고 성격이 활달했다. 작고 날씬한 몸, 푸른 눈동자, 독수리 같은 인상, 톡 쏘는 재치가 돋보였다. 운동 경기를 할 때 승부욕이 불탔고 승마에 능했으며 남들을 흉내 내는 재주도 탁월했다. 뉴욕에 있는 예비 신부 학교에 다니는 동안 큰언니 아이린과 함께 지냈다. 미모가 출중한 아이린은 화가 찰스 데이나 깁슨과 결혼했고, 깁슨은 아이린을 모델이자 뮤즈로 삼아 〈깁슨 걸〉* 그림들을 그려 냈다. 낸

* 1890년대 유행한 의상 스타일의 여성상. 독립적인 미국 여성을 상징했다.

시는 언니를 통해 훌륭한 가문 출신의 인물 좋은 보스턴 남자 로버트 굴드 쇼 2세를 만났다. 1897년 10월 27일에 그와 결혼했을 때 낸시는 고작 열여덟 살이었다.

이 결혼은 첫 단추부터 잘못 끼워졌다. 로버트는 순진하고 세상 물정에 어두운 약혼녀에게 자신이 알코올 의존자라는 사실을 숨기고 있었다. 신혼 둘째 날 밤, 낸시는 집을 뛰쳐나와 가족이 사는 미라도르로 돌아갔다. 아버지 랭혼은 딸이 가엾긴 했지만 남편에게 돌아가라며 다독였고 낸시는 별로 내키지 않는 발걸음을 옮겼다. 낸시와 로버트는 둘 사이에 아들이 태어난 후 별거에 들어가서 결혼 6년 만인 1903년에 이혼했다. 로버트가 자신의 아이를 임신한 정부와 결혼하길 원해서였다. 낸시는 어린 바비의 양육권을 얻었고, 로버트는 판사로부터 쇼 부인의 사생활에 간섭하지 말라는 금지 명령을 받았다. 둘의 이혼 후 이틀 뒤 로버트는 재혼했고, 낸시는 자유의 몸이 되었다.

잊지 못할 경험이 트라우마처럼 남은 낸시는 이제 일평생 술에 혐오감을 품은 채 유럽을 여행하면서 이혼녀라는 낙인을 피해 다녔다. 1904년 낸시와 여동생 필리스가 잉글랜드의 레스터셔에 사냥꾼 오두막집을 빌렸다. 거침없이 능숙하게 승마를 즐기던 두 자매는 지역의 사냥 동호인 사이에서 인기인으로 등극했다. 어느 날 낸시가 모드 커나드의 동서 이디스 커나드를 만났다. 처음에 이디스는 버지니아주 출신의 이 기세 좋은 여인의 저의를 의심해 이렇게 말했다.

「잉글랜드에서 남편 하나 데려가려고 여기에 오신 모양인

데요?」[10]

이혼한 지 얼마 안 된 낸시가 답했다.

「첫 번째 남편을 떼어 버리느라 제가 얼마나 고생했는지 아신다면 그런 말씀 못 하실걸요.」

이렇게 톡 쏘는 대화가 오간 후 두 사람은 좋은 친구가 되었다. 미국인 자매 낸시와 필리스는 사냥 동호회의 만찬 자리에서 보물 같은 존재로 유독 귀하게 대접받았고, 둘의 활기는 자칫 뻔하게 흘러갔을 숱한 저녁 시간을 흥겹게 만들었다.

1905년 가을, 낸시와 월도프 애스터가 대서양 횡단 선박에서 만났을 때 낸시의 통통 튀는 성격과 번득이는 재치가 월도프를 사로잡아 두 사람은 넉 달이 안 돼 약혼까지 했다. 둘 다 1879년 5월 19일생으로 생년월일이 같았는데 성격은 판이했다. 월도프는 과묵하고 진지하며 눈치가 빠르고 생각이 많았다. 낸시는 변덕스럽고 활발하며 자기 생각을 곧이곧대로 말하는 성향이었다. 평생 그녀는 남들 화를 돋우는 데 일가견이 있는 짓궂은 성격의 독단적이고 영악한 외향적인 사람인지, 아니면 자기보다 형편이 안 좋은 사람들에게 진심으로 마음을 쓴 숭고하고 속 깊은 사람인지 모를 양면적인 모습을 보였다.

월도프는 독재자 같은 아버지에게 낸시를 향한 사랑을 털어놓기가 두려웠으나 다행히 윌리엄은 아들의 선택을 받아들이며 이렇게 분명히 말했다.

「월도프, 그 처자가 너한테 괜찮다면 나한테도 괜찮다.」

윌리엄은 자신의 진심을 증명하고자 아들의 약혼녀에게 7만 5,000달러 상당의 화려한 티아라를 선물했는데 왕관 중앙에는 그 유명한 55캐럿짜리 상시 다이아몬드가 장식되어 있었다(현재 루브르 박물관에 전시된 나이아몬드다). 이 보석은 제임스 1세와 그의 아들 찰스 1세의 소유였다가 나중에 프랑스의 루이 14세가 대관식에 쓴 왕관을 장식한 다이아몬드였다. 1906년 5월 3일, 랭햄 플레이스의 우아한 런던 제령 교회에서 열린 월도프와 낸시의 결혼식은 신부가 한 번 결혼한 적이 있어서 요란스럽지 않게 치러졌다. 윌리엄은 신혼부부에게 결혼 선물로 클리브덴 저택과 수백만 달러의 현금을 안겨 주었다. 낸시는 손 큰 시아버지를 〈돈주머니 영감님〉이라고 칭했다.

낸시의 태도는 워낙 솔직하고 거칠어서 주변을 놀라게 할 정도였다. 한번은 집사 에드윈 리가 새로 온 직원에게 월도프 애스터 씨는 〈어느 모로 보나 신사〉이지만 주인마님에 대해서는 〈자네가 익히 아는 그런 숙녀가 아니〉라고 평했다. 낸시와 월도프는 성격이 판이했음에도 의외로 결혼 생활은 순조로웠다. 낸시의 하녀 로즈 해리슨은 주인마님을 〈천성이 혈기 왕성한〉 사람이라고 묘사했다. 낸시는 첫 번째 결혼에서 얻은 아들 외에도 월도프 사이에서 자식을 5명 더 낳았다. 낸시와 월도프 둘 다 천성적으로 사생활을 대단히 중시하고 성미가 까다로운 데다 어떤 식의 성적인 언질이나 상스러운 언행도 용납하지 않았다. 두 사람은 하인들 앞에서 감정을 자제하는 편이기도 했다. 낸시는 절대 한눈팔지 않고 월도프만 바라봤고 다른 여자들이 그에게 관심을 보이면 질투하곤 했다. 월도프는 결혼 전에 루마니아의 마리 여왕이나 애스터가와 이웃인 에티 데스버러와 친하게 지냈으나 낸시는 월도프가 누구에게 정절을 지켜야 하는지 단호히 짚어 주며 라이벌들을 일거에 물리쳤다.

‡

모험을 즐기는 모드 버크는 좀 더 융통성 있는 방식으로 결혼에 접근했다. 미래의 커나드 부인인 모드는 1872년 8월 3일 샌프란시스코에서 태어났다. 1906년 대지진 때 많은 공문서가 훼손되어 그녀의 초기 삶에 대해서는 세부 사항이 개략적으로만 남아 있다. 아버지는 아일랜드계였는데 모드가 10대 초반일 때 세상을 떠났다. 절반은 프랑스 혈통이었던 어머니는 몸집이 작고 예뻤으며 그녀를 숭배하는 일군의 남자들을 곁에 두고 어장 관리를 하는 재주가 남달랐다 남자들은 이 모녀를 부양하겠노라 경쟁에 나섰다. 버크 부인의 보호자 중에는 미국 내 최다 생산량을 자랑하는 주요 은광으로 꼽히는 네바다주 콤스톡 광맥의 소유주 윌리엄 오브라이언이 있었다. 몇몇 사람들 사이에 어린 모드가 사실 오브라이언의 자식이라는 의혹이 돌긴 했다. 모드가 그를 닮은 데다 오브라이언 사후에 거금을 물려받았기 때문이다. 모드는 누가 봐도 알 수 있는 재산의 출처를 절대 발설한 적이 없었다.

　버크 부인의 또 다른 연애 상대이자 보호자는 호러스 카펜티에였다. 남북 전쟁 당시 장군이었던 그는 땅을 사고팔아 재산을 모았다. 그는 모드를 발자크, 셰익스피어, 고대 시인들의 세계로 안내해 음악과 위대한 작가를 향한 열정을 키워가도록 격려해 주었다. 모드가 평생 사랑한 소설 새뮤얼 리처드슨의

『파멜라』를 처음 발견한 곳이 바로 카펜티에의 서재였다. 이 소설은 태생이 천하지민 징숙한 수인공이 그녀를 유혹하려던 귀족과 결혼해 상류층으로 받아들여지고 존경받는 여인이 되기까지 수많은 우여곡절을 이겨 내는 이야기다.

모드가 열여덟 살 때 어머니가 찰스 티체노르라는 증권업자와 결혼했는데 모드는 그의 집으로 들어가지 않고 〈후견인〉 카펜티에의 집으로 들어갔다. 지금 기준으로 봐도 다소 특이한 행보였다. 모드는 어머니와 계속 여행을 다니다가 1894년 5월, 런던에 머무는 동안 아일랜드 소설가 조지 무어를 만났다. 그의 작품을 좋아하던 모드는 사보이 호텔에서 열린 공식 오찬에서 좌석 배치 카드 두 장을 바꿔 그의 옆자리에 앉았다. 식사가 끝나갈 때쯤 마흔두 살의 이 미혼 작가는 분홍색과 회색의 실크 드레스 차림의 어여쁜 금발 미국인 아가씨한테 홀딱 반하고 말았다. 모드가 그에게 말했다.

「조지 무어 씨, 불같은 영혼이 깃든 분이시군요!」

그는 유럽 전역으로 모드를 열심히 쫓아다녔건만 모드 모녀는 더 조건 좋은 짝을 염두에 두고 있었던 터라 조지와 모드의 결혼은 불가능했다. 조지는 모드의 진짜 야망이 문화 예술계의 명사들이 모이는 살롱을 만드는 것이고 이를 위해 부유한 귀족 남편감을 찾아야 한다는 사실을 깨달았다. 그는 이런 글을 남겼다.

그녀가 생각하는 삶의 방향과 목적지가 있었으니 그런 그녀를 지체시키는 게 이기적인 처사였음을 나도 잘 알고 있었다. 그녀에게 맞는 남편감을, 그녀가 도약할 수 있는 발판 같은 존재를 찾는 편이 훨씬 현명하리라. …… 내가 누군가의 이름을 거론하자 그녀의 눈이 반짝였다.

「그렇게 생각하세요?」

그때 나는 내 시간이 끝났음을 감지했다.[11]

모드가 뉴욕에 있는 동안 그녀에게 관심을 보인 사람은 앙드레 포니아토프스키 왕자였다. 그는 작고한 폴란드 왕의 손자로 사업적 감각이 남달랐다. 모드가 고향으로 돌아가고 왕자가 파리에서 샌프란시스코를 방문할 계획이라고 편지를 보냈을 때 모드는 그가 청혼하러 오는 것이라고 확신했다. 어리석게도 그녀가 친구들에게 섣불리 자신의 짐작을 내비쳤고 지역 신문에서 두 사람의 약혼을 운운했지만 포니아토프스키 왕자는 이를 펄쩍 뛰며 부인했다. 사실 그는 샌프란시스코 사교계의 스타이자 해리 크로커 부인의 여동생인 베스 스페리에게 마음을 뺏긴 상태였다. 스페리 집안과 크로커 집안은 버크 집안을 하찮게 여겼다.

모드가 체면을 지키려고 내세운 명분은 〈후견인〉인 호러스 카펜티에가 앙드레 왕자를 승낙하지 않았으며, 만약 둘이 결혼할 시 모드의 상속권을 박탈하겠다고 으름장을 놓았다는 것이었다. 왕자의 진짜 약혼 소식이 공표될 무렵 모드와 어머니는 뉴욕에 있었던 터라 4,800킬로미터 남짓 떨어진 데서 그나마 창피를 면하게 되었다. 이 모든 경험은 확실한 교훈을 남겼다. 지체 높은 집안이거나 상당한 재산이 있거나, 되도록 둘

다 갖춰진 게 아니라면 개인적 매력만으로는 야망 있는 아가씨의 성에 차지 않았다. 모드는 부유한 남편이 필요했다. 그것도 모드가 아무 힘들이지 않고 단박에 상류층으로 올라설 수 있는 사회적 지위를 갖춘 남편이어야 했다.

카펜티에나 무어 같은 나이 든 남자를 매료시키는 능력이 있던 스물세 살짜리 모드 버크의 이번 공략 대상은 마흔셋의 바체 커나드 경이었다. 모드는 뉴욕에서 그를 만났을 때 앙드레 왕자 일에 대한 반발로 단숨에 그를 유혹해 자기 남자로 만들었다. 그는 제3대 커나드 준남작이자 대규모 해운 회사의 캐나다 설립자의 손자이자 가업을 물려받을 상속자였다. 어마어마하게 부유한 커나드는 가족 기업 운영에 참여하는 건 뒷전인 채 영국의 대지주들이 즐기는 전통적인 취미 생활에 여념이 없었다. 레스터셔에 있는 낭만적인 15세기식 영주의 저택이 있는 자기 영지 네빌 홀트에서 폴로 경기를 하거나 사냥개를 대동해 여우 사냥을 다니며 소일했다.

나이 차이도 20년이나 나고 공통 관심사마저 전혀 없는데도 바체는 〈주머니 속 여신〉 같은 모드와 결혼하기로 결심했다. 모드는 비록 동기는 다를 수밖에 없었지만 바체와 마찬가지로 결혼하고 싶은 마음은 간절했을 것이다. 두 사람의 약혼 발표가 난 직후 바체의 여동생이 모드에게 편지를 보내 약혼을 취소해 달라고 간청했다. 이유인즉슨 자기 오빠는 전원생활에 최적인 반면, 약혼녀인 모드는 활력 가득한 도시 생활이 필요하지 않느냐는 것이었다. 모드는 취소하지 않겠노라 답했다.

「제가 아는 그 어떤 남자보다도 바체 경이 더 좋아요.」

모드는 결혼식 전날 밤에도 〈사랑한다〉가 아니라 〈좋아한다〉라는 표현을 썼다. 결혼식은 1895년 4월 17일에 뉴욕에서 치러졌다. 버크 모녀는 샌프란시스코와 뭐로든 엮이고 싶지 않았다. 바체 경과 버나드 부인은 뉴욕에서 며칠만 보내고 잉글랜드로 출발했다. 작위가 있는 계급 내의 관례대로 새로 온 사람을 사교계에 내보내는 준비가 이뤄졌고, 1895년 5월 22일에 커나드 부인은 버킹엄 궁전에 〈정식 소개〉되는 데뷔탕* 그룹에 속하게 되었다.

바체와 함께하는 시골 생활은 모드가 샌프란시스코, 뉴욕, 파리, 런던에서 누리던 대도시 생활과 전혀 딴판이었다. 바체는 1877년에 형에게 네빌 홀트를 물려받은 후로 줄곧 사냥 친구들과 레스터셔나 러틀랜드의 시골 등지를 종횡무진 누비며 줄기차게 여우를 쫓아다녔다. 그는 집에 있을 때 아침이나 저녁을 거른 채 일주일에 6일은 사냥에 빠져 지냈다. 그러다 1887년에 쿠치베하르의 마하라자와 함께 사냥을 하다가 들판에서 의식을 잃고 쓰러지는 끔찍한 사고를 당했는데 그런 일로 단념할 바체 경이 아니었다. 결혼 생활도 그의 의지를 꺾지는 못했다. 1890년대에는 철도가 발달한 덕에 사람들을 불러들여 주말 동안 시골에 머물다 가게 하는 일이 점점 더 쉬워졌다. 커나드 부부가 네빌 홀트로 초대한다는 건 스포츠 동호회 사이에서 귀한 기회로 꼽혔다.

한편 모드는 사냥터에서 진흙투성이가 되고 땀 흘리는 일상을 더는 즐기는 척하지 않기로 했다. 아이를 갖자마자 여러

* 상류 사회 아가씨들의 사교계 데뷔를 뜻한다.

흥미로운 사람들을 응접실 가득 초대해 그들과 어울리는 데 집중했다. 1896년 5월 10일에 낸시를 출산했고 두 번 다시 그 경험을 되풀이하지 않기로 다짐했다. 말년에 〈엄마가 되는 건 천하디 천한 일〉이라고 말한 바 있다. 모드는 외동딸 양육은 대부분 보모와 유모 손에 맡기고 교육은 여자 가정 교사들에게 전담시켰다. 나중에 낸시는 어릴 적에 자신을 등한시한 어머니를 원망하기에 이르렀다.

바체가 여우 사냥에 바쁜 사이 모드는 네빌 홀트를 미끼 삼아 전리품 수집에 열을 올렸다. 조지 무어가 이를 평한 말이 있다.

「당신이 이런 삶을 사는 건 사교계에서 빛을 발하고, 주목받고, 살롱을 만들어 당신 주변에 똑똑한 사람들을 모으기 위함이오.」[12]

박식하고 재치 있는 모드의 포획 대상은 예술계와 창작계 사람들이었다. 특히 가끔 런던을 불쑥 들렀을 때 만난 작가와 음악가가 주 공략 대상이었다. 그녀가 집으로 즐겨 초대한 손님 중에는 잘생긴 해리 커스트, 아서 밸푸어, 허버트 애스퀴스, 프레데릭 에드윈 스미스, 서머싯 몸, 러틀랜드 공작부인, 비타 색빌웨스트, 하워드 드 월든, 윈스턴 처칠의 어머니 제니 콘월리스 웨스트가 있었다.* 모드의 옛 애인 조지 무어도 1898년 런던에서 그녀와 재회한 후 주기적으로 그녀의 집을 방문했다.

---

* 밸푸어는 영국 전 총리(1902~1905년 재임)이며, 애스퀴스는 정치인이자 영국 전 총리(1908~1916년 재임), 스미스는 정치인, 색빌웨스트는 시인이자 소설가이다.

이렇게 컨트리 하우스*에 모인 무리는 기혼자들인데도 서로 어느 정도 자유를 용인하는 분위기였다. 커나드 부인은 자신을 흠모하는 사내들을 숱하게 거느리며 가벼운 불장난을 심심찮게 즐겼는데 그중에는 꽤 진지하게 쌍방으로 마음이 통한 관계도 있었다. 알렉산더 신 경이 제1차 세계 대전에서 전사했을 때 그의 개인 서류 사이에서 커나드 부인의 연서가 여러 통 발견되기도 했다. 그 와중에도 조지 무어는 한결같이 열렬한 연심을 드러내는 추종자였다. 그는 1904년 여름 내내 네빌 홀트에 머물면서 여덟 살배기 낸시 커나드와 가깝게 지냈고, 이 둘의 우정은 그가 죽을 때까지 이어졌다. 낸시 자신을 포함해서 무어가 낸시의 친부라고 짐작하는 사람들도 있었지만 커나드 부부의 결혼 시기와 장소를 감안할 때 그럴 가능성은 없어 보였다. 그런데도 무어는 계속해서 연서를 보냈다. 〈사랑하는 모드, 당신은 내게 전부요. 당신을 통해 내가 살아 있음을 안다오. …… 가슴이 벅차올라 글은 그만 써야겠소. 당신을 언제 만날 수 있겠소?〉[13]

네빌 홀트는 로지아**와 포치, 테라스, 내닫이창, 울타리 정원, 구릉으로 된 잔디밭, 너도밤나무 길이 갖춰진 목가적인 환경에 자리한 낭만적이고 유서 깊은 석조 저택이었다. 모드는 다소 휑한 내부를 고상한 손님들의 취향에 맞게 매력적이고 아

---

* 귀족들이 시골의 영지에 세운 대저택. 보통 컨트리 하우스가 본 저택이고 도시에 타운 하우스를 두고 지낸다.

** 한쪽에 벽이 없는 트인 방이나 복도. 특히 거실 등의 한쪽 면이 정원으로 연결되도록 트여 있는 형태다.

름다운 공간으로 탈바꿈시켰다. 포푸리와 온실 화초로 가득 채운 커다란 자기 그릇, 각종 신간, 신비로운 직물, 동양풍 러그, 러시아 담배, 필기구, 미국식 편의 시설 등으로 실내를 채웠다. 멋지게 차려입은 방문객이 쉴 새 없이 드나들며 여름에는 잔디밭에서 테니스와 크로케를 즐기고, 겨울에는 활활 타는 장작불 앞에서 끊임없이 브리지 게임을 했다. 웃음과 뒷담화와 연애 놀음이 자칫 다소 촌스러운 결혼 생활이 될 뻔한 커나드 부인의 삶에 다채로운 묘미를 더해 주었다.

모드는 인근에 사는 지역 사람들하고도 알고 지내야 했다. 문화적 취향이 고상하고 여행 경험이 많은 활기찬 젊은 여성이지만 야외 스포츠에 관심이 없는 그녀로서는 그 사람들을 상대하기가 쉬운 일은 아니었다. 상류층 이웃들의 가장 큰 관심사는 사냥이나 사격이나 교구 문제였기 때문이다. 얼마 지나지 않아 모드는 탈출을 계획했다. 커나드 부부는 런던에 집이 없었지만 모드는 수도에서 지내고 싶어서 자기 집에 머물라고 초대해 줄 만한 사람들과 친분을 쌓았다. 그녀는 바체와 사냥 친구들을 피하려고 일부러 때맞춰 런던 여행 일정을 잡았다. 바체가 스코틀랜드로 사냥이나 낚시를 갈 때마다 모드는 음악계, 미술계, 문학계의 친구들을 네빌 홀트로 잔뜩 초대하곤 했다. 무더위가 기승을 부리던 어느 후덥지근한 저녁나절, 일상이 연극인 어느 손님이 침실 창문을 활짝 열고 바그너의 오페라 곡 「발퀴레」를 불렀다. 마찬가지로 음악적 재치가 발동한 몇몇 방에서 바그너의 「신들의 황혼」에서 플루트 취주 부분으로 화답했고 몇 분 만에 저택 전체가 요들 조의 오페라로 들썩였다. 이런 낭만적인 장난질에 바체가 보인 반응을 커너드 부인은 이렇게 묘사했다. 〈남편은 귀가해서 《사랑》의 분위기를 감지했다. 《이 집에서 무슨 일이 벌어지는지 모르겠소만, 난 마음에 안 들어》하고 말했다.〉[14]

샌프란시스코 출신 모드 버크는 결혼을 통해 자신의 보잘것없는 태생을 뛰어넘어 신분 상승에 성공한 셈이다. 계급 의식이 강한 영국 사교계에 미국인 여성인 모드가 〈안착〉하기란 어려운 일이었으나 데뷔탕으로 궁정에 소개되는 시험을 무사히 통과했고, 남편의 작위와 재산과 가문의 성이 든든한 보호막으로 작용했다. 만약 모드가 미국에 계속 머물다가 미국 남자와 결혼했다면 미국 본토의 상류층 사이에서 인정받기란 훨씬 더 어려웠을지도 모른다. 미국인 중에는 영향력 있는 여성으로 자리매김할 수 있는 절호의 기회를 찾기 위해 다른 나라로 거점을 옮길 준비가 된 여성들이 있었고, 로라 코리건이 바로 그런 여성 중 하나였다.

1879년 1월 2일, 로라 메이 휘트록이 태어났다. 아버지는 찰스 휘트록, 어머니는 결혼 전 성이 시더우드인 엠마였다. 로라의 어릴 적 삶에 대해선 기록이 많지 않으나 변변찮은 집안이었던 건 사실이다. 로라의 아버지가 잡역부였다는 주장도 있고, 벌목꾼이었다는 설도 있다. 나중에 로라가 사교계 여성으로는 특이하게도 도끼를 다루는 솜씨가 남달랐다고 알려졌다. 그녀의 고향은 위스콘신주의 워파카인데 1880년 첫 인구 조사 당시 주민 수가 1,392명이었던 작은 도시다. 이 마을은 강둑에 있고 지명과 강 이름 모두 원주민 포타와토미족의 족장인

샘 워파카의 이름에서 따왔다. 워파카의 산업을 책임지는 파이오니아 파운드리는 1871년에 존 로슈가 처음 설립해 시카고 거래처에 철 주물을 공급하는 회사였다.

겨울 날씨가 매서운 시골 벽지 생활에 진절머리가 난 로라는 일찍 시카고로 넘어갔다. 야망이 컸던 그녀는 미시간 애비뉴의 블랙스톤 호텔의 웨이트리스부터 전화 교환수, 시카고 신문 사회부 기자까지 수많은 직업을 전전했다. 그러다 블랙스톤 호텔의 입주 의사인 캐나다인 의사 덩컨 R. 맥마틴을 만나 결혼했다. 하지만 로라와 덩컨은 함께할 운명이 아니었다. 1913년에 두 사람은 제임스 코리건이 주최한 파티에 참석하게 되었다. 그는 온타리오호가 로렌스강과 만나는 미국-캐나다 국경을 따라 위치한 1,864개의 군도 중 하나인 드라이 아일랜드에 호화로운 여름 별장을 소유하고 있었다. 지금도 알려져 있다시피 그 지역의 사우전드 제도에 매료된 미국과 캐나다의 백만장자들은 작은 섬을 하나씩 사서 으리으리한 여름 별장을 지었다. 싱어 재봉틀 기업의 재산을 상속받은 존 제이컵 애스터와 헬레나 루빈스타인도 이곳에 화려한 저택을 갖고 있었다.

코리건가는 엄청나게 부유한 집안이었다. 제임스의 아버지는 철강업계의 거물 제임스 C. 코리건이었다. 그는 캐나다의 가난한 집안에서 태어났지만 불굴의 의지로 노력한 결과, 재정 파트너 스티븐슨 버크 판사와 함께 미국 내 최우량 철강 회사 중 하나를 설립했다. 그는 아이다와 결혼해 1남 3녀를 두었는데, 1880년 4월 7일에 태어난 외아들 제임스 주니어에게 특히 애정을 쏟았다. 코리건 가족은 명성이 자자한 클리블랜드

유클리드 애비뉴에서 살았다. 마크 트웨인은 그곳을 이렇게 평했다. 〈미국에서 가장 멋진 거리로 꼽히는 곳이다. 당신네 같은 가난한 백인들은 그 거리에 살 엄두도 못 낸다. 현금에서 나는 성스러운 냄새가 풍길 수밖에 없는 곳이다. 으리으리한 주택은 건축적 측면에서 꽤 허세를 부리고 풀과 꽃으로 덮인 《뜰》은 기막히게 근사하다.〉[15]

19세기 말에는 이 고급 주택가에 거의 260채에 이르는 대저택이 이리호로 이어지는 뒤뜰을 갖추고 도열해 있었다. 1880년에서 1930년 사이에는 유클리드 애비뉴가 존 D. 록펠러 같은 산업계 거물들의 집이 있는 곳이라 〈백만장자 거리〉로 알려졌다.

그런데 제임스 주니어가 스무 살이던 1900년에 코리건 가족에게 끔찍한 비극이 닥쳤다. 제임스 시니어의 아내 아이다와 세 딸, 손녀딸이 이리호에서 〈아이들러〉라는 요트를 타고 가다 갑작스럽게 폭풍우를 만나 요트가 가라앉았다. 제임스 시니어가 호숫가에서 공포에 질려 바라보는 사이 5명이 익사하고 말았다. 코리건 가문에 남아 있는 사람은 호수 여행길에 함께하지 않은 제임스 부자뿐이었다. 너무 많은 가족을 한꺼번에 잃은 충격 탓인지 제임스 주니어는 마음을 다잡고 사업에 집중하기가 불가능했고 될 대로 되라는 듯 끊임없이 여자 친구를 갈아 치우며 바텐더 일로 소일했다. 그가 회사에 거의 관심이 없자 아버지는 차후에 지대한 영향을 미칠 사업적 결단을 내렸다. 제임스 시니어는 회계 담당 프라이스 매키니를 파트너로 임명하고 회사명을 코리건-매키니 철강 회사로 수정했다.

제임스 주니어가 야망가 맥마틴 부인을 만났을 무렵 그는 제멋대로 사는 난봉꾼이었다. 그를 개과천선시킬 임자가 바로 로라였다.

2장
에드워드 7세 시대의 여름과
그 시절의 막강한 여성 실세들

면전에서는 절대 불릴 일 없는 〈배불뚝이Tum-tum〉라는 별명이
붙은 에드워드 7세가 1902년에 영국 국민 대다수의 환영을 받
으며 왕좌에 올랐다. 국민은 그의 향락적인 행태를 모르는 바
가 아니었다. 쓸쓸한 말년을 보내던 그의 어머니 빅토리아 여
왕은 남편 앨버트 공의 죽음을 두고 여전히 맏아들을 탓하다
1901년에 세상을 떠났다. 에드워드는 〈도락가〉라는 평판에
어울리고도 남는 생활을 했다. 진수성찬, 사치품, 최신형 자동
차 운전, 빠른 경주마, 순식간에 갈아 치우는 여자들로 가득한
삶을 탐닉했다. 심미안이 있던 그는 여성들과 친목을 다지고
대화하며 우정을 나누는 것도 즐겼다.

그의 마지막 정부이자 가장 유명한 애인은 「라 파보리타
(총애하는 여인)」로 알려진 앨리스 케펠이었다. 대관식 준비
가 한창일 때 에드워드가 고집한 한 가지 안이 있었다. 웨스트
민스터 사원에 자리할 남녀 귀족들보다 위쪽에 있는 방청석의
칸막이 구역에 그가 특별 초청한 친구들 사이에 앨리스가 앉아
야 한다는 것이었다. 예상대로 에드워드의 여자 지인들 몇몇은
〈왕의 지정석〉에 배정되었다. 이런 식으로 왕의 총애를 받은

다른 부인 중에는 앨리스의 절친 마거릿 그레빌, 세계적으로 유명한 배우 사라 베르나르, 미국 태생의 아름다운 상속녀이자 사교계 인사인 아서 패짓 부인이 있었다. 또 다른 손님으로 이디스의 서슬 퍼런 시어머니 테리사 런던데리 부인이 있었는데 여성 귀족 전용 화장실 문 뒤에서 난데없이 집게를 달라고 다그쳐 소동을 일으켰다. 그녀가 볼일을 보는 동안 그 유명한 런던데리 티아라가 변기에 빠지는 바람에 그것을 건질 전문 도구가 필요했던 것이다.

에드워드 7세는 호의적인 사교계 여성 실세와 결탁해서 얻는 게 많았다. 그들은 그가 여인들과 마음껏 연애를 즐기며 머물 수 있는 안락한 시골 별장을 제공해 줄 연줄이었다. 물론 매사에 신중하게 처신했고 여가 생활 대부분은 믿을 만한 측근 그룹 말버러 하우스 친구들과 함께했다. 그가 총애하는 사람 중에는 메이페어 찰스 스트리트 11번지 저택에서 호화로운 생활을 즐기는 로널드 그레빌과 매기 그레빌이 있었다. 그레빌 부인의 대녀가 기억하는 바에 따르면, 〈왕의 재임 기간 내내 내가 목격한 대모님은 몸집은 작지만 강단 있는 태도로 누구와 함께 있든 앞장서서 나아가는 사람이었다〉라고 한다.[1] 그레빌 부부는 종종 서리에서 하우스 파티를 즐길 공간을 빌려 쓰긴 했는데 그들에게 필요한 곳은 주말 동안 지낼 그들 소유의 시골 영지였다. 그래야 땅이 있는 다른 경쟁자들을 물리칠 수 있었다. 1906년에 매큐언은 폴스덴 레이시의 서리 땅을 8만 파운드에 매입해 〈의붓딸〉과 사위에게 주었다. 런던에서 고작 35킬로미터 떨어진 그곳은 자산 가치가 매우 높은 땅이었고,

그 중앙에는 토머스 큐빗이 지은 1824년식 빌라가 멋지게 자리하고 있었다. 그 집은 이선 수인의 취향대로 재설계해 확장 공사를 한 곳이었으나 이제는 그레빌 부인이 왕에게 어울리는 집으로 바꾸기로 했다.

그레빌 부인은 20세기로 접어들 무렵 런던에 문을 연 신식 호텔에 일찍부터 열광한 사람이었다. 지체 높은 집안의 부인들이 이전에 호텔 측에서 제공하던 어딘지 수상한 〈비공개 다이닝 룸〉이 아니라 처음으로 호텔 내의 밝고 안락한 레스토랑에서 공개적으로 남자들과 식사를 할 수 있어서였다. 메이페어의 집 근처에 있는 피카딜리의 리츠 호텔에서 영감을 받은 그녀는 건축가 므웨와 데이비스를 고용했다. 이들은 그 호텔이 위치한 혼잡하고 난해한 장소에다 지리적으로나 양식적으로나 기적과 같은 결과물을 만들어 낸 장본인이었다.

그들은 폴스덴 레이시를 탈바꿈시켜 전통적인 컨트리 하우스 내에 현대식 호화 저택의 면면을 구현해 냈다. 그들의 의뢰인이 요구한 것은 아낌없이 가동되는 중앙난방 장치, 욕실 딸린 방, 온수가 무한 공급되는 수도 설비였다. 그레빌 부인은 주 침실과 내실마다 내선으로 연결되는 전화 교환기 설치도 원했다. 주방은 고품격 요리가 나올 수 있도록 최첨단으로 꾸며졌다. 마거릿은 최고의 직원을 고용해 자신의 집이 최상급 호텔처럼 운영되게끔 했다. 건축가 므웨와 데이비스는 다채로운 역사적 양식을 가미해 작업했다. 그 결과 집 내부는 이탈리아의 팔라초식 금박 내장재, 튜더 양식의 최고 견본을 본뜬 석고 천장, 박물관 전시품 수준의 중국 자기와 마욜리카 도자기로 장식되었다. 장식용 그림도 최고급품이 동원되었다. 〈야심가〉 그레빌 부인으로서는 유구한 역사의 귀족 가문 후예가 자연스러운 거주 환경으로 여길 법한 정통성 있는 환경을 구현하기 위해서라면 비용은 대수도 아니었다.

마거릿은 폴스덴 레이시를 왕을 접대하기에 최적의 장소로 만들 작정이었다. 하지만 저택이 변신을 완료하기도 전에 비극이 찾아왔다. 1908년 3월, 마흔네 살의 꽃중년 남편이 인후암 진단을 받아서 후두 절제 수술을 받아야 했다. 수술은 성공적이었으나 로니는 폐렴으로 쓰러진 후 일주일을 못 넘기고 세상을 떠났다. 남편을 진심으로 사랑했던 마거릿에게 그의 죽음은 하늘이 무너지는 일이었다. 그녀는 한참 애도 기간을 보낸 후 사교 활동을 재개했는데, 1906년에 마거릿의 어머니를 먼저 보내고 혼자된 매큐언 씨와 종종 동행했다. 마거릿의 큰 업적은 바로 1909년에 에드워드 7세를 그녀의 절친이자 에드워드의 정부인 앨리스 케펠과 함께 폴스덴 레이시에 모신 것이었다. 왕은 그레빌 부인에게 〈환대에 천부적 재능이 있다〉라고 치하했다.

사교계의 여왕이 되려는 야심 찬 여성이라면 런던의 거처는 물론이고 주말 접대를 위해 필수적으로 시골에 근사한 저택한 채쯤은 갖고 있어야 했다. 윌리엄 월도프 애스터는 1906년에 클리브덴 저택 열쇠를 넘겨줄 때 아들과 며느리에게 자신은 절대 그리로 돌아가지 않겠다며 안심시켰다. 그래서 낸시는 격식을 차린 고급 빅토리아풍 인테리어를 시아버지 시대의 〈화려하게 우울한〉 분위기에서 좀 더 따뜻한 집으로 변화시켰다.

편안한 친츠*로 덮은 가구와 커튼, 신간 도서, 방마다 놓인 꽃으로 분위기를 바꿨나. 집 안에 있던 갑옷은 월도프의 아버지가 또 다른 완벽한 역사적 저택을 짓느라 분주한 켄트주의 히버성으로 보냈다. 그러던 중 1907년에 애스터 부부의 첫째 아들이 태어났고 할아버지의 이름을 따서 윌리엄 월도프라는 이름을 붙였는데, 월도프의 아버지가 애스터 가문의 새 식구를 보기 위해 클리브덴에 방문하겠다고 알렸다. 애스터 부부는 아버지의 반응이 염려스러웠지만 윌리엄 월도프는 아들 내외가 집을 개조한 것에 수긍하며 이렇게 말했다.

「소유의 첫 번째 기쁨은 모든 것을 이리저리 바꾸고 마음속으로 바라던 바와 근사치로 다시 만드는 거지.」

클리브덴은 규모가 대단히 크고 필요 시설이 거의 완비된 영지였다. 자작 농장 화이트 플레이스에서 신선한 농산물을 저택 식솔들에게 공급해 주었다. 한창때는 야외 직원이 정원사, 마구간지기, 마부, 토지 일꾼, 관리인을 포함해 50명에 달했다. 실내 직원 수는 20명 안팎으로 하녀, 주방 직원, 종자, 하인 3명, 몸종, 프랑스 요리사, 주임 하녀, 집사가 포함돼 있었다. 야외 직원들은 영지 내 오두막집에서 가족과 함께 살았고, 실내 직원들은 저택의 서쪽 부속 건물 안에 살았다. 애스터가 소속이 아닌 하인들은 연회나 무도회 같은 대규모 사교 행사에 필요할 때 투입돼 일손을 거들었다. 애스터 부부는 그들의 계급과 부에 걸맞게 정확하고 격식에 맞는 기준에 따라 가계를 운영했다. 제1차 세계 대전이 발발하기 전까지는 집사와 하인

* 꽃무늬가 날염된 광택 나는 면직물.

들이 저녁 식사 시중을 들 때 머리에 분을 발랐고 반바지를 포함해 정식 제복을 착용했다.

클리브덴은 한쪽은 템스강이 보이고, 다른 쪽은 테라스와 정원이 건너다보이는 숲이 우거진 가파른 언덕에 자리했다. 1층에는 넓은 현관 홀, 강이 내려다보이는 응접실, 판으로 장식한 서고, 루이 15세풍 다이닝 룸, 애스터 경의 서재, 애스터 부인의 내실이 있었다. 손님 침실은 46개가 있었다. 애스터 부부는 주말에 대규모 방문객을 맞아 접대하길 좋아했다. 낸시는 막판에 충동적으로 손님을 추가로 초대하곤 했는데 이로 인해 대규모 주방은 아수라장이 되기 일쑤였다. 낸시는 식탁에 모든 사람이 둘러앉게 하려고 개인별 상차림 공간을 손님당 45센티미터로 제한했다. 건장한 윈스턴 처칠은 식탁 밑으로 무릎을 밀어 넣을 수는 있지만 정찬 때 나오는 30가지 코스 요리 중 뭔가를 시식하려고 움직이는 게 힘들다고 불평했다. 클리브덴의 집사가 동종업계 일인자인 버킹엄궁 급사장에게 조심스레 조언을 구했다.

「손님 한 분당 76센티미터라네.」

신탁 같은 답이 돌아왔다. 그 후 클리브덴을 찾은 손님들은 포크와 나이프를 들고 팔꿈치를 자유롭게 움직일 수 있는 충분한 공간을 할당받았다.

손님을 접대하는 파티 주최자로서 낸시의 태도는 에드워드 7세 시대의 영국 기준으로 보면 신선할 정도로 스스럼없고 격식에 얽매이지 않았다. 오전에는 손님들이 각자 여흥을 즐기도록 점심시간 전에는 손님들 앞에 나타나는 일이 드물었지만,

일단 등장하면 가식 없고 재미있는 모습을 보여 주며 엄청난 활기와 매력으로 어떤 그룹도 순식간에 들썩이게 만들곤 했다. 좌중을 웃기는 감각이 뛰어난 그녀는 놀랍도록 남들을 똑같이 흉내 내고 맛깔나게 이야기를 풀어놓는 재주가 있었다. 식사 도중에 갑자기 무대용 셀룰로이드 틀니를 입에 쏙 끼워 넣고는 마고 애스퀴스* 흉내를 내는 식이었다.

에드워드 7세 시대에 클리브덴에 방문한 손님 명단은 『명사 인명록Who's Who』과 『버크 족보 명감Burke's Peerage』을 합쳐서 읽는 기분을 전해 줄 정도였다. 『피터 팬』의 저자 제임스 매슈 베리와 러디어드 키플링 등 문학계 손님도 줄을 이었다. 외국의 왕족은 그들의 영국 친인척만큼이나 환영받았다. 겸손하고 평판 좋은 스웨덴의 구스타프 왕세자는 애스터 부부의 총애를 한 몸에 받는 손님이라 레이디 루이즈 마운트배튼과 결혼했을 때 신혼여행 기간에 켄트주의 샌드위치에 있는 애스터가의 휴가용 별장을 빌려 쓰기도 했다. 에드워드 7세는 미국인 미녀를 향한 애정이 유난스러웠다. 한번은 낸시 애스터가 왕이 브리지 게임을 하자는 요청에 〈제가 킹하고 잭**을 분간하지 못할 것 같네요〉라는 영리한 대답으로 자리를 모면했다. 왕이 알아듣고도 남을 도발적인 발언이었다.

알려진 대로 〈애무꾼 에드워드〉는 미국인 여성들의 생기

* 영국 총리(1908~1916년 재임)를 지낸 허버트 애스퀴스의 부인. 얼굴 생김새가 하관이 발달한 편이었다.
** 트럼프 카드의 knave를 말하는데, 이 단어는 무뢰한이나 악당을 뜻하는 말이기도 하다.

발랄함과 세상 물정에 밝은 재치에 탄복했고 마리엔바드에서 그의 사교 모임에 합류한 어여쁜 커나드 부인도 좋아했다. 국왕은 〈요양 차〉 독일의 온천 도시에 가서 그간 과부하가 걸린 옥체의 소화기 속 독소를 사우나, 목욕, 마사지, 식도락으로 몰아낸 모양이다. 모드는 왕과 수행원들이 함께한 정찬 자리에서 좌중을 즐겁게 해주려고 엘리너 글린의 선정적인 소설 『엘리자베스의 방문*The Visits of Elizabeth*』 이야기를 꺼냈고, 순진한 아가씨가 시골집 복도에서 야밤에 삐걱거리는 소리가 나서 깜짝 놀라는 장면을 들려주다가 낭패를 봤다. 그 자리에 동석한 손님 하나가 미혼 여성이었는데 〈순진한 사람〉 앞에서 그런 이야기를 대놓고 하는 건 명백한 결례였다. 왕은 고개를 홱 돌리고 냉큼 화제를 전환하며 모드의 말을 잘랐다. 에드워드 왕 자신이 바로 복도를 삐걱거리게 만든 경험이 풍부한 장본인이었으나 공개적으로는 예의범절을 지키는 사람이었다. 모드는 나중에 시종 무관에게 따로 질책을 받았고 며칠간 호텔에 숨어 지내야 했다. 그녀가 왕가의 〈기피 인물〉로 찍힌 게 이번이 처음이었는데, 훗날 그런 일은 또 생길 터였다.

모드는 여행할 기회가 생기면 절대 놓치지 않았다. 런던은 오페라 관람차 수시로 드나들었고 가끔 딸도 데리고 다녔다. 1906년에는 모드 모녀가 사라토가에 살고 있는 호러스 카펜티에를 만나러 커나드 여객선을 타고 거창하게 미국 여행길에 올랐다. 1910년 여름에는 바체가 스코틀랜드 여행에서 돌아오자마자 모드는 조지 무어와 함께 바그너 공연을 보러 뮌헨에 갔다. 모드가 어떻게든 남편 바체를 피하고 싶어 한 게 분명해 보였다.

　콜팩스 부부 역시 여행 자체에 매료된 사람들이었다. 에드워드 7세 시대에 시빌과 아서는 법정 변호사의 긴 휴가를 이용해 유럽 전역을 여행했다. 북해 연안의 저지대, 독일, 이탈리아 알프스, 북부 이탈리아, 투스카나, 움브리아, 발칸 반도를 오붓하게 돌아다녔다. 그들은 컨트리 하우스를 빌리기도 했다. 그곳에서 두 아들이 태어났다. 1903년 3월에 피터가, 1906년 6월에 마이클이 태어났다. 콜팩스 부부는 시빌의 먼 친척인 엘리자 웨지우드와 그녀의 이웃 엘코 부인을 통해 허버트 조지 웰스*와 제임스 매슈 배리, 웹 부부** 같은 저명한 작가나 지식인들도 만났다. 시빌은 1906년에 처음 만난 히드코트의 로런스 존스턴하고도 친분을 쌓았다. 존스턴은 기막히게 멋진 정원을 만드는 일에만 골몰한 채 은둔 생활을 하는 사내라서 원예에 대한 열정을 함께 나눌 사람을 제외하고는 인간관계 자체를 피했다. 시빌은 원예학에 관한 글을 섭렵하고 다른 훌륭한 정원을 방문하는 등 연구 과제를 진행하듯 준비한 후 그를 상대했다. 그녀는 진정한 지식을 나누는 자세로 존스턴과 대화를 나눴고 두 사람은 평생 친구로 남게 되었다.

　시빌이 외롭고 고립된 환경에서 빡빡한 어린 시절을 보낸 데 반해, 콜팩스 부부는 자식들이 목가적인 양육 환경에서 자라게끔 하려고 다른 집 아이들보다 더 풀어놓고 키웠다. 두 사람은 컨트리 하우스 생활을 좋아했고, 그들보다 더 부유한 지

* 『타임머신』, 『투명 인간』 등을 쓴 영국 소설가.
** 시드니 웹과 베아트리스 웹. 영국의 사회주의자이자 개혁가.

인들 집에서도 자주 머물렀다. 다이아몬드계의 거물이자 자선가인 알프레드 베이트, 그가 소유한 하트퍼드셔의 테윈 워터라는 아름다운 집을 1906년에 물려받은 그의 동생 오토 베이트 같은 백만장자 친구들과 자주 만났다. 아서의 직업 덕분에 인맥이 든든해졌다. 후에 노스클리프 부인이 되는 몰리 햄스워스는 마이클 콜팩스의 대모 중 한 명이었고, 시빌과 아서는 서리의 서튼 플레이스에 사는 노스클리프 가족의 집에 종종 머물렀다. 노스클리프 경이 1905년에 『옵서버』 신문사를 인수했을 당시 시빌과 아서의 집에서 열린 비공개 소규모 만찬 자리에서 그를 제임스 루이스 가빈에게 소개해 나중에 노스클리프가 가빈을 옵서버의 편집자로 앉히게 되는 인연을 만든 사람이 바로 콜팩스 부부였다. 시빌은 열아홉 살 적 봄날 피렌체에서 우연히 만났던 그 친구들처럼 지적이고 재미있는 벗들이 함께하는 가상의 영토를 스스로 구축하고 싶어 했다.

콜팩스 부부는 계속 유럽 탐방에 나서서 1908년에는 스페인, 1909년에는 그리스와 튀르키예를 여행했다. 1911년에는 뱃길로 리버풀에서 캐나다까지 갔는데, 시빌은 그곳에서 많은 상류층 여성이 직접 요리와 청소를 맡아 하며 하인이 드물다는 사실에 충격을 받았다. 두 부부는 노스클리프 부부의 캐나다 집에 머물렀다. 시빌의 일기를 보면 신대륙에서 온갖 유형의 사업가들이 경제적 성공을 거둔 점에 주목했다. 막 움튼 그녀의 사업적 기량이 그 무렵 급성장했다.

에드워드 7세는 1910년에 세상을 떠났고 남편과 사별한 마거릿 그레빌은 왕의 대관식에 참석했듯이 그의 장례식에도 참석했다. 새로운 국왕 조지 5세는 아버지의 부정한 사생활을 못마땅해했던 터라 아내 메리 왕비에게 굳건히 정절을 지켰다. 조지는 그레빌이 부왕과 케펠 부인의 외도를 부추겼다는 걸 알고 있었다. 눈치 빠른 앨리스 케펠이 극동 지역으로 장기간 여행을 떠난 사이 그레빌은 메리 왕비를 만나 친분을 키웠고, 이 일은 차후 왕실에 지대한 영향을 미치게 되었다. 두 사람 다 아름다운 물건이나 그림, 가구에 대한 애정이 남달랐는데 미술이나 장식 예술에 관한 지식은 대부분 독학으로 습득했다. 게다가 그레빌은 아버지와 남편 둘 다 국회 의원이었기 때문에 정치에도 꾸준히 관심을 보였다. 사실상 여왕벌 6명의 남편 중 4명은 전현직 국회 의원이었다.

월도프 애스터가 정치에 입문하겠다고 결심한 이유는 애초에 그의 부실한 건강 때문이었다. 1908년에 모든 격렬한 신체 운동을 포기하라는 권고를 받은 후 그의 사회적 양심이 그를 새로운 길로 이끌었다. 그는 1910년에 플리머스 서튼 지구의 보수당 하원 의원으로 선출된 후 영미 관계, 농업, 보건 분야 개선에 집중했다. 낸시와 월도프는 손발이 잘 맞는 파트너였다. 낸시는 플리머스에서 가가호호 문을 두드린 후 깜짝 놀란 세대주에게 〈제 남편이 국회 의원 후보입니다. 한 표 부탁드려도 될까요?〉라고 호소하는 간단한 방법으로 남편을 대신해 선거 운동을 했다. 대가족을 거느리는 낸시는 클리브덴은 물론 런던의 거처인 세인트 제임스 스퀘어 4번지에서도 부유층과 유력층 인사들을 접대하는 데 발 벗고 나섰다.

누가 봐도 〈삶의 환희〉가 충만한 사람 같지만 사실 낸시는 결혼 초기에 수년간 한 번씩 병치레로 고생했다. 분만은 그 시대의 여성들, 심지어 부유층 여성에게도 상당한 부담을 안겼다. 일단 아이가 태어났을 때 아무리 많은 도우미와 하인을 고용하든 상관없이 산전 건강 관리가 제대로 자리 잡히지 않은 데다 산과 시술도 원시적인 수준이었다. 게다가 의료용 방부제와 항생제가 등장하기 이전 시대라서 출산 과정에는 건강한 여성들의 목숨까지 앗아 가는 산욕열의 위험이 늘 뒤따랐다. 낸시와 월도프는 오 남매를 두어 대가족을 꾸렸다. 윌리엄 월도프는 1907년에, 낸시 필리스 루이스는 1909년에, 프랜시스 데이비드 랭혼은 1912년에 태어났다. 이렇게 아이 셋을 출산한 후 낸시 애스터는 모든 기력이 다 소진돼 의사들에게 장기간 침대 요양을 하라는 지시를 받아 우울하고 불안한 나날을 보냈다. 그러던 중 1913년에 미국인 메리 베이커 에디의 글을 접했다. 크리스천 사이언스*를 창설한 그녀가 1875년에 출간한 『성서에 비추어 본 과학과 건강*Science and Health with Key to the Scriptures*』이라는 책이었다. 낸시 애스터는 개종한 후 열렬한 신자가 되어 남은 생애 동안 날마다 이 책의 구절을 발췌해 읽었다. 그녀는 모든 질병이 단순한 〈오류〉에 불과하며 의지력만으

* 기독교 교파의 하나로, 물질세계는 실재가 아니며 병도 기도만으로 치유할 수 있다고 믿는 종교다.

로 자가 치유가 가능하다고 확신했다. 어떤 식이든 병약해지는 건 **부족**한 믿음에서 기인한다고 봤으며, 이런 태도로 인해 나중에는 병든 남편과 가족을 멀리하게 되었다. 크리스천 사이언스는 낸시 애스터가 원래 갖고 있던 자기 믿음이나 타고난 결단력과 잘 맞는 철학이었다. 낸시는 불굴의 에너지와 흔들림 없는 신념으로 똘똘 뭉친 여성이었다.

국회 의원으로서 월도프의 경력이 쌓여 가는 사이 부부는 초대형 규모로 여러 행사를 주관했다. 매년 한 번에 500명이 참석하는 무도회를 수차례 주최했고, 60인용 만찬 파티를 열었다. 주말이면 클리브덴에 머물다 가는 손님이 20~30명이었다. 런던 사교계의 명사들이나 정치계의 상류층이 단골손님이었다. 월도프도 낸시처럼 술은 입에도 대지 않았다. 다만 그의 아버지 윌리엄은 일곱 살 때부터 매일 와인을 마셨다고 공공연히 얘기했고 그의 다부진 건강 상태가 술에 의존한 덕분이라고 주장하긴 했다. 애스터 부부는 정작 자기들은 술을 입에 대지 않았어도 손님들에게는 훌륭한 와인을 제공했다. 약삭빠른 손님들은 접대의 전문가인 집사 리 덕분에 특별 대우를 보장받을 수 있었다. 리는 저택에서 묵고 가는 손님들의 방으로 술을 가져가 대접하며 후한 팁을 받았다.

런던데리 부부의 호화로운 저택에서도 융숭한 접대가 이루어졌다. 이들 부부의 핏속에는 정치계와 어울리는 흥이 배어 있었던 듯하다. 부부의 장남 찰리는 잘생기고 매력적이긴 했으나 동년배에 비해 특별히 지적이거나 정치적으로 명민한 타입으로 보이진 않았다. 하지만 그는 나폴레옹 전쟁 이후 유럽에 협의하의 평화를 가져다준 1815년 빈 회의의 해결사 노릇을 한 캐슬레이 자작 로버트 스튜어트의 직계 후손이라는 사실을 잊지 않았다. 찰리가 선조에게 물려받은 유산은 막대한 재산 말고도 더 있었다. 뛰어난 업적을 남긴 조상 로버트 스튜어트처럼 찰리도 자신이 리더의 자질을 타고난 천생 정치인이자 외교관이라는 믿음을 물려받았다. 그는 1906년에 메이드스톤의 토리당 하원 의원으로 의회에 입성하여 1915년에 아버지의 작위를 물려받을 때까지 의원직을 유지하며 9년간 귀중한 정치 경험을 쌓았다.

한편 이디스는 근 20년 이상 아이 다섯을 출산하고 가족을 건사하는 데 전념했다. 1900년에 모린을, 1902년에 에드워드(애칭은 로빈)를, 1910년에 마거릿을, 1911년에 헬렌을, 1921년에 마이리를 낳았다. 이디스는 런던데리 저택에서 여성 원로 레이디 테리사를 위해 대규모 정치계 환영회를 열어 축하해 주는 등 토리당 중진 의원의 안주인에게 기대하는 사회적 의무를 익혀가며 남편의 정치 경력에 힘을 실어 주었다. 하지만 이디스는 본래 보수주의자가 아니었다. 그녀는 나름대로 강고한 정치의식을 키워 갔고 그러던 중 서슬 퍼런 시어머니와 충돌하고 말았다. 이디스는 밀리센트 포셋이 이끄는 참정권 확장론자suffragist를 지지했다. 이들은 여성의 참정권을 얻기 위해 헌법에 따른 합법적인 수단을 사용해야 한다고 믿었다. (반면에 여성 참정권론자suffragette는 동일한 목표를 달성하기 위해 가능한 어떤 수단이든 사용해야 한다고 주장했다.) 1912년 4월, 이디스는 여성 참정권을 통렬히 비난하는 격문에 응수하는 서한을 『더 타임스』에 보냈고, 이디스의 시어머니 테리사는 이른바 〈제멋대로 날뛰는 애완이 사냥개〉의 처신에 경악했다. 이디스가 나중에 기록한 바에 따르면, 〈이후로 집안사람들이 나의 태도를 우려의 시선으로 침통하게 바라봤다〉라고 한다.[2]

서프러지스트가 이성에 근거한 정치적 논쟁을 벌이고자 시도했고 엘리트 계층 사이에서 어느 정도 공감을 얻었던 데 반해, 좀 더 전투적인 서프러제트는 공격적으로 여성의 참정권을 요구하는 논조 때문에 기득권층에게 비난을 받았다. 서프러제트는 정치인과 기꺼이 정면 승부할 용의가 있었는데 그 자체가 보기 흉한 대응으로 취급받았다. 그들의 주목표 대상은 윈스턴 처칠이었다. 처칠이 켄트주의 샌드위치에 있는 애스터 부부 소유의 휴가용 해변 별장 레스트 해로에 두 차례 머물렀는데, 당시 시위 중인 서프러제트들이 그가 접근하지 못하도록 도로를 막으려고 했지만 그는 간신히 그들을 피해 갔다. 훗날 낸시가 의회에서 의석을 차지한 최초의 여성 하원 의원이 되었다는 점에서 이런 일이 그녀의 집에서 벌어졌다는 게 아이러니했다.

아서 콜팩스는 1910년에 맨체스터 선거구에서 잠시 보수당 의원을 지냈으나 1911년에 자유당이 총선에서 승리하면서 의석을 잃었다. 그는 1912년에 히테 지역 후보로 점쳐졌으나 훗날 수많은 사교계 여성 실세와 친분을 쌓게 될 필립 사순에게 밀려 후보에서 제외되었다. 한편 아서는 1912년에 왕실 변호사가 되어 직업적으로 승승장구했고, 문예 클럽과 개릭 클럽*

* 런던의 연극, 법조 관계자의 고급 클럽.

에도 합류했다. 시빌은 재정적으로 새롭게 호경기를 누리게 되자 시골에 안락하고 널찍한 저택을 마련하겠다는 오랜 꿈을 드디어 이뤄 냈다. 주말 동안 연극계와 음악계 지인들을 접대할 수 있는 집을 구입하는 게 시빌의 숙원이었다. 1912년에 콜팩스 부부가 취득한 켄트주의 올드 벅허스트는 색다른 매력을 띠는 저택으로 개조한 튜더 양식의 건물이었다. 시빌은 상상력과 천부적인 취향을 가미해 그 집을 장식하고 가구를 비치했으며 히드코트의 로리 존스턴의 조언에 따라 정원에 이런저런 시도를 해보기도 했다. 콜팩스 부부의 수입은 아서의 수임료에 크게 의지하던 터라 여전히 안정적이지 못했기 때문에 시빌은 저택을 손보거나 수적으로 점점 늘어나는 지인들을 융숭히 접대하는 데 드는 예산을 짤 때 늘 신중할 수밖에 없었다.

반면에 그레빌 부인은 재정적 한계에 부딪혀 계획에 제동이 걸리는 법이 없었다. 그녀는 온 나라 여성 중에 손꼽히는 부자로 등극했는데 슬프게도 그건 아버지의 죽음 덕분이었다. 노쇠한 윌리엄 매큐언이 어느 날 하이드파크 인근 도로를 건너다가 마차에 치여 쓰러졌고, 1913년 5월 12일에 런던 자택에서 세상을 떠나고 말았다. 매기는 임종 때 그의 곁을 지켰고 진심으로 슬퍼했다. 매큐언과 이른바 의붓딸인 매기의 관계는 더없이 끈끈했다. 그가 매기에게 현재로 치면 6500만 파운드에 달하는 150만 파운드 상당의 재산을 남긴 사실에 주목할 만하다. 그는 매큐언 양조장의 의결권 주식 3분의 2도 매기에게 남겼다. 그의 누나 재닛 영거의 아들인 조카 2명이 양조장 사업에 종사하고 있었기에 그들에게 주식을 남겼을 수도 있었을 텐데

이 상당한 유산은 매기에게 돌아갔다. 매기는 이전에 크레이븐 가문의 지택이었고 이제 매큐언이 소유하던 찰스 스트리트 16번지 메이페이 대저택도 물려받았다.

그때 마거릿 그레빌의 나이가 쉰 살이었다. 엄청나게 부유했으나 남편도 자식도 가까운 친척도 없었고, 양친도 돌아가시고 없었다. 그 시대에 가족 없이 혼자 남은 여성은 조용히 살아야 한다고들 생각했다. 무던한 직원들을 데리고 시골로 내려가서 점잖은 말벗 겸 돌보미를 들이고 반려동물의 응석을 받아주며 지역 유지들과 이따금 가볍게 저녁 식사를 하거나 브리지 게임을 하며 소소하게 어울리는 삶을 기대했다. 그러나 마거릿 그레빌은 흐름대로 살 유한 성격이 아니었다. 1년간 애도 기간이 끝나면 다시 경쟁에 복귀해 런던 사교계의 일등 파티 주최자로 입지를 되찾겠노라 결심했다. 진주와 다이아몬드(이 방면의 확실한 권위자인 빅토리아 여왕이 애도 기간에 착용하기에 적합하다고 여긴 보석)를 사들였고, 런던의 정치 엘리트들과 인맥을 쌓는 데 전념했다. 그리고 아버지의 집이던 찰스 스트리트 16번지 저택을 대대적으로 손보기 위해 그녀가 제일 좋아하는 건축가 듀오 므웨와 데이비스에게 공사를 의뢰했다.

그레빌이 기득권층을 공략한 반면, 모드 커나드는 지방 유지들 틈에서 벗어날 기회를 엿보고 있었다. 1910년 뮌헨의 음악 축제에서 차량 한 대가 군중 속으로 돌진해 2명이 죽고 여러 명이 다친 사고가 일어났다. 그 자리에 있던 모드와 조지 무어가 차량 바퀴에 깔려 죽을 뻔했다가 간신히 목숨을 건졌으나 둘 다 부상을 입었다. 아마 이 사건으로 모드는 지금까지의 삶과 미래를 생각하게 되었을 것이다. 사회적 지위와 그에 따른 경제적 안정에도 불구하고 바체 경과 함께한 16년간의 결혼 생활에 진저리를 내던 차에 1911년 8월, 급기야 스캔들이 터졌다. 어느 날 이른 아침, 마구간 건물의 시계탑을 수리하려고 사다리에 오른 일꾼 몇 명이 커나드의 열린 침실 창문을 통해 주인마님을 봤는데 그녀는 혼자가 아니었다. 손님 중 한 명인 지휘자 토머스 비첨이 커나드와 함께 있었다. 어느 계급을 막론하고 기혼 여성이 남편이 아닌 외간 남자와 침대에 있는 현장이 적발되는 건 사회적 금기를 깨는 행위였다. 카이사르의 아내*와 마찬가지로 무릇 대지주의 부인이라면 비난받을 일을 해선 안 될 뿐 아니라 상류층을 향한 하층 계급의 존경을 받기 위해 그에 부응하는 모습을 보여야 하는 법이었다. 모드는 설령 자신이 원했더라도 더 이상 예전의 삶을 지속할 수 없었다. 레이디 커나드가 낸시를 데리고 한 번 더 런던행에 올랐는데, 이번에는 남편이 있는 집으로 돌아올 계획이 없었다.

토머스 비첨과 사랑에 빠져 있었던 모드가 이제 런던에서 그의 집 근처에 새 거처를 마련했다. 애스퀴스 부부가 다우닝 스트리트 10번지에** 상주하게 되었으니 캐번디시 스퀘어 20번지는 비어 있었다. 커나드 부인은 친구 부부에게 그 집을 임대해 어마어마한 비용을 들여 실내 장식을 새로 했다. 응접실에는 희귀본과 진귀한 장식용 소품, 골동품을 여기저기 배치

* 카이사르가 아내 폼페이아와 클로디우스의 염문설이 터졌을 때 〈카이사르의 아내는 의심조차 받으면 안 된다〉라고 말한 후 폼페이아와 이혼했다.
** 영국 총리의 공식 관저.

해 두고 내부는 당시 유행하던 발레 뤼스 양식으로 새롭게 장식했다. 1911년에 디아길레프의 발레단(발레 뤼스)이 런던을 뒤흔들었을 때 비첨의 오케스트라가 발레단 공연 연주를 맡은 적이 있었다. 커나드는 발레 뤼스의 무대 디자이너 레옹 박스트가 극적인 효과를 주기 위해 사용한 강렬한 색채와 이국적인 마무리 칠을 차용했다. 그리고 상감 세공한 청금석 상판이 덮인 식탁과 선녹색 벽면을 배경으로 빛나는 금박 테를 입힌 로코코 양식의 우아한 가구를 들였다. 커나드 부인이 완성한 놀라운 실내 장식은 마치 배우들을 세워 놓은 연극 무대 같았다. 그녀는 이 공간에서 당대의 미남, 미녀, 패셔니스타, 지식인, 인플루언서는 물론 외설적인 도발꾼들까지 마음껏 접대할 수 있었다. 다양한 부류가 뒤섞인 절충된 구성이 돋보였다. 커나드는 그 시대의 전통적인 파티 주최자들과는 달리 다양한 계층의 사람들이 고루 섞이면 모임의 활기가 최고조에 이른다고 생각했다. 버너스 경(작곡가), 윈스턴 처칠, 패트릭 캠벨 부인(배우), 런던데리 부부, 서머싯 몸 등이 토머스 비첨은 물론 어느새 영국 황태자와 가까이서 어울리는 광경이 펼쳐졌다.

비첨의 조부는 가문의 성을 따서 이름을 붙인 간장약 제약 회사(Beecham's Pills)를 설립해 가산을 일으켰다. 그런데 1879년에 태어난 토머스 비첨은 아버지 조지프가 어머니를 정신 병원에 감금한 후로 아버지와 사이가 틀어졌다. 그렇게 가족 간에 균열이 생겼으니 수년간 부자지간은 소원한 상태 그대로였고, 토머스는 지휘자로 자리매김했어도 여전히 재정적으로 어려움을 겪었다. 그러니 토머스가 보기에 재력가 커나드 부인은 금전적인 여유를 포함해 상당한 매력을 갖춘 여성으로 비쳤다.

토머스 비첨은 1903년에 유티카 셀레스티아 웰스와 결혼했고 두 사람 사이에는 1904년, 1909년에 태어난 두 아들이 있었다. 토머스가 커나드 부인을 처음 만난 건 1909년 말 런던의 어느 만찬 파티였다. 그녀는 토머스보다 여섯 살 위였지만 두 사람은 음악에 대한 열정을 나누며 우정이 깊어졌다. 어느 날 커나드가 그를 네빌 홀트로 초대했다. 그가 처음 방문한 날은 1910년 8월 16일이었고, 이듬해에 그는 일곱 차례 더 방문해 그곳에 묵었다. 마지막 방문은 1911년 8월 14일이었다. 비첨은 커나드 부인과 연애를 시작하려고 그즈음 모드 포스터라는 유부녀와 진행하던 연애를 끝냈다. 세 사람 모두 기혼자였기 때문에 신중하게 처신해야 했다.

그런데 네빌 홀트에서 현장이 발각된 지 3개월 만에 더 떠들썩한 사건이 터졌다. 1911년 10월, 비첨이 이혼 소송의 공동 피고로 지명되었다. 그가 포스터 부인과 한창 바람을 피우던 당시 아버지와 화해하는 내용을 화려한 문체로 설명하는 편지를 보낸 적이 있었다. 그 편지는 스타킹 속에 숨겨져 있었는데 하녀장이 발견해 포스터 씨에게 건네주었다. 두 번째 편지도 발각되었고 남편 포스터는 간통을 이유로 결혼 무효화 신청서를 제출했다. 찰스 디킨스의 아들인 왕실 변호사 헨리 디킨스가 법정 대리로 나섰으나 토머스와 모드가 단순히 좋은 친구였다고 판사를 납득시킬 수 없었다. 비첨의 잘생긴 외모가 그에게 불리하게 작용했을 것이다. 『뉴스 오브 더 월드』에서 그를 〈단정하게 다듬은 윤기 나는 흑발에 두툼한 검은 콧수염과 터수염, 표정이 풍부한 검은 눈동자가 돋보이는 키 크고 늘씬하며 맵시 좋은 프랑스 육군 장교〉처럼 생겼다고 화려하게 묘사했다. 판사가 이혼 가판결에 동의했고, 비첨은 변호사 비용 외에도 695파운드(현재 가치로 4만 5,000파운드 이상)라는 거액의 청구서를 받았다.

비첨은 1912년 2월에 아내 유티카와 별거에 들어가 클럽 회관으로 거처를 옮겼지만 유티카는 그와 이혼할 생각이 없었다. 그 와중에 비첨은 지휘자로서 승승장구했다. 1912년 5월에는 디아길레프의 무용단 발레 뤼스 공연의 지휘자 중 한 명으로 지명되었다. 걸출한 무용수 니진스키가 주역을 맡고 림스키코르사코프의 황홀한 현대식 「세헤라자데」가 연주되는 공연에서 일곱 차례 지휘를 맡았다. 음악을 애호하는 런던에 돌풍이 일었다. 비첨은 이 공연으로 큰 성공을 거둔 후 커나드와 베네치아에서 함께 휴가를 보냈다. 그녀는 남편을 떠나 런던에서 애인의 지척에 터를 잡았을 때 철저히 〈배수의 진을 쳤던〉 셈이다. 1911년과 1912년의 사건에서 확인했다시피 비첨이 애정을 쏟는 상대가 커나드 말고도 더 있었지만 그렇다고 단념할 커나드가 아니었다.

조지 무어는 모드가 비첨과 바람을 피웠다는 사실에 격분했다. 모드가 결혼하기 전부터 일편단심 그녀를 사랑했고 계속 독신으로 남아 있던 그였다. 1911년에는 그녀와 더 가까이 있으려고 아일랜드 생활을 완전히 접고 런던으로 넘어오기까지 했다. 비첨 이야기를 들었을 당시 무어의 편지에는 불평과 원망이 잔뜩 서려 있다. 모드가 남편을 떠나 무어가 아닌 웬 유부남 바람둥이 음악쟁이에게 가겠다는 결정이 두고두고 그의 마음을 괴롭힌 게 분명했다. 〈어째서 당신이 그 음악에 대한 나의 감상평을 듣고 싶어 하는지 이유를 모르겠소. 나보다 그런 이야기에 일가견이 있는 음악가들을 숱하게 아시잖소. 나는 차마 음악회가 끝날 때까지 남아 있지 못했소. 당신의 세상에서 홀홀 날아오르면 좋으련만. 그곳은 내 세상이 아니기에.〉[3] 1913년 1월 21일에 그가 쓴 글이다. 무어는 이제 모드의 애인이 상주하다시피 하는 그녀의 새로운 사교 모임에 끼고 싶지 않았다. 오로지 그녀만 따로 만나겠다고 했다. 〈나와 함께 식사하러 올 줄 알았는데 당신은 오지 않았소. 식사하다 혹여 흥이 깨질까 봐 염려스러워서였겠지. 물론 삶이 시종 절정의 활기를 띠지 않는다면 견딜 수 없을 것이오.〉[4] 1914년 1월에 무어가 쓴 내용이다. 반감은 쌍방향이었다. 비첨 역시 무어가 커나드 부인에 대해 우선권을 행사할라치면 어김없이 묵살했다. 1957년에 그가 평한 바에 따르면, 무어는 〈키스는 안 하고 대화나 했던〉 사람, 다시 말해 낭만적인 공상가였다고 한다.

조지프 비첨이 런던의 러시아 오페라 주간을 계획해 아들에게 지휘할 기회를 주고 벨그레이비어에 고급 타운 하우스를 한 채 마련해 준 사이, 모드는 토머스가 지휘자로 서는 공연에 상류층과 귀족 계급 지인들을 권유해 특별석을 채우는 등 그의 경력에 힘을 실어 주기 위해 물심양면으로 도왔다. 1914년 5월, 토머스 비첨이 악보 없이 슈트라우스의 「장미의 기사」를 절묘한 솜씨로 지휘하며 드루리 레인* 오페라 주간 개막을 알렸다. 그는 1914년 6월에는 림스키-코르사코프의 「금계」와 슈트라우스의 「요셉의 전설」로 공연하는 디아길레프 무용단 발레의 개막 공연마다 지휘를 맡았다. 검은 튈**과 다이아몬드로 치장한 총리 부인 마고 애스퀴스가 커나드 부인의 특별석에 동행했던 수많은 VIP 손님 중 한 명이었다는 사실은 당시 음악계에 큰 사건이었다.

1914년 국왕의 생일에 집주인인 애스퀴스 총리에게 압력을 가해 조지프 비첨이 준남작 작위를 하사받도록 주선한 사람이 바로 모드였다. 애스퀴스는 모드의 끈질긴 감언이설을 도저히 이겨낼 수가 없었다. 작곡가 딜리어스는 아내에게 〈당연히 모든 걸 다 이룬 C 부인은 아주 의기양양하지〉라고 썼다. 더프 쿠퍼가 쓴 일기에는 조지프 비첨이 커나드 부인에게 4,000파운드, 총리의 인척 에드워드 호너에게 5,500파운드, 다이애나 매너스 부인에게 500파운드를 지불했다는 기록이 있다.

커나드가 애인의 아버지가 득을 보게 하려고 상류층의 연줄을 이기적으로 이용한 점이 인상적이긴 한데 그레빌이 왕실에 내놓은 카드야말로 대단히 마키아벨리적인 수법이었다. 그레빌은 아버지가 돌아가신 지 1년 남짓 된 1914년 5월 25일에 조지 5세에게 개인적 서한을 보냈다. 이 편지는 심리 조작술의 친필 걸작으로 왕실 기록 보관소에 남아 있다. 그레빌은 자신이 세상을 떠난 후 막대한 재산과 시골 영지가 어떻게 될지 우

* 런던의 극장 거리.
** 베일용 얇은 명주 망사.

려를 표하면서 왕가의 일원에게 유산을 남겨야 하는지 궁금하다며 의뭉스럽게 운을 떼었다.

　　사실 세상천지에 혈혈단신 저뿐이라 제가 아끼는 폴스덴 레이시를 물려줄 사람 하나 없습니다. 저는 에드워드 선왕께서 제게 베푸신 호의를 결코 잊지 못합니다. 그분 덕분에 제가 삶과 당당히 마주할 수 있었습니다. 선왕께서는 제게 천사 같은 분이셨습니다. 폐하께서 승낙하시어 선왕의 후손 중 한 분이 이곳에 머무신다면 저에게 크나큰 기쁨일 것입니다. 지난 3월에 유언장을 작성하여 발췌본 한 부를 동봉하옵니다. …… 혹여 폐하께서 제 처사를 불허하신다면 저의 사후에 문제가 생기지 않도록 다음의 유언장 내용을 철회할 수도 있습니다. 저택에 30만 파운드를 할당했고, 추후 개축에 쓸 추가 비용 5만 파운드도 남겼습니다. …… 제게 아무도 없다는 현실이 너무나 슬프고, 폴스덴 역시 같은 처지일지도 모른다는 생각이 들어 견딜 수가 없습니다.[5]

조지 5세는 그레빌 부인을 못마땅해하던 이전의 태도를 하루아침에 바꿨다. 서한을 받은 지 3주가 채 안 된 1914년 6월 14일, 왕과 메리 왕비가 그레빌의 제안을 논의하기 위해 폴스덴 레이시에 방문했다. 왕은 일기에 이렇게 남겼다.

　　로니 그레빌 부인이 차를 내왔고, 아름다운 집과 정원

을 구석구석 안내했다. 참으로 매력적인 곳이었다. 부인이 은밀히 말하기를, 그곳을 내 아들 중 내가 선택한 한 명에게 남겨 영구히 그와 그 후손의 소유로 하고 저택 유지 비용으로 최소 30만 파운드도 함께 남기겠노라 했다. 선택될 자식은 참으로 복받은 녀석일 것이다.[6]

그 〈복받은 녀석〉은 차남 앨버트 공이었다. 장남인 왕세자(가족들이 부르는 이름은 데이비드)는 콘월 공국을 물려받을 것이고, 거기서 상당한 수입이 생길 터였다. 게다가 데이비드는 왕위에 오르면 버킹엄 궁전은 물론 윈저, 샌드링엄, 밸모럴 같은 수많은 왕실 저택을 갖게 될 것이다. 수줍음이 많은 데다 약간 안짱다리고 심하게 말을 더듬어 고생하는 순종적인 차남 버티(애칭) 왕자는 이제 엄청난 규모의 고급 컨트리 하우스와 현재 가치로 약 1500만 파운드에 준하는 유지 비용까지 후하게 물려받아 막대한 수입을 얻게 될 것이다. 놀랄 것도 없이 그 이후 왕과 왕비는 큰 호의를 갖고 그레빌 부인을 대했고 왕실의 모든 식구, 특히 젊은 버티는 기회가 있을 때마다 그레빌 부인과 친분을 쌓으라는 권유를 받았다. 그레빌은 왕실과의 관계에서 자신의 명예가 회복된 데 뛸 듯이 기뻐했고, 이를 이용해 런던 사교계에 가장 연줄 좋은 여성으로서 입지를 새롭게 다졌다. 협상 성공에 만족한 그녀는 실내 장식업자들을 찰스 스트리트 16번지에 배치해 두고 여름 휴가를 떠났다. 네덜란드의 클링엔다엘이라는 아름다운 저택에서 활기 넘치는 친구들과 하우스 파티를 한창 즐기던 그때가 하늘에 구름 한 점 없는 1914년

7월 어느 날이었다.

대담하고 인맥 좋고 여행 경험 많은 콜팩스 부부는 이제 곧 유럽을 집어삼킬 대참사를 누구보다 빨리 감지한 이들이었다. 두 사람은 1913년 여름에 휴가차 발칸 반도의 한적한 도시 사라예보를 방문했었다. 그로부터 1년 후 1914년 6월 28일 일요일에 노스클리프 부부와 서튼 플레이스에 머물게 된 건 순전히 우연이었다. 시빌이 기억하기로 삼나무 아래 햇살이 내리쬐는 잔디밭에서 한가로이 차를 음미하고 있을 때 전보 한 통이 날아들었다. 언론 재벌 노스클리프 경이 그날 이른 오후에 아내 몰리 햄스워스 앞으로 보낸 전보에는 이렇게 적혀 있었다. 〈오스트리아 왕위 계승자와 부인이 오늘 2시 30분에 사라예보에서 암살당했소. N.〉 전보를 받은 이 몇 명이 제1차 세계 대전 발발을 알리는 암살 소식을 영국에서 처음 들은 사람들이었다.

한편 커나드 부인이 애인 토머스 비첨을 띄우려고 전방위로 노력하는 사이 딸 낸시는 자기 나름의 사교 생활을 계획하고 있었다. 낸시는 전쟁 전 마지막 시즌이었던 1914년에 궁정에서 〈배알〉한 뒤 사교계에 입성했다. 낸시는 어머니와 자주 충돌했다. 지방 레스터셔에서 런던으로 갑자기 옮겨 온 걸 줄곧 억울해했다. 아버지가 그리웠고 잘나신 귀부인의 불륜 때문에 아버지만 홀아비 신세가 된 게 안쓰러웠다. 모드는 낸시를 자신의 사교 생활을 보조할 장식용 조수처럼 여겼지만, 어느새 낸시는 반항적이고 까다로운 10대가 되었다. 집 안에서 게임을 하던 중 다음으로 누가 방에 들어가는 것을 보고 싶냐는 게임 순서상의 질문에, 〈고(故) 커나드 부인〉이라고 답한 적도 있다.

낸시가 극도로 예민하고 변덕스러운 열여덟 살 시절 목격한 비극적인 사건은 추후 낸시의 정신 건강에 적잖은 타격을 입혔다. 1914년 7월 2일 저녁, 부유층 자제 15명이 심야 저녁 파티를 즐기러 템스강 상류로 가기 위해 웨스트민스터에서 유람선에 올랐다. 비첨의 오케스트라에서 차출한 소규모 악단이 무도곡을 연주했다. 파티에 참석한 손님으로는 다이애나 매너스, 미래의 남편 더프 쿠퍼, 레이먼드 애스퀴스(총리의 장남), 아이리스 비어봄 트리(낸시의 절친), 콘스탄틴 벤켄도르프 백작(러시아 대사의 아들), 바로 한 달 전에 작위를 물려받은 다혈질의 젊은 귀족 데니스 앤슨 경이 있었다. 새벽 3시, 배터시 브리지 근처에서 데니스 앤슨이 재킷과 시계를 벗어 던지고 템스강으로 뛰어들었다. 아마 무슨 내기를 한 모양이었다. 그가 강한 조류에 휩쓸리자 악단 연주자 중 한 명인 윌리엄 미첼이 그를 구하러 뛰어들었고, 벤켄도르프 백작도 같이 뛰어들었다. 백작은 함선의 대형 보트로 건져 냈으나 나머지 두 사람은 실종되었고 시신은 며칠 동안 발견되지 않았다. 낸시는 심한 정신적 충격을 받은 채 새벽 6시에 집에 돌아와 억지로 잠자리에 들어야 했다. 무리 중에 2명을 사고로 잃자 낸시 커나드가 같이 어울리던 교양 있는 부유층 젊은이들이 큰 충격에 휩싸였는데, 이내 더 큰 비극이 닥쳤다. 채 한 달도 안 돼 영국은 당대의 젊은이가 대량으로 죽어 나갈 분쟁에 휘말리게 되었다.

3장
제1차 세계 대전

1914년 6월 28일 저녁, 오스트리아의 프란츠 페르디난트 대공과 그의 부인이 운전기사가 사라예보에서 길을 잃은 바람에 우연히 기회를 잡은 세르비아 민족주의자에게 총격을 당했다는 소식이 영국에 알려졌을 당시 처음에는 별 반응이 없었다. 궁중 무도회가 연기되고 대사관 만찬 파티가 몇 건 취소되었지만, 이 사건은 중부 유럽의 어느 외곽 지역에서 벌어진 단발성의 살인 사건으로 치부되는 분위기였다. 조지 5세는 이 일이 향후 어떤 파장을 일으킬지 그나마 어렴풋이 감을 잡긴 했어도 군주제를 향한 또 한 번의 무정부주의적인 공격으로 일반화해 받아들이는 선에서만 잠자코 추이를 지켜보며 오스트리아-헝가리 황제가 이 사건으로 크나큰 충격을 받았을 것이라고 짐작했다.

『컨트리 라이프』는 1914년 7월 4일, 사건에 관한 사설을 싣고자 〈반려동물 왜가리〉나 〈솔로몬은 색맹인가?〉 같은 일반 기사를 잠시 접어 두고 〈파멸과 비통의 그림자가 그리스 비극의 등장 인물에게 드리워졌듯이 합스부르크 왕실을 뒤덮는다〉라는 추측을 내놓았지만, 상류층은 전반적으로 아일랜드 자치 문제나 이튼 스쿨과 해로 스쿨 간 연례 크리켓 경기 결과에 더 관심이 많았다.

복무 중이던 오스버트 시트웰*은 그때까지 평생 왕족과 외국 국가 원수가 암살당한 경우를 숱하게 접했던 터라 그와 동료 장교들도 처음에는 이 사건 역시 발칸 반도에서 일어난 또 하나의 사소한 충돌쯤으로 넘겼다. 그러다 1914년 여름 내내 전우 4명 사이에서 전례 없이 심상치 않은 기운이 돌고 있음을 알아차렸다. 첫 번째 전우는 극지 원정대에 합류하고 싶어 했고, 두 번째 전우는 아프리카 연대 전출을 고민 중이었다. 세 번째 전우는 남미에서 대농장 일을 하고 싶어 했고, 네 번째 전우는 중국 탐험을 꿈꾸었다. 비슷한 시기에 시트웰이 쓴 글에 따르면, 당시 런던에서 유명한 여성 수상가에게 손금 점을 보는 열풍이 일었는데 결국 그녀는 사기꾼으로 매도당했다. 시간이 지날수록 젊은 남성 고객들의 손바닥에서 미래에 대한 점괘가 나오지 않는다고 설명하며 〈대사를 잊은〉 배우처럼 버벅댔던 탓이다. 시트웰이 글로 남겼다시피 그 와중에도 파티는 계속되었다.

런던 전역은 여전히 여름의 열기와 흥겨운 기운으로 들끓었다. 부잣집 자제들은 연회를 즐겼고 장미꽃으로 장식된 무도회장에서는 심장을 쿵쿵 울리는 「장미의 기사」 왈츠 리듬에 맞춰 춤을 추었다. 이 젊은이들의 눈에는 곧 그들의 미래가 될 폐허도, 부서진 구조물도, 잘리고 뒤틀

* 영국의 시인 겸 소설가.

린 나무도 보이지 않았다. …… 누구 하나 전생의 가능성을 언급하시 않았다.[1]

7월 28일에 오스트리아가 세르비아에 전쟁을 선포했고, 해군 장관 윈스턴 처칠은 영국 함대에 전시 기지 집결을 명령했다. 8월 초에는 상황이 더 심각해져 영국이 대륙 내전에 휘말리는 건 시간문제로 보였다. 에드워드 그레이 외무 장관은 〈일거에 유럽 대륙으로 들이닥친 최악의 재앙으로 끝나고 말 것이다〉라고 경고했다.

　세계 대전 발발로 영국 기득권층이 받은 충격은 상당했을 것이다. 총리의 친딸인 열일곱 살의 엘리자베스 애스퀴스는 7월 25일에 로니 그레빌, 케펠 부부와 네덜란드로 휴가를 떠난 후 고작 9일 후에 개전이 선포될 줄은 꿈에도 몰랐다. 휴가지에서 열린 하우스 파티에는 러틀랜드 공작부인, 그녀의 딸 레이디 다이애나 매너스, (다들 다이애나의 친부라고 믿는) 해리 커스트, 일체스터 경 부부, 레이디 드 트래퍼드와 그녀의 딸, 프리츠 경, 레이디 폰손비와 자녀들, 왕실의 해결사이자 로니 부인의 인척 시드니 그레빌 경이 참석했다. 그들이 다 같이 머무는 아름다운 클링엔다엘은 그림처럼 운하를 아우르는 저택이었는데 장미로 장식된 마구간과 일본식 정원과 전망대가 있었다. 시중드는 직원 수도 충분하고 기사 딸린 차량도 여러 대 대기 중인 클링엔다엘은 이 많은 부유한 지인이 한가로이 휴가를 즐기기에 적격인 곳이었다. 그들은 자기네와 잘 맞는 군주 에드워드 7세 재위 이전부터 서로 알고 지냈고 여전히 함께 어울렸다. 조지 케펠은 예전에도 그랬듯 부지런히 여행 일정을 짜고 매일 즐길 거리를 궁리했다. 해리 커스트가 〈조지의 하계 기동 훈련〉이라고 표현한 대로 바지선 여행과 소풍부터 치즈 공장과 미술관 견학까지 다양한 일정을 계획했다.

하지만 이 즐거운 일정을 느닷없이 중단시킨 것은 또 다른 〈하계 기동 훈련〉이었다. 먼저 엘리자베스 애스퀴스가 의붓어머니 마고에게 전보 한 통을 받았다. 급히 영국으로 돌아오라는 전갈이었다. 엘리자베스가 몸을 실은 영국행 배에는 연대 복귀 소집 명령을 받은 영국 청년들이 가득했는데 여전히 극소수만 현 상황에 경각심을 느끼는 것 같았다. 하늘이 맑고 파랗던 8월 2일 일요일, 영국 일간지마다 독일군이 프랑스와 룩셈부르크 국경을 넘었다는 소식을 전했다. 유럽 대륙 전역의 휴가객들에게 긴급 전보가 날아들었고, 영국 해협을 향해 돌진하는 행렬이 줄을 이었다. 하우스 파티 멤버들은 유유자적 호화롭게 외지 여행을 떠나던 모습과는 전혀 딴판으로 부랴부랴 짐을 싸서 서둘러 해안으로 향했다. 다음 날인 은행 휴일에는 모든 사람이 국제적인 위기 상황에 신경을 쓰긴 했으나 영국 전역에서는 크리켓 경기를 즐기거나, 뱃놀이를 하거나, 모래성을 쌓는 아이들을 지켜보는 하루가 이어졌다. 그날 저녁, 네덜란드 후크에서 출발한 배가 하리치에 당도했다. 평소처럼 행락객 100명을 실은 게 아니라 스트레스와 피곤에 절은 승객 780명을 실은 배였다. 그 와중에도 앨리스 케펠은 사무장에게 객실 두 개를 제공받았다. 선왕의 정부는 유사시에 여전히 매력 어필이 가능했다.

전쟁이 선포되었을 때 애국심과 맹목적 애국주의가 들풀처럼 타올랐다. 도처에서 신병 모집의 분위기가 고조되었다. 뮤직홀 가수들은 〈우린 당신을 잃고 싶지 않지만, 당신이 가야 한다 생각한다오〉라고 노래했다. 남자들은 공장, 제분소, 시골 대농장, 소도시에서 온 동료나, 친구들과 동반 입대했다. 프랑스로 간 선발대 중에는 머릿속에 잘못된 낙관론이 가득한 이들이 있었다. 오스버트 시트웰은 장교들이 수주 내에 베를린에 도착하면 필요할 테니 당번병에게 야회복을 챙기라고 지시하는 호언장담까지 들었다. 차분히 있지 못하던 오스버트의 야심만만한 친구 4명은 1914년 늦가을경 모두 전사자 명단에 올라 있었다.

영국이 출정할 무렵, 하늘을 찌르던 맹목적 애국주의와 자신감은 금세 사그라들었다. 1914부터 1915년에 이르는 습하고 긴 겨울 동안 적군이 진지를 구축한 6개월 사이에, 전선에서 싸우는 병사들의 희생이 막대하다는 의식이 점점 커졌다. 1914년 가을에 앞다투어 입대하던 남자들을 응원하던 영국 대중은 프랑스 전장에서 불구의 몸으로 줄줄이 돌아오는 장병들의 모습에 큰 충격을 받았다. 사상자 수는 암울한 수준이었다. 부상자와 트라우마에 시달리는 병사 수천 명은 치료와 회복을 위해 영국으로 소환되었다. 도중에 부상으로 사망한 병사도 많았지만 살아남은 이들은 병원이나 사립 시설로 보내져 치료를 받았다. 이 시대는 정부가 지원하는 국민 의료 서비스가 등장하기 전이라서 부상병은 적십자의 도움을 받거나 병원을 설립한 부유한 개인의 자선 활동에 의존했다. 전투가 시작된

지 몇 주 만에 데번셔 공작은 자신의 런던 대저택 1층을 적십자 임시 본부로 내주었다. 각계각층의 여성들이 팔을 걷어붙이고 전쟁 지원에 나섰다. 메리 왕비는 지칠 줄 모르고 자선 활동을 벌였고 사교계 여성들도 곧바로 여왕의 본보기를 따라 자기 집을 병원과 요양소로 제공했다.

그레빌은 폴스덴 레이시의 공간 대부분을 에드워드 7세 장교 병원 요양원으로 쓰도록 내놓았다. 요양원은 호화로운 방식으로 운영되었다. 그레빌은 저택 동쪽 공간과 남쪽의 개인 방은 계속 자신이 사용했고, 환자들은 저택 서쪽과 북쪽에서 상근 간호사, 잡역부들과 같이 거주했다. 그레빌은 폴스덴 저택에 대사, 귀족, 정치인들을 계속 초대해 접대했고 1915년에 조지 5세와 메리 왕비가 사기 진작을 위해 방문했을 때 요양원 일대를 안내하며 보여 주었다. 메리 왕비는 전시 중에 줄곧 여러 병원과 요양원의 부상병들을 찾아다녔다. 가끔은 오후 반나절 만에 서너 군데를 방문할 때도 있었다. 한번은 왕비가 수행원 중 한 명이 〈지친다, 정말. 병원은 질색이야〉하고 중얼대는 소리를 우연히 듣고는 〈자넨 영국 왕실의 일원이야. 우린 절대 지치는 법이 없지. 모두 병원을 사랑한다고〉라며 따끔하게 한소리를 했다.

낸시 애스터는 전쟁이 선포되었다는 소식을 처음 들었을 때 클리브덴에서 테니스를 치고 있었다. 몇 개월 만에 그 테니스 코트에는 캐나다 적십자사가 지은 200명 수용 규모의 최신식 병원이 들어섰다. 월도프는 군의관 10명, 간호사 20명, 병원 잡역부 다수의 급료를 책임졌다. 1915년 5월 3일, 윈스턴 처칠이 병원을 방문했다. 비록 훗날 낸시와 처칠이 종종 견원 지간처럼 으르렁대긴 할 테지만, 애스터 부부와 처칠 부부는 신혼 시절부터 알고 지낸 사이였다. 조지 5세와 메리 왕비도 1915년 7월 20일에 병원을 방문했다.

낸시는 병원을 거쳐 간 환자 2만 4천 명의 회복에 진심을 다했다. 간호사는 아니었지만 환자들이 병마와 부상을 이겨내도록 힘을 불어넣었다. 씀씀이도 후했고 응원도 아끼지 않았다. 중상을 입고 클리브덴의 병원에 입원한 어느 캐나다 군인에게 몸이 회복되면 금시계를 주겠노라 했고, 그가 네 번의 수술을 잘 치러내자 낸시는 약속을 지켰다.

안타깝게도 모든 부상병이 병원에서 치료를 받고 목숨을 건지는 건 아니었다. 클리브덴 전몰자 공동묘지는 울적한 기운이 서린 기념 공간이다. 언덕 한쪽 편에 위치한 공동묘지는 나무로 둘러싸인 평화롭고 우아한 이탈리아풍 침상원*인데 부서진 기둥 같은 로마 양식의 조각물로 장식되어 있다. 원래 1902년에 신고전주의풍 정원으로 조성되었다가 묘지로 헌납된 이곳에는 간호사 2명을 포함해 제1차 세계 대전 전사자 42명이 잠들어 있다.

이 공간에서 가장 눈에 띄는 것은 두 팔을 펼친 한 여성의 청동상이다. 캐나다를 대표하는 이 인상적인 자태의 여성은 낸시를 모델로 했다. 클리브덴 직원 중에 군에 입대했다가 영영 돌아오지 못한 직원을 기리는 감동적인 기념물도 있다. 템스강이 내려다보이는 급경사면에 위치한 가족묘 옥타곤당 외벽을

* 지면보다 한층 낮은 정원.

보면 애스터가에 고용되었다가 세계 대전에서 목숨을 잃은 남자들 15명의 이름과 연대가 적힌 청동 명판이 있다.

월도프 애스터는 1914년에 현역 군인으로 지원했으나 심장이 약하고 호흡기 문제가 있어서 거부당했다. 그래서 하원 의원직을 계속 유지하며 소령 계급으로 군수 공장 감독관직을 수행했는데 그 자리는 무보수에 별로 인기가 없는 직위였다. 그 사이 낸시는 점점 비중이 높아지는 월도프의 정계 활동을 지원하면서 런던 사회 내 황금 인맥을 자랑하는 수완 좋은 유력 인사로 입지를 굳혔다. 1916년에 로이드 조지가 총리가 되었을 때 월도프는 나중에 애스터 부부와 절친이 되는 필립 커와 함께 정무 차관이 되었다. 필립 커는 낸시의 영향으로 가톨릭교에서 크리스천 사이언스로 개종했다. 그가 낸시와 사랑에 빠졌다는 소문이 돌았지만 낸시는 그가 자기보다는 주로 월도프와 친하게 지낸 사이였다고 주장했다.

1914년부터 1918년 사이 클리브덴 영지는 전적으로 전쟁 지원에 동원된 공간이었다. 정원사들이 화단을 채소밭으로 바꿨고, 잔디밭은 양을 방목하고 닭을 치는 곳이 되었다. 남자들 대부분은 입대하거나 전시 중 병역 면제 직업에 투입되어서 집안일을 맡는 고용인은 대부분 여성이었다. 전시 중에는 손님에게도 술이 제공되지 않았다. 물론 낸시는 술을 입에도 대지 않는 사람이었지만 예전에는 손님들에게 술을 대접했었다. 한편 이 시기에 낸시의 에너지는 경이로울 정도였다. 전시에 임신 기간을 두 차례나 무사히 지내고 다섯째와 여섯째 아이를 출산했다. 1916년에 마이클이, 1918년에 존 제이컵 2세가 태어났다. 〈나의 정력과 드센 기운과 뻔뻔함이 아주 지긋지긋하다. 나린 여자는 나 같아도 도망치고 싶은 그런 부류다.〉 낸시가 자신에 대해 한 이야기다. 그래도 남자들은 낸시에게 엄청난 매력을 느꼈다. 아내와 사별한 혈기 왕성한 커즌 경은 수년간 낸시를 쫓아다녔다. 그녀는 커즌과 어울리는 걸 좋아했지만 그와 남녀 관계로 얽히고 싶진 않아서 두 사람은 끈끈한 우정을 나누는 관계를 유지했다. 그는 클리브덴을 수시로 드나들었는데 1915년에 짝사랑 상대가 그레이스 더건 부인으로 바뀌었고, 그레이스가 예기치 못하게 남편과 사별하자 조지 커즌이 청혼하면서 그레이스가 이를 받아들였다. 커즌의 오랜 연인이자 악명 높은 소설가 엘리너 글린이 엿새 전 『더 타임스』에서 그들의 약혼 소식을 발견한 뒤 커즌의 컨트리 하우스를 성큼성큼 걸어 나와 두 번 다시 돌아가지 않았다. 낸시 애스터는 커즌의 재혼으로 한시름을 놓았고, 엄마 없이 큰 그의 세 딸에게 마음 놓고 관심을 쏟았다. 커즌가의 유명한 세 자매는 이후 1920~1930년대에 영국 사교계의 중요 인물이 되었다.

런던데리 부부 역시 런던 자택을 병원으로 제공하는 등 전시 지원 활동에 전력을 다했다. 게다가 〈대위 찰스 캐슬레이 하원 의원(찰리)〉은 1914년 8월 29일에 파리에서 프랑스 제3군단을 지휘한 윌리엄 풀트니 장군의 부관으로 활동했다. 찰리는 그의 수하에서 1년간 복무한 후 자기 연대인 근위 기병대에 다시 합류해 1916년에 부사령관이 되었다. 그는 1차 이프르 전투, 솜므 전투, 아라스 전투에서 명예롭게 임무를 수행했으나 대학살의 현장을 목격하고 큰 충격을 받았으며 전사자와 부상자 전우들을 보면서 크나큰 상실감을 느꼈다. 전쟁의 참상을 직접 경험한 일이 그가 훗날 수많은 중대 결정을 내릴 때 영향을 미쳤다.

1915년 2월, 찰리의 아버지 제6대 후작이 폐렴으로 심하게 앓아누웠다. 종군 기자이자 전 영국 육군 장교 찰스 코트 레핑턴이 〈포악한 레이디 런던데리〉라고 별명을 붙인 후작의 아내 테리사가 그를 만나길 요청하는 전갈을 보냈다. 질투심에 눈먼 글래디스 드 그레이가 연적 테리사가 해리 커스트에게 쓴 연애편지 다발을 훔쳐 두었다가 후작에게 보내 버린 후로 후작 부부는 30년간 거의 말을 섞지 않았었다. 이번이 런던데리 경에게 마지막 화해의 기회였지만 그는 테리사의 요청을 거절하고 아내를 보지 않은 채 세상을 떠났다. 3년 후 런던데리 부인이 중병에 걸렸을 때 과거의 연적 글래디스가 용서를 구하는 전보를 보냈다. 이 때에도 거절의 답이 전해졌다.

이디스는 전시에 여성들을 동원하기 위해 급진적인 사회 운동을 주도했다. 1914년 8월 말, 매사에 자신을 못마땅해하는 시어머니와 점심 식사를 하던 중 이디스가 여성 투표권을 지지한다는 이야기를 꺼냈다가 비웃음을 샀다. 듣자 하니 그 자리에 동석한 어느 유명한 신문사 편집자(익명)가 〈전쟁이 여자들에게 그들의 요구가 불가능한 일이며, 그들의 주장이 터무니없는 소리임을 가르쳐 줄 것〉이라고 말하면서 이디스에게 전쟁이 끝날 때쯤 서프러제트는 종적을 감춘다는 데 5파운드를 걸겠다고 내기를 제안했다. 이디스는 도전을 받아들였다. 그녀에게는 바로 그런 자극제가 필요했다. 가을 무렵 이디스는 남자들이 마음 놓고 군 복무를 할 수 있도록 여성 자원봉사자들의 협력을 구하는 운동을 시작했다. 이디스는 농업에 대한 지식이 있고 시골 생활이 적성에 맞는 여성들에게 농사일을 맡긴다는 급진적인 아이디어로 설득력 있는 운동을 펼쳐 나갔다. 언론에서는 전쟁을 단축시키는 데 도움이 되도록 건강하고 적극적인 여성들이 자발적으로 노동 현장에 나서는 것이 마땅히 할 일이라며 대체로 동의했다.

여성 부대라는 단체가 큰 호응을 얻었다. 이들은 먼저 농촌의 일손 부족 문제에 달려들어 농산물 수확을 돕고 가축을 돌보는 데 투입될 여성 자원봉사자들을 모집했다. 이 조직은 인력 사무소 역할을 담당해 자원봉사 여성 인력을 일손이 필요한 적소에 배치했다. 각 현장에 배치된 여성 근로자들은 말 관리, 가축 사육, 착유, 개초,* 퇴비 투하, 김매기, 과일 수확, 밭 갈기 등을 맡아 했다. 이디스는 훗날 이런 글을 남겼다.

규칙적으로 노동을 하며 기능성 의복을 입고 두툼한 신발을 신는 효과가 즉시 나타났다. 일을 하기에는 너무 연약하거나 극도로 예민할 거라 생각했던 수많은 소녀와 여성이 알고 봤더니 최고의 인력이었다. 농업 현장은 말할 것도 없고 여성 부대가 관리하는 모든 영역에서 입증된 사실이다.[2]

이디스는 여성 부대의 의장으로서 군복 스타일의 제복을 입었

* 이엉으로 지붕을 이는 일.

는데 런던에 사는 지인들의 고급 저택을 방문할 때면 하인들을 당황하게 만들었다. 이디스의 복장을 보고 구세군에서 모금을 나온 줄 알고 하녀장과 이야기하라며 〈아래층〉으로 다시 안내해 주는 경우가 가끔 있었다. 이디스는 그런 오해도 대범하게 받아들였다. 이 같은 오해가 일어날 일이 별로 없는 시대였다. 그녀는 여성들이 전시 근로에 전력을 다하기를 촉구하는 신문 기사도 수차례 썼으며 익명의 편지와 모욕이 숱하게 쏟아져도 굴하지 않았다. 전쟁이 진행되는 사이 이디스의 뛰어난 선도력이 효과를 발휘해 이전에는 남성의 전유물로 여겨지던 여러 중요한 자리를 여성들이 거뜬히 채워 나갔다.

가정에서 여성 요리사가 남성 취사병 역할을 대신했으며, 이 여성들은 점차 제복을 갖춰 입게 되었다. 그다음으로 여성 육군 병참단, 여성 부대의 육군 항공대 기사, 전령병이 단정한 반바지 제복 차림으로 모습을 드러냈다. 전쟁이 진행되는 사이 1917년에 여성 부대의 뒤를 이어 정규 여군, 가령 육군 여성 보조 부대, 공군 여군 부대, 해군 여군 부대가 등장했다. …… 그뿐만 아니라 여경, 여성 〈버스 차장〉, 젊은 여성 농부, 산림 감독관, 군수품 노동자, 여성 철로 근로자, 우정공사 우편 차량 기사 등이 있었다. 전쟁이 끝날 무렵에는 영국 노동계의 80퍼센트를 여성이 이끌어 갔다. 끔찍한 전쟁 기간 동안 여성들이 이러한 훈련을 받고 나자 기존의 모든 사고방식에 대변혁이 일어났다. 합리적이고 실용적인 옷차림으로 바뀌었을 뿐 아니라 여성 스스로 위기에 잘 대처하게 되었고, 시야도 넓어졌으며, 자기 자신과 직업에 대한 확신이 생겼고, 〈성공적으로 임무를 수행했다〉는 의식도 생겼다.[3]

메리 왕비는 1918년 3월에 여성 부대를 시찰했을 때 그들이 수행하는 중요한 임무를 두고 크게 치하했다. 전시 노동을 지휘한 결과 이디스는 1917년에 군사 분과 대영 제국 데임 훈작사로 임명된 최초의 여성이 되었다. 이 해에 처음으로 해당 서훈이 생겼다. 같은 해에 찰리는 신임 총리 로이드 조지의 부름을 받아 군대에서 소환되었다. 그는 9년간 하원 의원직에 있었지만 1915년에 아버지의 작위를 물려받으며 의원직을 내려놓아야 했는데 다년간의 의회 경험과 북아일랜드에 관한 지식 덕분에 아일랜드 협약의 의원으로 임명되었다. 아일랜드의 자치 문제를 두고 점점 위기가 고조되는 상황을 무마하기 위한 일시적인 조치에 찰리가 투입된 것이다.

　이디스와 찰리는 런던데리 저택을 부상병 치료 병원으로 쓰도록 내놓았다. 건물 대부분 공간을 넘겨주고 1층의 방 두 곳과 꼭대기 층만 가족들이 쓰게 남겨 두었다. 이디스는 여성 부대 운영에 전적으로 매달렸던 터라 매일 병원 식자재 공급은 이디스의 요리사 해리스 부인과 하녀장 거스리 부인이 맡아 했다. 간호는 나이 지긋한 기혼 여성들이 체계를 잡았는데, 전쟁 신경증을 앓아 종종 예측 불허의 행동을 하는 몇몇 병사를 돌보는 일은 이디스가 도왔다. 어떤 환자들은 병동으로 쓰이는 갤러리를 장식하는 신고전주의풍 조각상에다 낙서를 하거나 화장을 해주거나 소품을 추가하길 좋아했다. 글랜가리 모자*를 뽐내는 대리석 아폴로나 볼연지와 립스틱으로 멋을 부린 아프로디테가 환자들의 사기를 높였다. 런던 공습도 마찬가지로 장난처럼 취급되어서 부상자들이 절뚝거리고 깡충깡충 뛰며 런던데리 저택의 발코니로 가서 조명탄을 구경했다. 1918년에 체펠린 비행선이 더 자주 지독한 공습을 퍼부었을 때는 환자와 직원 모두 지하 저장고로 피신해야 했다.

이디스는 1930년대 말에 쓴 글에서 런던데리 저택이 다른 중요한 용도로 쓰이는 와중에도 전시에 어떻게 친구들의 회합 장소가 되었는지 애틋한 기억을 떠올렸다. 그녀는 매주 수요일 저녁에 만찬 모임을 열었다. 친구들끼리 런던데리 저택을 성서 이야기에 빗대 노아의 방주라고 농담 삼아 불렀다. 홍수가 끝났다는 성스러운 표징을 떠올리게 하는 무지개 기사단도 결성했다. 기사단 단원은 어떤 생물의 이름이나 신화나 마법 속 인물의 이름을 각각 부여받았다. 이디스는 〈마녀 키르케〉였다. 당시 육군상 윈스턴 처칠은 〈윌록〉이었고, 이디스의 남편은 〈치타 찰리〉였다. 세상 유쾌한 별명 놀이를 하는 사람들이긴 해도 이들은 누구보다도 정보에 밝았다. 해군 대신 밸푸어(알바트로스 아서)가 이미 방주 단원들에게 유틀란트해전 소식을 들려준 바로 그날 밤, 런던에 라디오 보도가 전파를 탔고 신문에는 그로부터 이틀 후에나 전투 소식이 실렸다. 노아의 방주 단원 중에는 에드먼드 고스(고스호크), 제임스 매슈 배리(음유 시인 배리), 낸시 애스터(안성맞춤인 별명 〈각다귀 낸시〉

---

* 스코틀랜드 고지 사람이 쓰는 챙 없는 모자.

로 불렸다)도 있었다. 수요일 저녁 모임 때는 전쟁 전 복식 규정은 폐기했고 초대받은 손님들은 평상복이나 야회복을 입고 참석했다. 정치인과 귀족이 화가, 작가, 회복 중인 장교는 물론 자유분방한 다양한 부류의 사람들과 함께 샴페인에 잔뜩 취해 흥겹게 어울렸다. 노아의 방주는 전시의 런던에서 격식을 없앤 최초의 살롱이었으며, 이디스가 조직적으로 진행되는 만찬회보다는 뷔페식의 가벼운 식사 방식을 도입하여 손님들은 도착해서 아무 때나 편하게 다과를 즐길 수 있었다.

그 와중에 이디스는 찰리의 불륜을 의연하게 받아들였다. 그에게 정부들을 어떻게 대해야 하는지 조언도 하고 그들에게 주라며 작은 선물까지 사서 건넸다. 오랜 세월 이디스는 찰리에게 충실했고 그가 정계에서 성공하기를 간절히 바랐다. 하지만 이디스를 향한 그의 사랑이 그가 다른 여자들에게 한눈팔지 못할 만큼 열렬하진 않았다는 사실이 내내 마음을 괴롭혔을 것이다. 부모님처럼 연애결혼을 한 이디스의 결혼 생활은 찰리의 부모님이 냉랭한 감정의 황무지 같은 관계를 유지했던 것과는 완전히 달랐다. 찰리는 이디스가 다른 어떤 〈여자들〉보다도 그에게 더 중요한 존재라고 조심스레 말했다. 물론 그 말 자체도 상처가 됐지만 이디스는 그가 다른 여자들과 얽히는 것을 부부 사이를 위협하는 문제로 보지 않기로 했다. 그녀는 사회적으로도 성공했고, 개인적으로도 평판이 좋고 매우 아름다운 사람이었기 때문에 결혼 생활 바깥에서 정서적 충족감과 찬사를 얻을 수 있었다.

전쟁이 끝날 기미가 보이지 않는 사이 영국 왕실은 국민 정서를 예민하게 의식해서인지 독일의 친인척과 거리를 두고 싶어 했다. 국왕의 처사촌 바텐베르크 공자 루이스는 1914년 10월, 제1군사 위원 자리에서 쫓겨났다. 1915년에는 영국의 원양 여객선 루시타니아호가 침몰해 1,198명이 목숨을 잃자 독일을 향한 적대감이 고조되었다. 국왕은 조부가 독일인임에도 자신은 뼛속까지 영국인이라고 주장했지만 허버트 조지 웰스의 〈외국인인 데다가 따분하기 짝이 없는 왕실〉이라는 언급에 역정을 냈다.

「내가 따분할지는 모르지만, 죽어도 외국인은 아니지!」

1917년 전쟁이 소강상태에 이르렀을 때 조지 왕은 가문의 성을 윈저로 바꾸기로 했고, 처사촌 루이스는 마운트배튼이라는 성을 골랐다.*

한편 조지 5세는 전쟁 기간 중 애국적 차원에서 왕실 거주지에 설탕과 술을 금지했다. 혹(독일 라인산 백포도주) 한 잔에 가볍게 케이크류를 곁들여 먹길 좋아하던 메리 왕비는 새로 사귄 친구 마거릿 그레빌과 다과를 즐기려고 종종 윈저성을 나와 차를 타고 그레빌의 저택을 방문했다. 시녀가 폴스덴 레이시에 전화를 걸어 왕실의 방문 일정을 알리곤 했다.

「친애하는 메리 왕비 전하, 언제나 대환영이지만 매번 너무 촉박하게 알려 주시네요!」

그레빌이 애교 섞인 푸념을 했다. 1916년 10월 『보그』의

---

* 영국 왕실의 역사적 거주지인 윈저성의 이름을 따 윈저로 정했고, 루이스의 성 바텐베르크는 산을 뜻하는 독일어 베르크를 마운트라는 영어 단어로 바꾸고 바텐을 영어식 발음 배튼으로 바꾼 후 배열을 바꿔 마운트배튼으로 정했다.

글을 보면 〈소프트 파워〉를 펼치는 장으로서 티 테이블이 얼마나 중요한지 나와 있다.

> 모든 여성이 알다시피 사교적 의미에서 티 타임은 매우 귀중한 시간이다. …… 자신의 섬세한 성격을 표현하고 미적, 독창적 자질이나 안목을 은근히 드러낼 수 있는 공간이 바로 티 테이블이다.

메리 왕비는 폴스덴 방문 자체도 즐겼는데 차남 버티와 그레빌의 관계가 돈독해지길 간절히 바라는 마음도 있었다. 당시 버티는 해군에 복무 중이었고 언젠가 그 저택을 물려받을 당사자이기도 했다. 그레빌은 버티를 저녁 식사에 초대했고, 어느 정도 나이가 찼을 때는 주말 동안 머물다 가라고 청하기도 했다. 두 사람이 처음 점심 식사를 한 건 1918년 3월이었다. 나중에 마거릿이 잔뜩 흥분해서 어머니에게 편지를 썼다. 〈정말 마음에 드는 분이에요. 눈매도 참으로 매력적이고 예의도 바르고 용모도 훌륭해요. …… 사람을 사로잡는 젊고 빛나는 존재예요. 제가 너무나 매력을 느끼는 그런 사람이요.〉

그레빌은 늘 젊은이들과 어울리길 좋아했다. 특히 친구들의 자녀와 잘 어울렸고 그들에게 〈로니 부인〉으로 불리고 싶어 했다. 이 이름은 에드워드 시대풍의 뉘앙스로 발음되는 약간 발랄하고 허물없는 애칭이라 선호했다. 케펠 부부도 폴스덴을 자주 방문했고, 1916년에는 딸 바이올렛과 약혼자 오스버트 시트웰 대령도 데려와 오랜 친구 집에서 크리스마스를 함께 보냈다. 그런데 이내 둘의 약혼이 실수였음이 드러났다(적어도 양측이 동성을 더 선호했다는 이유 때문은 아니었다). 하지만 그레빌은 바이올렛이 버린 연인에게서 친구 삼기에 최고인 교양 있고 귀족적인 젊은 사내의 모습을 발견했다. 그레빌과 시트웰의 관계는 특이한 경우이긴 했지만 참 우정이었다. 그레빌은 전통적인 중년 여성 체격의 스코틀랜드인이자 쉰세 살의 미망인이었고, 시트웰은 허울 좋은 작위만 있는 괴팍한 구두쇠 아버지를 둔 위병 장교이자 성 정체성이 불확실한 예의 바른 스물여섯 살의 청년이었다. 이 둘의 관계는 오스버트와 로니 모두에게 득이 되었고, 로니 부인이 세상을 떠날 때까지 둘의 우정은 쭉 이어졌다.

사람들과 어울리기를 좋아한 로니 부인은 새로 단장한 찰스 스트리트 16번지 런던 저택에서 상류 계급 모임을 즐겼다. 국민 전체가 내핍 생활을 하는 전반적인 분위기상 호사스러운 행사는 눈살 찌푸릴 일로 여겨졌지만 파티 주최자들이 각계의 명사들을 초대해 조용히 서로 어울릴 기회는 늘 있었다. 로니는 다이닝 룸에 훌륭한 회화 작품들이 걸려 있는 메이페어 저택에서 매주 수요일 저녁마다 만찬회를 열었다. 상류층 손님들이 둘러앉은 기다란 식탁은 박물관 전시품 수준의 옛날 은식기로 가득하고 컨트리 하우스에서 키운 호화로운 꽃으로 장식돼 있었다. 농산물 역시 시골의 자작 농장에서 공급받았다. 그레빌은 좋아하는 사람들을 초대해 주말 동안 폴스덴 레이시에서 머물다 가도록 했다. 그녀는 전쟁 기간에도 변함없이 높은 수준의 안락함과 접대 환경을 유지하는 것에 자부심을 느꼈다.

그레빌은 런던을 기점으로 정치계에 영향력을 행사한 여성 중에 단연 돋보이는 인물이었다. 1918년 2월, 보수파 정치인이자 윈스턴 처칠의 사촌인 윔본 경의 만찬회 손님들은 공습 때문에 피신한 상태에서 폭격이 잦아들길 기다리는 동안 전쟁으로 지친 남성 정치인을 대체할 〈여성 내각〉을 재미로 만들어 보며 즐거워했다. 선전부 장관은 레이디 커나드, 재무부 장관은 조지 케펠 부인, 재무 서기관은 로널드 그레빌 부인으로 정해졌다.

전쟁은 좀처럼 끝나지 않았고 낸시와 월도프가 신경 써야 할 일은 수없이 많았다. 월도프의 의원 직무, 클리브덴 병원과 저택, 어린 자식들이 부부의 손길을 기다렸다. 그런데 월도프가 하원 의원으로서 지낼 날이 얼마 남지 않을 일이 생겼다. 그의 괴팍한 아버지 윌리엄 월도프는 앤 불린*의 망령이 출몰한다는 소문이 도는 중세풍 건축물 히버성에서 살고 있었다. 그는 1910년까지 1천만 파운드를 들여 성을 개조하면서 손님들이 묵을 튜더 양식의 마을도 조성했다. 밤이면 도개교를 치켜세워 현대 세계를 아예 차단했다. 윌리엄은 이전 세기 영국 신사의 삶을 살고 있었다. 이제 그에게 필요한 것은 귀족 작위뿐이었다. 그는 이 목표를 염두에 두고 신중한 조사에 착수했다.

1916년 1월 1일, 월도프는 어느 기자의 전화 한 통을 받았다. 그의 아버지의 서작(敍爵)이 월도프의 정치적 야망에 어떤 영향을 끼치는지 묻는 전화였다. 이때 월도프는 친영파인

---

* 헨리 8세의 두 번째 왕비. 캐서린 왕비와의 결혼 무효를 교황이 인정하지 않아 비밀 결혼했으나 왕자를 낳지 못하자 간통 오명을 쓰고 처형되었다.

그의 아버지가 작위를 받았다는 걸 처음 눈치챘다. 윌리엄 월도프 애스터는 보수당 상층부와 은밀히 접촉하며 환심을 샀고 여러 자선 단체에 후하게 기부금을 냈다. 전쟁 기금으로 2만 6,000파운드 이상, 로스차일드 적십자에 4만 1,000파운드, 퀸 메리 여성 기금으로 6,000파운드를 쾌척했다. 이제 그는 히버의 애스터 남작이었다. 윌리엄이 사망하면 월도프가 이 세습 작위를 물려받을 텐데, 이 말은 곧 그의 하원 의원직도 끝난다는 뜻이었다.* 월도프는 불같이 화를 냈고, 그가 하원 의원으로 남을 수 있도록 법을 바꾸겠노라 다짐했다. 새로 남작이 된 윌리엄은 그의 장남이자 상속자의 배은망덕함과 불충함에 역정이 나서 그가 사망 시에 월도프가 한 푼도 받지 못하도록 유언장 내용을 변경했다. 부자간의 이 불화는 애스터 가문에 지대한 영향을 미쳤고, 영국의 정치사도 변화시킬 결과를 가져왔다.

또 다른 미국인 백만장자의 재산 양도가 클리블랜드의 코리건가에도 어마어마한 영향을 미쳤다. 이 가문의 막대한 재산은 철강왕 제임스 코리건 시니어가 일군 것이었다. 그가 1908년에 세상을 떠났을 때 유일한 자식이자 상속자인 아들 제임스는 자유 예금에 고작 3,000파운드 남짓 되는 돈만 남겨진 걸 알고 충격을 받았다. 아버지가 세운 수백만 달러 가치의 철강 회사 지분 40퍼센트는 제임스 주니어가 1920년에 마흔 살이 될 때까지 신탁에 묶여 있었다. 회사의 전 부기 담당자였던 프라이스 매키니가 제임스의 자금 수탁자로 임명돼 있었

---

* 영국의 하원은 선거로 선출되고, 상원은 신분으로 정해진다.

다. 제임스는 그때부터 5년간 원망 속에 무위도식하는 한량으로 이름을 날리며 세월을 보냈다. 그가 지략가요 야망가인 로라 메이 휘트록을 언제 어디서 처음 만났는지는 의견이 분분하다. 1930년대에 파리에서 로라와 친분이 두터웠던 전문 파티 플래너 엘사 맥스웰의 주장으로는 로라가 클리블랜드의 한 호텔에서 전화 교환원으로 일했었다고 한다. 엘사에 따르면, 제임스가 그 호텔의 손님으로 와서 투숙 중에 술을 엄청나게 마셔 댔다. 그는 전화를 연결해 주려고 무진 애쓰던 매력적인 목소리의 전화 교환원과 다음 날 얼굴도 모른 채 만나 데이트를 했다. 다른 소식통의 주장으로는 1913년에 로라가 점잖은 의사 남편 맥마틴과 함께 제임스의 하우스 파티에 초대받았을 당시 제임스는 세간을 떠들썩하게 한 법정 소송 사건의 여파에서 회복 중이었다. 피츠버그 출신의 열아홉 살 여성은 제임스 코리건이 아버지 사망 후 그녀와 결혼하겠다고 약조했으나 이를 지키지 않아서 약혼 불이행 혐의로 5만 달러에 그를 고소했다.

진실이 무엇이든 간에 훗날 로라가 설명하기로는 두 사람이 첫 만남에 〈첫눈에 반했다〉고 한다. 그녀는 곧바로 맥마틴과 관계를 정리한 후 1916년 12월 2일에 제임스 코리건과 결혼했다. 제임스가 로라에게 준 결혼 선물은 기사가 딸린 1만 5,000달러 상당의 롤스로이스였다. 로라는 보란 듯이 멋지게 금의환향했다. 그러나 격조를 따지는 클리블랜드 사회가 지저분한 과거가 있는 서른일곱 살짜리 난봉꾼과 작은 벽지 산간 마을의 노동자 계급 출신에 이혼 전력이 있는 신부의 결혼 소식에 주목할 리 없었다. 상류층 부인들은 나기록Nagirroc(코리건

을 거꾸로 한 것) 부부도, 유클리드 애비뉴에 있는 그들의 대저
택도 못마땅해하며 피해 다녔다. 제임스의 사업 거래처 사람들
도 이 부부와 어울리는 것에 양면적인 태도를 보였다. 로라 코
리건은 두 사람이 인간적인 면에서나, 경제적인 입지 면에서
제대로 대우받을 수 있는 더 나은 환경을 찾기로 결심했다. 목
표로 삼은 곳은 바로 뉴욕이었다.

콜팩스 부부의 가정생활은 코리건 부부나 애스터 부부에
비해 정서적으로 그나마 안정적이되 경제적으로 확실히 풍족
한 편은 아니었지만 그런데도 제1차 세계 대전 기간은 사람들
과 많이 어울리고 바쁘게 지낸 시간이었다. 시빌과 아서 사이
에는 어린 두 아들이 있었고, 시빌은 〈자기 남자들〉에게 쏟을
힘과 예술적이고 창의적인 사람들로 가득한 자기만의 사교계
를 만들고픈 열망을 키워가는 데 쓸 에너지를 잘 분배해 운용
했다. 올드 벅허스트 저택은 주말 친목 모임 장소로 활용했다.
그곳은 다른 파티 주최자들의 시골 휴양지처럼 으리으리하진
않았다. 〈시골 대저택〉이라기보다는 〈시골에 있는 저택〉에 가
까웠지만 시빌은 그곳을 꾸미며 크나큰 만족감을 느꼈다. 전쟁
이 발발한 뒤 정원사를 쓰기 힘들어지자 손수 정원을 가꾸다가
농장 근로에 투입될 예정이던 수많은 독일군 전쟁 포로를 배정
받았다. 시빌은 야생 정원을 조성하는 일에 그들을 투입했다.

그녀는 공연계와 음악계 예술가들과 어울리는 걸 특히나
좋아했다. 그들은 토요일 저녁 웨스트엔드 극장 무대의 막이
내려오면 당장 차를 달려 이미 시빌의 저택에 모여 있던 문학
계, 미술계, 정치계 손님들과 합류했다. 1914년 8월에 모인 손

님 명단에는 로버트 팰컨 스콧의 미망인 캐슬린 스콧,* 오스틴 체임벌린** 부부, 백만장자 자선가 베이트 부부가 있었다. 나중에는 총리 허버트 애스퀴스와 앤드루 보너 로***도 손님으로 시빌의 저택을 찾았다. 노스클리프, 윌리엄 하이네만, 프레데릭 맥밀런 경 같은 출판계와 언론계의 거물도 손님 명단에 있었다. 『컨트리 라이프』의 창립자 에드워드 허드슨과 건축 담당 편집자 헨리 아브레이 티핑도 시빌의 손님이었다. 데스몬드 맥카시, 리턴 스트레이치, 러디어드 키플링(시빌이 심라 시절부터 오랜 친구로 지낸 키플링의 아들) 같은 뛰어난 작가도 빼놓을 수 없다. 1920년에 로이터사 회장 로더릭 존스와 결혼하게 되는 소설가 이니드 배그널드도, 유명한 배우 글래디스 쿠퍼도 시빌의 손님이었다. 아이버 노벨로****는 그가 만든 전시 노래 「불을 지펴 두세요」를 피아노로 연주해 좌중의 심금을 울렸다.

　시빌은 온슬로 스퀘어의 런던 저택에서 이뤄지는 전위파 문학계 모임에서도 필두로 나섰다. 1917년 12월에 주최한 자선 모금 행사에서는 초대된 작가들이 본인의 시를 낭독했다. 올더스 헉슬리, T. S. 엘리엇, 시트웰 부부가 그날 저녁 행사의 낭독자였다. 한편 아서 콜팩스는 현역으로 복무하기에는 나이가 너무 많아서 군수부 과학국 국장직에 자원했다. 그가 갖춘 배경지식과 전문적인 경험이 유감없이 발휘될 수 있는 자리였

* 조각가. 남편 로버트 팰컨 스콧은 군인이자 남극 탐험가였다.
** 정치가. 로카르노조약 체결을 성사시켜 1925년에 미국 부통령 C.G.도스와 공동으로 노벨 평화상을 수상했다.
*** 영국의 35대 총리(1922~1923년 재임).
**** 웨일스의 작곡가, 극작가, 배우, 가수.

다. 그는 무보수로 직무를 다했고 큰 수입이 생길 특허 소송 건은 고사한 채 자신이 국가를 위한 의무라고 여긴 일을 충실히 이행했다. 결과적으로 전쟁이 끝났을 무렵 콜팩스 부부는 전쟁 발발 시점보다 재정적으로 불안정한 상태에 처했고, 런던 저택과 시골 저택을 둘 다 유지하는 데 드는 과한 비용을 감당하기 버거운 현실과 마주했다.

런던에서 화려하게 사는 사치스러운 아내 모드와 별거 중인 바체 커나드도 절약을 화두로 삼을 수밖에 없었다. 더는 유흥을 즐기는 생활을 원하지 않았기 때문에 네빌 홀트에서 30여 킬로미터 떨어진 원스퍼드 마을의 헤이콕이라는 실속 있는 저택으로 이사했다. 그는 그 집에서 향후 11년간 혼자 살았다. 그의 딸 낸시는 아버지를 〈수작업으로 나무와 쇠를 솜씨 좋게 다루는 데 탁월한 재능을 타고난 사람〉이라고 평했다. 전시에 그가 헤이콕에 군수 공장을 세워 운영할 때 그의 실제 기술이 유용하게 쓰였다. 낸시는 가끔 아버지를 만나러 가곤 하면서 아버지를 좋아했지만 부녀지간에 공통의 관심사를 찾기가 힘들었다. 혹시 낸시의 어머니 모드가 대화에 등장한다 쳐도 별로 행복한 대화 주제일 리가 없었다. 당대의 많은 사람이 레이디 커나드의 처신을 못마땅해했다. 마찬가지로 영국 귀족과 불행한 결혼 생활을 한 동년배 미국인 콘수엘로 밴더빌트 발산은 모드 커나드에 대해 이렇게 평했다. 〈18세기 전통의 정치계 살롱을 만드는 것이 그녀의 야망이었던 까닭에 런던에 저택을 마련한 것이다. 성공하겠노라 굳게 다짐한 그녀가 이 목표를 이루고자 눈부신 재능을 발휘했다.〉[4]

레이디 커나드는 뼛속 깊이 박힌 엘리트주의를 발동해 정치가, 귀족, 화가, 작가, 음악가를 끌어들여 자신의 연인 토머스 비첨이 지휘자로서 활개 칠 수 있는 장을 마련했다. 커나드와 비첨은 영국의 공연계에 오페라가 부활하기를 꿈꾸었다. 그러기 위해서는 상당한 자금이 필요했다. 커나드는 자기 돈도 아낌없이 썼고, 부유한 지인들과 열심히 친분을 다져 감언이설로 지원금을 두둑이 얻어 냈다. 모드는 사람들 앞에서 토머스를 항상 〈비첨 씨〉라고 지칭했지만 사교계에서 그들의 관계는 비밀도 아니었다. 1915년 11월 13일 자 『컨트리 라이프』에 현대 조각 전시회 평론이 실리면서 별개의 사진 두 장이 한 페이지에 삽화로 쓰였는데 우연히도 레이디 커나드와 토마스 비첨의 상반신 컷이었다. 두 사람이 커플이라고 의심하는 이들에게 주는 힌트였던 셈이다.

1916년 신년도 서훈 명단*에 서른여섯 살의 토머스 비첨이 포함돼 나이트 작위를 받았다. 전적으로 커나드의 노력 덕분이었다. 비첨은 그해 후반 부친이 사망한 후 준남작 지위와 가산을 물려받았다. 커나드와 비첨의 사랑은 늘 기울어 있어서 더 좋아하는 쪽은 언제나 커나드였다. 그녀는 같은 해 가을께 알드윅 극장에서 공연되는 「라 보엠」의 미미 역을 맡은 베시 티아스라는 소프라노와 비첨이 목하 열애 중이라는 사실을 꿈에도 몰랐다.

토머스 비첨은 지휘자로 경력을 다져 가던 중에 전쟁 기간에 부침을 겪었다. 공습 때문에 공연의 흥행 수익도 직격탄을

* 영국에서 매년 1월 1일에 발표하는 신년도 훈장 및 작위 수여 대상 명단.

맞았고, 그가 지휘봉을 잡은 「이반 뇌제」 같은 몇몇 오페라는 대중을 사로잡기에 너무 우울한 작품으로 여겨졌다. 비첨은 대중의 무교양에 대해 이렇게 평했다. 〈런던에서 영어로 공연되는 그랜드 오페라를 먹여 살리는 사람은 부유층과 서민층이다. 중산층은 오페라고 뭐고 아무것도 모른다. 그들은 고기 요리를 곁들여 차를 마신 다음 기껏해야 영화관이나 뮤직홀로 직행한다.〉 다행히 그의 열혈 후원자 커나드는 긍정적인 사람이었다. 그녀는 옥석을 가려내기 위해 런던 사교계를 샅샅이 살폈다. 커나드 본인이 평생 미술, 음악, 문학을 향한 열정을 키워 온 사람이라 풍부한 감성과 기교로 쇼팽 곡과 베토벤 곡을 연주할 줄 알았으며 고대와 현대의 위대한 작가들의 희곡과 소설도 즐겨 읽었다. 문화적으로 편식하지 않는 태도가 활기차고 재기 넘치는 대화에 묻어났다.

이제 자기 나름의 사교계가 생긴 모드의 딸 낸시 커나드는 아이리스 트리와 절친한 친구 사이였다. 두 사람이 슬레이드 예술 대학교 근처 블룸즈버리에 함께 작업실을 빌려 〈타락 그룹〉이라는 이름으로 뭉친 친구들과 자유분방한 보틀 파티* 를 즐기며 어울렸다. 품위를 따지는 시대였지만 낸시는 제멋대로 행동하는 것으로 이미 악명이 높았고 어머니의 행보가 위선적이라고 치부해 반기를 들었다. 모드가 오스버트 시트웰이나 다이애나 매너스 같은 낸시의 친구들과 친해지려고 접근하면 낸시는 불같이 화를 냈다. 1915년 12월 12일, 낸시가 캐번디시 스퀘어에서 친구들을 위해 주최한 디너 파티는 모든 사람이

* 각자 술을 지참하는 파티.

만취한 상태로 마무리되었다. 모드 커나드는 집에 돌아왔을 때 곤드레만드레 취한 젊은이들이 가득한 것을 보고 경악했다. 낸시는 과음이 잦았다. 1916년 7월 11일, 더프 쿠퍼와 미래의 약혼녀가 캐번디시 스퀘어에 들렀다가 낸시가 전날 저녁부터 거하게 마셔 댄 후 여전히 잠옷 차림으로 숙취에 곤죽이 된 모습을 발견했다.

모드 커나드가 런던의 사교계와 예술계의 유명 인사들 사이에서 인맥을 쌓느라 바쁜 사이 딸은 그런 어머니를 향한 반감만 점점 키워 갔다. 어머니의 품에서 벗어나기로 결심한 낸시에게는 결혼이 도피처가 될 것 같았다. 그때 만난 사람이 갈리폴리 전투에서 부상당한 장교 시드니 페어베언이었다. 모드는 딸의 선택이 불만스러웠다. 더 명망 있는 집안이 혼처이길 바랐지만 고집 센 낸시 입에서 〈내가 약속했으니 결혼해야 해요〉라는 답이 돌아왔다. 낸시와 시드니는 1916년 11월 15일을 결혼 날짜로 골랐다. 불행히도 왕실의 결혼 일정과 겹친 날이었다. 여백작 나다 토비와 바텐베르크 조지 왕자가 같은 날 결혼식이 예정돼 있었다. 모드는 한 도시에서 더 호화로운 혼사가 치러지겠지만 딸의 결혼식을 빛내 줄 훌륭한 하객들을 섭외하는 데 공을 들였다. 하객 명단에는 프랑스 대사, 이탈리아 대사, 스페인 대사, 러틀랜드 공작, 그의 딸 레이디 다이애나 매너스와 약혼자 더프 쿠퍼, 레이디 랜돌프 처칠, 아이버 노벨로 등이 있었다. 깡마른 낸시는 이례적으로 금빛 드레스를 입었다. 모드는 장밋빛 피부색에 더없이 잘 어울리는 은은한 분홍빛 모피 옷을 골랐다. 모드는 신부의 어머니로서 유독 난처한 하루를 보냈다. 별거 중인 남편 바체 커나드는 자기가 딸을 신랑에게 인도해 주겠다며 고집을 부렸다. 최근에 나이트 작위를 받은 잘생기고 말쑥한 연인 토머스 비첨도 결혼식에 참석했고, 언짢은 얼굴을 한 옛 애인 조지 무어도 있었다. 결혼식 후에 캐번디시 스퀘어에서 피로연이 열렸고, 신랑 신부 페어베언 부부는 콘월로 신혼여행을 떠났다.

　모드는 신혼부부에게 몬타구 스퀘어 5번지 저택을 선물로 줬는데 두 사람의 결혼 생활은 시작부터 어그러졌다. 시드니와 낸시는 근본적으로 성격이 맞지 않았고, 낸시는 아내로서 산 짧은 기간을 훗날 자기 생애에서 가장 불행한 시기로 꼽았다. 낸시의 시 가운데 7편이 시트웰 부부가 편집한 선집에 수록돼 1916년 11월에 출간되었지만, 그녀는 결혼 생활이 유지되는 동안에는 아무리 조지 무어가 응원해 준다고 해도 글을 쓸 수 없다고 느꼈다. 시드니가 1918년 7월에 군에 복귀해 프랑스로 떠나자 낸시는 마음이 편해졌다.

　낸시는 더프 쿠퍼의 누나 시빌 하트 데이비스와 친한 사이였다. 두 사람 다 남편이 군 복무 중이던 1918년 여름 옥스퍼드셔 킹스턴 배그푸이즈 근처에다 공동 명의로 저택을 임대해 시빌의 두 자녀, 낸시의 하녀, 요리사와 함께 살았다. 그 집은 자주 친구들로 북적였고, 특히 제복을 입은 이들이 눈에 많이 띄었다. 그중 한 명이 시드니 페어베언의 동료 장교 피터 브로턴 애덜리였다. 피터는 1917년에 닷새 휴가를 나왔을 때 낸시를 처음 만났다. 그가 다시 낸시를 찾아가 배그푸이즈에 머물던 1918년 여름, 두 사람은 사랑에 빠졌다. 이후 그가 프랑스로 돌아갔는데, 1918년 10월에 시빌은 피터가 작전 중에 전사했다는 소식을 낸시에게 전해야 했다. 낸시는 피터를 잃고 슬픔에 잠겼다. 불과 몇 주 후에 휴전 소식이 전해졌을 때 그녀는 기뻐할 수가 없었다.

전쟁이 끝난 후 사람들 사이에 나타난 반응은 복잡미묘했다. 많은 이에게 종전은 견딜 수 없는 긴장과 압박에서 벗어나게 되었음을 뜻했다. 의붓맏아들 레이먼드를 1916년 전투에서 잃은 마고 애스퀴스는 다음과 같은 심경을 밝혔다.

음이 맞지 않는 낡은 피아노처럼 감각이 없다. 하염없이 기다리고 지켜보며 생사를 담은 전보를 열어 읽어 보던 4년간의 긴장 앞에, 전선에서 패배했다는 거듭된 소식 앞에, 내 모든 감각 기관이 무뎌지고 말았다.[5]

1918년 11월 11일 휴전 기념일에는 거리에서 낯선 이들을 얼싸안고 환호하며 춤을 추는 사람들로 가득했다. 곳곳에 종이 울리고 조명탄이 터지며 브라스 밴드의 연주 소리가 울려 퍼졌다. 런던에서는 계급을 막론하고 수많은 사람이 흥에 겨워 버킹엄 궁전으로 모여들었다. 〈참으로 장관이었다. 이국의 카니발 같은 광경이었다. …… 부자든 가난한 자든, 신분이 높은 자든 낮은 자든 런던의 모든 사람이 모여 서서 왕을 연호했고, 그 군중 가운데 많은 이의 눈에는 눈물이 그렁그렁했다.〉[6] 마고 애스퀴스가 글로 남긴 그날의 광경이다. 왕과 왕비는 기쁨에 찬 군중의 환호에 답하기 위해 발코니에 수차례 모습을 보였다.

왕은 전쟁 초기부터 그랬듯 여전히 카키색 제복 차림이었고, 왕비는 애도의 의미로 착용하는 보석인 다이아몬드와 진주를 차고 있었다.

제1차 세계 대전에서 900만 명이 넘는 남자들이 목숨을 잃었는데, 그중 94만 2,135명은 대영 제국의 국민이었다. 전투는 중부 유럽에서 시작해 유럽 대륙 전역으로 빠르게 확산되었으며 러시아, 일본, 아프리카, 근동과 극동, 호주, 뉴질랜드, 북미로 번졌다. 결과적으로 전쟁은 그때까지 러시아를 장악했던 구체제를 집어삼키며 공산주의 혁명을 불러왔고 러시아 왕실을 퇴출시켰다. 강력한 오스트리아-헝가리 제국이 초토화되었고, 빌헬름 황제는 왕위에서 물러나 네덜란드 망명길에 올랐다. 미국은 군사 강대국이자 영향력 있는 실세로서 20세기 전반에 걸쳐 힘을 행사할 국제적인 입지를 구축했다.

영국에서는 제1차 세계 대전의 충격파가 상당히 오랜 기간 가시지 않았다. 전쟁 때문에 초상을 치르지 않은 집을 찾기가 힘들었다. 무장 전투에서 살아 돌아왔지만 평온한 상황을 견디기 힘들어한 남자들도 있었다. 그들이 입은 신체적 혹은 정신적 상처는 그들 자신은 물론 가족의 삶에도 수십 년간 영향을 미칠 정도였다. 이전에 부유했던 집안 중에는 아들과 상속자를 잃으면서 잇따른 상속세의 부담으로 심각한 처지에 이른 사람들도 많았다. 인건비 상승으로 하인이 귀해졌고 수많은 런던 대저택이 폐쇄되기에 이르렀는데, 그중에는 매각돼 새로 개발되는 곳도 있었다. 하지만 전쟁으로 가장 큰 영향을 받은 부분은 심리적인 측면이었을 것이다. 이전에 사회를 규정했던

규칙과 그 규칙으로 미리 부여된 역할이 세계 대전의 참화에
휩쓸려 갔다.

4장
전쟁의 여파: 1918~1923

다시 평화가 찾아오면서 영국 사회 전 계층에 사회적, 정치적 파문이 일었다. 정치적 측면을 보자면, 영국 자유당은 신뢰가 바닥나 버렸고 일각에서 사회주의를 잠재력 있는 대안으로 꼽는 분위기가 생겼다. 많은 상류 지주 계층은 재정적으로 어려움을 겪었으며, 이제는 실질 소득이 턱없이 모자란 상황이라 예전에 당연시한 생활 방식을 유지할 수가 없었다.

　1920년대는 지주 계급 사이에 조용한 혁명이 일어나고 런던의 사교 생활이 급변한 시기였다. 제1차 세계 대전 이전에 귀족 계급은 귀족들을 초대해 대접하는 일을 자신의 관록과 지위를 보여 주는 중요한 지표로 여겼다. 이 시대의 명문가 여성으로는 레이디 더비, 레이디 스펜서, 레이디 스탠호프, 레이디 발데그레이브, 레이디 섀프츠베리, 레이디 랜스다운이 있었다. 하지만 전쟁 기간에 4년간 내핍 생활이 이어지면서 세금과 상속세가 늘어나고 파운드화 구매력이 1914년 가치의 50퍼센트 이하로 떨어져 귀족 계층의 소득에 악영향을 끼쳤다. 궁전 같은 런던의 대저택이 하나둘 매물로 나와 팔린 후 철거돼 호텔, 아파트, 사무실이 되었다. 귀족 계급은 시골 영지로 돌아갔는데 영지의 규모도 줄어든 경우가 많았다. 데번셔 공작, 리치먼드 공작, 포틀랜드 공작, 보퍼트 공작, 러틀랜드 공작, 서머싯 공작은 런던에서 대규모로 개최하던 접대 행사를 대부분 포기했으며 런던 시즌을 치르거나 필요에 따라 자식을 사교계에 선보이기에 적합한 건물을 임대하는 편을 택했다. 저널리스트 패트릭 밸푸어는 〈나이 든 귀족은 런던 대저택을 처분하고 시골로 들어가서 아직 건사할 수 있는 영지로 먹고살며 품위를 유지하는 생활을 택했기 때문에《런던》사교계는 전면 휴업에 돌입했다〉라고 설명했다.[1]

전쟁에서 살아남아 민간의 생활로 복귀한 상류층의 젊은 남자들은 이제 재정적 문제를 돌파할 요량으로 하나둘 사업에 뛰어들었다. 금융계로 침투하려는 이들의 시도는 이미 그 분야에 자리 잡은 증권 중개인, 보험업자, 금융업자 들이 보기에 그다지 미덥지 않았다.

「우리는 사무직을 수행할 사람이 필요하다. 혈통 계승할 사람이 아니라.」

어느 젊은 지원자의 귀족 언급을 두고 한 은행 간부가 내놓은 의견이다. 그런데 이전보다 더 강력하고 영향력 있는 입지를 점하며 전시를 통과한 집단도 있었다. 전쟁에 대한 시선이 곱지 않았던 이들, 가령 신문사 사주, 자본가, 사회주의자, 전위파 예술가 들이 이에 해당한다.

모든 계층에서 여성의 역할이 재평가되었다는 점이 눈에 띈다. 1918년 2월 6일, 의회가 국민 대표법을 통과시켜 남성 참정권을 확대하고 30세 이상 여성 대부분에게 처음으로 투표권을 부여했다. 전시 때 국가에 봉사한 공로를 인정한 점이 컸다. 이러한 변화로 유권자 수가 1912년에 770만 명에서 1918년에 2140만 명으로 늘어났다. 이듬해에는 성차별 금지법도 통과되어 여성들이 이전에 거부당했던 직종에 지원할 권한이 생겼다. 처음으로 의회는 이전에 선거권이 없던 주민 집단의 표심을 얻고자 노력했을 뿐 아니라 여성에게 국회 의원 입후보 기회도 부여했다. 시작은 우연이긴 했지만 여성이 최초로 하원 의원직을 맡아 26년간 의원 경력을 이어 간 사람이 바로 낸시 애스터였다.

1919년 10월, 낸시의 시아버지 제1대 애스터 자작이 세상을 떠났다. 그가 거금을 들여 사다시피한 자작 작위가 채 4년이 안 되어 아들 월도프에게 돌아갔다. 월도프는 자동으로 상원으로 올라가며* 플리머스의 하원 의원직을 상실해 몹시 분개했다. 그는 상원에서 법을 개정하기로 결심한 한편, 국왕에게는 탄원을 올렸다. 조지 5세는 전례와 의전을 중시하고 모든 경우에 정확한 배지**를 착용해야 한다는 확고한 태도를 고수하는 매우 보수적인 성격이었다. 작위 수여와 서훈이 계급 차별을 특히나 강화한다는 월도프의 간절한 주장은 국왕의 마음을 감화시키지 못했고, 그의 호소는 힘을 얻지 못했다. (1963년에 이르러서야 이 규정이 바뀌어 앤서니 웨지우드 벤이 의원직을 유지하기 위해 세습 작위를 거부할 수 있었다.)

낸시는 남편이 안쓰러웠다.

* 세습 귀족은 상원에 속한다.
** 계급, 소속을 나타내는 용도.

「작위를 얻는 게 힘든 사람들도 있는데, 애스터 경은 작위를 벗어 버리는 게 이리도 힘들 줄이야.」

그 사이 플리머스의 보수당 측은 조속히 대체 후보를 찾아야 했다. 월도프의 동생 존 제이컵 애스터가 후보로 올랐으나 전쟁에서 한쪽 다리를 잃은 그는 제안을 고사했다. 그런데 낸시는 남편을 대신해 수차례 선거구에서 선거 운동을 해온 이력이 있는 데다 애스터라는 이름은 상당한 영향력이 있었다. 만약 그녀가 당선된다 해도 의원으로 선출된 최초의 여성은 아니었지만(그 영예는 앞서 마르키에비츠 백작 부인에게 돌아갔다. 그녀는 신페인당*의 의석을 얻었으나 항의 차원에서 의원직 수락을 거부했다), 낸시는 실제로 의회 의원이 된 최초의 여성이 될 터였다.

낸시는 제1차 세계 대전 이전에 매우 활발하게 진행되었던 여성 참정권 운동은 지지하지 않았으나 자신의 성별 때문에 행동 방침에 제약이 생기는 현실에는 반기를 들었다. 낸시의 친구 제임스 매슈 배리는 남자를 상대로 선거에 출마하는 그녀의 〈주제넘은 야망〉에 불만을 표했지만, 낸시는 월도프가 귀족의 하원 의원 선출직 허용 법안을 제출할 수 있을 때까지 자신이 의원직을 유지할 계획으로 플리머스 의석을 두고 경쟁하기로 했다. 대중 앞에 서는 일은 낸시의 장기가 발휘되는 영역이었고, 여러 사건에서 증명되다시피 낸시는 한 번 싸워 보지도 않고 물러날 위인이 아니었다.

* 1919년부터 1922년에 걸쳐 아일랜드의 완전한 독립을 목적으로 조직한 급진적 정치 결사.

1919년에 낸시 애스터가 남편이 본의 아니게 비운 자리를 채우겠다는 계획을 세우던 사이, 한편으로 전쟁 기간에 영국 전역에서 집을 벗어나 흥미롭고 도전적인 전시 노동을 경험했던 여성들은 이제 전쟁에서 돌아온 남자들에게 자기 일자리를 도로 내줄 수밖에 없었다. 이처럼 처지가 갈린 얄궂은 상황에서도 낸시는 유권자에게 인기가 좋았다. 특히 새로 선거권이 주어진 1만 7,000명에 달하는 플리머스 선거구 여성 유권자들이 낸시에게 호의적이었다. 격식을 차리지 않는 예측 불허의 선거 운동 방식이 유권자들의 마음을 사로잡았다. 낸시는 금주를 주장했다. 해군 전통과 유명한 진 증류소가 있는 플리머스에서 표심을 얻을 만한 공약이 아니었다. 그런데 신기하게도 그녀의 경쟁 상대인 노동당과 자유당 후보도 둘 다 술을 안 마시는 사람이었다. 낸시의 단호한 태도는 다소 씁쓸한 웃음을 자아냈다.

「저는 맥주 한 잔을 마시느니 차라리 간통을 저지르겠습니다!」

낸시가 이렇게 선언하자, 〈누군들 안 그러겠소?〉 하는 소리가 군중 속에서 날아왔다.

1919년 11월 28일, 낸시는 5,000표의 득표 차로 당선되었다. 그녀의 장남인 열두 살짜리 빌이 영국 정치사에 유일무이한 당선사례 연설을 했다. 플리머스 유권자들에게 처음에 아버지를 뽑아 주셔서, 이번에는 어머니를 의원으로 뽑아 주셔서 감사하다는 말을 전했다. 낸시는 12월 1일에 의원직을 시작했는데, 거의 40년 후 그날 아서 밸푸어와 로이드 조지와 나란히 서서 의회에 처음 등장한 순간을 회상했다. 나중에 그녀가 기억하기로는 두 남자가 여성도 하원 의원이 될 거라는 믿음이 있었다고 주장했지만, 그들은 차라리 의회에 방울뱀을 들이는 편이 낫겠다는 식의 인상을 주었다.

레이디 애스터에게 의원 당선 축하 편지를 쓴 많은 사람 중에 이디스 런던데리도 있었다. 낸시의 답장에는 솔직하고 진심 어린 심경이 담겨 있었다. 〈이것이 얼마나 큰 책임인지 부인도 절감하신 것 같네요. 제가 절대 실망시켜 드리지 않기를 바랄 뿐이에요. 우리가 늘 정치적 견해가 맞는 건 아닐지라도 서로 상대방이 솔직하고자 애쓴다는 건 알고 있잖아요. …… 제가 《의회식 화법》으로 표현할 길은 없지만 부인의 편지에 깊이 감사드린다는 말씀은 전합니다.〉[2]

다른 일에 전념하기로 한 월도프는 주로 자선 활동에 몰두하며 검소하고 자족적인 삶을 살았다. 애스터 부부는 상태가 제일 심각한 빈민가를 변화시키고자 플리머스에 시범 주택 개발 단지를 조성하는 데 사비 2만 파운드를 썼고, 특별히 민간인 생활로 돌아온 군인들을 비롯해 모든 사람이 사용할 수 있는 사회 복지관을 시내에 마련했다. 애스터 가족은 플리머스 사운드가 보이는 5층짜리 연립 주택인 엘리엇 테라스 8번지의 한 채를 집과 선거구 사무실로 겸해서 썼다. 월도프는 낸시의 정치 활동을 보좌하며 그녀를 대신해 조사에 나서고 공신력 있는 주장을 취합하는 데 도움을 줄 보좌진을 고용했다. 낸시는 천성적으로 자기 목소리를 잘 내고 열정적이며 설득력 있는 사람이었지만, 최초의 현역 여성 하원 의원으로서 신뢰를 얻으려면 정적들보다 정보에 밝아야 하고 기민한 보고 체계도 잡혀 있어야 했다.

의원으로 활동하기 시작하면서 낸시가 목표로 삼은 두 가지가 있었다. 여성과 아동의 삶의 질을 높이고, 사회악인 술과 전쟁을 벌이는 것이었다. 사회 복지는 대개 숭고한 대의명분으로 여겨졌지만, 금주를 위해 싸우는 일은 용기가 필요했다.

「제가 술을 마시지 않는 한 가지 이유는 한창 즐거운 시간을 보내고 있을 때 그 순간을 제대로 인지하고 싶어서입니다.」

낸시가 분명히 밝혔다. 하지만 영향력 있는 양조업계의 이익과 충돌하는 경우가 잦았고, 이 업계는 로비를 통해 자사의 주류를 온 나라에 공급해 부를 축적했다. 영국 귀족 계급 출신의 정치 가문이 처음에 양조업이나 주조업으로 재산을 모은 경우가 많았다. 그중에 기네스가, 엉거가, 매큐언과 그의 피후견인 그레빌이 이에 해당한다. 애스터 가문도 초창기에 뉴욕에서 주류 사업을 한 바 있다. 낸시는 1920년 2월 24일에 의회에서 처음으로 연설을 할 때 전시 음주 규제 폐지에 관한 의회 토론을 하기로 했다. 모두가 합심해 반대하는데도 낸시는 1923년에 끝내 법 개정에 성공하여 18세 미만에게 주류 판매를 금지시켰다. 이것은 여성이 의회에 제출해 주도적으로 진행한 최초의 법안이었다.

낸시는 다른 연사를 향해 야유를 퍼붓곤 해서 동료 정치인들 사이에 비호감 인사로 찍혔다. 어떤 하원 의원들은 낸시가 그 유명한 그린 벤치*에 앉으려고 하면 무시해 버려서 운동

* 의회의 맨 앞줄 프런트 벤치로, 내각 구성원이 앉는 자리.

신경이 뛰어난 낸시가 그들을 마치 자기 앞길에 놓인 바윗돌인 양 그들의 무릎 위로 기어 올라가곤 했다. 쓸쓸하게도 그중에는 낸시의 남편 월도프의 동료였고, 과거에 애스터 부부에게 융숭한 대접을 받던 이들도 있었다. 그런데 이제 그들의 행동은 대놓고 혹은 은근히 적대적이었다. 낸시와 승강이를 벌이는 윈스턴 처칠은 1912년만 해도 아내 클레멘타인이 병을 앓고 난 후 회복할 곳을 찾아 애스터가의 해변 별장을 빌리기까지 한 사이였다. 그러던 윈스턴이 이제 와서는 왜 그녀를 무시하는지 낸시는 알고 싶었다. 그는 투덜거렸다.

「당신이 자리에 앉을 때면 마치 웬 여자가 내 욕실에 쳐들어왔는데 내 한 몸을 지킬 거라곤 목욕용 스펀지밖에 없는 기분이 든단 말이오.」

그러자 낸시가 쏘아붙였다.

「댁은 그런 걱정할 만큼 잘나지 않았거든요.」

낸시는 하원의 간이식당이나 의원 면담실의 남자투성이인 분위기를 피했다. 어디에 있든 그녀는 눈에 띄지 않을 도리가 없었다. 어느 의원은 낸시의 존재를 오래된 도서관 주변을 날아다니는 나비에 비유했다. 낸시는 날씨가 좋은 날은 템스강이 내려다보이는 테라스에서 줄기차게 골프 스윙을 연습했다. 그렇지 않으면 작지만 아늑한 거실에서 비서와 함께 업무를 봤다. 낸시는 여성 하원 의원으로 적합한 인상을 주기 위해 수수하되 실용성 있는 업무 복장을 고안했다. 다양하게 변화를 주며 향후 26년간 꾸준히 입게 될 그 복장은 〈파워 드레싱〉의 초기 버전이었다. 흰색 피슈 칼라와 커프스가 달린 간소한 검정

맞춤 코트형 원피스에 상의 단춧구멍에는 흰색 꽃을 꽂고 검은색 삼각 모자를 쓴 차림이었다. 그리고 암회색 실크 스타킹을 신고 쿠바 굽*의 낮은 검은색 구두를 신었다. 낸시의 복장은 남자 동료들이 가슴팍과 커프스 부분이 하얗게 빛나는 짙은 색 맞춤 정장에 키가 커 보이게 하는 높다란 모자를 쓴 단색 차림에 섞여 들어가는 〈보호색〉처럼 보일 수 있었다.

　　새로 공직을 맡게 된 후 한 가지가 유독 낸시를 힘들게 했다. 1920년 4월, 결혼한 부부의 이혼을 더 쉽게 해주는 새로운 법안이 상정되었다. 장고 끝에 낸시는 그 제안에 반대 의견을 피력했다. 이 법안은 아내에게 불만을 품은 남성이 아내를 버리기 쉽게 만드는 데 일조할 뿐이라고 느꼈기 때문이다. 당시에 낸시가 이혼녀라는 사실이 널리 알려져 있진 않았다. 『명사 인명록』과 『버크 족보 명감』에서 월도프의 조항을 보면, 그가 〈고(故) 로버트 굴드 쇼의 미망인〉과 결혼했다고 잘못 명시되어 있지만 사실 낸시의 첫 번째 남편은 여전히 살아 있었다. 낸시의 정적 허레이쇼 보텀리 의원은 낸시가 월도프와 별거 중임을 암시하듯 〈레이디 애스터의 이혼〉이라는 선정적인 문구를 넣어 자신의 잡지 『존 불*John Bull*』로 포스터 선거 운동을 시작했다. 낸시는 위선적이라고 비난받았다. 본인은 1903년에 이혼을 해놓고는 이제 다른 불행한 부부들에게는 새로 출발할 기회를 주지 않으려 한다는 혐의였다. 낸시는 격분했다. 물론 애스터 부부가 낸시의 첫 번째 결혼에 대해 진실을 다 말하지 않은 건 사실이었다. 그래도 보텀리가 선을 넘은 건 확실했다. 낸시

* 굽이 넓은 중간 정도 높이의 구두 굽.

의 동료 의원들은 다음번 하원 회의 때 낸시에게 힘차게 격려의 박수를 보내며 위로를 표했고 보텀리에게는 야유를 보냈다.

말년에 낸시가 털어놓기로는 하원 의원이 되고 처음 2년간 스트레스가 너무 많았는데 다른 여성 의원 마거릿 윈트링엄이 합류한 뒤 상황이 나아졌다고 했다. 그리고 이전에 공산당에 몸담았다가 이제 노동당 의원이 된 〈레드 엘렌〉 윌킨슨하고도 친해졌다. 낸시는 새로운 길을 개척해 나가는 여정을 이어갔지만 특유의 거친 태도 때문에 고위직에 오르는 보상이 따르진 않았다. 그렇지만 낸시는 다양한 여성 이익 단체가 표본으로 삼을 만한 여성상으로 자리매김했고, 세인트 제임스 스퀘어 4번지의 런던 저택에서 간간이 리셉션을 열어 여성들이 서로 다른 대의를 지지하며 다양한 손님을 만나 로비 활동을 벌일 수 있는 장을 제공했다. 낸시는 참석자에게 각자 관심사를 한마디로 나타내는 명찰을 제공하는 혁신적인 방식을 도입해 리셉션의 효과를 높였다. 명찰 덕분에 참석자들은 예의상 한담을 나눌 필요 없이 서로의 목표를 바로 확인할 수 있었다. 낸시는 뛰어난 접대 능력을 발휘해 여러 사업가, 산업계 수장, 귀족, 학자, 여론 주도층, 원로 공직자, 판사 등을 불러 모았다. 페미니스트 메리 스톡스가 훗날 회상하기를 그녀와 동료들이 정치계 유력 인사들과 처음으로 어울릴 수 있었던 자리가 바로 애스터의 파티였다고 한다.

낸시는 사람들이 서로 격식에 얽매이지 않고 만나는 장을 제공하는 것이야말로 자신의 시간과 애스터 가문의 부를 제대로 활용하는 최고의 방법이라고 생각했다. 그녀는 런던 저택의 다이닝 룸에 있는 초상화 두 점을 언급하곤 했다. 하나는 애스터 가문의 가산을 확립한 제1대 존 제이컵 애스터의 초상화였고, 또 하나는 초상화가 존 싱어 사전트가 그린 자신의 초상화였다. 낸시는 〈저분이 수백만 달러를 벌어들이신 분이고, 저 여인이 그걸 쓰고 계신 분이지〉라고 말했다. 낸시의 설득력 있는 주장 중에는 경찰직이나 공무원직 등 사회적으로 영향력 있는 공직에 여성을 고용해야 한다는 것도 있었다. 〈선구자는 그림처럼 멋진 인물일 수는 있으나 사실 외로운 이들이 많다〉며 낸시가 씁쓸함을 표했다.

한편 애스터 가족은 제1대 자작인 윌리엄 월도프 애스터가 남긴 거대 언론 기업의 수익을 물려받아 이 덕분에 가산을 늘리는 데 도움을 받았다. 월도프는 1916년에 아버지에게 『옵서버』를 물려받았다. 그의 동생 존 제이컵 애스터는 『더 타임스』 소유를 목표로 삼아 로더미어와 맞붙어 싸운 끝에 소유권 90퍼센트를 확보하며 노스클리프로부터 신문사를 매입했다. 제프리 도슨이 편집장 자리에 앉았고, 그의 주도하에 『더 타임스』는 사주 존 제이컵 애스터가 1922년에 두 번째로 의원직에 출마할 때 지원군 역할을 톡톡히 했다. 『더 타임스』를 등에 업은 존이 두 번째 시도에서 성공을 거둬 도버 선거구의 토리당 의원으로 선출되었다. 존 제이컵 애스터는 원칙적으로 형수의 의회 경력을 제대로 인정한 적이 한 번도 없었다. 그렇지만 앞으로 여러 사건에서 증명될 텐데 가족이 괜히 가족이 아니었다.

낸시가 고된 공직 활동과 가족이나 사회에 헌신하는 생활을 병행하며 책임이 막중한 삶을 이어 가려면 측근 직원들의 지원과 협조가 필요했다. 옷장 관리는 하녀에게 맡기고, 각종 서신과 사교 생활 관리는 비서에게 의지했다. 하원 의원이 되면서 선거구 관련 서신, 모임, 일정을 관리할 의원 개인 비서를 고용했다. 클리브덴과 세인트 제임스 스퀘어 저택은 낸시의 사교 생활이 이뤄지는 중심 공간이었고, 수십 년간 낸시가 의지한 사람은 지칠 줄 모르고 일해 온 집사 에드윈 리였다. 그는 아래 직원들에게 〈선장〉이나 〈주장〉으로 불리는 베테랑 집사였다. 거기에 하녀장 애디슨, 하인 아서 부셀, 1928년부터 쭉 낸시 애스터의 개인 하녀로 일한 로즈 해리슨까지 고참 고용인 4명이 책임지고 저택 두 곳을 관리했다. 새벽 5시에 하녀들이 청소를 시작하고 클리브덴의 객실 벽난로에 불을 붙였다. 로즈는 자정 무렵 낸시 애스터가 겉옷을 벗고 잠옷으로 갈아입는 걸 도와주곤 했다. 바비 쇼는 자그마한 몸집의 원기 왕성한 어머니가 마치 거대한 여객선의 방향타처럼 복잡한 본체 전체를 조종하는 사람이라고 평했다.

애스터 부부는 후한 고용주여서 사유지 일꾼들에게 오두막집을 제공하고 상당한 임금을 지불했으며 자녀 교육비도 지원했다. 월도프가 애지중지한 자식들은 사랑 많은 유모 기번스가 돌봐주었다. 애스터 부부의 아들들은 여덟 살 때까지 클리브덴에 살다가 이후에 이튼 스쿨에 들어갔다. 위시(필리스)는 집에서 가정 교사에게 교육받았다. 유모 기번스는 하인 아서를 못마땅해했다. 아서는 기회만 있으면 직원 파티 때 여자로 분장했고, 기번스는 그런 상스러운 짓거리에 질색했다. 기번스가 세상을 떠났을 때 7,500파운드라는 꽤 큰돈을 남겼는데 그중 2,000파운드는 애스터가의 아들들이 평생 자상하게 자신들을 돌봐 준 유모에게 감사의 표시로 건넨 돈이었다. 그런가 하면 당최 가만있질 못하고 마음에는 선의가 가득한 어머니 낸시는 불시에 클리브덴의 아이들 놀이방을 습격해서 애들이 더는 원하지 않을 것 같다고 판단한 장난감을 마음대로 가져다가 가난한 사람들에게 보내곤 했다.

월도프와 낸시 둘 다 공사다망했으나 무엇보다도 가정생활을 중요시했다. 아들 마이클 애스터가 이런 말을 남겼다.

나는 어머니가 유명한 사람이라는 걸 어렴풋이 알고 있었다. 의회의 의원직을 맡은 최초의 여성이었을 뿐 아니라 여성이 공적 생활에서 스스로 새로운 영역을 개척해 갈 수 있음을 전 세계에 상징적으로 보여 준 인물이기도 했다. 당연히 어마어마한 관심을 받을 수밖에 없었다. 어머니 같은 사례는 이전에 없었기 때문이다. 반항아요, 보수주의자요, 페미니스트요, 새로운 유형의 선동가였던 어머니는 그 와중에 클리브덴 저택에서 엄청난 규모의 행사를 치르며 사교 활동도 이어 나간 면에서도 세간의 주목을 받았다. 나중에 어머니는 누구나 아는 사람이 되었다. 물론 이유는 달랐지만 루스벨트 부인, 그레타 가르보, 매릴린 먼로처럼 유명해졌다. 나는 어머니가 유명하다는 건 알았다. 다만 왜 그래야 하는지 그때는 이해하지 못했다.[3]

낸시는 의원 경력 덕분에 영국보다 오히려 미국에서 훨씬 더 유명했다. 1922년 4월, 낸시가 월도프와 함께 올림픽호를 타고 뉴욕에 도착하자 언론이 뜨겁게 반응했다. 그녀는 볼티모어에서 열린 범미 여성 협의회와 캐나다 하원에 연설자로 초청받았을 뿐만 아니라 신문과 라디오 기자들을 상대로 수많은 인터뷰에도 응했다. 애스터 부부가 하딩 대통령을 만났고 상원 회의장에도 초대받았다는 것만 봐도 낸시가 국제적 유명 인사였음을 알 수 있다. 영국과 미국 간의 우정을 소리 높여 외친 애스터 부부는 대서양을 가로지르는 비공식 대사 역할을 수행했다.

애스터가의 아이들은 방학 기간에 클리브덴 저택에서 지내면서 부모님과 오후 티 타임도 함께 즐겼고, 낸시는 대개 근사한 옷차림으로 손님과 가족을 즐겁게 해주었다. 그녀는 미국 남부에 살던 유년 시절의 이야기를 재미있게 실연해 보이곤 했다. 사실 흉내 내기나 변장은 클리브덴에서 재미 삼아 늘 하던 놀이였다. 낸시는 웃기는 레퍼토리가 많았다. 러시아 이민자, 레스터셔에서 사냥을 즐기고 말을 좋아하는 영국 여자, 미국인이 천박하다고 생각하는 할 일 없는 부인 등을 연기했다. 아이들은 활기가 넘쳤고 우스갯소리도 곧잘 했다. 낸시의 자서전에 관해 의논하던 작은아들 존 제이컵 애스터 7세(재키)가 책 제목을 법률상 개념에 빗대 맹랑하게 〈심신 상실〉로 제안한 적도 있었다.

휴전 협정 덕분에 런던데리 부부 이디스와 찰리에게 새로운 기회가 주어졌다. 원래 두 사람은 전쟁 기간 대부분 떨어져서 지냈다. 여성 부대 업무를 보느라 런던에 거점을 둔 이디스는 런던데리 저택의 병원 일에 관여하면서 방주 모임 멤버들과 사교 활동도 이어 갔다. 찰리는 1917년까지 프랑스에서 현역 복무 중이다가 북아일랜드로 배치되었다. 이디스의 서슬 퍼런 시어머니 테리사는 유럽을 강타한 스페인 독감으로 1919년 3월에 예순둘을 일기로 세상을 떠났다. 테리사는 당대에 토리당 측에서 정치력을 발휘한 중요한 여성이었기에 그녀가 타계하면서 모든 정당의 정치인과 관련한 사회적 환경에 커다란 공백이 생겼다. 애도 기간 후 테리사의 아들과 며느리는 1919년 11월 18일에 연립 정부를 위한 축하 연회 자리를 마련해 달라는 요청을 받았다. 4년간의 전쟁 이후라 총리 로이드 조지(자유당)와 부총리 앤드루 보너 로(보수당)가 함께하면 화기애애한 자리가 될 만했다. 이디스가 테리사 대신 파티 주최자 역할을 물려받았고 축하 연회 행사는 대성공을 거두었다. 수많은 참석자는 두 번 다시 〈전쟁 전〉 같은 성대한 파티를 볼 수 있으리라 기대하지 못했었다. 물론 이번 행사에 상당히 폭넓은 기준으로 손님을 초대하긴 했다. 영국의 지도자 계층은 물론이고 의사, 간호사, 야전 간호사로 활약한 구급 간호 봉사대원들, 여군, 새로 작위를 받은 대영 제국의 여러 데임Dame, 런던데리 저택이 병원으로 운영될 때 그곳에서 치료받은 많은 환자 등이 파티에 참석했다.

이디스는 영국 상류층 중에서도 최상위층 출신이었다. 그녀는 서덜랜드 공작의 손녀였고, 남편 찰리의 조부는 잉글랜드 최초의 백작 슈루즈베리 백작이었다. 런던데리가의 보유 자산은 어마어마한 수준이었다. 잉글랜드, 아일랜드, 웨일스에 소유한 땅이 200제곱킬로미터(6천만 평 이상)가 넘었고, 더럼의 탄전에 고용한 광부가 1만 명이었다. 이디스는 막대한 재산과 명성 덕분에 사교계와 상류 사회에서 최고 수준의 위치를 점할 수 있었다. 그녀는 본래 보수주의자가 아니었음에도 찰리의 의회 경력을 지원하기 위해 완벽한 토리당 파티 주최자 역할을 기꺼이 수행했다. 이디스는 그 역할에 필요한 모든 것을 물려받은 적임자였다. 런던데리 저택이라는 웅장한 공간, 전문적 기술을 갖춘 고용인, 대규모의 접대가 가능한 자금력, 심지어 화려한 티아라(누군가는 이 티아라를 쓴 이디스를 〈크리스마스 트리〉 같다고 평했다)까지 모든 것이 완비되어 있었다. 더군다나 이디스는 서덜랜드 공작부인 밀리센트 이모와 시어머니 테리사를 가까이서 봐왔던 터라 두 사람이 왕실이나 그 주변 친인척을 어떻게 접대하는지 잘 알았다.

찰스는 보수당 내에서 고위직에 오르겠다는 야망이 있었다. 런던데리 부부가 개최하는 의회 축하연 전야제는 2,000명의 손님이 4열 종대로 계단을 오르내리며 1층 무도회장으로 향하는 대규모의 화려한 행사였다. 부부는 중요한 손님들을 호화로운 컨트리 하우스로 초대했다. 1919년에 찰리는 전후 연립 정부의 발령으로 새로운 공군 최고 회의에 몸담았다가 1920년에 공군 국무 차관이 되었다. 그는 비행기 조종법도 배워 직접 비행기를 조종하면서 자신이 어떻게 차원이 다른 평온함을 느끼고 온갖 걱정과 멀어지는지 소감을 들려주기도 했다.

런던데리 부부는 1920년 초에 가족 문제로 걱정이 이만저만 아니었다. 이제 열아홉 살이 된 장녀 모린이 왕위 서열 두 번째인 앨버트 왕자의 끈질긴 구애를 받았다. 왕자는 수요일 저녁마다 열리는 방주 모임의 고정 참석자였고 별칭은 유니콘이었다. 하지만 모린은 젊은 하원 의원 올리버 스탠리에게 더 마음이 있어서 앨버트 왕자가 아니라 올리버와 결혼하겠노라 부모님을 설득하는 데 성공했다. 이디스는 결혼식 준비를 하는 동안 평소답지 않게 〈찜찜한〉 기분을 느꼈다. 남부럽지 않은 건강을 자랑하는 그녀라 처음에는 왜 이러나 싶었다가 다섯째 아이를 임신한 걸 알고 화들짝 놀랐다. 1920년 11월 4일, 더럼 성당에서 모린과 올리버의 결혼식이 열릴 때 신부의 어머니는 마흔한 살의 임신 18주 차 임산부였다. 마이리 엘리자베스가 1921년 3월 25일에 태어났고, 찰리는 이 뜻밖의 경사에 몹시 기뻐했다. 하지만 소유욕 강한 정부 엘루이즈 앤캐스터는 분이 났는지 찰리는 자기를 두고 절대 딴짓을 안 했을 거라 주장하며 갓 태어난 그 아기는 틀림없이 이디스가 불륜을 저질러 생긴 아이라는 악의적인 소문을 퍼뜨렸다. 이디스를 흠집 내려는 노력이 허사로 돌아가자 엘루이즈는 화가 치밀어서 찰리가 준 선물을 커다란 자루에 몽땅 넣어 돌려보냈다. 이 시점부터 찰리는 엘루이즈와 관계를 끝내고 마운트 스튜어트에서 아내와 뜻밖의 귀한 선물인 막내딸과 더 많은 시간을 보내기로 했다.

1921년에 찰리는 초대 얼스터* 의회의 교육부 장관이 되었고, 가족들은 주로 북아일랜드에서 지냈다. 이디스는 주 보금자리가 된 집과 다소 밋밋한 정원에 생기를 불어넣기로 했다. 어린 시절을 보낸 스코틀랜드의 던로빈 캐슬의 집에서 영

* 북아일랜드.

감을 받아 마운트 스튜어트 저택을 개조했다. 큼지막한 응접실과 흡연실, 캐슬레이 방, 수많은 손님방을 포함해 내부의 상당부분을 다시 설계하고 장식했다.

런던데리 부부는 전쟁 기간에 방치되었던 집 주변 땅을 정리하고 조경하는 대규모 작업에 투입할 직원을 보충하기 위해 전직 군인 20명을 고용했다. 기존 정원은 커다란 장식 화분들이 놓인 밋밋한 잔디밭으로 이뤄져 있어 다소 심심했다. 1921년부터 1930년대 중반까지 이디스가 정원 디자인을 싹 고쳐서 서로 연결된 독특한 〈옥외관〉을 만들었다. 게다가 릴리 숲에 산책길을 만들고 호수 크기도 넓혔다. 이디스는 정원 디자인에 뛰어난 감각을 발휘했고 창의성을 투영해 나무를 심어 보려고 스트랭퍼드 호수의 온화한 기후를 최대한 활용했다. 잘 정돈된 정원은 이탈리아 정원이 떠오르게 하는 반면, 나무가 우거진 공간은 다른 나라에서 공수한 다양한 식물을 자랑한다. 결과적으로 영국 제도에서 가장 매혹적이고 독특한 정원이 탄생했다. 그야말로 애정에서 비롯된 노력의 결과였다. 이디스는 아일랜드의 민간전승과 신화에서 나오는 이야기를 표현하는 수단으로 원예술을 이용했다. 토피어리 중에 아이리시 하프가 있고, 토끼풀*을 나타내는 세 잎 무늬 형태의 울타리도 있다. 미적인 면에 공을 들인 만큼 실용적인 면도 놓치지 않았다. 이디스는 개를 무척 좋아하여 평생 매우 다양한 개를 키웠는데 그중 가장 큰 종은 디어하운드였다. 정원의 장식용 연못은 호숫가에서 이어지는 경사로가 있는 형태로 설계해 페키니즈(다

---

* 아일랜드의 국화.

리가 짧고 시야가 좁고 아주 복슬복슬한 종)가 실수로 빠지면 버둥거려 다시 나올 수 있게끔 해두었다.

4년간 모든 게 부족한 상황에서 배급으로 연명하며 정전과 간헐적 폭격에 시달리던 사이 민간인들의 삶은 피폐해질 대로 피폐해졌다. 여행하고 싶다는 간절한 열망이 다들 억눌려 있었다. 1919년 3월, 그레빌은 독감과 황달에서 회복 중이던 젊은 친구 오스버트 시트웰을 보쌈하듯 데리고 몬테카를로로 떠났다. 이번이 오스버트가 1914년 이후 휴가차 떠나는 첫 해외여행이었다. 전쟁으로 인해 우울한 마음과 병든 몸으로 쪼들리는 생활에 시달리던 그였던지라 지중해가 내려다보이는 호화로운 호텔 드 파리에 그레빌 부인의 손님으로 머무는 나날이 더없이 행복했다. 두 사람은 카지노에서 도박을 하고 유명한 무용수 이사도라 덩컨을 만나고 햇살을 원 없이 즐겼다. 그리고 기사가 운전하는 롤스로이스를 타고 프랑스의 비아리츠로 넘어갔다. 거기서 오스버트는 남동생 사치*를 만났다. 그들은 그해 여름 런던의 한 미술관에서 현대 프랑스 미술 전시회를 열기로 계획했다. 오스버트와 사치 형제는 일정이 진행되는 동안 폴스덴 레이시에 머물며 매일 폭염 속에 런던으로 통근하고 밤에 서리로 돌아오면 프랑스의 전위파 미술계를 성토하는 동년배 손님들의 분노와 마주했다. 그레빌은 원래 피카소, 모딜리아니, 레제, 마티스에는 열광하지 않았지만 오스버트는 좋아했다. 그가 전직 근위대 장교였고 준남작 작위를 물려받을 사람이라는 점이 어느 정도 작용한 건 분명했다.

* 서셰버럴 시트웰. 미술 평론가, 음악 평론가, 건축 전문가.

그 사이 그레빌은 드디어 파리에서 즐겨 찾던 아지트로 돌아가 오랜 친구이자 사교계 라이벌인 그레이스 밴더빌트를 만났다. 뉴욕 출신의 그레이스는 그레빌과 비슷한 연배였는데 그녀보다 훨씬 부자였다. 두 중년 여성은 바닷가재와 사토 디켐* 을 곁들인 호화스러운 점심 식사를 하러 퐁텐블로의 고급 레스토랑으로 과감히 원정길에 나섰다. 그런데 돌아오는 길에 외진 시골길을 달리던 중 차 뒤축이 부서지면서 차량이 뒤집혔고 승객석의 두 여인은 도랑에 처박혔다. 운전기사 피에르는 사고로 의식을 잃었고 두 사람은 당장 해결책을 찾아야 했다. 그레빌은 지나가는 아무 차나 세워 피에르를 병원에 데려가도록 해야 한다고 주장했다. 그러자 그레이스 밴더빌트가 걱정스럽게 물었다.

「하지만 우릴 매춘부로 보면 어쩌려고?」

매기는 건장한 몸집의 친구를 쓱 쳐다보고는 장신구에 뭉텅이로 붙은 잡초를 털어 주면서 이렇게 답했다.

「이 친구야, 우리가 그 정도 위험은 감수해야지.」

그레빌은 연애에 대한 촉이 뛰어난 데다 관찰력이 좋았고 젊은 세대의 남녀상열지사에 관심이 지대해서 적극적으로 구애에 도움을 주는 경우가 많았다. 그녀가 가만 보니 하녀 중 한 명이 폴스덴 저택에서 일하는 잘생겼지만 말주변 없는 젊은 정원사에게 홀딱 반한 게 분명했는데 둘 다 너무 숫기가 없어서 서로 말도 못 거는 상황이 눈에 들어왔다. 그레빌이 하녀에게 여름 동안 폴스덴에 머물며 그녀의 작은 애완견을 돌봐 주라고

* 프랑스 소테른 지역에서 생산하는 고급 화이트와인.

지시하면서 정원에서 자주 산책을 시켜 줘야 한다고 당부했다. 물리적으로 가까이 있고 둔한 페키니즈가 무난한 대화 주제로 쓰이자 바라던 결과가 뒤따랐다. 두 사람의 관계가 진전되어 그 젊은 커플은 마침내 부부의 연을 맺었다.

그레빌은 아끼는 대녀 소니아 케펠의 연애사도 거들었다. 소니아와 롤런드 큐빗이 만나는 걸 그의 부모가 반대하는 터라 둘의 연애가 난관에 봉착한 참이었다. 롤런드의 부모 제2대 애쉬콤 남작(헨리 큐빗) 부부는 그레빌과 가까운 데 사는 이웃이었다. 롤런드의 형 3명은 전쟁에서 전사했기에 하나 남은 롤런드를 애쉬콤 부부가 애지중지하는 건 당연했다. 소니아의 언니 바이올렛은 최근에 비타 색빌웨스트와 프랑스로 사랑의 도피를 해버려 고상한 사교계를 경악하게 했다. 큐빗 부부는 추문이 가득한 집안으로 아들이 장가갈까 봐 노심초사했다. 케펠 부인과 에드워드 7세의 그 유명한 불륜은 용케 과거지사가 되었다지만 과연 레즈비언 간통 사건까지 사돈집에서 받아들여질 수 있었을까? 케펠 부인과 그레빌 부인이 P. G. 워드하우스의 소설에 나오는 무시무시한 고모 둘이 벌일 법한 협공 작전에 돌입하듯 위태로워진 연애를 수습하러 두 팔을 걷어붙였다. 그레빌의 운전기사가 그녀를 태우고 큐빗 부부의 컨트리 하우스로 향했다. 그레빌의 롤스로이스가 자갈밭 위에서 조용히 공회전만 할 뿐 저택 안으로 들어가려 하지 않았다. 어리둥절한 애쉬콤 경이 불시에 찾아온 손님을 맞으러 나오자 그레빌은 대녀 소니아가 그의 집안에 과분하다고 생각한다며 확실히 짚어주고는 휙 하니 떠나 버렸다. 한편 전문 포커 선수의 기술을 구사하는 케펠 부인은 케펠 부부의 지참금 액수에 맞추기 위해 애쉬콤 경이 꼼짝없이 롤런드와 소니아 커플에게 거액의 돈을 지불하게 만들었다. 결혼식은 1920년 11월 17일에 진행되었고, 그레빌은 신혼부부에게 후한 선물을 안겼다.

그레빌은 에드워드 7세 시대에 전성기를 구가하며 많은 유산을 남겼다. 그녀와 앨리스 케펠 둘 다 에드워드 7세의 천재적인 재정 고문 어니스트 카셀 경과 친분이 두터웠고 그의 조언으로 이득을 봤다. 어니스트 경은 손녀 에드위나와 메리 애슐리를 끔찍이 아꼈다. 두 손녀의 엄마이자 어니스트 경의 외동딸이 1911년에 아직 한참 어린 두 딸을 두고 세상을 떠났기 때문이다. 두 소녀는 새엄마와 관계가 껄끄러워서 에드위나는 런던의 할아버지 집으로 들어갔다. 그레빌이 유독 예뻐한 에드위나는 1920년 7월 폴스덴에서 열린 하우스 파티에 참석했다. 주말 동안 파티에 참석한 다른 손님 중에 앨버트 왕자와 미국인 백만장자 그레이스 밴더빌트도 있었다. 에드위나는 1921년 여름에 그레이스를 통해 루이스 마운트배튼(일명 디키)을 만났고, 이 청춘 남녀는 단숨에 서로에게 매료되었다.

하지만 디키는 사촌인 왕세자와 9개월 일정으로 곧 인도와 일본 여행에 나설 참이었다. 그는 그레빌 부인이 왕실 순방에 딱 맞춰 장기 인도 여행을 계획하고 있다는 걸 알았다. 디키와 왕세자처럼 그레빌도 인도 총독이자 그녀의 오랜 친구인 리딩 경의 손님으로 인도를 방문할 예정이었다. 디키는 만약 에드위나의 할아버지 어니스트 경의 승낙이 떨어져 에드위나와 함께 인도에 갈 수 있다면 그레빌 부인이 기꺼이 에드위나의 샤프롱 역할을 해주리라 확신했다.

하지만 예기치 못하게 날아든 갑작스러운 부고에 두 연인의 계획은 어그러졌다. 먼저 디키의 아버지 마운트배튼 경이, 열흘 뒤에 어니스트 카셀 경이 세상을 떠났다. 디키와 에드위나 둘 다 슬픔에 잠겼다. 어니스트 경의 유언에 따라 에드위나는 700만 파운드를 상속받기로 되어 있었으나 스물여덟 살이 되거나 결혼 후에야 가능했다. 당장 에드위나는 금전적으로 빠듯한 상황이었는데, 디키는 그녀와 결혼하고 싶어 하는 자신의 마음이 혹여 재산을 노리고 구혼하는 거로 오해받을까 봐 염려했다.

머리가 비상한 에드위나는 그레빌을 찾아가 그레빌이 인도에 머무는 같은 시기에 왕세자와 동행할 매력적인 젊은 전속 부관 얘기를 꺼냈다. 노련한 중매쟁이 그레빌은 에드위나의 말을 알아듣고 에드위나의 아버지 애슐리 대령에게 그의 딸이 어니스트 경의 장례식 후 폴스덴에 머물러도 되냐고 물었다. 그의 허락을 받은 그레빌은 디키 마운트배튼도 초대했다. 에드위나와 디키의 연애는 비밀에 부쳐져야 했지만 누가 봐도 두 사람은 열렬히 사랑하는 사이였다.

디키는 여전히 정식 상복 차림인 에드위나를 남겨 둔 채 어쩔 수 없이 10월 26일에 왕세자와 인도로 출발했고, 그레빌도 에드위나 없이 증기선 모레아에 몸을 싣고 봄베이(현재의 뭄바이)로 떠나야 했다. 그런데 그레빌은 인도에 도착하자마자 총독을 채근해 에드위나에게 서신을 보내 약식 상복을 입을 즈음인 1월 중순에 와서 머물도록 초대해 달라고 했다. 에드위나가 총독의 초청을 받자 아버지는 마지못해 허락했고, 드디어 그녀는 1922년 2월 12일 이른 시간에 델리의 궁궐 같은 총독 관저에 도착했다.

그곳은 격식과 예의가 엄수되는 공간이었다. 마하라자와 왕자들이 왕세자를 만나러 왔고 연이은 국빈 만찬, 원유회, 가장무도회 때는 제복과 훈장이 빠지지 않았다. 그레빌은 그 유명한 에메랄드를 한껏 뽐냈다. 여러 고분과 요새를 보러 다니고 사냥과 파티도 이어졌는데 다소 난처한 분위기도 조성되었다. 왕세자는 상대하기 수월한 손님이 아니었다. 그는 정부 더들리 워드와 떨어져 있어서 잔뜩 심통을 부렸다. 이른바 〈왕 노릇〉 하는 것을 분하게 여겨 쉴 새 없이 담배를 피우고 술을 마셔 댔다. 그나마 유일한 위안은 사촌 루이스 마운트배튼과 영국령 인도군 장교 프루티 멧칼프가 함께 있었다는 것뿐이었다. 후에 멧칼프는 그의 시종 무관이자 충실한 벗이 되었다. 왕세자는 예쁘고 고분고분한 여자들을 곁에 두길 좋아했으나 어머니의 절친인 쉰여덟의 그레빌 부인이 각종 연회와 원유회, 호랑이 사냥, 칵테일파티 때 두 눈을 반짝이며 자기의 일거수일투족을 지켜보고 있어서 부아가 났다. 심지어 그레빌은 220명이 모이는 만찬 파티에서 기어이 좌석을 재배치해 주빈인 왕세자가 자기와 마주 앉게 만들었다.

그사이 디키와 에드위나의 연애는 무르익을 대로 무르익었고 그레빌은 두 사람이 은밀히 만날 수 있도록 넓은 응접실을 빌려주었다. 두 사람은 왕세자와 그레빌 부인만 그들의 연애를 안다고 믿었지만 디키가 종자 히스콕이 웬일인지 에드위나의 승마화를 닦고 있거나 에드위나의 하녀 웰러가 디키의 넥타이를 정성스레 다림질하는 광경을 보고 비밀이 탄로 났음을 알았다. 디키는 2월 14일에 에드위나에게 청혼했고, 그녀는 이를 수락했다. 둘은 약혼을 비밀에 부치기로 했으나 2월 20일에 에드위나의 샤프롱인 로니(그레빌) 부인에게 약혼 사실을 털어놓았고 그들을 초대한 리딩 경 부부에게도 소식을 전했다.

안일하게 있던 주변의 보호자들이 약혼 발표를 듣고 정신이 번쩍 들었다. 낭만적이고 이국적인 환경에서 청춘남녀 사이에 애정이 싹트는 건 별개의 문제였다. 왕실의 일원과 젊은 백만장자 아가씨의 약혼이라니. 더구나 이 아가씨가 집에서 6,400킬로미터 넘게 떨어져 있는 동안 보호자들 손에 믿고 맡겨 둔 사이에 둘이 덜컥 약혼을 했다니 쉽게 넘길 문제가 아니었다. 늦은 감은 있지만 슬그머니 의심이 밀려왔다. 그레빌은 뒤늦게 마운트배튼의 저의를 의심했고, 그가 오로지 노리는 건 에드위나가 결혼 후에 상속받게 될 어마어마한 재산일까 봐 염려했던 것 같다. 과연 에드위나의 가족은 총독 관저를 순식간에 휩쓸고 간 불같은 사랑에 대해 뭐라고 말할까? 그들은 에드위나와 디키를 잘 달래서 양가가 정식으로 허락할 때까지 공식 발표를 못 하게 할 수 있을까? 그레빌은 심란한 마음을 부여안고 리딩 경에게 짧은 편지를 썼다.

친애하는 총독님께,
그 아이 때문에 한없이 비참한 마음이 듭니다. 한숨도 못 잤습니다. 불안감이 물밀듯 밀려오네요. 간밤에 둘 다

저를 찾아왔는데 그 아이는 이성적으로 굴지 못할 것 같습니다. 절대 지금 약혼하면 안 된다고 신신당부했습니다. 1년 안에 그에게 질릴 거라고요.

그 아이는 총독님을 뵙기 전까지는 집에 알리지 않겠다고 제게 약속했지만 사실 일전에 여기선 아무 짓도 안 하겠노라 약속했던 아이입니다. 그러니 저는 일단 시간을 벌고 싶습니다. 지금 이 일은 전적으로 비밀에 부쳐야 합니다. 순전히 그 애가 늑대 굴에 던져진 것 같은 기분이 들어서 그렇습니다. 그 아이의 믿음을 저버리는 게 떳떳한 일은 아니라 해도 지금 믿고 의지할 수 있는 분은 총독님뿐이라는 생각이 듭니다. …… 제가 그를 싫어하는 건 아니지만 그는 교활한 사람입니다. 더구나 저는 그녀가 저와 한 약속을 어긴 것이 불쾌하기 짝이 없고 머리끝까지 화가 치솟습니다. 간밤에 본 그 아이는 안색이 너무 창백했고 천애 고아 같은 모습이었습니다. 친애하는 총독님께서 제발 약혼은 안 된다고 강력히 말씀해 주십시오. 창피하게도 저는 실패했지만 총독님은 더없이 강한 분이십니다. 심려를 끼쳐 송구합니다. 신의 가호를 빕니다.[4]

리딩 부인은 에드위나의 아버지 애슐리 대령에게 에드위나가 좀 더 성숙하고 명망 있는 사람과 사랑에 빠졌기를 바랐다는 마음을 표현하며 다소 사과 조의 편지를 썼다. 에드위나의 아버지는 조지 5세가 자기보다 먼저 에드위나의 약혼 소식을 들어서 기분이 상했다. 루이스 마운트배튼이 애슐리의 승낙을 구해서 그는 몇 달 동안 시간을 끌며 허락을 미뤄 왔는데 결국 1922년 5월 초에 모든 게 정리돼 버렸다. 1922년 7월 18일로 결혼식이 잡혔다며 만천하에 약혼이 공식 발표되었기 때문이다.

영국에 돌아온 에드위나의 샤프롱은 마음의 평정을 되찾았고 자신이 두 남녀의 만남에 기여한 공을 부지런히 떠벌리고 다녔다. 그레빌은 찰스 스트리트 저택에서 마운트배튼 부부를 위한 축하 만찬회를 열어 앨버트 왕자를 포함해 50명의 손님을 초청했고, 300명이 참석하는 무도회도 개최했다. 그리고 마운트배튼 부부를 폴스덴 레이시에 머물게 했다. 런던 사교계는 이 매력적인 젊은 커플에게 눈을 뗄 수가 없었다. 아름다운 용모, 엄청난 재산, 왕실과의 관계라는 강력한 조합이 사교계 파티 주최자들을 자석처럼 끌어당겼다. 커나드는 두 사람을 위해 오찬 파티, 만찬 파티, 두 번의 무도회를 열어 주었고, 코리건도 그들을 위해 파티를 열었다.

1922년에 수많은 왕족을 포함한 하객 800명이 참석한 상류층의 결혼식이 거행되었다. 디키 마운트배튼의 들러리는 왕세자였다. 커나드는 디키에게 오닉스와 다이아몬드로 된 조끼 단추 세트를 선물했는데 안타깝게도 그는 실수로 밴더빌트 여사에게 감사 인사를 건넸다. 그레빌은 에드위나에게 다이아몬드 머리핀을, 디키에게 커프스 단추와 은제 잉크스탠드와 누름 단추를 선물했다. 그레빌은 결혼식에 참석했고 그 후로도 오랫동안 두 사람과 좋은 관계를 유지했다.

호화로운 파티를 열고 사치스러운 선물을 주고받는 일이 최상위 부자들의 전유물이었던 반면 신분이 낮아질수록 전쟁 직후 수년간 돈을 융통하기가 힘겨운 상황이었다. 콜팩스 부부는 힘든 현실에 직면할 수밖에 없었다. 아서가 전시에 군수부에서 무보수로 훌륭한 역할을 수행해 1920년에 기사 작위를 얻긴 했지만 콜팩스 부부의 재정 상황은 세계 대전 직후 다른 많은 이가 그러했듯 불안정했다. 두 사람은 1914년부터 1921년까지 800명 이상의 손님을 접대했던 올드 벅허스트와 온슬로 스퀘어의 저택을 모두 처분하고 런던에 집을 한 채만 장만해 가족이 생활하는 집이자 시빌의 사교 활동 공간으로 쓰기로 결정했다. 1921년에 그들은 첼시 킹스 로드 211번지에 있는 아가일 하우스를 찾아냈다. 베네치아 건축가 자코모 레오니가 1720년경에 신고전주의 양식으로 〈작은 컨트리 하우스〉처럼 디자인한 그 건물은 남쪽에 높다란 담벼락으로 막은 정원이 있고, 붓꽃 화단도 있고, 지붕까지 뻗어 올라간 오래된 포도 덩굴이 눈에 띄는 집이었다.

콜팩스 부부는 이 집을 보자마자 사랑에 빠졌다. 그래도 현대식 생활에 적합한 공간으로 만들려면 만만찮은 공사가 필요했다. 마구간은 철거하고 어울리는 노란 벽돌로 한 부분을 증축한 다음 원래 구조물과 어울리도록 물과 그을음을 섞은 혼합물로 벽돌을 처리했다. 직원들이 쓸 쾌적한 거실을 포함한 직원 숙소도 만들었다. 지하 저장고는 정원으로 창이 나 있는 커다란 주방으로 변신했고 화물용 승강기도 설치되었다.

시빌은 빅토리아 시대의 흔적을 없애 가며 실내 공사에 돌입했다. 방은 판 장식을 새로 하고 수수한 상아색으로 칠했다. 고상한 조지 왕조풍의 계단을 추가했고, 고풍스러운 호두나무 가구나 옻칠한 중국식 가구와 알록달록한 예스러운 양탄자를 들여왔다. 다이닝 룸은 다소 작았지만 벽의 돌출 촛대들을 비추는 골동품 거울과 시빌이 수집한 각종 크리스털로 만든 중앙 샹들리에 덕분에 넓어 보였다. 시빌은 대칭을 좋아해서 의자, 꽃병, 꽃꽂이도 쌍으로 맞췄다. 색채가 풍부한 꽃무늬 친츠 종류도 시빌이 선호하는 것이었다. 17세기와 18세기에 동인도 회사가 인도에서 영국으로 들여왔던 이 직물은 여전히 영국의 컨트리 하우스 침실에 많이 쓰였는데, 시빌의 집에서는 덮개를 씌운 연회용 의자와 소파에 한껏 활기를 더해 손님들이 앉아서 담소를 나누는 분위기를 돋우는 역할을 했다. 시빌의 재능은 자연스럽게 틀을 갖춘 컨트리 하우스의 본질적 성격을 드러내되 그 집을 더 깨끗하게, 더 깔끔하게, 더 안락하게, 더 환하게 만드는 것이었다. 시빌은 전통적인 특징에서 정수를 뽑아내 집에 역사성을 부여하면서도 은근히 더 나은 버전으로 만드는 천부적 감각이 있었다. 그녀는 신흥 부유층이 필요로 하는 바로 그것, 즉 이미 만들어져 있는 전통과 유산을 취향대로 구비하고자 하는 욕구를 포착했다. 그녀 역시 정확히 똑같은 출신 배경이었기 때문에 그 마음을 잘 알았다. 아가일 하우스는 그 후 15년간 시빌의 가족이 살게 될 집이자 그녀의 실내 장식 재능을 뽐낼 전시장이요, 공연을 펼칠 무대가 되었다.

당대의 다른 사교계 여성 실세들과는 달리 시빌은 블룸즈버리 그룹*과 친분을 다지는 데 욕심이 많았다. 이들은 모더니즘 작가, 예술가, 지식인이 다양하게 모인 집단이었다. 재능 있는 두 자매 버지니아와 버네사 스티븐이 결혼 전까지 대영 박물관 근방의 나무가 많은 주택가 블룸즈버리 고든 스퀘어 46번지에 살았는데 그 지명이 단체명이 된 것이다. 이들의 사교 모임에는 자매의 남편 레너드 울프와 클라이브 벨을 비롯해 화가 덩컨 그랜트, 버지니아의 연인 비타 색빌웨스트, 경제학자 존 메이너드 케인스, 비평가 로저 프라이, 화가 발터 지커트가 함께했다. 이들의 사적인 관계는 서로 끈끈하게 얽혀 있었다. 일면 사회적으로 용납되지 않은 생활 방식과 모호한 연애 관계가 눈살을 찌푸리게 했다. 세간에 블룸즈버리 그룹을 두고 〈사각형 집에들 살면서 사랑은 삼각형으로들 했구먼〉 하는 말이 돌았다.

블룸즈버리 그룹원을 옹호하고 친하게 지낸 사람 중에 레이디 오톨린 모렐이 있었다. 그녀는 제1대 웰링턴 공작의 친척이었고 포틀랜드 공작의 의붓여동생이었다. 자유당 의원 필립 모렐과 결혼한 오톨린은 180센티미터가 넘는 키에 타오를 듯 붉은 머리칼을 휘날리며 휘황찬란한 색감의 별난 옷차림을 하고 다녔다. 모렐 부부는 1914년에 구입한 옥스퍼드셔의 가싱턴이라는 튜더 양식의 저택을 복원해 사용했고 베드퍼드 스퀘어 44번지에도 웅장한 런던 저택을 갖고 있었다. 두 저택 다 블

* 20세기 초, 런던의 블룸즈버리에 살던 예술 지상주의적 예술가, 지식인 집단.

룸즈버리 그룹의 단골 아지트가 되었다. 이들은 인생에서 좋은 것들을 한껏 음미할 줄 알았다. 더구나 다른 사람이 돈을 지불해 준다면야 금상첨화였다. 1916년에 오톨린은 클라이브 벨과 양심적 병역 거부자들이 가싱턴에 머물며 자작 농장에서 일하도록 불러들였고, 이들은 오톨린이 제공한 이 은신처에서 징병을 피할 수 있었다. 그녀는 버지니아 울프, 시그프리드 서순, T. S. 엘리엇 같은 전위파 작가들의 든든한 벗이었다.

모렐 부부는 요즘 말로 〈자유 결혼〉*이라 할 만한 관계를 유지했다. 오톨린의 연인으로는 버트런드 러셀, 도라 캐링턴, 로저 프라이뿐 아니라 가싱턴 저택에서 일한 석공도 있었다. 그녀의 비정통적인 생활 방식에 영감을 받은 D. H. 로런스가 오톨린을 『채털리 부인의 사랑』의 주인공으로 만들었으며, 『사랑에 빠진 여인들』의 허마이어니 로디스로 그려 웃음거리로 만들기도 했다. 올더스 헉슬리는 모렐 부부가 주말 하우스파티를 화려하게 즐겼던 가싱턴에서 드러날 법한 자유 사상적인 분위기를 자신의 1921년작 『크롬 옐로Crome Yellow』에 조롱조로 담아냈다.

오톨린은 독창적인 전위파 예술가 내 특정 그룹을 후원한 귀족 여성이었다. 반면에 평범한 집안에서 태어나 상류층에 입성한 시빌 콜팩스는 문학을 즐기는 지식인과 전위파 예술가는 물론 명문가 태생과 부유층까지 전 분야의 유명인을 끌어모았다. 시빌은 삶의 전반적 측면에서 관습이나 전통을 따르는 편이었고 비난이나 조롱에 대체로 덤덤하게 반응했다. 비록 블

* 부부가 서로 사회적, 성적 독립을 승인하는 결혼 형태를 뜻한다.

룸즈버리 그룹이 시빌이나 다른 여성 〈유명 인사〉들을 신랄하게 헐뜯는데도 시빌은 그들과 친분을 이어 갔다. 그녀는 먼저 1922년에 버지니아 울프의 마음을 얻으려고 무진 애를 썼다. 쉴 새 없이 초대장을 보내 이 성마른 소설가를 성가시게 했다. 울프가 주장하기로는 처음에 시빌의 제안을 거절한 이유가 그들이 일면식도 없는 사이여서가 아니라 가터와 스타킹이 다 낡았는데 흉하게 안 보이려고 새 옷을 사는 게 너무 싫어서였다고 했다. 시간이 지나 두 사람은 희한할 정도로 친해졌다. 물론 버지니아 울프는 시빌이 〈재치 있는 입담을 좋아하고 네 코스짜리 거한 점심과 좋은 와인으로 그런 이야기를 사 가길〉 좋아했다고 평하긴 했다.[5] 울프는 다른 작가들, 특히 시빌이 〈위인〉이라 칭하는 이들을 피해 시빌과 독대하길 좋아했고 다른 손님들이 한 무더기 있는 저녁 식사 자리에서 노래하는 건 한사코 거부했다. 버지니아 울프는 시빌에 관한 험담을 〈콜팩시아나〉라고 칭했는데, 이 주제에 관해 알 만한 사람만 알 수 있도록 무심하게 표현한 〈콜팩시스무스〉라는 용어도 만들었다.

시빌은 문학계의 명사들을 모으는 데 일가견이 있었다. 아가일 하우스에 가면 아널드 베넷이나 허버트 조지 웰스, 맥스 비어봄과 마주칠 수 있었다. 아일랜드의 대문호들도 시빌의 환대에 고마워했다. 조지 버나드 쇼는 레이디 애스터의 연회뿐 아니라 시빌의 연회에도 참석해 자리를 빛내 주었고, 시인 W. B. 예이츠는 마운트 스튜어트 저택의 단골손님이어서 때때로 시빌과 저녁 식사도 함께했다. 아마 시빌이 문학계 인맥 중 가장 흡족한 전리품으로 꼽을 사람은 조지 무어였을 것이다. 그는 수십 년간 커나드 부인을 연모하면서 여전히 그의 경쟁자 토머스 비첨과 한 상에 앉는 건 치를 떨었고, 시빌이 그를 존중하며 높여 주는 분위기를 좋아했다. 시빌은 해럴드 니컬슨이나 비타 색빌웨스트하고도 친분을 쌓았다. 그러다 1921년 4월 7일, 아가일 하우스의 파티에서 자칫 유감스러운 만남이 이뤄질 뻔했다. 바이올렛과 불행한 결혼 생활을 하고 있는 데니스 트레푸시스가 방 건너편에서 비타를 발견하고 즉시 자리를 떴다. 바이올렛과 비타가 최근에 뜨겁게 연애를 하다 급기야 각자의 불쌍한 남편들을 뒤로하고 프랑스로 사랑의 도피를 해버린 전력이 있었다.

많은 상류층이 그러듯 콜팩스 부부도 기회가 있을 때마다 유럽으로 향했다. 시빌이 여러 예술가와 귀족의 인맥을 수집할 수 있던 곳이 바로 이탈리아였다. 언론인 베벌리 니컬스는 1920년 베네치아에서 시빌을 만난 날 그녀가 방금 만난 사람들을 성 없이 이름만 편하게 부르며 즐거워하던 모습을 회상했다.

「친애하는 우리 제럴드 버너스(경)는 어찌나 재능이 많은지! 세르게이(디아길레프)가 제럴드에게 발레곡을 하나 써달라고 의뢰한다는 얘길 하더라고요.」[6]

니컬스는 이렇게 이야기를 이어 갔다.

그녀가 팔라초인가 어딘가 창가에 서 있던 모습이 기억난다. (어디였는지 정확히 기억나지 않지만 그날 우리를 초대한 사람이 카이저의 정부였다는 기억은 어렴풋이 난다.) 그녀의 반짝반짝 빛나는 눈이 대운하를 쓱 훑으며 사냥감을 물색하던 모습이 뇌리에 깊이 박혔다.

「확실해.」

그녀가 발코니 너머로 몸을 구부리며 중얼거렸다.

「저 아래 하얀 곤돌라에 탄 사람이 친애하는 우리 제인(파우스티노 공주)이 확실하죠?」

사실 그 사람은 친애하는 우리 제인이 아니었다. 우리 모두를 큰 혼돈에 빠뜨린 그 사람은 미네소타 출신의 어느 술 취한 여인이었다. 하지만 시빌은 자기주장을 굽히지 않고 분위기를 몰아갔다.

시빌은 1922년부터 1924년까지 여름마다 몇 달씩 두 아들 피터와 마이클을 대동하고 이탈리아와 프랑스를 여행했다. 아들들을 데리고 자주 피렌체에 가서 미술사가 버나드 베런슨, 작가 해럴드 액턴과 함께 지냈고, 시에나의 광장에서 열리는 역사적인 경마 대회 팔리오에도 참석했다. 아서와 시빌은 사이가 아주 좋았다. 아서가 일 때문에 떨어져 있고 시빌이 유럽 여행을 하는 동안 두 사람은 다정하게 편지를 주고받았다. 시빌은 편지 말미에 〈빌리〉라고 서명하고 아서를 〈나의 여보 고고〉라고 불렀다. 그녀는 여기저기 두루 여행을 다니며 그녀의 어머니가 가만있질 못하던 습성을 그대로 따라 하는 것 같았지만 시빌의 경우 여행의 목적은 인생이 안겨 주는 가장 좋은 것들을 경험하고 세상의 아름다움과 문화를 가능한 한 많이 자기 것으로 만들기 위함이었다. 창의적인 엘리트 계층과 인연을 만들겠다는 의지, 그녀의 마음을 사로잡고 감동시키는 것은 무엇이든 최선을 다해 경험하겠다는 야심이 바로 그녀를 추동한 힘이었다. 그건 마치 생기 없이 억눌려 지낸 그녀의 어린 시절을 보상하겠다는 의지 같았다.

‡

시빌 콜팩스가 간절히 원한 자극원이 문학과 예술이었던 한편, 커나드에게는 각종 다양한 형태의 음악이 그런 존재였다. 음악을 향한 진정한 열정은 연인 토머스 비첨을 위한 그녀의 헌신과 불가분의 관계였다. 오스버트 시트웰이 이런 글을 썼다.

오페라와 발레의 세계에서는 레이디 커나드가 홀로 군림했다. 음악을 향한 그녀의 사랑이 워낙 열렬하고 무한한지라 오페라를 즐기는 모든 사람이 그녀에게 은혜를 입은 셈이다. 왜냐하면 그녀가 전격적으로 후원하고 자신의 힘을 총동원한 덕분에 여러 해 동안 오페라와 발레 시즌이 멋지게 치러질 수 있었기 때문이다. …… 그녀는 당시 런던에서 그렇게 호화로운 그랜드 오페라를 확실히 성공시키려면 설령 음악에 눈곱만큼도 관심이 없더라도 유행에 중독된 바보, 멍청이, 얼간이 들이 꼬박꼬박 공연장을 찾는 분위기를 적극 활용할 수 있다는 것이 더없이 중요하다는 사실을 간파했다.[7]

전쟁의 여파로 춤, 음악, 오락에 대한 요구가 억눌려 있던 상황에서 모드 커나드는 발레 뤼스의 존재 이유를 앞장서서 옹호했다. 1919년 12월 4일, 모드는 코벤트 가든에서 이 무용단을 대신해 기금 모금 무도회를 열었다. 디아길레프는 끊임없이 자금을 구하러 다니다가 그레빌 부인에게 공연계의 〈재정 후원자〉가 되어 그의 무용단에 투자하는 게 어떠냐고 운을 떼웠다. 그레빌은 그에게 저녁을 샀지만 연예 분야에 투자하는 것은 고사했다. 심지어 커나드조차 코벤트 가든에 「풀치넬라」 공연을 올리는 데 충분한 돈을 모으느라 애를 먹었다. 이 작품이 스트라빈스키의 음악과 피카소가 디자인한 무대로 올리는 새로운 발레라 검증이 안 되어서였다. 그렇지만 이 작품은 그리 비용이 많이 들지 않는 콜리시엄 극장에 올리기 적합했다는 게 입증됐고 나아가 1919년 여름에 큰 호평을 받았다.

재능 있는 괴짜 제럴드 버너스는 음악에 열정이 남다르고 스트라빈스키, 디아길레프와 우정을 나눴던 사람이니 커나드와 친해진 것이 놀랄 일도 아니다. 두 사람 다 발레와 오페라에 조예가 깊었다. 제럴드는 하프문 스트리트에 아파트를 얻어 웨스트엔드의 극장과 공연장에서 잠깐 택시로 이동하면 오페라 뒤풀이 겸 단란한 저녁 식사를 하며 모드를 접대할 수 있었다. 그는 적중률이 상당히 높은 농담을 구사했고, 여름 야외 파티에서는 말벌에 쏘인 척해 커나드를 소스라치게 할 만큼 짓궂었다. 버너스의 의견에 따르면, 콜팩스의 파티는 유능한 간호사가 주재하는 미치광이들의 모임 같았던 반면, 커나드의 파티는 미치광이가 주재하는 미치광이들의 파티 같았다고 한다.

모드 커나드는 새로운 시도를 지원하는 기금 모금에 적극 개입해 토머스 비첨의 오페라 공연단을 위해 7만 파운드 이상을 모금했다. 공연계 교주 같은 존재의 모드와 하워드 드 월든 경이 각자 5,000파운드를 투자했고 1919년 4월 1일에 공연단이 설립되었다. 하지만 공연단이 수익을 내기란 만만치 않았다. 전후의 불황으로 돈이 잘 돌지 않은 데다 애국적 차원에서 공연 목록에 독일 작곡가의 작품은 피했던 터라 음악 애호가들의 마음을 사로잡는 데 한계가 있었다.

모드는 토머스가 지휘하는 갈라 공연과 개막 첫날 밤에 유명한 손님들을 초대하는 방식으로 그들의 후원을 받았다. 그녀는 토머스가 자주 결근하고 가수나 연주자와 숱한 염문을 뿌린다는 소문이 돌아도 눈감아 주기로 했다. 1920년에 그녀는 마흔여덟 살이었는데 〈토머스 경은 돈 후안 같은 사람〉이라며 물색없이 젊은 연인을 자랑하기까지 했다. 비첨은 이혼에 동의하지 않으려 한 유티카와 여전히 법적 부부 사이였지만 어느 날 단원들에게 〈신사분들, 당신네 지휘자의 정력 덕분에 오케스트라의 미래가 보장된다는 걸 알게 돼 기쁘시겠습니다〉 하고 전했다는 것으로 보아 자신과 커나드 부인의 관계가 본질적으로 어떠한지 솔직하게 드러낸 셈이다. 한편 일편단심인 조지 무어는 여전히 모드를 사모했고 간간이 그녀와 식사 자리를 가졌다. 다음은 1920년 12월 7일에 그가 모드에게 쓴 편지다.

당신은 이 세상에 무정한 마음뿐 아니라 아름다움과 우아함과 매력도 가득 가져다주었소. 그러니 내가 당신을 사랑하게 된 건 놀랄 일도 아니라오. 나는 언제까지나 당신을 사랑하겠소. 지난밤 당신이 연 파티는 당신의 매력 덕분에 활기가 넘쳤고 모든 이가 뜻밖의 행복감에 마음이 설렜다오. …… 다들 당신에게 매료되어 미소를 머금고 유쾌한 시간을 보냈소. 무뚝뚝한 이들조차 당신에게 마음을 빼앗겼다오.[8]

그 와중에 모드 커나드는 집안 문제로 여전히 걱정을 떨치지 못했다. 특히 외동딸의 마음 상태가 걱정이었다. 낸시 커나드의 연인 피터가 세계 대전 종전이 채 한 달도 안 남은 시점에 전사했는데, 낸시의 남편 시드니 페어베언은 살아남았고 전쟁 마지막 주에 보여 준 용맹한 행위로 무공 십자 훈장까지 받았다. 낸시는 결혼 생활을 점점 더 괴로워했다. 그러다 1919년 1월에 스페인 독감에 걸렸다가 폐렴을 얻어 어머니의 새집 그로스베너 스퀘어 44번지에서 지내며 몸을 추슬러야 했다. 프랑스에서 복무 중이던 시드니가 드디어 제대하고 런던으로 돌아왔으나 그를 기다리고 있는 건 낸시가 더는 결혼을 견딜 수 없다는 말이었다. 낸시의 친구 더프 쿠퍼가 샴페인 두 병을 함께 나누며 그를 위로했다. 시드니는 여전히 낸시를 사랑하고 그녀가 자신에게 충실한 아내라고 믿는다며 속내를 털어놓았다. 더프 쿠퍼는 그의 환상을 깨지 않는 편을 택했다. 낸시는 프랑스 남부에서 요양한 후 1920년 1월, 파리로 영구 이주해 글쓰기에 매진했다. 빼어난 미모, 여리여리한 몸매, 우아한 옷차림, 창백하게 반짝이는 눈, 독특하게 허스키한 목소리가 금세 시선을 끄는 낸시는 프랑스 전위파 예술계가 사랑하는 인기인이 되었다. 콘스탄틴 브른쿠시는 그녀를 모델로 조각을 했고, 만 레이는 사진을 찍었으며, 오스카어 코코슈카는 그림을 그렸다. 낸시는 런던에서도 문학계와 미술계의 뮤즈였다. 올더스 헉슬리의 작품 『연애대위법』에 나오는 루시 탄타마운트는 낸시를 토대로 한 인물이고, 마이클 알렌의 『그린 해트*The Green Hat*』에 나오는 아이리스 마치는 영락없이 낸시 그 자체다. 초상화가 오거스터스 존과 보티시즘* 화가 윈덤 루이스도 그녀에게 매료되었다.

낸시는 1920~1921년 겨울에 파리에서 중병이 들었다가 자궁 절제술을 받았고 복막염까지 앓았다. 그녀가 생사를 오가는 동안 어머니와 아버지가 계속 드나들었다. 그러다 파리에서 건강을 회복하는 동안 첫 단독 시집 『무법자들*Outlaws*』을 런던에서 출간해 호평을 받았다. 모드 커나드는 언론에 출간 소식을 알렸고 『네이션』과 『옵서버』에 낸시의 시가 실렸다. 1922년 3월, 모녀가 몬테카를로에서 함께 휴가를 보냈지만 둘의 관계는 시종 위태위태했다. 런던에 있을 때 낸시는 좋아하는 레스토랑 〈에펠 타워〉 위의 숙소에서 지내곤 했는데, 모드의 새 저택 칼튼 하우스 테라스 5번지에서 어머니와 점심이나 저녁을 먹기도 했다. 낸시의 불행한 결혼 생활을 해결하기로 결심한 모드가 1922년 11월에 더프 쿠퍼를 권유해 낸시의 남

* 20세기 초에 영국에서 일어난 전위적인 예술 운동으로 소용돌이파라고도 한다. 이탈리아의 미래파를 공격하고 새로운 입체파를 주장하여 회화, 조각, 시의 영역에까지 영향을 미쳤다.

편 시드니와 함께 점심을 먹자고 해서 시드니가 이혼에 합의하도록 설득했다. 한편으로 그 당시 모드는 런던 사교계를 주름잡고 있었다. 훗날 낸시가 기억하기로 1922년에 어머니가 주최한 무도회에서 T. S. 엘리엇을 만났고 왕세자와 춤을 추기도 했다. 그녀는 어머니가 얼마나 능숙하게 이런 공식적인 행사를 조율하는지 바로 곁에서 지켜봤다.

모드 커나드는 가장 동경하는 집단으로 스며들어 가기 위해 개인적 매력을 십분 활용하면서 점점 침투하기 수월해지는 계급의 경계를 능숙하게 비집고 들어갔다. 1920년대에 전통적인 귀족 부인들이 시골 영지로 물러나자 그들의 자리는 화수분 같은 은행 잔고와 지성을 전략적으로 사용하는 신인 귀부인들이 재빨리 꿰찼다. 1922년 4월 1일, 로라 메이 코리건은 런던에 도착했다. 그녀는 두 번째 남편의 고향 클리블랜드의 백만장자 거리 유클리드 애비뉴에서 배척당했다. 그곳 주민들이 전직 웨이트리스에 이혼녀인 로라가 금수저인 다이아몬드 원석 제임스 코리건을 차지한 데 분개했기 때문이었다. 뉴욕으로 건너간 코리건 부부는 호텔에 살면서 부유층과 어울릴 기회를 얻으리라 생각했으나 그들을 소개해 줄 〈귀족 부인〉을 고용했는데도 5번가의 대부호 록펠러가와 밴더빌트가는 자기들보다 급이 낮은 코리건 부부를 간단히 무시해 버렸다. 엄청난 재산만으로는 뉴욕의 최상류층 〈포 헌드레드〉*에 접근하기에 역부

* 한 도시의 사교계 사람들, 상류 사회 인사를 뜻한다. 워드 맥알리스터라는 뉴욕 사교가가 뉴욕의 최상류층 부호 400명이 사교계에서 활약한다고 말한 데서 나온 표현이다.

족이었다. 로라의 목표 대상 중 한 명은 티파니사에서 특별히 인쇄한 초대 회답 카드까지 구비해 두었고 (적당한 날짜를 수기로 추가할 수 있게 칸을 띄워 둔) 코리건의 정성 어린 초청을 거절하며 그녀의 모든 제안에 관례적인 답장으로 일관했다.

E. F. 벤슨이 쓴 『메이페어의 괴짜들Freaks of Mayfair』의 작중 인물인 미국인 화이트핸드 부인은 로라 코리건처럼 출세에 목마른 야심가와 묘하게 닮았다. 미국 동부 연안에서 배척당한 벤슨의 백만장자 주인공은 〈정평이 난 뉴포트의 여왕 니티 밴더크럼프가 그녀를 열일곱 차례 칼같이 외면하고 그 유명한 쇳소리로 친구 낸시 코스터스내치에게 이 듣도 보도 못한 면상들은 다 누구냐고 빽 하고 내지른〉 날 이후 런던 사교계를 정복하기로 결심한다.[9]

런던에 도착한 코리건은 사교계에 발을 들여놓으려면 도움이 필요하다는 걸 깨닫고 세 번 결혼한 미국인 친구 코라 스트래퍼드 부인에게 연락했다. 코라의 첫 번째 남편은 치약계의 백만장자 새뮤얼 J. 콜게이트였다. 서른아홉 살 위인 그와 결혼했던 코라는 이 거래에서 두둑이 챙긴 재산에 대해 일말의 거리낌도 없었다. 그녀는 로라를 사적인 소규모 만찬 파티에 초대했고, 로라는 그 자리에 동석한 오틀린 모렐의 오빠 포틀랜드 공작에게 솔깃한 이야기를 들었다. 그 유명한 앨리스 케펠 부인이 메이페어의 그로스베너 스트리트 16번지에 있는 조지 왕조풍 대저택을 기꺼이 빌려줄지도 모른다는 소식이었다.

케펠 부인을 만나는 자리가 마련되었고, 로라는 런던에 도착한 지 채 한 달도 안 되어 케펠의 타운 하우스를 임대하는 성과를 올렸다. 그곳은 최고급 도자기, 붉은색 칠기 가구, 회색 벽, 격조 높은 그림, 눈부신 샹들리에가 완비된 저택이었다. 케펠 부부는 원래 여러 방으로 이루어진 건물 배치를 그대로 유지했기 때문에 개별 스위트룸이 갖춰져 있었다. 로라는 〈코리건 씨와 나는 붙어서 생활한다〉며 처음에 이 배치에 반대했으나 에드워드 7세의 옛 정부는 두 방을 연결하는 사려 깊은 개인 전용 계단을 점잖게 가리켰다. 정교한 페르시아 융단(〈저걸 왜, 심지어 새것도 아니잖아!〉라는 반응이 나온 물건)과 치펜데일풍* 의자(로라가 〈작은 완두콩〉 무늬 덮개 때문에 약간 흉해졌다고 느낀 가구)를 두고 의구심이 들긴 했으나 퇴임하는 사교계 인사와 후임 둘 다 흡족한 합의에 도달했다. 로라는 주당 500파운드에 저택과 내부 설비 일체를 임대하고 앨리스의 뛰어난 집사와 요리사 롤프 부부를 비롯한 직원 20명을 그대로 썼다. 거기다 화룡점정으로 앨리스의 주소록 사본까지 구입해 런던에서 알아둬야 할 모든 사람의 이름과 주소를 확보했다. 케펠스 부부는 서둘러 런던을 떠났고 로라가 입성했다.

코리건이 런던 사교계에 진출하는 데 도움을 준 일등 공신은 집사 롤프였다. 그는 이전 주인마님의 지인들을 불러들여 신비에 싸인 후임 주인마님과 만나는 자리를 마련했다. 호기심을 불러일으키는 새 안방마님은 어마어마한 거부였다. 나름의 선행에 적극적인 상류층 부인들의 촉수가 움찔했다. 그 많은 돈을 융통하면 어려운 처지에 있는 명문가나 반려동물을 구제할 길을 찾을 수 있겠다는 기대감이 생겼기 때문이다. 미국

* 우아한 곡선을 이용한 장식적인 디자인.

인 로라는 당연히 따로 계급이 없는 사람이었지만 그녀 정도면 상류 계급에서 꽤 만족할 만한 인물이었을까? 로라의 현 위치를 확인하기 위해 롤프는 찰리 스털링의 도움을 받아보기를 권했다. 그는 로스모어 경의 조카였고 귀족층과 인맥이 탄탄한 데다 재치 있고 평판도 좋은 젊은이였다. 무엇보다도 런던에서 가장 영향력 있는 여성 인사 중 하나인 이디스 런던데리의 사교 활동 담당 비서였다는 점이 중요했다.

로라 코리건을 런던 무대에 진출시킨 이가 바로 찰리 스털링이었다. 우선 그는 런던데리 하우스에 식사 자리를 마련했다. 런던데리 부부의 아들 로빈이 미국을 방문한 적 있는데 그때 제임스 코리건의 극진한 대접을 받았다. 이디스는 곧바로 로라에게 호감을 보였다. 그녀는 찰리의 제안대로 그녀가 좋아하는 자선 단체에 로라가 후하게 기부한 것에 감사했고, 두 여성은 왠지 안 어울릴 것 같았는데 친구가 되어 계속 관계를 유지했다. 런던데리 부부는 답례로 로라가 새집에서 처음 여는 만찬회에 손님으로 참석했고 이날 회동은 『더 타임스』에 실리기도 했다. 이 부부의 참석이 곧 귀족이자 정치계 상류층의 보증이나 다름없었다. 몇 주 후 『더 타임스』는 조지 5세의 사촌 마리 루이즈 공주가 코리건의 집에서 열린 또 다른 만찬회의 주빈이었다는 소식을 전했다. 파티 주최자는 수가 놓인 흰색 크레이프 드레스를 입고 오팔색 진주로 장식했다고 묘사했다. 확실히 재력가 여성의 모습이었다. 왕실에서도 로라 코리건이 러틀랜드 공작부인의 초대를 받은 손님이었던 점에 주목했고, 미국 대사의 아내 조지 하비 부인이 로라가 왕실에 배알할 기회를 마련해 주었다. 로라 코리건은 집사 롤프와 찰리 스털링, 몇몇 상류층 부인의 선의와 로라 자신의 결단력 덕분에 런던 사교계에 진출할 수 있었다.

코리건은 여흥을 즐기는 일군의 젊은 귀족이나 사교계 명사의 환심을 사는 것에는 바빴지만 지식인이나 예술가, 진지한 분야의 인사들과 관계를 쌓는 것에는 전혀 관심이 없었다. 그녀는 과시하고 향락을 즐기는 분위기를 선호했고, 간간이 열흘 남짓 런던을 방문하는 남편 제임스는 아내가 호화로운 생활을 영위하는 데 부족함이 없도록 기꺼이 자금을 대주었다. 로라가 초기에 사교계에서 성공한 것은 요행수가 작용했기 때문이다. 왕세자의 남동생 켄트 공작은 잘생긴 일등 신랑감으로 꼽혔는데 로라가 주최한 어느 파티의 주빈이 될 거라는 소문이 돌았다. 공작은 그 소문을 듣고 재미있어하며 그날 밤에 몸소 그 자리에 나타났다. 로라는 사교계에서 주목할 만한 파티 주최자로 단숨에 입지를 굳혔다는 사실에 잔뜩 흥분했지만 일단 체면을 지키기 위해 치마를 단단히 여며 고정한 다음 물구나무를 섰다. 악단의 드럼 소리를 반주 삼아 물구나무서기를 하는 건 노엘 카워드의 익살맞은 노래 「끝내주는 파티에 다녀왔지」에 맞춰서 자동으로 나오던 습관 같은 것이었다. 혹시나 그레빌 부인 같은 사람이 그런 묘기를 벌이는 장면은 아무도 상상할 수 없었을 것이다.

로라 코리건은 1920년대의 다소 열정적인 분위기에 맞춰가며 별난 손님들이 충분히 즐기도록 호화로운 장소를 제공했다. 귀족층을 겨냥했을 뿐 아니라 〈브라이트 영 싱스〉 무리와 의도적으로 친분을 쌓았다. 이들은 세계 대전 기간에는 너무 어려서 군에 복무할 수 없었으나 전쟁이 남긴 것에 대해 깊이 없는 반항으로 대응하고 파티와 춤, 무모한 내기와 도박에 탐닉하던 사람들이다. 코리건의 파티에 참석하는 화려한 손님들은 스콧 피츠제럴드의 『위대한 개츠비』에 등장하는 파티 손님 같았다. 그들은 자기를 초대한 명사가 누구인지, 이런 방탕한 파티를 가능케 하는 어마어마한 재산이 어디서 나오는지 거의 아는 바가 없었지만 아낌없는 환대를 마냥 즐겼다. 소설가 바버라 카틀랜드가 이렇게 썼다.

> 손님들을 깜짝 놀라게 해주려고 곡예사, 저글러, 법석 떠는 희극 배우는 물론, 한번은 메이페어 응접실에 재주 부리는 바다표범까지 등장했다. 하지만 경이로운 파티로 런던을 깜짝 놀라게 하는 데 본격적으로 뛰어든 재력가 코리건 여사가 정한 기준에 필적할 만한 영국의 사교계 인사는 찾기 힘들었다. 돈을 바른 굉장한 무대에, 값비싼 경품에, 최고급 공연 수준의 막간극까지 선보인 덕에 그녀는 당대에 가장 많이 화제에 오르는 파티 주최자가 되었다. 내가 느끼기에 언제나 그녀의 파티에는 옆방에 있는 뭔가를, 혹은 누군가를 놓칠까 봐 염려하는 사람들로 가득했다.[10]

로라가 연 어느 만찬 무도회에서는 화려한 드레스 경연 대회를 벌이고 추첨과 톰볼라tombolas 복권(로라는 마치 누군가의 이름

을 또박또박 말하듯 〈톰 보울러스〉라고 두 단어처럼 발음했다)
을 포함한 복불복 게임도 했다. 상품은 카르티에에서 가져온
아주 탐나는 고가의 작은 사치품이었다. 운 좋은 참석자는 금
버클이 달린 멜빵이나 작고 예쁜 다이아몬드 머리핀을 따 가곤
했다. 집사 롤프는 어린아이의 생일 파티에 참석한 아이들 대
하듯 모두가 뭐라도 갖고 집에 돌아갈 수 있게끔 세심하게 신
경 썼다. 이렇게 안겨 주는 것들은 값비싼 상품이었다. 로라의
손님 중 누구도 딱히 가난하지 않았지만 물욕이나 경쟁심은 인
지상정 아닌가. 로라는 이왕 돈을 쓰는 거면 확실히 눈에 띄게
써야 한다고 생각해 오늘날 가치로 10만 파운드 이상에 해당
하는 6,000파운드 정도를 매 행사 총예산으로 치밀하게 맞춰
파티를 계획했다. 사교계 진출 후 두 번째 시즌인 1923년에는
요크 공작 부부의 결혼식 참석차 런던을 방문한 수많은 해외
손님을 포함해 140명을 위한 성대한 파티를 열 정도였다. 그녀
의 친구 엘사 맥스웰은 이렇게 말했다.

「1920년대 유럽은 재력을 도약판 삼아 사교계로 고공 다
이빙하는 부유한 미국인들로 넘쳐났는데 그 누구도 로라만큼
날것 그대로의 거대한 물보라를 일으킨 사람은 없었다.」[11]

사교계에서 빠르게 상위권으로 치고 올라온 코리건 부부
는 1923년에 메리 왕비가 참석한 엡섬 더비(경마 대회) 관람
때 왕실 특별석에 초대받기도 했다. 특유의 기발함과 결단력을
발휘한 로라는 모국에서 못다 푼 한을 영국에서 풀었다. 있는
모습 그대로 자신의 존재를 인정받은 것이다. 그녀는 클리블랜
드나 뉴욕에서 자신을 푸대접한 이들에게 그녀가 영국 사교계

에서 거둔 성공을 확실히 알려 주고픈 마음이 간절했다.

　로라 코리건은 종종 언론과 인터뷰를 했는데, 그녀의 기지 넘치는 발언과 툭하면 우스꽝스럽게 오용한 말이 활자화돼 널리 알려졌다. 1920년대에 런던 사교계의 신임 안방마님들이 자신의 성과를 대대적으로 광고할 수 있는 곳은 신문의 가십 칼럼이었다. 당시에는 웃기는 이야기나 재미있는 특집 기사, 귀족들 사이에 일어나는 비행담을 탐독하는 열혈 독자층이 있었다. 브라이트 영 싱스는 특정 주제로 분위기를 살린 화려한 가장무도회나 보물찾기를 즐겨 해 언제나 좋은 기삿거리였다. 전후에 여러 신문사가 사교계 뉴스를 작성할 인맥 좋은 통신원을 적극 고용했고, 가십 기사는 점점 더 생생하고 정보가 풍부해졌다. 심지어 파티 주최자 중에는 홍보 목적으로 가십 칼럼니스트를 파티에 초대하는 이들도 있었다. 다만 만찬 행사가 계획대로 흘러가지 않을 시 공연을 망친 극단 단장 같은 태도로 이따금 나오는 혹평에 대비해야 했다.

　또 다른 파티 주최자들은 사교 업무 담당 비서를 통해 행사의 세부 사항 전체를 제공하면서 자신이 사교계에서 이룬 성과를 기록하는 수단으로 신문을 계속 활용하기도 했다. 『더 타임스』는 런던데리 하우스에서 열린 정치계 축하연 다음 날 아침이면 꼬박꼬박 참석자 명단을 두 줄로 빽빽하게 게재했다. 심지어 어떤 부인은 자신의 목적에 부합하는 근거 없는 이야기를 〈끼워 넣기〉 위해 언론과 관계를 구축할 만큼 영악한 면모도 보였다. 그런 이들 중에는 앨버트 왕자의 환심을 사야겠다고 결심해 언론을 이용한 마거릿 그레빌이 있었다.

그레빌은 인도에서 왕세자와 함께 있을 때 그의 눈 밖에 나다시피 했다. 왕세자는 모친의 절친한 친구가 줄기차게 자기를 감시하는 것에 분노했다. 이에 굴하지 않은 그레빌이 이번에는 왕세자의 남동생을 공략해 앨버트 왕자의 일거수일투족에 지대한 관심을 쏟았다. 급기야 자신이 죽은 후 그에게 상당한 재산과 저택을 물려주겠다는 계획까지 세웠다. 사실 앨버트는 말을 더듬기 때문에 정상적인 생활이 불가능할 정도라 어떤 공직에도 적합하지 않다는 게 중론이었다. 하지만 그는 가족들의 사랑을 한몸에 받았고 친구 사이에서도 신의가 두터웠다. 이런 앨버트가 1920년 여름 어느 날, 엘리자베스 보우스라이언이라는 스코틀랜드 숙녀에게 홀딱 반해 버렸다. 환한 미소와 복슬복슬한 머리칼이 눈에 띄는 자그마한 몸집의 예쁜 엘리자베스는 런던 사교계에서 인기가 많았다. 제14대 스트라스모어 백작의 딸로서 글래미스성에서 자란 그녀는 자기 뜻대로 구혼자를 고를 수 있었다. 두 사람은 1920년 6월 10일에 그로스베너 스퀘어에서 열린 만찬 무도회에서 만났고 앨버트의 시종무관 제임스 스튜어트에게 소개를 받았다. 모레이 백작 가문인 제임스의 집안은 스트라스모어 집안과 가까운 이웃이어서 그와 엘리자베스가 서로 잘 아는 사이였고, 두 사람이 결혼할지도 모른다는 추측이 돌았었다.

앨버트는 해결사 로니 부인에게 엘리자베스의 마음을 얻도록 도와 달라고 부탁했다. 1920년 12월에 엘리자베스가 앨버트에게 처음 쓴 편지가 왕립 기록 보관소에 남아 있다. 이 편지에서 엘리자베스는 앨버트 왕자의 스물다섯 번째 생일을 축하하는 그레빌 부인의 만찬회를 고대한다고 전한다. 그레빌은 종종 엘리자베스를 파티에 초대했는데 여전히 엘리자베스는 제임스 스튜어트를 더 좋아하는 눈치였다. 그녀가 1921년 봄에 앨버트의 청혼을 거절하자, 유능한 왕실 해결사이자 로니 부인의 오랜 친구 시드니 그레빌 경이 제임스 스튜어트에게 거절할 수 없는 제안을 하나 했다. 멀리 오클라호마주에서 석유 산업을 배울 수 있는 전망 좋은 직책이었다. 이제 앨버트의 장애물이 말끔히 치워졌는데도 엘리자베스는 여전히 거절 의사를 전했다. 그녀는 앨버트를 좋아했지만 왕가의 며느리가 되고 싶은 마음은 없었다. 조지 왕은 〈그 애가 널 받아 준다면 넌 행운아일 거다〉라고 말했다.

1922년 12월 13일, 그레빌은 두 남녀를 위해 찰스 스트리트 저택에서 또 한 번 만찬 무도회를 열었다. 왕세자도 참석한 이 행사에서 『데일리 스타』에 앨버트와 엘리자베스의 약혼이 임박했다는 분위기를 슬쩍 흘리며 마운트배튼가의 혼인에 이어 또 다른 〈왕실의 약혼〉에 대한 자기 공치사를 했다. 하지만 그 후 별다른 큰 진전 없이 3주가 흘렀다. 이제 궁여지책이라도 써야 할 시점이었다.

1923년 1월 5일, 『데일리 스타』 가십 칼럼에 〈왕세자의 스코틀랜드인 신부〉라는 깜짝 놀랄 헤드라인이 떴다. 이 기사에서는 황태자가 국경의 북쪽과 남쪽에 성을 소유한 모 스코틀랜드 귀족의 딸과 약혼했다고 에둘러 밝혔다. 누가 봐도 엘리자베스 보우스라이언이 그 후보였고, 이야기의 출처는 알려지지 않았다. 앨버트는 불안해했다. 엘리자베스는 그의 형인 왕세자에게 아주 적격인 신붓감이었고 두 사람이 함께 춤을 추는 모습도 봤다. 게다가 엘리자베스는 두 번이나 앨버트의 청을 거절했다. 혹시 그녀는 미래의 왕인 그의 형과 결혼하기를 내심 바랐던 걸까? 앨버트의 부모님은 그의 삼촌 클래런스 공작이 갑작스레 세상을 떠났기 때문에 맺어진 사이였다. 조지가 원래 클래런스와 약혼한 사이였던 메리와 결혼하게 된 것이다. 어느 왕자의 신붓감으로 손색없다는 평을 받는 여성은 상황이 바뀌면 다른 왕자와 결혼하는 것이 당연했다. 왕세자의 잠재적인 짝으로 적합한 후보가 부족한 상황인 데다 조지 왕과 메리 왕비가 생각하기에 왕위 계승을 위해서는 장남의 결혼이 급선무였다. 앨버트는 자기보다 더 매력적인 형이 자신이 사랑하는 여인과 결혼할지도 모른다는 끔찍한 생각이 들자 엘리자베스에게 세 번째로 청혼을 했다. 그녀 역시 언론의 빗나간 억측에 불안해했고, 1923년 1월 13일에 드디어 청혼을 받아들였다.

두 사람의 결혼식은 1923년 4월 26일에 웨스트민스터 사원에서 거행되었고, 신혼부부는 폴스덴 레이시에 머물며 신혼 초기를 보냈다. 제1차 세계 대전이 끝나고 5년 만에 수많은 영국 국민은 왕자가 과거처럼 독일 신부가 아니라 정통 스코틀랜드 귀족과 결혼한다는 사실에 안도했다. 이 혼인의 일등 공신 그레빌 부인은 누구보다도 기뻤다. 매력적인 스코틀랜드인 엘리자베스는 훗날 앨버트가 폴스덴 레이시를 상속받으면 이 저택의 안주인이 될 터였다. 요크 공작 부부(앨버트와 엘리자베스)는 그레빌의 폴스덴 저택과 런던 저택을 자주 방문했다. 공작 부부를 초대한 답례로 그레빌은 버킹엄궁에서 열리는 축하

연과 만찬회에 초대되었다. 그녀는 이제 사실상 모든 왕가 식구가 〈가장 좋아하는 이모〉 같은 존재였다. 이는 에든버러에서 하숙집 운영을 돕던 시절에서 머나먼 길을 달려와 이뤄 낸 값진 성취였다.

5장
광란의 20세기

1920년대에는 정치라는 주제가 많은 사람에게 주요 화두였다. 토리당의 여성 실세 레이디 런던데리는 정계의 상대 진영에서 새로운 친구를 찾아냈다. 이디스 런던데리는 파크 레인의 웅장한 저택과 고도로 숙련된 직원들, 고가의 보석류를 소유한 사교계 인사였다. 그녀는 남편 찰리를 지원하는 데 혼신의 노력을 기울였고, 찰리는 스스로 정계에서 막강한 영향력을 행사할 인물이 되리라 생각했다. 그녀는 다른 여자들도 자기처럼 찰리를 마성의 매력남으로 본다는 판단하에 그를 눈감아 주는 식으로 그의 바람기에 대처하기로 했으나, 사회적으로 성공한 지적이고 용모가 빼어난 이디스의 상황에서도 결혼 생활 바깥에서 마음 줄 곳을 찾는 건 어쩌면 당연한 일이었다. 그녀는 뜻밖에도 상당히 나이 든 인물인 최초의 노동당 출신 총리 램지 맥도널드에게서 돌파구를 찾았다.

램지 맥도널드의 사연은 시대를 막론하고 놀라움을 안기는 면이 있다. 그는 1866년 로시머스에서 스코틀랜드인 소작농의 사생아로 태어났다. 일찍이 교사로서 경력을 쌓다 정치에 입문했고 1911년에 의회의 노동당 당수가 되었다. 1914년에는 영국의 세계 대전 참전에 반대하며 사임해 반전론자라는 태도 때문에 맹비난을 받았지만, 1922년에 다시 당수로 복귀한 후 1924년 1월에 자유당원의 지지를 받아 최초의 노동당 총리로 선출되었다. 이 결과는 보수당 상류층에게 크나큰 충격을 안겨 주었다. (스코틀랜드 서민 출신으로 고상한 체하며 살지만 정작 자기 집안에도 비밀이 만만찮게 많은) 로니 그레빌 부인이 말했다.

「아이고, 램지 맥도널드는 우리와 같이 〈어울릴〉 부류가 아니었지!」

아무리 그래도 램지 맥도널드는 총리였고, 예의를 지킬 필요가 있었다.

국왕 조지 5세는 맥도널드를 지지하기로 결정한 후 내각 전체를 버킹엄궁으로 초대해 식사를 함께하는 전례 없는 행보를 보였다. 이디스 런던데리와 램지 맥도널드가 참석자 명단에 포함돼 있었다. 그녀는 새 총리가 노동당 당원인데도 기꺼이 그와 식사를 함께하는 〈수에 넘어갈〉 의향이 있느냐는 질문을 받았다. 이디스는 당에 대한 충성심보다 당연히 그의 총리 지위가 우위라고 답했다. 그녀는 선뜻 팔을 내미는 품위 있는 신사에게 감명받았다. 1911년에 아내와 사별한 후 쭉 혼자 지냈다는 그와 그날 함께 있어 보니 지적이고 정중하며 훌륭한 사람이라는 인상을 받았다. 두 사람은 어린 시절을 보낸 스코틀랜드에 대한 애정을 함께 나누기도 했다. 그날 밤 시작된 그들의 우정은 정치계의 우여곡절에도 불구하고 10여 년 이상 지속되었다. 런던데리 부부는 총리의 공식 주말 숙소인 체커스에 초대받은 첫 번째 손님이었고, 총리는 이디스와 찰리의 대저택에 자주 들르는 사이가 되었다. 이디스와 램지가 육체적 의미에서 연인이었는지는 확실치 않으나 남아 있는 두 사람의 편지는 서로를 향한 감정이 얼마나 열렬했는지를 보여 준다.

그레빌 주변에도 그녀를 흠모하는 정치계 고위직 인사가 있었다. 존 사이먼 경은 수년간 그레빌에게 연정을 품고 있었다. 법정 변호사이자 정치인인 그는 아내와 사별하고 자식 셋을 키우는 홀아비였는데 폴스덴 레이시와 찰스 스트리트 저택을 자주 드나들었다. 시빌 콜팩스는 마거릿은 언사가 너무 거침없어서 정치인의 아내가 되기에는 무리라고 평했다. 하지만 그레빌의 주장으로는 1917년에 사이먼이 그녀의 응접실 카펫에 무릎을 꿇고 그녀에게 청혼했으나 그의 자녀들 때문에 그녀가 거절했다고 한다. 레오 에이머리 하원 의원이 들은 바로는 그레빌이 사이먼의 청혼을 거절한 후 그는 그레빌에게 이제 자신을 받아 줄 만한 첫 번째 여자에게 청혼하겠노라 편지를 써서 보내고는 자녀들의 가정 교사와 곧바로 결혼해 버렸다고 한다. 그래도 존 사이먼과 그레빌은 절친한 친구로 지냈고 그가 법무 장관, 외무 장관, 내무 장관, 재무 장관 같은 다양한 고위직을 맡는 동안 그에게 상당한 영향력을 행사했다. 그레빌이 세상을 떠난 후 수년이 흘렀을 때 오스버트 시트웰은 존 사이먼 경이 여전히 그녀의 무덤을 찾는 모습을 우연히 목격했다.

존 사이먼은 1926년 5월의 총파업을 평화롭게 마무리 짓는 데 중요한 역할을 했다. 당시 볼셰비키식 혁명이 일어날까 봐 심각하게 우려하는 분위기가 있었다. 스탠리 볼드윈 총리는 이번 파업이 예전과 달리 영국을 내전으로 몰아넣을 위험이 있다고 경고했으며 대학살로 끝날 수도 있다고 우려했다. 총파업이 닷새째 접어들어 대중교통이 멈추고 험악한 분위기가 널리 퍼지는 사이 전직 법무 장관 존 사이먼이 자신의 법 지식을 동원해 중요한 점을 밝혔다. 현 총파업은 노동조합 기금이 노동쟁의로 인한 손해 배상 청구에서 면제되도록 한 20년 전 조항에 부합하지 않는다는 근거를 들어 불법이라고 지적했다. 결과적으로 그는 모든 노동조합 대표가 〈개인 소유의 아주 작은 부분이라도 손해를 입는 것에 책임이 있다〉라고 분명히 말했다. 이는 정치적 위기를 타파하는 매우 영국적인 결말이었다. 파업이 끝나자 안도감이 느껴졌다. 나중에 웨스트민스터 공작부인이 그때를 경쾌한 톤으로 이렇게 회상했다.

　　노사 분규와 파업과 실업 문제로 암운이 감돌았다. 이따금 나는 일기에다 우리 상황이 지금 피비린내 나는 혁명을 코앞에 둔 것 같지만 사실 그건 마리 앙투아네트 시대부터 상류층의 마음속 깊이 자리한 우려였고 그쯤이야 꽤 익숙해졌다고 해맑게 적은 후, 다음 문장에서 모자를 어떻게 손질할지 아니면 만찬회를 어떻게 준비할지를 이어서 적어 나갔다.[1]

노사 관계가 여전히 살얼음판을 걷고 제조업 도시와 지방 산업계에 실업률이 증가하는 사이, 초부유층은 수많은 영국인이 일상에서 마주하는 가혹한 현실과 무관한 삶을 살았다. 상류층은 그들이 필요한 모든 것을 제공하는 전문 인력들의 헌신에 의존했다. 총파업의 실패로 최상류층은 영국의 볼셰비키식 혁명은 피했다고 안도했지만 정치적 안목이 예리한 이들 눈에는 어느새 크게 벌어진 빈부 격차가 보였다. 냉소적인 하원 의원 밥 부스비는 이렇게 말했다.

「그 시절은 런던과 시골에 대저택이 있고, 집사와 하인이 넘쳐나며, 반짝이는 은식기와 진수성찬이 차려지고, 엠버시 클럽이 성황이었다. 다행인지 실업자는 눈에 띄지 않았다. 그리고 유감스럽게도 마음에서도 잊혔다.」[2]

여왕벌 6명은 여러 분야에서 전문 인력의 보살핌을 받았다. 그녀들을 대신해 가사를 운영하고, 사교 활동을 관리하고, 사유지를 조직적으로 꾸려 가고, 파티 장소로 태워다 주고, 옷을 입고 벗는 걸 도와주고, 손님들 시중을 드는 사람들이 따로 있었다. 하인들은 원활한 가사 운영을 보장해 주는 인적 자원이라 야심 찬 사교계 여성 실세의 경력에 절대적으로 필요한 존재였다. 1920년대 후반에는 믿을 만한 직원을 들이기도, 계속 붙들어 두기도 점점 어려워졌다. 세기가 바뀌면서 집안 하인직에 대한 관심이 뚝 떨어졌고 오직 부유한 기득권층만 에드워드 7세 재위 시절과 같은 수준으로 인력을 유지할 수 있었다.

최고의 하인은 믿음직하고 충성스러우나 이따금 인간적인 약점이 슬며시 나오기도 했다. 쉽게 동요하는 법이 없던 볼은 장장 40여 년간 그레빌의 집사로 일했고 지브스* 같은 유능함과 사리 분별력을 물씬 풍겼다. 하지만 그의 부사령관 역할

* P. G. 우드하우스의 단편 소설 시리즈에 나오는 재치 있는 집사.

을 맡은 베이컨은 작고 통통한 몸집에 얼굴이 잘 빨개지며 스스로 공산주의자라 주장하는 사내였다. 그는 뻔뻔하게 손님용 음식과 술을 먹는 버릇도 있었다. 한번은 베이컨이 와플 포테이토 서빙 접시를 들고 몸을 구부리다가 느닷없이 트림을 해버려 로니 부인 머리와 네덜란드 율리아나 공주의 무릎에다 감자 조각들을 흩뿌린 적도 있었다. 놀랍게도 그레빌은 그런 사사로운 실수에는 관대했지만, 미국인 친구 그레이스 밴더빌트가 그레빌의 개인 하녀인 마드모아젤 리롱을 빼 가려 하자 불같이 화를 냈다. 그러나 그레빌 자신도 남을 가로채 갔다는 혐의에서 자유롭진 않았다. 그녀의 어여쁘고 평판 좋은 하녀 거티 헐튼을 찰스 스트리트의 이웃 워터퍼드 백작 부인에게서 데려왔을 가능성이 있다. 베벌리 니컬스가 다음과 같이 썼다.

> 1920년대의 사교계 파티 주최자들은 마치 대형 범선처럼 갖가지 깃발을 펄럭이고 온갖 총포 병력을 배치한 채 사교계의 바다를 항해하며 그들이 목표 삼은 진로로 거침없이 나아갔다. 그리고 상황상 필요하다면 마음껏 자잘한 해적질도 불사했다. 그때는 여자들이 정말로 서로의 요리사를 유인하고, 서로의 수석 정원사를 납치하고, 서로의 〈보물〉을 얻고자 뻔뻔스럽게 뇌물을 내놓던 시절이었다.[3]

낸시 애스터는 직원을 빼앗아 가는 데 유독 인정사정없었다. 1928년 클리브덴에 머물 때 몰염치하게 친구의 하녀 로즈 해리슨을 가로채 고용하여 자기 딸 위시를 돌보게 하고, 그녀에게 하녀직을 맡아 자기 밑에 있으라고 협박하다시피 했다. 로즈는 30년 넘게 그 역할을 수행했다. 두 사람 사이는 바람 잘 날이 없었다. 심지어 한번은 난투극까지 벌어졌다. 애스터가 로즈에게 발길질을 하려고 달려들었는데 로즈는 그 발을 잡아 애스터를 넘어뜨렸다(로즈는 어렸을 때 열혈 축구 선수였고 뛰어난 골키퍼였다). 집안 식솔 중에 둘의 싸움을 모르는 사람이 없었다. 월도프 애스터는 발끈해서 쏘아 대는 두 사람의 대거리를 자기 옷방에서 엿들으며 재미있어하곤 했다. 그의 시종이 내놓은 인상평에 따르면, 월도프는 낸시가 자신 말고 다른 사람에게 원한을 뿜어낼 때 내심 즐거워했다고 한다. 하지만 로즈와 낸시는 좋은 친구 사이이기도 했다. 로즈는 자신의 고용주에 대해 찬사의 글을 쓴 적도 있다.

부인은 키가 157센티미터로 단신이었지만 날씬했다. 몸매도 좋고 자세도 반듯했는데 내 기준에서는 움직임이 과하게 빨랐다. 워낙 강인한 분이라 아플 짬도 없었고 여자의 나약함을 드러낼 시간도 없었다. 그녀는 제1차 세계 대전이 발발했을 때 크리스천 사이언스를 받아들였다. 개종 전에는 거의 지체 부자유자처럼 침대에서 좀처럼 벗어나질 못했었는데, 내가 부인과 함께 지내던 시절에는 매우 건강했다. 키가 작았지만 애써 크게 보이려고 하이힐을 신는 법이 없었다. …… 그녀는 경기를 아주 좋아했거나, 건강을 유지해야 한다고 믿었거나, 어쩌면 어느 정도 둘 다 해당하는 것 같았다. 언제나 운동을 하고 있었기 때문이다. 클리브덴의 강이나 샌드위치의 바다에서 거의 매일 수영을 했고, 세인트 제임스 스퀘어에서 스쿼시를 했다. 애스터 경을 시켜 부인이 전용으로 쓸 코트를 짓기까지 했다. 테니스와 골프를 쳤는데 클리브덴에는 연습 코스가 있었다. 그리고 말년까지 규칙적으로 말을 탔다. 겨울에는 스키와 스케이트를 타러 항상 해외 원정에 나섰다. 못하는 게 없는 것 같았고, 일단 하면 다 잘했다.[4]

수년 후 강성의 귀부인 애스터는 조카 낸시 랭커스터의 집사 찰스 딘을 봤을 때도 곧바로 두 눈을 반짝였다. 그녀는 런던 저택에 집사가 필요해 그에게 일자리를 제안했지만 그는 정중히 거절했다. 애스터는 당장 차를 타고 찰스의 팔순 노모를 만나러 갔다. 노부인에게 줄 선물로 아름다운 숄을 챙겨 가서 딘 부인을 설득했다. 그래도 찰스는 뜻을 굽히지 않았다가 클리브덴의 집사 에드윈 리의 전화를 받고 설득당해 집사 자리를 수락했다.

애스터 부부는 귀중품을 부주의하게 다루기로 악명 높았다. 1920년대에 애스터 부인이 세인트 제임스 스퀘어에서 열린 무도회에 참석한 여동생 노라 핍스에게 그 유명한 상시 다이아몬드를 빌려주었다. 이른 아침 애스터 부인이 집사 리에게 다이아몬드가 없어졌다고 말하면서 무도회 날 저녁에 연주한 관현악단이나 직원 중 누군가가 훔쳐 간 것 같다고 의심했다. 다행히 하급 하녀 중 한 명이 다음 날 아침 카펫 밑에서 웬 덩어리를 발견해서 다이아몬드는 무사히 제자리로 돌아갔다.

1919년에 애스터 부인은 신입 하녀인 샘슨 양이 전날 밤 플리머스의 엘리엇 테라스에서 열린 파티에서 애스터가 착용한 진주를 훔쳤다고 확신한 적도 있었다. 경찰까지 출동해 불쌍한 샘슨은 서재에서 경관에게 심문을 받으며 미리 준비된 자백서에 서명하도록 강요받는 곤욕을 치렀다. 그 사이 애스터의 진주는 응접실 휴지통에서 발견되었다. 애스터가 전날 밤 거기서 진주를 뺀 사실을 잊어버려 그대로 시야에서 사라졌던 것이다.

그런데 낸시가 직원들을 이따금 오만하게 대했다면 직원들 역시 그녀에게 똑같이 되갚아 주지 말란 법도 없었다. 하인 고든 그리메트는 시중들던 손님들의 옷을 〈취득〉하는 데 능했다. 에드윈 리가 고든의 방을 예고 없이 들렀다가 빨랫줄에 매달려 있는 고든의 개인 세탁물을 보더니, 만약 고든이 나중에 병원에서 의식을 잃는 일이 벌어진다면 그의 치료를 담당하는 이들은 그의 속옷에서 찾은 온갖 상류층 가문의 문장(紋章)과 귀족의 보석 티아라를 보고 환자의 신원을 확인하기 위해 디브렛 귀족 연감을 참조해야 할 판이라고 비꼬듯 말했다.

집사 리는 〈절대 사람 겉만 보고 판단하지 말라〉고 점잖게 일렀다. 그는 런던 저택에 찾아오는 수많은 걸인에게 정중하게 대했고, 낸시는 종종 그들에게 꽤 큰돈을 쥐여 주곤 했다. 한번은 문 앞에 나타난 부랑자에게 5파운드를 건네자 같은 액수의 연봉 인상을 두고 오랫동안 힘겹게 싸워 온 로즈가 머리끝까지 화가 났다. 하지만 주인마님의 마음 씀씀이는 종잡을 수가 없었다. 또 한번은 낸시가 모든 하녀를 위해 크리스마스 선물로 모양은 똑같지만 크기와 색깔이 제각각인 모자를 대량으로 구매했다. 가격표를 봤더니 한 개에 2실링 11펜스짜리 염가 제품이었다. 엄청나게 부유한 주인마님의 후한 성의 표시에 전혀 감동하지 않은 하녀들이 모자를 입맛대로 변형시켜 남자 하인들이 그걸 쓰고 다녔고, 애스터 경의 끼 많은 종자 아서 부셸은 그 모자 하나를 쓰고 애스터 부인을 똑같이 흉내 냈다. 다들 낄낄대는 가운데 일대 소란이 벌어졌고 모자 선물은 안 주느니 못한 물건이 돼버려 몽땅 난로에서 소각되었다.

사교계 여성 실세 사이에 불꽃 튀는 경쟁이 벌어지는 경우가 많았다. 그들은 언론에 실린 기사를 통해 서로의 활동을 알고 있었다. 서로 성격적으로 충돌하는 일도 생겼다. 그레빌은 로라 코리건의 초대를 철저히 묵살하며 오만하게 말했다.

「내가 아쉬울 일은 절대 없죠.」

왜 그러느냐는 질문을 받자 이렇게 답했다.

「코리건 부인의 파티에 가지 않은 영국 여성으로 미국에 알려지는 건 받들어 모셔질 만한 일이거든요.」

그리고 잠시 후 한마디를 덧붙였다.

「제가 그런 대우받는 걸 좋아해요.」

그러다 결국 두 사람은 파리에서 미국 태생의 실내 장식가이자 사교계 파티 주최자인 멘들 부인(엘시 드 울프)의 만찬회 손님으로 우연히 마주쳤다. 로라 코리건은 그레빌을 짐짓 〈모른 척〉하려고 했고, 후에 그레빌은 이 일을 온 런던에 떠벌렸다. 그레빌은 경쟁을 불쾌해했다. 한번은 또 다른 부잣집 여주인 아서 제임스 부인과 그레빌이 둘 다 아름다운 진주 장신구를 착용하고 같은 무도회장에 참석했다. 그레빌은 제임스 부인

이 자신의 세 줄짜리 진주와 비교되게 네 줄짜리 진주를 드러
낸 모습을 보자 슬며시 드레스의 목선 아래로 손을 뻗어 진주
세 줄을 드러내 모두 여섯 줄을 만들었다.

파티 주최자들은 간혹 같은 공략 대상을 뒤쫓다가 충돌을
일으키곤 했다. 버지니아 울프는 시빌 콜팩스가 방문한 시점에
커나드의 만찬 초대 전갈이 도착한 날을 기억했다. 콜팩스와
커나드는 일면식도 없었다. 버지니아는 시빌이 격분한 모습을
보고 재미있어했다. 시빌도 버지니아와 어떻게든 가까워지기
위해 수개월간 일방적으로 초대장을 쏟아부으며 공을 들였기
때문이다. 〈살다 살다 이렇게 무례한 건 처음 보네!〉 하고 그녀
가 소리쳤다.[5] 그녀의 얼굴이 마치 손에 든 뼈다귀를 졸지에 누
군가에게 빼앗긴 꼴을 당한 암호랑이 같은 표정으로 일그러졌
다. 그녀가 커나드 부인에게 욕을 퍼부었다. 그 어떤 욕으로도
그녀의 분이 풀리지 않았다.

오즈월드 모즐리는 사교계의 수많은 여왕벌 사이에 인기
가 대단했다. 제1차 세계 대전 당시 영국 육군 항공대에서 수
훈을 세운 모즐리는 부상을 입어서 다리를 약간 절었지만 눈
빛이 형형하고 재력이 있는 청년이었다. 그는 그로스베너 스
퀘어의 아파트를 임차해 지내고 있었는데 1918년에 〈카키 선
거〉*에서 해로 선거구의 보수당 의원으로 선출되었다. 낸시 애
스터, 레이디 콜팩스, 레이디 커나드, 레이디 런던데리, 그레빌

* 전쟁 분위기에 편승해서 실시하는 선거. 1900년 보어 전쟁 중에 행해진
영국의 국회 의원 선거, 1918년 제1차 세계 대전 후에 행해진 영국의 국회 의원
선거를 말한다.

부인이 서로들 축하연과 만찬회를 열어 그를 끌어들이려고 경쟁했다. 모즐리의 의견에 따르면, 레이디 커나드가 가장 눈에 띄었다고 한다. 그가 말했다시피 커나드는 모름지기 사교계란 〈아름답고 안목 높은 여성들이 포진한 가운데 뛰어난 남성들이 친교를 나누고, 그러한 남성들을 점점 더 많이 투입하는 꾸준하고 치밀한 계산 과정〉으로 이루어져야 한다고 했다.[6] 당연히 오즈월드는 자신을 뛰어난 남성 중 한 명으로 여겼다. 사교계 여성 실세들의 친절과 신망에 덕을 본 또 다른 젊은 정치인은 밥 부스비 의원이었다. 그는 모든 귀부인의 간택을 받았지만, 특히 좋아한 사람은 로니 그레빌 부인이었다. 그는 그레빌을 이렇게 묘사했다. 〈좀 늙다리 같지만 나한테는 아주 잘해 줬다. …… 나를 동향 출신의 잘나가는 젊은이로 여겼고, 우리는 동향이라는 공통분모가 있어서 관계가 좋았다. 그녀는 스코틀랜드 저지 지방 사람답게 상황 판단이 빨랐고, 후원에 관해 대단한 영향력을 행사했다.〉[7]

파티 주최자들은 자기 책상을 마치 산업계 수장들의 책상처럼 사업을 구상하고 업무를 진행하는 용도로 썼다. 시빌 콜팩스는 롤스로이스 뒷좌석에 접이식 필기용 판을 설치해 다음 약속 장소로 이동하는 시간에 서신을 처리할 수 있게 해두었다. 손님을 확보하려면 체계적인 준비와 계획이 필요했다. 주말 파티와 정식 만찬은 사전에 계획적으로 준비되었다. 여왕벌 6명은 손님 명단을 면밀히 분석해 적절히 배합된 목록을 완성했다. 그들은 개인 비서들이 고안한 문서 정리 시스템과 일정 계획표의 도움을 받아 이 조직적인 업무를 진행했다. 개인 비서 중에는 사교 활동을 열심히 하는 파티 주최자가 손님들을 지위와 관심사에 따라 분류한 자료를 정리할 수 있게 유용한 방식을 고안한 이도 있었다. 마고 애스퀴스는 수수께끼 같은 암호를 계속 썼는데, 콘수엘로 밴더빌트 발상이 드디어 그 암호를 해독했다. 마고의 명단에 자신이 〈B.T.G.〉로 표현된 것을 발견했다. 알고 보니 그건 〈브리지, 테니스, 골프〉를 뜻했다.

파티 주최자들은 공략 대상 최종 후보자 명단을 작성한 후 초대장과 회답 안내문을 보낸 뒤 즉각 수락 혹은 〈유감스럽게도〉라는 문구가 붙은 즉답이 올 것을 기다렸다. 목표물을 확보하면 해당 손님이 약속을 지키길 기대했다. 〈일정표에 넣어 두십시오〉는 그레빌 부인, 레이디 커나드, 밴더빌트 부인 같은 강성의 사교계 전문가들 입에서 나오는 명령이나 다름없었다. 행사를 앞두고 막판에 취소하는 일은 당연히 다반사였고, 마지막 순간에 번듯한 대체 인물을 급히 물색하는 경우가 허다했다.

일정이 정해져 있는 행사도 있었다. 코리건 부인은 매년 카바레 파티를 열었고, 커나드 부인은 1920년대 말에 왕세자와 그때그때 새로 만나는 애인을 위한 만찬 자리를 정기적으로 마련했다. 메이페어와 벨그라비아 곳곳에서 자주 호화로운 하우스 파티와 만찬 파티가 열렸고, 왕실 손님은 집 바깥 보도에 레드 카펫을 깔아 맞이했다.

「한 계절에 레드 카펫을 너무 많이 쓰네.」

베테랑 파티 주최자 그레빌이 한숨을 쉴 정도로 왕실 식구가 자주 방문했다. 유명한 사람들의 얼굴과 휘황찬란한 드레스를 본다는 기대감이 늘 구경꾼과 기자를 불러 모았고 경찰이 출동해 이들을 정렬시켰다. 그 흥분의 도가니를 보여 준 대표적인 예는 1924년 5월, 찰스 스트리트 16번지 로니 부인의 저택에서 열린 이탈리아 병원 지원 자선 무도회였다. 대규모 인원이 참석한 행사인 데다가 잔뜩 몰려든 군중으로 인산인해를 이뤄 수많은 아름다운 이브닝드레스가 망가져 버렸다. 다른 장소에서 식사 중이었던 로니도 자기 집 현관으로 차를 몰고 들어가기 전에 경찰에게 신원을 확인받아야 할 정도였다. 심지어 그날의 주빈인 이탈리아 국왕 부부도 시종들이 인파를 헤치고 길을 확보하는 동안 차에 앉아 기다려야 했다. 저택 안에서는 왕세자가 군중 틈에서 눈에 띄지 않게 1층 무도회장으로 가는 넓은 계단을 오르려고 10분간 틈을 엿봤지만 오도 가도 못 하는 상황이었다. 그의 뒤에서 위엄 있는 목소리가 우렁차게 외쳤다.

「요크 공작 부부께서 가시도록 길을 여시오.」

영국 왕위 계승자는 이요르처럼 씩씩거리며 〈내 걱정은 하지 마라〉 하고 투덜댔다.

그레빌은 저명인사와 세력가, 연줄 좋은 이들을 불러 모으는 데 선수였다. 요크 공작부인의 모친 레이디 스트라스모어가 〈어떤 사람들은 마치 바다사자에게 생선을 먹이듯 자주 왕족 맛을 봬 줘야 할 필요가 있지〉라고 말했을 때 아마 그레빌을 염두에 두고 있었을 것이다. 그레빌은 다른 귀부인들이 선호하는 창작자나 예술가 부류와 관계를 쌓는 일에는 확실히 심드렁했고, 그랜드 피아노를 악기로 보기보다는 유럽 귀족들의 서명이 곁들여진 사진이 담긴 은제 액자를 전시하기에 적합한 매끈한 판 정도로 취급했다. 그래도 그녀는 시트웰 부부 같은 젊은 친구들이 문학이나 연극 분야에서 다양한 모험을 하도록 격려했고, 특히 오스버트에게 충실한 친구 역할을 했다. 베벌리 니컬스는 귀족 시트웰 부부가 진짜 창의성이 뛰어나서라기보다는 〈호화판 예술가〉이기 때문에 그레빌이 지극정성이라고 비꼬듯 말했다.

　반면에 짙은 머리카락과 날카로운 용모에 가차 없는 성격의 시빌 콜팩스는 〈지식인 추종자〉로 유명했고, 킹스 로드의 절묘한 18세기풍 저택은 라이언스사가 운영하는 찻집 체인점 이름의 발음을 빌려 〈라이언스* 코너 하우스〉로 알려져 있었다. 시빌의 명사 사냥 실력 때문에 붙은 별칭이었다. 1920년대 후반에는 시빌의 인맥 수집 활동이 본격적으로 궤도에 올랐다. 당대 최고의 명사들을 손님으로 끌어들이려는 그녀의 집요한 욕망이 세간에 널리 알려진 터라 1926년에 출간된 메리 보든의 『네 시 정각Four O'Clock and Other Stories』에 포함된 단편에는 시빌의 모습을 무자비하게 풍자한 내용이 담겼다. 「예수 그리스도를 만나러」에는 기를 쓰고 노력하는 야심 찬 사교계 귀부인이 등장한다. 압박감에 심신이 망가진 그녀가 예수님을 만나보라고 손님들을 초대해 텅 빈 의자에 대고 신이 나서 지껄이는 모습이 그려진다.

　시빌은 그런 조롱에 상처받았다. 그녀가 실제로 명사와 왕족을 쫓아다니긴 했지만 음악계든, 연극계든, 문학계든 예술적이고 창의적인 인재와 친분을 쌓은 것도 사실이었다. 그녀는

* 라이언lion에 명사, 인기인이라는 뜻이 있다.

의리가 대단했고, 한 번 인연을 맺으면 그 친구가 남들에게 잊혀가더라도 관계를 끊지 않았다. 하지만 그녀는 남들에게 자주 놀림감이 되었다. 버너스 경은 〈P of W를 만나러〉 오라고 시빌에게 만찬 초대 카드를 보냈다. 그녀는 그가 말한 손님이 왕세자Prince of Wales가 아니라 프로보스트 오브 우스터Provost of Worcester임을 알고 실망했다. 또 한번은 그가 불면증을 호소하며 이유를 들기를 시빌이 옆방에 머물렀는데 〈밤새도록 어딜 자꾸 오르길 멈추지 않아서〉*라고 얘기했다.

시빌은 계속해서 유럽을 여행 다니다가 아들 피터가 뉴욕에 일을 하러 간 후에는 미국과 미국인을 향한 관심이 점점 커졌다. 그녀가 1926년 프랑스에서 콜 포터의 친구인 미국인 실내 장식가 노리스 소유의 고든성에 머문 적이 있었다. 시빌은 노리스가 실내 장식 경력을 살려 프랑스 성을 개조해 돈을 버는 것을 보고 매력을 느꼈다. 이 경험은 시빌에게 귀중한 실물교육이었다. 1920년대에 프랑스에는 노리스 외에도 엘시 드울프, 콜 포터 부부, 예르에 사는 이디스 워튼처럼 타국에서 삶을 즐기는 유명한 미국인이 많았다. 미국은 시빌을 비롯해 동시대인에게 대단히 매력적인 곳으로 부상했다.

‡

1920년대와 1930년대는 제1차 세계 대전에서 동맹군이었던 영국과 미국 간 관계에서 특히나 풍성한 결실이 나온 시기였

---

* 입신출세를 위해 노력하는 social climbing을 빗대 놀린 말이다.

다. 양국의 전도유망한 젊은이들뿐 아니라 최상류층도 신형 호화 유람선을 타고 대서양을 건넜다. 희극인 찰리 채플린, 배우 글로리아 밴더빌트, 비행사 찰스 린드버그부터 사업가 랜돌프 허스트, 배우 더글러스 페어뱅크스, 극작가 노엘 카워드까지 많은 사람이 양국을 오갔다.

여왕벌 6명은 주로 런던에 거점을 두고 있었지만 워낙 여행벽이 있어서 미국을 자주 드나들었고 유럽에 대해서는 모르는 게 없었다. 그들은 전간기에 의도적으로 미국 사교계의 유명 인사들에게 접촉해 관계를 구축했다. 뉴욕 5번가와 롱아일랜드의 상류층 가문부터 기업가, 자선가, 할리우드 스타까지 전부 교섭 대상이었다. 사교계 여성 실세 6명은 영국을 방문 중인 미국인 남녀 배우, 작사가, 작곡가, 백만장자, 미술품 수집가와 유럽의 귀족, 왕족, 창작자를 능숙하게 잘 섞어 자기 집 응접실로 불러들였다. 이 시대에 미국이 영국 사회에 끼친 문화적 영향력은 실로 어마어마했다. 뮤지컬, 대중가요부터 할리우드 영화의 매력에 이르기까지 영국 대중은 유명인에 열광하는 미국발 유행을 기꺼이 받아들였다. 미국인들 또한 영국의 왕세자를 좋아했다. 1919년과 1924년에 왕세자가 미국을 다녀온 후 미국식 말투가 살짝 배어 국왕의 신경을 거스르게 한 적이 있었다. 왕세자는 첫 미국 방문 때 워싱턴에서 윌슨 대통령을 만났고, 두 번째 방문 때는 일정 내내 신분을 숨기고 여행하며 롱아일랜드에 남아 있었다. 미국인들 사이에 영국 왕족의 인기가 대단했다. 존 포스터 프레이저가 1926년에 이렇게 말했다.

「미국인은 정말로 자기네 왕과 왕비가 있어야 한다. 그전까지는 결코 행복해지지 않을 것이다.」[8]

시빌 콜팩스는 쉰두 살이던 1926년 11월에 처음으로 미국을 방문했다. 전 미국 대사 월터 페이지가 준 소개장과 연락처 목록을 준비해 나선 미국행이었다. 그녀는 뉴욕의 활기와 정신없이 바쁘게 돌아가는 상업 현장을 접하고 충격을 받았다. 그곳에서는 19세기의 웅장한 저택들도 당시 급부상한 현대식 아파트로 교체되고 있었다. 미친 듯한 속도로 경제가 성장하고 부동산 시장이 호황을 누리며 돈에 관한 이야기가 끊임없이 오가는 상황이 가슴 뛰게 하는 면이 있었지만, 시빌은 이런 소비 과잉 현상이 오래 지속되지 않으리라는 감이 왔다.

그녀는 오토 칸, 헬렌 클레이 프릭처럼 예술품을 개인 소장한 백만장자를 만났다. 그리고 사람들과 두루 어울리며 오페라 극장과 공연장을 가고 노엘 카워드와 점심 식사를 함께했다. 시빌과 아들 피터는 콜 포터 부부와 추수 감사절을 함께 보냈고, 시빌은 이제 60대에 접어든 사교계 실내 장식가 엘시 드 울프와 옛 친분을 새롭게 다졌다. 두 사람은 그해 여름에 파리에서 만난 적이 있었다. 시빌은 엘시의 취향과 〈아름다운 것들로 가득한 멋진 작업장〉과 의뢰인의 집을 탈바꿈시키는 그녀의 솜씨에 감탄했다. 엘시는 자기만의 미적 감각과 스타일을 발휘해 사교계 상류층 내에서 성공적으로 창의적인 사업을 운영해 나가는 여성이었다.

시빌은 급성장 중인 영화 산업계에서도 새로운 인맥을 넓혀 영화배우 글로리아 스완슨, 메리 픽퍼드, 더글러스 페어뱅크스와 친분을 쌓았다. 그녀는 특히 영국 태생의 배우 찰리 채플린에게 관심이 지대했다. 각자의 고국을 떠나 활동하는 두 사람은 서로 공감할 대화 주제가 상당히 넘쳤다. 시빌이 〈그는 참으로 경이로운 사람이다. 이에 대해선 이론의 여지가 없다〉라고 썼다. 채플린 부부는 시빌을 위해 비공개 만찬 파티를 열어 감동을 선사했고, 「돈 후안」 개봉 시사회에도 그녀를 초대했다. 유명 스타들이 참석하는 그 시사회는 수많은 팬이 몰려들어 경찰이 통제에 나설 만큼 큰 행사였다.

시빌은 눈 덮인 뉴욕으로 돌아와 잠깐 숨을 돌리고 곧이어 개인 수집가들의 소장품을 보러 다니는 계획에 착수했다. 이는 시빌이 피렌체에 처음 방문했을 때 만난 오랜 친구 버나드 베런슨의 동료인 조지프 듀빈이 시빌을 위해 주선한 일정이었다. 듀빈은 옛 거장의 작품(1800년 이전에 그려진 그림)을 전문으로 하는 뛰어난 미술상이자 노련한 사업가였다. 그는 미국인 수집가에게 유럽의 미술품 판매를 중개하는 데 능했다. 그가 하는 일은 수익성이 높지만 신중을 요하는 사업이었다. 조지프 듀빈은 존경받는 미술사가 베런슨의 권위와 직권에 의지해 신대륙의 초부유층이 구대륙의 예술품 소장 목록을 늘리도록 도왔고, 개인 수집가들의 열정을 통해 엄청난 이익을 얻었다. 듀빈은 미술을 향한 시빌의 진심 어린 마음을 높이 샀다. 매년 여름 그는 백만장자들과 편하게 접촉하고 런던의 미술관을 방문하기 위해 클라리지 호텔의 스위트룸을 빌렸다. 시빌은 그를 위해 아길 하우스에서 만찬회를 열어 그가 유명 인사들을 만나며 인맥을 넓힐 수 있게 도왔다. 시빌은 듀빈의 사업 감각에 탄복했고, 그는 시빌이 그의 의뢰인들을 매료시키는 능력에 흡족해했다.

1928년에 시빌이 또다시 미국행을 계획 중이었을 때 왕립 미술원에서는 미국 수집가들에게 대여한 작품을 포함해 이탈리아 거장 화가들의 작품을 선보이는 대규모 전시회를 준비하고 있었다. 왕립 미술원의 메이저 롱든이 시빌에게 큐레이터들의 희망 목록에 있는 미국인 수집가 중 그녀가 아는 사람과 접촉해서 귀한 회화 작품을 대여해 주도록 설득할 수 있는지를 물었다. 그녀는 지금까지 대서양 연안부터 시카고는 물론, 롱아일랜드부터 허스트 캐슬에 이르기까지 미국 곳곳에서 수많은 박물관 큐레이터와 개인 수집가를 만나 친분을 쌓아 둔 상태였다.

시빌의 인품과 매력 덕분에 전시회에 필요한 그림을 뉴욕에서 확보할 수 있었고, 시빌은 예전에 미국에서 봤던 미술 작품 중에 영국의 큐레이터들이 미처 몰랐던 작품들을 제안하기도 했다. 이 분야에 대한 시빌의 지식이 빛을 발했다. 1929년 12월, 메이저 롱든은 〈미국의 기여가 눈부셨다〉라고 밝혔다. 시빌은 자신의 취향과 지식과 인맥을 활용해 미국식으로 성공을 거둘 수 있겠다는 생각을 하기 시작했다.

‡

1926년에 레이디 커나드는 변화된 분위기를 감지하고 이름을 에메랄드로 바꾸었다. 조금 있으면 그녀를 모드로 기억할 만큼 나이 든 손님은 얼마 없게 될 것이다. 이렇

게 에메랄드 시대로 넘어가는 자체가 대단히 중대한 사건
이었다.

패트릭 밸푸어, 『사교계 소동 *Society Racket*』[9]

1926년, 레이디 커나드의 삶에 일대 변화가 찾아왔다. 1914년
부터 혼자 살았던 바체 커나드가 병이 들었고, 그의 생애 마지막
몇 주간 딸이 그를 만나러 왔다. 1925년 11월 4일, 그는 낸시가
병상을 지키는 가운데 세상을 떠나 그의 바람대로 간소한 장례
가 치러진 후 땅에 묻혔다. 향년 일흔넷의 바체 경은 아내가 결국
에는 자신에게 돌아오기를 늘 바랐으나 희망은 실망으로 돌아왔
다. 모드는 그의 유언장에 언급되지 않았고, 그는 재산 대부분을
낸시에게 남겼다. 낸시는 유산 1만 4,408파운드 중 일부를 노르
망디 지방의 저택에 썼다. 바체는 낸시에게 실물 크기의 여우 은
제상도 남겼다. 이는 그가 평생 열정을 쏟은 두 가지, 금속 세공
과 사냥을 상징하는 유품이었다.

　모드는 드디어 남편에게서 자유로워졌다. 그는 모드에게
명예로운 지위와 높은 신분과 딸을 선사했고, 상당한 금전적
지원도 해주었다. 하지만 모드는 그 돈을 자기 연인을 뒷바라
지하고 사교계 지인들을 접대하는 데 썼다. 바체 덕분에 모드
가 영국 사교계에 입지를 다진 부분도 빼놓을 수 없다. 미망인
이 따르는 관례대로 애도 기간을 보낸 후 칼튼 하우스 테라스
에서 나와 독립 주택은 아니지만 그로스베너 스퀘어 7번지 집
으로 이사해 런던에서 가장 활동적인 사교계 유명 인사로서 활
동을 재개했다.

오랫동안 그녀를 흠모해 온 조지 무어가 모드의 남편 사망 직후에 그녀에게 편지를 썼다. 그의 짧은 전갈에는 〈나는 처음부터 당신을 사랑했고 끝까지 당신을 사랑하겠소〉라고 적혀 있었다. 이듬해 조지가 모드에게 이야기하기로는 자신이 죽으면 그녀에게 상속해 주기 위해 자유 공채*라는 미국 정부 발행 유가 증권에 투자하고자 귀한 회화 몇 점(마네 작품 두 점, 모리조 작품 두 점, 드가의 파스텔화 한 점)을 처분할 계획이라고 했다. 그는 모드가 그해 여름에 계획 중인 베네치아 여행을 만류하기도 했다. 그녀에게 무슨 일이라도 생기면 자기가 슬퍼서 죽을지도 모른다는 이유였다. 그러거나 말거나 모드는 그 말을 가뿐히 무시했다. 토머스 비첨과 모드 커나드는 1926년 여름 내내 함께 유럽 대륙 전역을 여행하며 보냈다. 콜 포터가 그들 숙소 창문 아래쪽에 재즈 밴드가 완비된 수상 나이트클럽을 설치하자 두 사람은 곧바로 베네치아를 떠나 스위스로 향했다. 커나드가 조지 무어에게 편지를 쓰면서 〈모드 에메랄드(새 이름)〉로 서명해서 보낸 시점이 바로 이때부터였다.

그녀는 자유로워진 자신의 새 삶을 기념하기 위해 더 매혹적인 새 이름을 쓰기로 결심했다. 평생 모드의 팬이었던 나이든 작가 양반은 모드가 에메랄드라는 남자와 결혼한 줄 알았다. 그가 에메랄드라는 성으로 런던 전화번호부를 뒤져서 찾은 유일한 사람은 웬 페인트 제조업자뿐이었지만 모드라면 무슨 일이든 가능할 상황이었다. 완전히 제정신이 아닌 조지가 모드에게 전보를 쳤다. 〈당신이 결혼한 에메랄드가 누구요? GM〉

* 미국이 제1차 세계 대전 중에 모집한 전시 공채.

그는 곧바로 편지도 한 통 썼다. 〈당신을 30년 넘게 사랑해 온 남자를 의심의 골로 밀어 넣는 것이 불공평한 일임을 당신이 모르는 바 아닐 거요.〉 모드는 그저 에메랄드 보석을 좋아해서 별칭으로 정했다며 해맑게 답변했다. 확실히 그녀에게 어울리는 이름이었다. 1920년대에 크게 유행한 에메랄드는 잘 깨지며 흠이 많다고 알려져 있는데도 다면적이고 세련되며 화려한 매력 덕분에 사랑받는 보석이었다.

사실 모드는 줄곧 자기 이름을 싫어했다. 「정원으로 와요, 모드」를 연상시키는 게 원망스러웠다. 이 유명한 시는 앨프리드 테니슨이 1857년에 쓴 것으로 에드워드 시대 가수들이 좋아하는 다소 진부한 애창곡이기도 했다. 그런데 다른 이유도 있었던 것 같았다. 생전에 바체는 괴짜 같은 구석이 있었다. 그는 장식 금속 세공품을 만드는 데 열정이 대단했고, 이 분야에 정말로 재능이 있었다. 하지만 그가 그 유명한 〈정원으로 와요, 모드〉라는 문구를 담은 화려한 장식용 금속 세공 작품을 만들어 런던에서 돌아온 아내를 기겁하게 만든 건 두고두고 유감스러운 일이었다. 바체는 편자를 용접해서 만든 그 작품을 장식 정원 입구 위에 떡 하니 걸어 두었다. 문학적 소양이 있는 커나드 부인은 이 낭만적인 시 전문을 알고 있었을 테고 마지막 구절에서 양심의 가책을 느껴 언짢았을 것이다. 시인은 자신의 사랑이 돌아오기를 애타게 기다리며 설혹 그가 죽어 무덤에 들어가 있어도 답하겠노라 선언한다.

그녀가 온다네 내 사람, 내 사랑,

나풀나풀 아무리 가벼운 발걸음인들
내 심장, 그녀 소리 듣고 고동친다네.
흙바닥에 아무리 흙이 뒤덮인들
내 유골, 그녀 소리 듣고 고동친다네.
백 년이고 진토 되어 누워 있은들
그녀 발아래 흠칫 놀라 파르르 떨며
보랏빛 붉은빛 꽃 피우겠네.[10]

바체는 바람난 아내를 둔 남편 신세로 무시당한 채 레스터셔에 오랫동안 버려져 있다가 이 시의 첫 부분을 정교한 금속 세공품으로 재탄생시키기로 했다. 자기보다 한참 어린 아내가 여느 때처럼 집을 비웠다 네빌 홀트로 돌아온 어느 날 깜짝 기쁨을 선사하겠다는 잘못된 선택을 한 것이다. 수십 년이 지나 바체가 세상을 떠난 지금 모드가 그런 연상 작용을 일으키는 이름을 버리고 싶어 한 심정은 이해가 간다. 그녀는 이제 에메랄드로서 결혼의 속박에서 자유로워졌지만, 그녀가 모르는 것이 있었으니 비첨이 또다시 사랑에 빠졌다는 사실이었다. 이번에 그가 사랑하는 대상은 흑갈색 머리의 재능 있는 소프라노이자 철도 짐꾼의 딸인 도라 라벳이었다. 두 사람이 만났을 때 도라는 스물여덟 살, 비첨은 마흔일곱 살, 커나드는 쉰세 살이었다. 커나드는 두 사람 사이를 알게 되자 도라 라벳이 출연하는 공연은 전부 건너뛰었다. 커나드와 비첨의 친구면서 그해 여름에 베네치아에서 함께 어울렸던 밥 부스비가 이렇게 회상했다. 〈그는 에메랄드 커나드의 연인으로 두루 알려져 있었지만 그

렇다 해도 확실히 충실한 연인은 아니었다.〉[11]

　이제 에메랄드 커나드의 세계는 공연계, 특히 오페라계에서 지적이고 연줄 좋은 사람들과 친분을 다지는 일을 중심으로 돌아갔다. 그녀는 국고 보조금이 등장하기 전인 그 시대에 토머스 비첨과 함께 코벤트 가든에서 오페라 시즌의 자금을 조달하느라 동분서주했다. 비첨은 자기 집안의 재산을 끌어다 쓴 반면, 에메랄드는 부유층을 부추겨 거액의 기부금을 얻어 내는 데 능했다. 그 후 답례로 화려한 오페라 첫 공연에 그들을 초대하곤 했다. 그런 만남이 늘 순탄하지만은 않았다. 한번은 비첨이 「피델리오」 서곡을 지휘하다가 커나드의 관람석에서 떠들고 있는 부유층 관람객을 향해 〈닥쳐!〉 하고 소리친 적이 있었다.

　커나드는 음악에 조예가 깊었고 때때로 베르디, 푸치니, 심지어 바그너의 아리아를 놀라울 정도로 정확하게 연주하곤 했다. 사교계 부유층 사이에 오페라 관람이 유행으로 자리 잡으면서 에메랄드 커나드는 최고의 오케스트라와 가수들을 런던으로 불러 공연을 성사시켰다. 그 덕에 모든 계층의 음악 애호가들이 세계 최고의 클래식 음악을 감상하는 전대미문의 기회를 누릴 수 있었다.

　1927년 11월, 토머스 비첨이 영국 전역의 오페라 애호가들을 동원해 그들이 사랑하는 예술을 지원하는 조직인 대영 제국 오페라 연맹을 설립했다. 회원 연회비는 10실링이었고, 연맹 운영은 후한 기부금을 댄 로라 코리건의 도움을 받았다. 그녀 역시 오페라 시즌에 코벤트 가든의 극장에서 널찍한 특별 관람석 혜택을 받았다. 연맹의 설립 목적은 코벤트 가든에서뿐만 아니라 영국의 6개 도시에서 라이브 오페라 공연을 활성화하는 것이었다. 이제 영국의 새로운 오페라 관객층을 구축하는 데 집중한 토머스는 오로지 부유층을 위해 연주하는 것에 환멸을 느꼈다. 이 계획은 코벤트 가든 오페라 조합 법인 설립으로 가속화되었고, 1930년에는 법인과 BBC의 합의로 오페라가 라디오에서 방송되는 성과를 냈다.

에메랄드는 평생 곁에 애인들이 떠날 날이 없다는 수군거림을 달고 지냈다. 확실히 연애 고수에 어장 관리의 달인이어서 남자들을 쥐락펴락하는 데 능했다. 그녀가 조지 무어를 설득하기를, 그의 표현대로라면 남자들이 〈행복한 불륜을 이어 가기 위해 자기네 욕망을 자제해야만〉 그녀가 무탈하게 유리한 결혼 생활을 유지할 수 있다고 했다. 하지만 조지는 에메랄드가 토머스 비첨에게 마음을 줬는데도 거의 40여 년간 그녀에게 일편단심이었다. 이 짝사랑은 그의 육신을 내내 괴롭혔다. 1927년에 그는 에메랄드에게 이런 편지를 썼다. 〈토머스 비첨 경의 오페라 진흥 계획을 지지하는 사람들 옆에 내 이름을 나란히 두는 건 나로선 용납할 수 없는 일이오. 왜 그런지는 당신도 알 거요.〉 무어의 편지를 보면 거친 욕망으로 펄펄 끓는 서신부터 에메랄드의 사랑을 강탈해 간 자를 향한 증오심을 드러내는 잔뜩 골난 단문이 적힌 짧은 쪽지까지 인간 감정의 전 영역을 두루 담아낸 표본 같다.

그러거나 말거나 에메랄드는 자기만의 방식으로 사교계 활동을 이어 갔다. 그녀는 귀를 사로잡는 혹하는 설명을 곁들여 사람들을 서로 소개해 주는 것으로 유명했는데, 간혹 악수를 두긴 했다. 어느 젊은 작가를 소개할 때 이렇게 시동을 걸었다.

「이쪽은 마이클 알렌이에요. 학살을 피해 간 유일한 아르메니아인이죠!」

추방당한 러시아 귀족을 〈라스푸틴을 암살한 드미트리 대공〉이라고 설명하여 그가 분개하며 자리를 떠나 버린 일도 있었다.

그녀가 여는 오찬회는 명실공히 유명한 행사였고, 그녀의 청금석 상판 식탁에 둘러앉는 초대를 거절하는 사람은 거의 없었다. 오찬회는 비교적 소규모로 진행돼 참석자가 10명이 넘는 경우가 드물었다. 에메랄드가 대화를 전반적으로 주도하길 좋아했기 때문이다. 그녀의 특기는 〈툭 던지는 충격〉 발언이나 질문을 해서 그 자리에 참석한 사람이 깜짝 놀라 반응하게 만드는 것이었는데, 아마도 예행연습을 했던 것 같다. 대표적인 발언으로는 〈예수님은 얼굴이 영 아니올시다였고 세례요한도 거기서 거기였어요〉 또는 〈크리스마스는 다 하인들 좋으라고 있는 날이잖아요〉 등이 있었다. 그녀는 남녀를 동률로 식탁에 앉히는 관습에 반기를 들며 이유를 들었다.

「내가 친구들을 초대하는 건 서로 대화하라는 거지 짝짓기하라는 게 아니에요.」

그녀는 익명의 누군가에게 〈허풍 센 입담꾼〉이라는 평도 들었다.

커나드의 손님은 새를 닮은 그녀의 생김새를 두고 한마디씩 하곤 했다. 그녀는 약간 매부리코에 움푹 들어간 턱에 복슬

복슬한 금발 머리가 눈에 띄는 외모였다. 드로그헤다 경은 그녀를 〈육식 카나리아〉라고 묘사했다. 세실 비튼은 커나드가 〈파스텔톤의 고운 깃털을 입은 웃기게 생긴 조그마한 잉꼬〉처럼 생겼다고 했다. 오즈월드 모즐리는 그녀를 〈낙원의 명랑한 작은 새〉라고 칭했다. 이 주제에서 저 주제로 휙휙 널을 뛰는 버릇 때문에도 조류 같은 인상이 강해졌다. 베벌리 니컬스는 말했다.

「그녀가 타고난 환경은 금박을 입힌 새장 같았다. 한창때의 그녀는 내가 알던 사람 중에 가장 입담이 뛰어난 사람으로 꼽혔다. 그리고 다시 말하는데 새 같다는 직유가 딱 들어맞는다. 그녀의 이야기는 유쾌하게 지저귀는 소리와 빠른 장식음이 연이어 들리다가 불쑥 뜬금없는 카덴차*가 끼어드는 식이었다.」[12]

옆에서 그녀의 얼굴을 보면 이런 인상이 진해졌다. 턱이 움푹 들어가 있어서 그녀 스스로 이 부분을 상당히 의식했고, 측면에서 사진 찍히는 걸 한사코 피했다. 커나드는 옆모습을 바로잡기 위해 마사지와 일종의 전기 요법을 받았지만 성형 수술은 겁을 냈다. 그녀는 헬레나 루빈스타인이 판매하는 미용 크림을 사용했는데, 얼굴에 바르면 일시적으로 몹시 화끈거리는 느낌을 주기 때문에 효과가 있다고 생각했다. 에메랄드가 선보인 매우 진한 화장은 그 시대에 여성이 무대에 서거나 영화에 출연하지 않는 이상 흔치 않은 화장법이었다. 1930년대 초에 그녀를 알게 된 미술사가 케네스 클라크는 멀리서 보면

* 연주가의 기교를 보여 주기 위한 화려한 솔로 부분.

색깔과 주름밖에 안 보이는데, 가까이 다가가면 사실 그녀가 훨씬 어려 보인다고 말했다. 〈비누와 물만 있으면 된다〉주의인 그레빌은 진심으로 못마땅해했다.

「참 딱한 우리 에메랄드를 내가 싫어한다고 생각하면 오산이에요.」

그레빌이 친구들에게 조곤조곤 떠들곤 했다.

「내가 메리 왕비님께 늘 그러거든요. 그 부인 실물이 화장한 얼굴만큼 형편없진 않다고.」

에메랄드는 유행에 대단히 민감했고 공들여 자신을 가꿨다. 작가 겸 출판업자 존 레만에 따르면, 에메랄드는 몸매와 다리 선이 매우 아름다웠다. 그리고 항상 최신 유행하는 옷을 입었으며 진주와 다이아몬드로 치장하고 집게발 같은 작은 손에 그 유명한 에메랄드 반지를 끼고 다녔다.

그녀는 손님들에게 매력 만점의 파티 주최자였지만 자기가 주관하는 오찬회에 매번 늦게 도착하여 손님들은 그녀가 나타날 때까지 한담으로 시간을 보내야 했다. 만찬 자리에서는 손님들에게 각자 〈장기〉를 선보이라고 요구하기도 했다. 세실 비튼은 에메랄드의 옷차림에 쓴소리를 했다. 옷들이 앞서가는 패션이긴 한데 그녀가 너무 참을성이 없어서 긴 가봉 기간을 미처 기다리지 못해서인지 세실이 보기에는 완성된 옷이 실패작일 때가 많았다.

에메랄드는 깜짝 놀랄 질문으로 손님에게 도발하기도 했다. 가령 〈처칠 씨가 얼마 전에 무솔리니 씨에 관한 정말 무시무시한 얘기를 했어요. 당신은 무솔리니 씨에 대해 어떻게 생각해요?〉 같은 질문이었다. 미국인 친구이자 전 말버러 공작부인 콘수엘로 밴더빌트 발상은 에메랄드의 상투적 수법을 날카롭게 분석했다. 〈그녀가 굉장한 에너지를 나눠주는 것처럼 보였지만 그녀의 열정은 뼛속 깊이 박힌 비관주의를 감추기 위함이었다. 내가 그녀를 알아가면서 깨달은 건 그녀가 터무니없는 최상급 표현에 탐닉하게 된 이유가 친해져야 한다는 마음 때문이었다는 사실이다. 나는 그 방법이 특히 영국에서는 잘못된 접근법임을 그녀 스스로 왜 깨닫지 못하는지 의아해하곤 했다.〉[13]

로라 코리건 역시 친분을 맺겠다는 마음이 활동의 주 동력원이었다. 부단한 노력 끝에 1920년대 중반에는 런던 사교계에 확실히 자리매김할 수 있었다. 그녀가 주최하는 만찬 무도회에는 꾸준히 120명에서 150명의 손님이 참석했고, 그중 대부분은 서로 아는 사이였다. 코리건은 〈깜짝〉 파티를 열거나, 카바레 연예인을 초빙하거나, 대놓고 〈나이트클럽〉 분위기를 조성하는 등 어떻게든 참신한 방식으로 손님들의 여흥을 책임지기 위해 부단히 노력했다. 세실 비튼은 코리건이 파티에서 매력을 발산하기 위해 〈계산된 즉흥성〉에 의존한다고 생각했는데, 그녀는 관대한 구석도 있었다. 손님들의 여흥을 위해 카바레 공연단을 고용할 때 하룻밤 출연으로 일주일 치 비용을 선뜻 내놓곤 했다.

음식과 음료는 훌륭했고, 집사 롤프가 친척 아저씨처럼 살뜰히 도와준 덕에 손님들은 희한하게 각자 격에 맞는 경품을 받아 갔다. 1924년에 손님 104명이 참석한 파티의 주제는 〈녹색 앵무새 정원〉으로 저택은 이국적이고 눈부시게 다채로운 발레 공연 무대로 변신했다. 어느 날 저녁은 응접실 커튼이 분말 유리로 뒤덮여 반짝반짝 시선을 사로잡는가 하면, 또 어떤 날은 로라가 정원에 임시 무도회장을 세워 정원을 가득 채운 배우들은 나무, 작업복 차림의 시골뜨기, 순박한 정원사로 변장한 모습으로 있었다. 그러나 손님들이 생각하기에 로라의 매력은 사람들을 기분 좋게 해주는 말장난 솜씨였다. 그녀가 우스꽝스럽게 쓰는 말은 신나게 사람들 입에 오르내리며 온 동네에 돌고 돌았다. 그녀는 고딕 양식의 성당을 보고는 〈플라잉 버톡스〉*에 관해 짐짓 정중한 질문을 던졌고, 현대식 거실에 감탄하며 〈혼란 조명〉**에 대해 열변을 토했다.

프랑스어는 로라의 아킬레스건이었던 것 같다. 제1차 세계 대전 당시 그녀가 프랑스에서 병사들이 치료받는 병원에 자금을 대던 시절, 공식 개관일에 참석했을 때 입원 환자 한 명 한 명을 맞이하며 〈디유 테 블레스〉***라고 본의 아니게 재수 없는 말을 건넸다. 원래 의도했던 〈신의 가호가 있기를〉이 아니라 〈신이 당신을 해코지하기를〉이라는 뜻이 전달된 것이다. 1920년대에 런던에서 로라가 자신이 주최하는 어느 파티에 「목신Faune의 오후」를 토대로 한 발레 공연을 올리는 게 어떠냐는 제안을 받았을 때 〈내가 전화기Phone 얘기 나오는 발레로

* flying buttress(두 벽 사이에 아치형으로 가로지른 버팀벽)를 flying buttocks(날으는 궁둥짝)로 바꾼 말장난이다.

** diffused lighting(확산 조명)을 confused lighting으로 바꾼 말장난이다.

*** 〈Dieu vous bénisse〉라고 말해야 하는데, 영어 〈bless〉와 발음이 비슷하나 뜻은 딴판인 프랑스어 〈blesse〉가 튀어나왔다.

뭘 어쩌라는 거예요?〉라고 말하며 단번에 거절했다.* 영국 역사 역시 로라에게 지뢰밭 같았다. 졸지에 〈리처드 리옹역〉이라는 영국 왕이 생길 판이었다.** 말버러 공작의 컨트리 하우스를 방문 중일 때 그녀가 공작의 뛰어난 선조께서 블레넘 전투에서 이긴 곳이 어디냐고 묻는 일도 있었다. 어리둥절한 공작은 공원 중앙 기둥에 있는 제1대 공작의 조각상을 가리키며 〈저기요〉라고 말했다. 로라는 그의 말을 그대로 믿었다. 한번은 그녀가 질문을 받았다.

「다르다넬스Dardanelles***를 아세요?」

그녀는 〈아니요〉라고 답하면서 자기한테 그분들 소개장이 있다며 굉장히 친절하신 분들이라 들었다고 말했다. 정체를 착각한 또 다른 일도 있었다. 아가 칸Aga Khan****과 만나 소개받는 자리에서 조심스럽게 꺼내는 소리랍시고 자기가 할리우드에서 독일 태생의 은행가이자 자선가, 예술 후원자이신 형님분 오토 칸Otto Kahn을 만난 적이 있다고 말했다. 어느 날은 커나드 부인의 오찬회에서 조지 무어와 식사를 하는 자리에서 무어가 〈코리건 부인, 전 성적 도착 중에 정조 운운하는 게 가장 이해가 안 간다고 늘 생각했습니다〉 하고 잘라 말했다. 그러자 로라가 적당한 대답을 고민하며 느릿느릿 말했다.

* Faune(목신)을 phone(전화기)으로 알아들었다.
** 「리처드 코에르 드 리옹Richard Coer de Lyon」은 리처드 1세의 생애 중 십자군 전쟁의 공적에 집중해 가상의 이야기를 들려주는 중세 모험담이다. 로라는 리처드 가르 드 리옹Gare de Lyon(리옹역)으로 착각했다.
*** 다르다넬스 해협을 뜻하는데, 로라는 다르다넬 부부가 있는 줄 알았다.
**** 이슬람교 이스마일파 교주, 인도(현재의 파키스탄) 정치가, 대재벌.

「글쎄요. 제가 그 부분에 대해 곰곰이 생각해 봐야겠네요, 무어 씨.」

로라 코리건은 잦은 실수로 인해 사교계에서 웃음을 샀고, 외모 때문에도 자주 조롱거리가 되었다. 작고 날씬한 몸매의 로라는 최신 유행에 따르며 값비싼 옷을 입었지만 마흔 줄부터 머리가 벗겨졌다는 사실은 런던에서 공공연한 비밀이었다. 그녀는 탈모증을 앓아 머리카락이 대부분 빠져 버렸는데 사회생활을 하며 생길 모든 만일의 사태를 대비해 적갈색 가발을 종류별로 만들어 두었다. 인위적으로 헝클어뜨린 잠자리용, 평상시에 착용하는 주간용, 흠잡을 데 없이 깔끔한 저녁 행사용, 곱슬머리가 살짝살짝 삐져나온 고무로 된 수영모도 있었다. 어느 유명한 행사 때 그녀가 요트에서 바다로 뛰어들었는데 뜻하지 않게 수영모가 벗겨져 물 위에 둥둥 뜨는 바람에 구경꾼들이 단체로 〈헉〉한 순간이 있었다. 로라는 수면으로 떠 오르지 않은 채 물속에서 간신히 수영모를 잡아채 다시 쓰고 의기양양하게 수면으로 올라왔다. 머리형이 약간 삐뚜름했을 뿐 별문제 없었다. 『선데이 익스프레스』는 로라를 〈런던의 거물Big-Wig〉로 칭했고, 여행할 때 그녀의 가발을 넣어 다니는 작은 여행용 트렁크가 친구들 사이에 공공연히 〈로라의 오두막Wig-Wam〉으로 알려져 있긴 했어도* 오직 에메랄드 커나드만 잔인하게도 로라의 면전에서 대머리를 언급했다. 두 사람이 저녁 식탁에서 다가올 오페라 특별 공연의 밤에 뭘 착용할지 이야기를 나누

* bigwig와 wigwam의 원래 뜻으로 부르긴 했지만, 사실 가발wig을 갖고 놀린 말이다.

다가 커나드가 대뜸 자기는 〈작은 에메랄드 머리띠와 《내 원래 머리》정도만〉착용할 거라고 큰 소리로 알렸다.

이처럼 로라 코리건은 동네북처럼 놀림을 당하고 혹평을 듣기도 했다. 더프 쿠퍼는 그녀를 〈형편없다〉라고 한마디로 평했다. 그러나 로라는 1925년에 입증했다시피 영악하고 무자비한 면모도 있었다. 제임스 코리건의 유산이 그의 아버지가 사망한 1908년부터 회사의 전 회계 장부 담당 프라이스 매키니의 수중에 있었다. 프라이스는 회사 주식의 30퍼센트를 영구 소유했고, 40퍼센트인 제임스의 지분도 관리했다. 로라와 제임스는 매키니를 몰아내기 위해서 절대다수의 찬성이 필요했다. 로라는 회사의 세 번째 원 동업자 스티븐슨 버크의 가족에게 연락을 취해 그들의 지분 일부를 5백만 달러에 팔라고 은밀히 설득했다. 제임스가 그 금액을 마련하는 데 어려움을 겪자 로라가 자기 보석을 담보로 은행 대출을 받았다. 1925년에 제임스 코리건은 화려하게 이사회 쿠데타를 일으켰다. 이제 자신이 회사 지분의 53.5퍼센트를 소유하고 있으므로 회장으로서 회사를 관리하겠다고 공표하며 주주 총회에서 프라이스 매키니를 극적으로 몰아냈다. 이후 채 1년이 안 돼 프라이스 매키니는 유클리드 애비뉴의 대저택 욕실에서 권총 자살을 했다. 이 사건 후로 클리블랜드의 상류 사회는 코리건 부부에게 완전히 등을 돌렸다. 그들은 나기록 저택을 아예 닫아 버렸고, 로라는 런던의 사교계로 돌아가 단기로 파리, 베네치아, 뉴욕 등지로 여행을 가서 호텔에 머물며 지냈다.

1926년은 코리건 부부에게 황금기였다. 두 사람은 서로

4,800킬로미터 넘게 떨어져 있었어도 제임스의 유산 소유권을 되찾은 결과 6천만 달러를 보유한 자산가 부부였다. 언제나 경마에 열광하는 제임스가 예전에 프라이스 매키니와 관계가 좋던 시절에 그와 함께 위클리프 스테이블스를 설립했었다. 매키니가 축출당하자 제임스는 고수익이 나는 킹스턴 말 사육장을 포함해 사업 전체를 인수하여 경마에 대한 애정을 계속 키워갔다.

한편 로라 코리건은 또 한 번 사교계에서 개가를 올렸다. 1926년 7월 21일, 그로스베너 스트리트의 빈 저택을 빌려 화려한 파티를 열었는데 전문 공연자들을 부르지 않고 귀족층 손님들이 각자 장기를 선보이도록 설득했다. 메이페어에서 아마추어의 밤이 열렸다. 레이디 루이스 마운트배튼, 레이디 브렉노크, 리처드 노튼 부인, 애슐리 경은 불안정한 목청으로 〈흑인 노동요〉 한 곡을 불렀다. 웨이머스 경과 다프네 비비언, 레이디 레티스 리건과 브렉노크 경은 2인용 자전거를 타고 무도회장 주위를 돌면서 〈데이지, 데이지, 대답을 해주오, 어서〉를 불렀다. 어떤 이들은 우쿨렐레를 연주했고, 런던데리 경의 혼외자인 도러시 플런켓은 멋진 무용을 선보였다. 섀프츠베리 백작의 딸 레이디 모드 워렌더만 유일하게 장기를 보여 주지 못했다. 접시 깨기 공연을 하려던 참이었는데 쪽모이 세공을 한 마룻바닥이 상할까 염려한 집사 롤프가 마침맞게 끼어들어 무산되었다. 하지만 그날 저녁의 하이라이트는 파티 주최자였다. 서커스 무대 감독이라도 된 듯 악단이 음악을 연주하는 동안 손님들에게 최신 유행 댄스 찰스턴을 춰 보라고 분위기를 몰고 갔다. 로라는 상황을 지켜보다가 중산모를 쓰고 빨간 구두를 신고 무리의 중앙에서 춤을 췄다. 그녀는 몇 주 동안 전문가에게 강습받으며 비밀리에 춤 연습을 해왔다. 로라 코리건은 자신이 만든 뮤지컬의 화려한 스타가 되길 늘 꿈꿨고, 그날 새벽 4시에 파티가 끝났을 즈음 그녀의 꿈은 현실이 되어 있었다.

코리건 부부는 대서양을 사이에 두고 각자 즐거운 일을 좇으며 살아가는 생활에 만족했다. 하지만 그들의 짜릿한 성취감은 유효 기간이 짧았다. 1928년 1월 23일, 로라가 런던에서 손님들을 대접하는 사이 제임스가 클리블랜드 애슬레틱 클럽 밖에서 심장 마비로 급사하고 말았다. 그의 나이 마흔일곱으로 생을 마감했다. 로라는 1년간 안식 기간을 갖기로 하고 런던 사교계를 떠나 유럽 전역으로 문화 기행을 다닌 후 에너지를 충전해서 돌아왔다. 그녀는 남편 지미가 대서양 건너편에서 여가 활동을 어떻게 보냈는지 드러나자 달관한 듯한 태도로 대응했다. 스탠리 워커가 쓴 글처럼 〈그녀는 남편이 세상을 떠났을 때 그의 개인 소지품에서 나온 똑같은 기념품을 사교계의 여성 10여 명에게 선물하며 지미가 자신을 기억할 만한 물건을 그들에게 주고 싶어 했다는 설명을 덧붙였다〉.[14]

로라는 이제 경제적 현실 앞에 진지하게 결단을 내려야 했다. 지미의 유언장 조항에 따라 그녀는 자신의 지분을 팔 수 있는 권한이 있었지만 지분에 따른 의결권은 신임 회장 존 H. 왓슨에게 주어졌다. 그래서 로라는 모든 지분을 윌리엄 매더에게 팔았고, 코리건-매키니는 리퍼블릭 철강 회사에 매각되었다. 로라는 이제 평생 연간 80만 달러의 소득이 생겼다. 이 정도면 사교계 귀부인이 자유롭게 활동하기에 충분한 금액이었다.

로라 코리건은 1929년에 런던으로 복귀해 예전 생활을 재개했지만 더는 그로스베너 스트리트 16번지의 주인마님이 아니었다. 케펠 부부는 피렌체가 내려다보이는 언덕에 아름다운 저택 빌라 델롬브렐리노와 땅을 샀고, 메이페어 저택은 처분한 후 귀한 물건들은 이탈리아로 실어 갔다. 로라는 마음 내키는 대로 커즌 스트리트의 크루 하우스부터 알링턴 스트리트에 위치한 러틀랜드 공작부인의 집까지 런던의 대저택을 차례로 임대했다. 카르티에 보석점의 일등 고객인 그녀는 파리에 갈 때마다 리츠 호텔의 넓은 1층 스위트룸을 예약했고, 베네치아에서 여름을 날 때는 팔라초 모체니고에서 환영 파티를 열었다. 로라는 휴가지를 유럽으로 한정하지 않았다. 어느 해에는 요트를 전세 내 친구들을 가득 싣고 카리브해를 유람했다. 정박하는 모든 항구에서 승객은 근처에서 쓸 〈용돈〉으로 200달러를 각각 지급받았다.

로라 메이 코리건은 이제 영국 사교계에서 자기 사람이라 부를 귀족 친구들이 있었다. 그녀는 컨트리 하우스로 초대받는 인기 많은 손님이 되었다. 그녀가 성이나 대저택에 머물 때 특별히 즐거워한 일이 있었다. 손님에게 제공되는 이름과 주소가 인쇄된 메모지를 사용해 예전에 클리블랜드와 뉴욕에서 그녀에게 퇴짜 놓았던 오만한 마나님들에게 짧은 편지를 보내곤 했다. 〈블렌하임〉이나 〈마운트 스튜어트〉 같은 짐짓 절제된 제목 하에 〈당신도 여기 계신다면 좋았겠네요!〉라고 손수 쓴 후 정성스레 서명하고 정자체로 이름을 써서 보내는 이유는 그저 그들에게 군이 과거를 들먹이고 싶어서였다. 〈그녀는 예전에 뉴포트에서 퇴짜 맞은 적이 있었다. 나중에는 영국 왕실의 인정을 받았고, 이제는 뉴포트를 면박 주며 한없이 즐거워한다. 성공한 그녀였다.〉[15] 이것이 적절한 평이었다. 과거에 그녀를 무시했다가 이제 런던을 방문한 미국인들은 그녀가 연 어떤 행사에도 초대받지 못했다.

　　그러나 런던 사교계 유명 인사 중에도 그녀에게 거만하게 구는 이들이 있었다. 〈결혼으로 신분 상승에 성공한〉 또 한 명의 미국인이 그로스베너 스퀘어에서 바로 지척에 살고 있었다. 애초에 레이디 커나드는 아무리 코리건 부인이 토머스 비첨의 오페라 진흥 프로젝트에 후한 기부금을 쾌척해 사교계에 접점이 생겼다 해도 그녀의 미천한 태생도, 명랑하고 상스러운 언동도, 교양 없는 부유층 사이에서 누리는 그녀의 인기도 영 못마땅할 따름이었다. 코리건이 색다른 파티를 개척해 나가는 데 아이디어를 준 사람은 푸근한 몸매의 미국인 친구 엘사 맥스웰이었다. 파리에서 접한 엘사의 파티에서는 컨트리 하우스 살인 사건이나 보물찾기 같은 복잡한 연출이 동원되었다. 보물찾기를 할 때도 찾아야 하는 것으로 백조, 선원 모자의 폼폼, 왕족의 친필 서명이 들어간 초상화 등 다양한 물건이 등장했다. 엘사와 로라 둘 다 가장무도회 의상에 대한 열정이 남달랐던 터라 얼마 지나지 않아 파티에 참석한 귀족들이 모차르트, 클레오파트라, 넬슨 등의 모습으로 차려입은 사진이 『태틀러』와 『데일리 스케치』의 가십난을 장식했다. 『데일리 미러』는 현대의 사교계 파티 주최자들이 경쟁하는 상황을 전했다.

그들은 손님들이 지루해할 틈이 없도록 권투 시합이나 영화 상영, 뮤직홀 쇼를 선보이며 경쟁했다. 예를 들어, 그레빌 부인은 만찬회에서 꽤 다채로운 여흥을 제공했다. 과장된 주먹질을 하며 대화를 이어 가는 복화술사, 마술사, 나른한 곡조를 들려주는 하와이 오케스트라 등이 파티에 등장했다.[16]

그레빌은 찰스 스트리트의 런던 저택에서 철도를 주제로 한 칵테일파티를 연 적도 있었다. 상아색과 금색의 무도회장이 기차역, 대합실, 레스토랑, 술집으로 변신했고 LNER(런던 노스이스턴 철도 회사) 포스터가 곳곳에 붙어 있으며 제복 차림의 개표원, 역장, 일군의 배우들이 배치되었다. 일등석 대합실에서 대여한 가구와 비품이 놓여 있고, 다과는 익숙한 LNER 그릇에 담겨 제공되었다. 남아 있는 사진 속 참석자들의 생기 없는 표정으로 미뤄 짐작하자면 이 색다른 철도 파티는 손님들의 상상력을 자극하기에는 역부족이었다. 에메랄드 커나드도 비슷하게 화이트시티 스타디움에서 친구들을 위해 실험적인 야간 행사를 연 적이 있다. 그레이하운드 경주가 포함된 이 날 행사에서 커나드는 어느 그레이하운드에게 돈을 걸었다가 소소한 액수를 따기도 했다.

1920년대 후반까지 사교계의 규모가 점점 커졌다. 이제 귀족층의 결혼 시장은 자기들끼리 서로의 자손과 혈통과 예상 유산을 알고 있는 〈그들만의 리그〉가 아니었다. 전쟁 전 시대의 통제된 사교계가 1928년의 〈메이페어 대전〉을 치르는 젊은 세대의 느슨한 방식과 충돌했다. 전통적인 관점을 지닌 귀족 레이디 바이올렛 엘즈미어가 브리지워터 하우스에서 무도회를 열었을 때 300명의 손님이 참석했는데 그중 대부분을 그녀가 알아보지 못했다. 엘즈미어는 손님 4명에게 떠나 달라고 요청하여 그들은 파티장을 떠났다. 엘즈미어는 그 〈불청객들〉을 본보기로 응징하고 싶어서 그들의 이름을 언론에 제공했다. 사교계에서 일반적으로 행해지는 불쾌한 일을 근절하고 싶어서였다. 이어진 신문 토론에서 엘즈미어 부부, 쫓겨난 당사자(세실 비튼의 여동생 낸시와 스티븐 테넌트를 비롯한 이들), 그들의 가족, 발각되지 않은 다른 불청객들, 경쟁 관계의 파티 주최자들에게 의견을 구했다. 여론은 쫓겨난 불청객에게 대체로 동정적인 분위기였다. 칵테일파티에 초대받을 때 몇몇 친구를 데려가는 것이 다반사였기 때문이다. 커나드에게도 의견을 달라고 했는데, 그녀는 불청객 문제로 곤란을 겪은 적이 전혀 없다고 주장했다.

「그럴 일이 왜 있겠어요? 제가 좋아하는 사람들을 초대하는 것뿐인데.」

가벼운 사연이긴 하나 이 해프닝에서 다소 놀라운 진실이 드러났다. 전쟁 전에는 사교계의 경계가 명확했고, 청년 중에도 출생, 예의범절, 행실 면에서 적합한 자격을 갖추지 않으면 아무나 무도회에 초대받을 수 없었다. 그런데 전쟁으로 모든 것이 바뀌었다. 내로라할 젊은 남성이 귀해졌고, 예전 같으면 상종 못 할 사람이었을 이들이 인원수를 채우기 위해 받아들여졌다.

게다가 이제는 신분이 낮은 계층의 독자들이 상류층의 파티 이야기나 유명 인사의 잘못된 행실을 전하는 신문을 탐독했다. 현대 생활 속에는 기술 발전, 속도, 여행, 범죄, 재난, 스캔들에 관한 이야깃거리도 충분했다. 하지만 독자들은 귀족 가문의 자손이건, 뭔가 수상쩍은 선조를 둔 후손이건, 사교계 인물에 대해서 관심이 많았다. 오늘날 타블로이드 신문을 소비하는 방식처럼 가십과 논평에 대한 흥미가 대단했다.

런던의 신문 기자들은 배우나 영화계 스타, 공작부인, 대주교 등에게 현안에 관한 의견을 이끌어 내곤 했다. 기자들에게 필요한 것은 아무 때나 누구에게든 전화를 걸 수 있는 강심장과 든든한 연락처 목록이었다. 한밤중에 백작 부인에게 전화를 걸어 단발머리에 대한 의견을 구한다거나, 어느 귀족 미망인이 블랙 보텀*을 출 줄 아는지 문의한다거나, 버터로 왕세자 조각상을 만드는 게 불경한 일인지 산업계 거물에게 물을 수 있어야 했다. 빼곡히 채운 〈취재원 목록〉에서 이름 하나를 가십 칼럼에 실으려면 매력과 사교술이 필요했다.

야심이 남다른 사교계 귀부인은 자기 이름이 활자화되면 어떤 이득이 생기는지 알아차렸고, 기회가 닿는 대로 칼럼니스트와 관계를 구축하는 데 힘썼다. 그녀는 어느 비상근 신문 기자가 페키니즈에게 향수를 뿌려도 되느냐 마느냐를 주제로 800단어 분량의 기사 마감을 앞두고 있을 때 기꺼이 그의 고충을 들어주며 준비해 둔 내용을 전달했다. 그 대가로 자신에게 우호적인 기사를 얻어 내는 데도 능했다. 사교 행사 전에 유명

* 1920년대 미국에서 유행한 흑인 엉덩이춤.

기자에게 미리 정보를 제공하는 것도 그녀가 종종 쓰던 방식이었다. 이를 위해 따로 고용된 비서는 기자에게 전화를 걸어 다음 날 조간 칼럼난을 채울 만한 행사 관련 정보를 속속들이 알려 주었다. 귀부인의 화려한 생활, 보석, 대저택, 귀부인의 친구들, 왕실 귀빈, 요리 등등 다양한 정보를 제공했다. 그 대가로 정보 제공원의 호의적인 성격이 활자로 영원히 남게 되었다. 가령 이런 기사다. 〈부유한 그레빌 부인은 손님 접대가 후하다. 부인의 파티에 초대받는 것 자체가 영광이며, 혹시 거절할 시이는 마치 왕의 명령 같아서 한 번 말하면 그걸로 끝이다.〉[17]

사교계 귀부인들은 출세하고 싶어 안달이 난 젊은 기자들을 위해 비공식 소개 대행사 역할도 했다. 예를 들어, 케펠 부인은 올리버 드 로이터와 로더릭 존스에게 서로를 소개했고, 존스는 나중에 국제적인 통신사의 수장이 되었다. 그때는 독자들이 젊은 왕족, 비행사 에이미 존슨, 나이트클럽의 여왕 케이트 메이릭 등 유명 인사들의 일거수일투족에 열광하며 공생 관계가 이루어진 시대였다.

막강한 영향력이 있는 칼럼니스트들, 특히 검은 넥타이와 연미복이 잘 어울리며 격조 있는 억양을 구사하는 이들은 칼럼에 사교계 여성 인사에 관한 글을 썼을 뿐 아니라 그들의 파티에 자주 초대되기도 했다. 유명한 사례로는 『데일리 스케치』에 글을 쓴 패트릭 밸푸어(훗날 킨로스 경), 『선데이 디스패치』에 글을 쓴 도네갈 후작과 베벌리 니컬스, 『이브닝 스탠더드』에 런던 사람 일기 칼럼을 함께 쓴 해럴드 니컬슨과 로버트 브루스 록하트가 있었다. 캐슬로스 자작은 13년간 비버브룩 경의

『데일리 익스프레스』에서 가십 칼럼니스트로 일했고, 다른 유력 칼럼니스트들처럼 레이디 애스터, 그레빌 부인, 시빌 콜팩스, 에메랄드 커나드의 세심한 관리 대상이었다. 그는 신랄한 재치와 함께 엄청나게 뚱뚱한 몸매도 눈에 띄는 사람이었다. 그가 세인트 제임스 스퀘어에서 숨을 헉헉대며 계단을 오르다가 파티 주최자 낸시 애스터를 만났다. 그녀는 몸을 앞으로 숙여 그의 거대한 배를 토닥이며 말했다.

「만약 요게 여자한테 있다면 우리가 무슨 생각을 할지 잘 알겠죠?」

그가 응수했다.

「글쎄요, 그게 어젯밤이었으니 여사님은 어떻게 생각하시오?」

사교계 귀부인 중에는 전통적인 방식을 고수하며 손님들을 접대하던 이들도 있었다. 1927년 런던데리 하우스에서 열린 정치계 축하연에서 레이디 런던데리는 양단으로 장식한 새틴으로 만든 앤 여왕 스타일의 담황색 크리놀린* 드레스를 입었다. 『데일리 익스프레스』는 〈남자들은 선조 대의 드레스를 입은 한 여자 앞에서 차례로 넘어간다〉라고 좋게 평했다. 이듬해 1928년 2월 6일, 이디스는 발목까지 오는 벨라스케스 스타일의 검은 벨벳 드레스를 입고 다이아몬드 목걸이와 여러 줄짜리 보석 목걸이에 기다란 다이아몬드 드롭 이어링을 착용했다. 그녀는 보수당 총리 스탠리 볼드윈과 그녀의 남편과 함께 그 유명한 계단 맨 윗단에 서서 손님들을 맞았다. 길게 쭉 뻗은 그

* 치마를 부풀리기 위해 입은 페티코트.

림 전시실과 응접실의 맨틀피스와 벽난로를 장식한 미모사 향기가 공기 중에 진하게 배어 있었다. 그날 참석자는 1,000명이 넘었다. 모든 의미에서 성대한 행사였다. 영국에서 가장 영향력 있고 힘 있는 사람들이 토리당의 일인자 여성의 손님으로서 정례 부족 모임에 참석한 것이다.

레이디 런던데리가 정치계 행사만 주관한 건 아니었다. 문학계와 예술계 인사와도 교류했고, 특히 조지 버나드 쇼, 숀 오케이시, 올리버 세인트 존 고가티 같은 아일랜드 작가와 친분이 두터웠다. 그녀는 야외 활동을 선호했기 때문에 무도회장은 즐겨 찾는 무대가 아니었다. 어느 날 명사수인 런던데리가 샌드링엄에 초대받아 갔는데, 화가 많은 조지 5세가 여자는 총으로 사냥을 해선 안 된다며 불만을 표했다. 〈역겹고 끔찍하고 당최 어울리지 않는〉 처사라는 주장까지 펼쳤다. 그러고는 이디스에게 수많은 사냥 전리품을 보여 주었다.

「우리 며늘아기 거요!」

그가 보기에는 며느리 요크 공작부인이 잘못한 게 전혀 없다는 듯 껄껄 웃었다. 한번은 이디스의 빠른 반사 신경과 체력 덕분에 한 사람의 목숨을 구한 적이 있었다. 1928년에 런던데리 부부가 스페인의 알폰소 왕, 에나 왕비와 함께 비스케이 만의 산탄데르에 머물렀다. 그들 소유의 8미터짜리 요트는 현지 요트 클럽 회원인 다른 스페인 사람들하고 종종 파도가 고르지 못한 상황에서 전속력으로 경주를 벌이던 배였다. 이디스 런던데리가 왕비의 요트를 타고 나와 세찬 파도를 헤치며 속도를 높여 나아갔다. 갑판원 중 바스크인 선원이 한순간 발을 헛디 더 뱃머리에서 바다로 떨어졌다. 순간 요트가 쏜살같이 지나가는 사이 런던데리가 놀랍도록 침착하게 그의 팔을 붙들어서 다시 배로 끌어 올렸다.

낸시 애스터도 이디스와 마찬가지로 활동적이고, 몸 쓰기를 좋아했으며, 격렬한 스포츠와 운동을 즐겼다. 클리브덴에 머물 때는 템스강에서 매일 수영을 했고, 런던에 머물 때는 세인트 제임스 스퀘어 4번지 꼭대기 층 스쿼시 코트에서 스트로크 연습에 매진했다. 그곳은 낸시가 지붕 아래에서 연습할 수 있게 월도프가 마련해 준 공간이었다. 낸시는 꽤 많았던 사교계 일정을 소화한 후 그렇게 몸을 쓰는 활동을 통해 긴장을 풀었다. 애스터 부부는 런던에서 손님들을 대접할 때 공식 만찬을 진행한 후 1,000명까지 참석하는 리셉션도 열었다. 이들의 〈타운 스타일〉 파티는 집사 리의 주도하에 더없이 훌륭하게 진행되었다. 은식기는 클리브덴의 금고에서 가져왔다. 자리 배치는 낸시 애스터가 관리인 킨더슬리와 함께 정했다. 계급의 우선 순위가 중요했다. 왕족, 그다음이 공작과 공작부인(여공작), 그리고 〈여타 계급〉의 귀족 순이었다. 배치 문제는 『버크 족보 명감』을 참고해서 해결할 때도 많았는데, 누가 누구와 앙숙 관계인지 잘 아는 집사 리의 귀중한 조언이 필요할 때도 있었다. 앙숙은 떨어뜨려 놓았고, 마음이 맞는 부류는 함께 앉혔다. 결혼한 부부는 저녁 시간 동안 갈라놓았지만, 젊은 미혼 남녀는 또래들과 어울리게 했다. 낸시는 제일 흥미로운 인물을 항상 자기 가까이 앉히려고 했다. 복잡한 메뉴는 미리 정해 예행연습을 했고 필요하면 요리사와 주방 직원을 추가로 투입했다.

애스터가의 남자 하인들은 매일 노란색과 흰색 줄무늬 조끼와 갈색 상의에 빨간색과 노란색 가두리 장식이 있는 바지를 정복으로 갖춰 입었다. 예복 차림은 갈색 재킷, 줄무늬 조끼, 반바지, 흰색 스타킹, 구식 장식 죔쇠가 달린 검은색 펌프스, 흰색 장갑이었는데 와인과 술 분배를 책임진 집사 리는 맨손이어야 해서 장갑을 끼지 않았다. 그는 감청색 연미복, 검은색 반바지, 검은색 스타킹, 검은색 펌프스 차림이었다. 만찬 파티를 원활하게 진행하려면 무엇보다도 정확한 시간 조절이 관건이었는데 집사 리는 그 부분에서 엄격한 기준이 있었다. 만찬 후에는 무도회장에서 성대한 축하연이 이어졌다. 리는 이런 행사를 주관하는 책임자로서 최상급의 기량을 선보였다.

경찰은 주변 지역의 교통정리를 위해 매번 사전에 행사 정보를 전달받았다. 만찬회에 참석하는 손님이 도착하면 홀에서 맞이하고 망토와 외투를 받아서 유인 물품 보관소에 맡겼다. (나중에 하인방에서 재간둥이 아서 부셸이 마치 조각상 같은 메리 왕비가 어마어마하게 격식을 차리며 외투를 탈의하는 모습을 기가 막히게 모사하곤 했다.) 작은 다이닝 룸에서 식전 반주를 즐긴 다음 손님들은 저녁 식사를 하러 다음 층으로 이동했다. 축하 연회 때 도착한 손님들은 자리에 합류할 때 그날 저녁 행사에 고용된 사회자가 소개했다. 축하 연회가 진행되는 동안 하인들이 음료와 카나페를 제공했다. 와인은 플리머스의 호커에게 공급받았고(호커는 애스터 부부가 활동하는 선거구의 보수당 선거 사무장이었다), 월도프가 집사 리에게 와인 구입을 일임해 손님용 와인과 셰리주, 포트와인을 준비했다. 리가 주문한 최상급 와인은 뭇 손님들의 감탄을 자아냈다. 그는 저장 와인 관리에도 자부심이 대단했다. 런던에서 치르는 대규모 파티와 축하연의 경우 샴페인 200병을 응접실 근처의 욕실로 옮겨 두었고, 한 번에 50병을 으깬 얼음으로 채운 욕조에 담아 차게 해두곤 했다.

애스터 부부의 파티에 술이 없을까 봐 염려한 일부 손님은 화장실을 다녀올 때 몰래 마시려고 휴대용 술병을 챙겨 갔다. 또 어떤 손님은 파티 시작 전에 하인들을 시켜 리에게 자신이 즐겨 마시는 술을 전달해 두었다. 1923년의 어느 만찬 파티 때는 조지 5세의 시종 무관이 왕과 왕비가 도착하자마자 술병 두 개를 리에게 조심스레 건넸다. 한 병은 포트와인, 다른 한 병은 셰리주였다. 왕과 왕비 내외는 한 잔씩 마시는 술을 좋아했는데, 그날 저녁 행사 말미에 리가 따지도 않은 술병을 도로 시종에게 슬쩍 건네며 〈거의 필요가 없었네요. 같은 생각이실 겁니다〉라고 말했다. 왕세자의 시종 무관 프루티 멧칼프가 만찬 파티 전에 리에게 전화를 걸어 전하가 드시도록 브랜디를 가져다 달라고 했으나 리는 그럴 필요가 없다며 정중하게 안심시켰다. 클리브덴에서 열리는 파티는 격식에 크게 얽매이지 않았지만 어떤 사람들은 혹시 모를 경우를 대비해 자기가 마실 술을 갖고 왔다. 밥 부스비는 저녁 식사에 와인을 한 잔 이상 마시기가 어려웠다고 기억했다. 한번은 모즐리 부부 오즈월드와 다이애나가 부스비의 침실로 휘발유 통을 가져왔다. 그 안에는 마티니가 가득 채워져 있었고, 그들 모두 애스터 부인의 개인기와 성대모사가 펼쳐지는 저녁 시간을 대비해 독한 식전 칵테일로 마음을 다잡았다.

클리브덴을 찾는 낸시 애스터의 손님 중에는 당연히 정치인들이 있었고, 1920년대에는 일본 대사나 러시아 대사를 비롯한 여러 나라의 대사도 포함되었다. 물론 지난 세계 대전의 기억이 아직 생생해 독일 대사는 없었다. 애스터 부부는 화가하고도 자주 어울렸다. 런던데리 부인의 초상을 그린 초상화가 필리프 드 라슬로, 형제 화가 렉스 휘슬러와 로런스 휘슬러가 부부와 친했다. 말을 전문으로 그리는 화가 알프레드 머닝스는 월도프가 유난히 좋아해서 그의 경주마를 그려 달라는 의뢰도 자주 받았다. 낸시는 문인에게 특히 관심이 많았다. 극작가 조지 버나드 쇼는 낸시가 즐겨 찾는 논쟁 상대이자 주기적으로 클리브덴을 방문하는 손님이 되었고, 1928년에는 크리스마스를 함께 보내기도 했다. 그들은 1927년에 처음 만나 다양한 관점에 대해 격렬하고 짜릿한 논쟁을 벌였다. 쇼는 만약 애스터 부인이 60초 동안 끊김 없이 쭉 생각할 수만 있다면 세상에서 가장 위대한 여성이 될 수 있다는 주장을 펼치기도 했다. 낸시가 「아라비아의 로런스」로 잘 알려진 카리스마 넘치는 T. E.(토머스 에드워드) 로런스와 만나게 해준 사람이 조지 버나드 쇼였다. 그는 문학적 스승의 이니셜(이자 공교롭게도 낸시의 첫 남편 이니셜)을 따서 영국 공군에서 공군 이등병 T. E. 쇼로 신분을 숨기고 복무했었다. 그는 낸시를 종종 놀렸고, 낸시도 지지 않고 되받아쳤다. 그는 플리머스 근처에 배치를 받아서 애스터 가족이 플리머스 선거구에 거주할 때 자주 방문하며 친분을 다졌다.

낸시는 권태를 절대 용납할 수 없는 사람이었다. 아이들이 어릴 적에는 매년 온 식구가 이너헤브리디스 제도의 외딴 섬 주라로 향했다. 아이들은 낚시나 수영, 보트 타기를 할 수 있어 그 섬을 좋아했지만 로즈와 낸시는 몹시 지루해했다. 한번은 낸시가 별장 앞에서 골프 퍼팅을 연습하다가 불쑥 화가 치밀어 갑자기 몸을 돌리더니 집을 향해 골프공 4개를 눈 깜짝할 새 연속으로 쳐서 창문 두 짝을 박살 냈다.

애스터가의 아이들은 크리스천 사이언스 신자로 컸고, 낸시는 꽤 강압적으로 엄마 노릇을 했다. 물론 자주 아이들을 웃기며 즐겁게 해주기도 했지만 짜증을 내고 잔소리도 많이 한 탓에 아이들은 어릴 적에 엄마 때문에 혼란스러워했다. 1925년에 빌이 이튼 스쿨 재학 당시 8인용 조정에서 콕스가 되었다. 스포츠에 열광하는 학교에서 명예로운 역할을 맡게 된 것이다. 하지만 그해 여름 헨리 레가타에서 열린 조정 경기에서 빌이 콕스로 나선 이튼 스쿨이 패하고 말았다. 낸시 애스터는 풀이 죽은 아들을 가여워하기는커녕 빌이 크리스천 사이언스 예배를 게을리해서 학교 대항전에서 패배했다며 혼을 냈다.

크리스천 사이언스에 대한 낸시의 신앙 때문에 딸 위시가 아주 큰일을 겪을 뻔한 적도 있다. 1929년에 위시가 레스터셔에서 사냥을 하다가 심각한 사고를 당해서 척추가 손상되었다. 낸시와 월도프가 극심한 압박에 못 이겨 마지못해 의사의 진료를 받는 데 동의했지만 대신 낸시가 크리스천 사이언스로 개종하기 전에 그녀를 치료했던 복부외과의 크리스펀 잉글리시 경을 불러 달라고 고집했다. 호출을 받고 도착한 그는 상황을 파악하고 불같이 화를 냈다. 누가 봐도 위시에게 당장 필요한 의사는 정형외과 전문의였고, 부상을 치료하는 데 귀중한 시간을 허비한 상황이었다. 당시 스무 살이던 위시는 끝내 건강을 완전히 회복하지 못했고, 결과적으로 모녀 관계는 틀어지고 말았다. 위시는 당장 따로 집을 얻어 나와서 한동안 낸시와 왕래조차 하지 않았다.

6장
대공황: 1929~1933

1930년대 초반 전 세계에 닥친 금융 위기는 영국 사회의 전 계층에 막대한 영향을 끼쳤다. 제1차 세계 대전으로 새로운 공장 생산 방식이 도입되었지만 1920년대 말에는 과잉 생산이 소비자 수요 감소를 불러왔다. 1929년 10월, 미국의 주식 시장이 과열된 데다 월스트리트 주가 대폭락으로 주식은 하루아침에 종잇장이 되고 말았다. 영국의 토지 임대료는 정체된 상태였고 많은 사람에게 실직의 위기가 닥칠 조짐이 보였다.

금융 위기 때문에 많은 국가가 예비금을 안전하게 둘 곳이라 판단한 런던에 상당 금액을 예치했지만 전 세계적인 불황과 대규모 실업으로 인해 일부 국가에서 예치금을 회수해 갔다. 1931년 8월, 잉글랜드 은행에서는 심각한 예금 인출 사태가 시작되었다. 이 은행에는 금 보유고가 충분하지 않았기 때문에 미국과 프랑스에서 달러와 프랑으로 5천만 파운드에 해당하는 금액을 빌렸으나 그마저도 금세 바닥이 났다. 노동당 정부는 실업 수당 삭감 대신 퇴진을 택했고 이어서 연립 내각이 구성되었다. 재정비된 정부가 8천만 파운드를 추가로 빌렸지만 그 역시 외국 채권자들에게 돌아갔다. 1931년 9월 20일,

영국은 금 본위제를 폐지했고 잉글랜드 은행은 지폐와 금 교환을 보장하지 않았다. 파운드화 가치가 13실링이나 14실링까지 떨어졌으나 이로 인해 영국 수출품이 해외에서 훨씬 저렴해져서 영국 국내 실업률을 완화하는 효과가 있었다.

부유층이라고 해서 세계적 금융 위기의 영향권 밖에 있는 건 아니었다. 많은 사람이 투자 자본, 주식, 부동산으로 얻는 수익이 급감하는 현실에 맞닥뜨렸다. 어느 날 낸시 미트퍼드가 컨트리 하우스에서 열리는 주말 수렵회에 참석한 이들과 대화하는 자리에서 월스트리트 주가 대폭락만 한 대화 주제가 없다고 말문을 열었다. 차라리 그편이 현대 화가와 전통 화가의 상대적 장점을 논하는 것보다 싸움 날 일도 훨씬 적고, 어느 손님들의 출신 가문을 묻는 것보다 위험 요소가 적었기 때문이다. 현재 경제 상황이 각자 의견이나 세상 돌아가는 이야기를 끌어내는 효과가 있었고, 연대감을 표현하는 수단이 되기도 했다.

여느 컨트리 하우스에서도 달리 다른 이야기가 오갈 수 없었다. 서셰버럴 시트웰과 아내 조지아가 암스테르담에서 휴가를 보내다 영국 신문을 본 후 남은 휴가를 포기하고 잉글랜드로 돌아와 1931년 9월 27일에 에메랄드 커나드와 함께 폴스덴 레이시로 차를 몰고 갔다. (에메랄드가 레스터셔 시골에서 바체와 함께 16년을 지낸 이후로는 일요일에 그녀를 화려한 도시가 아닌 지방에 붙들어 둘 수 있던 건 세계적 금융 위기뿐이었다.) 그들은 그레빌의 하우스 파티에 합류해서 오스틴 체임벌린, 로버트 혼 경, 린데만 교수, 베벌리 니컬스와 함께 현 상황을 논의하게 되었다. 부자인데 어딘가 별난 제럴드 버너스는 서셰버럴과 조지아를 재정적으로 도와주려고 그들에게 페링돈 저택을 같이 쓰자며 애원하다시피 했다. 10월에 시트웰 부부는 버너스의 버크셔 저택으로 들어갔다.

영국에서 가장 부유한 여성으로 꼽히는 그레빌조차도 당시 경제 상황에 타격을 입었다. 어느 날 그녀가 베벌리 니컬스에게 속내를 털어놓았다. 대화를 나누는 두 사람이 호화로운 차림새로 앉아 있던 폴스덴 레이시의 응접실은 진홍색 실크 벽지와 18세기 금박 장식 판자, 박물관에 있을 법한 중국 도자기, 옥 조각품과 파베르제* 진품 골동품으로 둘러싸여 있었다. 그레빌은 만약 지금보다 형편이 점점 나빠져서 1년에 겨우 1만 파운드(오늘날로 환산하면 약 50만 파운드) 정도만 쓰게 된다면 황혼을 대비해 전략을 세웠노라고 말했다.

아무래도 시골을 떠나 파리에 작은 아파트 하나를 장만해야 할 것 같아요. …… 하녀도 함께 가면 좋겠어요. 분명 그렇게 해줄 거라 믿어요. 그리고 당연히 손님들을 접대할 수 없게 되더라도 일주일에 한 번쯤 함께 차를 마실 사람은 몇 명 있을 거예요. 그리고 어쩌면 …… 확신할 수는 없는데 …… 과거에 제가 대접했던 사람들이 초대해 주지 않을까 싶어요.[1]

궁핍한 생활이랍시고 낭만적으로 그려 둔 그레빌의 환상은 다

---

* 러시아의 금 세공사, 보석상. 러시아 황제와 왕족을 위해 만든 에그 공예품으로 유명했다.

행히도 다른 대사가 도착하면서 그쯤에서 멈췄다. 그레빌의 재정 상황이 세계적인 불황에 영향을 받은 것은 사실이었으나 파운드화 평가 절하로 매큐언의 페일 에일 같은 영국 수출품은 국제 시장에서 가격 경쟁력이 높아졌다. 그녀를 실제 사업 분야에서 훈련시켰던 백만장자 아버지가 설립한 양조 회사의 대주주인 그레빌은 실제로 무시무시한 사업가였다. 케네스 클라크는 양조 회사 임원들이 이사회 참석차 폴스덴에 도착할 때 상황을 언뜻 본 기억을 떠올렸다. 그가 봤더니 그레빌은 병상에 있었지만 이사들이 한 명씩 차례로 불려갔다가 나중에 잔뜩 겁먹은 모습으로 나타났다.

그 와중에 그레빌은 진짜 부자들만 할 수 있을 방법으로 절약하며 지냈다. 한때 조제핀 황후의 소유였던 고가의 에메랄드와 화려한 진주 목걸이를 갖고 있었는데 착용할 때마다 상당한 보험료를 지불해야 했다. 그래서 복제품을 만들어, 특히 여행할 때 진품 대신 자주 착용했다. 오직 전문가만 진위를 구별할 수 있었으니 가품을 착용하든 상관없었고, 결과적으로 그레빌이 내야 할 보험료는 한층 줄어들었다. 그렇지만 그 당시에는 재정 상황을 두고 훨씬 더 힘든 결정을 내리며 썩 흡족하지 않은 대안을 택해야 하는 이들도 있었다.

시빌 콜팩스는 사교계 활동을 이어 가기 위해 가계 수입을 충당해야 했다. 아서는 청력이 점점 나빠지자 법정 변호사 일로 얻는 수임료에 한계가 와서 콜팩스 부부의 가계에 오늘날로 치면 대략 7만 파운드에 달하는 연간 2,000파운드 정도 부족분이 생겼다. 시빌이 원체 사업은 별로 내켜 하지 않았으나 주로 독학한 실내 장식에는 천부적인 재능과 뛰어난 감각이 있었다. 더구나 그녀 주변에는 맞춤 인테리어에 돈을 지불할 용의가 있는 사람들이 있었고, 시빌은 골동품상 및 미술상과 인맥이 두터웠다. 그뿐 아니라 레이디 멘들로 알려진 미국인 엘지드 울프를 비롯해 성공한 실내 장식가들과 친분도 있었다.

1933년에 실내 장식 회사 시빌 콜팩스 주식회사가 설립되어 메이페어의 브루턴 스트리트 29번지에 사업장이 마련되었다. 〈세련되고 예술적인〉 도시 런던에는 실력 있는 실내 장식가가 필요했다. 작가 서머싯 몸의 전 부인 시리 몸은 실내 장식가로서 특유의 양식을 확립해 1922년에 베이커 스트리트에 회사를 설립했다. 그녀는 젊은 시절 어수선하고 어두운 톤의 빅토리아 시대의 실내 장식과는 다르게 흰색, 크림색, 회색이나 진주색 등의 다양한 색조로 방을 꾸몄다. 그리고 거울을 광범위하게 사용해서 1920년대 런던 특유의 부드러운 빛을 반사하는 방식도 썼다. 커다란 흰색 꽃꽂이로 공간에 고유한 분위기를 더했고 책도 고급 피지로 다시 제본했다. 하얀 벽 옆에는 색이 벗겨지고 바랜 〈고색을 띤〉 가구나 고상한 골동품을 놓아두었다. 첼시의 킹스 로드 213번지에 있는 그녀의 집은 〈눈 속의 나르키소스처럼 곱고, 겨울 유리창의 은빛 깃털처럼 예뻤다〉.[2] 가까운 곳에 살았던 시리 몸과 시빌 콜팩스는 서로 잘 아는 사이였는데, 각자의 독특한 스타일이 매우 달라서 서로를 사업상 경쟁자로 여기지 않았다.

시빌의 장식 스타일은 조금 더 전통적이고 역사적인 분위기를 띠었다. 시빌은 연한 녹색과 회색 같은 부드러운 색감을 금빛이나 장밋빛과 적절하게 가미해 쓰길 좋아했다. 고풍스러운 칠기와 동양의 도자기도 좋아했다. 둘 다 영국식 〈컨트리 하우스〉 스타일을 대표했는데, 특히나 시빌이 응접실 분위기를 화사하게 하려고 쓰던 꽃무늬 친츠와 어우러졌을 때 특징이 잘 드러났다. 그녀는 시대를 초월한 감각으로 장식한 쾌적하고 안락하며 기능적인 인테리어를 선보였다. 각진 모더니즘 스타일을 선호하는 사람들도 있었지만 접근하기 쉬운 시빌의 스타일은 웅장한 컨트리 하우스나 타운 하우스에 잘 어울렸다. 이런 저택에서는 기존 가구에 다시 천을 덧대 장식하고 더 밝게 만들며 신중하게 선택한 골동품과 예술품으로 보완해 만족스럽고 안락한 인테리어를 완성할 수 있었다.

시빌의 첫 동업자는 나중에 먼스터 백작 부인이 된 페기 워드였다. 시빌은 사교계 인맥을 성공의 발판으로 삼았고 아가일 스트리트의 자택을 전시실로 활용해 자신의 재능을 선보였다. 시빌의 결단력과 진취적 정신이 회사의 원동력으로 작용했다. 저녁마다 사교계 행사에 할애할 시간을 확보하기 위해 아침 7시에 시작해 12시간 회사 일을 하는 일정이라 업무량이 어마어마했다. 시빌은 시간을 절약하고자 일정과 일정 사이에 롤스로이스로 이동하며 뒷좌석에서 옷을 갈아입는 경우가 많았다. 그녀가 컨트리 하우스에서 주말을 보내는 일정은 회사의 다양한 프로젝트가 진행되는 과정을 확인할 수 있게끔 정리되었다. 명문가에서 의뢰가 밀려 들어왔지만 처음에 시빌이 간접 비용을 너무 적게 잡아서 사업 초반의 수익은 크지 않았다. 그녀는 더욱 열심히 일하는 방법을 택해 상황을 타개했고 왕세자에게 작업 의뢰를 받는 것을 목표로 삼았다. 왕세자가 1929년부터 1936년까지 살았던 포트 벨베데레는 윈저 그레이트 공원에 위치한 고딕 복고조 양식의 19세기 초 컨트리 하우스였다.

그 와중에도 시빌은 사교계 활동에서 여전히 열정을 불태웠다. 엄청난 체력은 물론, 어디든 가고 싶고 관심 있는 모든 사람을 만나겠다는 욕망도 마를 날이 없었다. 그녀의 일기에 적힌 어느 평범한 하루가 소설가 메리 보든의 단편 「예수 그리스도를 만나러」에 패러디되었다.

> 피란델로의 연극 공연장부터 파크 레인의 무도회, 포틀랜드 플레이스의 대사관에서 열린 뮤지컬, 인도 공관의 축하 연회, 소호의 만찬회를 차례로 찍고, 가는 곳마다 새로운 사냥감을 기록하고 새벽 4시에 녹초가 되어서 새로 절친이 된 대여섯 명과 함께 집으로 기어 들어간다. 새로 사귄 친구 중에는 이탈리아의 위대한 극작가, 어느 나라 군주, 프랑스 작가, 수년간 그녀를 무시해 온 어떤 여자도 있었는데 이 여자와 친해진 건 대단한 성과였다. 그런데 이 정도는 평소 밤마다 포획해 온 사냥감 수준이었다.[3]

하지만 모든 사람이 시빌의 어장에 들어가기를 바란 건 아니었다. 비타 색빌웨스트는 시싱허스트에서 두 아들 중 한 명이 출타하더라도 한 명은 늘 방을 차지할 수 있도록 둘이 꼭 한방을 써야 한다고 고집했다. 그리고 주말에 시빌이 머물 일이 절대 없도록 손님방도 만들지 않았다. 시빌이 모든 사람과 인맥을 쌓으려고 하는 불굴의 의지가 영 거슬리는 사람들도 있었다. 한 젊은 남자와 첼시의 사교계 귀부인이 유명한 사자를 쫓는 시합을 벌이는 이야기가 런던 전역에 퍼졌다. 젊은 남자가 시합에서 이긴 이유인즉슨, 여자가 관중에게 자신이 저 사자를 새끼 때부터 알고 있었다는 걸 설명하느라 계속 고개를 돌려서였다고 한다.

시빌은 이른바 〈내가 키울 젊은이〉를 모으는 데 재주가 있었다. 케네스 클라크의 화려한 큐레이터 경력은 1930년 1월, 왕립 미술원에서 개최된 이탈리아 대(大)화가 전시회의 성공과 함께 시작되었다. 클라크가 기억하기로, 준비 단계에 시빌의 도움이 컸던 이 전시회는 런던의 상류층이 표를 구하려고 어떤 고생도 불사할 정도로 대단한 성공을 거두었다. 그와 아내 제인은 시빌의 일을 거들었다. 거의 알아보기 힘든 그들의 삐죽삐죽한 글씨체가 담긴 시빌의 초대장이 무더기로 전해졌다. 시빌은 매주 토요일과 일요일 새벽 5시부터 3시간 동안 수백 장의 초대장을 쓰고 큰 묶음으로 발송하며 체계적으로 작업했다. 그녀는 새로운 사람을 자신의 인맥 망에 넣기 위해 가능한 모든 기회를 예의 주시했다. 배우 알프레드 런트가 시빌과 함께 극장에 갔다가 끊임없이 관객을 살피는 그녀에게 너무 짜증이 나서 그만 가겠다고 화를 낸 적도 있었다.

시빌이 마련하는 오찬회나 만찬회가 순전히 즐거운 자리만은 아니었다. 여느 귀부인의 배우자와는 달리, 아서 콜팩스는 만찬 자리에 꼬박꼬박 참석했다. 그나마 인내심이 있는 손님들 옆에 앉아서는 그날의 쟁점에 대해 의견을 늘어놓곤 했다. 시빌의 화려한 사교계 지인들이 불쌍한 아서를 너무 심하게 대하긴 했지만, 그들 사이에서 확실히 만장일치를 본 부분이 있었다. 버지니아 울프는 수입 규제 법안에 관한 한 아서 경이 영국에서 최고 권위자이고 자신은 본의 아니게 두 번째 권위자가 되었다고 주장했다. 크리켓 열혈 팬 모리스 보우라는 가상으로 〈노잼 선수 11인〉을 모아서 아서를 주장으로 삼았다. 베벌리 니컬스는 이렇게 썼다.

시빌만 아니었다면 손님들은 아서를 보자마자 황급히 흩어졌을 것이다. 그는 영국 법은 물론 프랑스 법에 대해서도 박학다식했고, 한때는 영불 해협 터널 건설과 관련해 일종의 자문직도 맡은 적이 있었다. 한번은 점심 식사 후에 맥스 비어봄과 함께 집으로 걸어가는 길에, 아서 경이 무슨 얘길 그리도 오래 했느냐고 물었다. 맥스는 깊은 한숨을 내쉬었다.

「물어보나 마나 아니겠어? 해협 터널 얘기를 지겹게 하더라고.」[4]

시빌이 수시로 만난 문학계 인사에는 T. S. 엘리엇, 키플링 부부, 레베카 웨스트, 해럴드 니컬슨, 허버트 조지 웰스, 앙드레 모루아 등이 있었다. 시빌은 특히 존 길구드, 틸리 로슈, 알렉산더 코다를 비롯한 연극과 영화계 사람들에게도 호감이 많았다. 노엘 카워드와 아서 루빈스타인 같은 음악가들이 손님으로 왔는데 〈만찬 자리에 어울리는 노래〉를 불러 달라는 요구를 종종 받았다. 시빌이 낚은 대어 중 하나가 배우 찰리 채플린이었다. 예전에 시빌이 그를 할리우드에서 만났고, 그가 영국을 방문했을 때 그녀가 그를 아가일 하우스로 불러들였다. 해럴드 니컬슨은 이렇게 썼다.

시빌 콜팩스와 오찬. 멋진 파티. 레이디 캐슬로스, 다이애나 쿠퍼, 찰리 채플린, 허버트 조지 웰스, 톰(오즈월드) 모즐리. 우리는 명성에 대해 논한다. 유명해지고 싶어 한다는 데 모두 동의하지만 알아보지는 않았으면 좋겠다고 생각한다. 찰리 채플린은 처음에 자기가 유명인인 줄절대 실감하지 못했다는 이야기를 했다. 그는 로스앤젤레스에서 애슬레틱스 클럽에 머물며 조용히 쭉 일만 했다. 그러다가 갑자기 뉴욕으로 휴가를 떠났다. 그런데 그곳에서 초콜릿이며, 비누며, 광고판이며 온 사방에서 〈찰리 채플린들〉을 목격했다.

「나이 지긋한 은행 간부들이 자식들을 즐겁게 해주려고 내 흉내를 내고 있더라고요.」

하지만 그는 뉴욕에 아는 사람이 하나도 없었다. 그는 유명하나 그를 알아보는 사람이 없는 거리를 걸어 다녔다. 당장 사진사를 찾아가서 자신의 실제 모습 그대로 사진을 찍었다.[5]

‡

1930년대 초반 금융 위기는 에메랄드 커나드에게도 타격을 입혔다. 그녀는 다이아몬드와 에메랄드 일부를 조용히 처분했지만 아무도 알아채지 못하도록 우선 감쪽같은 복제품부터 만들어 두었다. 그 와중에 그를 오래도록 연모해 온 조지 무어가 1933년 1월 21일에 사망하면서 상당한 유산을 남긴 덕에 재정적으로 숨통이 트였다. 그의 재산 대부분인 8만 파운드(오늘날로 치면 약 290만 파운드)를 그가 39년간 사랑했던 커나드에게 남긴 것이다. 그는 한 번도 결혼하지 않은 채 커나드를 사모하며 일평생을 보냈다. 그녀는 무어의 말년에 가끔 그의 집을 방문했는데 대개 예고도 없이 난초 화분을 선물이라며 덜렁 들고 나타나곤 했다. 무어는 커나드와 함께 있는 시간을 좋아했다. 〈가장 사랑하는 최고의 여인. 당신이 없다면 인생이 쓸쓸해질 거요. 어서 나를 보러 오시오〉하고 편지를 썼다. 1932년 10월 14일, 그가 커나드에게 보낸 마지막 편지에서 자신의 책 『엘로이즈와 아벨라르 *Heloise and Abelard*』를 언급하며 본문에서 〈자신이 구셀름 달랑베르(구셀의 G는 조지의 G)고, 커나드는 레이디 말베르쥬(말베르쥬의 M은 모드의 M)〉라고 말했다. 22장에는 구셀름이 들려주는 다음 구절이 나온다.

「말베르쥬가 벌거벗은 채 내 품에서 흐느꼈어. 그녀의 마음에 든 어떤 남자를 얻으려면 내가 도와줘야 한다며 우리의 오랜 사랑을 다시 한번 짚어 주는 그녀의 뺨에

는 눈물이 흘렀지. 〈당신은 절 도와줄 거예요〉 하고 그녀
가 말하더군. 자기는 나도 그 남자도 가져야 한다고. ……
가끔 내가 군중 속에 섞여 그녀를 볼 때도 있고, 때로는 무
슨 바람이 불었는지 그녀가 여기 있는 내게로 오기도 해.
나는 내 삶이 말베르쥬를 통해 주어진 완벽한 선물이라고
생각해. 이제 죽음을 지척에 둔 나는 이제 말베르쥬를 보
지 못할 텐데, 죽음이 신경 쓰이는 이유는 단지 그뿐이야.
그녀를 보지 못한다면 살아 있을 때처럼 죽은 후에도 모든
게 아무래도 상관없어. 말베르쥬 말고는 만사 중요하지 않
거든.」

　　　구셀름 달랑베르가 이렇게 말하고는 할 말을 다했다
고 생각하며 돌아섰다.[6]

무어는 생전에 에메랄드에게 쓴 편지도 그녀에게 남겼다. 에메
랄드는 편지 대부분을 폐기했지만, 그녀가 간직한 편지는 훗날
서셰버럴 시트웰에게 전해졌다. 에메랄드가 무어에게 보낸 서
신은 남아 있지 않아서 그녀가 무어의 크나큰 연모의 정에 어
느 정도로 화답했는지 짐작하기 힘들다. 그런데 에메랄드의 딸
낸시 커나드는 조지 무어를 매우 좋아했다. 한번은 그가 자신
의 친부냐고 물었을 정도다. 토머스 비첨이 무어를 〈에버리 스
트리트의 독거노인〉이라고 경멸 조로 불렀듯이 에메랄드가 무
어를 무심하게 대한 태도는 에메랄드와 낸시 모녀의 관계가 어
그러진 또 다른 원인이기도 했다.
　　케네스 클라크는 1930년 어느 공연장에 에메랄드가 늦게

도착하던 날 처음 만났다. 지휘자 비첨이 관객들을 계속 기다리도록 붙들어 두었고, 그 와중에 에메랄드는 당황한 채 그녀에게 자리를 안내하는 클라크에게 물색없이 말을 걸며 떠들자 토머스가 몸을 휙 돌려 날카롭게 한마디 던졌다.

「늦었소. 앉으시오.」

에메랄드는 지각을 밥 먹듯 하는 것으로 유명했다. 학술 강연회에 참석한 사람들은 강연이 시작된 후 물수리 깃털이 달린 모자 그림자가 전광판 아래쪽 끄트머리를 따라 까닥거리는 걸 보고 커나드의 새 부리 같은 실루엣을 어김없이 알아보곤 했다.

이 무렵 에메랄드는 오찬회와 만찬회를 한 편의 예술 작품처럼 품위 있게 꾸몄다. 엄청난 호사가이자 다작 전기 작가인 피터 퀸넬에 따르면, 에메랄드는 손님들을 〈칵테일처럼〉 섞는 걸 좋아해 다양한 분야의 유명 인사들을 골고루 모아 주변에 두었다. 그녀가 즐겁게 어울린 사람들로는 버너스 같은 괴짜 지식인, 서머싯 몸이나 마이클 알렌 같은 작가, 더프 쿠퍼나 헨리 〈칩스〉 채넌 같은 점잖은 정치인이 있었다. 바버라 허턴 같은 상속녀도 까칠한 버지니아 울프만큼 환영받는 손님이었다. 에메랄드는 다른 손님들을 즐겁게 하거나, 뭔가를 알려 주거나, 기쁘게 해주는 잠재력이 있는 이들을 찾아내는 데 재주가 있었다. 그녀는 짐짓 진중하게 파티장에 나타난 귀빈들을 놀리는 것에 재미를 느꼈다. 케네스 클라크의 기록에 따르면, 어느 날 저녁 에메랄드가 마이런 테일러라는 엄숙한 미국인 백만장자를 목표물로 점찍었다.

「테일러 씨, 근친상간에 대해 어떻게 생각하세요?」

「글쎄요, 그게, 저, 생물학적으로 치명적인 결과가 나오는 건 의심의 여지가 없어 보입니다. 저기 어디 초원지대 소도시의 통계를 보자면…….」

〈하지만 테일러 씨, 지그문트와 지글린데는 어떻게 된 거죠?〉 하고 에메랄드가 작고 감미로운 목소리로 노래를 부르기 시작했다. 흠잡을 데 없는 발성법으로 오페라 「발퀴레」 1막 끝부분을 불렀다. 살짝 동요한 테일러가 아랑곳하지 않고 말을 이어 갔다.

「그리고 몇몇 근동 국가에서도 결정적으로 입증된 바입니다만…….」

「케네스, 근친상간에 대해 어떻게 생각해?」

「난 찬성이에요, 에메랄드.」

「오, 케네스, 그 무슨 고약한 소리야! 그리스인들이 어쨌는지 생각 좀 해보라고! …… 하지만 다 똑같이 어리석은 옛날 금기일 뿐이었지. 피타고라스가 콩을 먹는 게 사악하다고 말했던 것처럼.」*

에메랄드가 〈테일러 씨, 콩을 먹는 게 사악하다고 생각하세요?〉 하고 물으며 재미있어했다. 에메랄드의 저택은 늘 매우 따뜻했고, 이때쯤 가엾은 마이런 테일러는 땀을 비 오듯 쏟았다. 그가 할 수 있는 거라곤 테이블 냅킨으로 넓적한 얼굴을 닦는 것뿐이었다.[7]

* 피타고라스는 콩에 죽은 자의 영혼이 산다고 믿어서 절대 먹지 않았으며 병적으로 싫어하고 두려워했다고 전해진다.

에메랄드의 식탁에서 벌어지는 대화는 주제를 가리지 않았고 자극적이었으며, 상스러울 정도는 아니더라도 품위 없을 때가 많았고, 그 자리에 없는 다른 사람들을 무자비하게 씹어 대기도 했다. 에메랄드는 가난한 사람들에게 잘 대해 줘야 한다고 말하면서 유일하게 코리건 부인만 부자들에게 복권이며 카르티에 패물로 인심을 쓴다고 이야기했다. 에메랄드는 경쟁자 그레빌과 콜팩스를 〈어둠의 디오스쿠로이〉*로 불렀고, 그레빌이 요리사에게 자전거 펌프로 메추리를 부풀려 만찬 식탁에 올리도록 지시했다는 신소리도 했다. 동성애자로 알려진 서머싯 몸이 어느 날 에메랄드의 파티에서 일찍 자리를 뜰 채비를 할 때 〈청춘을 잘 지켜야 해서〉라는 핑계를 대자, 에메랄드가 〈애초에 그 청춘을 왜 안 데려오셨을까?〉 하고 쏘아붙였다.

　　사람들을 살살 약 올리는 그녀의 태도가 공개적으로 질타받은 적이 있었다. 나이 지긋한 극작가 조지 버나드 쇼와 그의 아내 샬럿이 레이디 레이버리의 손님이었던 날, 커나드가 민감한 주제를 들먹였다. 조지 버나드 쇼가 샬럿을 만나 결혼하기 한참 전에 패트릭 캠벨 부인과 주고받은 연서 모음집이 출간되었다는 얘기를 꺼낸 것이다. 쇼는 〈P 부인〉에게 서간집을 출간하지 말라고 분명히 말했으나 그녀가 쇼의 의사를 묵살했다. 이 책 얘기가 나오자 쇼는 당황해서 어찌할 바를 몰랐고, 커나드는 이때다 싶었다.

　　「한번 읽어 보셔야지요.」

　　그녀가 샬럿을 몰아붙였다.

* 그리스 신화에 나오는 쌍둥이 형제 카스토르와 폴리데우케스.

「연애편지로 더할 나위 없이 훌륭합니다. 꼭 읽어 보세요.」

샬럿 쇼가 대꾸했다.

「내 꼭 읽어 보리다. 읽고 나서 〈편지〉에 대해 내 생각을 알려 드리죠. 내가 〈당신〉을 어떻게 생각하는지도.」

이 말에 천하의 에메랄드도 입을 닫고 말았다.

한번은 에메랄드가 자신이 연 만찬회에서 망신을 당한 적도 있었다. 대화 주제가 사람과 동물 닮은꼴 이야기로 흘러갔다. 에메랄드가 질문을 하나 던졌는데 이게 전략상 실수였다. 미처 예상치 못한 답이 나온 것이다.

「난 뭐처럼 생겼어요?」

그녀가 명랑하게 물었다. 일동 침묵한 채 앉아 있는 손님들 머릿속에는 당연히 이런저런 조류가 퍼뜩 떠올랐다. 외교관 아치 클라크 커가 깜빡 졸았는지 불쑥 〈과일 먹는 박쥐〉라고 내뱉고는 황급히 다시 눈을 감았다. 많고 많은 날짐승 중에 하필 가죽 같은 날개에, 뾰족한 얼굴에, 날카로운 이빨을 가진 이 비호감 야행성 포유동물은 아무래도 아치가 답할 수 있는 것 중에 최악이었을 것이다. 에메랄드는 스리슬쩍 대화 주제를 바꿨다.

외모에 집착했던 에메랄드는 1930년 11월, 세실 비튼의 사진집 『세기의 아름다움*The Book of Beauty*』에 자신의 초상 사진이 사용된 것을 상당히 못마땅해했다. 오찬회 도중에 다소 극적으로 책을 불 속에 쑤셔 넣어 손님들을 깜짝 놀라게 하더니 부지깽이로 책을 누른 채 〈저더러 안방마님이라네요. 정말 수준 떨어져서는!〉 하고 소리쳤다. 하지만 말과는 달리 에메랄드는 그

책에 실려 내심 우쭐했다. 사실 사진 촬영도 이미 동의한 일이었다. 반면에 버지니아 울프는 비튼이 다른 사람들을 찍은 사진에서 울프의 이미지를 따서 스케치 두 장을 허락도 없이 실었다는 사실에 격분했다. 시빌 콜팩스가 비튼에게 신경질적으로 써서 보낸 편지가 있다. 〈버지니아는 정말로 넣지 말았어야죠. 절대 용서할 사람이 아니에요. 친구로 지내기에 그만한 사람이 없다고요.〉 짓궂은 버너스는 그 사진집을 한 권 사서 유명 여성들의 초상화를 교묘하게 변형시키며 혼자 즐거워했다. 흠 잡을 데 없는 미소를 보여 주는 입의 치아에 검은 칠을 하거나, 얼굴에 여드름을 그려 넣거나, 관능적인 입술 위에 점잖은 콧수염을 그리며 재미있어했다. 그 와중에 에메랄드의 초상화는 절대 훼손하지 않았다. 그녀를 너무 아꼈던 까닭이다.

⁑

애스터 부부도 대공황의 충격파를 피해 갈 수 없었다. 물론 부동산 가격과 임대료가 오름세를 유지했던 뉴욕시 맨해튼섬에 1억 달러 상당의 부동산을 1929년까지 보유하고 있었던 덕에 다른 사람들보다 금융 위기를 잘 견디긴 했다. 그렇지만 부부는 마거릿 맥밀런 보육원 지원을 비롯해 꼭 지켜 나가고 싶은 자선 사업이 상당히 많았다. 그들은 마지못해 저택과 영지 직원을 내보내고 자동차 몇 대를 포기하며 지출을 줄였다. 그리고 재정 상황이 대폭 개선될 때까지 클리브덴의 상당 부분을 닫아 두기로 했다.

낸시 애스터는 촉망받는 정치인으로 정계에 발을 들여놓았지만 1920년대 후반부터 1930년대 초반에 몇 차례 난관을 만났다. 1928년 선거에서는 강력한 노동당 후보와 맞닥뜨려 500표 차이로 간신히 의원직을 지켰다. 1931년 2월에는 전면 금주에 관한 의원 입법 법안을 지지하는 하원 연설을 했다. 금주에 관한 낸시의 태도는 항상 논쟁을 불러왔지만, 이번에는 지난여름 잉글랜드 크리켓 팀이 아깝게 우승 트로피를 호주에 내준 이유가 호주인이 술을 입에도 대지 않았기 때문이라고 주장하는 바람에 온 나라의 공분을 샀다. 영국과 호주 양국의 크리켓 팬들에게 이보다 더 큰 모욕은 없을 지경이었으니 낸시가 여론의 뭇매를 맞는 건 당연했다.

낸시 애스터와 조지 버나드 쇼는 이념적 차이에도 불구하고 막역한 친구 사이였다. 그는 아일랜드의 사회주의자이자 급진적인 극작가로 전 세계에 알려져 있었다. 교양 있고 재치 넘치며 재미있고 진실된 그의 성정이 낸시의 마음을 사로잡았다. 낸시처럼 쇼의 열정도 매우 사적이고 외곬으로 흐르는 편이었다. 낸시는 쇼를 통해 아라비아의 로런스를 만났다. 이제 에어맨 쇼로 알려진 로런스는 클리브덴과 세인트 제임스 스퀘어를 자주 드나들었고, 틈날 때마다 오토바이에 몸을 싣고 굉음을 내며 질주했다. 한번은 그가 병영으로 늦게 복귀하게 되어 징계를 줄여 볼 요량으로 애스터 경 부부, 조지 버나드 쇼와 함께하는 만찬회에 붙들려 있었다고 해명했다. 부대 지휘관은 이 말을 오히려 재치 있게 지어낸 변명으로 받아들였고, 로런스는 용케 처벌을 피했다.

이따금 로런스는 낸시 애스터를 오토바이에 태우고 고속 드라이브를 즐겼다. 클리브덴으로 쏜살같이 달려가 낸시를 뒷자리에 태우고 굉음 속에 사랑의 분수 옆을 질주하면 자갈이 세차게 흩뿌려졌다. 월도프는 그런 모습을 차마 볼 수 없었다. 그는 낸시와 결혼할 때 근근이 설득해 사냥은 포기하게 했지만, 낸시는 평생 속도에 대한 애정은 버리지 못했다. 그녀는 참을성 없고 충동적인 운전자였다. 얼음이 언 어느 추운 아침에 쇼핑몰을 따라 과속으로 차를 몰고 가다가 도로 한가운데로 행진하는 왕실 근위대 군악대와 갑자기 마주쳤다. 낸시는 브레이크를 밟았으나 바퀴가 멈추면서 차가 서리 낀 길바닥 위를 미끄러졌다. 근위대 대원들은 사방으로 흩어졌다. 낸시는 핸들을 고쳐 잡더니 미친 사람처럼 웃으며 속도를 높여 차를 몰았다. 그녀는 빨간불을 밥 먹듯 무시해 툭하면 경찰한테 붙들렸지만, 신분이 높은 사람에게 관대했던 시절이라 교통법 위반으로 딱지를 떼인 적은 한 번도 없었다.

✝

런던데리처럼 부유한 가문조차 재정적으로 풍파를 겪었다. 1931년 9월, 이디스는 친구 로라 메이 코리건이 빌린 베네치아풍 저택에 손님으로 머물면서 램지 맥도널드도 합류하기를 기다리고 있었다. 그는 심각한 국제 정세 때문에 초대에 응하지 않았다. 정계와 재계에서는 독일의 마르크화가 최근에 폭락해 독일 경제가 재앙을 맞았으며, 영국의 파운드화도 현재 압박을 받는 상황을 예민하게 감지하고 있었다. 원래 이디스의 계획은 로라 코리건과 같이 파리에 더 머무는 것이었는데 1931년 9월 21일, 영국이 금 본위제를 폐지했을 때 파운드화 가치가 곤두박질치던 중이라 찰리가 이디스에게 지체하지 말고 서둘러 집으로 오라고 했다. 그는 유지비를 줄이기 위해 말을 상당수 팔아 치웠고, 주요 거처 세 곳인 런던데리 하우스, 마운트 스튜어트, 윈야드 주변으로 하인들을 모아서 관리해 지출을 줄였다. 런던데리 부부는 1930년에 이미 메리오네스의 대지 9,000에이커(약 36.4제곱킬로미터)를 팔았는데, 이제는 웨일스의 저택 플라스 마킨레스도 〈호텔이나 학교로 매우 적합〉하다고 광고하며 매물로 내놓았다.

1930년대에 런던데리가의 집안일을 하는 직원은 통상 30명 정도였으며, 그중 다수가 이전 시대의 거창한 방식대로 이동할 때마다 함께 다녔다. 그들 외에도 여전히 마운트 스튜어트 공사에 투입된 정원사들도 있었다. 이디스의 계획에 따라 환상적인 정원과 뜰을 만드는 공사가 계속 진행되었다. 가족묘의 쌍둥이 탑과 측벽은 1920년대 후반에 세워졌다. 이디스 런던데리는 이집트의 푸아드 왕에게 홍학 떼를 하사받았는데, 그 새들은 북아일랜드의 기후를 좋아하지 않아서 겨우내 난방을 한 헛간에서 맥없이 지내야 했다.

램지 맥도널드는 절친한 친구 런던데리 부인을 주기적으로 찾아왔다. 정치계에서는 이 의외의 우정 덕분에 램지의 사회주의적 관점에 어느 정도 융통성이 생긴다고 평가했다. 램지와 이디스는 종종 서로 애정 어린 편지를 주고받았고, 두 사람이 윈저성에 왕실의 손님으로 머물 때 램지가 이디스의 침실에서 11시 30분부터 2시까지 〈이야기를 나누곤 했다〉라는 소문이 돌았다. 두 사람의 관계를 두고 추측이 무성했으나 우정 이상은 아니었음이 거의 확실했다. 램지는 1911년에 아내와 사별한 뒤 쭉 혼자 지냈다. 이디스는 매력적이며 재미있고 어울리기에 좋은 친구였는데, 그녀의 잘생긴 남편은 바람둥이로 악명이 높았다. 그래도 이디스는 이른바 〈그의 여자들〉을 대수롭지 않게 여기기로 했다. 상황이 이러했으니 이디스는 램지 맥도널드의 아일랜드 신사다운 정중한 관심을 받고 으쓱해졌다. 더군다나 그는 연립 내각의 수장이어서 1931년에는 찰리 런던데리를 내각의 장관으로 임명하기도 했다. 이 장관직은 찰리가 1935년까지 맡게 될 직책이었다.

그레빌은 찰스 스트리트 16번지 저택에서 여전히 호화로운 스타일로 손님들을 접대했다. 큰 도로 쪽을 향하고 있는 이 18세기식 테라스 하우스의 후면을 뒤편 골목길의 건물들까지 포함하는 식으로 확장해 야외 테라스와 어마어마한 무도회장, 안주인이 쓸 조용한 독립 별채들을 만들었다. 다음 글은 1933년 7월 26일 자『보그』에서 칠순 생일을 6개월 앞둔 그레빌에게 그간 사교계 활동에 헌신한 노고에 경의를 표한 헌사다.

사교계 시즌 막바지에 돌이켜보자면 애스콧 경마 이후 야회 중 올해 최고(A급 보증)는 로니 그레빌 부인의 야회를 꼽고 싶다. …… 왕족, 정치인, 지식인 등 놀랍도록 다양한 사람이 자리했고, 어느새 피곤해진 원로 정치인들이 귀가한 후에도 여전히 활기 넘치는 젊은이들이 남아 있었다. 사람들 무리에서 벗어나 여러 방을 돌아다니며 조슈아 레이놀즈 경의 아름다운 작품을 감상했고, 북적이지 않는 파티는 얼마나 기분 좋을지 생각하다가 마침내 안뜰에 정성스레 차려진 뷔페 앞에 다다랐다.

그레빌은 은밀히 일을 꾸미는 기술이 점점 늘었다. 그녀는 오랜 친구 루퍼스 아이삭스(리딩 경)와 의리가 깊었고, 인도 총독인 그와는 델리의 총독 공관에서 함께 지낸 적도 있었다. 그의 직원 중에 조지 로이드는 아이삭스의 뒤를 이어 총독이 되겠다는 야심을 품고 있었는데, 어느 시점에 로이드와 아이삭스가 의견 충돌을 일으켰다. 어느 날 그레빌이 조지 로이드를 폴스덴 레이시로 초대했고, 그는 그레빌의 절친한 친구이자 항상 돈이 궁한 스페인의 에나 왕비를 브리지 게임에 파트너로 대동했다. 그가 충동적으로 게임 운영을 한 탓에 두 사람은 보기 좋게 완패했다. 그레빌은 외무부와 인도 관청 쪽에 있는 든든한 연줄을 이용해 로이드를 꼼짝 못 하게 했다. 훗날 그녀는 〈조지 로이드가 인도를 제 손에 넣겠구나 생각하던 때가 있었지. 그런데 내가 단박에 그 꿈을 깨줬어〉 하고 만족스러운 듯 이야기했다.

그레빌은 빅토리아 여왕의 손녀 에나 왕비를 유난히 좋아해서 거의 보호자처럼 굴었다. 그녀는 에나와 사이가 소원한 남편 알폰소 왕을 별로 달가워하지 않았다. 그는 1931년에 조국에서 추방된 신세였는데, 그레빌의 눈에는 그다지 신사로 보이지 않았다. 〈그는 합스부르크가* 출신이었는데도 늘 이제 겨우 명성을 얻은 사람 같은 느낌을 주었다〉라는 게 그레빌의 평이었다.

그레빌은 미국에도 친구가 있었다. 나중에는 뉴욕에 대한 열정이 식어 버려 시카고나 태평양 연안 지역과 할리우드를 선호했는데도 뉴욕 밴더빌트가 사람들과 만날 기회는 어떻게든 놓치지 않았다. 그레빌과 그레이스 밴더빌트는 오랫동안 경쟁 관계였다. 5번가에 위치한 밴더빌트 소유의 방 70개짜리 대저택은 뉴욕 사교계의 중심지이자 가장 웅장한 저택으로 꼽혔다. 그레이스는 미국 사교계 최고의 파티 주최자로 명성이 자자했다. 한 해 동안 뉴욕에서 혹은 뉴포트의 어마어마한 〈휴가용 별장〉에서 무려 3만 7,000명의 손님을 접대했다. 로니 그레빌과 마찬가지로 그레이스가 사교계의 여왕벌로 성공한 데는 재력과 속물근성, 대찬 기운과 특유의 꼼꼼함이 종합적으로 작용했다. 그녀는 비판을 슬쩍 넘어가는 것에도 능했다. 그녀의 아들 코르넬리우스 밴더빌트 5세가 〈어머니는 어디선가 시기 어린 말들이 들려올라치면 사려 깊고 고상한 행동을 소소하게 보여 주며 그런 말을 잠재우느라 늘 신경을 쓰셨다〉라고 회고했다.

그레이스는 뉴욕에서 〈왕족 수집가〉로 유명했다. 그녀 스스로 모든 군주, 특히 영국 왕족과 절친한 사이라고 생각했다. 영국에서 온 누군가가 런던으로 돌아가는 길에 부탁할 게 있느냐고 그레이스에게 물으면 그녀는 〈우리 친구분들께 제 안

* 유럽 왕실 가문에서 가장 영향력 있던 가문 중 하나로 꼽힌다.

부만 전해 주시면 돼요〉 하고 답했다. 그 친구라 함은 왕세자와
그의 형제들, 요크 공작, 글로스터 공작, 켄트 공작을 뜻했다.
그레빌은 윈저 왕가를 자기 집안인 양 구는 그레이스의 태도를
괘씸하게 여겼다. 이후에 그레이스 밴더빌트가 영국에 살고 싶
다는 뜻을 알렸을 때 그레빌은 냉담하게 답했다.

「아뇨, 그레이스. 여기에는 이미 여왕들이 충분히 있어
서요.」

아마 그레빌은 마치 나비 연구가나 우표 수집가처럼 열심
히 왕족 인맥을 수집한 막강한 라이벌 로라 메이 코리건을 염
두에 두었을 것이다. 코리건은 「햄릿」에서 주인공 역을 맡은
존 길구드를 소개받았을 때도 자기가 덴마크 왕가와 〈사적으
로〉 잘 알고 있다며 묻지도 않은 말을 기어이 해서 젊은 배우를
어리둥절하게 만들었다. 그녀는 추방당한 스페인 왕비와 그리
스 왕의 친구 자리를 차지하기 위해 그레빌과 경쟁했고, 어떻
게든 왕궁의 인맥을 확보하려고 갖은 애를 썼다. 파티의 복잡
한 자리 배치는 늘 알쏭달쏭했다. 한번은 만찬회에서 평민 랭
커스터를 자기 오른쪽에 잘못 배치한 적이 있었다. 왕세자가
자신의 진짜 작위 랭커스터 공작을 빤한 위장술로 쓰곤 했는데
코리건이 랭커스터를 왕세자로 착각한 것이다. 실수를 깨달은
코리건이 그 불쌍한 평민을 최고 귀빈석에서 쫓아내고는 식탁
을 향해 소리쳤다.

「다음 순위는 누구야?」

로라 코리건의 사회적 성공을 시샘하며 분개하는 많은 사
람이 기회만 생기면 어떻게든 그녀를 저격했고, 언론에서 그녀

의 도를 넘는 행위를 다루는 내용을 재미로 소비하면서도 비난을 그치지 않았다. 코리건에게 수차례 호화로운 환대를 받았던 언론인 밸런타인 캐슬로스는 그녀가 예술이나 건축 분야의 젊은이를 육성하는 등 문화적 대의를 위해 재산을 써야 한다고 지면으로 오만하게 훈수를 뒀지만 코리건은 이를 무시했다. 그녀는 클리블랜드에서 내쫓기고 뉴욕에서 무시당하는 산전수전을 겪고도 살아남은 베테랑이었다. 런던에서 사소하게 트집 잡히는 것쯤이야 비교할 게 아니었다. 더군다나 이즈음 코리건은 그녀가 아량 있고 친절하며 의리 있다는 사실을 알아주는 사람들에게 진짜로 인기를 얻고 있었다.

1930년대에 『맵과 루시아*Mapp and Lucia*』의 저자 E. F. 벤슨이 런던 저택의 소유권이 변화하는 과정을 묘사하면서 미국의 백만장자 여성들이 대규모 파티를 개최하는 역할을 맡게 되어 기뻐한 전반적인 안도감을 그려 냈다. 그는 아마 로라 코리건에 대해서 글을 썼던 것 같다.

런던의 대저택 중 겨우 몇 채만 원주인의 소유로 남아 있었다. …… 대규모 접대 행사를 담당한 이들은 대부분 미국인과 다른 외국인이었다. 이들은 신대륙의 구세대적 방식으로 여전히 공작부인들과 즐겁게 어울리면서 영국의 원주인들이 제대로 활용할 수 없게 된 빈 대저택을 차지했다. …… 런던에서는 손님 접대에 능한 이 외국인들이 수없이 많은 만찬을 베풀었고 정식 무도회와 카바레 공연을 주최했다. 이들은 군중 속에 뒤섞여 보내지 못하는 모

든 시간은 1분 1초가 시간 낭비라고 생각하는 사람들에게
엄청난 복덩이였다.[8]

로라는 1930년 7월 17일에 재수 없는 다툼에 휘말렸다. 레이
디 마운트배튼이 영국 재향 군인회를 지원하기 위해 런던 파
빌리온에 한밤의 레뷰* 공연을 올리며 왕세자를 귀빈으로 초
대했다. 특별석 가격은 250기니였는데, 미국인 백만장자 윌리
엄 랜돌프 허스트는 자신과 정부 마리온 데이비스의 입장료로
300파운드를 지불했다. 경쟁에 질 수 없는 에메랄드 커나드는
입장권을 40장 구매했지만, 앞줄 좌석 75석을 덥석 사 버린 로
라 코리건에게 승기를 뺏기고 말았다. 코리건은 공연 전에 손
님 74명을 자기 집에 초대해 만찬까지 베푼 참이었다. 에드위
나 마운트배튼의 여동생 메리 커닝엄리드가 로라에게 자신도
만찬 파티에 참석하고 친구들을 데려가도 되느냐고 물었다. 로
라는 그렇게 되면 다른 손님들을 받을 수 없다는 이유로 정중
하게 거절했다. 그래서 메리가 친구들을 데리고 문 앞에 도착
했을 때 로라는 그들을 돌려보냈다. 다른 모든 파티 주최자들
이 그렇듯 로라의 정식 만찬은 좌석 수가 한정되어 있었다. 그
런데도 두 자매는 불같이 화를 냈고, 레이디 마운트배튼은 로
라의 다음 파티 일정과 같은 날에 경쟁 행사 일정을 공표함으
로써 로라의 행사를 방해했다. 에드위나는 켄트 공작 조지에게
마운트배튼의 파티를 위해 로라는 〈내치라고〉 설득했다.

사교계 해결사 찰리 스털링은 공정하기로 유명한 이디스

* 노래, 춤, 음악 등을 뒤섞어 엮은 경쾌한 희극.

246

런던데리에게 도움을 요청했고, 그녀는 스페인 왕을 대동해 당당히 로라의 파티에 참석했다. 로라에게 불청객을 외면할 권리가 있었다고 느낀 많은 사람이 로라를 지지했다. 그러나 왕세자는 마운트배튼 일가의 편을 들었고, 후에 에메랄드 커나드가 베푼 만찬회에서 자기 옆자리에 로라가 앉았을 때 단 한마디도 말을 붙이지 않아 만약 마음이 여린 사람이라면 크게 상처받았을 정도로 공개적 망신을 주었다. 그 후 왕세자는 장차 자신이 참석할 그 어떤 파티의 손님 명단에도 코리건 부인의 이름이 포함되어선 안 된다고 못 박았다. 왕세자에게 밉보인 코리건은 이로써 그레빌과 동병상련의 특이 사항을 하나 공유하게 되었다.

로라 코리건은 거의 어린아이 같은 솔직함을 타고난 데다 남자가 보이는 그 어떤 작은 관심의 불꽃도 단숨에 꺼뜨리는 재주가 있었다. 한 남자가 택시 뒷좌석에서 그녀에게 수작을 건 적이 있었는데, 그녀가 그 일을 이야기하면서 순간 자기가 붙잡고 버텨야 할 게 치마인지 가발인지 모르겠더라고 말했다. 또 어느 날은 경박스러운 웨이머스 경이 로라에게 롤스로이스 한 대를 뽑아 주면 그녀와 잠자리를 하겠다고 제안했다. 로라는 만약 그런 불상사를 면할 수만 있다면 롤스로이스 두 대를 뽑아 주겠노라 답하며 그의 야심에 찬물을 끼얹었다. 그녀는 기복이 심한 데번셔 공작의 컨트리 하우스 콤프턴 플레이스에서 그와 함께 보낸 매 순간 도끼를 휘두르고 장작을 패며 바쁘게 지내 모든 잠재적 구혼자에게 확실히 철벽을 쳤다.

로라는 장작 패기 말고도 좋아하는 것이 있었다. 매년 여

름 한동안은 친구들로 북적이는 이탈리아의 팔라초에서 지내
길 좋아했다. 1931년 8월에는 베네치아의 팔라초 모체니고를
빌렸다. 대운하에 위치한 이곳은 바이런 경이 살면서 『돈 후안
Don Juan』을 쓴 곳이기도 했다. 로라는 리도*에서 〈반바지〉를 입
어 의복계의 돌풍을 일으켰지만, 이듬해에 그녀와 손님들은 다
른 이유로 베네치아의 화젯거리가 되었다. 로라가 팔라초 브란
돌리니를 빌려 에벌린 워, 더프 쿠퍼 부부, 〈칩스〉 채넌과 함께
지내고 있었다. 당시 시내에는 세실 비튼, 에메랄드 커나드, 토
머스 비첨, 캐슬로스 경 부부, 밥 부스비, 올리버 메셀, 윈스턴
처칠의 아들 랜돌프도 머물렀다. 거기다가 오즈월드 모즐리와
아내 시미, 다이애나 기네스와 남편 브라이언도 베네치아에 머
물고 있었다. 뜨거운 불륜 관계이던 다이애나와 모즐리는 같이
몇 시간 동안 사라졌다가 식사 시간에 다시 슬쩍 나타나서는
입을 꾹 닫고 눈썹을 치켜올린 채 무거운 침묵을 지켰다.

1932년 8월 29일은 다이애나 쿠퍼의 40번째 생일이었
다. 통 큰 로라 코리건이 생일 선물로 다이아몬드 핀을 주었는
데, 다이애나가 발코니 위로 몸을 굽혔을 때 핀이 꽤 값비싼 퐁
당 소리를 내며 대운하 속으로 사라졌다. 그날 저녁 〈칩스〉 채
넌이 무라노섬의 어느 레스토랑에서 다이애나의 생일 파티를
열었다. 유리 부는 직공, 곤돌라 사공, 음악가는 물론이고 〈세
련되고 예술적인 메이페어〉가 통째로 그곳에 있는 것 같았다.
랜돌프 처칠은 친구 리처드 사이크스에게 전 여자 친구인 미국
의 담배 재벌 상속녀 도리스 듀크와 벌인 말다툼을 수습하라고

* 이탈리아 동북부의 모래섬들.

248

설득했다. 그러나 도리스는 리처드가 접근하자 벌컥 화를 내어 둘 사이에 격한 말이 오갔고, 리처드는 도리스의 입에 물려 있던 담배를 홱 잡아채 그녀의 손에다 비벼 껐다. 도리스의 재력과 사회적 위치를 감안하면 특히나 모욕적인 행동이었다. 랜돌프가 리처드의 무례한 행동에 주먹을 날렸는데 죄 없는 알프레드 베이트 경이 두 사람 사이에 있었다. 결국 곤돌라 사공 15명과 싸움 구경을 하던 행인 50명까지 가세한 일대 난투극이 벌어졌다. 세실 비튼은 주인공 두 남자의 머리를 향해 프로세코 와인병을 던졌다가 올리버 메셀에게 곧바로 붙들려 땅바닥으로 내던져졌다. 더프 쿠퍼도 덤벼들었고 마구잡이로 뒤엉킨 남자들 8명이 바닥을 구르며 싸우는 통에 식탁보와 그릇이 나뒹굴고 가구가 뒤엎어졌다. 그사이 에메랄드 커나드는 늘 그랬듯 지각 입장을 하다 출입구에 엎드려 있던 어느 준남작을 넘어서며 〈정말 멋진 파티야!〉 하고 명랑하게 외쳤다.

로라는 미국의 상류 사회에서 축출당하다시피 했지만 아무리 보잘것없어도 자신의 뿌리가 어디인지는 잊지 않았다. 1933년에 적십자, 지역 교회와 병원, 교육 위원회, 도서관, 실업 구제 기금 단체 등 위스콘신주 워파카와 주변 지역의 자선 단체에 후한 기부금을 보냈다. 제임스와 로라의 결혼을 용납하지 않았던 도시 클리블랜드에는 왠지 해석이 모호한 선물이 전해졌다. 로라가 아프리카 사파리 여행을 준비하면서 기자 1명, 사진사 겸 촬영 기사 1명, 비서 2명, 하녀 2명, 의사 1명, 간호사 1명, 요리사 2명, 웨이터 3명, 미용사 1명, 손톱 미용사 1명, 양재사 1명과 함께 타고 갈 비행기 세 대를 빌렸다. 로라는 아프리카에 도착하자마자 맹수 사냥꾼들을 고용했다. 로라 코리 건 원정대의 목적은 야생 동물을 재미로 살육하는 게 아니라 희귀 동물 14마리를 산 채로 잡는 것이었다. 로라는 이 동물들을 클리블랜드 동물원으로 보내면서 이들을 관리하는 설명서뿐만 아니라 이들의 복지 비용과 사룻값으로 5,000파운드 수표도 동봉했다.

한편 런던에서는 전통적인 형식의 파티도, 이전에 볼 수 없던 신기한 파티도 곳곳에서 계속 열렸다. 1929년 7월 1일, 런던데리 하우스에서 열린 연회는 보수당이 선거에서 패배한 터라 분위기가 다소 가라앉아 있었다. 많은 손님이 일찌감치 핑계를 대고 자리를 뜬 후 아주 색다른 행사장으로 향했다. 예전에 요크 공작부인이 살던 브루턴 스트리트 17번지에서 열린 서커스 스타일의 파티장이었다. 젊은 패션 디자이너 노먼 하트넬이 공연 전문 곰과 시베리아 늑대 새끼들을 섭외했고, 레이디 엘리너 스미스가 하얀 조랑말을 끌고 계단으로 올라가는 사이 낸시 미트퍼드와 브라이트 영 싱즈 무리는 재즈 밴드와 서커스 오케스트라가 선보이는 당김음 조의 매력적인 연주를 즐겼다. 다음 날 밤, 서커스 파티장을 찾았던 손님 중에 재밌거리를 찾아다니는 많은 사람이 이번에는 아기를 주제로 하는 파티를 연 로즈메리 샌더스 부인의 파티장을 찾았다. 러틀랜드 게이트의 저택으로 모여든 파티 참석자들은 거의 아기처럼 옷을 입고 곰 인형과 쪽쪽이를 야무지게 챙겨 와서는 아기 놀이 울타리 안에 만든 바에서 제공하는 젖병으로 칵테일을 꿀꺽꿀꺽 마셨다. 어느 논평가가 〈이건 공산주의로 이르는 행태〉라며 이 파티에 이의를 제기했다. 하지만 가장 성공적인 테마 파티를 개최한 사람은 로라 코리건의 친구인 도도하고 퉁퉁한 미국인 엘사 맥스웰이었다. 1930년 5월 13일, 맥스웰이 세인트 제임스에 있는 레이디 리블스데일의 저택에서 〈살인〉 파티를 열었다. 형사 역으로 고용된 전문 배우들이 손님들에게 〈피해자〉의 사망과 관련해 심문했다. 교묘한 단서들을 추적한 끝에 스릴 넘치는 대단원의 막이 내렸고, 사악한 행위를 저지른 범인으로 멍한 표정의 말버러 공작이 체포되었다. 이렇게 〈살인 미스터리〉 파티가 사교계를 찾아왔다. 이 같은 테마 파티가 성행한 이유는 상류층 저택의 친밀하고 사교적인 무대에서 진행되는 흥미진진한 스캔들과 오싹하고 불쾌한 결말이 영국 특유의 감성과 잘 맞아떨어져서였다.

영국의 밤 문화가 대공황의 여파로 근본적인 변화를 보였다. 왕년에 부유했던 많은 사람이 이제는 큰 집을 관리하고 하인들을 거느릴 여력이 없어서 웨스트민스터와 나이츠브리지 주변의 작은 집으로 이사했다. 대저택이 하나둘 사라지고 그자리에 아파트식 주거지가 들어섰다. 데번셔 하우스가 첫 주자였고 그로스베너 하우스도 곧 뒤를 따랐다. 포트만 스퀘어에는 편하고 현대적인 서비스 아파트* 동이 덩치 큰 저택들을 대체했고, 이내 부자들조차 아파트나 개조식 주택의 생활에 호의를 보이기 시작했다. 이제는 소수의 손님을 초대해 칵테일파티를 하거나 친한 식사 자리를 갖는 게 아니면 집에서 손님을 접대할 공간이 거의 없어서 사람들은 점차 친구들을 데리고 나가

* 청소, 세탁, 식사 등의 서비스가 제공되는 아파트.

저녁 식사를 하고 나이트클럽에 가는 분위기가 조성되었다. 여전히 큰 집에 사는 사람들마저 레스토랑이나 댄스 클럽에서 접대하는 편을 택했고, 이전에 무도회장을 갖출 만큼 큰 저택에서 열렸던 전쟁 전 시기의 사적인 파티는 점점 줄어들었다.

딸들을 사교계에 내보내 부디 적합한 남편감을 찾길 바라는 어머니들이 과거에 본인이 그랬듯 무도회 한 번에 1,000파운드씩 쓸 용의나 능력도 이제는 없었다. 이전보다 궁핍해진 시대이니 가끔 한 번씩 시골에서 주말을 보내고 관극회를 참석하거나 댄스 파티장을 겸한 레스토랑에서 만찬회를 하는 등 소규모의 여흥을 즐기는 것이 더 현명한 투자였다. 대규모 파티가 줄어들자 그런 파티가 한층 더 매력적으로 보이는 효과가 일어나기도했다. 그레빌, 로라 코리건, 레이디 애스터처럼 여전히 성대한 파티를 주최할 능력이 있는 사교계 귀부인들은 예전보다 더 큰 인기를 누렸다.

연줄이 든든한 집안의 컨트리 하우스에 초대받는 것도 1930년대 초반에는 상당히 반가운 행사였다. 클리브덴은 활기 넘치는 사람들이 모이고 안락하게 지낼 수 있는 곳으로 평판이 자자했으며, 금요일 저녁에 도착하는 손님들 40명을 수용할 정도의 규모를 자랑했다. 주말 파티에는 애스터 부부의 런던 저택을 자주 드나드는 유명한 정계 인물과 〈상류 사회〉 인사보다는 친한 친구, 가족, 영국을 방문한 미국인, 유명인, 연예인이 모여들었다. 낸시가 좋아한 부류는 문인과 배우였고 음악가는 거의 관심 밖이었다. 그녀는 클래식 음악에는 전혀 관심이 없었고 하모니카 연주를 곁들일 수 있는 미국 남부의 인기 있는 노래를 선호했다.

클리브덴은 위치상으로 경마장과 가까웠던 터라 애스콧 경마 주간에 특히 북적였다. 낸시 본인이 승마를 즐겼고 월도프가 최상급 종마를 소유한 데다 경주마를 사육하기도 했다. 그러나 낸시는 경마장에서 하루를 보내기보다는 다른 일을 빨리 하고 싶어서 일단 클리브덴의 안주인답게 애스터 가문의 색깔을 상징하는 장식 꽃을 뽐내며 매일 손님들을 경마장으로 보내놓고 집에서 자기 할 일에 매진하며 더 유익한 시간을 보냈다. 그러다 보면 손님들이 오후 6시경 돌아왔다. 7시 45분에 드레싱 종*이 울리면 모두 시종이나 하녀의 도움을 받아 야회복으로 갈아입었다. 애스콧 경마 주간의 대미는 윈저성에서 열리는 왕실 무도회였고, 이때가 바로 낸시가 그 유명한 애스터 가의 티아라를 쓸 수 있는 기회였다.

모든 사람이 클리브덴의 안주인에게 따뜻한 대접을 받을 거라고 확신하진 못했다. 기자 베벌리 니컬스가 『선데이 크로니클』의 고정 칼럼에서 레이디 애스터를 언급한 후 오찬회에 초대받은 적이 있었다.

나는 문득 클리브덴이 망자의 집이라는 생각이 들었다. 즉각적으로 드는 느낌은 고급 호텔 같았다. 돈 냄새는 지독하게 났어도 환영하는 분위기는 없었다. 방마다 꽃이 가득했지만 장식된 모양새가 사보이 호텔 로비의 부케보다도 감각이 떨어졌다. 더구나 파티 주최자의 인사에도 온

* 만찬 등을 위해 몸치장할 것을 알리는 종.

기라곤 찾아볼 수 없었다. 우리가 20명쯤 있었는데 그녀가 방 안으로 성큼성큼 걸어가며 음료 쟁반을 향해 손을 휘휘 흔들었다. 쟁반에는 보드카부터 펌스 넘버원까지 상상할 수 있는 온갖 종류의 술이 가득했다. 그녀가 〈혹시 먹고 죽자 싶으면 알아서들 잘 고르세요〉 하고 귀에 거슬리는 어조로 말했다.[9]

다들 경제적 어려움을 겪는 불경기에 애스터 부부가 사치스러운 생활을 한다고 비판하는 목소리도 있었지만 낸시의 하녀 로즈 해리슨은 이들을 변호했다.

> 애스터 경 부부에게 손님 접대는 그냥 하는 일이 아니라 실로 하나의 업이기도 했다. 물론 이런 지점에서 그들을 비판하며 빈민층이나 실업자 이야기를 꺼낼 사람들이 있을 것이다. 그렇지만 이것이 당시에 받아들여진 생활 방식이었고, 사람들은 자신에게 가장 큰 즐거움을 주는 것에 투자했다. 애스터 경 부부는 일자리도 제공하고 계속 돈이 돌게 만들었다. 일꾼과 상인도 모두 고마워했다.[10]

애스터 가문 안에도 긴장감이 감돌았다. 낸시의 장남 바비 쇼는 한군데에 정착을 못 하는 편이었고 다른 형제들과 함께 자랐음에도 소외감을 느꼈다. 이복형제들은 이튼 스쿨에 갔지만 그는 슈루즈베리의 학교로 보내졌다. 1921년 9월에는 근위 기병대에 들어갔다. 말을 굉장히 잘 타는 그는 훌륭한 기수이기도 했지만 세 차례 심하게 낙마한 후 머리에 부상을 입어 성격이 변덕스러워졌고 주사가 심해졌다. 바비도 아버지처럼 술을 좋아했다. 그는 신랄한 말을 일삼는 어머니의 성향을 그대로 물려받았다. 한번은 저녁 식사 자리에서 폭탄 발언을 던졌다.

「엄마는 왜 월도프 아저씨랑 결혼했을까? 왜냐면 찍소리도 안 하는 백만장자가 필요했으니까.」

낸시가 비꼬듯 대꾸했다.

「왔네, 왔어. 내 아들 왔네. 얘가 여기에 있어서 자랑스러우신 분 안 계신가요?」

그래도 바비는 인물이 출중했고 함께 있으면 즐거운 사람이어서 여자들에게 인기가 많았다. 전 인도 총독의 딸 알렉산드라 커즌(일명 바바)이 그에게 아주 관심이 많았지만, 그는 〈결혼할 주제가 못 된다〉라고 설명했다. 사실 그는 양성애자였고 여자와의 관계보다는 마음 맞는 남자들과 잠깐씩 육체적 만남을 즐기길 선호했다. 아마도 그는 드세게 군림하는 어머니와 순순히 따르는 의붓아버지가 보여 주는 결혼 같은 건 피하고 싶기도 했을 것이다.

전간기에 동성애가 불법은 아니었으나 두 남성 간의 성행위는 많은 사람에게 비난을 샀고 불법으로 취급받았다. 조지 5세는 〈그런 남자들〉은 권총 자살을 해야 한다는 험악한 말을 내뱉었다. 당시 외설적인 신문에서 떠들기 좋아했다시피 사회 통념에 어긋나는 성관계를 추구하는 사람들이 처벌 법규를 두려워하진 않았지만, 자칫 협박범들이 그들의 직업 생활과 개인적인 삶을 망칠 수는 있었다. (1932년에 켄트 공작이 파리에 있는 남자 애인에게 낯 뜨거운 편지를 보내는 결정적인 실수를 저질렀고, 버킹엄궁의 공무원들이 막대한 비용을 들여 그 편지들을 다시 사들이는 까다로운 임무를 수행하기도 했다.) 그래서 바비가 1929년 여름에 〈장교와 신사의 격에 맞지 않는 행동〉을 한 혐의로 어느 군인과 함께 붙잡혔을 때 퇴역하거나 군법회의에 회부되는 것 중 하나를 선택해야 했다. 연대에서는 바비의 이력을 고려하여 그가 근무 중에 술에 취했다는 그럴듯한 이유를 들어 실제 죄목을 숨겼다. 그러나 알코올 의존증이라는 눈속임은 열혈 금주론자인 그의 어머니 낸시에게는 당혹스럽기만 한 사유였다.

2년 후인 1931년, 바비는 한 근위병에게 성관계를 요구했다는 혐의로 고발당했다. 경찰에서는 그를 기소할 계획이라고 미리 알려 주면서 그가 전통적인 수순을 따라 영국 해협을 가로질러 프랑스에서 숨을 곳을 찾도록 충분한 시간을 주었다. 만약 그가 달아났다면 기소는 조용히 취하되었을 테고, 그는 몇 년 후 이전보다 더 나은 분별력을 장착하고 아마도 프랑스어 회화 실력까지 향상된 상태로 범죄 기록 없이 영국으로 돌아올 수 있었을 것이다. 하지만 바비는 오스카 와일드처럼 공개 재판의 호된 시련을 감수하기로 했다. 1931년 7월 17일, 그는 교도소에 수감되어 4개월을 보냈다. 남자만 있는 환경에 감금시키는 것이 동성애자를 길들이기에 적합하다는 판단에서 비롯된 결정이었다. 『런던 가제트』에는 국왕 폐하께서 〈더는 그의 군 복무가 필요 없다〉라고 전하셨다는 단 한 줄짜리 글이 실렸다. 『옵서버』와 『더 타임스』는 애스터가에서 입막음했고,

비버브룩은 바비의 유죄 판결에 대한 어떤 언급도 빼달라는 낸시의 요청을 받아들였다.

어떤 면에서 보면 애스터 부부가 소련 여행을 가기 직전에 바비의 기소가 진행된 게 다행이었다. 바비가 재판을 기다리는 동안 낸시는 이를 악물고 선거구를 돌며 행사를 진행하고 왕세자 방문 일정을 주관했다. 왕세자는 그녀에게 따뜻한 편지를 보냈다. 〈부인이 참으로 훌륭하게 처신하고 꿋꿋이 견뎌냈다고 생각합니다. …… 정작 수년 전에 교도소에《수감되었어야》할 사람이 많은 걸 우리가 아는데 순간의 어리석은 행동으로 고통을 받아야 한다니 참으로 가슴 찢어지게 애석한 일로 보입니다.〉 낸시는 바비의 문제로 고민이 컸음에도 모스크바에서 돌아오는 길로 바비를 변함없이 지지하며 교도소로 면회를 하러 갔고, 그가 석방된 후에는 레스트 해로에 데려가 휴가를 보냈다.

한편 낸시의 공적인 관심사에 변화가 생겼다. 일찍이 그녀는 플리머스 선거구의 이익을 위해 활동하며 여성과 아동의 권익을 수호하면서 술의 폐해를 부르짖는 금주 운동을 벌여 왔다. 그런데 1930년대 초에는 국제적인 문제로 시야를 넓혔다. 그녀는 친구 조지 버나드 쇼를 통해 소련을 방문할 수 있는 흔치 않은 기회를 잡았고, 비록 공산주의 체제에 별로 공감하지 않는데도 일단 방문하기로 결심했다.

쇼와 아내 샬럿은 런던 주재 러시아 대사인 그리고리 소콜니코프에게 소련 방문 초청을 받았다. 샬럿은 몸이 편치 않아 기차를 타고 모스크바로 가는 긴 여정을 감당할 수가 없어서 쇼는 샬럿 대신 친구들 몇 명을 데려가도 되느냐고 대사에게 물었다. 그가 언급한 일행은 애스터 부부와 아들 데이비드, 필립 커(로디언 경), 찰스 테넌트, 작가 겸 러시아 전문가 모리스 힌더스, 낸시의 미국인 친구이자 철도 회사 상속녀 거트루드 엘리였다. 쇼와 힌더스만 제외하고 나머지는 크리스천 사이언스 신자였다. 왠지 놀랍게도 금세 허가가 났다. 부유하고 지체 높은 친구들을 모스크바로 데려가는 건 쇼다운 처신이었다. 그는 공식 연회에서 소련의 최고 사령부 앞에 연설할 때 친구들을 〈아주 돈 많은 자본주의자들〉이라고 유쾌하게 소개했다.

쇼와 친구들은 바비가 유죄 선고를 받고 투옥된 다음 날인 1931년 7월 18일에 모스크바로 출발했다. 쇼는 민중을 공포에 떨게 한 스탈린주의식 숙청에도 불구하고 모든 것을 고려할 때 소련은 성공적인 사회주의 실험의 결과라고 확신했으나 낸시는 여전히 회의적이었다. 소련에 있는 동안 엄격한 상황이 닥칠 것을 예상해 2주간 일행을 먹일 양식으로 통조림을 넉넉히 챙겼다는 소문도 있었다. 모스크바 방문의 하이라이트는 스탈린을 2시간 동안 만난 자리였다. 낸시 애스터가 〈철인〉에게 단도직입적으로 따져 물었다.

「사람 죽이는 건 언제 그만두실 겁니까?」

그가 대답했다.

「우린 전시 상태에 살고 있소. 평화가 찾아오면 그때 그만둘 것이오.」

이번에는 스탈린이 어째서 영어권 민족이 세계의 많은 부분을 지배하는지 물었다. 낸시는 성서가 영어로 번역되었기 때문이라고 답하며 영어가 일반 대중의 언어를 풍성하게 해줄 뿐 아니라 독립적인 사고를 장려한다고 설명했다. 영리한 스탈린이 이번에는 또다시 재야 정치인 신세가 된 윈스턴 처칠의 장래 행보에 관해 물었다. 그는 낸시의 경쟁자에게 잠재력을 본 게 틀림없었다.

영국으로 돌아온 낸시는 자신이 친소련 성향으로 의심받는다는 사실을 알게 되었다. 쇼가 공산주의 체제를 지지하는 연설을 해서였다. 그는 (스탈린의 조치로 우크라이나가 지독한 기근에 시달리는데도) 소련에서 식량 부족의 징후는 전혀 발견하지 못했다고 단언하며, 경제적 예속과 궁핍과 실업으로부터 노동자를 해방한 소련 체제에 박수를 보냈다. 오래지 않아 낸시 애스터도 소련과 정반대 지점에 있는 나치 독일의 지지자로 의심받게 되었다는 사실이 얄궂긴 하다.

❖

1930년대 초반은 에메랄드 커나드가 개인적인 문제와 가족 문제로 골머리를 앓은 시기이기도 했다. 이제 프랑스에 사는 딸 낸시와 사이가 점점 멀어졌다. 에메랄드는 낸시가 하는 일을 사사건건 못마땅해했다. 가령 낸시가 주선해서 프랑스의 초현실주의 영화 「황금시대」를 런던에서 비공개로 상영했는데, 에메랄드는 이 영화가 신성 모독적이고 외설적이라는 이유로 탐탁잖아 했다. 1928년에 낸시가 사촌인 빅터 커나드와 함께 베네치아로 여행을 갔다. 거기서 잘생긴 미국 흑인 재즈 피아니스트 헨리 크라우더를 만났고 한눈에 반해 버렸다. 얼마지 않아 두 사람은 개방적인 분위기의 파리에서 한집 살림을 차렸다. 헨리는 그녀가 다시 글을 쓰도록 도왔고, 자신은 바에서 피아노를 연주했다. 낸시가 정말로 헨리를 사랑했는지, 혹은 흑인 연인을 이용해 정치적 항변을 했는지 알기 힘들지만 그에게 끌린 건 사실이었다. 그런데도 낸시는 헨리의 밴드 멤버 한 명을 유혹하는 등 거리낌 없이 노골적으로 바람을 피웠다. 더군다나 헨리에게 좀 더 〈아프리카인〉답게 굴라며 종종 훈수를 뒀다. 그 말을 들은 이 순해 빠진 뮤지션은 점잖게 반박했다.

「하지만 난 〈아프리카인〉이 아니야. 〈미국인〉이라고.」

늘 그랬듯이 낸시 커나드는 시대의 수많은 금기에 저항했다. 그중 하나가 영국 사교계의 반응을 떠보려고 헨리를 애인으로 런던에 데려온 것이었다. 1920년대 후반 영국 사람들 대부분 아프리카계 미국인에 대한 지식이 피상적인 수준에 그쳤다. 그들은 주로 다양한 분야에서 활동하는 연예인이나 신나는 새로운 음악을 만들고 연주하는 이들로 여겨졌다. 에벌린 워는 대중이 점점 흑인 연주자에게 매료되는 점에 주목했고, 심지어 버지니아주에서 자란 낸시 애스터도 클리브덴에서 여는 무도회에 춤곡으로 쓰기 위해 〈흑인 포크송과 영가를 밴조 반주에 맞춰〉 부를 악단을 고용하기도 했다. 하지만 귀족들이 런던 나이트클럽에서 〈이국적인〉 아프리카계 미국인 밴드의 음악에 맞춰 춤을 추는 건 〈흑인 차별〉의 한계를 넘어서는 끈끈한 관계까지 구축하는 것과는 사뭇 달랐다.

낸시 커나드와 헨리 크라우더 커플은 1929년 여름에 런던을 방문했다. 헨리는 블룸즈버리의 한 호텔에 머물렀고, 낸시는 대부분 어머니와 함께 지냈다. 낸시와 헨리는 저녁마다 함께 파티에 참석했다. 에메랄드 커나드는 둘의 관계를 아는 티를 전혀 내지 않았지만 두 사람을 미행하려고 사립 탐정을 몰래 고용했다. 두 사람은 1930년 여름에 런던으로 다시 왔고 칵테일파티에서 함께 있는 모습이 보였다. 낸시가 어머니의 집에 마지막으로 나타난 것은 1930년 7월 21일 저녁이었다. 그날 비행기 추락 사고로 더퍼린 후작과 에이바, 친구 5명이 목숨을 잃어서 분위기가 침울했다. 그 와중에 손님 상당수가 낸시와 헨리의 관계를 알고 있으면서도 그 사실을 에메랄드에게 숨기고 있어 다들 어색해했다.

하지만 모른 척하던 에메랄드도 1930년 12월에 반응을 보일 수밖에 없었다. 어느 성대한 오찬회에 마고 애스퀴스가 불쑥 와서는 폭탄을 터뜨렸다.

「안녕하세요, 모드. 지금 이게 뭐예요? 술에 마약에 깜둥이들까지?」

다른 손님들은 소스라치게 놀랐고, 에메랄드는 모욕감을 느꼈다. 처음에 그녀는 자기 딸이 흑인을 안다는 자체를 부인했다가 나중에는 여차하면 경찰을 시켜 헨리를 체포한 후 추방할 태세였다. 토머스 비첨이 파리에 있는 낸시에게 전보를 쳐서 런던에 오지 말라고 당부했다. 나중에야 낸시는 비첨이 긴급하게 상황을 설명해 준 편지를 받았다.

낸시는 비첨의 경고를 무시하고 헨리와 함께 런던으로 향했다. 그들은 에펠탑 숙소에 머물렀는데 계속된 전화와 경찰의 방문에 시달렸다. 두 사람이 파리로 돌아갔을 때 낸시는 은행에서 편지 한 통을 받았다. 그녀의 어머니가 빠듯한 재정 상황 때문에 용돈 지급 액수를 4분의 1로 줄인다는 내용이었다. 에메랄드가 미국에 묻어 둔 상당한 투자금이 1929년 월스트리트 대폭락으로 심한 타격을 입은 데다 그녀의 막대한 재산은 비첨을 뒷바라지하고 사교계 행사를 이어 가겠다는 열정 때문에 점점 줄어들었다. 하지만 낸시는 어머니의 조치가 자신이 헨리와 선 넘는 연애를 한 것에 벌을 주려는 의도로 해석하여 모녀의 연은 아예 끊기고 말았다.

낸시는 복수할 작정으로 헨리와 자신의 관계를 어머니의 친구들에게 공개해 버렸다. 작심하고 『흑인 사내와 백인 마님 *Black Man and White Ladyship*』이라는 소책자를 찍었다. 그 책에서 그녀가 런던에 갈 때 자주 동행했던 〈흑인 친구 ─ 절친한 친구〉를 묘사했다. 그리고 자기 어머니를 내내 〈마님〉으로 지칭했고 〈세상 고지식한 현실 도피자〉, 속물, 위선자, 인종 차별주의자로 불렀다. 〈마님이 노급 전함처럼 단단하고 부력이 뛰어날지는 모르겠으나 아무리 사소한 조롱의 기미라도 곧장 그녀의 심장에 가서 박힌다. 게다가 그녀는 16명이 모이는 이런 소소한 오찬회를 즐기며 방문객 몇 명과 차를 마시고 하룻밤에 두세 개의 초대장이 날아드는 일정에도 사무치게 외롭다.〉 낸시의 소책자에는 흑인들이 서구 사회에서 겪은 잔인한 처사와 모욕에 대해서도 상세히 기술되었다. 1931년 12월, 낸시가 크리스마스 카드 겸 전하는 깜짝 소설로 이 소책자를 왕세자를 포함해 어머니의 친구와 지인 약 100명에게 부쳤다.

늘 낸시 편이던 친구들마저 그녀의 어머니를 향한 이런 악랄하고 사적인 공격이 흑인들에 대한 태도 변화를 촉구하는 그녀의 의미심장한 목소리를 퇴색시킨다고 느꼈다. 헨리는 낸시가 한 일이 〈바보 같은〉 짓이라고 말했다. 다른 사람이 없는 데서 부모와 의견 차이를 드러내는 것과 공개적으로 부모의 명예를 훼손하는 것은 전혀 다른 문제였다. 낸시의 행동은 에메랄드가 도저히 이해할 수 없는 짓이었다. 비록 그녀가 그 건에 대해 말을 아끼긴 했어도 속으로는 낸시가 정신적으로 문제가 있다고 생각했다.

영국 사교계는 스코츠보로 소년들을 옹호하는 낸시의 태도를 두고 의견이 엇갈렸다. 흑인 청소년 9명이 백인 여성 2명을 강간한 혐의로 앨라배마주에서 체포돼 기소된 사건이 있었다. 연장자 8명이 사형을 선고받으면서 이들의 운명에 전 세계의 이목이 집중되었다. 낸시가 런던 호텔에서 기금 모금 무도회를 준비했는데, 도네갈 후작이 1933년 7월 9일 자 『선데이 디스패치』의 고정 가십 칼럼에 사실과 맞지 않는 내용을 실었다. 경찰이 무도회 뒤에 여러 인종이 어울리는 수영 파티에 개입했다고 전하며 낸시에게 〈할렘에 있는 영혼의 고향〉으로 돌아가라는 식으로 글을 썼다. 경찰은 출동한 적도 없었기 때문에 그 칼럼을 실은 신문사는 그다음 주에 사과할 수밖에 없었다. 낸시는 1931년에 헨리와 함께한 런던 여행을 다룬 기사에서 명예를 훼손한 수많은 영국 신문사 역시 야무지게 고소해 버렸다.

낸시는 자선 무도회에서 모은 돈을 사용해서 흑인들이 겪은 부당함을 고발하고 흑인들의 업적을 치하하는 『니그로Ne-gro』라는 제목의 대형 삽화책을 의뢰해 제작했다. 1934년에 출간된 이 책은 5센티미터 두께에 800페이지 분량의 묵직한 책이었다. 낸시는 어머니가 〈미국 태생의 지독한 편견에 사로잡힌 사교계 여자〉인데도 〈인도 국왕〉은 부자이고 권력이 막강하다는 이유로 기꺼이 함께 사진 찍을 사람이라며 비난을 퍼부었다. 『니그로』는 강렬한 책이었다. 과거와 현재의 끔찍한 불평등에 관한 중요한 문제를 제기한 이 책은 간간이 논리적 맥락이 떨어졌지만 낸시의 진심이 담긴 결과물임은 분명했고, 『뉴 스테이츠먼』과 『데일리 워커』에서 호평을 받았다. 하지만 2기니나 하는 책값이 부담스러워서 잘 팔리지 않았다. 게다가 1940년에 런던이 나치 독일 공군의 폭격을 받았을 때 재고 수백 부가 창고 화재로 전소되고 말았다.

7장
파티와 정치: 1933~1936

아무리 대단한 가문이라도 문제는 있기 마련이다. 가족들 사이에 데이비드로 불리는 왕위 계승자는 그의 행동을 살피느라 전전긍긍하는 부모님과 궁정 조신들에게 걱정거리였다. 대중은 따뜻한 관심의 눈길로 왕세자의 행보를 좇으며 지켜보지만 그를 잘 아는 사람들은 시큰둥한 편이었다. 금발의 왕세자는 나이트클럽과 칵테일파티부터 백파이프 연주와 호화 여행까지 바람둥이 생활을 한껏 만끽했다. P. G. 우드하우스의 소설에 등장하는 한량 같은 캐릭터 버티 우스터처럼 우쿨렐레 연주까지 시작했다.

그는 자신이 물려받아야 할 역할에 진저리가 났다. 국왕 조지 5세는 입이 사나운 편이었지만 본분에 충실했고 아내 사랑이 지극했다. 그런가 하면 왕세자는 규율을 싫어했다. 지극히 현대인이었던 그는 유행에 민감했을 뿐 아니라 아버지를 노발대발하게 만든 혁신적인 패션을 선도하기도 했다. 공식적인 행사에서는 소프트 칼라*와 야회복 재킷**을 선호했다. 비공식

* 풀이나 심을 상용하지 않고 부드러운 느낌으로 가볍게 만든 깃.
** 나비넥타이와 함께 입는 검정이나 흰색의 약식 야회복.

적인 자리에서는 화려한 체크무늬 옷에 헐렁한 반바지를 입고 아가일 양말을 신었다. 토요일 저녁마다 그의 저택 포트 벨베데르 근처에서 파란색, 흰색 타탄체크 무늬 킬트* 차림으로 백파이프를 연주하며 퍼레이드를 했다. 걸핏하면 화를 내고 그리 미덥지 않게 구는 그는 여러 애인에게 보내는 편지에 자기식 표현으로 〈왕 노릇〉에 관해 불평을 늘어놓았다. 왕세자의 부보좌관 앨런 래슬스는 1927년에 총리에게 왕세자의 흠을 잡았다. 그는 왕위 계승자가 자기가 좋아하는 일에만 정신이 팔렸고 음주 문제와 여자 문제가 끊이질 않으니 왕세자로서 역할에 적합하지 않다고 말하며, 혹시 왕세자가 낙마라도 해 목이 부러지기라도 하면 국가적으로 최선의 결과를 얻게 되는 것이라는 의견을 밝히기도 했다. 그러자 〈하느님, 용서하십시오. 나도 종종 똑같은 심정이었습니다〉 하고 볼드윈이 답했다.

왕세자가 말로는 노동자 계급의 이익에 마음을 쓴다고 주장했지만 사실 부자들과 어울리기를 더 좋아했고, 특히 헨리 〈칩스〉 채넌이나 에머랄드 커나드 같은 재미있는 미국인들을 자주 만났다. 칩스는 시카고 출신이었다. 그는 런던으로 와서 하원 의원이 되었고, 양조 회사 상속녀 아너 기네스와 결혼했다. 그는 야심 찬 사교 활동을 일기에 써서 기록으로 남겼다. 왕세자뿐만 아니라 그의 매력적인 동생 켄트 공작하고도 친분을 다졌는데, 집사를 시켜 칵테일에 각성제를 넣어 대접하곤 했다. 칩스는 대서양을 건너온 새로운 사교계 명사로서 왕세자를 즐겁게 한 상징적인 인물이었다. 스탠리 워커는 이렇게 썼다.

* 스코틀랜드 남자들이 입던 격자무늬의 짧은 치마.

국제적인 사교계 무대가 언제나 난공불락인 건 아니다. 왕세자의 컨트리 하우스 포트 벨베데레에 손님으로 초대받는 자체가 크나큰 영광이다. 뉴욕의 〈국제 그룹〉으로 알려진 모임에 속한 사람 중에 런던에 안착해서 영국과 미국을 오가는 이들이 많다.[1]

미국을 좋아한 왕세자는 특히 미국인 유부녀를 좋아했다. 그와 수년간 깊은 관계였던 프리다 더들리 워드는 어머니가 미국인이었다. 왕세자와 프리다는 제1차 세계 대전 공습 기간에 처음 만났고 희한한 운명의 장난으로 어니스트 심프슨의 여동생 모드 커 스마일리에게 서로를 소개받았다. 그러다 1929년에는 왕세자가 역시나 절반은 미국인인 델마를 만났다. 그녀는 붉은 머리와 성질머리 때문에 〈불타는 퍼니스〉로 유명한 제1대 퍼니스 자작 마마듀크와 불행한 결혼 생활을 하고 있었다. 왕세자가 델마와 만나는 중간 다리 역할을 한 사람은 이디스 런던데리였다. 왕세자는 델마를 향해 새롭게 열정을 불태우며 당장 프리다와 관계를 끊어 버렸다.

1932년에 어니스트 심프슨 부부를 왕세자의 사교 모임에 데려온 이는 델마의 언니였다. 사실 왕세자는 그 전해에 부부를 만난 적이 있었다. 처음에는 편안한 약식 칵테일파티에서, 나중에는 레스터셔의 주말 하우스 파티에서 만났다. 부부는 왕세자와 주기적으로 어울리는 측근이 되어 그의 저택 포트 벨베데레에 주말 동안 머물거나 런던에서 그를 접대하는 사이로 지냈다.

어니스트 심프슨은 아버지가 영국인, 어머니가 미국인이었다. 그는 특별히 부유하진 않았지만 1920년대 런던 사교계 무대에서는 그를 찾는 곳이 많았고 바버라 카틀랜드의 고정 댄스 파트너도 되었다. 카틀랜드는 그를 〈17년 후 영국 역사에 큰 인물이 될 잘생긴 젊은 총각〉이라고 표현했다.[2] 만약 어니스트 심프슨이 볼티모어 출신의 월리스 워필드 스펜서 말고 분홍색 시폰을 좋아하는 미래의 로맨스 소설가와 결혼했더라면 영국 왕실의 지형도가 어떻게 바뀌었을지 궁금하긴 하다. 1916년에 월리스는 잘생긴 미국인 해군 중위 윈필드 스펜서 백작과 결혼했다. 이 결혼은 윈필드의 알코올 의존증과 변덕스러운 성질 때문에 이혼으로 마감됐다. 월리스는 1928년에 어니스트와 재혼하면서 첫 번째 결혼보다 훨씬 행복하게 살았다. 그들은 마블 아치 근처 브라이언스턴 코트의 소박하고 현대적인 아파트에서 살았다.

사교계에서 까칠한 시선으로 사람들을 지켜보던 세실 비튼과 칩스 채넌은 처음에 월리스 심프슨을 무시했다. 비튼은 1930년에 그녀를 처음 만났고, 그녀의 남편 어니스트와 자신이 먼 인척 관계임을 알았지만 별생각은 없었다. 그는 월리스를 〈사파이어 블루 벨벳을 입은 억세고 마른 여자인데, 목소리는 콧소리가 말도 못 했다〉라고 경멸 조로 평했다. 반면에 칩스는 그녀를 〈깜짝 놀란 눈을 하고 커다란 점이 나 있는 단정하고 조용하며 행실 바른 쥐〉 같았다고 묘사했다. (그녀의 턱에 난 점은 대개 사진에서 지워 버렸다.) 그러다 월리스 심프슨이 왕세자의 궤도에 진입했음이 확실해졌을 때 당연히 비튼과 채넌은 잽싸게 태세 전환을 했다. 그러나 에메랄드 커나드는 처음부터 심프슨에게 호의적이었다. 〈심프슨 부인은 자기 인연을 알고 있다〉라고 낙관적으로 그녀의 편을 들었다. 1932년 무렵 심프슨 부부는 아파트에서 에메랄드, 칩스, 더프 쿠퍼 부부를 종종 대접했다. 왕세자도 자주 드나들며 칵테일을 마시고 격의 없이 소수 인원과 저녁 식사를 함께했다.

1934년 초 델마 퍼니스는 쌍둥이 자매 글로리아 밴더빌트가 남사스러운 소송 사건에 연루되자 도와주러 미국으로 돌아갔다. 그녀는 런던을 떠나 있는 동안 왕세자가 그녀 없이 적적해할까 봐 친구 월리스에게 〈우리 자기 좀 보살펴 달라〉고 부탁했다. 그게 치명적인 실수였다. 그녀가 3월에 런던으로 돌아왔을 즈음 델마는 더는 왕세자의 〈특별한 친구〉가 아니었다. 그녀가 왕세자와 다른 손님들이 함께하는 만찬 자리에 있을 때, 왕세자가 샐러드 그릇의 상추를 집으려고 손을 뻗자 월리스가 그의 손을 장난스럽게 〈탁〉 쳤다. 델마가 경고 조로 쏘아봤는데 월리스는 눈을 똑바로 뜨고 서늘하게 노려봤다. 어떤 말도 오가지 않았지만 퍼니스 자작 부인이 친구에게 밀려났음이 분명해졌다. 왕세자는 그가 참석하는 사교 행사에 심프슨 부부도 초대받기를 바랐고, 영리한 사교계 귀부인들은 금세 의중을 파악했다. 델마가 왕세자 곁에서 밀려나 유감스러워한 이들도 있었지만 커나드와 콜팩스는 월리스에게 투자해 볼 만한 가치가 있다고 판단했다.

✢

　　1914~1918년의 전쟁은 오래전에 끝났지만 나의 사
춘기에 짙은 그늘을 드리웠고 아무리 1930년대에 국제 정
세가 외견상 맑음 상태를 유지하고 유럽이 단란하며 행복한
하나의 대가족이 되었다고는 해도 나는 그중 어떤 것도 진
짜처럼 보이지 않는다는 걸 깨달을 만큼 분별력은 있었다.
　　　　　　　　　　　노엘 카워드,『자서전*Autobiography*』[3]

1930년대에 전 세계 수많은 국가에서 극단주의 운동이 일어
났다. 무솔리니가 이탈리아에 파시즘을 도입한 사이 스탈린은
여전히 소련을 장악하고 있었다. 일본에서는 민족주의와 군국
주의가 결합해 황제를 거의 신격화된 인물로 숭배하는 데 이용
되었고, 독일에서는 이전에 극우파의 비주류 정당으로 꼽혔던
국가 사회당이 믿을 만한 정치 세력으로 부상했다. 모든 분파
의 보수주의자들이 히틀러를 중앙 유럽의 공산주의화를 막아
낼 존재로 보기 시작했다. 선전을 목적으로 대중 행사가 개최
되었다. 극장용 뉴스 영화, 사운드트랙, 사진에는 훈련받은 대
대, 군복, 깃발, 휘장, 라이트 쇼로 눈을 사로잡는 뉘른베르크의
나치 행렬이 투광 조명을 받으며 담겨 있었다. 민족주의와 파
시즘을 시각적으로 단박에 표현하는 기념비적인 신식 건축물
도 등장했다. 그 사이 할리우드는 대공황과 실업의 재앙을 잊
게 해주는 탈출구를 제공했다.
　　독재자들은 세련된 홍보용 대중적 이미지를 앞세워 무자

비한 본모습을 감춘 채 카리스마를 발산하는 냉혹한 이들이
었다. 스탈린은 사회적 평등을 이뤄 냈다고 주장했다. 히틀러
는 독일의 국가적 자긍심을 되살렸고 아우토반을 건설했다. 무
솔리니는 이탈리아의 분열된 지역을 재통합시켰고 정시 운행
하는 열차 체계와 사회 질서를 다잡았다. 이미 역사를 알고 있
는 상태에서 윤리 기준이 있는 사람이라면 누구든 스탈린, 히
틀러, 무솔리니, 프랑코의 이후 행보 때문에 이들의 이데올로
기를 비난했겠지만 1930년대 초반에는 그들의 행위가 알려지
지 않았거나 아직 행해지지 않은 상태였다. 낸시 애스터처럼
전통을 중시하는 보수주의자들이 보기에 각 국가를 장악할 의
지와 능력이 있는 강력한 지도자 무리가 출현하는 현상이 사회
의 발전처럼 보였으며 끔찍한 유럽 전쟁이 다시 일어날 가능성
에서 한걸음 훌쩍 멀어진 것으로 느껴졌다. 낸시 애스터는 국
제 무대에 발을 들이기로 결심했고, 그 이유에서 언론에 널리
알려진 대로 소련행에도 나선 것이었다. 그녀의 의도가 좋았다
는 건 의심의 여지가 없다. 그녀는 평화를 원했고, 전쟁에 치를
떨었으며, 개인적인 삶의 여러 측면에서도 도덕적 기준이 높았
다. 그렇지만 1930년대 초반에는 스페인, 독일, 이탈리아, 러
시아의 신진 지도자 중 누가 선의의 편에 있는지 분명하지 않
았다. 중국과 일본에서 거세게 이는 민족주의 운동은 훨씬 더
오리무중이었다.

낸시 애스터는 그녀의 세대와 계급을 둘러싼 편견 중 많은
부분을 고스란히 대변하는 인물이었다. 그녀는 공산주의자와
유대인에 대한 비관적 견해를 고수했고, 심지어 (그럴 리 없지

만) 이념적으로 한통속인 이 두 집단이 담합하여 미국 언론에서 반나치 감정을 조장한다고 주장하기까지 했다. 게다가 낸시는 가톨릭교를 경멸했다. 특히 음식과 술과 섹스에 관심이 너무 지나치다고 느낀 프랑스 같은 〈라틴 민족〉 국가에서 관례화된 가톨릭교를 혐오했다. 반면에 독일의 국민성에 대한 인식은 한층 호의적이었고, 혹시 독일 국민이 연합국의 도발로 공격적인 행동을 하게 될까 봐 염려했다. 1933년에 독일이 국제 연맹에서 탈퇴했을 때 낸시는 영국이 평화 의지를 보여 주는 증거로 무장 해제할 것을 촉구했다. 오늘날에 보기에는 놀랄 일이지만 이러한 친유화적 태도는 1930년대 중후반까지 영국 귀족, 정치계, 외교단 사이에서 심심찮게 드러났다.

‡

메이페어 세트 내에는 아돌프 히틀러가 정권을 장악하기 전에 그에게 상당한 흥미를 느낀 사람이 많았다. 1932년 3월, 버지니아 울프가 앨리스 케펠을 만났다. 앨리스는 이제 피렌체 주민이었는데 잠깐 런던 리츠에 머무는 중이었다. 버지니아는 에드워드 7세의 전 애인 앨리스가 히틀러의 연설을 들으러 베를린에 가게 되었다는 근황을 들었다. 밥 부스비 역시 1932년 경제 위기에 관한 강연을 하러 독일행에 올랐고 호텔에서 히틀러와 만나는 자리에 초대받았다. 부스비는 히틀러가 글을 쓰고 있던 방에 들어갔을 때 그가 벌떡 일어나 오른팔을 들고 느닷없이 〈히틀러!〉라고 외치던 장면을 기억했다. 부스비도 경례로 화답하며 〈부스비!〉 하고 외쳐 주었다. 부스비가 보기에 히틀러는 유머 감각이 부족할 뿐 아니라 정신이 좀 어지러운 게 확실했다.

1933년 1월 30일, 히틀러가 독일 수상으로 임명되었다. 그가 수상직을 맡고 채 3개월이 안 되어 언론의 자유와 집회의 자유 같은 기본권 행사가 금지되었고, 다하우 강제 수용소가 개소되었다. 또한 유대인 소유의 사업체에 대한 불매 운동이 벌어졌고, 유대인이 교직 등 정부 고용직에서 배제되었다. 국가 사회주의자들은 모든 정치적 반대를 진압하기로 했다. 그들은 크리스천 사이언스가 마르크스주의를 퍼뜨린다는 혐의를 제기했고, 그 결과 1933년 9월에 월도프 애스터는 크리스천 사이언스 지도부로부터 내무부 장관과 논의차 대표단을 꾸려 베를린으로 가라는 요청을 받았다. 지도부는 독일 정치에 관여하지 않는 한 걱정할 일은 일어나지 않을 거라는 내용을 전달받았고, 월도프는 20분간 히틀러와 만났다. 비교적 이른 시점에 총통과 개인적으로 만났다는 사실에서 애스터 부부가 독일에 관심이 있었음을 알 수 있다. 나중에 〈클리브덴 세트〉*를 향해 비난이 쏟아질 때 결과적으로 이 일이 불리하게 작용했다.

1933년 10월 1일, 제프리 함스워스가 『선데이 디스패치』에 쓴 글은 그가 총통과 나눈 다소 당황스러운 대담 내용을 담았다. 〈호의적이지만 다소 지친 기색의 갈색 눈동자, 따스한 미

---

* 낸시 애스터를 중심으로 모였던 그룹을 지칭한다. 애스터 가문의 컨트리 하우스인 클리브덴 저택에서 주로 만나서 붙은 이름이다. 이들은 독일에 우호적이었고 친유화파였다는 이유로 비판을 받았다.

소(콧수염이 찰리 채플린 것보다는 작다), 힘 있는 악수.《업무》
의 목적으로 만난 자리이긴 하지만 전혀 과장이 아니라 그의
모습은 상대방을 무장 해제시키는 면이 있었다. 아침에 살인을
저지르고 유대인을 고문한 손이 채 마르기도 전에 나타난 프랑
켄슈타인 같은 모습을 떠올리기는 어려웠다.〉하지만 함스워
스가 공산주의를 언급하자마자 히틀러는 금세 폭발 직전의 선
동가로 돌변해 정적들을 맹렬히 비난했고, 새로운 독일이 전
유럽을 〈공산주의의 나락〉으로 빠지지 않게 구해 냈다며 열변
을 토했다. 그를 만나고 실망한 함스워스가 지금 보면 꽤 안이
한 논평으로 기사를 마무리했다.

방금 내 인생에서 가장 흥미로운 30분을 함께 보낸
작고 과묵한 사내에 대한 소감이 이런 거라니 믿기 힘들었
다. 독일에는 그가 새로운 메시아라고 맹신하는 이들이 많
다. 나머지 전 세계인은 그를 허수아비라고 부른다. 아마
도 그는 권좌에 올라탔을 때처럼 불시에 극적으로 사라질
것이다. 10년 후 아돌프 히틀러는 그저 전설 속의 인물이
될 듯하다.[4]

1933년 가을, 더프와 다이애나 쿠퍼 부부가 호기심에서 뉘른
베르크 전당 대회에 참석했다가 다이애나는 가까이에서 히틀
러를 보고 심한 혐오감을 느꼈다. 〈그의 우중충한 안색을 보아
하니 곰팡이라도 핀 것 같았고, 내 눈과 마주친 그 유명한 최면
술사 같은 눈은 멍하니 생기라곤 없는 흐릿한 죽은 눈빛이었

다.〉 쿠퍼 부부는 고함으로 점철된 그의 연설을 거의 알아들을 수 없어서 일찍 자리를 뜨려고 했는데, 독일 당국이 이를 모욕으로 받아들이는 바람에 감방에서 하룻밤을 보낼 뻔했다가 가까스로 처벌을 면했다. 다이애나는 나치에 관련한 이 첫 경험을 〈끔찍한 계시〉라고 칭했다.[5]

모름지기 유능하고 전문가다운 대사라면 그들의 조국을 다스리는 통치권자와 그들이 입김을 불어넣고 싶은 외국 정부 사이에서 중재자 역할을 잘 해내야 했다. 1930년대에 영국에서 신흥 독재 정권의 이익을 도모하는 데 대사들의 역할이 다른 무엇보다 중요해졌고, 이들은 가장 중요한 위치에 있는 사교계 귀부인들이 〈소프트 파워〉를 행사한다는 점을 인지했다. 1929년 10월, 『보그』 기사는 이렇게 기술했다.

> 가을에 눈에 띄는 점 한 가지는 여러 대사관과 공사관에 새로운 비서관들이 속속 도착한다는 것이다. …… 모든 수도의 사교계는 나이 든 여성이 장악하고 젊은 층이 이끌어가는데 그들은 런던의 매력 중 한 가지, 즉 재치와 젊은 〈기상〉으로 무장한 영향력 있는 우리 귀부인들의 매력에 맞설 대비가 전혀 안 되어 있다. 그중에는 런던 시대를 주름잡는 나이 지긋한 센 여인들을 닮은 이가 하나도 없다. …… 레이디 런던데리야말로 거의 왕실 수준의 전통에 부합하는 성대한 축하연을 최소한 한 번은 주최할 사람이다. 〈로니〉 그레빌 부인은 신랄한 입담에도 사적으로 가장 매혹적인 사교계 실세로 손색없다. 레이디 커나드는 지성인

들 사이에서 특별히 인정받은 재기발랄함을 장착했다. 아마도 그녀는 가장 완벽하게 타고난 사람일 뿐 아니라 단언컨대 손님 접대계에서 가장 명랑한 사람일 것이다.

사교계 여성 인사들이 좋아하는 외국 대사는 두말할 필요 없이 디노 그란디 백작이었다. 그는 1920년대 초반부터 쭉 무솔리니를 지지한 후 신임을 얻어 1932년에 이탈리아 대사관 책임자로 임명되었다. 그란디는 잘생기고 매력적이었다. 친영파인 그는 영국과 이탈리아 간의 평화를 도모하고자 그로스베너 스퀘어에 위치한 대사관에서 런던의 유력 인사들을 자주 접대했다. 그란디는 아내와 아이들을 많이 아꼈지만 얼마지 않아 왕세자의 시종 무관 프루티 멧칼프의 아내이자 커즌 경의 딸 바바 멧칼프와 바람을 피웠다. 바바는 같은 시기에 형부 오즈월드 모즐리와도 바람을 피우고 있었다. 모즐리의 정당이자 〈검은 셔츠단〉으로 알려진 영국 파시스트 연합의 운영비를 무솔리니가 보조했던 터라 모즐리는 자신과 바바와 그란디 사이의 삼각관계를 통해 득을 봤다. 그러다 어느 시점에 무솔리니에게 신뢰를 잃자 독일의 나치당으로 관심을 돌렸다. 독일에는 히틀러와 나치 최고 사령부하고도 가까운 사이인 모즐리의 또 다른 정부 다이애나 기네스와 여동생 유니티 미트퍼드가 있었다.

그란디는 영국에서 많은 친구를 사귀었다. 런던 생활을 하며 미묘한 분위기를 감지하는 촉수가 발달했던 그는 왕세자와 심프슨 부인을 함께 이탈리아 대사관 만찬회에 처음으로 초대한 대사였다. 그래서 그란디는 포트 벨베데르에 꼬박꼬박 초대받는 손님이 되어 무도회와 칵테일파티를 즐기며 흥겨운 주말을 보내곤 했다. 그는 조국 이탈리아의 이익을 대변하고자 필사적으로 노력했고, 무솔리니가 히틀러에게 우롱당하는 일이 없기를 간절히 바랐다. (하지만 그건 헛된 바람이었다.)

사교계 귀부인 중에는 독재자들을 만나는 일이 개인적인 목표인 이들도 있었다. 1932년 3월, 로라 코리건이 로마행에 나서서 무솔리니를 알현한 뒤 5월에 보무당당하게 돌아왔다. 그녀의 내실에는 무솔리니의 서명이 든 큼지막한 사진이 스페인 왕족의 사진들과 어깨를 견주며 당당하게 자리를 차지하고 있다. 로니 그레빌은 로마에 갔을 때 무솔리니가 〈젠체한다〉는 느낌을 받아서 교황을 알현하는 쪽을 택했다지만 무솔리니는 사교계 귀부인들의 관심을 한 몸에 받았다. 그란디 백작이 주말에 클리브덴에 머물 때 무솔리니에 대해 약간 신랄한 논평을 몇 마디 내놓았다가 낸시 애스터에게 한소리를 들었다.

「젊은 양반, 부디 이 집에서는 무솔리니 각하에 대해서 그 어떤 반대 발언도 하지 않는다는 걸 명심해 주세요.」

그런데 여왕벌들과 관계를 구축하고자 가장 혼신의 노력을 기울인 사람은 그란디보다는 독일인 요아힘 폰 리벤트로프였다. 히틀러는 영국의 지배 계급에게 매력 공세를 펼치기 위해 전직 스파클링와인 세일즈맨 요아힘을 파견했다. 처음에 그는 단정하고 사근사근한 인상과 훌륭한 영어 구사 능력 덕에 여기저기 호화로운 접견회에서 환영받는 인물이었다. 히틀러는 외교 문제에 관해 아는 게 별로 없었다. 폰 리벤트로프는 총통보다 감이 훨씬 더 떨어졌고 외교 의례상의 뉘앙스나 미묘한 차이에도 둔감했다. 그런데도 히틀러는 전문적인 직업 외교 인력으로 충원된 외무부의 기술적 측면보다는 열성적인 개인적 충성도를 더 중시했다.

리벤트로프는 평판 좋은 주영 독일 대사 레오폴트 폰 회슈와 상관없이 단독으로 행동할 수 있었다. 그는 독일과 영국이 가치와 문화를 공유하며 신념과 관심사 역시 같다는 메시지를 런던 사교계에 전했다. 그는 그레빌과 일찍부터 좋은 관계를 구축했다. 그가 정계에 발을 들여놓기 전부터 그레빌이 사교계에서 그를 만났던 것 같다. 1932년 11월 11일, 그레빌의 손님 방명록을 보면 런던 저택의 만찬에 참여한 〈리벤트로프 남작〉이 있다.

그가 히틀러의 특사로서 런던에 처음 방문한 것은 1933년 11월이었다. 그때 스탠리 볼드윈과 램지 맥도널드를 만나서 히틀러가 평화를 위해 애쓴다고 안심시켰지만 소련이 유럽을 위협한다는 이유로 독일의 재무장 건을 강조했다. 그의 이후 행보를 미리 보여 주듯이 당시에 로이터 통신 대표 로더릭 존스의 오찬회에도 초대받아 아무도 끼어들지 못하게 한 채 장장 3시간 동안 제3제국*의 훌륭한 점에 대해 열변을 토해 존스와 아내, 다른 손님들을 탈진 상태로 몰아넣었다.

1934년 11월, 리벤트로프가 다시 런던으로 가서 3주간 머문 시기는 켄트 공작과 그리스 마리나 공주의 결혼식과 겹쳤다. 이때는 런던 사교계가 한껏 들뜬 순간이었다(그리고 공작의 난봉꾼 같은 과거를 감안하면 왕실 내에 안도감이 찾아온 시

* 히틀러 치하의 독일(1933~1945).

점이기도 했다). 이번 방문 때도 리벤트로프가 저돌적으로 존재감을 발휘했다. 그는 이전에 처가댁의 와인을 팔러 다녔듯이 이번에는 영국의 지배층에 제3제국을 열심히 홍보했다.

그레빌이 폰 리벤트로프를 초대한 11월 25일 만찬회 손님 중에는 에메랄드 커나드, 아가 칸, 처칠 부인도 있었다. 런던데리 부인의 눈에 든 그는 로디언 경과 조지 버나드 쇼(둘 다 낸시 애스터의 절친한 친구), 캔터베리 대주교, 언론인 로더미어 남작, 유명한 기자들 등 여론을 주도하는 유력 인사들을 만났다. 그는 오스틴 체임벌린 경 같은 정치인도 공략했고, 외무부의 존 사이먼과 앤서니 이든을 성가시게 하는 데도 성공했다. 독일 대사 폰 회슈는 히틀러의 홍보 대사가 히틀러를 웃음거리로 만들고 있다는 분위기를 감지했다. 베를린에서 외무부 장관 폰 노이라트 남작이 히틀러에게 당신의 추종자가 런던을 방문한 일정은 〈완전한 실패〉로 돌아갔다고 서신을 보냈다. 히틀러는 그의 항의를 일축했다.

폰 리벤트로프는 호화로운 환대 행사를 개최할 권한을 부여받았고, 로이드 조지와 로더미어 같은 영국의 여론 주도층은 총통을 만나러 독일로 향했다. 로디언은 1935년에 히틀러를 인터뷰했다. 언론인과 정치인은 뉘른베르크 전당 대회에 참석하는 데 드는 모든 비용을 지원받았다. 폰 리벤트로프는 낸시 애스터 같은 중요한 사교계 인사와 오즈월드 모즐리처럼 그 주변 인물들하고도 친분을 쌓았다. 그를 짓궂게 괴롭히던 에메랄드 커나드도 그에게는 왕세자와 친분을 만드는 데 중요한 인물이었다. 부유한 사교계 명사 로라 코리건 역시 그녀의 파티에 모이는 사람들 때문에 탐나는 인맥이었다. 폰 리벤트로프는 특히 런던데리 부부와 친해지고 싶어 했다. 그들이 주최하는 화려한 정치계 축하연에서 주요 유력 정치인들을 만날 수 있어서였다. 항공 장관인 런던데리 경 자체가 특별 공략 대상이었다. 폰 리벤트로프가 접촉한 이 모든 사람이 나치 독일과의 〈친선〉에 호의적이었다.

동시대인들에 비해 꽤 좌편향적이었던 시빌 콜팩스는 외국 대사들에 대해 비판적인 생각이었다. 그들이 접한 진짜 영국의 의견이라고 해봤자 다른 사교계 여성들의 취사 선택 과정을 거쳐 걸러진 것이라고 봤기 때문이다. 런던 주재 외교관에 관한 시빌의 선견지명이 발현된 시점은 1933년이었다. 〈그들은 이런저런 상원 의원하고만 식사를 하고 가끔 각료들을 만나기도 한다. …… 사라 윌슨, 엘리스 케펠 《모두》 그(앨런슨 B. 호턴, 주영 미국 대사, 1925~1929)에게 영국이 패할 것이 분명하다고 확언했음이 틀림없다. 그들이 자기네끼리 늘 이런 얘기만 하기 때문이다.〉[6]

레이디 커나드는 폰 리벤트로프를 〈아주 재미있는 실제 나치〉라고 뒤에서 수군거렸다. 게다가 면전에서 〈히틀러 각하는 진심으로 하느님에 대해 어떻게 생각하세요?〉나 〈말씀해 보세요, 친애하는 대사님. 히틀러 각하는 왜 유대인을 싫어하시죠?〉 같은 질문으로 그를 괴롭혔다. 1935년 11월 11일, 시빌의 집에서 열린 오찬회에서 외무부 관리들에게 무솔리니 찬사를 늘어놓으며 분위기를 선동했다. 에메랄드는 그저 반응을 끌어내려고 종종 그런 발언을 했다. 하지만 그레빌이나 대다수사교계 인사들처럼 그녀 역시 처음에는 독일의 새로운 정권에 깊은 인상을 받았고, 사회 질서를 확립하며 실업 문제를 해결하는 그들의 정책에 찬성했다. 1933년부터 1937년까지 미국 대사로 있던 로버트 워스 빙엄은 에메랄드 커나드의 그룹을 〈친독일 도당〉으로 묘사했다. 폰 리벤트로프는 에메랄드가 왕세자와 가까운 관계라서 어떻게든 그녀의 환심을 사려고 애를 썼다. 1935년 6월, 에메랄드의 집에서 열린 오찬회에서 그녀의 소개로 왕세자를 처음 만났고 윌리스 심프슨의 환심도 샀다. 윌리스와 리벤트로프가 처음 만난 에메랄드의 대규모 오찬회에는 윈스턴 처칠도 참석했다. 리벤트로프가 총통의 업적을 열거하며 지겹게 떠드는 동안 윈스턴은 잠자코 앉아서 듣기만 했다. 마침내 히틀러의 대사가 떠나자 처칠은 〈에메랄드, 우리가 저 고장 난 축음기 소리를 두 번 다시 들을 필요가 없었으면 좋겠소〉 하고 말했다.

낸시 애스터는 폰 리벤트로프를 별로 어렵게 대하지 않고 짓궂게 괴롭히는 편이었다.

「형편 무인지경인 대사님 아니십니까?」

그녀는 식사 자리에서 대뜸 이렇게 소리쳤다. 그가 그녀에게 무슨 뜻이냐고 물었고, 그녀는 그에게 유머 감각이 없다고 타박했다. 그러자 그가 다소 믿기 어려운 답을 했다.

「제가 총통한테 농담하는 걸 보셔야겠네요. 우리 둘 다 어떻게 박장대소하는지 말입니다.」

그녀는 국가 사회주의의 단점도 들먹이며 그에게 도발했고, 영국은 찰리 채플린의 콧수염 덕분에 히틀러를 절대 진지하게 받아들이지 않을 거라고 말했다.

폰 리벤트로프의 가장 큰 바람은 왕세자에게 입김을 불어넣어 히틀러의 목표를 묵인하게 만드는 것이었다. 왕세자는 원칙적으로 확실히 친독일파였고(그의 어머니가 독일인인 데다가 가까운 친족도 많았다), 영국 대중에게 환영받고 사랑받고 존경받는 존재였다. 그렇지만 그의 역할은 입헌 군주 국가의 상징적인 대표가 되는 것이었다. 히틀러와 리벤트로프는 왕세자가 외교 문제나 국제 외교에 제한된 힘만 행사할 수 있다는 사실을 이해하지 못했다.

‡

사교계 여성 실세들 사이에는 치열한 경쟁이 존재했다. 그들은 서로의 활동을 알고 있을 뿐 아니라 함께 어울리기도 했는데, 각각 자기 〈영역〉을 침해하는 경쟁자를 적어도 한 명은 두고 있었다. 귀족 가문의 이디스 런던데리는 제1차 세계 대전 당시 여성들이 활약하는 일에 많은 힘을 보탰었고 이제는 정계의 중요한 여성 인사로 막후에서 활동했는데, 버지니아 출신의 낸시 애스터와는 근본적으로 맞지 않았다. 최초의 여성 하원 의원인 낸시의 거리낌 없는 성격과 어디로 튈지 모르는 행동은 의회에서 영향력을 행사하는 데 걸림돌로 작용했다. 사업을 통해 거부가 되었지만 태생이 떳떳지 못한 그레빌은 훨씬 더 부유하나 출신은 그저 그런 중서부 출신 철강계 백만장자 코리건과 비교당하면 유난히 발끈했고, 두 사람은 우연히 마주칠 때면 서로 알고도 모른 척하는 걸 즐겼다. 아마도 가장 날 선 신경전을 벌인 듀오는 샌프란시스코 태생의 에메랄드 커나드와 시빌 콜팩스였을 것이다. 두 사람 다 음악, 공연, 문학계 엘리트를 위한 사교 모임을 주도하려는 야심이 있었을 뿐 아니라 왕세자와 심프슨 부인에 대한 소유욕도 대단했다. 해럴드 니컬슨과 비타 색빌웨스트의 차남 나이절 니컬슨은 에메랄드와 시빌 사이의 〈선전 포고 없는 전쟁〉을 기억했다.

한번은 커나드 부인이 말을 하다 말고 중간에 〈제가 지금 말이 너무 많네요. 콜팩스 부인처럼요〉라고 말하는 걸 들은 적이 있는데, 그건 당치 않은 비교였다. 왜냐하면 시빌은 둘 중 덜 수다스럽고 젊은 사람에게 더 친절한 쪽이었기 때문이다. 또 한번은 커나드 부인이 기다란 만찬 테이블 저쪽에서 내게 큰 소리로 말했다.
「나이절, 여자 친구들 얘기 좀 해줘요.」
순간 알 것 다 아는 열두 쌍의 눈이 나를 향했다. 시빌이라면 절대 그러지 않았을 것이다.[7]

인맥 수집에 혈안이던 시빌은 사냥감을 바리바리 담으려는 한없는 욕심 때문에 조롱당할 때가 많았다. 그녀가 길에서 만난 오스버트 시트웰을 붙들어 그의 친구를 소개받은 적이 있는데, 그 친구는 오찬회에 초대하고 정작 오스버트는 초대하지 않아 두 사람의 사이가 틀어졌다. 시빌은 실수를 깨닫고 막판에 오스버트도 초대했지만 그가 거절했다. 그런데 시빌의 손님들이

아가일 하우스에 도착했을 때 오스버트가 확성기를 움켜쥐고 이웃집 지붕에 올라가 마치 행사 진행자처럼 손님들의 도착을 알렸다. 어느 원숙한 배우는 〈미스 메리 픽퍼드〉라는 별칭을 얻었고, 한 젊은 정치인은 〈독일 전 황제〉였고, 어느 열혈 평화주의자는 〈무솔리니 각하〉로 불렸다.

요크 부부(앨버트와 엘리자베스)는 앨버트의 다른 형제들에 비해 꽤 조용하게 살았다. 그들은 엠버시 클럽 같은 화려한 장소는 피하는 편이었고, 왕세자에게 자석처럼 끌리는 상류층 집단에서는 이들 부부를 논외로 치고 별로 신경 쓰지 않았다. 훗날 엘리자베스가 말하다시피 〈버티와 나는 커나드 부인 기준에 절대《세련된》부류가 아니었다〉. 그렇지만 두 사람은 보다 전통적이고 귀족적인 집단 사이에 인기가 높았다. 요크 부부는 특히 어린 두 딸 엘리자베스와 마거릿의 성장기에는 믿을 만한 친구들과 품위 있는 대화를 나누고 만찬 무도회를 즐기며 친구들의 컨트리 하우스에서 주말을 보내는 편안한 환경을 선호했다. 그레빌은 영국을 방문한 마하라자, 스페인 여왕, 이탈리아 국왕 같은 외국 왕족이나 영국 왕족을 접대할 때마다 요크 부부를 주빈으로 초대했다. 1933년 6월 29일 저녁, 찰스 스트리트 저택에서 열린 축하 연회에 참석한 손님으로는 아가 칸, 런던데리 경 부부, 상원 의원 마르코니 후작 부부, 리딩 경 부부, 존 사이먼 경 부부, 에메랄드 커나드, 그레빌의 대녀 소니아 큐빗, 윈스턴 처칠, 로버트 혼, 필립 사순, 캐나다 총리가 있었다. 그레빌은 한때 조제핀 황후의 소유였던 에메랄드를 착용했다. 그녀가 어떤 사람이었는지 다음 글에서 잘 드러난다.

현재 런던에서 가장 훌륭한 사교계 유명 인사 중 한 명으로 꼽힌다. …… 이만큼 왕가의 존경을 받는 귀부인은 없다. …… 그녀는 쾌활하고 다방면에 관심을 보인다. 정치부터 주택 건설 계획, 박물관, 극장 등 모든 것에 관심이 있다. …… 무엇보다도 대화 기술이 뛰어난 사교계의 여왕이다. 그녀의 만찬 파티에 그토록 유명한 남녀가 모여드는 이유가 바로 여기에 있다.[8]

〈전도유망한 새싹〉을 알아보는 촉이 남다른 그레빌은 특히 주말 하우스 파티 때 이미 눈에 띄는 위치에 있는 사람들하고 부지런히 친분을 쌓았다. 성대한 만찬 후 파티 참석자 중 가장 중요한 사람들을 따로 불러 자기 서재에서 사적인 담소를 나누는 사이 다른 손님들은 응접실에서 전문 공연자들의 공연을 즐겼다. 그녀는 진짜 정치 권력을 행사하는 면에서 다른 사교계 유력 인사 사이에 단연 눈에 띄었지만 마키아벨리식 충동적 행동이 늘 성공하진 못했다. 의원직을 얻으려는 더프 쿠퍼를 방해할 목적으로 의석을 다투는 무소속 경쟁 후보를 지지해 보수당 표를 분산시키겠다고 제안한 적이 있었다. 그런데 그녀의 꼭두각시 베벌리 니컬스가 협력하지 않겠다고 하자 약이 올랐다. 그레빌은 유언장에서 그를 빼버리겠다며 협박했고, 정말 그 말대로 이행해 수십 년간 가까운 친구로 지낸 베벌리에게 아무것도 남기지 않았다.

그레빌은 출신 배경이 천차만별인 흥미로운 사람들을 한자리에 모으는 재주가 탁월했고, 정치나 철학 측면에서도 폭넓은 수용 능력을 보였다. 프레더릭 린데만 교수는 그녀의 피후견인 중 한 명이었다. 독일 태생인 그는 뛰어난 과학자였는데, 그레빌이 주말이면 그를 옥스퍼드 대학교에서 불러내 폴스덴 레이시에서 무도회와 테니스를 즐기게끔 했다. 그는 윔블던에서 어깨를 겨눌 만한 실력이 있는 유일한 교수였다. 그는 1926년부터 1939년 사이에 서른 번이나 폴스덴에 머물렀고, 런던에서도 자주 그레빌과 식사를 했다. 1930년 2월 11일, 찰스 스트리트 저택에서 그레빌의 소개로 윈스턴 처칠을 만나면서 두 남자는 급속도로 친해졌다. 두 사람 다 재기한 독일에 대비해 무장을 부르짖는 〈소수의 항변파〉였고, 전시에는 어떤 희생도 불사하며 나치를 무찌르기 위해 힘을 모은 동지였다. 처칠은 린데만을 〈나의 과학적 두뇌〉라 칭했고, 그들은 독일을 융단 폭격하는 방책에 대해서도 함께 고민했다.

‡

> 상습적으로 전 세계를 돌아다니는 여성을 꼽은 명단이 있다면 로니 그레빌 여사가 맨 앞자리를 꿰찰 게 틀림없다.
> 「이브의 편지」칼럼, 『태틀러』, 1935년 1월 10일 자

1930년대 초까지 그레빌은 국제 무대로 나가기 위해 시야를 넓히고 있었다. 이전 10년간 그녀는 여기저기 대사관을 섭렵하며 부지런히 해외여행의 기회를 만들었다. 목표로 삼은 나라의 런던 주재 대사들과 친분을 만들어 그들은 물론 향수병을

않는 대사 가족들까지 폴스덴 레이시에 초대해 오붓한 주말을 보내게 해주었다. 각국 외교 사절단을 이렇게 환대해 준 덕에 그레빌은 그들의 고국을 방문할 때 특별 대우를 받았다. 특별 열차, 의장대, 통역, 대통령이나 왕족 알현, 그녀를 귀빈으로 개최하는 호화로운 연회 등 각종 특혜를 누렸다. 본래부터 그녀는 사회적 지위에 집착하는 속물이어서 어딜 가든 VIP를 알고 싶어 했고, 주도권자가 누구든 어김없이 그에게로 직진했다.

이제 그녀는 정체 모를 새로운 지도자 히틀러가 등장한 독일에 흥미를 느꼈다. 이미 독일 대사관을 수시로 드나든 그레빌은 독일 대사 폰 회슈와 막역한 사이였다. 1933년 8월, 기사 딸린 차를 타고 혼자서 독일 여행에 나서서 바덴바덴, 뉘른베르크, 슈투트가르트, 드레스덴, 베를린을 방문했다. 1934년 8월, 한 달 일정으로 다시 독일을 찾았다. 9월에는 히틀러의 부사령관 루돌프 헤스에게 개인적으로 초청받아 제3제국의 〈영빈〉 중 한 명으로 뉘른베르크 전당 대회에 참석했다. 게다가 외무부 장관 폰 노이라트 남작을 통해 히틀러를 직접 만나는 자리까지 얻어 냈다. 1941년에 영국이 독일과 전쟁을 벌였을 때 그레빌은 히틀러가 자신에게 〈차분하고 알기 쉽게〉 말을 했던 기억을 떠올렸다. 누군가 총통에게 공통점을 찾았었느냐고 묻자 그녀는 대답했다.

「전혀요. 실로 대단한 사람한테서는 공통점이 안 느껴지죠. …… 네, 지금은 그런 사람이 무솔리니예요. 여태 내가 아는 사람 중에 진짜 당당하고 대단한 사람이더라고요.」[9]

1934년 10월 24일, 『태틀러』에 이런 글이 실렸다. 〈눈부신 유력 인사 로널드 그레빌 여사가 돌아왔다. 그녀는 지난달 뉘른베르크 축제에서 히틀러의 환대를 받았고, 이제《작은 갈색 제복》에 열광하고 있다.〉1934년 9월 14일, 시빌의 집에서 오찬을 나눈 이들은 로버트 브루스 록하트가 일기에 기록했듯이 좀 더 비판적이었다.〈뉘른베르크에 갔다가 히틀러를 향한 열정으로 충만해서 돌아온 로니 그레빌 여사에 관해 설왕설래가 한창이다. 그녀는 사이먼(외무 장관 존 경)을 등에 업고 가공할 영향력을 행사한다. 그녀의 허영심은 하늘을 찌른다. 특별 열차를 제공하지 않는 나라에서는 현지 영국 대사나 장관이 파면당한다.〉[10] 1934년 10월 17일, 록하트는 에메랄드 커나드의 집에서 점심 식사를 할 때 그레빌 옆에 앉았다.〈그레빌 여사는 히틀러를 옹호하는 온갖 이야기로 열변을 토했다. 확신에 넘치는 친독일파인 그녀는 영국 대사관 측에서 아무도 뉘른베르크 전당 대회에 가지 않았다고 매우 분노했다. 어쨌든 모스크바 주재 영국 대사는 모스크바에서 열리는 노동절 행사와 볼셰비키 혁명 행사에 참석하기 때문이다.〉

그레빌은 1935년 8월,〈치료차〉바덴바덴으로 돌아가 스테파니 호텔에서 융숭한 대접을 받으며 그곳에서 만난 바버라 카틀랜드와 친해졌다. 두 여성은 기사가 운전하는 로니의 롤스로이스를 타고 주변 숲을 다니며 두 사람이 함께 아는 지인들에 대한 뒷이야기를 쑥덕거렸다. 그레빌은 『데일리 메일』에〈히틀러 각하의 열혈 팬이며 그를 개인적으로 아는 사람〉으로 묘사되었다(1935년 9월 8일). 그녀는 폰 리벤트로프를 통해 베를린 올림픽에 초청받아 1936년 8월, 다시 독일행에 올랐다. 며칠은 베를린에서 보낸 후 바덴바덴과 드레스덴으로 여행을 갔다. 베를린 올림픽은 히틀러의 홍보 공략의 정점을 찍었다.

　로니 그레빌은 열정적이고 호기심 강한 여행가였지만 건강이 나빠지면서 점점 활동에 제약이 생겼다. 1935년 4월에는 폴스덴 레이시에서 요크 공작 부부를 주빈으로 주말 하우스 파티를 열었다. 그레빌은 몸이 좋지 않아 꼼짝없이 침대를 지켰어도 손님들에게는 자기 없이 저녁 식사를 하라고 권했다. 〈주인마님〉이 자리에 없자 그레빌의 충성스럽지만 가끔 제멋대로 구는 직원들이 평소보다 한층 더 많은 자유를 만끽했다. 오스버트 시트웰이 기억하기로, 그의 절친한 벗 매기 그레빌이 몸이 좀 안 좋은 사이에 취기에 흥청대는 직원들이 손님들에게 만찬 시중을 들었다. 집사와 시종들이 술에 취해서는 저녁 식사 내내 요크 공작부인에게 위스키를 강권하며 재미있어했다.

　오스버트는 수많은 행사에서 그레빌의 〈후보 선수〉 역할을 했다. 그는 1935년 7월, 그레빌의 찰스 스트리트 저택에서 열린 성대한 만찬회에 참석했다. 런던데리 경 부부와 에메랄드 커나드를 비롯해 쟁쟁한 손님들이 참석한 이 파티는 독일 대사관을 대표하는 오토 폰 비스마르크 왕자 내외의 참석으로 친파시스트 분위기가 물씬 풍겼다. 상원 의원 마르코니 후작 부부는 그들 결혼식의 신랑 측 들러리였던 베니토 무솔리니의 열렬한 지지자였다. 에릭 핍스 부부도 그 자리에 있었다. 에릭은 그레빌이 히틀러와 만남을 계획했을 때 베를린 주재 영국 대사였다. 다른 손님으로는 에반 차터리스, 헤일셤 자작, 로버트 혼이 있었다. 아마 필립 사순은 그 자리가 거북했을 것이다. 그는 태생이 유대인이었는데, 유럽의 인맥을 통해 듣자 하니 제3제국에 반유대주의가 확산되고 있었다. 그는 나치가 정권을 장악한 직후 밥 부스비와 독일을 방문해 괴링을 만났었다.

유감스럽게도 전간기에 영국에는 특권층과 교육계에도 반유대주의가 만연했다. 1929년에 시빌의 집에서 필립 사순과 점심 식사를 했던 버지니아 울프는 언니에게 보내는 편지에서 그를 〈화이트 채플 출신의 천한 유대인〉으로 묘사했다. 오즈월드 모즐리도 로이드 조지가 필립 사순을 뜻하는 〈주색에 빠진 동양인〉의 접대를 받았다며 폄하하는 발언을 했다. 그러나 1935년 1월, 왕세자와 심프슨 부인이 참석하는 에메랄드의 만찬회에서 모즐리와 사순을 만났을 때는 모든 사람이 예의를 지켰다.

필립 사순은 하이드 지구의 토리당 의원이었고, 여름 몇 달 동안 남부 해안가에 있는 호화 별장 포트 림에서 자주 하우스 파티를 열었다. 단골손님으로는 낸시 애스터와 그녀의 아들 삼 형제, 에메랄드 커나드, 콜팩스 부부, 로니 그레빌이 있었다. 사순은 원칙적으로 여성 참정권 지지자였음에도 낸시 애스터가 하원에서 벌이는 기행이 사람을 지치게 하는 면이 있다고 생각했다. 그는 런던데리 하우스에서 열리는 공식적인 정치계 축하연도 피했다. 1924년부터 1929년까지, 그 후 1931년부터 1937년까지 항공부 차관을 역임한 그는 항공부 장관인 런던데리 경과 필요 이상으로 접촉하는 일을 피하고 싶어 했다.

사순이 정치계에서 친하게 지내는 유력 인사는 윈스턴 처칠, 네빌 체임벌린, 앤서니 이든이었다. 밥 부스비와 칩스 채넌을 비롯해 의회의 동료들은 그를 존경하고 동경했다. 세실 비튼, 노엘 카워드, T. E. 로런스를 비롯한 창작가와 문인도 그를 자주 만났고, 해럴드 니컬슨과 비타 색빌웨스트도 시싱허스트에서 수시로 드나들었다. 미혼으로 알려진 사순은 점잖으면서도 화려한 삶을 살았다.

여름을 제외한 보통 때는 런던에서 20킬로미터 떨어진 대규모 사유지 트렌트 파크에서 주말마다 하우스 파티를 열었다. 그곳에는 122만 평 부지에 수영장, 오렌지밭, 골프장, 테니스장, 호수가 있었다. 사순은 컨트리 하우스 두 곳을 오갈 때 종종 전용 비행기를 타고 다녔다. 게다가 런던 파크 레인에도 으리으리한 저택이 있었다. 그는 엄청나게 부유했고 건축과 인테리어 디자인에 특히 관심이 많았다. 칩스 채넌에 따르면, 1937년에 사순이 건설부 장관으로 임명되고 싶은 의향을 에메랄드 커나드에게 비쳤는데 그의 로비 활동이 성과를 거뒀다. 이 직책의 임무 중에는 의회 건물 수리 과정을 감독하고, 다우닝가 10번지를 다시 단장하며 실내 장식을 새로 하는 일이 포함되어 있었다.

✤

램지 맥도널드는 1931년부터 1935년까지 연립 내각을 이끌었다. 찰리 런던데리는 이디스와 수상의 각별한 친분 덕분에 항공부 장관으로 임명되었다. 그는 비행에 열정이 남달랐고 전쟁 경험이 있던 터라 이 직책에 만족도가 높았다. 그 대가로 노동당 총리 맥도널드는 공격적인 내각 내에서 믿을 만한 동맹으로 토리당 일인자 런던데리에게 의지할 수 있었다. 그러다 런던데리 부부와 맥도널드의 긴밀한 관계에 균열이 생길 즈음인 1935년 5월, 맥도널드가 사임했고 스탠리 볼드윈이 그 자리를 이어받았다. 신임 총리는 런던데리를 항공부에서 해임했고 찰리는 억울해했다. 더구나 그는 상원의 토리당 당수였는데도 중요한 직위를 잃었기 때문에 이를 계급적 증오에서 비롯된 처분으로 봤다.

찰리는 재임 기간 4년 내내 영국이 최첨단 공격 무기, 특히 전투기와 폭격기를 개발해 공중전에서 강력한 저지력을 갖춰야 한다고 주장했다. 하지만 그는 독일이 아니라 소련이 적이 될 것으로 예상했다. 찰리는 문명에 대한 위험을 대표하는 주체가 공산주의라고 확신했으므로 국가주의자인 유럽 독재자들이 혁명을 막아내는 바람직한 방어벽이라고 생각했다. 그의 확신이 유별난 게 아니었다. 영국 상류층은 볼셰비키 혁명 이후 러시아 상류층에게 닥친 포악한 운명을 익히 알고 있었다. 작가 길버트 아미티지는 나치가 〈친절하고 다정하며 거의 민주적인 과격파가 그랬듯 아직 세도가 가족 전체를 지하실에서 암살하지도 않았고《계급의 적》수백만 명을 도살하지도 않았다〉는 글로 영국 상류층의 견해를 요약해 들려주었다.[11] 그에 반해 처음에 이탈리아의 무솔리니가, 그다음에 독일의 히틀러가 선동한 사회 질서 및 규율, 경제 성장, 기술적 진보에 대한 의식은 영국 상류층이 솔깃한 측면이었다.

찰리 런던데리는 히틀러의 특별 대사 요아힘 폰 리벤트로프의 포섭 대상이었다. 그는 히틀러와 그의 대리인이 계속 영국 국정 운영의 키를 잡는다는 믿음에 호도된 귀족층의 전형을 고스란히 보여 주었기 때문이다. 독일과 영국의 귀족 가문 사이에는 여전히 비공식적인 접촉이 많았다. 양국의 사교계 내에서 귀족들이 서로에게 끌리는 분위기가 있었다. 나치 최고 사령부는 영국의 상류 사회에서 제3제국의 미덕을 널리 알려줄 독일 공작과 소군주를 모집하는 데 열을 올렸다. 그들은 심지어 그 유명한 철혈 재상*의 손자 오토 폰 비스마르크 왕자를 런던 주재 독일 대사관의 제1서기로 임명했다. 그들은 영국 귀족이 현대 민주주의에 행사할 수 있는 영향력을 과대평가한 면이 있었는데, 그들 나름대로 부단히 방법을 모색했던 것이다.

찰리 런던데리는 제1차 세계 대전 때 3년간 복무한 전직 군인이었다. 이 전쟁의 기억 때문에 그는 영국과 독일이 절대 다시는 전쟁을 벌이지 않을 방도를 찾는 일에 전념했다. 찰리는 폰 리벤트로프의 판에 박힌 감언이설과 평화에 대한 독일의 확고한 의지에 설득되었다. 런던에서 찬밥 신세가 된 런던데리는 상황을 봤다시피 자신의 경험과 정치 경력이 베를린에서 더 제대로 평가받을 거라고 느꼈다. 그리고 자신의 선조인 정치가 캐슬레이 자작도 떠올랐다. 그는 빈 회의에서 성공적으로 협상을 주도해 나폴레옹 전쟁 후 세계에 〈평화 무드〉를 되찾아 주

---

* 오토 에두아르트 레오폴트 폰 비스마르크(1815~1898). 독일 통일을 위해 철혈 정책과 오스트리아 배척 정책을 편 정치가. 그의 장남 헤르베르트 폰 비스마르크의 아들이 오토 (크리스티안 아치볼드) 폰 비스마르크다.

었던 인물이다.

런던데리는 독일과 영국 간의 상호 이해를 높여 나가기 위해 저돌적으로 덤벼들었고, 이제 자신을 막중한 임무를 띠고 훌륭한 인맥을 확보한 민간 정치인으로 여겼다. 찰리와 이디스는 막내딸 마이리와 함께 1935년 12월과 1936년 2월에 독일을 방문했다. 그는 독일 공군 총사령관 헤르만 괴링과 사슴 사냥을 떠나(괴링은 들소를 잡았다) 괴링의 호화로운 산장에 일주일 머물렀다가 동계 올림픽 현장으로 향했다. 찰리는 히틀러도 2시간 동안 알현했는데, 히틀러는 볼셰비키 사상의 세계적 확장세가 가장 우려된다는 견해를 분명히 밝혔다. 찰리는 히틀러 총통이 〈독일은 영국과 긴밀하고 우호적인 동맹 관계 속에 지내길 원한다〉라고 확신을 주자 그가 〈사교적이고 싹싹한〉 사람이라는 느낌을 받았다.[12] 런던데리는 총통을 〈움푹 들어간 턱에 인상적인 얼굴을 한 다정한 남자〉라고 묘사했다.

이디스는 히틀러가 〈성격이 아주 매력적인 남자이자 선견지명이 뛰어난 사람〉이라고 썼고,[13] 히틀러의 통역사 폴 슈미트에게 〈국가 사회주의의 상류층으로 살면 꽤 즐겁겠지만 상류 사회에 속하지 못한 가난한 이들에게는 비통한 일〉이라고 말했다.[14] 이디스가 말을 조심하긴 했으나 히틀러 열성 신자 유니티 미트퍼드는 언니 다이애나에게 이렇게 썼다. 〈런던데리 부인이 곧 돌아가서 이전처럼 불쾌한 소리를 할 거야.〉[15]

찰리는 독일을 두 번 방문한 후 리벤트로프에게 편지를 보내 영국과 독일이 힘을 모아 공산주의를 막아 낼 수 있다는 희망을 전했다. 리벤트로프는 누가 봐도 런던데리 부부와 친밀한 관계였기 때문에 〈런던데리가의 독일 신사〉로 알려졌고, 제3제국을 향한 찰리의 열정은 영국 정치계에 부정적으로 받아들여졌다. 해럴드 니컬슨은 아내에게 쓴 편지에 〈런던데리가 히틀러와 격의 없이 어울리다 방금 돌아왔어. 전직 내각 장관들이 요즘 같은 때에 독일로 쪼르르 건너간다는 게 심히 못마땅하네〉라고 썼다.

1936년 5월에 폰 리벤트로프와 로라 코리건이 런던데리 부부의 초대를 받아 성령강림절을 보내러 마운트 스튜어트로 날아갔다. 런던데리 부부는 개인적으로는 리벤트로프를 좋아하지 않았지만, 그가 베를린에 다시 전달하는 의견에 입김을 넣기 위해 그를 초대했다. 찰리 런던데리는 영-독 간의 〈이해〉를 높이는 데 노력을 아끼지 않았다. 리벤트로프는 런던 주재 독일 대사로 공식 임명된 후 1936년 10월에 더럼 근처 런던데리의 영지 윈야드에서 주말을 보냈다. 이 방문 기간에 리벤트로프가 더럼 대성당의 예배에 참석했을 때 찬송가 「시온성과 같은 교회」의 첫 부분이 나오자 자리에서 벌떡 일어나더니 냅다 〈하일 히틀러〉 경례를 했다. 독일 국가의 〈독일, 독일, 모든 것 위에 있는 독일〉과 음이 같은 노래에 움찔 몸이 반응한 것이다.

✣

런던을 정복한 로라 코리건은 이제 파리를 공략하기로 했다. 이번에는 자리를 잡으려면 곧장 전문가부터 찾아가야 한다는

것을 알았다. 고국을 떠나 활약하는 또 다른 미국인 엘사 맥스
웰은 로라가 일류 인사들과 인맥을 쌓을 수 있게 해준 중요한
교두보 같은 존재였다.

불세출의 파티 플래너 엘사는 어릴 적에 캘리포니아주의
벽지에서 성장했다. 자신을 〈아이오와주 키오컥에서 태어난
뚱뚱하고 볼품없는 여자인 데다 샌프란시스코에서 돈도 명예
도 없는 집안에서 학교 졸업장도 없이 자란 사람〉이라고 묘사
했다.[16] 어렸을 때 집이 너무 가난해 친구네 파티에 초대받지
못한다는 말을 들었던 엘사가 성인이 되어 한 일은 부자들을
설득해 그들의 사교 활동을 맡아 진행해 주는 것이었다. 이 일
을 하면서 더는 파티에서 배제될 일은 없어졌다. 그녀는 보물
찾기나 물건 찾기 같은 참신한 주제를 생각해 내는 재주가 남
달랐고, 고마워하는 고객들이 찔러주는 〈감사의 표시〉와 파티
제공처에서 받는 수수료로 수입을 얻었다.

재치와 독창성을 겸비한 엘사는 1912년에 만난 스코틀
랜드인 도러시 〈디키〉 펠로우즈고든과 50년간 연인 관계였다.
엘사는 워낙 유명해서 콜 포터가 에델 머먼을 위해 쓴 노래「저
는 엘사와 식사 중이에요(엘사의 절친 99명과 함께요)」에도 등
장했다. 그녀가 부자 고객들에게 내건 모토는 〈멋진 파티를 만
드는 건 돈이 아니에요. 바로 당신이죠〉였다. 엘사는 꽤 많은
〈감사의 표시〉를 받은 대가로 로라 코리건을 파리에 진출시켰
고, 로라는 엘사의 획기적인 아이디어를 차용하여 런던에서 여
는 파티에 접목했다.

로라 코리건이 몇 년 전 파리에서 그리스의 마리나 공주를

만나 친구가 되었을 시점에 공주는 추방당한 가족과 함께 다소 검소한 생활을 하고 있었다. 로라는 마리나가 켄트 공작의 마음을 사로잡았을 때 상당히 기뻐했다. 켄트 부부의 성대한 결혼식에 참석한 하객 중에 작위나 왕족 가문을 내세우지 못할 사람이 드물었는데 로라가 그중 한 명이었다. 사실상 모든 하객이 유럽 왕실과 정략결혼이라는 복잡한 연결 고리로 얽힌 이들이었다. 로라가 마리나에게 결혼 선물로 미리 사준 것은 6,000파운드짜리 밍크코트였다. 상당한 고가의 선물이긴 했지만 돈이 궁했던 아가씨가 갑자기 왕자와 결혼하게 된 상황에 맞춤한 실용적인 선물이기도 했다.

1934년 11월, 켄트 부부의 결혼식 축하 무도회에서 마리나는 아름답게 재단된 깔끔한 순백의 이브닝드레스를 입어 훌륭한 몸매를 뽐냈다. 반면 왕과 왕비 앞에 손님으로 처음 모습을 드러낸 월리스 심프슨은 녹색 띠가 대비되는 보라색 라메* 드레스를 입었고 카르티에에서 대여한 티아라를 썼다. 왕과 왕비는 두 번 결혼한 미국인이 왕세자와 연애한다는 소문을 익히 알고 있었다. 그녀의 이름은 일찌감치 손님 명단에서 삭제되었지만, 왕세자가 두 사람이 〈그저 친구일 뿐〉이라고 아버지에게 주장하자 어쩔 수 없이 명단에 다시 들어갔다. 이제 국왕 내외는 이 세련되고 어딘지 냉정해 보이며 휘핏**처럼 날씬한 침입자가 연분홍색으로 치장한 작은 며느리 요크 공작부인과 자신들에게 무릎을 굽혀 절하는 모습을 싸늘한 눈빛으로 지켜봤다.

* 금은 등의 금속 실을 짜 넣은 직물.
** 날렵한 몸에 빠른 주력을 지닌 경주견.

결혼식이 거행될 때 심프슨 부부는 좋은 자리를 차지했다. 왕세자의 〈특별한 친구〉가 궁정의 붙박이로 자리매김하기 시작한 순간이었다.

1935년 7월, 로라 코리건이 개최한 무도회에 월리스 심프슨이 손님으로 한 번 참석한 적이 있긴 하나 로라는 미국인 이혼녀 월리스를 썩 좋아하지 않았다. 월리스 역시 에메랄드 커나드의 만찬회에서 딱 한 번 마주친 후 로라와 만나길 피했다. 아마 월리스는 자신과 로라 둘 다 미천한 출신에 야심 만만하고 다소 날카로운 미국인이라는 비슷한 분위기를 풍기는 데 예민하게 반응했을 것이다.

다른 미국 태생 사교계 유력 인사하고는 그런 껄끄러운 감정이 없었다. 왕세자와 심프슨 부인 사이에 감정적 끌림이 커지는 걸 감지한 에메랄드 커나드는 1935년 무렵 심프슨과 친해지기 위해 적극적으로 다가갔다. 그해 6월 월리스와 에메랄드는 포트 벨베데레에 일주일간 머물며 애스콧 경마 대회를 구경했다. 1935년 7월 20일에는 에메랄드가 포트에서 열린 하우스 파티에 참석했고, 한여름에는 월리스가 왕세자가 빌린 칸의 별장에서 휴가를 보낸 후 에메랄드와 함께 베네치아로 가서 지내다 오는 계획도 세웠다. 1935년 가을 런던으로 돌아온 후 두 사람은 주기적으로 저녁 식사 약속을 잡았고, 에메랄드는 월리스의 생활 반경에 끊임없이 등장하는 사람이 되었다.

월리스가 왕세자에게 점점 더 중요한 사람으로 자리 잡자 사교계 여왕벌 사이에서 다양한 반응이 나왔다. 에메랄드와 시빌은 월리스와 친분을 두고 경쟁했으나 서로 이유는 달랐다.

에메랄드 커나드는 왕실의 로맨스를 부추기는 재미를 즐겼고 장차 왕비의 절친한 친구이자 영국 왕실의 의상 관리장이 되는 꿈을 품었다. 시빌은 물론 월리스가 왕세자와 결혼하려고 어니스트와 이혼할 의사는 없다고 확신했어도 연애사 전체를 더 낭만적인 시선으로 보는 것 같았다. 이디스 런던데리는 월리스의 상황에 어느 정도 공감했지만 왕위 계승자가 유부녀와 사귀는 것은 원칙적으로 반대했다. 혹시 월리스가 두 번째 이혼까지 감행하더라도 전남편 2명이 아직 살아 있는 여자와 결혼하길 원하는 군주에게는 심각한 헌법상의 문제가 남아 있었다. 낸시 애스터는 다른 미국인 여성들과 경쟁에 늘 민감하게 반응하면서 버지니아 태생인 자신이 그들보다 월등히 우월하다고 봤다. 그녀는 월리스의 미천한 출신 성분으로는 왕족과 접촉해선 안된다고 생각했다. 로라 코리건과 그레빌은 둘 다 왕세자의 눈 밖에 난 처지였고, 줄곧 왕세자를 얕봤던 마거릿 그레빌은 그녀의 피후견인 요크 공작 부부와 친구인 조지 왕과 메리 왕비를 대신해 왕세자의 행실에 격분했다.

1935년 2월에 월리스 심프슨은 왕세자와 오스트리아 키츠빌에서 스키 휴가를 보내고 런던으로 돌아왔다. 이제 그녀는 에메랄드와 시빌을 비롯해 특히 왕세자의 눈에 들고 싶은 사교계 귀부인들의 파티에 자주 초대받는 인기인이 되었다. 심프슨의 사교 생활은 눈코 뜰 새 없이 바빠졌다. 심지어 이디스 런던데리도 그녀를 만찬에 초대했다. 심프슨은 베시 이모에게 보내는 편지에 자신이 누리는 얼떨떨한 인기를 〈이상한 나라의 월리스〉 같다고 묘사했다.

하지만 그녀가 어디서나 환영받았던 건 아니었다. 월리스는 요크 공작부인 엘리자베스가 못마땅해하는 걸 알았다. 어느 날 포트 벨베데르에서 낄낄대는 아첨꾼 무리 앞에서 엘리자베스를 흉내 내던 장면을 당사자에게 딱 걸렸을 때 두 사람의 관계는 돌이킬 수 없어졌다. 1935년 4월에 칩스 채넌은 왕세자가 넌지시 알려 준 대로 월리스를 점심 식사에 초대했고, 그녀를 〈유쾌하고, 솔직하고, 지적이고, 차분하고, 가식 없고, 애교 없는 자그마한 여인〉이라고 생각했다.[17] 하지만 〈그녀는 마치 인사받기를 기대하는 듯한 태도로 방에 걸어들어오는 유명 인사의 분위기가 이미 몸에 배어 있다. …… 완전히 그녀의 손아귀에 있는 왕세자는 그녀를 사교계에 진출시키려고 안간힘을 쓴다〉라고 말했다.

1935년 초부터 심프슨 부부는 런던 경시청 첩보 부서인 공안부의 감시를 받았는데, 이를 허가한 사람은 그레빌의 전 연인 존 사이먼 내무 장관이었다. 브라이언스턴 코트 방문객은 캐닝 경위와 그의 형사팀이 일일이 기록했다. 그들이 주목한 대상은 현재 영국 파시스트 연합의 수장 오즈월드 모즐리, 켄트 공작의 전 여자 친구이자 〈은 주사기 아가씨〉*로 알려진 앨리스 〈키키〉 프레스턴, 동네방네 〈약물 중독이라고 소문난〉 사교계 인사 에메랄드 커나드였다. 그녀의 딸 〈악명 높은 낸시는 유색인종 남자라면 죽고 못 살았고, 몇 년 전에는 뉴욕 흑인 구역에 거주해 센세이션을 일으켰다〉라고 비난조로 다뤄졌다.

* 당시 악명 높은 마약 중독자였던 프레스턴이 항상 주사기를 갖고 다니며 헤로인 등을 직접 주입하던 습관 때문에 붙은 별명이다.

형사들은 심프슨 부인과 왕세자가 사우스켄싱턴의 골동품점을 방문할 때 서로를 〈자기〉로 불렀다고 기록했다. 상점 주인은 여자분이 신사분을 〈완전히 제멋대로 조종〉하는 것 같았다고 전했다. 공안부에서 수집한 정보는 선정적이었고 부정확할 때가 많았다. 어니스트 심프슨을 유대인으로 짐작하고, 대단한 존경을 바라는 〈되먹지 못한 인간〉으로 묘사하는 식이었다. 노련하게 숱한 염문을 뿌리고 다니는 월리스 심프슨이 왕위 계승자와 만나는 동시에 가이 마커스 트런들이라는 유부남 자동차 판매원하고도 연애한다는 혐의도 제기했다.

공안부가 월리스를 예의 주시하는 동안 왕실에서는 어떻게든 그녀를 피하려고 했다. 1935년 여름 즈음, 전통 수호파(조지 5세, 메리 왕비, 요크 공작 부부, 마리나 공주, 그레빌, 낸시 애스터, 로라 코리건)와 친월리스 진영(왕세자, 동생 켄트 공작, 에메랄드 커나드, 시빌 콜팩스, 칩스 채넌, 더프 쿠퍼 부부, 세실 비튼, 윈스턴 처칠) 사이에 전선이 구축되었다. 머리가 복잡해진 조지 5세는 그해에 애스콧 경마에 참석하지 않고 요크 공작 부부를 공식적인 왕실 대표로 보냈다. 그 사이 왕세자는 월리스를 옆에 끼고 왕실 구역을 거닐었다. 여름 막바지에 요크 부부와 어린 두 딸이 국왕 내외가 머무는 밸모럴성으로 가서 사냥과 낚시를 하며 빅토리아 여왕이 만든 루리타니아풍* 성에서 스코틀랜드식 타탄체크 무늬 옷을 차려입고 즐겼다. 한편 머리부터 발끝까지 현대적인 왕세자와 그의 절친 심프슨 부

---

* 앤서니 호프가 쓴 소설에 나오는 중유럽의 가상 국가 루리타니아의 낭만과 모험이 가득한 분위기를 뜻한다.

인과 세계 곳곳의 사교계에서 모인 왕세자의 지인들은 프랑스 리비에라에서 일광욕을 즐기고 있었다. 이번에도 어니스트 심프슨은 업무가 너무 많아서 합류하지 못한다고 양해를 구했다. 사정을 잘 아는 이들은 어니스트가 〈왕을 위해 아내를 포기한〉 것이라고들 말했다.

‡

에메랄드 커나드가 여전히 토머스 비첨의 음악적 행보를 뒷바라지한 덕분에 그는 음악계에서 승승장구했다. 1932년 5월, 비첨이 코벤트 가든 로열 오페라 하우스에서 「탄호이저」 공연의 지휘자로 섰을 때 주빈으로 국왕 조지 5세와 메리 왕비가 참석해 비첨에게 찬사를 보냈다. 에메랄드 커나드는 부유층 친구들과 평소처럼 특별석에 앉아 자신의 업적을 다시금 눈으로 확인했다. 그러나 에메랄드와 토머스 사이에 모든 것이 순조롭게 흘러가진 않았다. 1926년부터 그는 재능 있는 오페라 소프라노 도라 라벳과 열애 중이었다. (도라는 고향 펄리Purley에 대한 애정의 표시로 리사 펄리Perli라는 예명으로 활동했다.) 1933년 3월 25일, 도라는 메릴본 요양원에서 비첨의 아들을 낳았다. 아들 폴은 토머스의 세 번째 아이였는데 위로 1904년생, 1909년생인 두 아들은 아버지 없이 자랐다. 폴이 태어나 늦게나마 아버지 노릇을 할 기회가 생겼다. 아이가 태어난 다음 날인 일요일은 토머스의 오케스트라가 쉬는 날이었다. 그가 산모와 아기를 보려고 공연 중인 뉴캐슬에서 기차를 타고 런던으로 갔다가 월요일 오전에 잡힌 리허설 시간에 맞춰 복귀했다. 도라는 간신히 결혼 생활에서 벗어났고, 비첨은 미국 법정에서 〈리노〉*식으로 유티카와 손쉽게 갈라서겠다며 방법을 제시했다. 하지만 도라는 그런 이혼 합의가 영국에서는 효력이 없을까 봐 우려했다. 그래서 비첨에게 유티카를 설득해 영국 법정을 통해 이혼 합의를 하라고 재촉했지만 유티카는 이 방법에 찬성하지 않았다.

커나드가 정확히 언제 도라와 아기 폴에 대해 알게 되었는지 확실하지 않으나 1935년에 에메랄드와 토머스 사이에 격렬한 언쟁이 벌어졌다. 외교관이자 스파이인 로버트 브루스 록하트가 다소 간결한 문체로 관련 사건에 대해 기록했다.

> 이야기는 에메랄드가 비첨에게 다른 여자가 있다는 걸 알아낸 지난겨울로 거슬러 올라간다. 언쟁이 벌어졌다. 에메랄드는 비첨이 그 여자를 포기하지 않는 한 그의 오페라 작업을 위해 손가락 하나 까딱 않겠다고 협박했다. 비첨은 에메랄드의 말을 듣겠노라 했다. 에메랄드가 최근에 알아낸 바로는 비첨이 그 여자를 포기하지 않았다. 그러니 이렇게 눈물이 뒤따를 수밖에.[18]

커나드는 자기보다 스무 살 어린 도라 라벳이 토머스와 자신의 관계에 심각한 위협이 된다는 사실을 깨달았다. 더구나 이제 그들 사이에는 아들까지 있었다. 토머스는 도라를 포기할 생

* 미국 네바다주의 도시로 이혼 재판소로 유명하다.

각이 없었고, 그녀가 더는 일을 할 수 없을 때 수입까지 챙겨 줄 대비책을 마련했다. 토머스는 〈준남작의 아들에게 걸맞은〉 교육을 폴에게 제공하겠다고 공식적으로 동의하기도 했다. 도라와 폴은 이제 햄프스테드 가든 교외에 안락한 보금자리를 갖게 되었고, 비첨은 이곳을 자주 드나들며 어린 폴이 피아노와 친해지게 했다. 1935년 말, 토머스가 뉴욕 필하모닉 교향악단의 지휘자라는 중요한 자리를 맡았다. 그는 도라 라벳과 뉴욕행에 올랐고, 에메랄드는 런던에 남겨졌다. 신경을 딴 데로 돌릴 게 필요했던 에메랄드는 왕세자와 심프슨 부인의 관계를 무르익게 하는 일에 집중하기로 했다.

에메랄드는 왕세자와 심프슨 부인이 다른 사람들과 어울릴 수 있는 소규모의 비공식 만찬회를 몇 차례 열었다. 미국 여성과 즐겨 어울린 왕세자는 그들의 세련된 차림새와 격식에 얽매이지 않는 매력적인 태도와 유머 감각을 좋아했다. 그는 에메랄드와 윌리스가 곁에 있으면 즐겁게 춤을 추며 웃고, 담배를 피우고, 칵테일을 마시고, 자기 의견을 마음껏 이야기할 수 있었다. 빅토리아 왕조 세대의 부모님이 대놓고 드러내는 반감의 기운과는 대조적인 분위기를 즐겼다.

1930년대 중반에 에메랄드는 항상 다섯 살 어린 나이를 내세웠지만 거의 예순이었다. 그래도 변함없이 유지하는 매력적인 대화술과 독특한 멋은 왕년에 에드워드 7세의 호감을 샀고, 이제는 그의 손자까지 사로잡았다. 자그마한 몸집의 그녀는 주름진 얼굴에 짙은 화장을 하며 화려하게 차려입었고 종종 머리에 은가루를 뿌려 빗어 넘기기도 했다. 해럴드 니컬슨은 그녀의 외모를 〈아마추어가 그린 제3왕조 미라〉 같다고 묘사했다. 칩스 채넌은 에메랄드의 지성과 교양에 대해 언급하면서 흥미로운 사람들이 모인 변화무쌍한 지형도에서 중심에 서고자 하는 그녀의 야망에 대해서도 빼놓지 않았다. 그의 글에 따르면, 〈왕실은 지나치게 화려한 명사들의 모임에 늘 눈살을 찌푸렸다. 사실 에메랄드가 교섭에 실패한 유일한 이들은 왕비 2명(메리 왕비와 이후에 엘리자베스 왕비), 애스터 부인과 더비 부인이었다〉.[19]

정치계에서 가장 열성적이었던 사교계의 여왕 애스터와 런던데리의 열의는 사교 활동에만 한정돼 있진 않았다. 낸시 애스터는 여성과 아동의 권익을 위해 오랫동안 힘써 왔다. 그런데 1936년, 보수당 총리 부인 루시 볼드윈이 조산술 수준 향상 운동을 시작했을 때 애스터는 아마도 질투심에서 비롯되었을 비판적인 태도를 보였다. 그녀는 루시 볼드윈의 목소리를 흉내 내면서 〈임산부를 한 명씩 책임지자〉라며 루시가 대중에게 호소하는 다소 순진한 소리를 이중적 의미로 묘하게 들리도록 만들었다. 게다가 낸시 애스터는 루시 볼드윈에게 〈우리가 낳는 애들 면면을 보면 차라리 엄마들이 죽게 놔두는 것에 찬성합니다!〉라는 소리까지 했다. 산모와 산아의 사망률이 매우 높았던 시대에 이런 충격적인 발언을 한다는 건 낸시 스스로 평판을 해치는 짓이었다.

반면 이디스 런던데리는 1928년에 루시 볼드윈과 국영 생일 신탁 기금을 공동으로 창립해 출산 시 여성에게 마취제를 제공하는 활동을 벌였다. 1934년에 국영 생일 신탁 기금은 조산 공동 협의회를 설립해 도시 빈민층이 아이를 출산할 때 매우 중요한 역할을 하는 조산사 훈련 및 고용에 대대적인 개혁을 가했다. 네빌 체임벌린은 어머니가 출산 도중에 세상을 떠났던 터라 이러한 개혁을 지지했다. 루시 볼드윈과 이디스 런던데리가 노력한 덕에 1936년 7월, 조산사 법이 통과되었다. 처음으로 지방 정부에서 자금을 지원하는 국가 제공 조산사 서비스가 생겼고, 빈곤층 대상 무상 의료 지원 원칙이 수립되었다. 비용 지불이 가능한 가정은 30실링을 내고 조산사 서비스를 받았지만, 돈이 없는 가정도 서비스를 제공받을 수 있었다. 산모와 산아의 치료 및 간호 수준이 개선되기 시작하면서 사망률은 낮아졌다. 이러한 조치에서 국민 의료 보험 제도의 출발점, 즉 도움이 필요한 곳을 찾아가는 돌봄의 원칙이 시작된 지점을 확인할 수 있다. 이는 영향력 있는 여성들의 직접적인 참여로 전 계층의 여성이 실질적 혜택을 누리는 성과를 얻어 낸 하나의 사례이기도 하다.

8장
한 해에 3명의 왕: 1936

1936년은 영국 사교계에 중요한 해였다. 사교계 인사들은 헌정 위기와 전 세계의 고속 발전, 한 해 내내 휘몰아친 정치적·사회적 대변동을 바로 앞에서 목격했다. 그중에는 개인적인 비극을 겪은 이들도 있었다.

새해가 밝을 무렵 국왕 조지 5세의 건강이 나빠졌다. 그는 왕위 승계도, 심프슨에게 홀려 있는 아들도 걱정이었다. 그는 왕세자가 왕위를 계승하고 채 열두 달을 못 채우고 신세를 망칠 것으로 예측했다(실제로 고작 325일 걸렸다). 1월 20일, 조지 5세가 샌드링엄에서 가족에게 둘러싸여 의식 불명 상태에 빠졌다. 주치의 도슨 경이 완곡하게 이같이 말했다.

「전하의 생명이 평화로이 마지막을 향해 나아가고 있습니다.」

사실 국왕의 서거는 도슨이 투여한 모르핀과 코카인으로 조금 앞당겨졌다. 국왕 서거 소식이 상대적으로 〈위엄〉이 부족한 석간신문보다는 눈에 띄게 『더 타임스』 같은 조간신문에 실리게 하려는 조치였다.

조지 5세의 왕위 계승자 에드워드 8세는 〈왕 노릇〉할 준비가 되어 있지 않아 통탄스러웠다. 그는 추밀원*을 만나러 비행기로 런던에 돌아갔다. 이는 신기술을 수용하는 현대적 군주의 모습이었다. 그런 그가 이제 매우 전통적인 역할 속으로 성큼 들어서게 되자 자신의 능력에 대한 걱정이 앞섰다. 더군다나 유부녀 미국인과의 관계도 신경 쓰였다. 이제 그는 정말로 왕이 되었으니 격에 맞는 왕실의 신부를 만나 정착하고 심프슨 부인을 포기할까? 그의 보좌관 앨런 래슬스는 이런 평을 남겼다.[1]

> 내가 느끼기로는 왕세자가 방심하다가 아버지의 죽음으로 허를 찔린 것 같았다. …… 그는 아버지가 몇 년은 더 버티리라 예상했고, 모르긴 몰라도 이미 왕위 승계권을 포기하고 S 부인과 결혼하기로 결심했을 것이다. 이 일이 있기 훨씬 전에 그가 몇몇 미국 친구에게 자신은 절대 왕이 될 수 없을 거라고 털어놓은 사실을 나는 알고 있다.[1]

에드워드 8세는 가족들 앞에서 아버지의 유언장이 낭독되자 불같이 화를 냈다. 그의 형제들이 각각 75만 파운드(오늘날 약 2800만 파운드 상당)를 현금으로 받는 반면, 자신은 한 푼도 받지 못하고 유명한 우표 수집품이나 경주마 같은 상속 재산도 팔지 못하게 되어 있었다. 에드워드는 월리스에게 전화를 걸어 자신에게는 원치도 않은 왕관은 있지만 두 사람이 간절히 원했던 재산은 한 푼도 없다는 소식을 전했다. 래슬스는 바로 이 점

* 국왕 자문 기관.

이 에드워드가 양위를 결심한 이유라고 확신했다.

국왕의 장례가 거행되는 동안 왕기(王旗)를 씌우고 제국 왕관을 얹은 포차에 실린 관이 런던 전역을 행진했다. 장례 행렬이 뉴 펠리스 야드에 들어서자 왕관 위에 달린 몰타 십자가가 땅에 떨어져 어느 선임 하사관이 재빨리 회수했다. 관대 뒤로 걸어가던 에드워드 8세가 중얼거렸다.

「젠장! 다음엔 또 뭔 일이 벌어질 거야?」

미신을 믿는 이들에게 그 사건은 불길한 징조였다.

‡

세련되고 지적인 직업 외교관 레오폴트 폰 회슈는 런던 주재 독일 대사였는데 히틀러와 국가 사회주의에 반감이 있었다. 그는 베를린의 외무부에서 접대비를 아낌없이 지원받았고, 런던 사교계와 대사관 직원 모두에게 사랑받았다. 그러나 그를 신뢰하지 않은 히틀러가 1934년에 폰 리벤트로프를 그의 개인 특사로 런던에 보내 유력 인사와 왕세자 주변 인물들과 친분을 쌓게 했다. 폰 리벤트로프의 서투른 매력이 처음에는 몇몇 사교계 여성에게 호감을 주었지만, 특히 시빌 콜팩스를 비롯한 다른 이들은 적극적으로 그를 피해 다녔다.

그러던 중 1936년 4월 10일, 폰 회슈 대사가 런던 관저 욕실에서 돌연사했다. 사인은 심장 마비로 보였다. 사망 소식이 전해졌을 때 폰 리벤트로프는 이제 막 독일로 돌아간 직후였다. 폰 회슈 대사가 생전에 심장병을 앓았다는 오토 폰 비스마르크 왕자의 성명이 나왔는데도 런던에는 대사가 암살되었다는 소문이 빠르게 퍼졌다. 폰 회슈의 죽음은 그와 마찬가지로 나치를 경멸했던 파리 주재 독일 대사 롤런드 코스터가 사망한 지 불과 몇 주 만에 일어난 일이었다. 소문은 사그라지지 않았다. 카이로에서 독일 장관과 결혼한 폰 스토러 남작 부인이 1980년대에 주장한 바로는 게슈타포로 일하던 지인들에게 폰 회슈의 치약에 독이 주입돼 있었다는 정보를 들었다고 했다. 로이터 통신 회장과 결혼한 이니드 배그널드도 목격자라고 주장하는 누군가에게 폰 회슈가 살해당했으며 증거를 없애기 위해 그의 시체가 서둘러 방부 처리되었다는 말을 들었다.

그의 유해가 담긴 관이 빅토리아역으로 옮겨졌고 앤서니 이든, 존 사이먼, 외무부 사무 차관 로버트 밴시타트가 동석한 고위층 장례 행렬이 함께했다. 폰 회슈의 유해는 영국 구축함에 실려 독일로 전달되었으나 그의 시신은 공식적인 장례 절차도 없이 급히 매장되었다. 10여 년 후 폰 리벤트로프는 뉘른베르크에서 힘겹게 재판을 받는 중에 쓴 자기 편향적인 회고록에서 〈이 능력 있는 대사〉의 죽음에 유감을 표했다. 그러나 1936년에 그가 런던 대사로 부임할 준비를 할 때 제3제국의 최대 적 중 한 명이 사망했다고 의기양양하게 말한 바 있었다.

히틀러가 폰 리벤트로프를 런던 대사로 임명하자 나치 최고 사령부는 경악했다. 누군가는 그의 승진을 시기했고, 누군가는 그가 대사직을 맡을 주제가 못 된다고 불평했다. 히틀러는 괴링에게 폰 리벤트로프가 이런저런 영국 각료와 귀족을 잘 안다며 자신의 추종자를 변호했다. 이에 괴링은 그들 역시 폰 리벤트로프를 잘 안다는 게 바로 문제라고 답했다. 히틀러의 열혈 팬인 유니티 미트퍼드마저 폰 리벤트로프가 런던에서 놀림감이 될 것이라고 말했다. 일찍이 1935년 10월, 그는 방문 판매원 취급을 받았었다. 〈그는 영국 귀족들이 그가 파는 술이든, 정치적 범죄나 조국의 거짓 선전이든 손쉽게 먹힐 만한 좋은 판로가 된다는 이유로 그들을 경멸한다. …… 지금 당장 그가 상품으로 내놓은 것은 와인과 거짓말이다.〉[2]

폰 회슈가 사망하고 제1서기 오토 폰 비스마르크가 런던 대사관을 안팎으로 건사하는 사이 폰 리벤트로프는 아무런 방해 없이 히틀러의 지시를 받들어 영국 상류층 공략에 나섰다. 1936년 5월에 폰 리벤트로프 부부가 런던으로 복귀했다. 5월 29일, 로라 코리건이 사교계 시즌에 쓰려고 빌린 커즌 스트리트에 있는 제1대 크루 후작의 메이페어 저택 크루 하우스에서 파티를 열었고, 리벤트로프 부부가 손님으로 참석했다. 코리건은 칩스 채넌도 초대했다. 채넌은 신임 독일 대사가 그에게 베를린 올림픽에 참석하는 호화 여행에 함께할 기회를 주겠다는 이야기를 듣고 리벤트로프를 얕보던 태도를 전면 수정했다.

한편 독일은 1936년 3월에 라인란트를 재점령하면서 팽창주의의 영향력을 넓혀 나가고 있었다. 런던에서 열린 국제 연맹 회의 이후에 애스터 부부가 각국 사절과 주요 대사, 정치인 등을 초대해 만찬회를 열었다. 낸시 애스터가 저녁 식사 후에 딱딱한 분위기를 푸는 차원에서 의자 뺏기 게임을 제안했는데, 영국인 손님들더러 리벤트로프와 독일인 손님들이 이기게 해주라고 넌지시 일렀다. 음악이 빨라지고 미칠 듯 휘몰아치는 사이 상대적으로 더 호전적인 종족에게 남은 포획물을 잡아챌 기회를 양보하는 광경은 마치 〈절대 평화주의〉가 좌우명이었던 1930년대 중반의 친유화 정책을 고스란히 반영한 것 같았다.

폰 리벤트로프는 히틀러와 영국 총리 스탠리 볼드윈의 비밀 회담을 주선하겠다는 별 가망 없는 복안을 떠올렸다. 그는 이 목표를 이루기 위해 애스터 부부, 그리고 그들의 친구이자 전직 내각 부장관 토마스 존스를 영입했다. 속임수와 과장된 선전을 좋아하는 폰 리벤트로프는 볼드윈도 총통을 만나기만 하면 사람을 홀리는 총통의 마력에 여지없이 빠져들 거로 생각했다. 1936년 6월, 존스와 리벤트로프는 켄트주에 있는 애스터가의 해변 별장 레스트 해로로 향했다. 남들의 이목에서 멀리 떨어진 데서 국방 조정부 장관 토머스 인스킵과 비밀 회동이 있어서였다. 필립 커도 그곳에 있었고 회담은 밤까지 이어졌다. 다음 날 아침, 낸시 애스터가 리벤트로프를 장난스레 긁었다. 자신의 사교계 라이벌인 런던데리 부인, 커나드 부인과 어울려 왔다며 〈나쁜 친구〉랑 놀지 말라고 놀린 것이다.

폰 리벤트로프는 그들이 항상 그를 잘 대해 줬다고 낸시에게 항변했지만 그녀의 의중은 확실히 전달된 셈이었다. 정치적 영향력을 가진 실세는 애스터 부인이었다. 볼드윈과 히틀러의 만남을 성사시키려던 리벤트로프의 계획은 끝내 실현되지 않았으나 레스트 해로의 회담 결과 필립 커는 외무 장관 앤서니 이든을 설득해 영국이 프랑스와 러시아의 편에 서기보다는 유럽 심장부의 최강자인 독일을 지지하도록 힘썼다.

그러나 제3제국의 부흥을 대놓고 묵인하는 이들이 애스터 부부만은 아니었다. 1930년대 중반 상류 사회와 궁정 사회에는 이탈리아, 독일, 일본에서 우위를 점하고 있는 파시스트 정권에 찬성하는 듯한 이들이 많았다. 주간지『타임 앤 타이드』에서 윈스턴 처칠, 더프 쿠퍼, 오스틴 체임벌린을 포함해 히틀러의 진짜 의도가 드러나는 조짐을 꿰뚫어 본 〈현실주의 정치인〉과 대조적으로 애스터 부부와 런던데리 부부가 친독 친선 계획을 갖고 있다며 공개적으로 밝혔다. 이에 대해 낸시는 자신이 독일을 공평하게 대우하여 유럽의 평화를 위해 노력하는 것이라고 강력히 주장하는 반박 기사를 냈다. 진정성과 순진함을 버무릴 줄 아는 남다른 능력은 낸시 애스터의 가장 독특한 성격 중 하나였다. 시빌 콜팩스는 나치 독일의 매력 공세에 단호히 저항했다. 칩스 채넌은 폰 리벤트로프가 그를 베를린 올림픽에 초대하겠다는 제안을 받아들인 결정을 시빌이 못마땅해했다고 말했다. 해럴드 니컬슨도 칩스와 아내가 독일의 진의를 모르는 척한다고 비난했다. 〈채넌 부부는 샴페인 로비에 푹 빠져 버렸다. …… 그들은 리벤트로프가 훌륭한 남자라고 여기며, 용맹한 작은 독일이 동쪽에서 포도주를 실컷 즐기게 놔두고, 그렇게 하는 동안 타락한 프랑스는 입 다물고 있게 해야 한다고 생각한다.〉[3]

　　니컬슨은 그레빌의 만찬 자리에서 한 친나치파 독일 여성에게 열변을 토하며 독일행을 일언지하에 거절했다. 그 손님은 독일이 아주 많이 변했으니 한번 방문해 보라고 니컬슨을 설득했다. 그러자 그가 이렇게 답했다.

「네, 그러면 제 옛 친구들이 교도소에 있거나 추방당했거나 살해당한 걸 알게 되겠군요.」

그 지점에 그녀가 숨을 헉하고 몰아쉬었다. 매기가 뭔가 끔찍한 일이 벌어진 걸 목격했고 테이블 저쪽에서 대체 무슨 일이냐고 소리쳤다. 나는 큰 목소리로 천천히 다시 한번 말했다. 리벤트로프의 보좌관까지 매기의 오른편에 있으니 모든 게 딱 들어맞았다. 윌링던(1931~1936년 인도 총독) 경에게는 안된 일인데 그가 내 편을 들어주었다.[4]

‡

조지 5세 서거 후 6개월이 지난 1936년 7월, 아무리 왕실 애도 기간이 공식적으로 끝났다 해도 런던 사교계에는 전반적으로 〈경거망동〉하는 분위기가 풍겼다. 1936년 6월 11일, 칩스 채넌 부부가 벨그레이브 스퀘어의 으리으리한 타운 하우스에서 새로 만든 호화로운 다이닝 룸을 첫선을 보이고 싶은 마음에 신임 국왕을 위한 소규모 만찬 파티를 열었다. 로코코 양식의 다이닝 룸은 뮌헨 근처의 18세기식 아말리엔부르크 수렵용 저택에 있는 거울의 방을 모델로 만든 공간이었다. 완공되는 데 1년 이상 걸렸고, 비용은 6,000파운드가 들었다. 〈파란색과 은색의 조화〉가 돋보이는 이 공간은 크리스털과 거울 유리가 가득했고, 빈에서 들여온 아름다운 쪽마루 바닥으로 돼 있었다. 이날 만찬에 참석한 귀빈으로는 당연히 윌리스 심프슨이 있었고(어니스트 심프슨은 눈치껏 선약이 있다고 했다), 필립 사순,

더프 쿠퍼, 레이디 다이애나, 켄트 공작도 있었다. 말하나 마나 에메랄드 커나드는 또 지각이었다.

다이닝 룸으로 들어가는 문이 극적인 분위기를 연출하듯 〈휙〉하니 열렸다. 런던 사교계의 선별된 상류층 인사들이 눈부시게 반짝이는 마법의 방에서 촛불 불빛을 받아 거울에 끝없이 비치는 자신의 모습을 감상했다. 시빌 콜팩스는 손님들과 함께 커피를 마셨다. 그날 만찬회는 대성공이었다. 국왕은 새벽 1시 45분에야 자리를 떴다. 동석한 이들과 즐겁게 어울리며 아름다운 공간을 충분히 만끽한 듯 보였다.

낸시 애스터가 6월 16일에 클리브덴에서 개최한 무도회는 거대한 무도회장에 1,000명이 넘는 손님이 운집해 사교계의 부러움을 산 행사였다. 낸시의 조카 조이스 그렌펠은 원 없이 즐긴 파티였다는 평을 남겼다. 저택 곳곳은 정원의 꽃으로 꽃줄을 만들어 장식했다. 옅은 파란색 새틴 드레스를 입고 티아라를 쓴 낸시가 손님들을 맞이했다. 미리 저녁 식사가 차려졌고, 밤 10시 반에 오케스트라가 연주를 시작해 손님들이 춤을 추다 보니 새벽 4시가 되어 달걀과 베이컨이 간식으로 나왔다. 하지만 그해 여름 누군가는 이토록 걷잡을 수 없이 향락적인 분위기가 영 신경에 거슬렸다. 어느 하우스 파티에 참석한 해럴드 니컬슨이 아내 비타 색빌웨스트에게 이렇게 썼다.

클리브덴이 멋들어져 보이는 건 인정해. 파티가 화려하고 어마어마하다는 것도. 난 우리가 부자가 아니라서 얼마나 다행인지 몰라. 이런 집을 갖고 싶은 마음이 추호도 없어. 아무것도 진짜 내 것이 아니잖아. 죄다 하인이며 정원사들이 차지한 곳이지. 모든 게 소름 끼칠 만큼 비현실적이야. 정말 그림같이 아름다운 곳이긴 해. 보고 있자면 눈이 즐겁지. 한데 이곳의 소유주로 여기에 산다는 건 밀라노 스칼라 극장의 무대에서 사는 거나 다름없겠어.[5]

다른 이들도 부를 과시하는 행태를 못마땅해하긴 마찬가지였다. 베벌리 니컬스는 런던데리 하우스의 화려한 축하연에 참석한 사람이라면 권력과 안정감과 불멸의 기운이 감도는 분위기 때문에 그 파티를 결코 잊지 못했다고 썼다. 그는 〈둥둥 울리는 드럼 소리에 프랑스 혁명 당시 사형수 호송차의 기운〉을 감지하라고 경고하며, 보란 듯 누리는 특권이 사회 혁명의 도화선이 될 수 있음을 넌지시 알렸다. 스탠리 볼드윈은 1936년에 후작 부인이 〈참으로 훌륭하고 멋지게〉 손님들을 접대했지만 그 융숭한 접대가 〈내게는 구닥다리처럼 느껴졌고, 때로는 취향이 의심스럽기까지 했다〉라고 썼다.

　　1936년 7월 16일, 근위 여단 3개 연대에 대한 군기 수여식이 성대하게 거행되는 자리에서 새로운 국왕의 측근과 전통주의 〈보수파〉 사이의 분열이 확연히 드러났다. 하이드 파크에서 퍼레이드가 진행되었고, 앉아서 퍼레이드를 볼 수 있도록 임시 관람석이 두 군데 설치되었다. 첫 번째 관람석은 메리 왕비, 왕비의 며느리 요크 공작부인, 똑같은 옷을 입은 공작부인의 어린 두 딸 엘리자베스와 마거릿 로즈를 포함한 왕실 가족, 가신, 직원 전용석이었다. 나머지 관람석은 국왕의 세련된 사교계 지인들 차지였다. 그중에는 미국 출신이 많았고, 흠잡을 데 없는 옷차림으로 등장한 월리스 심프슨이 에메랄드 커나드의 옆자리에 앉아 자리를 빛냈다. 국왕과 요크 공작은 제복 차림으로 말에 탄 채 경례를 받았다. 두 그룹으로 나뉜 관중들이 서로 경계의 눈초리를 보냈다. 관중석 사이의 틈이 그들 사이의 균열을 적나라하게 보여 주었다. 군기 수여식이 끝난 직후한 아일랜드 기자가 장전된 권총을 왕에게 겨눴지만 특수 경찰에게 무장 해제당하며 군중의 린치는 가까스로 피했다. 에드워드가 이 실랑이를 목격했고, 총이 그의 말발굽 아래로 떨어졌는데도 두려워하지 않은 용감한 태도로 나중에 찬사를 받았다. 1914년에 대의를 앞세운 어느 열혈 민족주의자가 권총 한자루를 쥐고 뜻밖의 기회를 얻어 프란츠 페르디난트 대공과 부인을 암살한 사건이 일어났던 게 불과 22년 전이었다. 알다시피 그 후 끔찍한 결과가 뒤따랐고, 왕과 국가 원수들은 공식 행사에 대표 격으로 등장할 때 계산된 위험을 감수한다는 사실을 잘 알고 있었다.

‡

1936년 8월 1일, 베를린 올림픽이 개막했다. 이 행사는 베를린이라는 도시를 전 세계에 선보일 전시장이자 제3제국을 드러낼 전대미문의 선전 기회였다. 베를린 곳곳에 나치 독일의 표장인 만자 십자장 깃발과 현수막이 나부꼈고, 확성기에서 나오는 피를 끓게 하는 군악과 위협적인 안내 공지가 번갈아 대중과 방문객의 귀를 때렸다. 매춘부는 잠재적인 고객들이 당도한 터라 영업을 이어갈 수 있었고, 소매치기와 잡범은 일제 검거돼 억류되었다. 올림픽이 끝날 때까지 〈유대인 금지〉 표지판은 창고에 고이 모셔졌다. 알베르트 슈페어가 조목조목 설계한 베를린 올림픽은 과하게 거창한 분위기를 띠었다. 거대한 올림픽 경기장은 10만 명을 수용했고, 열광적인 관중은 신격화된 갈색 제복 차림의 자그마한 사내에게 환호했다. 이 올림픽에는 53개국의 선수들이 모였다. 영국에서는 로더미어 경, 비버브룩 경, 로버트 밴시타트 등 수많은 인사가 경기장을 찾았다. 굉장한 구경거리에 매료된 이들도 있었다. 그중 칩스 채넌은 〈리벤트로프와 히틀러가 맞이하고 어딜 가든 돌격대원들이 호위해 주는〉 분위기에 잔뜩 들떴다.[6] 칩스를 총통에게 정식으로 소개해 주자 그는 무솔리니나 교황을 만났을 때보다 더 흥분된다고 떠들었다. 기자 자격으로 참석한 베벌리 니컬스는 신랄한 비평자에 가까웠다. 〈새하얀 롤스로이스에 탄 둥그러니 무표정한 얼굴의 영국 귀족들은 히틀러 청소년단이 마치 남신들처럼 꽤 멋지다며 서로 소곤거렸고, 아무리 봐도 전쟁을 원하는 모습으론 보이진 않는다며 중얼댔다.〉[7]

리벤트로프는 여름 내내 독일에서 지낸 후 1936년 10월 26일, 드디어 공식 대사 자격으로 기차를 타고 런던으로 돌아왔다. 그는 빅토리아역을 나서기 전에 독특한 나치식 경례를 장장 30초 이상 고집스레 유지하는 바람에 비웃음을 샀다. 경례 후에는 취재진을 향해 공산주의가 〈가장 끔찍한 질병〉이라고 맹비난하는 성명을 낭독했다. 이는 외교적으로 적절하지 않은 언사이자 외교 의례를 무시하면서까지 소련을 도발한 이유 없는 공격이었다. 신임 대사는 국가 원수에게 신임장을 제출하기 전까지는 공개적인 발언을 삼가야 하는 법이다. 심지어 친독 성향의 『데일리 메일』마저 리벤트로프가 다른 정치적 이념을 용인하는 영국의 상황은 안중에도 없는 것 같다고 평했다.

유감스럽게도 독일 대사관 직원들은 리벤트로프에게 괴롭힘을 당하며 지냈다. 그는 열병식을 어설프게 따라 하듯 직원들을 검열하며 그들에게 〈히틀러 만세!〉라고 경례한 후 똑같이 하라고 강요했다. 그들은 외교단 소속 직업 공무원으로 어느 당에도 특별한 소속감이 없을뿐더러 전 대사가 갑작스레 사망한 것에 충격을 받은 상태였다. 대사관은 히틀러가 지시하고 알베르트 슈페어가 감독한 대규모 재단장 공사가 진행 중이라 리벤트로프는 공사가 완료될 때까지 지낼 임시 거처를 찾아야 했다. 대사 체면에 맞는 곳을 찾다가 이튼 스퀘어의 웅장한 저택을 빌렸다. 희한한 운명의 장난인지 이 집의 소유주는 곧 영국 총리가 될 네빌 체임벌린이었다.

리벤트로프가 물색없이 외무부의 앤서니 이든을 찾아가 자신이 총통과 개인적으로 가까운 사이임을 과시하며 그의 환심을 사려고 애썼다. 그는 이든에게 자신이 영국 외무 장관에게 총통의 의중을 전달할 수 있으므로 자신을 대사로 두면 영국에 큰 이득이 될 것이라고 큰소리쳤다. 이든이 영국에는 독일 정부의 정책을 전달하는 임무를 맡은 베를린 주재 대사가 있다고 짚어 주었다. 그는 리벤트로프의 역할이 영국 정부의 의견을 베를린으로 보고하는 것이라고 딱 잘라 말했다. 국제 외교의 운용 방식에 관해 그런 기초적인 가르침을 받자 리벤트로프는 골이 났다.

10월 30일에 리벤트로프가 에드워드 8세에게 신임장을 제출하러 버킹엄 궁전에 갔는데, 국왕은 그를 〈세련되지만 허풍 센 기회주의자〉라 평했다. 리벤트로프가 국왕을 만나는 자리에서 나치식 경례를 했다. 이탈리아 대사 그란디 백작은 〈경우 없는〉 리벤트로프가 그에게 파시스트식 경례를 왕에게 하도록 강요한 상황을 어떻게 모면했는지, 독일인들이 이탈리아 외무 장관에게 리벤트로프에 대한 어떤 불만을 표했는지 훗날까지 기억했다. 10월 31일에 리벤트로프 부부는 그레빌이 그들을 주빈으로 런던 자택에 마련한 칵테일파티에 참석했다. 그런 다음 다 같이 더럼 근처에 있는 런던데리 부부의 별장 원야드에서 주말을 보내러 갔다. 리벤트로프 부부는 영국의 의사 결정권자와 인맥이 있다고 판단되는 사교계 핵심 여성 인사들과 친분을 쌓는 데 열을 올렸다.

시빌 콜팩스는 다른 사교 그룹에서 활동하고 있어서 신임 독일 대사와 접촉을 피할 수 있었고 나치 정권에 철저히 반대 뜻을 취했다. 1936년은 시빌에게 힘든 한 해였다. 친구 러디어드 키플링이 죽은 지 얼마 되지 않아 남편 아서까지 폐렴에 걸려 2월 19일에 갑자기 세상을 떠나 시빌은 큰 슬픔에 빠졌다. 예순둘의 시빌은 불확실한 미래와 마주했으나 특유의 용기를 잃지 않았다. 짧은 휴가를 보낸 후 콜팩스&파울러로 복귀해 더 열심히 일하며 수입을 챙겼다. 형편이 어려워지긴 했어도 사교계 활동은 계속 이어 갔다. 버지니아 울프는 시빌이 저녁 식사에 쓰는 식재료를 아낀다며 야박하게 볼멘소리를 했다. 시빌은 마음의 평정을 유지하려 애쓰다가 어느 날 미국 작가 손턴 와일더에게 속내를 털어놓았다. 이제 공적 생활에서 물러나 추억을 곱씹으며 사는 편이 좋겠지만 여유 자금이 남아 있지 않아 선택의 여지가 없고 아가일 하우스를 팔 수밖에 없는 사정을 밝혔다.

시빌이 첼시에서 주최한 마지막 파티 중에는 매우 가슴 아픈 행사가 있었다. 1936년 6월 10일, 에드워드 8세와 심프슨 부인이 주빈이었고 해럴드 니컬슨과 로버트 브루스 록하트, 케네스 클라크와 제인 클라크 부부, 버너스 경, 사교계 명사 데이지 펠로우즈, 싱어 가문 상속녀 폴리냐크 공작부인도 참석했다. 재능 있는 유력 인사 2명, 외무부 사무 차관 로버트 밴시타트와 월스트리트의 거대 기업 J. P. 모건의 수장인 은행가 톰 러몬트도 참석했다. 버너스는 시빌이 그에게 전화해 아서를 만나러 와줬으면 좋겠다고 말했을 때 적잖이 당황했다. 〈아서는 세상을 떠난 거로 알았는데요?〉 하고 물었다. 메리 보든이 시빌을 모델로 쓴 작품이라고 알려진 「예수 그리스도를 만나러」에 나오는 망상에 빠진 사교계 여성을 염두에 둔 질문이었다.

「오, 〈우리〉 아서 말고요.」

시빌이 마치 당연한 것 아니냐는 듯 음악의 대가인 피아니스트 〈아서 루빈스타인이요〉 하고 대답했다.

만찬회는 순조롭게 진행되었다. 로버트 밴시타트는 새 국왕이 영국과 나치 독일의 〈친선〉을 부르짖으며 이를 위해 힘을 보태 달라는 소리를 점잖게 경청했다. (군주로서 에드워드 8세는 민주적으로 선출된 정부가 내린 결정에 개입하거나 발언하는 것을 피해야 했다.) 식사 후에 만찬회 분위기가 풀어지기 시작했다. 시빌은 손님들을 응접실의 그랜드 피아노 주변에서 편한 시간을 보내도록 안내했다. 나서기 좋아하는 폴리냐크 공작부인이 피아노 바로 옆의 상석을 냉큼 차지했다. 해럴드 니컬슨은 〈그렇게 결사적으로 앉아 있는 여자는 생전 처음 봤다. 엉덩이에 투지가 옹골지게 들어차 있었다〉라고 썼다.[8] 시빌은 양탄자에 앉은 젊은 손님들 틈에 앉았는데 세심하게 계산된 털털한 태도를 드러낸 것이었다. 해럴드는 그런 시빌이 마치 누군가가 바닥에 잉크스탠드를 놔둔 듯 영 어울리지 않는 모습이었다고 말했다.

모두 자리를 잡고 앉자 루빈스타인이 피아노로 쇼팽의 「뱃노래」를 연주하기 시작했다. 에드워드 8세는 처음에 매우 당황스러워하다가 나중엔 짜증을 냈다. 그가 기대했던 곡은 더 유명한 「호프만의 이야기」의 〈바르카롤〉이었다. 그는 자리에서 일어날 기회가 생기자 위대한 음악가에게 딱 잘라 감사의 말을 전하고 자리를 떴다. 그때가 고작 10시 15분이었으니 시빌에게는 끔찍한 일이었다. 그런데 에드워드 8세가 현관까지 막 다다랐을 때 윈스턴 처칠이 도착했고 두 사람이 홀에서 환담을 나누었다. 그 사이 노엘 카워드가 잽싸게 피아노 쪽으로 가서 흥 넘치는 노래 「미친 개와 영국인」을 부르기 시작했다. 국왕이 자기 취향에 맞는 음악을 듣더니 마음을 바꿔 파티장으로 돌아가 새벽 1시까지 머물렀고, 그날 만찬회는 무사히 마무리되었다.

시빌은 무거운 마음을 안고 아가일 하우스와 세간살이 대부분을 매물로 내놓았다. 1936년 10월 27일, 버지니아 울프가 시빌의 집을 방문했다가 모든 세간살이와 가구에 경매 딱지가 붙어 있고, 구매 희망자들이 이제까지 시빌이 살아온 삶의 온갖 잔해 더미를 헤집고 있는 광경을 보고 경악했다. 두 여인은 응접실로 피신했고 울프는 그날의 시빌에 대해 이렇게 썼다. 〈그녀는 늙고 병들어 보였다. 코 양옆에는 흡사 끌로 새긴 듯 초췌한 팔자 주름이 패여 있었다. 나는 그녀가 너무 안쓰러웠다. 우리는 마치 뗏목에 매달린 생존자 같았다. 이로써 그녀의 모든 파티가 막을 내렸다. 우리가 앉아 있는 이곳은 최근까지 저 높이 왕관이 자리했던 웅장한 건축물의 폐허였다.〉[9]

시빌은 웨스트민스터의 로드 노스스트리트에 있는 훨씬 더 작고 실속 있는 집으로 이사한 후 계속 손님들을 초대했다. 이제 시빌의 파티에 참석하는 손님들은 예쁘고 아기자기한 다이닝 룸에서 작은 금박 의자에 팔꿈치가 부딪힐 정도로 다닥다닥 앉게 되었지만 여전히 흥미로운 대화가 오갔다. 재능 있는 이들을 끌어들이는 시빌의 능력은 타의 추종을 불허했다. 시빌의 친구들 대부분은 시빌이 형편이 어려워진 상황에서도 씩씩하게 현실을 헤쳐 나가는 모습에 박수를 보냈다. 1936년 말 해럴드 니컬슨이 시빌에게 3주간의 뉴욕 여행 경비 일체를 제공하기 위해 〈시빌 펀드〉를 준비한 적도 있다.

✣

월리스 심프슨은 조지 5세가 서거한 직후 온 나라가 여전히 애도하던 기간에 자기가 마지막으로 검은색 스타킹을 신은 게 캉캉 춤을 출 때였다는 경우 없는 소릴 했다. 이 말에 칩스 채넌은 살짝 충격을 받았다. 애스터의 하인 고든 그리메트는 월리스의 한마디 한마디에 귀를 쫑긋 세우고 있는 아첨꾼 무리를 기억했다. 어느 파티에서 그가 월리스에게 칵테일이 있는데 파라다이스와 화이트 레이디 중 고르라고 했다. 〈그러자 월리스가《허, 혹시 천국에 백인 여자가 있단 소릴 들어 본 적 있는 분?》하고 말했다. 누가 들어도 그 말이 올해의 최고 만담은 아닐 텐데. 웬걸, 그녀 주변에 있던 무리는 월리스가 마치 오스카 와일드 이래로 최고의 재치꾼인 양 박장대소를 하며 손뼉을 쳐댔다〉라고 회상했다.[10]

에메랄드와 시빌은 1935년부터 1936년 사이에 월리스의 절친 자리를 두고 피 튀기게 경쟁했다. 심프슨 부인과 국왕은 경쟁 관계인 사교계 유력 인사들 사이를 계속 오갔다. 조지 5세 서거 직후 1936년 2월, 월리스가 베시 이모에게 쓴 편지에 신임 국왕의 거처에서 보낸 어느 주말에 관한 이야기가 있다. 그녀는 지나가는 말로 에메랄드 커나드가 〈자신을 총리라고 생각한다〉라고 전했다. 4월 초 월리스가 브라이언스 코트의 자기 아파트에서 만찬회를 열었는데 좁은 공간에서 라이벌들의 자존심 대결이 벌어졌다. 그날 월리스의 주빈은 당연히 국왕이었고 마고 애스퀴스(레이디 옥스퍼드), 시빌 콜팩스, 에메랄드 커나드도 초대받은 손님이었다. 이들은 내심 다른 경쟁자 없이 국왕과 그의 여자 친구와 함께 오붓하게 사적인 저녁 시간을 보내리라 기대한 모양이었다. 그날 동석한 해럴드 니컬슨에 따르면 상황은 이러했다. 〈레이디 커나드가 레이디 콜팩스의 참석에 격분하고, 레이디 콜팩스가 레이디 커나드도 초대받았다는 사실에 분노하는 게 여실히 보인다. 레이디 옥스퍼드는 비공개 소규모 파티였다고 생각했다가 그들을 발견하고 매우 놀란 눈치였다. 국왕은 이 그룹 저 그룹 사이를 발랄하게 오간다.〉[11]

1936년 여름, 심프슨 부인이 공식 만찬회에서 국왕의 안주인 행세를 해 파티의 주빈 요크 공작 부부의 화를 돋웠다. 이 행사에 참석한 윈스턴 처칠이 이전 국왕들의 정부에 관한 곤란한 대화 주제를 꺼내더니 이내 요크 왕가와 랭커스터 왕가 사이에 벌어진 15세기 장미 전쟁에 관한 일장 연설을 시작했다. 〈고릿적 일이에요!〉 하고 공작부인이 쏘아붙였지만 윈스턴의 이야기가 정곡을 찌르긴 했다. 엘리자베스의 시아주버니는 신분을 숨긴 채 다니고 싶을 때 랭커스터 공작이라는 칭호를 자주 쓰곤 했다. 사실 그는 그해 여름 지중해 항해에 나설 때 위장용으로 그 이름을 써서 최고급 요트 나흘린호를 빌렸다.

요크 공작 부부는 여름 휴가를 보내러 스코틀랜드로 향했다. 그 사이 국왕과 심프슨 부인, 에메랄드 커나드, 더크 쿠퍼 부부는 달마티안 연안을 따라 호화 유람선 여행을 다니면서 그리스 섬 곳곳과 이스탄불 일대를 다녔다. 8월 10일부터 9월 6일까지 진행되는 일정이었다. 국왕은 뜻밖에도 어니스트 심프슨까지 여행에 초대했으나 그가 이번에도 업무가 많아 양해 바란다며 눈치 있게 사양했다. 여행에 나선 이들은 곳곳을 돌아다니고 일광욕을 하거나 수영을 하며 시간을 보냈다. 그들은 에드워드의 사촌인 그리스의 조지 왕과 그의 영국 태생 애인 로즈메리 브리튼 존스와 점심 식사를 함께했다. 식사 후에 월리스가 그들에게 둘 다 이혼한 상태인데 왜 결혼하지 않느냐고 물었다. 로즈메리가 평민이고 그녀의 전남편이 아직 살아 있어서 여전히 유부녀로 간주되기 때문에 왕과 결혼할 수 없다는 답이 돌아왔다. 로즈메리의 상황은 월리스의 상황과 다르지 않았다.

전통에 따라 밸모럴*에 방문하는 왕실 일정을 무기한 연기할 수 없어서 새 국왕은 9월에 그곳을 찾았다. 월리스도 동행했는데 보수적인 태도를 고수하는 왕가에서는 그녀가 왕실 소유지에 발을 들이자 큰 충격을 받았다. 월리스가 〈이 스코틀랜드인들 싹 다 치워야 해요〉라는 말을 했다고 전해지며, 이에 에드워드는 나이 든 가신들을 대량 해고해 살림 규모를 줄였다. 어느 날 요크 공작 부부가 저녁 식사를 하러 왔고 월리스가 엘리자베스를 맞이하러 다가왔을 때 공작부인은 쌩하니 그녀 곁을 지나치며 큰 소리로 알렸다.

「저는 폐하와 함께 식사하려고 왔습니다.」

〈요크가〉와 〈신(新)에드워드가〉 사이의 관계가 밑바닥까지 떨어졌다. 유력 인사들은 어느 한쪽 편을 들었다. 요크 공작 부부는 에메랄드 커나드나 시빌 콜팩스의 오찬과 만찬에 초대

* 밸모럴성. 스코틀랜드에 있는 영국 왕실의 별궁이다.

받지 못했고, 요크가를 지지하는 이들은 국왕과 사교계에서 어울리는 일은 꿈도 꾸지 못했다. 에메랄드는 요크가 부부가 국왕과 심프슨 부인 주변의 훌륭한 인재들에 필적할 자기들만의 그룹을 꾸리겠다는 생각을 비웃었다. 하지만 에메랄드가 비판에 무던한 편은 아니었다. 칩스 채넌은 에메랄드가 우편으로 받은 익명의 편지를 보여 주었을 때 경악했다. 편지는 이렇게 시작했다. 〈왕의 환심을 사려고 심프슨 부인에게 알랑거리는 늙은 암캐 같은 년.〉

런던데리 부인은 윌리스 심프슨에게 개인적인 원한은 없었으나 영국 귀족의 일원이자 원로 정치인의 아내로서 자신이 개입해야 할 의무감을 느꼈다. 그녀는 예전에 요크 공작 부부를 자주 축하연에 초대하고 왕세자도 초대했지만, 윌리스에 관해 들은 소문은 무시했고 심프슨 부부를 손님 명단에서 제외했었다. 1936년 11월 3일, 런던데리가 버킹엄궁으로부터 미리 전갈을 받았다. 심프슨 부인을 그날 저녁 런던데리 하우스에서 열릴 관례적인 의회 전야 축하연에 초대할 수 있는지 묻는 내용이었다. 보나 마나 왕이 하달한 직접적인 요청을 거절하기란 불가능했으니 순순히 응했다. 며칠 후 1936년 11월 6일, 에메랄드 커나드 집에서 열린 파티에서 이디스 런던데리는 윌리스에게 영국 대중이 이혼녀를 국왕의 아내로 절대 받아들이지 않을 것이라고 설명했다. 다음 날 윌리스가 그녀에게 조언에 감사하다는 편지를 썼고, 그녀가 제안한 대사대로 〈당사자〉와 대화하겠노라 약속했다. 물론 이디스도 도의적인 반감이 들었을진 모른다. 그녀는 결혼에는 불변의 신성함이 있다고 굳게 믿었으므로 1934년에 그녀의 딸 마거릿이 이혼남 앨런 먼츠와 결혼하겠다고 발표했을 때 기겁했다. 〈그가 딸에게 더럽혀진 인생을 건네준다〉라고 하소연할 정도였다.

낸시 애스터도 왕세자와 사교계에서 스스럼없이 어울리던 사이였다. 그는 낸시의 불손하고 생기 넘치는 태도를 재미있어했으며, 1931년에 그녀의 아들 바비가 동성애 혐의로 투옥되었을 때 보여 준 정신력과 진심에 감탄한 바 있었다. 1933년에 그들이 자선 행사에서 골프 경기를 하며 공개적으로 실력을 겨루는 동안 낸시는 요령 있게 왕세자에게 승리를 안겼다. 낸시가 어느 지루한 모금 만찬회에서 사람들을 향해 그날 저녁의 〈목표액을 달성할 만큼 후하게 내놓지들 않으시면 전하께서 앞선 연설을 전부 되풀이할 권한을 주셨다〉라고 말해 좌중을 웃기며 행사에 활기를 불어넣었다. 1936년에 에드워드 8세가 국왕으로서 첫 공식 만찬을 베풀었을 때 낸시는 분개했다. 그녀가 〈사회 분열 세력〉으로 여기는 에메랄드 커나드와 심프슨 부부를 왕이 초대한 것에 화가 났고, 적어도 자기 같은 최고의 버지니아 가문 정도는 되어야 최상류층에서 인정받을 만하다고 생각했다. 낸시는 미국과 대영 제국의 존엄을 지키기 위해 심프슨 부인의 이름이 왕실 행사 일보에 실리지 않기를 간절히 바랐다. 낸시의 하녀 로즈는 그녀의 태도가 놀라웠다. 어쨌든 낸시도 알코올 의존증이었던 첫 번째 남편과 이혼했고 작위가 있는 백만장자와 결혼했으니 월리스와 상황이 별반 다르지 않았기 때문이었다. 아마도 낸시는 영국의 여론이 〈드센〉 미국인 이혼녀에게 등을 돌릴까 봐 두려워서 월리스가 자신의 입지를 위협하는 존재라고 생각했을 것이다. 낸시 애스터의 의중이 무엇이었든 간에 그녀는 심프슨 부인이 왕비가 되어서는 안 된다고 못 박았다.

사교계 전담 사진작가 세실 비튼이 1930년에 월리스를 만났을 때 〈억세고 빼빼 마른〉 여자라며 눈길도 안 줬는데, 1936년 가을께 그의 스튜디오에서 월리스를 촬영하는 일정이 잡혔다. 이번에 그는 월리스가 〈발랄하고 재치 있으며 예전보다 아름답고 세련되어졌다〉라고 느꼈다.[12] 그가 태세 전환을 한 이유는 너무 뻔했다. 〈현재 그녀는 국왕의 아내 후보로 인기를 구가하고 있다. 에드워드 7세 시대 어르신들마저 혹시 어쩌다 그녀가 그들의 초대에 기꺼이 응한다면 그녀를 환영한다. 미국 신문에서는 이미 약혼을 발표했고, 궁정의 고위층은 대경실색한 분위기다. 메리 왕비가 눈물 잘 날이 없다는 소리가 들린다.〉

영국인 대부분은 국왕의 주변에서 펼쳐지는 드라마를 요행히도 모르고 살았으나 특정 분야의 사람들 사이에서는 수많은 소문이 떠돌았다. 심프슨 부부는 별거 중이었고, 월리스는 아이러니하게도 남편 어니스트에게 불륜을 이유로 이혼 소송을 제기했다. 10월 27일에 입스위치에서 그녀의 이혼 가판결이 승인되었다. 『시카고 선타임스』에서 〈울지*의 고향에서 왕의 정부가 이혼하다〉라고 자랑스레 알렸다. 이디스 런던데리와 시빌 콜팩스는 월리스에게 응원의 편지를 썼다. 한편 영국

---

* Thomas Wolsey. 영국의 정치가, 추기경. 헨리 8세의 측근이었으나 왕의 이혼 문제에 반대하여 총애를 잃고 몰락했다.

언론은 군주의 연애사라는 주제에 극도로 말을 아꼈다. 『캐벌 케이드』 잡지는 국왕은 언급하지 않고 심프슨 부인의 인물평을 실었다. 이 잡지에는 (익명의) 런던 사교계 인사가 하인들 앞에서 국왕의 〈국사와 무관한 활동〉을 논하는 손님에게 5실링씩 벌금을 부과했다는 주장도 실렸다. 영국행 해외 출간물 중에 국왕의 연애를 언급한 기사나 사진은 검열에서 삭제되었다. 스탠리 볼드윈은 심프슨 부인을 포기하라고 국왕에게 정치적 압박을 가했다. 그는 정부가 퇴진할 것이며, 언론이 두 사람을 향한 공격을 멈추지 않을 것이라고 경고했다. 왕은 그녀와 결혼하기로 결심했다고 말하며 볼드윈의 고언을 물리쳤다. 그는 리젠트 파크의 고상한 대저택에 월리스를 들여앉혔고 칩스 채넌, 시빌, 에메랄드 같은 그녀의 친구들이 차를 마시러 드나들었다. 시빌은 콜팩스&파울러를 벨베데레 요새의 전담 장식가로 왕에게 추천해 달라고 월리스를 설득했다. 조심성이 감탄스러울 정도인 월리스는 딱히 언질을 주지 않았다. 그녀도 왕도 각자 긴급히 해결해야 할 다른 문제들이 있었다.

헌법에 따른 뜻에 복잡한 부분이 있었다. 본디 왕의 아내는 결혼하면 자동으로 왕비가 되었다. 그러나 신앙의 옹호자(영국 교회의 명목상 수장)*인 국왕이 두 번 이혼한 여성과 결혼할 수 있었을까? 윈스턴 처칠은 본인의 어머니가 수차례 결혼한 전력이 있는 미국 태생의 여성이어서 국왕이 어째서 그의 〈귀염둥이〉를 가질 수 없는지 대놓고 궁금해했다. 이에 노엘 카워드가 간단명료하게 답했다.

* 헨리 8세(1521) 이후 영국 왕의 전통적 칭호.

「왜냐하면 영국 국민은 귀염둥이 왕비를 용납하지 않을 겁니다.」

미국 언론인 H. L. 멩켄이 영국 왕의 연애사를 〈예수가 십자가에 못 박힌 사건 이래 최고의 사연〉이라며 평했고, 결국 터질 게 터지고야 말았다. 12월 1일, 브래드퍼드 주교 알프레드 블런트가 국왕이 기독교인의 의무를 게을리했다고 조심스레 비판의 목소리를 냈다. 주교의 말은 국왕이 교회에 더 자주 가야 한다는 뜻이었으나 이런저런 시끄러운 말들 속에 자세한 내용은 사라진 후 그 당시에 알려진 대로 주교의 뼈 때리는 묵직한 〈둔기〉가 수문을 열어 버렸다. 12월 2일, 볼드윈이 국왕을 만나 윌리스를 포기하든지 퇴위하든지 양단간에 결정하라고 했다. 요크 공작 부부가 12월 3일에 아침 일찍 스코틀랜드에서 런던으로 돌아왔다. 유스턴에 도착해 기차에서 내려오는데 30센티미터짜리 글씨로 〈국왕 결혼〉이라고 떡하니 알리는 신문 전단 광고가 곧바로 눈에 들어왔다. 그날 오후 윌리스는 프랑스로 몸을 피해 오랜 친구 로저스 부부(허먼과 캐서린)와 칸에서 숨을 곳을 찾았다.

깜짝 놀란 영국 대중은 그들이 듣도 보도 못한 누군가에게 국왕이 전폭적인 사랑을 쏟는다는 사연을 기사로 접했다. 12월 5일 자『이브닝 스탠더드』에 글을 실은 조지 버나드 쇼가 두 번 결혼한 여성은 결혼 전력이 없는 왕에게 훌륭한 아내감이라는 희한한 의견을 피력했다. 왕실의 위기에 세간의 이목이 집중되자 12월 5일, 런던데리 부부는 더럼에서 열기로 한 주말 하우스 파티를 취소하고 런던에 머물렀다. 이디스는 요크 공작

부인에게 편지를 써서 메리 왕비가 현 상황에 대한 의견을 발표하는 게 좋겠다고 제안했다. 12월 7일에 엘리자베스는 이디스에게 감사하다고 답하면서 자신과 앨버트가 〈참담한〉 기분인 건 사실이나 메리 왕비는 냉정함을 유지하며 공정을 기해야 할 때라고 말했다.

해럴드 니컬슨에 따르면, 왕실에 닥친 위기로 영국 사회에 상반된 두 가지 반응이 일어났다. 상류층은 심프슨 부인의 미국 국적을 못마땅해했으나 이혼녀라는 것에는 이의를 제기하지 않는 편이었다. 이와는 대조적으로 중산층과 하층 계급은 그녀의 국적은 별로 개의치 않았지만 그녀의 전남편 둘이 버젓이 살아 있다는 사실을 용납할 수 없었다. 일반 대중의 반응은 그해 연말에 떠돈 개사한 크리스마스 캐럴로 요약되었다.

천사 찬송하기를
심프슨 부인이 우리 왕을 채 갔네.*

‡

1936년 12월, 윈저 왕가에 닥친 격동의 한 해 중 최악의 순간이 찾아왔다. 12월 4일 금요일 오전, 내각과 볼드윈 총리가 만나서 에드워드 8세가 방송으로 온 나라에 결혼 의사를 공표하겠다는 제안을 각하했다. 국왕은 월리스가 그의 아내가 되기는

---

* 「Hark! The Herald Angels Sing」이라는 노래다. 원래 가사는 〈천사 찬송하기를 거룩하신 구주께 영광 돌려보내세〉로 시작한다.

하나 영국의 왕비에 오르진 않는 귀천 상혼*을 치르고자 하는 뜻을 전달했으나 국왕의 고문 자격으로 한자리에 모인 각료진은 왕이 그런 뜻을 전국에 공표하지 않도록 조언할 수밖에 없어 완곡하게 반대 의사를 표했다. 이제 국왕에게 남은 선택지는 두 가지였다. 월리스를 포기하거나 왕위를 포기해야 했다.

같은 날 더프 쿠퍼가 에메랄드 커나드와 오찬을 함께했다. 에메랄드는 흥분한 상태였지만 민감한 헌법상의 문제에 감이 전혀 없었고, 어째서 에드워드와 월리스가 결혼하면 함께 통치권자가 되지 못하는지를 이해하지 못했다. 그러다 며칠 만에 에메랄드의 마음에 의구심이 들기 시작하자 에드워드와 월리스의 불륜을 부추기던 자신의 역할을 은폐하느라 바빠졌다. 1936년 12월 9일, 해럴드 니컬슨이 비타 색빌웨스트에게 편지를 보냈다.

에메랄드가 뒤통수를 크게 칠 거라고 내가 당신에게 얘기했던가? 그녀가 매기 그레빌을 찾아가 그랬다더군.

「매기 여사님, 이 심프슨 부인이라는 사람에 대해 얘기 좀 해주세요. 이제 막 만난 사이거든요.」

그 소리에 나는 에메랄드한테 정나미가 뚝 떨어졌어. 만약 그 얘기를 내가 직접 듣지 않았다면 절대 믿지 못했을 거야.[13]

---

* 가문의 격이 다른 사람끼리의 결혼을 뜻한다. 귀천 상혼한 부부 사이의 자녀는 부모 중 격이 높은 쪽의 작위와 특권을 상속받지 못한다.

12월 10일, 찰스 스트리트에서 열린 그레빌의 오찬회에 에메 랄드가 버너스 경, 웨스트민스터 공작부인과 함께 참석했다. 그들은 논의할 안건이 상당히 많았을 것이다.

1936년 12월 9일, 내각은 국왕이 물러나야 한다는 데 뜻을 모았다. 다음 날 그는 퇴위 증서에 서명했고, 볼드윈이 이를 조용히 하원에 제출했다. 퇴위 법안은 12월 11일에 양원을 통해 긴급 통과되었다. 전 국왕은 같은 날 저녁 생방송에서 자신이 사랑하는 여인 없이는 왕위를 이어갈 수 없다고 설명하며 자녀를 낳고 행복한 결혼 생활을 누리는 자신의 후임자를 칭송했다. 시아주버니가 자신의 결정을 당당히 밝히는 동안 근처 윈저성 성채에서 라디오로 듣고 있던 이가 바로 새로운 왕비 엘리자베스였다. 그녀는 독감으로 몸져누워 있다가 〈그 여자〉 때문에 자기 가족의 인생이 뒤집힌 것에 격분하고 말았다. 엘리자베스는 왕가의 일원이 되고 싶지 않았기 때문에 앨버트의 청혼을 두 번이나 거절했던 터였다. 그녀는 자기 가족이 대체로 사생활이 보장되는 삶을 살 수 있다고 믿어서 앨버트의 청에 응했다. 이제 그녀는 자기도 남편도 원치 않고 훈련을 받은 적도 없는 역할에 직면했다. 이제 그들의 미래는 더는 그들만의 것이 아니었다.

전임 국왕 에드워드 8세는 겁에 질린 신임 국왕 조지 6세와 악수한 후 곧바로 포츠머스로 떠나 버렸다. 여행 가방 26개와 케언테리어 한 마리를 데리고 이름도 딱 어울리는 〈퓨리 Fury〉호에 몸을 실어 망명길에 올랐다. 두 연인은 월리스의 이혼 절차가 1937년 4월에 최종 마무리될 때까지 향후 몇 달을 떨어져 지내야 했다. 이혼 과정에서 통모한 혐의가 제기될 여지를 피해야 해서 이혼 확정 판결에 위협이 될 일은 삼갈 시기였다. 시빌 콜팩스가 선견지명이 있었는지 이런 글을 남겼다. 〈사랑받는 이상적인 신랑감이자 국민을 이해할 능력도 있고 실제로 이해했던 진정한 민주주의자의 삶을 뒤로하고 리비에라와 리우데자네이루 전역을 돌아다니는 고생길이 뻔한 삶을 살러 간다.〉[14]

그레빌은 이제 〈사실상〉 왕과 왕비가 된 요크 부부의 마음을 다잡아 주는 데 집중했다. 에드워드 8세의 퇴위 방송이 나간 저녁, 그레빌이 남동생 같은 앨버트에게 응원과 격려의 편지를 써서 보냈다.

> 우리 모두 폐하께 환호를 보내 드립니다. …… 폐하께서 더없이 훌륭하고 겸손한 분이시며 굳건히 의무를 다하실 뿐 아니라 영국인으로서 가장 멋진 삶의 모습을 대변하는 분이심을 제가 아주 잘 알기에 유독 더 큰 기쁨을 느낍니다. 예전과 똑같이 폐하를 뵈옵는 특권을 누리지 못할 것을 알지만 언제나 폐하 곁에 서서 폐하의 성공에 기뻐하겠으며 평안과 행복을 발하시는 사랑하는 왕비님을 축복하겠습니다.[15]

메리 왕비는 새로운 전개 국면에 간담이 서늘해졌지만 긴 안목으로 상황을 바라보며 〈여느 다른 나라에서는 폭동이 일었을 수도 있다. 감사하게도 사람들이 분별력을 잃지 않았다〉라고 썼다. 사실 영국과 영연방 자치령 내에서 여론이 갈렸다. 나중에 앨런 래슬스는 이런 글을 썼다.

> 국왕의 신하 대다수는 실용주의적인 태도를 취했다. 그들은 당면한 문제를 도덕적 측면에서 판단하지 않았다. 국왕을 사통자나 간통자로 비난하지 않았다. 이런 죄목으로 국왕이나 S 부인을 심판할 마음도 없었다. 그들에게 휘몰아친 〈진짜〉 감정은 그들이 군주제를 지켜야 하는 사명을 입은 터라 그들의 군주가 전남편 둘이 살아 있고 녹슨 톱처럼 쇳소리를 내는 중고품 같은 미국 여자를 군주의 아내로, 그들의 왕비로 삼는 것을 용인하지 못하겠다는 것이었다.[16]

코스모 랭 캔터베리 대주교는 여름에 에드워드 8세가 관례대로 그를 밸모럴에 초대하지 않아서 아직도 속상해하던 차에 1936년 12월 13일, BBC 라디오 방송에서 기독교 정신에 다소 어긋나는 욕망을 드러낸 전 군주와 그를 응원했던 이들의 결함을 부각하려 했다. 그는 〈사교계의 기준과 삶의 방식은 국민의 모든 직관과 전통에 배치된다. 이 세계에 속한 이들이 알아둘 게 있으니, 현재 그들은 에드워드 왕을 사랑했던 국가가 휘두르는 회초리를 맞고 있다는 사실이다〉라고 쓴소리를 했다. 엘리자베스와 메리 왕비 모두 에드워드 8세의 수많은 친구를 향한 랭의 비판에 힘을 실어 주었다. 이제 와서 왕이나 그의 정부를 거의 알지 못했던 척하는 몇몇 사람 때문에 이미 채신사나운 다툼이 벌어졌고, 그레빌과 새로운 왕비의 절친 오스버트 시트웰이 이 모든 사달의 꽤 추악한 면을 포착해 글감으로 삼았다.

1936년 12월 13일 일요일, 코스모 랭의 통렬한 비난이 전 세계로 송출된 바로 그날 밤 「변절자 주간」이라는 시가 탄생했다. 시트웰은 왕과 심프슨 부인에게 알랑거리며 그들의 관계를 부추기다가 어느새 편의에 따라 그들을 내친 기회주의자들을 향한 혐오감을 그 시에 쏟아부었다.

어제의 벗들은 어디 있나
그에게 아첨하고
그녀에게 알랑거리더니만
어제의 벗들은 어디 있나
그의 온갖 변덕 받아 주고
그녀가 그에게 귀한 몰약이라 칭송하더니만?

그녀가 재담이 있다고 하더니만
그를 〈고귀하신 폐하〉라 부르더니만
(술과 음식을 죄다 먹어 치워
〈바닥까지 거덜을 내놓고는〉)
심지어 음악의 대가들은
왕이 볼을 부풀려 연주하고
왕이 발을 위아래로 쿵쿵 구를 때
백파이프의 소름 끼치는 소음에 찬사를 보내더니만.[17]

오스버트가 그레빌 부인 외의 몇몇 친구에게 이 시를 돌렸고, 신임 국왕과 왕비도 이 시를 메리 왕비에게 전했다. 1937년 새해 첫날 폴스덴 레이시에 방문한 오스버트의 동생 사치가 그레빌은 이 시를 받았고, 자신은 못 받았다는 사실을 알고 불쾌해했다.

낸시 애스터는 에메랄드가 전 국왕의 연애를 부추기며 미래 국왕을 친나치 성향으로 몰고 가려 한다고 비난했다. 분명히 에메랄드가 에드워드와 월리스의 관계를 옆에서 거들었고, 만남의 공간을 제공하며, 감언도 아끼지 않으면서(〈고귀하신 폐하〉는 그녀가 왕을 부르던 방식이었다) 연애 분위기를 조성한 게 사실이었다. 노엘 카워드가 이렇게 불평한 적이 있다.

「왕과 심프슨 부인이 동석하는 〈비공식 만찬〉 자리가 아주 〈지긋지긋〉하다.」

에메랄드는 두 사람이 병적으로 서로를 집착하도록 조장하고 자신을 마치 왕실의 여관장이자 월리스의 절친한 친구처럼 여겼다. 하지만 월리스가 속내를 털어놓는 쪽은 시빌이었다. 물론 시빌은 월리스가 왕비가 되길 원하지 않으며, 왕과 결혼할 생각도 없고, 왕이 퇴위할 줄도 몰랐다고 믿고 있긴 했다.

에메랄드 커나드는 왕가와 그들 곁을 충실히 지키는 이들에게 곧바로 버림받았다. 그레빌의 방명록을 보면 1927년 6월에서 1936년 12월 사이에 에메랄드가 그레빌과 17차례 함께 식사했다고 나오며, 그때부터 1939년 11월까지는 에메랄드를 초대한 적이 없었다. 아마도 전쟁이 시작되면서 그제야 에메랄드의 위신이 회복되었을 것이다. 전 국왕의 연애사에서 에메랄드가 주 희생양 신세가 되었고, 메리 왕비는 단호한 태도를 보였다. 메리 왕비가 유고슬라비아 폴 왕자에게 보낸 서한에서 다음과 같이 썼다(서한을 불태우라는 지시 사항도 포함돼 있었다).

일전에 내 앞에서 버티가 조지(켄트 공작)에게 그와 마리나가 두 번 다시 커나드 부인을 만나지 않길 바란다고 했고, 조지도 그러겠노라 말했습니다. …… 그 부인이 한때 심프슨 부인과 절친한 친구였고, 부인을 위해 파티를 열어 준 것은 의심할 여지없는 사실이기에 그녀가 데이비드에게 크나큰 해를 끼쳤을까 봐 우려됩니다. 상황이 이러하니 우리 중 그 누구도, 사실상 사교계 사람들 모두 그 부인을 만나서는 안 된다고 생각합니다. …… 짐작하겠지만 나는 이 사안에 대해 매우 단호한 상황입니다.[18]

사교계 유력 인사들을 통틀어 에드워드 8세의 퇴위로 가장 상처 입은 사람은 에메랄드였다. 〈그분이 어떻게 나한테 이럴 수가 있지?〉 하고 울부짖을 정도였다. 에메랄드가 왕실에 애정을 쏟았다는 게 패착이었는데, 그녀가 마치 무대 위의 등장인물 다루듯 사람들을 조종하려던 욕망은 그녀가 서사를 통제할 수 없음을 깨달은 순간 좌절되고 말았다. 그녀는 왕가와 궁정 사회에서 매우 노골적으로 배척당하며 위신을 잃었다. 배짱 좋게 위기를 타개할 요량으로 토머스 비첨을 위해 파티를 열었으나 참석한 여자들 대부분이 마치 전임 왕이 퇴위한 게 아니라 서

거라도 한 듯 검은 옷을 입고 나타났다. 에메랄드는 캔터베리 대주교에게 공개적으로 비방당한 후 충격에 휩싸여 시트웰 부부를 붙들고 꼬박 아침까지 하소연을 늘어놓았다. 노련한 보수당 정치인이자 스코틀랜드 백작 크로퍼드 경은 에드워드의 미국인 친구들을 〈심프슨 부인 주변을 얼쩡대는 온갖 호객꾼에 아첨꾼이며 사교계에 썩어 빠진 영향력을 행사하는 작자들〉이라고 평했다. 이는 특히 에메랄드 커나드를 겨냥한 말이었다.

다른 이들도 에드워드 8세의 퇴위에 큰 타격을 입었다. 그 사건이 터졌을 때 낸시 애스터와 하녀 로즈는 뉴욕에 있었다. 로즈는 〈신문 배달원이 길에서 외치는 소리를 들었더랬다. 내가 마님께 그 소식을 전했더니 마님은 크게 상심하셔서 대성통곡하셨다〉라는 기억을 전했다.[19] 낸시가 월리스에 관해 독설을 퍼부었다. 1936년 12월 16일에 〈진짜 그 여자는 최악의 간교한 협잡꾼으로 판명난 것 같다〉라는 글을 남겼다.[20] 낸시는 동료 의원 칩스 채넌이 전 국왕의 연애를 부추겼다며 비난했고, 12월 11일에 그를 겨냥해 〈심프슨 부인에게 알랑거렸던 자들은 총살당해야 한다〉라고 말했다. 그리고 BBC의 의뢰로 라디오 방송에서 에드워드 8세 퇴위와 관련해 이야기하며 월리스 심프슨의 부적격 이유가 미국 태생이거나 비귀족 출신이라서가 아니라 결혼 이력 때문이라고 설명했다. 진성 토리당원 이디스 런던데리는 국적 문제를 다른 시각으로 보며 이 모든 사건이 왕세자의 권위를 훼손하려고 미국에서 계획한 일은 아닌지 의문을 표했다.

당연히 미국 대중의 반응은 사뭇 달랐다. 사건의 모든 주요 등장인물과 〈비공식 소규모 만찬〉을 즐겼던 사교계의 베테랑 노엘 카워드도 12월에는 뉴욕에 있었다. 처음에 그는 왕의 퇴위 결정 소식에 큰 충격을 받고 혼란에 빠졌다. 어느 칵테일 파티에서 그가 만난 『뉴요커』의 편집장 해럴드 로스는 사건의 전말을 듣고 몹시 재미있어했다. 카워드는 단호한 어조로 그에게 항의했다.

「영국 전체가 이루 말할 수 없이 괴로워하고 있소. 절대 경솔하게 대할 일이 아닙니다.」[21]

로스가 대꾸했다.

「영국 왕이 늙은 미국 년하고 눈 맞아 달아난 건데 〈그게〉 안 웃깁디까?」

사실 카워드는 에드워드 8세와 애증이 엇갈리는 관계였다. 예전에 카워드가 에드워드 8세를 위해 만찬회에서 한참 피아노를 연주하고 난 다음 날 왕에게 차갑게 외면당한 적이 있었다. 에드워드 8세 퇴위 후 어느 정도 사태가 진정되었을 때 카워드는 온 나라가 고마워하며 월리스 심프슨의 동상을 전국 곳곳에 세워야 한다는 제안까지 했다. 잇속에 밝은 그레빌도 카워드와 같은 생각이었다. 그녀는 요크 공작 부부와 조지 왕, 메리 왕비에 대한 신의가 두터웠기 때문에 에드워드가 월리스를 싸고돌며 자랑하는 것에 진저리를 냈었다. 벌써 10여 년 전에 에드워드 왕세자와 인도를 방문했던 때부터 오랫동안 그에 대한 인식이 좋지 않았다. 1922년에 그레빌이 절친 리딩 총독에게 쓴 편지를 보면 〈전하가 헛된 생활에 기력을 소진하고 있으니 참으로 애석한 노릇입니다. 엊저녁에 버컨헤드 경이 말씀

하셨듯이 전하가 현 상황에서 인기를 유지할 수가 없습니다〉라고 적혀 있었다.[22]

그레빌은 처음에 앨버트 왕자의 〈요정 대모〉가 되고, 후에 그의 멘토가 된 이래 그를 진심으로 아끼게 되었다. 자녀가 없어서인지 젊은 세대를 키우겠다는 본능이 발현된 것 같았다. 그녀는 엘리자베스와 그의 관계가 가망 없어 보였을 때도 응원을 아끼지 않았고, 나중에 그들의 신혼 기간에도 자리를 마련해 주었다. 심지어 두 사람이 훗날 사랑스러운 두 딸과 함께 살도록 그녀의 아름다운 저택과 대규모 영지와 어마어마한 유산을 요크 부부에게 물려주겠다는 약속까지 했다. 상상조차 못한 운명의 반전 덕에 이제 그레빌은 왕과 왕비가 〈제일 좋아하는 친척 아주머니〉 같은 존재가 되었다. 에든버러에서 하숙집을 운영하던 시절에서 장족의 발전을 한 셈이다.

시빌 콜팩스는 나름의 목적이 있어서 왕가와 관계를 다져 왔지만, 에드워드 8세와 심프슨 부인을 진심으로 좋아한 것도 사실이었고 두 사람의 사랑이 순탄하기를 바랐다. 월리스는 프랑스로 도피한 지 2주 만에 미더운 오랜 친구 시빌에게 만약 다시 만난다면 모든 것을 털어놓겠노라 약속하며 절절한 감정을 전하는 편지를 썼다. 퇴위 사건 후 월리스의 이전 친구들과는 달리 시빌은 오랫동안 윈저 부부에 대한 의리를 지켰다. 실제로 1936년 크리스마스에 프랑스의 빌라 모레스크에서 서머싯 몸과 함께 지내며 쓸쓸하고 혼란스러운 상황에 처한 월리스 심프슨을 위로했다. 그들은 카드 게임을 하며 많은 시간을 보냈다. 브리지 게임을 한 판 한 후 월리스는 왜 하트 패 중에 킹을 쓰지 않았느냐는 질문을 받았다. 그러자 〈나의 킹은 이길 줄 몰라요. 기권할 뿐이죠〉하고 답했다.

1936년은 시빌에게 끔찍한 해였다. 채 1년도 안 되는 기간에 친구 러디어드 키플링과 남편 아서, 아끼던 아가일 하우스, 국왕과 연인의 절친한 친구라는 위치를 전부 잃었다. 시간이 좀 지나서야 에드워드 8세의 퇴위가 적어도 영국의 미래를 구제해 준 셈이라는 중론에 수긍하게 되었지만, 시빌은 여전히 에드워드와 월리스를 진심으로 좋아했다. 그녀가 윈저 부부의 진정한 친구라는 것이 입증된 터라 시빌은 비방의 대상이던 경쟁자 에메랄드처럼 궁정 사회에서 칼같이 내쳐지지는 않았다. 그렇지만 시빌은 안쓰럽게도 여전히 사람들의 놀림감이었다. 격동의 한 해가 저물어 갈 즈음 12월 21일 자『더 타임스』의 개인 소식란에 분위기를 환기시킬 만한 광고가 실렸다.

버너스 경이 코끼리 두 마리와 작은 코뿔소 한 마리를 처분하길 희망함(코뿔소는 배변 훈련 완료). 매력적인 크리스마스 선물로 적합함. 버크셔 패링던 하우스, R. 히버 퍼시에게 문의 바람.

언론이 이 사연에 득달같이 달려들었다. 크리스마스 전에 우스갯소리 한 편으로 전국이 들썩였다.『데일리 스케치』,『데일리메일』,『데일리 미러』,『이브닝 뉴스』가 이 이야기를 다양한 버전으로 실었다. 패링던 하우스에 전화를 건 기자들은 버너스 경이 본인 비서인 척하며 전하는 이야기를 들었다.

「사실 제가 코뿔소를 직접 본 적은 없습니다만, 집이 문제일 때가 많습니다. 듣기로는 온순한 녀석이라고 합니다. 그 불쌍한 녀석들이 지내기에 날씨가 점점 추워지고 있네요.」

그는 기자들에게 코끼리 한 마리는 해럴드 니컬슨에게, 다른 한 마리는 시빌 콜팩스에게 보냈다고 전했다.

해럴드 니컬슨은 이를 악물고 모든 매체의 질문에 답했다.

「제가 그분을 25년간 알고 지냈는데, 오늘은 진짜 내가 잘 알던 사람인가 싶네요. 저는 예전이나 지금이나 코끼리를 원한 적도 없고, 산 적도 없습니다.」

아무 죄도 없는 시빌의 공식 답변은 기록된 게 없다. 아마도 그때쯤 시빌은 영국에서 도피한 월리스 심프슨하고 서머싯 몸과 함께 평소 같지 않은 크리스마스를 보내러 이미 프랑스 남부로 향하던 중이었을 것이다.

그런데 버너스가 1937년 1월, 거트루드 스타인에게 보낸 편지를 보면 〈콜팩스 부인은 미국에 있습니다. 제가 부인과 코끼리 때문에 한바탕 싸웠습니다. …… 부인이 코끼리와 같이 있는 모습을 찍어도 되냐고 묻는 신문사 사진 기자들에게 포위돼 아주 열이 받았더라고요. 그리고 이번에 보니 부인이 엘사 맥스웰의 파티에서 돼지한테 나가떨어졌던데요〉 하고 적혀 있었다. 버너스의 친구 레이디 해리스도 그의 농담을 재미있어하며 그에게 이런 편지를 보냈다.

저는 SC를 시사회에 초대할 마음이 없답니다. 경도 아셔야 합니다. SC가 그 불쌍한 코끼리한테 그랬던 것처

럼 짐승한테 그토록 잔인하게 구는 사람은 저희 집의 눈부
신 상들리에 아래 가득 모인 이들 틈에 두 번 다시 발을 들
일 수 없습니다. 그 부인은 대체 어떻게 그 고귀하고 가여
운 짐승을 몇 주 동안이나 자기 가게 뒤쪽에 처박힌 조그
마한 골동품 장롱에다 구겨 넣어 가둬 두고는 가게 앞에서
무슨 일이 벌어지는지 당최 보지도 못하게 하고, 죽은 남
편이 오래전에 쓴 학생 넥타이나 던져 주곤 놀 것 하나 주
지 않았답니까.[23]

1936년은 여러 가지 이유로 시빌에게 끔찍한 기억으로 남을
한 해였다.

9장
대관식, 클리브덴 세트, 뮌헨 사태

영국 왕실은 1936년이 〈국왕이 3명인 해〉였다는 사실을 잘 알고 있었으며, 입헌 군주국의 이미지가 양위로 인해 심하게 손상되었음을 통감했다. 왕위 〈계승자〉가 왕위를 포기했고 대중은 〈예비 후보〉와 안면을 트고 슬슬 받아들이는 중이었다. 마지막 대관식이 1911년에 조지 5세와 메리 왕비의 대관식이었는데, 26년 후 에드워드 8세의 대관식 계획은 단 5개월을 앞두고 전면 백지화되고 말았다. 도기 제조업자들은 기념 머그잔 재고를 두고 고심하다가 이제 다른 일들로 바빠졌다. 〈ER VIII〉 표장이 양각된 주철 우체통이 영국 전역의 도시에서 쓰도록 이미 제조된 상태였고, 상업 미술가들은 비스킷 상자와 책 표지를 조지 6세와 엘리자베스 왕비의 사진으로 재디자인하는 작업에 달려들었다. 대관식의 도상은 핵심 인물이 달라져 전면 수정되었다.

우여곡절이 있었음에도 1937년 5월 12일, 웨스트민스터 사원에서 거행된 의식은 전년도의 큰 충격파가 지나간 후 영국 전 계층의 국민에게 신임 국왕을 환영할 기회를 선사했다는 의미가 있다. 왕과 왕비의 절친한 친구 그레빌 여사가 웨스터민스터 사원에서 그녀의 친구 오스버트 시트웰과 상석에 앉았고, 레이디 런던데리와 레이디 애스터는 귀족 부인의 자격으로 참석했다. 에메랄드 커나드는 음악회 준비로 바쁜 나날을 보냈다. 노엘 카워드는 신작 뮤지컬 「빅토리아 레지나」를 무대에 올렸고, 런던은 방문객으로 바글거렸다. 곳곳에서 파티가 열렸다. 그레빌은 채넌 부부의 만찬 파티에서 카이저의 손자 〈프로이센의 프리치〉 옆자리에 앉게 돼 좋아했고, 답례로 자기 집에서 호화로운 만찬 파티를 열어 이집트 왕, 마운트배튼 부부, 윌링던 경 부부, 동에 번쩍 서에 번쩍하는 칩스 채넌 등 손님 40명을 초대했다.

윈저 부부는 근래에 친구가 된 샤를 베도 소유의 칸데성에서 1937년 6월 3일에 결혼식을 올렸다. 베네치아와 밀라노에서 신혼여행을 시작해 오스트리아의 15세기 성 바살리온부르크로 이동했다. 이곳은 시빌 콜팩스의 동업자 먼스터 백작 부인인 페기 워드에게 빌린 곳이었다. 윈저 부부가 도착하자 백작 부인이 맞이하며 〈월리스, 참 좋아 보이네요〉라고 말했다. 윈저 공작의 얼굴이 굳었다. 《공작부인》이라고 부르신 거겠죠……〉 하고 그가 호칭을 바로잡아 주었다.

윈저 부부는 귀화한 미국인 거부 샤를 베도가 그들과 인연을 맺었을 때 그의 의도를 의심하지 않았다. 그는 대량 생산의 기계식 〈효율 시스템〉을 개발한 기업가였다. 이 방식은 찰리 채플린이 영화 「모던 타임스」에 담은 풍자의 출발점이었다. 베도는 제3제국 내에서 사업적으로 순탄하게 터를 닦고 싶어서 영국의 전임 국왕과 그의 아내를 특별한 손님으로 모셔 갔다.

윈저 부부는 독일에서 환영받았고 가는 곳마다 언론의 관심을 불러 모았다. 그들은 히틀러의 은신처 베르히테스가덴에서 히틀러와 나치 최고 사령부를 만났다. 제3제국의 홍보 측면에서 큰 성과를 거둔 자리였다. 변형된 나치식 경례를 하는 윈저 공작의 모습이 영상과 사진으로도 찍혔다. 윈저 공작은 전반적으로 친독일 성향이었지만 전문 자문관 없이 전략적인 의사 결정을 내리기에는 너무 순진하고 경험이 부족했다. 지난 40년 동안은 매번 전문가들이 준비하고 비용을 지불해 일사천리로 진행된 해외여행을 다니며 사람들이 자동으로 경의를 표하고 모자를 벗어 인사하는 대우를 받다 보니 아내와 함께 비용 일체를 지원받아 신독일로 〈공식 방문〉을 한다는 발상에 마음이 혹했던 것 같았다.

‡

제3제국은 베를린 올림픽 승리 직후 국민을 또다시 탄압했다. 1936년 11월, 에메랄드 커나드와 리벤트로프의 주도하에 토머스 비첨은 새로 창단된 런던 필하모닉 오케스트라를 베를린으로 데려갔다. 공연은 만원사례였고, 주빈 아돌프 히틀러는 중간 휴식 시간에 비첨을 자기 관람석으로 불러 축하의 말을 전했다. 연주회가 끝날 때 총통도 박수를 보내는 모습이 비첨의 눈에 들어왔다. 비첨이 오케스트라 쪽으로 몸을 돌려 말했다.

　「저 늙다리도 좋아하나 본데!」

그 발언이 마이크에 포착돼 라디오를 통해 유럽 전역에 송출되었다.

토머스는 나치에게 위축되지 않으려 했다. 그가 새로 뽑은 비서는 지휘자 빌헬름 푸르트벵글러의 개인 조수였던 베르타 가이스마르였다. 그녀는 유대인이어서 나치 독일을 떠나 런던으로 갈 수밖에 없었다. 비첨이 그녀를 고용해 베를린으로 데려갔는데, 그를 초청한 이들이 베르타가 비첨의 보호하에 있는 한 함부로 그녀를 위협하진 않을 것을 비첨도 알고 있었다. 그는 어렸을 때 처음 바이로이트*에 다녀온 뒤로 오랫동안 독일 문화를 동경해 왔다. 1929년에서 1938년 사이 그는 매년 독일행에 올라 주요 음악 축제에서 지휘봉을 잡았고, 루돌프 헤스와 히틀러를 비롯한 나치 지도자를 여럿 만났다. 그러나 모든 사람이 비첨의 행보를 좋게 본 건 아니다. 시빌 콜팩스가 연 어느 오찬회에서 에메랄드가 오스틴 체임벌린에게 최근에 애인이 공연 중인 오페라를 함께 보러 가자고 청했다. 오스틴은 승낙했지만, 만약 연주곡이 〈현대판 훈족**의 야수성과 잔혹성을 대변하는〉 바그너 곡이라면 가지 않겠다고 했다.

1937년 5월, 영국의 대관식을 축하하기 위해 히틀러의 대리인 블롬베르크가 호화로이 재단장한 독일 대사관에 주빈으로 왔다. 리벤트로프는 독일의 이익에 중요한 역할을 한다고 판단한 런던의 유력 인사들을 엄선해서 초대한 오찬 자리를 두 차례 마련했다. 첫 번째 오찬회에는 캔터베리 대주교, 볼드윈

---

* 독일 남동부의 도시. 매년 여름 바그너 음악제가 열린다.
** 제1차, 제2차 세계 대전 중의 독일군을 경멸 조로 일컫는 말이다.

부부(볼드윈의 내각이 막 물러난 참이었다), 이든 부부, 밴시타트 부부, 런던데리 경 부부, 로디언 경, 더비 경, 유력 언론인 로더미어 경, 켈름슬리 경, 그레빌 여사가 참석했다.

두 번째 오찬회에는 네빌 체임벌린 부부(체임벌린이 신임 총리였다), 더프 쿠퍼와 다이애나 쿠퍼, 새뮤얼 호아레 부부, 핼리팩스 경 부부, 토머스 인스킵, 윈스턴 처칠과 클레멘타인 처칠, 에메랄드 커나드가 참석했다. 독일 대사관에서 대규모 축하연도 열려 1,400명이 참석하고 켄트 공작과 공작부인이 주빈으로 초대받았다. 사실 이 파티는 처음부터 문제가 있었다. 리벤트로프가 초청장을 독일어로 보내야 한다며 고집을 부렸다. 일반적으로 대사가 사용하는 〈공용어〉인 프랑스어나 현지국 언어, 즉 이 상황에 해당하는 영어가 아닌 독일어로 발행한 그의 오만함에 외교계가 발끈했다. 그래서 튀르키예 대사관은 튀르키예어로 답했고, 일본 측도 자국어로 답변했으며, 낸시 미트퍼드의 남편 피터 로드는 이디시어로 참석을 알렸다.

1937년경 리벤트로프는 더는 열혈 친영파가 아니었다. 그의 아내는 런던 주재 자체를 싫어했다. 꿉꿉하고 안개 낀 날씨도 싫어했고 공식 행사에서 왕족에게 무릎을 굽혀 인사해야 하는 것을 불쾌하게 여겼다. 그녀의 남편은 공식적인 자리에서 결례를 범해 자주 조롱거리가 되었다. 만화가 데이비드 로우한테 〈브리큰드롭Brickendrop* 씨〉라는 별명까지 얻었다. 최후의 결정타는 웨스트민스터 사원에서 열린 대관식에서 장문의 서언이 진행되는 동안 일어났다. 리벤트로프가 들은 바로

* drop a brick이 〈큰 실수를 저지르다〉라는 뜻이다.

는 화장실을 가고 싶은 귀빈은 안내원 역할을 하는 웨스트민스터 남학생들을 향해 손을 들어 주의를 끌어야 화장실로 안내받을 수 있다고 했다. 그런데 학생들이 동급생 루돌프 폰 리벤트로프(누가 리벤트로프의 아들 아니랄까 봐 그 역시 적절치 않은 상황에서 〈나치 경례〉를 하는 것으로 악명 높았다)를 향한 묘한 복수심이 일어나 그의 부모가 아무리 손을 들어도 나치식 인사로 화답할 뿐 그들의 요구를 모른 척했다.

리벤트로프는 1938년 2월에 독일로 돌아와 외무 장관직을 맡으라는 히틀러의 부름을 받았고 히틀러가 오스트리아를 합병한 3월에 런던을 떠났다. 그는 20개월간의 독일 대사직 기간 중에 최소한 10개월을 채운 후 사랑하는 총통의 품으로 돌아갈 참이었다. 이제 그는 자신에게 굴욕감을 안긴 나라에 복수하고 싶은 마음이 간절했다. 리벤트로프가 영국과 독일 관계에 대해 히틀러에게 보고했다. 그는 런던에서의 임무에 만족할 만한 성과를 거두지 못해 속이 쓰렸지만 로디언 경과 〈애스터 그룹〉은 여전히 독일과 원만한 관계를 원한다고 보고했다.

✠

〈애스터 그룹〉은 리벤트로프가 만든 표현이었다. 대체로 친유화파인 영국 정치인들이 느슨한 공동체를 이뤄 두루 어울렸는데, 클리브덴은 이들의 정신적 고향이었다.

1930년대는 컨트리 하우스에서 이뤄지는 정치가 영국 국내외 사건에 큰 영향을 미치던 마지막 시대였다. 클리브덴은 언제나 정치인과 막후 실력자가 현안을 논의하던 토론장이었고 부활하는 독일이라는 주제는 그곳에 모인 손님들이 촉각을 세우던 사안이었다. 낸시 애스터는 항상 평화를 옹호하는 쪽이어서 영국과 미국 정부가 국제 연맹을 지지하며 국제간 이해를 증진시켜 또다시 유럽 땅에 참혹한 전쟁이 일어나지 않게 막아야 한다고 주장했다. 낸시가 교류하던 많은 모임에서는 나치 독일의 다양한 요구를 들어주고 싶어 했는데, 특히 낸시의 절친 필립 커가 그 부분에 열심이었다. 영국의 정치계 실세들이 클리브덴을 자주 드나들었고 핼리팩스, 존 사이먼, 네빌 체임벌린 같은 정치인들이 대독일 유화 정책을 두고 뜨거운 논쟁을 벌였다. 요아힘 폰 리벤트로프는 언론을 주도하는 실세들의 눈에 들기 위해 클리브덴과 세인트 제임스 플레이스를 드나들었다. 낸시는 그가 선을 넘는 순간을 잘 참아 주지 않았다. 그가 나치 경례로 낸시에게 인사하자 그녀가 〈나한테 그런 허튼짓은 그만해요〉 하고 쏘아붙였다.

그런데 볼드윈 총리와 히틀러가 만날 가능성을 타진하는 비밀 논의가 이뤄진 곳은 애스터 부부의 해변 별장 레스트 해로였다. 로디언 경은 히틀러가 〈내게 아무런 감흥을 주지 않았다〉라고 주장했으나 1937년에 느지막이 총통과 괴벨스를 만나러 흔쾌히 독일로 향했다. 이런 친독일 분위기와 대조적으로 낸시의 아들 데이비드 애스터는 제3제국에 혐오감을 느꼈고, 하이델베르크 방문 당시 나치 퍼레이드를 목격한 후 신독일 정권과 어떻게든 얽히지 않기를 원했다.

애스터 소유의 신문 『더 타임스』와 『옵서버』는 독일의 요구를 수용해야 한다는 영국인의 중론에 동의하는 편이었다. 1937년 5월에 네빌 체임벌린이 볼드윈을 대신해 총리직을 맡으면서 대독일 유화 정책이 정부의 방침이 되었다. 몇몇 매체의 논평을 보면 체임벌린이 히틀러가 명백히 밝힌 평화 의지가 진심이라고 가정하는 자체에 의문을 제기했다. 부유층과 특권층이 공식적인 외교 통로와 전문적인 행정 조직의 의견을 통하지 않은 채 제3제국에 유화 정책을 펴기로 결정하려는 것에 불안감도 커져 갔다.

　1937년 10월 24일에서 25일 주말 동안 클리브덴에서 회합한 유력 인사들의 조합에 논평가들이 술렁였다. 애스터 부부가 초대한 손님 명단에는 새로 임명된 베를린 주재 영국 대사 네빌 헨더슨, 『더 타임스』 편집자 제프리 도슨, 외무 장관 앤서니 이든, 로디언, 외무부 고관 알렉 캐도건이 포함되었다. 이들 모임에서 국제적인 상황뿐만 아니라 히틀러의 행보와 영국의 신속한 재무장 필요성에 대한 논의가 이어졌다. 자세한 논의 내용이 『더 위크』 편집자 클라우드 콕번에게 새어나갔다. 사실 〈클리브덴 세트〉라는 표현을 처음 만든 곳은 좌파 매체 『레이놀즈 뉴스』였지만, 발행 부수는 적었어도 의회와 언론계에서 널리 읽히는 잡지 『더 위크』가 애스터 부부의 주변 그룹에 관심이 지대했다. 런던데리 부부 같은 권력층뿐만 아니라 애스터 부부와 그 지지자들도 나치 독일이 공산주의를 막아내는 방어벽 역할을 하도록 재량권을 주고자 비밀리에 활동한다는 평가를 들었다. 1938년, 『이브닝 스탠더드』에 실린 데이비드 로우의 시사만화는 명백히 친유화 쪽인 〈클리브덴 세트〉를 풍자했다. 군복 차림의 낸시 애스터가 오른팔을 들어 〈나치 경례〉 자세로 클리브덴의 계단에 서 있고, 뒤에는 리벤트로프의 초상화와 〈낸시에게, 조 리벤트로프가 달콤한 추억을 전하며〉라는 슬로건이 담긴 현수막이 걸려 있다.

이른바 〈클리브덴 세트〉는 비밀리에 활동하지 않았다. 그들은 기득권층이었기 때문에 그럴 필요가 없었으나 분쟁을 피하고자 히틀러를 수용하는 것에 찬성했다. 낸시는 다른 많은 사람과 마찬가지로 체임벌린이 히틀러와 개인적으로 접촉하고 뮌헨 협정이 체결된 것이 큰 성과라고 봤다. 윈스턴 처칠은 뮌헨 협정을 패배로 표현했지만, 낸시는 〈말 같지도 않은 소리네요!〉라고 일갈했다. 그녀는 뮌헨 협정 직후 미국에 갔을 때 〈히틀러도, 히틀러주의도 혐오한다〉라고 선언하면서도 히틀러와 협상하면 전쟁을 피할 수 있다는 믿음이 여전히 있었다.

월도프는 아내가 친유화 정책 지지자였는데도 유럽에서 벌어지는 상황을 좀 더 통찰력 있게 주시한 것 같다. 1938년 9월에 체임벌린이 뮌헨 협정의 성과를 자랑스레 알리던 무렵, 월도프는 중요한 회화 작품들을 세인트 제임스 스퀘어의 런던 저택에서 옮겨 와 나무가 우거진 버킹엄셔의 클리브덴에 보관했다.

‡

1938년 3월 12일, 독일이 오스트리아를 〈합병〉하자 이 상황을 지켜본 이들은 잠깐 의구심을 품긴 했으나 이를 독일어권 민족 재통합을 향한 히틀러의 열망 정도로 봤을 뿐 〈전쟁의 명분〉이라고는 생각하지 않았다. 그러나 독일이 체코슬로바키아를 위협하기 시작하자 경고등이 작동했다.

1938년 9월, 히틀러는 체코슬로바키아의 수데테란트 지역 국민을 독일 민족이며 그 땅을 모국으로 분리 독립시켜야 한다고 주장했다. 체임벌린은 어떻게든 독일과 분쟁을 피하고 싶은 마음이 커서 독일의 요구에 응하라고 체코슬로바키아에 압력을 가했다. 상황이 긴박해졌다. 체코군이 독일 국경으로 몰려들었고 영국 함대에 비상이 걸렸다. 9월 28일에 히틀러는 프랑스의 달라디에 총리, 이탈리아의 무솔리니, 영국의 네빌 체임벌린에게 상황 논의차 만나자고 요청했다. 체임벌린은 독일로 날아가 베르히테스가덴에서 긴밀한 협상에 돌입했다. 그가 들고 돌아온 합의서에 따르면, 독일이 수데테란트를 평화적으로 인수하는 것에 다들 동의함으로써 위기가 종식되는 분위기였다. 합의서에 〈우리는 지난밤에 서명한 합의서와 영·독 해군 협정을 우리 두 민족이 절대 다시 서로 전쟁을 벌이지 않겠다는 염원을 상징하는 것으로 간주한다〉는 문구가 포함되어 있었다.

영국 내에는 뮌헨 협정이 체코에 대한 배신이며 히틀러 앞에서 맥없이 묵인하는 처사라고 보는 소수 의견이 있었다. 대부분은 전쟁의 위협을 피했다고 생각해 안도하는 분위기였다. 제1차 세계 대전이 끝난 지 불과 20년밖에 되지 않았고, 당시에 참전하기에 너무 어렸던 이들조차 전쟁이 한 세대를 얼마나 참혹하게 파괴하는지 알고 있었다. 독일과 〈합의에 도달〉하는 것을 두고 각자 다른 셈법으로 접근했다. 정치인은 경계했고, 자유당원은 지난 전쟁 기간에 자기들이 어떻게 신뢰를 잃었는지 되돌아봤으며, 토리당원은 결과적으로 노동당이 부상하는 것에 분개했다. 부유층에게 제1차 세계 대전은 경제적 재앙이나 다름없었다. 최고 세율이 50퍼센트까지 오른 데다 파운드화는 불과 4년 만에 반토막 났고, 가족은 사망세 납부로 인해 토지와 영지를 잃었다.

볼셰비키 사상의 유령이 1930년대 말에도 상류층을 끈질기게 괴롭혔다. 공산주의가 기존 질서를 뒤엎고 통치 가문을 말살하며 모든 재산을 몰수해 집산화할지도 모른다는 생각이 떠나질 않았다. 〈숙청, 5개년 계획, 기근〉 하면 떠오르는 스탈린이라는 무시무시한 존재는 빈사 상태의 자국 경제를 되살리고 서민을 일터로 복귀시키며 기차를 제시간에 운행시키느라 바쁜 새로운 독재자들보다 훨씬 더 위협적으로 보였다. 더군다나 새로운 전체주의 정권은 투광 조명등과 신고전주의 배경막과 발을 쳐들고 걷는 무수한 엑스트라가 동원된 베를린 올림픽 같은 유혹적이고 선동적인 선전 전략으로 존재감을 드러냈다.

요약하자면, 영국에서 친유화파 압력 단체는 히틀러의 팽창주의적 목적이 합리적이며 영국 본토나 대영 제국 전체의 이익을 침해할 이유가 없다고 믿고 싶어 했다. 따라서 그들은 반계몽주의와 공모해 주도권을 이어 나가고 안위를 보장받는 쪽을 받아들이는 태도였다가 나중에 돌이킬 수 없는 상황에 맞닥뜨리고 말았다.

✢

1930년대 전반기에 런던데리 부부는 정치적 영향력도 있고 사명감도 있었으나, 후반기에는 점점 시류와 보조를 맞추지 못했다. 두 사람은 1935년 12월과 1936년 1월에 독일을 처음 방문해 히틀러와 괴링을 만난 자리에서 꽤나 깊은 감동을 받았다. 찰리 런던데리는 이런 글을 썼다. 〈히틀러 선생과 여러 정치적 문제를 논의했다. 가만 보니 그는 붙임성 있고 유쾌한 사람이었으며 어떻게든 자신의 정치적 견해를 내가 완전히 이해하길 바라는 눈치였다. 우리는 거의 2시간 동안 대화를 나눴는데 많은 부분에서 나와 그의 의견이 일치했다. 나는 그의 인기에 크게 감명받기도 했다.〉[1]

그 후 런던데리 부부가 다시 나치 독일을 방문한 1937년 9월은 영국과 독일의 관계가 눈에 띄게 악화 일로를 걸을 시점이었다. 베를린 올림픽 이후 독일 내 유대인 탄압 조치가 다시 한번 시행되고, 서투른 폰 리벤트로프가 폰 회슈의 뒤를 이어 런던 주재 대사직을 맡고, 독일이 스페인 내전에 개입했을 때였다. 괴링 장군 부부가 1937년 5월에 대관식 참석차 런던데리 부부의 집으로 초대를 받았으나 편지에서 불쾌한 메시지와 모욕을 들어 초대에 응할 의지가 꺾였다고 주장하며 거절 의사를 전했다. 이런 일이 있었는데도 런던데리 부부는 다시 독일을 찾았을 때 괴링의 집에 머물렀다. 이번에 찰리는 전보다 확연히 식은 환영 열기와 짜증 섞인 분위기를 느꼈다. 괴링은 독일이 다른 데서 동맹을 찾고 있으며 이에 따라 일본, 이탈리아

358

와 〈친선〉을 맺었다는 말로 찰리에게 상황을 인지시켰다.

램지 맥도널드가 총리로 있던 1931년에 아마 이디스를 염두에 두고 찰리를 항공성에 임명한 바 있었다. 찰리는 항공부 장관으로서 경력을 쌓으면서 나치 독일에 영향력을 미치고자 노력했다. 찰리의 오랜 멘토 맥도널드는 1935년에 어쩔 수 없이 퇴임한 이후 병이 들었다. 1936년에는 몸이 쇠약해져서 이디스 런던데리를 만나는 횟수도 현저히 줄었다. 환멸을 느껴 공직에서 물러난 후 건강 악화와 상사병에 시달리던 맥도널드는 1937년 11월에 딸과 함께 남미로 유람선 여행을 떠났다. 휴가를 가면 심신 회복에 도움이 되리라는 희망을 품고 나선 길이었다. 그는 떠나기 직전 이디스에게 편지를 써서 그를 아주 잊지는 말아 달라고 부탁했다. 여행에 나서고 이틀 후 맥도널드는 일흔하나의 나이에 심장 마비로 사망했다.

찰리 런던데리가 1938년 6월 말 마지막으로 독일을 방문했는데, 이번에는 준공식 사절 자격이 아니고 국제 항공 연맹 부회장일 뿐이었다. 이번 방문에서 찰리는 그가 만난 사람들과 독일 내 유대인의 처우에 관한 문제를 논의해 보려고 했다. 인도주의적 차원이라기보다는 〈독일이 다른 나라들과 조화롭게 협력하고자 하는 열망과 평화적 의도에 관하여 제시하고자 하는 바가 있는데〉 유대인 처우 문제가 〈독일의 진의에 막대한 해를 끼치고 편견을 갖게 한다〉는 이유에서였다.

찰리는 영국과 독일의 관계가 악화된 데 놀라 『우리와 독일Ourselves and Germany』이라는 제목의 책을 썼다. 책이 출간되기 바로 직전인 1938년 3월에 독일이 오스트리아를 합병했다. 찰리는 오스트리아인 대다수가 원했다는 것에 근거해서 〈합병〉을 옹호하는 기조로 재빨리 후기를 추가해 원고를 다시 마무리했다. 이 책은 1938년 10월에 펭귄 출판사가 뮌헨 협정에 관한 추가 논평을 포함해 재출간했다. 출판계에서는 이 책을 〈나치 독일과의 화해 정책에 관한 한 가장 명확한 설명이자 히틀러의 관점에 동조하며 이해해 주길 바라는 탄원서〉라고 평했다. 찰리 런던데리는 영국이 〈제3제국에 참된 우정의 손길을 건네길〉 요청했고, 〈앞으로 다가올 수년간 평화 보장이 상호 간의 친선에 달려 있다고 확신한다〉라고 밝혔다.[2] 다소 순진하게도 찰리는 1936년에 히틀러와 만나 나눴던 대화를 책에서 이야기했다. 총통은 독일 민간 설화에 빗대어 러시아의 국제 연맹 가입을 비난했다. 설화 속 교활한 여우 레이너드는 동물 연맹의 다른 바보 같은 동물들에게 겸손한 척 굴었다. 동물들은 여우를 자기들 그룹에 들였고, 일단 받아들여진 레이너드가 동물들을 하나씩 차례로 죽일 수 있었던 이유는 그 동물들이 여우를 제외하기로 한 이전의 만장일치 결정을 포기했기 때문이었다. 사실 레이너드의 전략은 제3제국이 음흉한 속임수와 거짓말을 써서 작은 나라들을 제거하며 유럽을 분열시키고 장악하기 위해 채택한 술책이었으니 이 이야기에 교훈이 담겨 있는 셈이다.

뮌헨 협정 직후인 1938년 10월, 찰리와 같은 시기에 이디스도 책을 출간했다. 이 『회상*Retrospect*』이라는 책은 어조가 좀 더 전기적이다. 늘 그녀의 발목을 잡던 거침없는 발언이 빠지지 않은 이 책에서 이디스는 좌파에 대한 의심을 또다시 드러냈다. 〈나치즘이나 파시즘 같은 더 긍정적인《주의》는 무슨 짓을 벌이고 있다는 분위기를 풍기기 때문에 금기시된다. 그러나 좌익 성향의 공산주의는 어마어마한 지지를 받는다.〉[3] 그녀는 뮌헨 협정에 찬사를 보냈고 영국의 사회주의적 분위기는 일시적이라는 의견을 표했다. 〈채 10년도 안 되어 영국은 좌경 사상과 좌익 동조자 때문에 자책하며 쓴웃음을 지을 공산이 크다. 그리고 모두 평화를 위하여 완전 무장하고 행진하게 될 것이다. …… 1938년 10월에 이 글을 쓰며 나의 소견을 마무리한다.〉

런던데리 부부의 책이 출간된 지 몇 주 만에 두 사람의 판단이 완전히 잘못되었다는 게 판명 났다. 이전에 독일의 선의를 믿었던 그들은 1938년 11월 9일에서 10일로 넘어가는 밤에 뒤통수를 제대로 맞았다. 독일 전역에서 나치 대원들이 유대인 2만 명을 체포하고 상점을 약탈하며 유대교 회당 191개를 불태웠다. 이날은 크리스탈나흐트(수정의 밤)*로 알려지게 되었다. 찰리 런던데리는 곧바로 괴링에게 분노의 서한을 보내 해명을 촉구했다.

독일의 유대인 정책을 이해하기가 몹시 난감합니다. …… 이 사안이 내부 정치라는 독일의 주장에 전적으로 반대합니다. …… 제가 느낄 수밖에 없는 비통한 실망감을 구구절절 늘어놓고 싶지 않습니다. 지금까지 저는 독일이

* 나치가 밤새 유대인 가게의 유리창 등을 파괴하면서 유리 파편들이 반짝거리며 온 거리를 가득 메웠다고 해서 이 이름이 붙었다.

국간 간 상호 예의 차원에서 도움이 되는 파트너가 되고자 하는 열망이 있음을 전혀 믿지 않는 이들의 주장에 맞서 충분히 답변할 수 있었습니다. 그러나 유대인에 대한 독일의 대우와 관련하여 저는 아무 대답도 할 수 없을뿐더러 침묵을 지키며 이 사안에 더는 관여하지 않는 것 말고는 할 수 있는 일이 없습니다. 이 나라 사람들 대부분은 제 의견이 처음부터 잘못되었다고 생각합니다.[4]

괴링은 답장하지 않았고, 이 서한은 찰리가 독일의 수뇌부와 주고받은 마지막 편지가 되었다. 1939년 3월, 독일 병력이 프라하를 점령했을 때 찰리의 환멸감이 극에 달했다. 그는 수년간 영국-독일 간의 이해를 증진시키고자 했으나 이는 근거 없는 환상에 불과했다. 결국 런던데리 부부는 기만당한 꼴이었다. 충격적인 현실에 정신을 차린 찰리는 민간 항공 경비대 운영에 집중하며 남녀 비행 훈련에 매진해 전쟁 시 영국 공군을 지원할 인력 양성에 나섰다.

⁂

1939년 3월 14일, 독일군이 뮌헨 협정을 무시하고 체코슬로바키아를 침공했다. 이는 그간 독일 수용론을 펼치던 많은 사람이 생각을 선회할 분기점이 되었다. 낸시 애스터와 유화 정책 찬성파 동료들이 마침내 마음을 바꿨지만 낸시의 평판을 바로잡기에는 너무 늦은 감이 있었다. 3월 16일에 낸시가 하원 연설에서 물었다.

「총리께서는 이 나라 전체가 독일의 행위에 어떤 공포를 느끼는지 독일 정부에 당장 알리실 겁니까?」

동료인 토리당 의원 비비언 애덤스가 끼어들었다.

「당신이 자초한 일입니다.」

지나고 나서 보면 친유화 정책을 편 압력 단체를 순진해 빠졌다고 비판하기는 쉽지만, 그들은 나치 최고 사령부의 여러 책임자가 연이어 내놓은 진정성 있는 선언에 현혹되었다. 그들이 상대하고 있는 자들이 거짓말을 할 수 있다는 생각을 못 했던 것 같다.

최근 몇 년은 낸시에게 개인적으로도 힘든 시기였다. 남동생 벅이 1937년에 죽었고, 제일 아끼는 여동생 필리스도 1938년에 죽었다. 낸시는 토론 능력을 잃어 연설은 반복적이고 체계가 없어졌다. 그런데도 그녀는 당대의 위대한 인물, 귀족, 정치인, 유명인을 접대하는 사교계 활동은 계속 이어 갔다. 1938년 4월, 쉰아홉의 낸시가 신임 외무 장관 핼리팩스를 축하하기 위해 런던 저택에서 화려하고 성대한 만찬회를 열었다. 초청 손님 명단에는 켄트 공작, 미국 대사 조지프 케네디, 캔터베리 주교, 이탈리아 대사 그랜드 백작이 포함되었다. 그들 모두 영국이 독재자들에게 계속 유화 정책을 펴는 것에 대체로 찬성하는 편이었다.

낸시는 개인의 도덕성 문제에 유난히 엄격한 태도를 보이곤 했다. 한번은 로이드 조지와 그의 비서 프랜시스 스티븐슨에게 도빌의 별장을 빌려준 적이 있었는데, 두 사람이 연인 사이인 줄 몰랐다가 나중에 그 사실을 알고 나서 로이드 조지와 언쟁을 벌였다. 그가 물었다.

「부인은 내 비서 필립 커하고 뭘 하고 있었소?」

「아무것도 안 했어요!」

애스터가 쏘아붙였다.

「그렇다면 부끄러운 줄 아십시오.」

로이드 조지가 말했다.

✧

그레빌은 다시는 나치 독일에 열광하지 않았다. 그녀가 마지막으로 독일을 방문한 시기는 3주간 여러 친구를 만날 계획으로 다시 뮌헨행에 나선 1937년 8월이었다. 그레빌은 개성 강한 리벤트로프에게 금세 질려 버렸다. 그녀의 기록에 따르면, 그를 파티에 초대한 건 1932년, 1934년 런던에서 개최한 만찬회 단 두 번뿐이었다. 그녀가 1936년 11월 26일과 1937년 6월 23일에 리벤트로프의 부인을 만찬에 초대하긴 했으나 리벤트로프 부부는 그레빌이 정말로 좋아하는 사람들과 어울리던 컨트리 하우스에는 한 번도 초대된 적이 없었다. 반면에 리벤트로프 이전의 독일 대사 노이라트와 회슈는 그레빌의 방명록에 13회나 등장했다. 프랑스 대사는 1928년부터 1940년 사이에 14회, 벨기에 대사는 11회, 이탈리아 대사는 15회 등장했다. 스페인 대사는 36회나 사교 행사에 참석했고, 브라질 대사 H. E. 드 올리베이라와 그 가족은 폴스덴 레이시에서 그레빌과 함께 보낸 크리스마스를 포함해 10여 년간 41회라는 인상적인 참석 횟수를 기록했다. 그레빌이 리벤트로프를 접대한 횟수가 겨우 두 번이라는 사실은 그녀가 그와 함께 있는 것을 어떻게 생각했는지를 방증한다. 사실 그레빌은 독일 대사관 축하연에 단골손님이었고 다른 사교 행사에서 자주 그와 마주치곤 했었다.

그레빌이 리벤트로프는 껄끄러워했어도 이탈리아 대사 그란디 백작에게 매료되어 국제 정치에 계속 조금씩 관여했다. 그녀도 그란디와 마찬가지로 이탈리아와 영국의 우호 관계를 염원했다. 무솔리니를 만나기도 했고, 버너스가 로마에 아름다운 저택을 두고 있어서 로마를 여러 차례 방문했었다. 그레빌은 이제 너무 쇠약해서 본격적으로 장기간 여행을 다니기 힘들지만, 그레빌의 친구 아이비 체임벌린은 이탈리아 상원에 로비 활동을 벌여 대(對)이탈리아 유화 정책 운동을 펼칠 용의와 능력이 있었다. 아이비는 오스틴 체임벌린의 미망인이자 오스틴의 이복형제인 현 총리 네빌 체임벌린의 형수였다. 1938년 1월, 네빌 체임벌린은 그레빌과 아이비 체임벌린이 양쪽에서 보낸 〈참견 조〉의 서한에 짜증이 났다. 두 여성은 앤서니 이든하고도 논쟁을 벌이며 이탈리아와의 〈친선〉을 요구했다. 1938년 2월 18일, 체임벌린이 이탈리아 대사 그란디 백작과 중요한 협상에 돌입했을 때 아이비가 로마에서 시숙 체임벌린에게 그가 원치 않는 친유화 정책을 독려하는 내용의 전보를 보냈다.

3월에 카이에서 킬런 경이 외교계에 떠도는 흥미로운 소문을 접했다. 아이비 체임벌린이 로마에서 최고급 스타일의 호화로운 대규모 연회를 열어 이탈리아의 언론 주도층을 대접했다는 소식이었다. 소문을 접한 이들은 당혹스러웠다. 아이비 체임벌린은 오스틴이 죽은 후 재정적으로 형편이 좋지 않았던 터라 그녀의 활동 의도만큼이나 접대 비용의 출처도 묘연했기 때문이다. 짐작건대 아이비가 로마에서 매력 공세를 펼칠 수 있었던 이유는 넉넉한 자금이 있고, 유화 정책에 대한 신념도 있으며, 정치 엘리트 접대를 통해 〈소프트 파워〉를 행사한 검증된 전력이 있는 사람이 비용을 댄 덕분이었다. 그레빌의 〈일처리 방식〉을 감안하면 그녀가 아이비의 자금줄 후보일 공산이 크다. 두 사람이 분명 가까운 사이였고, 아이비가 폴스덴 레이시에 자주 드나들었기 때문이다. 다만 그레빌은 지적인 면에서 아이비를 종종 얕본 경향이 있다. 어느 날 만찬 자리에서 말폭탄이 하나 터졌다. 그레빌이 고대 로마의 전설을 슬쩍 언급하며 거위 떼가 〈꽥꽥〉 경보를 울려 적군의 침입을 막아냈다는 이야기를 들려줬다. 그러더니 《친애하는》아이비 체임벌린, …… 오늘 밤 정말 멋져 보이십니다!〉 하고는 테이블 반대편에 앉아 있던 체임벌린의 방향으로 손 키스를 보냈다.[5]

당연히 이것은 정면 공격의 신호였다. 마거릿이 여성 친구 중 누구든 그런 어조로 〈친애하는〉이라고 불렀다면 이미 검이 칼집에서 반쯤 나온 것이나 마찬가지였다.

「듣자 하니 근자에 부인이 로마에 행차하셨다가 굉장한 일이 있었다더군요.」

그레빌이 감미로운 어조로 말을 이어 갔다.

「무솔리니가 꽤《반한》모양입니다. 두 분이 쭉 붙어 계셨고, 친애하는 아이비가 분명히 얘기하길 총통께서 아이비가 말하는 건 사실상 무엇이든 하신답니다.」

그레빌이 한숨을 한 번 내쉬며 마지막 일격의 효과를 극대화했다.

「글쎄요. 거위*가 로마를 구한 게 처음은 아닐 텐데요!」

잔인하고 치사하지만 매우 유쾌한 공격이었다.

그레빌은 확실히 독설가였던 것 같다. 1937년 7월 오찬회에서 해럴드 니컬슨이 가만 보니 옆자리에 앉은 그레빌이 끝도 없이 자기 친구들의 명성에 흠집을 내느라 여념이 없었다. 해럴드가 이날 그레빌을 만난 이야기를 적은 일기를 보면 반감과 경멸과 소름 끼치는 쾌감이 뒤섞여 있다. 〈그 여자는 독으로 꽉 찬 뚱뚱한 민달팽이에 불과하다.〉⁶

유대인을 바라보는 그레빌의 관점은 대중없이 바뀌곤 했다. 상류 계급의 많은 사람이 그랬듯 그레빌도 필립 사순이나 로스차일드 가문처럼 큰 성공을 거둔 똑똑한 유대인 부류와 사교계에서 두루 어울렸다. 20년간 전 인도 총독 루퍼스 아이삭스와 가깝게 지냈고, 그의 첫 부인이 죽은 후에는 그에게 연애 감정도 품었으나 그는 비서와 결혼했다. 로니 그레빌은 폴스덴 레이시와 찰스 스트리트 16번지 저택을 탈바꿈시킨 므웨와 데이비스 건축 회사의 열혈 고객이기도 했다. 이 두 건축가는 유대인이었다. 그러나 당대 많은 영국인과 마찬가지로 그레빌은 그녀와 교류하는 부유층의 저명한 유대인 친구들과 사뭇 다르

* goose에는 바보, 멍청이라는 뜻도 있다.

게 몸을 사리고 있는 이름 모를 유대인들이 유럽과 러시아에 많이 있다고 확신했다. 그녀는 유럽의 유대인이 난민이 되어 여차하면 영국을 〈침공〉할지도 모른다고 우려했다. 그레빌은 반유대주의 성향보다는 속물근성이 약간 더 두드러진 부류였지만, 유감스럽게도 당시 모든 계층의 사람들 사이에 반유대주의가 만연해 있었다. 마고 애스퀴스가 이를 대표하는 인물이었다. 1930년대 중반 그녀가 이런 글을 썼다. 〈과거에도 현재에도 내 주위에는 신뢰 깊은 유대인 친구들이 있지만, 괴롭게도 종종 이 말이 떠오른다.《유대인은 당신이 책임져야 할 대상이 될 뿐 절대 당신 곁을 지켜주지는 않는다.》〉[7] 물론 1930년대에는 아무도 독일에서 대규모 집단 학살을 계획할 거라고 예상하지 못했고, 설령 알고 있었더라도 이를 지지한 사람은 거의 없었을 것이다. 미국 대사 도드가 일찍이 1933년에 베를린에서 던진 날카로운 발언이 있다.

「나치는 반유대주의를 발명한 것이 아니다. 그들은 국가의 효과적인 무기로 사용하고자 그것을 구조화한 최초의 집단에 불과하다.」[8]

그레빌은 논쟁이나 이의 제기를 즐기는 편이었는데 윈스턴 처칠이 그녀의 파티를 자주 찾았다. 1930년대 중후반 처칠이 파티에 참석해 독일에 관한 끔찍한 예언을 들먹이며 그 자리에 함께한 다른 손님들을 얼어붙게 했고, 그 예언은 결국 현실이 되고 말았다. 그는 그레빌이 관계를 쌓아 온 석학 린데만 교수를 그녀의 소개로 만났고, 그 후 린데만은 전쟁 내내 처칠의 과학 자문이자 가까운 협력자로 활약했다. 폴스덴 레이시를 찾는 남자들은 포트와인과 시가를 곁에 두고 밤늦도록 토론을 벌여 관례대로 응접실에서 그들을 기다리던 여성들의 원성을 샀다. 격식을 덜 차리던 시대였다면, 마거릿 그레빌과 여성 손님들도 만찬 자리에 머물며 토론에 적극적으로 참여했을 것이다.

그레빌은 만약 딸이 있었다면 엘리자베스 왕비처럼 되기를 바랐을 것이라고 말했다. 그녀와 왕비는 친구였다. 로널드와 결혼 생활은 행복했지만 둘 사이에 자식은 없었다. 조지 케펠은 만약 그레빌에게 자식이 있었더라면 그녀의 인생이 완전체가 되었을 거라고 말한 바 있다. 앨리스 케펠은 딸 소니아 케펠을 입양하겠다는 마거릿의 청을 조심스레 거절한 대신 소니아의 대모가 되어 달라고 부탁했다. 그레빌은 하녀 거티 헐튼부터 상속녀 에드위나 애슐리에 이르기까지 많은 젊은 여성이 이익을 보호받아야 한다고 느낄 때 도움을 주었듯이 평생 소니아의 행복에 큰 관심을 쏟았다.

엘리자베스 보우스라이언은 1900년생이었는데, 만약 그레빌에게 딸이 있었으면 그 정도 나이였을 것이다. 그녀는 예쁘고, 재주가 많고, 인기 있고, 춤도 잘 추고, 재미있는 데다 무엇보다도 스코틀랜드 태생이었다. 애국심이 강했다는 면에서 엘리자베스와 마거릿에게 공통점이 있었지만 혈통에서는 차이가 났다. 마거릿과는 달리 엘리자베스의 조상은 대대로 부유한 귀족 가문이었고, 엘리자베스는 셰익스피어의 작품 『맥베스』의 배경인 글래미스성에서 자랐다. 집안 좋은 많은 친척 사이에서 애정을 듬뿍 받은 매력적인 엘리자베스는 목가적인 환경에서 아름다운 유년기를 보냈는데, 이 점은 비밀로 가득한 변변찮은 양육 환경에서 자란 마거릿의 마음을 끌었다. 그레빌과 엘리자베스 둘 다 앨버트 왕자 버티를 향한 신의와 애정이 남달랐다. 요크 부부와 어린 두 딸은 그레빌이 런던 저택에서 여는 파티도 즐겼을 뿐 아니라 폴스덴 레이시에서 함께 수없이 행복한 주말을 보냈다. 엘리자베스 공주는 찰스 스트리트 16번지의 지하 하인 숙소를 돌아다니며 하녀장의 고양이를 쫓아다니길 좋아했다. 엘리자베스 가족이 마거릿의 집을 자주 드나든 만큼 마거릿은 왕실의 공식 축하연은 물론이고 친한 사람들만 모이는 소규모 만찬회와 수많은 가족 축하 행사에도 초대받았다.

1930년대 후반, 이제 버티와 엘리자베스가 왕과 왕비가 되자 그레빌은 그들을 자주 만나지 못할 거라는 아쉬움 속에 과거를 그리워하며 이렇게 말했다.

「그들이 마치 내 자식처럼 우리 집을 드나들던 시절에 나는 너무나 행복했다.」

그렇지만 왕과 왕비는 자유 시간이 예전보다 제한되었더라도 오랜 친구를 여전히 자주 만났다. 그들은 편지로도 소식을 주고받았다. 1937년 9월, 그레빌이 〈정수리crown 부분이 없지만 그늘을 드리우기〉 때문에 월리스라고 불리는 최신 유행 모자에 관해 들은 농담을 적어 보내 왕비에게 웃음을 선사했다.

그들은 여전히 폴스덴에서 격의 없이 어울리며 주말을 보내곤 했다. 베벌리 니컬스가 기억하는 어느 일요일의 이른 아침 광경이 있다. 그는 텅 빈 응접실에 있는 그레빌의 그랜드 피아노의 유혹을 뿌리칠 수 없어서 「신이여 왕을 구하소서」(영국 국가)를 주제로 즉흥곡을 연주하기 시작했다. 처음에는 장례 행진곡처럼, 다음에는 경쾌한 춤곡 마주르카처럼, 마지막에는 바흐의 푸가처럼 연주했다. 응접실 문이 열렸고 엘리자베스 왕비가 어리둥절한 표정으로 〈어렴풋이 익숙하게〉 들리던데 대체 무슨 곡을 연주하고 있었냐며 물었다.

로니 그레빌이 일흔다섯이던 1938년 여름, 그레빌과 엘리자베스의 끈끈한 우정을 엿볼 수 있는 일이 있었다. 국제 정세가 심각하게 돌아가고 왕과 왕비가 영국과 프랑스 간의 〈화친〉을 도모하기 위해 프랑스 국빈 방문을 계획했다. 그런데 떠나기 불과 5일 전에 엘리자베스의 어머니 스트라스모어 백작부인이 글래미스에서 세상을 떠났다. 방문이 한 달 연기되었는데 엘리자베스는 슬픈 와중에도 왕비의 의무를 우선시해 방문 길에 오르기로 했다. 그녀는 공식 애도 기간을 준수해야 했지만 군주의 고유한 특권을 행사해 검은색 대신 흰색 옷을 입었다. 디자이너 노먼 하트넬이 모자와 장갑부터 야회복과 모피 랩까지 왕비의 모든 의상을 다시 제작했다. 엘리자베스가 빛의 도시 파리에서 눈처럼 하얗게 빛나는 모습으로 700만 파운드 상당의 보석을 착용하고 눈부시게 등장한 자체가 외교적으로나 의복사 측면에서 대단한 성취였다. 왕과 왕비의 국빈 방문 전에 윈저 공작이 그 기간에 파리에서 윌리스와 함께 두 사람을 만나러 가도 되느냐 물었으나 요청이 거절되었던 터라 윈저 공과 윌리스는 국빈 방문 기간에 파리를 떠났다. 얼마 전에 윌리스는 세계 최고의 베스트드레서로 뽑힌 바 있었지만 〈파리

명사들〉의 감탄을 자아낸 장본인은 윌리스가 땅딸막한 체형 때문에 〈쿠키〉라고 별명을 붙였던 동서 엘리자베스였다.

왕과 왕비가 프랑스에서 버킹엄궁으로 돌아오던 날 그레빌은 와병 중이었다. 오랜 친구의 건강이 좋지 않다는 소식을 들은 엘리자베스는 그날 오후 찰스 스트리트 저택에 깜짝 방문해 그레빌의 침대 곁에 앉아 파리에서 멋진 시간을 보내고 온 이야기를 들려주었다. 그레빌은 나중에 이날에 대해 이야기하며 평소답지 않게 감정이 북받쳐서 〈오, 이런 …… 나한테 그런 딸이 있으면 어떻겠어!〉 하고 흐느꼈다. 그러다가 하인에게 퉁명스레 샴페인을 가져오라 하더니 다시 평정심을 되찾았다.

그레빌이 관심 있게 지켜본 또 다른 젊은 여성이 있었다. 바로 미국 배우 패니 워드와 찰리 런던데리 사이에서 태어난 사생아 도러시 마벨 루이스였다. 미모가 출중한 도러시는 제1차 세계 대전 당시 수훈 비행사였던 잭 바르나토와 일찍이 결혼했다가 그가 스페인 독감 때 사망해 겨우 1년 만에 결혼 생활이 끝나면서 스무 살에 엄청나게 부유한 미망인이 되었다. 1922년에 도러시는 제6대 남작 테런스 플런켓과 결혼해서 세 아들을 낳았다.

플런켓 부부는 요크 공작과 공작부인의 사랑을 듬뿍 받았고 런던데리 하우스와 마운트 스튜어트에서도 이들을 자주 초대하며 반갑게 맞이했다. 이디스는 도러시의 출생에 대해 잘 알고 있었지만 진심으로 그녀를 대했다. 도러시가 타고난 춤꾼이자 함께 어울리기에 좋은 훌륭한 친구였다면, 테런스는 웃음을 좋아하며 가식이라곤 찾아보기 힘든 매력적인 영국계 아일랜드 신사였다. 1930년대에 플런켓 가족이 폴스덴 레이시를 자주 방문해 주로 주말 동안 머물렀는데, 그 당시 플런켓이 즉석에서 만든 짧막한 노래 몇 곡이 그레빌의 스크랩북에 남아 있다.

> 예술가의 손길 덕에 즐거워지는 만남
> 천재적 손길이 돋보이는 안주인
> 누구도 견줄 수 없네.
> 친애하는 로니 부인께 무한 감사하네.
> 장인다운 손길을 지닌 최고의 안주인
> 누구도 견줄 수 없네 무한 감사하네.[9]

1938년 2월, 플런켓 부부가 미국에서 비극적인 사고로 사망했다는 소식이 전해지자 영국과 미국의 사교계가 충격에 휩싸였다. 윌리엄 랜돌프 허스트가 캘리포니아의 자택에서 여는 파티에 부부를 초대했는데 비행기가 착륙하다가 추락해 둘 다 즉사했고, 세 아이는 졸지에 고아가 되었다. 엘리자베스 왕비는 도러시가 찰리 런던데리의 사생아로 알려져 있고, 비극 속에 부모를 잃은 세 사내아이가 찰리의 손자라는 사실을 생각해 눈치껏 이디스 런던데리에게 편지를 보냈다. 〈도러시와 테디의 끔찍한 비극에 우리 둘 다 슬픔을 가눌 길 없습니다. 수년간 그 부부가 우리와 얼마나 가까운 친구로 지냈는지 잘 아시잖습니까. 두 사람 다 각계각층의 많은 사람에게 참으로 큰 행복을 안겨 주었습니다. 그들이 떠나고 빈자리가 참으로 큽니다. 그 소중

한 어린아이들만 남아 마음이 너무 아픕니다.)[10]

    찰리와 이디스가 참석한 플런켓 부부의 장례식이 치러진 지 며칠 지나지 않아 찰리 런던데리와 테디의 남동생이 남은 세 아이의 후견인이 될 것임을 알리는 공지가 『더 타임스』에 소리 소문 없이 실렸다. 그레빌은 플런켓 부부의 죽음에 큰 충격을 받아 이때부터 크게 우려할 수준으로 건강이 나빠지기 시작했다. 흉부 감염에 취약했던 그녀는 수년간 겨울이면 최악의 영국 기후를 피하려고 해외로 떠나곤 했다. 그러나 지금은 폐렴과 기관지염을 달고 살며 가끔 정맥염이 심하게 도져 휠체어를 쓸 수밖에 없다. 이런 상황에서도 그레빌은 꿋꿋이 사교 활동을 이어 가기로 했고, 1938년 7월에 의사의 지시를 어기고 침대에서 일어나 애스콧 경마 대회에 참석했다. 그나마 운신하기 수월했던 이유는 왕과 왕비가 그들의 오랜 친구에게 상당한 특권을 부여해 경마장으로 들어가는 왕실 출입구를 이용해야 한다고 고집해서였다.

    그러한 특별 대우가 런던의 모든 사교계 여성 실세에게 주어지는 건 아니었다. 양위 후 수년간 에메랄드는 왕실과 가까운 이들 사이에서 일종의 왕따 같은 존재로 남아 있었다. 1937년 5월 18일, 그린 스트리트 햄던 하우스에서 서덜랜드 공작 부부의 무도회에 왕과 왕비가 참석했다. 재임 국왕과 왕비가 비공식 무도회에 참석한 것은 세계 대전 이후 처음이었다. 국왕 내외가 도착하고 떠날 때 저택 밖에 운집한 지지자들이 환호성을 보냈다. 전임 국왕 에드워드 8세의 절친한 친구 에메랄드 커나드는 국왕 내외가 떠날 때까지 파티장 도착을 미뤘다. 에메랄드는 『1066 앤드 올 댓*1066 and All That*』*에 나오는 인상적인 구절 중에 〈이전 왕권의 잔재〉가 바로 자신임을 너무나 잘 알고 있었다.

사교계의 대표격인 이디스 런던데리는 사교계 전반에서 현재 어떤 일이 급박하게 돌아가고 있으며, 어떤 암초가 숨어 있는지 파악하고 있었다. 그녀는 대관식이 끝나고 3주 후에 런던데리 하우스에서 무도회를 열 계획이었다. 1937년 5월 말, 그녀는 엘리자베스 왕비에게 편지를 보내 손님 명단을 검토해 주기를 제안했다. 왕비는 이디스의 제안에 감사를 표하며 이렇게 답했다. 〈커나드 부인은 정말로 우리가 지금 당장 만나고 싶진 않은 유일한 사람입니다. 지난가을과 겨울 그 쓰라린 몇 달이 여전히 우리 머릿속에 생생히 떠오릅니다. 《그 부인이 참석하면……》슬픈 생각이 숱하게 떠오를 수밖에 없을 테니 부인을 만나지 않는 편이 좋을 듯합니다. …… 부인이 보내 주신 짧은 명단에는 애석하게도 코리건 부인 외에는 딱히 이의를 제기할 다른 분은 없습니다. 재치와 애정이 묻어나는 편지에 참으로 감사드립니다.〉[11]

한편 시빌 콜팩스는 적지 않은 나이임에도 열정적인 사교계 여성과 사업가로서 만만찮은 두 가지 역할을 이어 나갔다. 벌써 예순두 살이던 1936년에는 비극적인 개인 사정 때문에

---

* W. C. Sellar와 R. J. Yeatman이 써서 1930년에 출간된 『*1066 and All That: A Memorable History of England, Comprising All the Parts You Can Remember, Including 103 Good Things, 5 Bad Kings and 2 Genuine Dates*』는 영국의 역사를 풍자적으로 개괄하고 있다.

아끼던 집을 처분하고 수입을 늘릴 새로운 방법을 모색해야 했다. 1930년대 후반에 시빌은 줄곧 시간과 자금이 부족한 상황이었는데도 파티를 열고 손님들을 접대하는 데 열을 올렸다. 버너스는 재치 있지만 짓궂은 구석도 있어서 자기가 아는 사람들을 흉내 내며 놀리는 걸 좋아했는데, 그의 눈에 시빌은 놀림감으로 제격이었다. 그는 파리에 사는 미국인 커플 거트루드 스타인, 앨리스 B. 토클라스와 친분이 있었고 초현실주의에 힘입은 이들의 독특한 전위 문학적 시도를 소재로 모방 작품을 썼다. 1936년에 그는 『사교계 주인의 초상*Portrait of a Society Hostess*』이라는 작품을 썼다. 문체는 스타인의 산문시를 모방했으나 그가 풍자한 대상은 그의 오랜 친구 시빌 콜팩스였다.

카나리아한테 샴페인을 주자 녀석이 빙빙 돈다오. 샹들리에의 반짝이는 빛이 드리우는 아래에서 대화가 오간다오. 메이페어의 보헤미아 유리에 금이 간다오. 좋을 때만 친한 척하는 메이페어 친구들이 오고 가고 오고 가고 오고 간다오. 그 집은 언제나 사람들로 가득 가득 가득하다오.

거기 계시오? 거기 계시오? 있군요! 계시는군요! 제정신이 아니오? 거기 전부 계신 게 아니오? 많은 사람이 전부 거기 있지 않소만 왕족은 거기 있다오. 널리고 널리고 널렸다오. 빛나는 보석이 다정한 마음씨보다 낫고 보석 왕관이 위로보다 우위요. 그녀가 각료들에게 찬사와 무안함을, 찬사와 무안함과 당혹감을 안겨 준다오. 몇몇은 가

지 않을 테요.[12]

실리를 따지는 시빌 콜팩스가 사업에 큰 변화를 꾀했다. 1938년
에 동업자 페기 워드(먼스터 백작 부인)가 사업에서 물러나기로
한 후 천부적 재능이 있는 장식가 존 파울러를 후임으로 추천했
다. 평범한 집안 출신인 그는 고가구 복원 전문가 겸 도장공으로
경력을 시작해 독학으로 현재 자리에 올랐다. 프랑스 문화에 애
정이 컸던 그는 인테리어 디자인에 프랑스 분위기를 종종 재치
있게 가미했고 투알 드 주이* 벽지와 직물을 특히나 좋아했다.
콜팩스와 파울러의 새로운 동업자 관계가 두 사람 모두에게 신
선한 자극이 되었다. 존 파울러는 전통적인 영국식 시골 저택의
인테리어 작업을 진행하면서 수세기의 역사가 담긴 예술적인
부착물과 가공품의 진가를 알아 갔다. 그사이 시빌의 장식 스타
일은 파울러의 영향으로 점점 관습에서 벗어나 세련미가 더해
졌다.

　브루턴 스트리트의 건물은 직물과 벽지, 맞춤 카펫과 융
단을 판매하는 상점 겸 인테리어 디자인 회사로 쓰였다. 존 파
울러는 고객의 요청에 따른 맞춤형 디자인을 제공했다. 완벽한
실내 장식 서비스를 제공하는 콜팩스와 파울러의 회사에는 의
자 천갈이공, 금박공, 미장공, 염색공 등 노련한 프리랜서 장인
들로 구성된 팀이 갖춰져 있었다. 두 사람이 프랑스와 영국의
시골 지역을 돌아다니며 사들인 고가구와 특이한 미술품을 회

---

* toile de Jouy. 자연 풍경이나 인물 군상, 기타 소박한 전원풍의 중세기 정
경을 담은 회화적인 날염 무늬.

사에 비축하면서 소매 판매가 늘었고 전문적인 분위기가 더해졌다. 콜팩스&파울러는 연회에 적합한 안락의자와 소파, 보석 색상의 대형 양탄자, 목재 패널, 세련된 전통 가구를 동원해 웅장한 영국식 컨트리 하우스의 독특한 모습을 감각적으로 재해석했다. 적당한 장소에 배치한 예비 탁자와 탁자등으로 안락함과 편리함도 놓치지 않았다. 동양풍 칠기와 청백색 중국 화병, 이마리 자기, 또는 중국 연채 자기, 싱싱한 노지 화초로 만든 대형 꽃꽂이나 화분에 심은 구근 식물 등으로 특징을 살린 장식을 선보였다. 전체적인 분위기는 오랜 세월에 걸쳐 자연스럽게 서서히 자리 잡은 인테리어 같았다. 콜팩스&파울러는 유서 깊은 유산의 분위기를 당장 얻고자 하는 사람들에게 인기가 있었다.

시빌은 사업에 매진하던 중에도 여전히 윈저 공작 부부와 연락을 주고받았다. 1938년 8월, 해럴드 니컬슨과 시빌이 서머싯 몸의 자택인 카프 레라의 빌라 모레스크에서 열린 공식 만찬에 손님으로 참석했다. 공작 부부가 도착하기 전에 의전을 어떻게 하느냐를 두고 급히 이야기가 오갔다. 미묘한 문제였다. 시빌은 오랜 친구 월리스와 만남을 고대한 건 사실이지만, 그저 전임 국왕이 원한다는 이유만으로 그녀에게 예를 갖춰 절하지는 않았다. 애초에 니컬슨은 윈저 공작을 국왕에게 적합한 〈폐하〉가 아니라 마치 아직도 왕세자인 듯 〈전하〉라고 부르려 했다. 다들 월리스를 〈공작부인〉이라 부르는 것에 동의한 참이었는데 공작이 〈비(妃)전하〉가 지체해서 늦게 도착했다고 사과하자 일동 당황하고 말았다. 점입가경으로 공작과 공작부인은 만찬회 내내 서로를 〈자기〉라고 부르며 활기차게 웃고 떠들어 댔다. 프랑스에서 행복하게 살아가는 윈저 부부는 프랑스 문화를 좋아했지만 앞으로 어떤 일이 벌어질지 몰랐다.

런던의 중요 인사 중에 로라 코리건은 확고한 친프랑스파로 유명했다. 그녀는 1930년대 후반에 수시로 런던과 파리를 오가며 지냈다. 부유층 전문 파티 플래너인 미국인 엘사 맥스웰이 로라를 자기 사람으로 점찍어 파리의 상류 사회에 자리 잡도록 도움을 주었다. 로라는 자신의 재력과 엘사의 인맥을 발판 삼아 연줄 좋은 사람들을 활용하여 상류 사회의 찬란한 고지대로 향하는 길을 닦아 나갔다. 아름다운 고가의 선물을 손님들에게 후하게 나눠주는 화려한 파티도 빠지지 않았다. 로라는 지식인도 아니고 명문가 출신도 아니었지만, 호기심과 탐욕과 욕심이 인간의 보편적 특징인 건 알았다. 그녀는 이러한 인간적인 결점을 노려 자신의 막강한 재력을 이용해 사람들을 끌어들였다. 로라에게 애정이 있던 엘사 맥스웰은 그녀를 이렇게 기억했다. 〈런던 사교계의 강자 …… 아무도 못 말리는 로라 코리건은 미국의 신데렐라 시합에서 어마어마한 핸디캡을 안고도 6개월이라는 기록적인 기간 안에 전화 교환원에서 부유한 미망인에 이르는 변화를 일궈 냈다.〉[13]

과장법이 가미되긴 했어도(사실 로라가 지미 코리건과 결혼한 해는 1916년이었고, 그가 세상을 떠난 해는 1928년이었다) 엘사 맥스웰은 진심으로 로라를 높이 평가했다. 그녀는 로라가 〈미모가 뛰어난 편은 아니었고 교육을 많이 받았다거나 특별히 똑똑하진 않았다. …… 파티도 파티였지만 그녀의 순

수한 말실수 덕분에 그녀 뒤에서 사람들이 나누는 즐거움이 컸다〉라고 전했다.[14]

엘사는 이 미국인 〈벼락부자〉가 비용을 들여 프랑스 상류 사회에 안착하도록 1920년대와 1930년대 내내 노련하게 도움을 주었다. 그녀는 고객과 자신을 향한 언론의 관심을 끄는 데 능했고 파리 리츠 호텔처럼 파티나 축하연을 진행할 장소를 고르는 안목도 인정받았다.

방돔 광장의 웅장한 리츠 호텔은 이미 수십 년 동안 미국인 부자들에게 마치 내 집처럼 편안한 곳이었고, 1938년부터는 로라 코리건이 프랑스에 머물 때 주로 지내는 아지트가 되었다. 그녀는 넓디넓은 임페리얼 스위트룸에서 붙박이로 지냈다. 안타깝게도 그녀의 프랑스어 구사 방식이 다소 특이했다. 해맑게 〈방트르 아 테르ventre à terre〉라고 자기 실력을 말했다. 이 말은 문자 그대로는 〈배를 지면에 대고〉 있다는 뜻이지만 구어로는 〈전속력으로〉라는 뜻이다.

로라 코리건은 언어를 뒤죽박죽 섞어 쓰기도 하고 최고급 환경에 익숙하기도 해서 여러 언어를 구사하는 직원들이 있는 리츠 호텔을 고마워했다. 그래도 그녀는 자기 집에서 멋들어진 방식으로 손님들을 접대하기 위해 런던에서 숙련된 직원들을 완벽히 갖추고 사교계 시즌을 대비해 품격 있는 타운 하우스를 마련하는 쪽을 택했다. 로라에게 필요한 집은 웅장하며 유서 깊고 가능하면 귀족 소유의 저택으로 돈은 문제가 되지 않았다. 1938년 6월, 로라는 말버러 공작 부부에게 시즌 동안 빌린 켄싱턴 11번지 팰리스 가든스에서 본격적인 활동을 시작했다.

로라가 개최한 호화로운 파티의 면면은 당연히 신문에 상세히 보도되었다. 레이디 다이애나 쿠퍼는 검은색 드레스 차림이었고, 레이디 웨이머스는 흰색과 은색 옷을 입었고, 레이디 커나드는 장미꽃으로 장식한 올림머리를 뽐냈다. 켄트 공작과 공작부인이 춤을 주도했으며, 중국인 저글러와 실로폰 연주자가 등장하는 쇼가 펼쳐졌다.

‡

1939년에는 전쟁을 피할 수 없다는 예감이 점점 현실이 되어 갔다. 해럴드 니컬슨은 그레빌과 낸시 애스터가 자신의 세를 불리려고 외국 대사와 정치계 인사에게 영향력을 행사한 이전의 잘못된 시도를 보고 좌절감을 표현했다.

나는 그란디 같은 어떤 지식인이든 이 나라의 의지가 로널드 그레빌 여사에게 달려 있다는 착각에 빠져 있다면 무솔리니를 떠날 수 없었으리라 본다. 그가 알아두어야 할 것은 최후의 수단으로 우리가 내리는 결정은 메이페어나 클리브덴이 아니라 해당 책임 분야에서 구체화된다는 사실이다. 이 어리석고 이기적인 사교계 안주인들이 끼치는 해악이 어마어마하다. 그들은 외국 사절에게 마치 그들의 응접실에서 정책이 결정된다는 인상을 심어준다. 사람들은 그레빌 여사와 레이디 애스터 같은 분별 없는 여성의 사교적 능력에 탄복한다. 애스터를 아는 사람이라면 누구나 그녀가 다정하긴 하나 지나칠 만큼 어리석은 여자라는 평가에 수긍한다. 그러나 이런 사람들의 영향력은 가공할 만하다. 그들은 젊은 정치인들과 식사를 하고 술을 마시며 권위와 책임과 위엄이 어우러진 분위기를 조성하지만, 이 모든 것은 기운을 과시하는 것에 지나지 않는다. 그런 일은 우리에게 늘 일어난다. 어리석은 자들이 영국 여론의 대표자로 평가받고 견문이 넓은 이들은 〈지식인〉으로 치부될 뿐이다. 내가 만약 레이디 애스터라면 세상 불행할 것이다. 그녀는 자기가 앵무새처럼 떠들어 댄 소리가 자신이 몸담은 계급과 제2의 조국의 본질이라고 어렴풋이나마 깨달아 마땅한 것에 크나큰 해를 끼쳤음을 분명히 자각해야 한다.[15]

사람에 따라 패배주의라는 개념에 강한 도전을 받게 될 사람도 있었다. 1939년 6월 중순 윈스턴 처칠이 미국의 언론인 월터 리프만을 통해 전해 듣기로, 미국 대사 조지프 케네디는 전쟁이 불가피하다고 보며 영국의 패배를 점친다고 했다. 윈스턴은 케네디의 생각대로 될 거라고도 믿지 않았지만, 혹시 그렇게 된다 해도 〈영어권 민족의 위대한 유산을 보존하고 유지하는 것〉이 미국인에게 달려 있다고도 생각하지 않았다.

1939년 6월 3일, 필립 사순이 불과 쉰 살의 나이로 독감 합병증 때문에 사망했다. 1925년부터 1935년까지 친한 친구였던 밥 부스비가 〈전쟁은 그의 본령과 맞지 않았다. 그를 둘러싼 다른 모든 것이 그랬듯 그의 죽음도 때를 맞춰 찾아왔다〉라고 말했다.[16] 사순은 자신의 국제적 인맥을 통해 독일의 유럽 정복 계획에 관한 소식을 접한 후 점점 우울해졌고, 항간에는 그의 죽음이 자기 의지에 의한 것이라고 믿는 이들도 있었다.

전쟁 전 마지막 사교계 시즌이었던 1939년 여름 내내 각종 사교계 행사와 대규모 무도회가 휘몰아쳤다. 특히나 호화로운 행사가 7월 6일에 홀랜드 하우스에서 열렸다. 제6대 일체스터 백작의 웨스트 런던 저택에서 열린 이 행사는 소니아 큐빗의 딸 로절린드의 사교계 데뷔 무대였다. [훗날 로절린드는 현재 콘월 공작부인(웨일스공 찰스의 배우자)인 커밀라 파커 볼스의 어머니가 되었다.] 왕과 왕비가 주빈이었고, 노엘 카워드와 어디든 빠지지 않고 나타나는 스페인 에나 왕비도 참석했다. 그레빌도 당연히 참석하기로 했다. 소중한 친구인 왕과 왕비를 포함해 사교계의 최고 명사들이 참석하는 행사에서 대녀가 성공적인 데뷔전을 치르는 광경을 놓칠 수는 없었다. 폐렴이 도져 내내 골골한 일흔여섯의 노인이 하인 2명이 끄는 휠체어를 타고 계단을 올라갔다. 그레빌의 목에는 한때 마리 앙투아네트의 것이었던 다섯 줄짜리 다이아몬드 목걸이가 걸려 있었다. 그야말로 대충하고 넘어갈 수 없는 결전의 밤이었다.

1939년 7월, 로라 코리건이 빌린 파크 레인의 더들리 하우스는 소문에 두 달 치 사용료가 5,000파운드에 달했다. 로라가 연 파티 중에 미국 대사 조지프 케네디와 아내를 주빈으로 모신 성대한 만찬회가 이목을 끌었다. 이 행사는 케네디 부부의 딸 유니스가 버킹엄궁에 정식 소개되기 전날 밤에 열린 파티였다. 유니스의 남동생 바비와 테디는 누나가 그로스베너 스퀘어의 저택 발코니를 떠나는 모습을 지켜봤다.

1939년 초반에 니컬슨이 〈바보 같은 사교계 안주인들〉을 실컷 비난했지만 이들의 처신이 그 시대에 딱히 유난스러웠던 건 아니었다. 전체주의 체제, 특히 제3제국 치하에서 삶과 죽음의 실체를 일반 대중이 점점 피부로 느끼고는 있었다. 1939년 8월 30일, 니컬슨이 함께 점심 식사를 한 이들 중에 시빌 콜팩스, 에메랄드 커나드, 1933년부터 1938년까지 베를린에서 제1서기를 지낸 이본 커크패트릭이 있었다. 커크패트릭은 냉담한 어조로 독일의 상황과 총통이 내뿜는 〈사악한 오만함〉을 설명했다.

1939년 8월 초 칩스 채넌이 그레빌을 만나러 차를 몰고 폴스덴으로 향했다. 그는 그 저택과 부지를 설명하면서 귀부인이 오랫동안 탄탄한 재력을 갖춘 덕에 더없이 아름답고 조용하며 웅장한 공간으로 잘 유지되고 있다고 말했다. 채넌이 봤더니 그레빌은 그가 기억하던 것보다 눈에 띄게 늙은 데다 마르고 머리도 많이 세어 있었지만, 두 사람은 자리를 잡고 앉아 끝도 없이 수다를 떠느라 만찬용 옷으로 갈아입을 시간이 모자랄 지경이었다. 그레빌이 오랜 친구 그레이스 밴더빌트에 대해 앙심에 찬 소리를 쏟아 내자 칩스마저 기겁했다.

「어르신 매기만큼 그토록 능숙하게 악의를 뿜어내는 사람도 없다. …… 그녀는 근 40분 동안 거의 모든 사람을 독하게 씹어 댔다.」[17]

그레빌은 전쟁이 발발하기 불과 몇 주 전인 1939년 8월 중순에 르 투케와 도빌에서 요양차 휴가를 보낼 계획을 세웠다. 하지만 갈수록 상황이 심각하게 돌아가자 프랑스행을 취소했고 친구들과 폴스덴에 머물며 사태의 추이를 지켜봤다.

금세라도 전쟁이 닥칠 조짐이 보여 월도프 애스터는 안전상의 문제로 애스터가의 귀중품을 런던 저택에서 클리브덴으로 옮겨 두기로 결정했다. 그는 로즈에게 은행에 가서 상시 다이아몬드도 회수해 달라고 부탁했는데, 그가 이미 은행에 다녀왔고 넋 놓고 있다가 다이아몬드를 자기 주머니에 넣었다는 걸 까맣게 잊고 있었다. 로즈는 기분이 나빴는데, 월도프는 정신이 딴 데 팔려 있었다. 1939년 8월에 그는 클리브덴의 직원 수를 줄였고, 다시 한번 그곳에 캐나다 적십자 병원 개원을 지원할 계획을 세웠다.

또 한 번 독일과의 전쟁이 임박해 보이는 시점에서 칩스 채넌이 하원의 분위기를 재혼에 비유했다. 〈똑같은 흥분을 불러일으키기란 불가능하다. 확실히 오늘 밤 런던은 조용하기 그지없고 무슨 일이 일어날지 별 관심이 없다. 섬뜩할 만큼 잠잠하다.〉[18] 1939년 9월 1일, 뉴욕에서 W. H. 오든이 스멀스멀 다가오는 파멸의 기운을 감지하는 사이 〈저열하고 부정한 10년〉 중 마지막 평화의 순간이 서서히 저물고 있었다.

독일이 막판에 발을 빼지 않는 한 유럽에서 전쟁은 피할 수 없는 상황이었다. 독일과 폴란드 사이에 교전이 벌어졌고 1939년 9월 1일, 위기 상황을 논의하는 특별 의회가 열렸다. 감정이 고조된 날이었다. 네빌 체임벌린은 곧바로 히틀러에게 책임을 전가했다. 그는 최근의 협상 과정을 쭉 열거했고, 히틀러가 폴란드 측이 기각했다고 주장한 16가지 조항은 애초에 독일이 폴란드에 제시한 적조차 없었다고 밝혔을 때 낸시 애스터가 〈글쎄, 절대 내가 그런 게 아니에요!〉라고 외치는 소리가 들렸다. 낸시는 전쟁이 목전에 닥친 시점에도 나치가 거짓말을 했다는 사실을 알고 경악했다. 체임벌린은 독일 정부에 보낸 최후통첩을 진지하게 낭독하면서 독일이 폴란드 공격을 그만두지 않는 한 영국은 전쟁에 돌입하겠다는 서약을 이행할 것이라고 분명히 밝혔다.

9월 3일 일요일 오전 11시 15분, 뮌헨 협정의 용사 네빌 체임벌린 총리가 숨죽인 채 형세를 관망하는 국민에게 라디오 생방송을 통해 대국민 발표를 했다. 그는 영국 정부가 최후통첩의 답변을 기다렸으나 마감 시한이 지나도록 베를린으로부터 아무런 답변이 오지 않았다고 밝히며 〈그리하여 우리나라는 독일과 전쟁을 합니다〉하고 선언했다.

10장
〈포화 속의 용기〉: 1939~1945

체임벌린의 방송이 나간 지 몇 분 만에 런던 전역에 공습 사이렌이 울렸다. 마고 애스퀴스가 에메랄드 커나드에게 가스 마스크 같은 건 필요 없고 공습은 위험하지 않다고 태평스레 알려주긴 했어도, 이 불길한 사이렌 소리는 영국 주민에게 너무나 익숙한 일상이 될 운명이었다. 이제 이들은 폭탄의 위협과 당장 〈피신〉해야 할 일촉즉발의 순간과 배급이 필요한 절박한 사정과 정전 상황에서 사는 법을 터득해 갔다. 도시 아이들은 시골 지역으로 대피했다. 그레빌의 컨트리 하우스 폴스덴 레이시는 전쟁 발발 첫날 이스트엔드에서 온 초등학생 30명을 받아들여 차고 위쪽 공동 주택에서 머물게 했다.

왕과 왕비는 교전 기간에 런던에 머물기로 했지만 전쟁이 격렬해지면서 윈저성에서 밤을 보내는 날도 많았다. 메리 왕비는 무려 63명의 하인을 대동하고 배드민턴에서 보퍼트 공작 부부와 함께 거처를 잡았다.

많은 국외 거주자가 다시 영국으로 향했다. 9월 12일에 윈저 부부, 프루티 멧칼프, 케언테리어 세 마리가 프랑스 셰르부르에서 윈저 공작의 사촌 루이스 마운트배튼이 지휘하는 영국 구축함 HMS 켈리호에 승선해 정전으로 캄캄한 포츠머스 부둣가에 내렸다. 그들은 2주간 머물렀다. 공작은 국왕과 국가에 힘을 보태고자 복무 의사를 밝히며 영국에 영구히 남기를 원했다. 하지만 왕실에서는 그의 생각에 완강히 반대했다. 특히 엘리자베스 왕비의 반대가 심했다. 다른 해결책을 찾아 공작이 파리 근교 영국 군사 사절단과의 연락 장교로 활동하는 것으로 합의가 이루어졌다. 1939년 9월 27일, 시빌 콜팩스의 집에서 그와 월리스가 오찬을 했을 때 그는 카키색 제복을 입고 수많은 훈장을 달고 있었다.

수개월간 실제로 일어나지는 않았지만 폭격전이 벌어질 것이라는 예상 속에 많은 부유층 런던 주민이 타운 하우스를 닫아걸고 큰 호텔로 들어갔다. 배급제로 연료를 공급받고 하인들이 징집되면서 직원을 부리고 개인 주택에 난방을 하기가 점점 어려워졌다. 호텔은 친목에 적합하고 편리하기도 한 대안이었다. 레스토랑의 모든 식사가 애초에 코스 3개로 제한되었고 값은 1인당 5실링 이하로 정해졌다. 호텔 레스토랑이라고 해서 상대적으로 평범한 식당에 비해 밥값이 더 비싼 게 아니었다. 미국인 전쟁 특파원 에드 머로가 말했다시피, 〈적어도 비슷한 부류의 사람들과 함께 폭격을 당할 것〉이라는 분위기 속에 사람들이 하루하루를 지냈다.

런던 사교계의 많은 유명 인사는 전쟁 초기에 매우 분주하게 지냈다. 이디스 런던데리는 파크 레인 안쪽에 위치한 으리으리한 저택의 공간 대부분을 폐쇄하고 도체스터 호텔에서 식사를 해결했다. 최고급 호텔은 유명인, 사교계 명사, 정치인으로 북적였다. 런던은 극장과 나이트클럽과 무도장을 가득 메운 군인과 여성으로 차고 넘쳤다. 아직 저택에 머무는 이들 중에는 자기 능력껏 계속해서 손님들을 접대한 사람도 있었다. 시빌 콜팩스는 퀸 앤스 게이트에 있는 노스스트리트의 18세기 초 양식 테라스 하우스로 거처를 옮겼다. 그곳은 다이애나 쿠퍼의 표현에 따르면, 〈카드 한 벌로 만든 집처럼 부실한〉 곳이었다.[1] 그 집에서 처음 공습 때 〈석탄통〉* 여사와 손님들은 하인들을 지하실로 내려보내 놓고 시중 없이 자기들끼리 식사를 하곤 했다. 1940년 9월에 영국 대공습이 시작되자 시빌의 손님들은 주방이 안전하지 않다는 것을 알고 주방에 숨어 있지 않겠다고 했다. 칩스 채넌은 폭격전이 벌어지거나 말거나 벨그레이브 스퀘어의 자기 집에서 호화스러운 만찬 파티를 열었는데, 결국 1940년 11월에 폭격으로 집이 심하게 훼손되고 말았다.

1932년에 문을 연 파크 레인의 도체스터 호텔은 수많은 런던 시민이 전시에 이용한 사교 활동의 중심지가 되었다. 이 건물은 공습에도 안전하게 버티도록 만들어진 철근 콘크리트 구조물이라고 믿고들 있었다. 1940년 9월, 영국 대공습이 시작했을 때 호텔 투숙객과 방문객은 밤마다 VIP 투숙객용으로 칸막이 방에 침대가 설치된 호텔 지하 튀르키예식 목욕탕으로 피신했다. 하지만 〈합숙소〉로 알려진 곳은 건물 최하부 너머에 측면으로 파서 만든 공간이어서 호텔 입구 바깥 진입로와 안전 대피소로 생각하는 곳의 천장 사이에는 고작 30센티미터 두께

* 콜팩스와 발음이 비슷한 Coalbox가 별명처럼 불렸다.

의 타맥과 자갈층이 있을 뿐이었다. 중앙 출입구 바깥에 빗나
간 폭탄 하나만 떨어져도 코리건이 칭하길 런던 사교계의 〈내
로라하는 명사들〉이 전멸할 수도 있었다.

도체스터 호텔에는 정부 각료부터 육군 준장, 귀족 미망
인, 외교관, 장교, 배우에 이르기까지 각계 인사가 모여들었다.
일부 투숙객은 자신이 투숙해서 호텔의 명성이 올라간다는 이
유로 유명인 이름 사용료 차원에서 숙박비를 협상하기도 했다.
도체스터를 찾는 단골손님으로는 외무 장관 핼리팩스와 그의
아내, 그리고 런던데리 부부의 딸 모린의 남편이자 1940년부
터 전시 내내 장관을 지낸 올리버 스탠리가 있었다. 어딘가 수
상쩍은 고객들도 도체스터를 찾았다. 이에 대해 캐나다 외교관
찰스 리치가 다음과 같이 썼다. 〈도체스터에는 리비에라에서
쓸어 온 온갖 쓰레기가 다 모여 있다. 배불뚝이에 누렇게 뜬 얼
굴로 매끈한 머리를 쓸어 넘기며 불안에 떠는 신사들이 스웨이
드 구두와 체크 정장 차림으로 앉아 턱을 덜덜 떨면서 아무 말
이나 지껄이고 있다. 그리고 여우 털 망토를 걸친 채 실크 스타
킹을 신은 긴 다리를 드러낸 깡마른 여자들을 보면 앙상한 양
같은 머리통 주변이 인위적인 파마머리로 덮여 있다.〉[2]

그레빌은 찰스 스트리트의 아름다운 18세기식 타운 하우
스를 폐쇄하고 1940년 7월에 현대식 철근 콘크리트 건물인 도
체스터로 서둘러 피신했다. 그녀는 휠체어를 타고 붐비는 로비
를 가로지르는 모습을 보이지 않으려고 남들 몰래 측면 출입구
를 이용했다. 도체스터 호텔은 정치, 군사 활동, 국제적 모의가
얽히고설켜 이뤄지는 집합체였다. 건강이 썩 좋지 않은 칠순의

부유한 노년층은 대개 지방에 안전한 거처를 찾는 반면, 그레빌은 런던을 격파하려는 독일 공군의 협동 공격을 똑똑히 지켜보기 위해 제일 가까운 곳에 자리 잡기로 했다. 매기는 성실한 하인들이 시중드는 고층 스위트룸에서 눈부신 보석으로 치장하고 보란 듯이 멋지게 사람들 앞에 등장하기로 결심했다.

폭격이 이어지는 사이사이 그레빌은 좋아하는 사람들을 자신의 스위트룸으로 초대해 진수성찬을 대접했다. 우유, 버터, 갓 낳은 달걀, 크림 등등 배급제가 시행되는 영국에서 합법적으로 구하기가 하늘의 별 따기인 신선한 농산물을 폴스덴의 자작 농장에서 공급받아 식탁에 올렸다. 그레빌은 공습 기간에 마지막까지 꿋꿋이 버티며 지하 방공호로 내려가기를 거부했다. 런던에 폭탄이 투하되고 하이드 파크에서 대공 포화가 공중에서 폭파하자 그레빌은 〈합숙소〉에 대피한 VIP들에게 전화를 걸어 위층으로 올라와 자기와 함께 있자고 도발한 것도 모자라, 만약 그들이 신중함이야말로 더 급이 높은 용기라고 느낀다면 겁쟁이라고 깎아내렸다.

그사이 오랜 친구와 경쟁자들도 런던에 모여들었다. 유럽 전역으로 군대가 빠르게 진군하자 케펠 부인은 또다시 곤란에 처했다(처음 경험했던 건 1914년 8월이었다). 1940년 7월, 케펠 부부가 이탈리아에서 급히 나온 후 생장드뤼즈에서 영국 국적 시민들과 군인들로 가득한 영국 해군 수송선에 몸을 실었다. 어수선한 와중에 바이올렛 트레푸시스가 짐꾼인 줄 알고 어떤 남자에게 보석을 건넸다가 두 번 다시 그 남자도, 보석도 보지 못했다. 영국으로 돌아오는 여정은 위험하고 불편했다.

케펠 부인은 1914년 때처럼 요양차 서둘러 리츠 호텔로 향했다. 그레빌은 케펠 부부의 고생담을 듣는 데 금세 지쳐 버려 이디스 런던데리에게 이렇게 말했다.

「앨리스가 프랑스에서 탈출한 얘기를 듣자면 그녀가 하녀를 입으로 물고 영국 해협이라도 헤엄쳐 건넌 줄 알겠어요.」

그레빌은 일찍이 제3제국을 향한 열정을 드러냈다가 이미지가 손상된 것을 알고 있었다. 그녀가 어떻게든 낙선시키려 했던 하원 의원 더프 쿠퍼는 전쟁 초반에 중립적인 미국이 영국을 지원하도록 설득하기 위해 미국 순회강연에 나섰다. 그레빌은 해외에 있는 그를 〈직무 태만〉이라고 항의했다. 더프 쿠퍼는 그레빌이 자기처럼 오랫동안 나치의 위험성을 경고해 온 이들에게 앙심을 품고 있을 것이라고 지적하며 강경하게 대응했다.

그레빌은 명성을 되찾고자 『이브닝 스탠더드』(1940년 2월 2일)에 특집 기사를 실었다. 나치가 선전 목적으로 영국의 중요 여성 인사들과 관계를 구축하려고 시도했으나 그녀는 바덴바덴에서 주로 〈치료〉를 받기 위해 독일을 주기적으로 갔다고 주장한 기사였다. 그녀는 현재 (불명의) 질병에서 회복 중이며 지난겨울의 유일한 만찬 일정은 핼리팩스 경 부부와 만난 것뿐이었다고 덧붙였다. (그는 외무 장관이었으므로 비난할 여지가 없는 언급 대상이었다.) 그레빌은 영국 공군의 스핏파이어 전투기 구입 비용으로 6,000파운드를 기부하기도 했다. 원칙적으로 돈만 있다면 누구나 비행기를 의뢰할 수 있지만 그것을 만들 어마어마한 부지가 있고 자기애가 충만한 자만이 비행기 동체에 자기 이름을 적어 넣을 수 있다. P8643 마거릿 헬렌 호는 1941년 4월부터 1944년 12월까지 실전에서 활약했다. 사실 후원인보다 더 오래 산 셈이다.

1940년 여름, 프랑스가 함락되고 던커크 철수 작전이 벌어지고 나니 영국 침공도 시간문제였다. 1940년 9월부터 시작된 영국 대공습 기간에 런던은 밤마다 폭격에 시달렸다. 경고 사이렌이 울리기 시작하면 주민들은 귀를 찢는 폭탄과 살인적인 소이탄을 피해 지하실이든 지하철역이든 어디로든 대피해 몸을 숨겼다. 정전 상황 때문에 보행자와 운전자에게 야간 이동이 위험해졌고, 달빛이 비치는 밤에는 템스강의 독특한 일렁임이 드러나 독일 공군 조종사들이 위치를 파악할 수 있었다. 수도를 수호하는 대공포와 폭격기들이 부딪치는 소리가 귀를 찢었다. 찰스 리치가 당시 상황을 이렇게 썼다.

런던 사교계의 남은 자들은 이 폭풍우 속에 승선한 호화 유람선 같은 도체스터 호텔에서 식사를 했다. 두꺼운 벽을 통과하고 밴드의 음악 너머로 집중 포격 소리가 들리며 간간이 근처에 떨어진 폭탄이 폭발한 충격으로 건물이 마치 진동하는 배처럼 흔들렸다.[3]

런던 시민들은 사실상 밤새 한숨도 못 자고 아침을 맞아 간밤의 참해를 확인하러 나오곤 했다. 그레빌, 시빌 콜팩스, 에메랄드 커나드는 바깥에서 폭탄이 터지고 포격이 이어져도 도체스터의 고층 스위트룸에서 계속 손님들을 접대했다. 한참 아래층

인 지하에서는 열여섯 살짜리 수습 요리사가 그들의 식사를 준비했다. 정신분석학의 선구자 지그문트 프로이트의 손자 클레멘트 프로이트가 1940년에 도체스터 호텔 주방에서 채소 손질부터 시작해 수습 요리사로 일을 하고 있었다. 프로이트와 동료 몇 명이 그레빌의 대저택이 있는 찰스 스트리트 근처의 비어 있는 18세기 주택을 임대했다. 이는 알면서도 위험을 감수한 선택이었다. 그 집은 목조 건물인 데다 공습 기간에 지내기에 위험한 장소였기 때문이다.

　주방 직원들은 기발한 방식으로 부족한 임금을 메웠다. 프로이트는 요리된 닭 두 마리를 매주 몰래 빼돌려 동거인들의 식사로 제공해 자기 집세를 대신했다. 1941년에 그는 웨이터로 승진했다. 종이가 부족한 시절이라 새해 전야 정찬 메뉴는 단 한 장의 작은 카드에 인쇄해 손님 10명이 둘러앉은 테이블마다 메뉴를 돌려봤다. 샴페인은 흘러넘치고 불빛은 희미했다. 유명한 류 스톤 밴드가 분위기를 띄웠다. 프로이트가 담당 테이블에 바다거북 수프를 내온 다음 가자미 본 팜므를 내왔는데 그사이에 나오는 코스는 빼먹었다. 술과 홍에 취한 사람들이 자정에 「올드 랭 사인」을 부르는 동안 프로이트는 벨루가 캐비어 10인분, 갓 구운 바게트, 돔 페리뇽 한 병을 들고 저장고로 갔다. 거의 60년이 지난 후 그는 그날을 회상하며 그가 먹어 본 최고의 새해 전야 식사였다고 짠한 기억을 떠올렸다.

낸시 애스터는 최후의 순간까지 독일과의 충돌은 피할 수 있으리라 믿었지만 일단 전쟁이 선포되자 남편 월도프와 함께 전쟁 지원에 상당한 에너지를 쏟았다. 이전에 그녀는 동료 의원에게 〈베를린 의원〉이라고 조롱당한 적도 있었지만, 이제 애스터 부부는 영국의 전쟁 지원 활동의 주요 거점인 플리머스 선거구에 집중했다. 1939년에 두 사람은 시장 부부가 되어 폭격과 공습이 오래도록 이어지던 위험한 기간 내내 주민들을 돕는 데 헌신했다. 엘리엇 테라스의 자택 겸 선거구 사무실을 본부 삼아 힘을 합쳐서 끔찍한 폭격 이후 구호 활동을 조직해 나갔다. 낸시는 주민들에게 실질적인 도움을 주며 사기를 높였다. 낸시가 말년에 한 말이다.

「나는 플리머스를 굳게 지켰습니다. 플리머스도 나를 굳건히 지켰습니다.」

낸시는 시간을 쪼개 자신의 활동 지역 클리브덴과 하원 사이를 왔다 갔다 했다. 환갑의 나이에 오토바이를 구해 타는 법을 배워서 클리브덴과 런던 사이 몇 킬로미터를 남의 도움 없이 단시간에 오갔다. 그녀는 예전에 T. E. 로런스가 모는 브로 오토바이(결국 그를 죽음으로 몰고 갔다) 뒷자리에 탔다가 오토바이의 매력에 빠졌다. 낸시는 속도를 즐기는 데다 성급하고 무모한 라이더였던 터라 가족들은 그녀가 플리머스에서 더 많은 시간을 보내기 시작하면서 침대 열차나 기사 딸린 차로 이동하게 되자 한시름 놓게 되었다.

클리브덴 저택의 공간은 대부분 쓰지 않기로 했고, 태피스트리나 미술품, 가구 같은 런던 저택의 귀중품은 런던이 폭격당할 수도 있으니 클리브덴에 보관해 두었다. 직원 중 일부는 입대했고 토지는 채소 경작용으로 전환했다. 집사 리, 하녀장, 통근 하녀 몇 명이 클리브덴을 관리했고 주방장은 정원 농산물을 썼는데 전쟁이 진행되면서 어느 정도 규모 있는 손님 접대가 어려워졌다. 더군다나 캐나다 부상병을 위한 적십자 병원이 다시 문을 열었고 런던을 탈출한 피난민들이 클리브덴 영지 곳곳에서 지내게 되었다. 애스터 부부의 아들 사 형제는 군에 복무했다. 장남 바비 쇼는 병력이 있어서 현역 복무에 부적합해 방공 기구 부대에 복무했다.

낸시는 던커크 함락 이후 쉼 없이 플리머스 병원을 돌며 지칠 대로 지친 병사들의 사기를 북돋웠다. 그녀는 친애하는 벗이자 현 워싱턴 주재 영국 대사인 필립 커에게 연락해 영국을 향한 독일의 위협에 대해 미국인의 지원을 촉구하는 일을 돕겠다고 제안했다. 1940년 10월, 그는 잠시 영국으로 돌아와 클리브덴에 머물기도 했다. 그런데 채 두 달이 안 되어 낸시는 필립이 죽었다는 충격적인 소식을 듣게 되었다. 신부전을 앓은 그는 치료를 받으면 목숨을 구할 수도 있었을 텐데 크리스천 사이언스 신앙 때문에 치료를 거부해 사망했다. 낸시는 절친한 벗이자 정치적 동지를 잃은 것에 큰 충격을 받았다. 그녀는 윌도프가 필립 대신에 워싱턴 주재 영국 대사로 임명되기를 바랐지만 윈스턴 처칠은 이를 무시했다. 낸시가 과거에 친유화 정책을 취했던 데다 성격이 호락호락하지 않아서 당장 영국이 생존을 위해 싸우고 있으며 미국의 원조를 절실히 바라는 마당에 대사의 아내로서 민감한 외교적 역할을 하기에 적합하지 않았기 때문이다.

세인트 제임스 스퀘어에 있는 애스터 부부의 런던 저택은 1940년 10월에 소이탄을 맞고 파손되었다. 그곳은 가정집으로는 필요 이상으로 큰 집이어서 자유 프랑스군이 본부로 사용하도록 양도했다. 애스터 가족은 그 집 뒤편의 작은 독립 아파트로 거처를 옮겼다. 그곳 정문은 매춘부들이 영업하는 막다른 골목 밥메이스 스트리트로 나 있었다. 어느 날 밤, 낸시는 술 취한 젊은 미군이 보도에 누워 있는 모습을 발견했다. 그녀는 병사를 부축해 일으켜 세워 집으로 들어가자고 말했다. 그러자 〈오, 아니. 난 안 가. 우리 어머니가 당신 같은 여자를 조심하라고 했단 말이야!〉 하고 낸시의 의도를 오해해 소리쳤다. 낸시는 계속해서 버티는 그를 간신히 아파트로 데리고 들어갔고, 그는 취한 몸을 뉘어 잠을 잤다. 다음 날 아침 그는 술의 해악에 관한 일장 연설을 듣고는 5파운드짜리 지폐를 받아 쥐고 그 집 문을 나섰다. 낸시는 술 취한 사람들에게 잘못을 일깨워 주는 일을 유난히 즐거워했다.

애스터 가족은 어려워진 형편 속에 영국 대공습이 끝나기를 기다렸지만, 런던의 수많은 가정집이 겪었듯 폭격으로 고정 서식지에서 쫓겨난 쥐 떼에게 급습을 당했다. 설치류 떼가 세인트 제임스 스퀘어와 밥메이스 스트리트의 인근 아파트를 쳐들어와 마룻장 밑으로 들어가고 배수로를 설치고 다니며 쓰레기통을 뒤졌다. 야간에는 오전 한두 시경 오밤중에 줄곧 소란을 피웠다. 전쟁 전과 너무나도 다른 나날이 이어졌다.

플리머스에 무시무시한 폭격이 가해졌다. 잉글랜드 남서부의 이 항구 도시는 전략상으로 중요한 군항이어서 독일 공군의 무자비한 공격에 시달렸다. 1941년 3월 20일 밤, 대규모 공습이 도시를 초토화했다. 그날 아침 낸시와 월도프가 왕과 왕비의 방문을 받았다. 왕실 열차가 역을 떠날 때 공습경보가 울렸고 2시간 뒤 독일 폭격기가 수천 발의 소이탄을 도시에 투하했다. 소이탄이 병원 산부인과 병동, 상업 지구, 백화점, 하숙집, 교회, 술집, 창고, 공장, 주택을 덮쳤고 온 도시가 불길에 휩싸였다. 낸시는 가까스로 몸을 피했다. 엘리엇 스트리트의 노천에 서서 항공기를 지켜보며 서 있다가 공습 감시원에게 몸을 숨기라는 지시를 받았다. 그녀가 현관 안으로 들어서서 정문을 닫자마자 폭탄이 집 밖에 떨어지며 창문을 박살 냈다. 낸시는 온 집안 식구와 함께 지하실로 대피했고, 로즈는 머리카락 사이에서 유리 파편을 꺼냈다.

왕비가 낸시에게 보낸 전보에는 첫 공습이 시작되기 불과 몇 시간 전에 국왕 내외가 방문했던 장소와 그곳 사람들의 안위를 진심으로 걱정하는 마음이 담겨 있었다.

「오, 빌어먹을 독일놈들입니다.」

낸시가 답했다. 그녀는 라디오 방송을 통해 미국으로 간절한 메시지를 전달하며 히틀러의 신질서*가 초래한 대참사를 설명했다. 그리고 폭격으로 충격에 빠진 주민들에게 이렇게 말했다.

* 나치스 독일 정권이 독일 민족을 주체로 한 유럽 재편성 계획.

「오늘 플리머스는 전면전의 의미를 알게 되었습니다. 다행히도 우리는 히틀러의 다른 희생자들이 겪은 고통의 절반만을 경험했습니다. 적어도 우리는 우리 땅에서 내쫓기진 않았습니다. 우리의 육해공 병사들은 우리가 절대 내몰리지 않는다는 것을 알게 될 겁니다.」[4]

플리머스는 다음 날 밤에도, 그리고 수개월 동안 수시로 표적이 되었다. 전시의 수많은 도시의 사정이 그랬듯 플리머스 주민들은 예측 불가능한 공습과 정전이 이어지고 때때로 폭탄이 터지는 가운데 하수 시설이 훼손되고 시체가 묻힌 돌무더기로 가득한 불탄 거리 속에서 근근이 삶을 이어 갔다. 전시 중 통신은 끊기기 일쑤였고 소통 자체가 어려웠다. 애스터 부부는 임시 주택, 의복, 식량 배급 사안을 차근차근 체계를 잡아 상황을 타개해 나갔다. 그들은 『더 타임스』에 간절한 마음을 담은 편지를 보내 폭격으로 인한 참해를 해결하는 데 도움을 달라고 간청했다.

애스터 부부는 실질적이고 체계적인 방식을 도입했을 뿐 아니라 초토화된 플리머스 주민들의 사기를 높이기 위한 시도도 했다. 어린아이들을 즐겁게 해주는 재주가 있던 낸시는 아이들을 달래며 용기를 북돋웠다. 예순둘의 나이에도 불구하고 옆으로 재주넘기까지 하는 그녀를 보며 구경꾼들은 깜짝 놀랐다. 반면에 월도프는 조용하고 사려 깊은 전술가처럼 활동했다. 주민들에게 여흥을 제공하고 스트레스를 해소해 주고자 오후와 초저녁마다 플리머스 호Plymouth Hoe 언덕에서 군악대 연주가 진행되도록 기획했다. 날마다 다양한 계층의 남녀노소 수백 명이 영국 해협이 내려다보이는 야외에서 잠시나마 시름을 잊고 왈츠나 폭스트롯을 추며 즐겼다.

처칠 부부가 1941년 5월에 피해 상황 조사차 플리머스를 방문했다. 그 당시 사진을 보면 이전에 낸시와 의회에서 불꽃 튀기는 설전을 펼치던 맞수이자 현재 전쟁 승리를 위한 국가적 희망의 화신이 된 사내와 낸시 사이에 감도는 긴장감이 엿보인다. 산더미 같은 돌무더기를 헤치며 조심조심 걸음을 내딛는 윈스턴과 클레멘타인 부부에게 플리머스 시민들의 열렬한 환호가 쏟아졌고 총리의 얼굴에 눈물이 흘렀다. 모피 코트를 입고 굳은 미소를 짓고 있는 낸시가 그들의 뒤를 따랐다.

이제 60대인 월도프의 건강은 그리 좋지 않았다. 어느 날 월도프에게 뇌졸중으로 의심되는 증상이 나타났다. 낸시가 플리머스 아이들에게 주기로 되어 있는 미국 디저트를 자기한테 좀 달라고 월도프와 격렬한 언쟁을 벌인 게 화근이었다. 그가 주지 않겠다고 하자 낸시가 오찬회 손님들 앞에서 사납게 성질을 부렸다. 이후 그의 상태가 안 좋아졌다. 호흡이 불규칙해지고 얼굴이 상기되면서 심장 질환이 있는 사람에게 나타나는 심상찮은 증상이 나타났다. 월도프는 낸시 없이 콘월에서 6주간 요양하며 몸을 추슬렀는데 이때를 시점으로 두 사람 사이가 소원해지기 시작했다. 낸시는 그의 무력함에 짜증이 났다. 그녀는 크리스천 사이언스 계율에 대한 신념이 강했던 터라 월도프가 믿음이 충분하다면 어떤 병이든 이겨 낼 수 있다고 믿었다. 1941년 8월, 낸시가 마지못해 월도프와 함께 주라섬에 있는 그들의 집으로 향했다. 전시 중에 여행을 간다는 것이 무모한 도전이었으며, 병든 남편을 데리고 스코틀랜드섬에서 억지로 열흘간 쉬겠다는 발상 자체가 낸시의 판단 착오였다.

‡

병중이지만 매력은 여전한 남편을 낸시가 근근이 참아내는 사이, 에메랄드 커나드는 30년간 만나 온 변덕스러운 연인과의 관계에 마침내 종지부를 찍게 되었다. 1939년에 전쟁이 발발했을 때 멕시코에 있던 커나드는 수십 년 전에 어머니가 남긴 은광을 처분하고 있었다. 그녀는 자신의 생활 방식을 유지하기 위해 전 재산을 조금씩 정리 중이었다. 양위 후 정확히 3년이 지났는데도 에메랄드는 여전히 왕실의 눈 밖에 난 처지였지만, 1939년 12월에 유고슬라비아의 폴 왕자에게 보낸 편지를 보면 엘리자베스 왕비는 폰 리벤트로프가 영국의 의도를 잘못 읽어낸 것이 과연 커나드 부인의 잘못이었는지 의문을 표하긴 했다.

에메랄드는 런던을 벗어나고 싶어서 1940년 1월, 그로스베너 스퀘어의 아름다운 저택을 닫아 버리고 가재도구를 대대적으로 처분한 뒤 남은 것은 창고에 보관하고 리츠 호텔의 스위트룸으로 들어갔다. 그녀는 도체스터 호텔의 무도회장에서 장교를 위한 선데이 클럽 준비 과정을 도와 젊은 장교들에게 차와 샌드위치를 제공하고 곱게 자란 아가씨들과 춤출 기회를 주선해 주었다. 그해 후반에는 여행을 떠날 반가운 기회가 찾아왔다. 토머스 비첨은 오래전부터 미국에서 지휘자로 무대에

서겠다는 공약을 한 바 있었다. 에메랄드는 매여 있는 일이 없어서 그와 함께 움직일 여유가 있었다. 그녀는 여전히 그와 도라 라벳, 그들 사이에 낳은 어린 아들 폴의 관계를 참을 수 없었으나 이번이 그를 독차지할 기회였다.

1940년 가을, 에메랄드와 토머스가 뉴욕의 리츠칼턴 호텔 스위트룸에 자리를 잡았다. 토머스는 예순한 살, 에메랄드는 예순여덟 살이었다. 훗날 토머스가 두 사람이 10년 동안은 〈그저 친구〉였을 뿐이라고 주장했어도 그들은 30년을 얽힌 사이였다. 에메랄드는 그가 발기 불능이라고 믿어서 그의 아들 폴이 1933년에 태어났다는 걸 미심쩍어했다. 둘은 12월 중순에 세인트루이스로 여유롭게 기차 여행을 떠나 두 번의 콘서트를 마치고 애리조나 투손에서 크리스마스를 보냈다. 로스앤젤레스에서는 울워스가의 상속녀 바버라 허턴과 차를 마시고 영화배우 게리 쿠퍼와 식사를 했다. 에메랄드는 1940년에서 1941년으로 넘어가는 겨울 동안 계속 비첨의 기분을 맞춰 주면서 전쟁으로 피폐해진 런던에 있는 도라와 폴에게서 멀어지게 하려고 했다. 그러나 그녀가 예상하지 못한 변수가 있었다. 줄기차게 바람을 피워 대는 그녀의 연인이 또다시 사랑에 빠질 수도 있는데, 이번에는 미국에서 그럴 거라는 사실이었다.

재능 있는 영국인 피아니스트 베티 험비와 비첨은 1938년 런던에서 처음 만났다. 그녀는 런던의 한 교구 목사와 불행한 결혼 생활을 하다가 이혼을 하기 위해 1940년 5월에 어린 아들 제러미를 데리고 미국으로 갔다. 1941년에 베티가 토머스의 수행단에 합류한 후 둘의 우정이 깊어졌다. 투어 중에 지휘자와 피아니스트에 관한 이야기가 슬슬 에메랄드의 귀에 들어왔다. 그녀가 토머스에게 따져 물었지만, 그는 베티가 〈대대로 치과 의사 집안 출신〉이라고 말하며 그런 평범한 혈통은 자기 같은 고위 귀족과 교제할 수 없다는 뜻을 비치면서 에메랄드의 우려를 웃어 넘겼다.

1942년 2월 9일, 토머스와 단원들이 뉴욕에 에메랄드를 남겨 두고 공연차 시애틀로 떠났다. 같은 날 필명이 콜리 니커보커인 가십 칼럼니스트 모리 폴이 쓴 기사 한 편이 허스트 소유의 신문사 60곳에 자동 배급되어 미국 전역으로 퍼져 나갔다.

> 재능이 뛰어난 젊고 아름다운 영국인 피아니스트 베티 험비가 원래 전혀 끌리는 구석이 없던 커나드-비첨 교향곡에 직접 크레셴도를 살짝 가미했다는 소문이 있는데 그 방식을 보자니 실로 흥분이 들끓는다. 토머스 경이 음악적으로 베티에게 고마워한다는 사실은 그녀가 〈내가 지휘하는 것보다 더 훌륭하게 베토벤 곡을 연주한다〉라는 그의 발언에서 입증된다. …… 당연히 이 모든 것이 〈친애하는 에메랄드〉의 혈압을 마치 잔뜩 성난 베수비오산 상태처럼 치솟게 했다.[5]

토머스는 목적지에 도착하기 직전에 기차에서 몰려든 기자들 때문에 궁지에 몰렸다. 그는 〈여러분, 여기 숙녀 두 분의 이름이 언급됩니다. 사적인 문제입니다. 시애틀 사람들이 관심을 가질 만한 그런 일이 아닙니다〉라고 말하며 말려들지 않으려 했다. 하지만 이 건은 시애틀뿐 아니라 곳곳의 기자들이 군침을 흘릴 일이었다. 에메랄드가 뉴욕 호텔에서 길길이 날뛰는 사이 비첨은 카네기 홀에서 베티의 연주를 지휘했다. 비첨은 그녀와 함께 아이다호주 선 밸리로 돌아왔고, 1942년 7월 3일에 베티의 이혼이 승인되었다. 근 40년간 토머스의 배우자로 있는 유티카는 여전히 영국 법정을 통해 그와 이혼하는 것을 거부했다. 이번에는 비첨이 미국에서 법적 해결책을 강구했다.

에메랄드는 비첨의 최근 연애가 파국을 맞길 빌며 1942년 가을 내내 뉴욕에 머물렀다. 그녀가 월스트리트의 한 금융업자의 아내 모나 해리슨 윌리엄스와 함께 지내는 동안 모나가 친구 몇 명을 오찬에 초대했다. 손님 중 한 명인 영국의 영화배우 리오노라 코빗이 해맑게 꺼낸 말이 있었다. 오랜 학창 시절 친구인 베티 험비에게 편지 한 통을 받았는데 유명한 지휘자 토머스 비첨 경과 곧 결혼할 것이라는 놀라운 소식이 담겨 있었다는 얘기였다. 에메랄드는 점심 식사 자리를 꾸역꾸역 견뎠지만 나중에는 모나에게 죽고 싶다는 심정을 털어놓았다.

에메랄드는 당장 유럽으로 돌아갈 수 있는 첫 번째 배편을 찾아 볼티모어발 리스본행 포르투갈 선박 세르파 핀토호의 표를 예약했다. 소위 중립국의 선박이라 해도 대서양을 건너는 것은 위험한 일이었다. 세르파 핀토호는 독일 유보트의 어뢰 공격을 받은 다른 선박의 생존자들을 구출하기도 했다. 일정이 지연되어 리스본에서 긴장 속에 3주를 보낸 후 에메랄드는 항공편으로 런던에 도착했다. 에메랄드가 아무렇지 않은 척하리라 마음을 다잡긴 했다지만 가까운 친구들은 그녀가 겪은 굴욕을 잘 알고 있었다. 칩스 채넌이 이렇게 썼다. 〈에메랄드는 화사하고 아름다우며 생기와 장난기가 넘쳤다. 우리는 3시간 동안 그녀에게 매료되어 앉아 있었다. …… 그녀는 내게 다정한 굿 나이트 키스를 했고, 나는 그녀의 용기에 감탄했다. 토머스 비첨이 떠나 그녀의 마음이 찢어진다는 걸 알고 있기에. 그녀는 그를 34년 동안 사랑했다.〉[6]

1942년 12월에 토머스는 1903년에 결혼한 아내와 드디어 이혼했고, 1943년 1월에 뉴욕에서 베티 험비와 결혼했다. 베티는 토머스보다 스물아홉 살 연하였다. 에메랄드는 30년 넘게 헌신한 후 그에게 배신당해 가슴이 찢어졌다. 도라 라벳 역시 비첨의 배신에 상처를 받았다. 그녀는 런던에서 토머스의 변호사를 통해 그의 결혼 소식을 처음 들었다. 도라는 토머스를 떠올리게 하는 것들을 정원에 몽땅 모아 집채만큼 쌓고 성냥불을 붙여 태워 버렸다.

런던으로 돌아온 에메랄드는 도체스터 호텔의 아담한 스위트룸으로 들어갔다. 그녀의 새집은 작은 식탁과 의자 8개가 있는 거실, 침실, 하녀 방, 욕실로 이루어져 있었다. 그녀가 예전 런던 저택에서 가져온 특대형 불 상감* 티아라함, 오르몰루** 가구, 대리석 조각상, 고급 자기를 스위트룸에 가득 채우는 바람에 직원들은 장애물 코스를 지나듯이 이동했다. 에메랄드는 굳은 결심을 하고 자신이 가장 잘 아는 무대로 복귀해 수다

* 자라 껍데기, 자개, 놋쇠, 금은 따위의 상감 세공.
** 도금용 금박.

와 화려한 불빛이 가득한 세상에서 어니스트 헤밍웨이, 세실 비튼, 이사야 벌린 같은 신진 창작자들과 허물없이 소소한 만찬 파티를 즐기며 어울렸다.

평생 불면증에 시달리던 에메랄드는 이제 런던에 폭탄이 떨어지는 나날이 이어지자 불면의 밤을 보내며 발자크의 소설을 다시 읽고 참을성 많은 친구들에게 오밤중에 전화를 걸어 소설의 줄거리를 시시콜콜 이야기하거나 소설 속 등장인물의 욕망에 대해 토론을 벌였다. 그녀의 충실한 하녀 메리 고든이 그렇게 늦은 시간에 친구한테 전화를 거는 것이 현명한 처사인지 묻자 에메랄드는 이렇게 대답했다.

「2시에? 그 시간에 그 사람이 계집애들이랑 잠자리에 들기라도 한다는 거야?」

‡

전쟁의 위협으로 콜팩스&파울러의 장식업 서비스를 찾는 수요가 줄어들어 1938년에서 1939년에 시빌의 회사 수입이 500파운드로 떨어졌다. 전쟁이 발발했을 때 시빌이 벨그레이비어에서 국방 여성회 매점 운영에 열정적으로 매달리는 사이, 동업자 존 파울러는 허약한 건강 상태와 근시 때문에 병역을 면제받아 첼시에서 소방 감독관으로 입대하여 구급차를 몰았다. 콜팩스&파울러 사업장은 점원의 관리하에 브루턴 스트리트를 지키고 있었고, 시빌과 존은 다른 임무를 수행하다 짬이 생기면 회사 업무를 봤다. 전쟁이 진행되면서 자재 배급이 엄격하게 제한되고 숙련공이 부족해지자 상황이 불리해졌다. 이에 굴하지 않고 시빌과 존은 기발한 솜씨를 발휘했다. 군용 담요를 염색하고 가느다랗게 조각조각 잘라서 다시 꿰매 줄무늬 커튼을 만들었다. 여분의 실크 낙하산은 보일 휘장으로 탄생했고 파자마 천과 옥양목, 책 제본용 아마포, 줄무늬 면포 간호사복이 가구용 직물로 쓰였다. 콜팩스&파울러의 고객은 자기들 물건을 기꺼이 헌납해 낡은 침대보, 시트, 식탁보가 염색을 거쳐 각종 가구 덮개로 변신하는 과정을 지켜봤다. 존 파울러는 어느 고객의 헌 드레스를 거실의 쿠션 커버로 바꿔 주기도 했다.

시빌이 전시에도 사교 활동에 열을 올린 탓에 노엘 카워드는 그녀가 1939년 9월 이래 도무지 입을 다문 적이 없었다고 말할 정도였다. 시빌은 퀸 앤스 게이트 저택에 눌러살면서 배급제 때문에 〈정식 식당〉을 준비해 목요일마다 도체스터에서 만찬 파티를 열었고, 파티 후에 참가자들은 식사와 음료에 대한 적정 수준의 청구서를 받았다. 전쟁 기간에 식사 비용은 인당 10실링에서 15실링으로 점점 올랐고 와인과 셰리주가 부족해졌지만, 〈정식 식당〉은 시빌이 유명 인사를 불러 모으는 야무진 능력을 발휘한 덕에 큰 성공을 거두었다. 시빌은 워낙 소식통이 빨라서 1940년 5월에 처칠이 해럴드 니컬슨을 정보부 장관 더프 쿠퍼의 정무 차관으로 임명할 참이라는 소식을 해럴드에게 미리 알려 주기까지 했다. 깜짝 놀란 해럴드가 반신반의했지만 시빌의 말이 옳았다.

어느 때부턴가 시빌의 사교 행사 초대장을 판독하기가 예전보다 훨씬 어려워졌다. 노엘 카워드는 전쟁 검열관이 콜팩스에게 타자기를 사용하라고 강제 조치를 펼친다는 농담까지 했다. 1940년 5월, 처칠이 총리가 되었을 때 버너스는 불쌍한 시빌에게 또다시 교묘하고 잔인한 장난을 쳤다. 그는 시빌에게 친필 편지를 보냈다.

> 친애하는 시빌에게,
> 혹시 내일 저녁에 식사할 시간이 되시는지요? 별 건아니고 윈스턴과 GBS를 위한 조촐한 파티를 엽니다. 이시점에 두 사람이 만나는 게 중요하다는 생각이 들어서요. 토스카니니와 저 말고 다른 사람은 없을 겁니다. 말도 안되게 이토록 촉박하게 알려드리는 점 부디 양해 부탁드립니다. 8시에 이곳에서 봅시다. 당연히 편한 복장으로 오십시오. 당신의 벗.[7]

처칠과 쇼와 토스카니니와 함께하는 오붓한 저녁 식사 자리라니, 시빌을 낚기에 완벽한 미끼였다. 그런데 주최자는 누구고, 파티 장소는 어디며, 서명은 알아보기 어려웠고, 주소는 버클리 스퀘어 아니면 벨그레이브 스퀘어처럼 보였지만 집 호수는 당최 판독이 불가능했다. 시빌은 시간이 흐를수록 점점 마음이 조급해져서 애간장을 태우며 번쩍이는 목표물을 움켜쥐기로 작정하고 모든 지인에게 전화를 돌렸다.
　제럴드 버너스는 1942년 여름, 옥스퍼드에서 상연된 「복수의 여신」이라는 가벼운 희곡에서 시빌을 풍자한 적도 있었다. 이 희곡에는 애들레이드 파이렉스라는 여성이 등장한다. 사교계의 야망녀인 애들레이드는 〈집이 곧 내 열정의 원천〉이라고 부르짖으며 집요하게 남들의 집을 뜯어고치자고 들이대는 여인이다. 애들레이드 파이렉스는 실내 장식가 시빌 콜팩스를 빼다 박았다. 그렇다고 모든 사람이 시빌에게 무정하게 군 것은 아니었다. 시빌이 심각한 재정난을 겪고 있었을 무렵인 1943년 3월 8일 저녁에 도체스터에서 피아니스트와 사중주단이 자리한 대규모 자선 행사가 열렸다. 놀랍게도 왕년의 경쟁자를 위한 기금 모금의 밤을 준비한 사람은 에메랄드 커나드였다.

‡

사교계 유력 인사 중에 단연 압도적인 위력을 뽐내던 마거릿 그레빌이 1942년 9월에 도체스터에서 세상을 떠났다. 70대 후반이었던 그녀는 점점 건강이 나빠졌고 부분적으로 시력도 잃은 데다 휠체어 없이는 움직일 수 없을 정도여서 〈나병만 안 걸렸을 뿐이지 멀쩡한 데가 한 군데도 없다〉라는 말까지 했다. 누군가는 그녀를 〈에드워드 시대 사람〉이라고 여겼지만, 마거릿은 마지막 순간까지 당대의 위대한 인물들과 어울렸다.
　　그녀의 스위트룸에서 열린 어느 만찬 파티에서 그레빌의 지독한 면모가 드러났다. 건물 밖에 폭탄이 떨어지고 경보가 울렸을 때 마거릿은 에메랄드로 휘황찬란하게 치장한 상태였다. 혹시 폭탄을 맞게 되더라도 스타일은 포기하면 안 된다는 게 이유였다. 음식이 나오자 그녀는 손님들에게 지금 먹고 있는 짭짤한 무스에 들어간 특별한 재료가 무엇인지 맞혀 보라고 했다. 마거릿이 〈토끼예요!〉라고 툭 내뱉고는 누가 봐도 밍크는 아닌 수수한 모피 망토를 걸친 칠레 대사의 부인을 오랫동안 쳐다보며 살피는 듯한 눈길을 보냈다.

캐나다 외교관 찰스 리치가 마거릿이 생전 마지막 몇 달간 어떤 모습이었는지 생생한 관찰기를 남겼다.

매시 부부와 함께 바다 송어와 아스파라거스 요리로 식사를 했다. 로니 그레빌 부인도 그 자리에 있었다. 휠체어에 앉은 그녀의 발이 발 받침 위에서 달랑거렸고, 작은 손은 다이아몬드로 덮여 있고, 화장한 얼굴은 마치 거대한 아기처럼 보이며 〈그랑기뇰〉*풍의 분위기를 풍겼다. 그녀의 눈이 한쪽은 완전히 멀어 버려 한쪽만 성한 데다 그 눈 하나가 빠릿빠릿 악의를 번득이며 테이블을 샅샅이 훑는 모습이 이런 인상을 풍긴 데 한몫했다. 거하게 차려진 정찬 앞에서 왕실 소식을 둘러싼 대화가 오갔다. 고위 귀족이 연루된 스캔들도 흥미로웠다(신랑과 달아난 Y 부인, 계모와 눈이 맞아 함께 달아난 X 경). …… 잠들지 않는 속물근성과 위대한 세상을 향한 억누를 수 없는 열정이 그 노부인을 살아 있게 하는 원동력이다. 그녀는 스코틀랜드 저지 지방 사람이고, 보즈웰 출신의 저지 주민은 세속적인 화려함과 소란함에 관한 한 지구상에서 가장 탐욕스러운

* 공포와 선정성을 강조한 단막극.

동물이다. 나라고 다를까.[8]

그레빌은 몸이 성치 않은데도 마지막까지 계략을 꾸미고 있었다. 빅터 카잘렛 의원에게 전하기를, 왕과 왕비가 윈스턴 처칠이 국왕 대신 대중에게 감동적인 메시지를 전해 인기를 독차지하고 있음을 느낀다고 했다. 1942년 6월 28일, 그레빌은 캐나다 고등 판무관에게 처칠 총리가 하야해야 한다고 주장했다.

「제가 그 사람을 안 지 50년인데 여태 그가 옳았던 적이 없습니다.」

여전히 왕실과 가까운 사이였던 그레빌은 1942년 8월 16일 일요일에 스코틀랜드까지 불편하고 먼 여행길에 올라 밸모럴성에서 왕과 왕비와 함께 오후 티타임을 즐겼다. 그레빌의 휠체어를 밀던 앨런 래슬스가 그레빌 여사는 〈25년간 끊임없이 이간질을 해온 사람이지만 내 생각에 이제 더는 그렇게 못할 것 같다〉라고 일기에 썼다. 엘리자베스 왕비는 오랜 친구의 모습에 깜짝 놀랐다. 그녀는 1942년 9월 13일에 오스버트 시트웰에게 편지를 썼다. 〈반짝이는 한쪽 눈 빼고는 운신조차 힘든데도 마르지 않는 용기와 투지로 뭉친 이 자그마한 여인을 보기가 너무 애처로웠습니다. 부인을 몇 달간 만나질 못했었는데 변한 모습에 저는 몹시 충격을 받았고 슬프기 그지없었습니다. 하지만 쇠약한 와중에도 부인에게는 예전과 다름없는 강단이 있었고, 《절대 굴복하지 않는다》라는 의지를 훌륭히 표출하는 것에 저는 한없이 감탄할 수밖에 없었습니다.〉[9]

1942년 8월 25일, 국왕의 동생 켄트 공작이 현역 복무 중

스코틀랜드에서 비행기 추락으로 사망했다. 그는 로라 코리건, 마거릿 그레빌, 낸시 애스터와 가깝게 지냈고 사망하기 불과 이틀 전에 애스터 부부와 플리머스를 방문했다. 그를 19년간 알고 지낸 노엘 카워드, 그의 형 조지 6세, 사촌 디키 마운트배튼이 윈저의 세인트 조지 예배당에서 치러진 장례식에서 애통해했다. 남편을 보내고 아들마저 먼저 보내게 된 메리 왕비의 심정이 어떨지 짐작만 할 따름이다. 메리의 다른 아들 존은 사춘기 때 세상을 떠났고, 장남 데이비드는 양위로 인해 관계가 소원해진 데다, 이제 조지 왕자가 메리의 모국과 그녀가 왕비로 있던 나라 사이에서 벌어진 잔인한 전쟁의 결과로 목숨을 잃었다.

그레빌은 켄트 공작의 죽음도 충격이었고 스코틀랜드에서 돌아오던 여정도 고됐던 탓에 병이 악화되었다. 도체스터 호텔로 돌아온 그녀가 몸져눕자 헌신적인 하녀 아데라인 리론과 집사 볼레는 기력이 서서히 사그라드는 그레빌을 곁에서 돌봤다. 오랜 친구들이 병문안을 왔다. 베벌리 니컬스는 그레빌이 그에게 마지막으로 한 말을 기록해 두었다. 〈그 빌어먹을 리벤트로프. 그자가 폴스덴에 왔을 때 내가 그자를 어떻게 생각하는지 얘기해 줄 수 있어서 다행이었지 뭐야. …… 그자한테 그랬지. 만에 하나 전쟁이 일어나면 그가 영국인은 이길 수 있을지 몰라도 스코틀랜드인은 절대 못 이길 거라고.〉[10]

오스버트 시트웰이 엘리자베스 왕비에게 보낸 편지에서 그레빌의 마지막 순간에 대한 감동적인 이야기를 전했다. 그는 로니 여사가 곡기를 끊고서는 고통스러워서 죽고 싶다는 말을 했던 과정을 차분히 설명했다. 그녀는 뇌혈전증을 앓아 혼수상태에 빠졌다. 오스버트가 그레빌의 곁을 지켰으나 그녀는 의식을 되찾지 못했다. 오스버트는 월요일 저녁 의사들이 상의하는 자리에 함께했지만 그들도 더는 손쓸 수 있는 게 없었다. 그레빌은 1942년 9월 15일 새벽 2시, 충실한 집사 볼레를 곁에 두고 평온하게 세상을 떠났다.

그레빌은 마지막 순간까지 용케 사람들을 속였다. 그녀의 담당 의사 알렉산더 맥콜은 그레빌의 나이를 일흔다섯으로 사망 진단서에 서명했지만, 사실 그녀는 사망 시점에 일흔아홉 번째 생일을 3개월 앞두고 있었다. 그러나 한 가지 중요한 진실이 곧바로 드러났다. 그레빌이 사망한 9월 15일 자 『이브닝 스탠더드』의 〈런던 사람 다이어리〉 가십 칼럼에서 〈그녀의 재산은 아버지 윌리엄 매큐언에게 물려받은 것이었다〉라고 노골적으로 명시해서 많은 사람이 오랫동안 의심해온 부분을 활자로 확인시켜 주었다.

폴스덴 레이시에서 장례를 치르고 런던에서 각국 대사가 가득 모인 추도식을 마친 후 그 자리에 참석한 사람들이 생전에 그레빌이 아주 즐거워했을 방식으로 그녀의 삶과 유산에 대해 떠들어 댔다. 그런데 로니 여사에게는 아직 카드가 한 장 더 남아 있었다. 속임수와 이중성으로 점철된 삶을 살아온 그녀가 가장 대담하게 꾸민 일은 자기 집과 재산을 앨버트 왕자에게 물려주겠다고 제안한 것이었다. 사실 그레빌은 1914년부터 1942년까지 28년간 왕실로부터 융숭한 대접을 받았다. 그녀는 자신의 피후견인과 그의 스코틀랜드인 아내가 1936년에 국왕과 왕비가 되리라고는 예상하지 못했다. 어느 시점에 그녀는 아버지를 기리는 의미로 재산 대부분을 내셔널 트러스트에 맡기기로 결정하면서 유언장을 변경했다. 결정적으로 그녀는 마음이 바뀐 것에 대해 왕실에 일언반구 하지 않았다. 엘리자베스 왕비는 그레빌이 죽고 나서 몇 주 후에 그녀의 사무 변호사 제럴드 러셀의 방문 때 그 사실을 알게 되어 남편 조지 6세에게 실망스러운 소식을 편지로 알렸다.

그렇지만 소정의 위로금이 있긴 했다. 현존하는 가장 화려한 보석 60여 점이 작은 검은색 양철통에 들어 있었다. 〈사랑의 마음을 담아〉 그레빌이 왕비에게 다이아몬드와 백금으로 된 부쉐론 티아라, 한때 마리 앙투아네트의 것이었던 다섯 줄짜리 다이아몬드 목걸이, 조제핀 황후의 에메랄드, 예카테리나 2세의 소유였던 다이아몬드 반지를 남겼다. 이 보석들의 출처, 즉 국제적으로 영향력을 행사한 역사적인 여성들이 소유주였다는 사실이 그레빌에게는 중요했다. 이제 이 모든 보석은 그레빌의 딸이 될 수는 없었던 엘리자베스 왕비의 소유가 되었다.

‡

로라 메이 코리건의 전시 활동 기록은 이전에 그녀의 말실수와 오해를 보고 킬킬거리던 이들에게 뜻밖의 놀라움을 안겨 주었다. 그녀는 1938년부터 파리에 거점을 두고 리츠 호텔 임페리얼 스위트룸에서 지냈다. 호텔 1층의 넓은 구역을 차지하고 있는 이 방에는 로라가 완성한 아름다운 태피스트리와 루이 15세 시대풍 가구가 비치되어 있었다. 프랑스가 함락되기 전 1940년 봄에는 이따금 윈스턴 처칠 같은 VIP들이 그 방에 머물러야 해서 부득이하게 방을 빼야 할 때도 있었다. 전쟁이 발발하자 로라는 자신의 재력과 인맥을 이용해 구호 단체 〈비앵베뉴 오 솔다Bienvenue au Soldat〉를 조직해 부상을 당한 군인과 민간인에게 생필품을 보내고 병원에 물자를 공급하는 구호 활동을 벌였다. 로라 메이 코리건은 민간인이었지만 직접 만든 꽤 세련된 제복을 입은 덕에 파리에서 활동하며 무언가 정의하기 힘든 권위를 부여받았다.

나치 점령하의 파리는 긴장이 감도는 도시였지만 미국 국적의 코리건이 중립국 국민이자 어마어마한 부자라는 사실은 확실히 도움이 되었다. 독일의 최고 사령부가 독일 공군 총사령관인 독일 제국 원수 헤르만 괴링이 임페리얼 스위트룸을 사용하겠다고 요청하자 코리건은 거기보다 덜 화려한 스위트룸으로 기꺼이 옮기긴 했으나 리츠 호텔에 계속 머물렀다. 이는 당연히 권력과 연줄을 만드는 것으로 비쳤다. 호텔을 차지하고 들어앉은 나치 고위 장교들은 유명 디자이너의 여성복과 각종 가발로 치장한 중년의 싹싹한 미국인 미망인을 좋게 봤다. 그녀는 확실한 친나치 신임장을 갖게 된 셈이다. 로라는 당시 히틀러의 외무부 장관인 리벤트로프를 런던 주재 독일 대사 시절부터 알고 지냈으며, 친독일파로 총애를 받던 윈저 공작의 지인이기도 했다.

미국 대사는 독일이 프랑스를 장악하는 건 시간문제인 상황이라 프랑스 내 모든 미국 국민에게 서둘러 프랑스를 떠나기를 권고했으나 남기로 결심한 이들이 있었다. 그중에는 인테리어 디자이너 엘시 드 울프도 있었다. 그 와중에 로라 코리건에게 달갑지 않은 소식이 전해졌다. 일찍이 그녀는 남편의 재산을 현명하게 잘 굴려서 1940년 한 해에는 현재 가치 1200만 달러에 달하는 80만 달러를 벌어들였다. 프랑스가 나치에 함락된 후 미국 정부는 독일인이 막대한 재산을 은닉해 그들의 목적을 위해 사용하지 못하게 하려고 신경을 곤두세웠다. 결과적으로 로라는 미국 국무부로부터 그녀가 프랑스에 남아 있는 동안 그녀의 미국 자산이 동결되고 수입이 한 달에 단 500달러로 제한될 것이라고 통보받았다.

사실상 현금 지급이 끊기자 로라는 어떤 선택지가 있는지 살펴봤다. 만약 그녀가 프랑스를 떠나려고 한다면 어마어마한 소유물이 몰수당할지도 모를 일이었다. 최선의 행동 방침은 프랑스에 남아 자신의 소유를 협상 카드로 쓰는 것이라는 생각이 들었다. 로라는 전시 활동을 지원하기 위해 활동 자금을 마련하고자 고가의 소유물을 비밀리에 처분할 계획을 세웠다.

10주간 인부들이 동원되어 임페리얼 스위트룸 개조 공사가 진행되었다. 괴링은 거대한 욕조가 필요했다. 그는 모르핀 중독 치료의 목적으로 장시간 욕조에 푹 잠겨 있는 것을 꾸준히 실천해왔다. 의사가 메타돈 주사를 놓기도 했지만 열탕에 몇 시간 동안 몸을 담그면 금단 증상을 최소화하는 데 도움이 되었다. 강박적인 소유욕으로 유명했던 괴링은 예술품, 골동품, 보석을 줄기차게 모아들였다. 그가 심한 비만에 오랜 시간이 소요되는 치료 요법을 즐긴다는 점을 감안하면 임페리얼 스위트룸을 떠나지 않고도 많은 것을 손에 넣을 수 있어 신이 났을 것이다. 하지만 로라가 염두에 둔 건 위험한 게임이었다. 나치는 이제 파리의 법 집행자였다. 만약 로라가 가지고 있는 패를 다 보여 준다면 괴링은 그녀의 모든 재산을 압수하라는 명령을 내릴 수도 있고, 여차하면 로라는 날조된 혐의로 억류될지도 모를 일이었다.

우선 그녀는 화려한 모피 컬렉션부터 숨겼다. 리츠 호텔에는 눈에 띄지 않는 붙박이장이 많아서 흑담비 모피와 밍크 모피를 붙박이장 하나에 감춰 둔 다음 장 앞에 거대한 장식장을 배치했다. 로라의 모피는 전쟁 내내 발각되지 않은 채 안전하게 보관되었다. 로라는 이렇게 조치한 후 괴링을 만났다. 그는 크로이소스* 못지않게 부유했고 변덕스러운 데다 무지막지한 폭력 행위도 서슴지 않았다. 보옥에도 집착한 괴링은 보석과 준(準)보석으로 가득한 통을 침대 옆에 두고 지낸다는 소문이 돌았다. 로라는 어느 정도 위험이 예측되었지만 일단 에메랄드 반지 하나를 그에게 내놓았다. 의외로 그는 반지 값으로 5만 파운드를 지불했다. 로라가 이번에는 금제 화장 도구 가방을 그에게 팔았고, 괴링은 이것을 히틀러에게 보냈다. 엘사 맥스웰에 따르면, 그는 로라의 멋진 르네상스식 태피스트리와 프랑스제 골동품 가구, 보석 박힌 팔찌도 후하게 값을 쳐주었고 팔찌는 제복 안에 차고 있었다고 한다.

겉보기로는 로라의 행보가 나치에 적극적으로 부역하는

* 기원전 6세기의 리디아 최후의 왕으로 엄청난 부호였다.

것처럼 보였으나 1941년 가을에 드레스 두 벌을 포함한 옷 몇 벌, 결혼반지 두 개, 손목시계 하나, 진주 목걸이 하나만 빼고 모든 소유를 팔아치웠다. 로라는 옮길 수 있는 남은 물건과 현금을 챙겨 온천 마을 비시로 향했다. 그곳은 점령군 독일과 협력한 프랑스 정부의 활동 중심지였다. 결과적으로 스파이, 독일인, 프랑스 레지스탕스 정보원, 추방된 국외 거주자의 보금자리처럼 되었다. 로라는 수수한 호텔에 방 하나를 잡았고 수중의 현금은 전쟁 부상자를 위한 구호 활동 자금으로 계속 썼다. 그리고 프랑스를 빠져나갈 안전 통행권을 마련할 자금이 부족해서 프랑스에 발이 묶인 미국인들도 도왔다. 로라는 그녀의 도움을 받은 사람들 사이에서 〈달러 여왕〉이라는 별명을 얻었다. 그녀는 중립적 위치를 이용해 프랑스의 점령 지역과 자유 지역을 손쉽게 오가며 프랑스 군인과 레지스탕스와 민간인을 돕는 위험한 일을 해나갔다.

1941년 12월에 일본이 진주만을 공격하자 히틀러가 이에 뒤질세라 미국에 전쟁을 선포했다. 이제 미국인은 독일 점령하의 유럽에서 적국의 외국인 체류자로 취급받았고, 그들을 향한 태도가 바뀌었다. 약 100명의 미국인 여성이 독일인에게 억류되어 붐비고 불편한 비텔의 수용소에서 지내게 되었다. 로라 코리긴은 따뜻한 옷과 비누, 담배, 세면도구, 음식이 든 소포를 그들에게 보내 주었다. 이렇게 구호 활동을 벌이던 로라도 결국 돈이 바닥났다. 1942년 10월 5일 자 『타임』 잡지에 이런 기사가 실렸다.

프랑스에서 벌인 전쟁 구호 활동으로 〈미국인 천사〉로 알려지게 된 예순 살(사실상 곧 예순네 살이었다)의 부유한 미국인 로라 메이 코리건이 결국 자금 부족으로 활동을 접어야 했다. 클리블랜드 제강업자의 미망인이자 20년 이상 런던의 가장 화려한 사교계 유명 인사였던 코리건은 3년 전 프랑스에서 군인과 전쟁 포로 들을 먹이고 입히며 치료하고 응원하는 일을 지원했다. 프랑스의 교도소와 수용소에 갇힌 수천 명을 원조했고 돈이 떨어지자 자신의 보석과 옷을 팔기 시작했다. 지난주 그녀는 마지막 남은 보석과 모피를 팔고 런던으로 돌아갈 준비를 했다.[11]

그녀는 중립국 포르투갈을 통해 탈출했고, 영국으로 돌아온 후 클래리지스 호텔 스위트룸으로 들어가 1942년 크리스마스이브에 파티를 열었다. 그날 초대한 손님 중에는 사교계의 동료 에메랄드 커나드도 있었다. 1943년 3월에 코리건은 해외 연맹이 그녀의 값진 전시 활동을 기리고자 마련한 화려한 축하연에서 국왕 조지 6세를 알현했다. 그녀는 전투가 벌어지는 동안 계속해서 부상병을 도왔고 그로스베너 플레이스 11번지를 임대해 젊은 연합 공군 장교들을 위한 클럽을 만들었다. 그 저택은 양조 회사 기네스사의 이사이자 상원 대표인 모인 경의 소유였다. 코리건이 만든 윙스 클럽은 1943년 8월에 문을 열었다. 코리건의 오랜 친구들은 기쁜 마음으로 이 시도에 지지를 표했다. 마당발 칩스 채넌이 클럽 위원회의 일원으로 역할을 다했고 미망인 켄트 공작부인 마리나 공주는 최고 후원자로 클럽 운영에 일조했다. 로라의 전시 활동이 사람들에게 알려지자 많은 사람이 감명을 받은 듯하다. 누가 벼락부자이고, 누가 날 때부터 부르주아인지 논쟁이 오가던 중에 칩스 채넌이 로라는 최상류층 사교계에 속해 있고 파리에서 그녀의 도움을 받지 않은 사람은 〈고려할 가치도 없다〉라고 말하며 굳건히 코리건 편에 서서 에메랄드 커나드에게 항변했다.

코리건은 전시 활동의 공을 인정받아 프랑스 총리 페탱에게 레지옹 도뇌르 훈장을 받았다. 그뿐 아니라 최전방에서 용맹하게 싸운 이들에게만 주어지기 때문에 여성에게는 거의 수여되지 않는 전투 훈장과 조지 6세가 수여하는 국왕 훈장도 받았다. 엘사 맥스웰은 로라를 〈올곧고 기운이 넘치며 바다같이 너그러운 사람〉이었다고 평했다. 그렇지만 여전히 로라는 전쟁으로 무감해진 런던 사람들의 놀림감 신세였다. V2 로켓은 흔히 폭명탄으로 알려졌는데 로라는 이를 해맑게 〈폭망탄〉으로 부른다고들 했다. 게다가 에벌린 워는 낸시 미트퍼드에게 쓴 편지에서 자유를 되찾은 프랑스인들이 전시에 코리건이 독일에 부역했다는 혐의로 삭발형에 처하려고 했다가 심한 충격을 받았다는 설을 전했다.

로라 코리건은 파리가 수복되자마자 파리로 돌아가 자주 가던 곳들을 찾아다녔다. 1944년 9월, 이제 막 프랑스 주재 영국 대사로 임명된 더프 쿠퍼는 로라가 1930년대 후반에 딱 그랬듯 리츠 호텔 레스토랑에서 자기가 제일 좋아하는 자리를 차지하고 있는 모습을 발견했다. 로라는 예전처럼 런던과 파리를 오가며 지냈다. 노엘 카워드가 런던에서 그녀를 본 곳은

1944년 새해 전야에 열린 로엘리아 웨스트민스터의 파티장이
었다. 〈모두가 총출동한 자리였다. 예를 들면, 로라 코리건이랄
까, 그리고 로라 코리건이랄까.〉[12]

‡

낸시 애스터는 1941년 12월에 일본의 진주만 공격 후 자신의
모국이 제2의 조국을 도와주게 되자 기뻐했다. 낸시는 1918년
부터 프랭클린 루스벨트를 알고 지냈으며 미국이 공식적으로
참전하기도 전에 영국 해군의 전투력을 강화하기 위해 플리머
스로 전함을 보내 달라고 그에게 적극적으로 로비를 했다. 그
녀는 영국에 도착한 미군이 환영받을 수 있게 물심양면으로 노
력했다.

　　플리머스 주민을 위한 낸시의 헌신은 높이 살만했지만 전
쟁이 길어지면서 그녀의 거친 성정 때문에 인간관계에 문제가
생겼다. 낸시가 처칠에게 반감이 있다는 사실은 모르는 사람이
없었다. 전쟁이 일어나기 몇 년 전 어느 날, 낸시가 〈내가 당신
부인이면 당신 커피에 독을 탔을 거예요!〉 하고 소리친 적이 있
었다. 윈스턴은 〈내가 당신 남편이면 그걸 마시겠소〉 하고 응
수했다. 한참 후 어느 날에는 낸시가 가장무도회 때 윈스턴에
게 어떤 변장이 어울릴지 큰 소리로 떠들었다.

　「술만 깨면 되지 않겠어요, 총리님?」

　처칠 부부가 플리머스를 방문한 후 고작 2주 만에 낸시가
의회를 향해 독설을 쏟아 냈다.

「벌써 진작에 땅에 묻혔어야 할 비실대는 늙다리 정치인들이 모든 정당에 있다.」

낸시의 발언은 사실 허버트 모리슨 내무부 장관을 겨냥한 말인데 처칠도 포함된 것으로 받아들여졌다.

낸시는 미움을 더 사기로 작정했는지 1942년 8월, 소련이 이전의 나치-소비에트 조약에 배치되게 독일에 맞서 연합군을 지원하겠다고 전향한 것에 공개적으로 의문을 제기했다. 영국 정치인 대다수가 스탈린의 심경 변화를 환영한 반면, 그들과는 달리 1931년에 스탈린을 만나 설전까지 벌였던 낸시는 이런 상황이었다. 〈러시아 측에 감사드립니다만, 그들은 우릴 위해 싸우지 않을 겁니다. 그들은 자신을 위해 싸우는 겁니다. …… 러시아인은 독일의 동맹이었습니다. 그들은 독일의 침공에 직면하게 된 지금에서야 싸움에 뛰어든 겁니다.〉[13]

처칠은 내심 낸시의 논리에 동의했으나 옳은 것이 항상 인기를 얻는 건 아니다. 낸시의 동료 의원들이 의회에서 연설할 때 낸시가 다 들리는 소리로 끊임없이 훈수를 둔 게 오랫동안 많은 사람에게 눈엣가시이긴 했어도 지금은 낸시가 급박하게 바로 전달되는 국민 정서를 단단히 잘못 짚은 형국이었다. 1943년 3월 18일, 의회 토론에서 낸시는 여성의 외교부 고용에 찬성하는 발언을 하다 보니 프랑스의 역사상 부도덕 행위를 비난하기 시작해서 현재 세상의 모든 병폐를 남성의 탓으로 돌리는 데까지 가버렸다. 국가의 명운을 위해 한창 싸우고 있는 와중에 하원에서 귀 기울여 들어줄 이야기는 아니었다.

그사이 월도프는 건강이 점점 나빠져 가급적 클리브덴에

더 머물면서 병원 일과 250명의 환자 관리에 힘을 보탰다. 그는 클리브덴의 미래가 염려스러웠다. 애스터 부부의 절친한 친구 필립 커가 1940년에 세상을 떠날 때 노퍽에 있는 으리으리한 17세기 저택 블리클링 홀과 물건들을 그가 생각해 둔 획기적인 시골 저택 계획하에 관리하기 위해 내셔널 트러스트에 남겼다. 1942년에 월도프는 클리브덴을 지키고자 필립과 비슷한 계획을 따르기로 결정해 집과 가재와 사유지와 기본 재산을 내셔널 트러스트에 남겼다. 저택과 부지는 지정된 날짜에 대중에게 공개될 계획이었는데, 이 같은 처리 방식은 월도프의 아버지 〈철벽남〉 애스터 영감이 알았으면 무덤에서 뛰쳐나올 일이었다. 애스터 가족은 원하는 만큼 계속 그 공간에 머무는 데 합의했다.

애스터 부부의 런던 저택 세인트 제임스 스퀘어 4번지는 폭격으로 점점 훼손되어 거의 거주가 불가능한 지경에 이르러 무료 군인 접대소로 쓰이는 신세가 되었다. 애스터가의 사 형제 모두 군대에 복무했고 제이컵 애스터 소령은 레지옹 도뇌르 훈장과 무공 십자 훈장을 받았다. 1944년에 제이컵은 아르헨티나 대사의 딸과 결혼했다. 그가 가톨릭 신자와 결혼한다는 사실에 낸시는 큰 충격을 받았고 애지중지하던 아들과 관계가 냉랭해졌다. 그녀가 아들들에게 아내들은 빼고 주말에 가족 모임을 하러 클리브덴에 오라고 하자 다들 발걸음을 끊었다.

1944년이 되자 낸시의 가족들은 낸시가 이제 정치판에서 물러날 때가 되었다고 확신했다. 예순다섯이라는 나이도 있는 데다 과거 유화 정책에 찬성한 이력 때문에 여전히 평판이 좋지 않았다. 의회에서 보이는 행동은 늘 그렇듯 정도를 벗어나 있었고, 최근에는 유난히 변덕스러워졌다. 그뿐 아니라 영국의 정치 분위기에 변화가 찾아왔다. 유권자들은 전쟁 전에 그들을 이끄는 자리에 있던 귀족 계층에 하나둘 등을 돌렸고 사회주의가 부상하고 있었다. 월도프는 낸시가 다음 총선에서 당선되지 못할 테니 미리 사임해야 한다고 생각했다. 그는 용기를 내 낸시에게 정계 은퇴 소식을 알리라고 설득했다. 그녀는 수긍은 하면서도 불같이 화를 냈다. 낸시는 늘 하던 대로 그로스베너 하우스에서 파티를 열기로 했다. 1944년 12월 1일에 열린 이 파티는 여성의 의회 입성 25주년을 기념할 목적이었고, 낸시는 이 자리에서 다음 총선에서 물러난다고 공표했다.

공직 생활을 마감하는 데 동의한 일이 안타깝게도 결과적으로는 두 사람의 사이에 치명적인 균열을 일으켰다. 월도프는 낸시를 참아줬지만, 낸시는 정치 활동을 접으라는 요청을 받은 것에 격분했다. 전쟁이 끝났을 즈음 낸시는 자기 인생에서 가장 흥미진진하고 생산적이며 가치 있는 시대가 저문 것에 애통해했다. 그녀는 〈오로지 나하고 처칠만이 전쟁을 즐기는데 그걸 인정하는 사람은 나뿐이다〉라고 말했다.

✣

런던데리 부부도 전쟁 전에 대독 유화 정책을 펴자는 태도를 보였던 것이 오점으로 남긴 했지만, 두 사람 모두 전쟁이 불가피해지자 적을 물리치는 데 총력을 기울였다. 1938년에 이디스는 자신의 사회적 지위로 인해 부과되는 의무라고 느낀 바를 언급한 적 있었다.

> 상류층은 여전히 존재한다. 전쟁으로 인해 지위가 축소되고 힘이 약해졌으나 그들은 여전히 막후에서 영향력을 행사한다. 위기 상황에서 그들의 존재는 견고하고 매우 영국적인 어떤 것으로 느껴질 것이다. 무엇보다도 그들은 오랜 전통에 따라 나고 자란 사람들이다. 골수에 박힌 그 생각은 기쁨보다는 의무감으로 이어진다.[14]

이디스 런던데리는 런던데리 하우스와 북아일랜드의 마운드 스튜어트를 오가며 지냈다. 적십자사의 다운 및 더럼주 지부 회장으로 활동했고, 여성 부대의 비전투원들이 시민 농장에서 식량을 자급 생산하도록 훈련시키며 전시 노동 활동에 적극적으로 관여했다. 여성 부대를 조직하는 데 도움을 준 이디스는 제1차 세계 대전 때처럼 이번에도 비행기 인계나 이동식 매점 운영 등 중요한 전시 노동에 여성 인력을 투입했다.

이디스는 런던데리 하우스 지하에 매트리스를 쌓아 두고 공습으로 집을 잃은 누구에게든 지낼 곳을 제공했다. 그러나 런던데리 하우스도 런던에 가해진 연이은 폭격에 피해를 보았다. 1940년 9월 중순, 오즈월드 모즐리의 처형이자 낸시 애스터의 친구인 아이린 커즌이 창문 중 상당수가 박살 난 것을 알아차렸다. 런던데리 부부는 금전적으로 걱정거리가 불어나 힘들어하기도 했다. 1939년에 찰리 런던데리의 연간 지출이 그의 수입보다 10만 6,000파운드를 초과해 버렸다.

찰리는 북아일랜드의 간판격인 인물로 눈에 띄는 위치에 있고 항공 관련 경험이 풍부한 덕에 북아일랜드 항공 훈련단의 지역 사령관으로 임명받았다. 1940년 말, 그는 윈스턴 처칠에게 영국 정부나 북아일랜드의 장관직을 달라고 설득했으나 사촌 관계인 처칠은 그의 청을 거절했다. 전쟁 발발 직전 에메랄드 커나드가 연 만찬 자리에서 찰리와 윈스턴은 독일이 침공했을 때 프랑스의 대응 가능성을 두고 격론을 벌였다. 찰리 런던데리가 항공성에 몸담은 4년 동안 전금속 단엽 전투기 개발을 인가할 만큼 선견지명이 있어서 비록 램지 맥도널드 총리가 비용상의 이유로 공군 재무장 계획에 자금 지원을 꺼리긴 했어도 허리케인호와 스핏파이어호가 탄생한 과정이 참으로 아이러니했다. 1940년 여름, 런던 인근의 여러 주 상공에서 영국 공군이 독일 공군과 교전을 벌였을 때 국가의 명운에 매우 중요한 역할을 담당하는 영국 전투기가 한때 히틀러를 〈다정하다〉고 묘사했던 전직 정치인 덕에 탄생했다는 사실을 아는 사람은 별로 없었다.

그사이 런던데리 부부는 개인적인 비극을 겪었다. 전쟁 장관 올리버 스탠리와 결혼한 장녀 모린이 1942년 6월 20일에 결핵으로 세상을 떠났고, 다른 딸 마거릿은 런던데리 부부가 심하게 반대했던 앨런 먼츠와 결혼해 바람 잘 날 없는 결혼 생활을 하다 결국 이혼했다. 이디스가 슬픔을 잊기 위해 전시 노동에 매진한 반면, 찰리는 매여 있는 일도 없이 건강이 좋지 않은 우울한 상태로 지냈다. 1945년에 찰리는 오랜 친구 에티 데스버러에게 편지를 썼다. 〈우리 삶을 위기로 몰아넣은 전쟁이 나를 철저히 고립시켜 내가 도저히 벗어날 수 없는 그늘 아래 밀어 넣은 것 같소. ……내가 전쟁에 대해 어떤 환상도 없고 쓰라린 실망감을 감출 수 없음을 당신이 알아주었으면 하오. 내게 굉장한 기회가 여러 번 찾아왔건만 내가 부족해 그 기회를 놓쳐 버렸고 결국 모든 게 이리 된 셈이오.〉[15]

전쟁 막바지 몇 년을 전쟁 초반보다 더 힘들게 보낸 이들이 있다. 1944년에 시빌은 정전이 되었을 때 넘어져서 팔이 부러졌고 허리까지 다쳤다. 이제 시빌의 나이는 칠순이었다. 여태껏 정신없이 바쁘게 생활하고 과도한 업무량을 소화했던 것이 큰 무리이긴 했다. 그녀는 콜팩스&파울러에서 물러날 때가 되었다고 판단하여 회사 지분을 낸시 애스터의 미국인 조카 낸시 랭커스터에게 매각했다. 아름다운 외모와 탄탄한 인맥을 자랑하는 랭커스터는 재능이 뛰어난 실내 장식가로 활동하면서 영국 시골 대저택 생활을 열렬히 동경했다. 사실 과거에 시리 몸과 시빌 콜팩스 둘 다 전문적 동업을 제안하며 접근했지만, 랭커스터는 난색을 표한 바 있었다.

낸시 랭커스터와 존 파울러의 관계가 늘 순탄했던 건 아니다. 낸시 애스터가 두 사람을 〈영국에서 가장 불행한 미혼 커플〉이라 칭할 정도였다. 하지만 창의적인 면에서 둘의 관계는 합이 잘 맞았다. 랭커스터는 미국 기준의 편안함과 편리함에 정통한 완벽주의자였고, 파울러는 전통적인 영국 취향의 정수를 뽑아내면서 고객의 사회적 지위를 은근히 담아내는 일관성 있는 장식 스타일을 선보였다. 낸시 랭커스터는 콜팩스&파울러가 품질과 독창성 면에서 명성을 쌓은 만큼 회사의 이름을 현명하게 잘 지켰다. 시빌은 회사를 떠나보내기가 힘들다는 걸 깨닫자 런던 사옥을 계속 개인 사무실로 쓰면서 종종 들러 사교 활동에 필요한 전화 통화를 하거나 편지를 쓰는 공간으로 활용했다. 한편 시빌이 끝도 없이 유명 인사의 이름을 들먹이며 친분을 과시하고 모든 사람을 다 안다고 주장하는 통에 영심기가 불편해진 마고 애스퀴스는 예수가 태어날 때 구유에 있었다고 주장하는 시빌을 빼놓고는 세상 그 누구도 예수의 탄생을 논할 수조차 없다는 말까지 했다.

단도직입적인 마고 애스퀴스는 1944년 1월 7일에 도체스터 호텔 스위트룸에서 촛불을 켜고 만찬 파티를 연 에메랄드 커나드하고도 격돌했다. 두 여인 사이는 마고가 전쟁 초반에 에메랄드가 폭격을 피하려고 〈달아났다〉며 비난했을 때도 격론이 벌어졌다. 에메랄드가 미국으로 갔던 진짜 이유는 토머스 비첨의 식어 가는 마음을 돌리기 위해서였지만 차마 그렇게 말할 수가 없었다.

도체스터 호텔 방에 골동품으로 잔뜩 꾸민 에메랄드의 아늑한 응접실은 전쟁이 길어지면서 많은 사람에게 도피처가 되었다. 이튼교 출신으로 내셔널 트러스트에서 일하는 예민하고 통찰력 있는 제임스 리스밀른은 종종 들러 차를 마시거나 저녁 식사를 함께했고, 1943년 크리스마스에는 에메랄드와 단둘이 몇 시간을 보내기도 했다. 1944년 6월 15일, 에메랄드가 호텔에서 만찬 파티를 주관하고 있던 그날은 언제든 엔진이 꺼지는 자동 조종 비행 폭탄 V2 로켓이 처음 등장한 밤이었다. 그 폭탄 공격은 전쟁에 지칠 대로 지친 런던 시민에게 닥친 새로운 형태의 테러였다. 에메랄드는 그런 기술적 발전이 가능하다는 것을 믿으려 하지 않았으며 정보부 장관 더프 쿠퍼에게 어리석은 사람들이나 전시에 아무거나 덥석 믿는다고 말했다.

에메랄드는 전쟁을 혐오했고 〈상스러운〉 짓이라고 불렀다. 무시무시한 공습이 벌어지는 내내 그녀는 바깥에서 들리는 폭발음과 대포 소리에 눈 하나 깜짝하지 않았는데 만찬 자리에서 캐비어를 먹다 움찔할 정도로 겁이 많은 손님에게는 경멸의 눈초리를 보냈다. 에메랄드는 침착함을 유지하며 어수선한 호텔 스위트룸에서 계속 자리를 지키면서 공습이 벌어지면 전화기와 셰익스피어 희곡 한 권을 들고 식탁 밑에 몸을 숨기곤 했다. 사이가 소원한 딸 낸시는 도체스터에서 1.5킬로미터 떨어진 하프 문 스트리트의 방 안에서 위태로운 생활을 하고 있었다. 낸시는 1941년 8월 22일에 뉴욕에서 배를 타고 리버풀에 도착해 그 후 3년 반 동안 런던에 머물면서 프랑스가 수복되자마자 간간이 프랑스로 여행을 갔다. 에메랄드와 낸시 모녀는 런던에 관계가 겹치는 친구들이 많았고, 그중에는 모녀지간의 불화를 봉합하려고 애를 쓴 이들도 있었지만 둘 사이의 균열이 너무 심각해서 제2차 세계 대전으로도 관계는 회복되지 않았다.

‡

전쟁이 끝을 향해 다가갈 무렵 생존한 여왕벌들은 각종 고초를 겪는 상황이었다. 식량과 휘발유를 배급받으며 지냈고, 일할 하인은 부족했고, 경제적으로 쪼들렸고, 친구와 가족이 세상을 떠났다. 어떤 경우는 개인적인 배신을 당하거나, 깊은 실망감을 느끼거나, 가족이 비극을 맞기도 했다. 이런 와중에도 여왕벌들은 굳건히 자기 일을 해나가며 개인적인 책임도 소홀히 하지 않았다. 제2차 세계 대전이 벌어지는 동안 수많은 영국인이 다들 비슷한 처지인 데다가 대부분 중요한 전시 노동이나 다른 형태의 현역 복무를 다했기 때문에 국민 사이에는 연대감이 존재했다. 6년 동안 영국 국민은 오로지 생존과 전쟁 승리에 온몸을 바쳤다. 폭격과 침공의 위협 앞에 가끔 돌파구처럼 접대와 여흥, 정신적 자극, 심리적 도피처를 찾는 욕구가 어느 때보다도 강했고 이제 60대, 70대인 사교계의 여왕들은 명색에 맞게 자기 능력을 발휘했다. 평화가 돌아오자 불굴의 노부인들은 예전 삶을 어느 정도 되찾기를 희망했다. 그중 5명은 전쟁에서 살아남았다. 평화를 되찾은 시점에 적응력과 회복력이 남다른 그들 모두 스스로 새로운 역할을 고민하며 불확실한 미래에 대처할 새로운 전략을 궁리해야 하는 상황에 처했다.

11장
평화와 내핍 생활

1945년, 영국은 모든 것이 고갈된 상태라 거의 파산 직전에 기반 시설도 초토화된 상태였다. 사람들 대부분은 비썩 마른 몸에 누더기 같은 옷차림이었고 지낼 곳도 변변찮았다. 가족은 뿔뿔이 흩어져 있었다. 많은 사람이 집도, 직장도, 친구도, 사랑하는 사람도 잃었다. 계급과 배경을 막론하고 모든 사람이 막중한 책임을 짊어졌고 낯선 위협과 궁핍한 현실을 마주했다. 이전에 부유했던 여성들에게 하인 없이 혼자 힘으로 살림을 꾸려간다는 건 뜻밖에 찾아온 현실이었다. 주인마님들은 자기 집 지하실에 이런 공간이 있었나 싶은 곳에서 문득 정신을 차리곤 했다. 처음에는 폭격을 피하러 갔다가, 그다음에는 말 안 듣는 오븐과 열악한 조명, 비상용 휴대 식량, 당최 모를 요리책, 부실한 청소 도구와 만나며 차츰 현실을 자각했다. 계급 구분의 벽이 서서히 무너졌고 〈전쟁 전〉이라는 표현이 향수 어린 분위기를 풍기리란 건 의심의 여지가 없었는데, 한편으로는 축하할 명분이 확실히 생긴 시점이었다.

1945년 5월 8일, 유럽 전승 기념일이 유럽의 종전을 알렸다. 심신은 지쳤지만 종전 소식에 환희에 찬 런던 시민들이 트래펄가 광장으로 물밀듯 밀려들었고, 하원 의원들이 하원을 나설 때 군중이 그들에게 환호했다. 낸시 애스터는 그녀를 향한 환호가 다른 동료들을 향한 소리보다 덜 격정적이어서 살짝 마음이 상했다. 그날 저녁 시빌 콜팩스와 아이버 노벨로는 칩스 채넌의 집에서 열린 파티에 참석했다. 그 집은 폭격으로 파손되긴 했지만 아름다운 아말리엔부르크 방에는 여전히 촛불이 깜빡였다. 밖에서는 런던 전체가 환희에 휩싸였다. 서치라이트가 켜져 있어서 도시가 환히 빛났고, 거리는 춤추고 축하하는 인파로 뒤덮였다. 1945년 8월 15일, 대일본 전승 기념일에 종전이 발표되었다. 제임스 리스밀른은 시빌의 정식 식당에서 함께 식사했고 수많은 사람이 버킹엄 궁전으로 몰려갔다.

전쟁 직후 낸시 애스터는 『특별 검색 목록 영국편』에 자기 이름이 포함된 걸 알고 환호성을 올렸다. 독일에서 만든 이 〈블랙 북〉에 이름이 열거된 2,820명은 나치의 적으로 간주되는 저명인으로, 계획대로라면 1940년 가을 영국 침공 직후 체포될 이들이었다. 제3제국 반대파로는 베라 브리튼, 윈스턴 처칠, 해럴드 니컬슨, 버지니아 울프, 샤를 드골이 포함되어 있었다. 명단에서 자기 이름을 찾으면 상당한 자부심을 느꼈다. 레베카 웨스트가 노엘 카워드에게 이런 전보를 보냈다. 〈이런, 우리랑 같이 황천길 갔을 뻔한 사람들.〉 낸시는 〈이것이야말로 소위 《클리브덴 세트》가 친나치주의자라는 끔찍한 거짓 선동에 대한 완벽한 답변이다〉라고 평했다.

낸시는 예순여섯이던 1945년 7월 5일에 마지못해 하원 의원직에서 물러났다. 그녀는 은퇴를 발표하면서 이 결정이 강요된 것이었으며 필시 영국 남자들이 기뻐할 소식일 거라고 말했다. 그리고 〈나는 이제 사화산〉이라고 씩씩거렸다. 참을성 있는 월도프는 이 폭풍이 지나가길 기다리며 의붓아들 바비와 함께 지내다 다시 친아들 데이비드에게 갔고, 나중에 클리브덴으로 돌아가자 낸시는 켄트주의 별장으로 서둘러 떠났다.

월도프는 낸시의 변덕을 참아 냈고, 두 사람은 1946년에 미국으로 함께 여행을 가기로 했다. 낸시는 기나긴 전쟁 동안 못 본 가족을 어서 빨리 만나고 싶은 마음이 간절했지만 승선권을 구하기가 어려웠다. 애스터 부부는 파이프스의 바나나 운송선 〈에로스〉호의 표를 구했다(퀸메리호, 아키타니아호, 또는 낸시가 전쟁 전에 이용하던 여타 운송 수단과 크게 달랐다). 틸버리에서 뉴욕까지 가는 데 보통 일주일이 걸리지만 날씨 때문에 2주나 걸렸다. 요리사는 낸시가 상선 선원에게 럼주 배급을 폐지하려고 했던 전력이 있어서 승객 명단에서 낸시의 이름을 발견하고는 썩 달가워하지 않았다. 그런데 낸시의 매력 발산 작전이 워낙 효과적이었던지 애스터 부부가 뉴욕에서 하선할 때는 전 승무원이 도열해 〈유쾌한 멋진 친구〉*를 열창했다. 전쟁 발발 후 두 사람이 처음으로 미국 땅을 밟는 날이었다. 그들은 우중충하고 엄숙하며 결연함이 감도는 영국과 멀리 떨어진 세상에서 호화로운 리츠칼턴 호텔에 머물렀다. 월도프는 호텔에서 에로스호 승무원들을 위한 오찬 파티를 열었고, 요리사는 낸시의 하녀 로즈에게 데이트를 신청해 그날 저녁은 럼주와 콜라로 잔뜩 충전된 열정적인 춤판이 벌어졌다.

* 원래 「For he's a jolly good fellow」라는 곡인데 he를 she로 바꿔 불렀다.

애스터 부부는 로즈, 아서 부셸을 대동하고 미국 전역을 다녔다. 낸시는 공연용 말에 올라 말이 앞다리를 치켜들고 날뛰는데도 놀랍도록 침착하게 매달려 있는 등 어느 연령대의 누가 소화했어도 인상적이었을 묘기를 선보였다. 일흔이 가까운 나이를 먹은 사람이 했으니 더더구나 놀라운 일이었다. 낸시는 미국에서 국제적인 언론계 유명 인사로 대우받으며 지내다가 영국으로 돌아왔다. 낸시와 월도프는 다시 각자의 삶으로 돌아갔다. 월도프는 낸시가 끝도 없이 신랄한 공격을 퍼붓는데도 꿋꿋이 인내하는 모습을 보이며 거의 불평하는 법이 없었다.

만약 낸시 애스터가 하원 의원으로서 오랜 세월을 보낸 후에 상원으로 승격되는 당연한 순서에 따라 확실히 인정받았더라면 상황은 순조롭게 흘러갔을 것이다. 그러나 당시에 여성은 상원 승격이 금지되어 있었고, 1958년이 되어서야 상원에 받아들여졌다. 하원 의원직에 오른 최초의 여성은 수십 년간 공직 생활을 하고도 수많은 남성 하원에게 당연히 주어졌을 보상을 받지 못했다. 낸시의 남편 월도프(그리고 그의 사망 후 장남 윌리엄)를 본인 의사와 상관없이 상원으로 내몰았던 똑같은 헌법 조약이 성별을 이유로 낸시의 선구자적인 경력을 축소시켰다는 자체가 잔인하고 씁쓸한 아이러니다.

✢

제1차 세계 대전 후와 마찬가지로 일단 평화가 찾아오면 여행을 가겠다고 잔뜩 벼르던 사람들이 있었다. 에드워드 7세의 마지막 정부이자 가장 사랑받았던 정부 앨리스 케펠은 전쟁이 끝난 후 피렌체 외곽에 있는 이탈리아 저택 롬브렐리노로 돌아갔다가 1947년 9월 11일에 세상을 떠났다. 그녀의 절친이자 에드워드 시대를 주름잡던 여성 실세 그레빌이 세상을 떠난 지 5년 후였다. 앨리스는 피렌체의 개신교도 묘지에 있는 사이프러스 나무 아래에 묻혔다. 〈총애하는 여인〉을 위한 추도식이 오들리 스퀘어의 세인트 마크 교회에서 열렸다. 그곳은 로니 그레빌의 결혼식과 추도식이 열린 곳이기도 했다. 한 시대가 저무는 그 자리에 참석한 유명인 중에 시빌 콜팩스도 있었다.

평화가 돌아오자 그간 서로 거리 두기 할 명분이 완벽했던 사람들이 더는 핑곗거리를 찾을 수 없었다. 토머스 비첨과 아내 베티는 세계 대전 기간에 미국에서 지냈다. 1945년 6월 2일, 그들은 영국으로 돌아와 서리의 펫워스 근방에 집을 마련했다. 미국 언론인 버질 톰슨이 비첨 부부와 인터뷰를 하기로 되어 있었는데, 우선 그는 오랜 친구인 에메랄드 커나드부터 찾아갔다. 에메랄드는 버질에게 그녀의 옛 애인 소식을 알려 달라고 부탁했지만, 그는 비첨이 새로운 삶에 더없이 만족한다는 진짜 인상평은 에메랄드에게 전하지 않고 아껴 두었다. 비첨은 이제 예순여섯이고, 그의 아내 겸 비서 겸 가정부 겸 비첨처럼 음악인이자 그의 경력을 뒷바라지하는 동료인 베티는 서른일곱이다. 비첨은 그간 커나드가 사교계에서 인맥 사냥에 열을 낼 때 곁에서 그 지독한 소유욕을 물리도록 만족시켜 주기 위해 각료와 재력가와 귀족 들 틈에서 숱한 저녁을 보내야 했으나 이제는 그럴 필요가 없었다. 커나드도 이제 나이가 일흔셋이었다. 밥 부스비는 커나드를 동정하는 쪽이었다.

그는 그녀의 돈 대부분을 자기 오페라 공연에다 갖다
쓰고는 그녀에게 말도 하지 않고 베티 험비와 결혼해 버렸
다. 그녀는 충격에서 절대 헤어나지 못했다. 그녀를 아는
사람 중에 그녀를 불쌍한 사람으로 여기는 이는 거의 없겠
지만 말년의 그녀는 애처로웠다. 만날 때마다 그녀는 눈물
이 그렁그렁한 채 내게 다가와 물었다.
　「최근에 토머스를 봤어? 그이가 어떻게 지내는지 얘
기해 줘.」
　그녀는 그를 사랑했다.[1]

세실 비튼은 비첨의 결혼이 〈그녀를 산산조각 낸 폭탄〉이라고
표현했지만, 에메랄드 커나드는 자기감정을 숨기는 데 능했다.
그녀는 관계가 소원한 딸 낸시에 관한 이야기도 일절 하지 않
았다. 에메랄드는 전쟁이 끝난 직후 어느 날 저녁, 런던에서 차
를 타고 가다가 낸시를 잠깐 본 적이 있다. 도로로 들어선 어떤
여자를 피하려고 차량이 갑자기 방향을 튼 순간이었다. 낸시
특유의 휘핏처럼 마른 몸이 헤드라이트에 포착되자 에메랄드
가 〈허〉하고 숨을 멈추며 아무 말도 하지 않았다. 에메랄드가
딸을 본 마지막 날이었다.
　커나드는 타고난 회복력 말고 대체 어디서 에너지가 생기
는지 모를 일이었지만 전후에 런던 사교계 활동에 다시 열정적
으로 뛰어들었다. 세실 비튼에 따르면, 그녀가 말하길 니컬러

436

스 로우퍼드라는 매력적인 청년과 사랑에 빠졌고, 그가 매일 아침 외무부로 출발하기 전에 그녀의 침실 문 손잡이에 꽃다발을 걸어 두는 깜찍한 이벤트를 벌인다고 했다. 그러나 두 사람의 관계가 진지한 건 아니었다. 다만 에메랄드가 연애사의 폐허 위로 넝마 같은 깃발을 다시 한번 분연히 들어 올릴 수 있게 해준 전환점 역할은 톡톡히 했다.

그녀의 동시대인이 전부 에메랄드에게 관심이 많았던 건 아니다. 맥스 비어봄은 제2차 세계 대전 직후 버너스와 함께 지냈다. 비어봄은 에드워드 7세 시절에 커나드를 만난 적이 있었다.[2]

「그녀를 한참 못 봤는데 전혀 안 변했나 봐?」

그가 버너스에게 물었다. 그러자 〈전혀. 놀랍게도 예전이랑 똑같아〉 하고 답했다. 잠깐 정적이 흐른 다음 비어봄이 말했다.

「거참, 정말 유감이군.」

에메랄드는 사교 활동에 열정을 쏟았다. 에벌린 위는 1945년 여름 내내 그녀가 자기를 끈질기게 쫓아다닌다며 불만을 토로했다. 자그마한 몸집에 파스텔 톤으로 짙은 화장을 한 그녀는 어디서든 당장 눈에 띄었고 여기저기서 그녀를 찾는 곳이 많았다. 1946년 1월, 에메랄드는 아르헨티나 대사관에서 열린 무도회에 초대받았다. 칩스 채넌은 전쟁 전 시대를 떠올리는 화려한 군중을 쭉 훑어보며 거창하게 한마디했다.

「우리가 바로 이걸 위해 싸워 온 겁니다.」

에메랄드가 매섭게 응수했다.

「왜요? 이 사람들 다 폴란드인이에요?」

그녀는 여전히 청중을 놀라게 하는 재주가 있었다. 전통을 중시하는 에서 경은 일흔넷의 에메랄드가 그녀를 흠모하는 추종자들에게 여전히 아름다운 자신의 발을 보여 주기 위해 자연스럽게 신발을 벗는 과정을 천연덕스럽게 떠들어 대자 아연실색했다.

1948년 2월, 그녀는 입담 좋은 할리우드 배우 메이 웨스트를 주빈으로 하는 조지아 시트웰의 파티에 초대받았다. 켄트 공작부인과 버클루 공작부인도 참석했고, 마당발 칩스 채넌도 루비와 다이아몬드 셔츠 장식 단추를 화려하게 뽐내며 등장했다. 파티는 새벽 5시나 되어서야 끝이 났다. 거의 예전 시절 같았다. 다만 한 가지가 달라졌다. 에메랄드의 그 유명한 명랑한 기운과 활력이 사라져 갔다. 어느 만찬 파티에서 그녀가 예기치 않게 〈죽음을 위하여!〉라고 섬뜩한 건배사를 외쳤다. 그녀는 인후통을 달고 살면서 폐렴과 가슴막염으로 기력을 잃었다. 의사의 진찰을 받은 후 인후암 말기 진단을 받았다. 이제 딸 낸시에게 연락을 취해야 할 시점이었다. 에메랄드의 오랜 친구 중에 바람둥이이자 아편 중독자인 칠레인 토니 간다릴라스가 중간 연락책 역할을 했다.

낸시 커나드는 점점 더 불안해하고 변덕스러운 사람이 되었다. 1945년 2월, 이제 막 자유를 되찾은 프랑스에 돌아가서 확인하니 노르망디의 집은 독일 군대와 현지인들에게 모조리 약탈당한 상태였다. 충격에 휩싸인 낸시는 남은 물건을 수습한 후 집을 내놓았다. 그 후 몇 년간 끊임없이 세계 곳곳을 돌아다니다 1948년에 마침내 파리로 돌아왔다. 낸시는 언제나 극도로 예민한 상태였고, 이제는 한 번씩 편집증 증세도 보이곤 했다. 경찰의 감시를 두려워하면서도 어느 날은 술에 잔뜩 취해 무모하게 난교를 벌이고, 또 어느 날은 호텔 짐꾼을 폭행하는 등 종잡을 수 없는 행동을 하며 점점 비이성적으로 굴었다. 피골이 상접한 그녀가 한번은 자유분방한 친구 비바 킹의 런던 아파트 욕조에서 자기 몸과 옷을 동시에 씻으려 들던 모습을 들켰다. 만약 낸시에게 수백 파운드어치 지폐를 맡기기라도 하면 그녀는 그 돈을 갈가리 찢어 버렸을 것이다.

1948년 6월, 어머니가 위독하다는 소식을 들었을 때 낸시 커나드는 지베르니에 있었다. 두 모녀의 오랜 친구인 다이애나 쿠퍼는 낸시에게 런던으로 가서 어머니와 화해하라고 설득했다. 낸시는 에메랄드가 분명하게 자기를 찾은 것이 맞냐고 물으며, 그게 아니기에 가지 않겠다고 했다. 7월 6일, 토니 간다 릴라스가 낸시에게 어머니가 급속도로 쇠약해지고 있다며 경고했으나 낸시는 여전히 런던행을 거부했다.

며칠 동안 에메랄드의 의식이 왔다 갔다 했는데 다시 기운을 차렸다. 그녀가 〈아야〉처럼 들리는 단어를 계속 중얼거렸다. 하녀 메리 고든이 연필을 건네자 에메랄드가 〈와인〉이라는 단어를 휘갈겨 썼다. 와인병을 가져다주자 에메랄드는 메리, 간호사, 의사 모두 한 잔씩 해야 한다며 손짓을 보냈다. 그녀는 마지막 순간까지도 손님 접대의 의지를 꺾지 않았다.

에메랄드는 7월 10일에 도체스터 호텔 스위트룸에서 일흔다섯의 나이로 세상을 떠났다. 토니가 낸시에게 소식을 전했다. 낸시는 울긴 했으나 이 눈물의 9할은 어머니가 토머스를 어린 여자에게 빼앗긴 것에 대한 연민에서 비롯되었다. 낸시는 어머니의 화장식 참석차 런던행에 오를 생각이 없었다. 생전에 에메랄드는 추도식을 원하지 않는다고는 했는데 자신의 유골 처리에 관해서는 별다른 지시 사항을 남기지 않았다. 예술품 감정가이자 절친한 친구 로버트 애디는 에메랄드가 사교계에서 수많은 업적을 이룬 무대인 그로스베너 광장에 그녀의 유해를 뿌려주는 즉석 의식을 준비했다. 하지만 이 엄숙한 계획은 전혀 계획대로 흘러가지 않았다. 산들바람이 부는 날이었고, 로버트는 주인을 닮아 고집스레 들러붙어 있는 커나드의 유해를 되는대로 흩뿌렸다.

에메랄드의 유언장에 따르면, 메리 고든에게 남긴 것은 옷장, 모노그램을 수놓은 실크 시트, 리넨, 은 접시, 현금 1,500파운드로 총합이 현재 가치로 3만 5,000파운드에 달한다. 나머지 재산은 에메랄드의 친구 다이애나 쿠퍼, 로버트 애디, 낸시에게 똑같이 분배되었다. 낸시는 1930년대에 어머니가 용돈을 볼모 삼아 그녀의 행동을 구속하려 했다고 믿었기 때문에 에메랄드의 유산을 받는 게 정당하다고 생각했다. 낸시는 하녀 메리 고든을 만나려고 했으나 메리는 주인마님의 속을 썩인 딸과 상종하지 않으려 했다. 사실 에메랄드가 남긴 재산은 사람들이 예상한 것보다 훨씬 적었다. 생애 마지막 해에 자금이 거의 바닥났던 것 같다. 더군다나 내국세 세무청에서 에메랄드의 재산에 대한 소득세와 부가세 체납금을 청구했다. 도체스터 스위트룸에서 수거한 고가구와 그림을 포함한 모든 물품이 세금

문제가 해결되는 동안 보관되어 있었다. 에메랄드는 타이밍도 기막히게 돈이 바닥나기 전에 세상을 떠난 셈이다.

낸시는 어머니가 남긴 미국 자산에서 연간 350파운드라는 알토란 같은 수입을 얻었고, 그림과 가구 대부분을 처분해 도르도뉴에 오래된 저택을 구입할 수 있었다. 하지만 에메랄드가 다이애나 쿠퍼에게 남긴 유명한 보석과 진주는 가짜로 밝혀졌다. 어느 시점에 에메랄드가 품위 유지비를 계속 충당하기 위해 비밀리에 진짜 보석을 팔고 똑같이 생긴 복제품을 만들었던 것이다.

『데일리 메일』 부고에서 에메랄드는 〈비범하고 활동적인 여성이었다.[3] 그녀는 수도 런던의 전성기 시절에 활동한 최후의 사교계 인사 중 가장 위대한 이들과 어깨를 나란히 했다〉고 평했다. 흥미롭게도 신문마다 그녀가 1872년에 태어나 1948년에 향년 일흔하나의 나이로 세상을 떠났다고 보도했다. 사실 그녀는 일흔여섯 번째 생일을 한 달 앞두고 사망했다. 그녀의 경쟁자인 로니 그레빌처럼 에메랄드도 원활한 사교 활동을 위해 나이를 몇 년 깎아 내렸다.

친구들은 에메랄드를 많이 그리워했다. 다이애나 쿠퍼는 수년간 그녀를 애도하며 도체스터 호텔에 갈 때마다 그녀를 생각했다. 제임스 리스밀른 역시 에메랄드의 눈부신 재치와 번득이는 재담에 감탄했다. 사치 시트웰은 『더 타임스』에 감동적인 글을 남겼다. 〈그녀를 사랑했던 이들은 그녀의 재치와 섬세함과 미묘한 분위기를 그리워할 테고, 그녀와 함께하던 시간을 애석해하며 공연장에서, 극장에서, 무엇보다도 오페라 극장에서 그녀를 생각할 것이다. 오페라야말로 그녀가 가장 사랑하는 것이었다. 아마도 그녀에게 오페라는 종교를 대신한 존재였을 것이다.)⁴ 에메랄드가 사망한 후 수년간 메리 고든이 그녀의 기일에 꽃을 바치기 위해 그로스베너 광장을 찾곤 했다. 한번은 융통성 없는 어느 직원이 주제넘게 훈수를 두자 나중에는 메리가 꽃다발을 들고 광장을 가로질러 가서 우연인 듯 꽃 한 송이만 툭 떨어뜨렸다.

시빌 콜팩스는 전쟁 내내 사랑하는 이탈리아로 돌아가는 꿈을 꿨으나 평화가 돌아온 후 수년간 상황이 녹록지 않아 재정적 압박과 건강 악화로 괴로운 시간을 보냈다. 쪼들리는 상황에서도 집에서 계속 손님을 접대했고 해럴드 맥밀런, T. S. 엘리엇, 시릴 코널리, 마운트배튼 부부, 케네스 클라크 부부급의 손님들을 주기적으로 불러 모았다. 그러다 1946년 8월에 택시에서 내리다 미끄러져 넘어졌고 허벅지와 골반이 부러져 병원으로 실려 갔다. 이 사고로 오랜 염원이 무산되었다. 옴짝달싹 못 하는 신세가 되었을 때 사실은 버나드 베런슨과 함께 지내려고 피렌체로 가려던 참이었다. 시빌이 몇 달간 답답한 병원 침대 신세를 지는 동안 노엘 카워드 같은 친구들이 병문안을 왔다. 1947년 5월, 오랜 친구인 윈저 공작 부부가 런던에 있었고 그들이 이제는 마음을 내려놓고 작위를 받아들이는 눈치였으나 다른 사람들은 여전히 그들에게 어떤 호칭을 써야 할지 애매해 했다. 해럴드와 비타의 아들 나이절 니컬슨이 요양원에 있는 시빌을 찾아간 날 이런 일이 있었다.

내가 도착했을 때 이미 서머싯 몸과 피터 퀸넬이 있었다. 시빌이 네 번째 손님 윈저 공작부인을 기다리고 있다고 말하며 간호사에게 공작부인을 맞이해서 위층으로 안내하라고 단단히 일러두었다. 심프슨 부인이 아니라 공작부인이라고 부르도록 당부했다. 간호사는 지시대로 공작부인을 맞이했고 복도를 따라 길을 안내하면서 이상한 나라의 앨리스에 나오는 하얀 토끼처럼 혼잣말로 중얼거렸다.

「심프슨 부인이라고 하면 안 돼. 공작부인이라고 말해야 해. 심프슨 부인이 아니야.」

간호사가 우리가 앉아 있는 방의 문을 열고 한껏 과장된 몸짓으로 알렸다.

「심프슨 부인이십니다.」[5]

시빌은 회복이 더디긴 했지만 존 길구드, 노엘 카워드 같은 배우나 예술인과 여전히 잘 어울렸다. 무더위가 한창이던 1948년 7월 어느 날, 시빌은 테네시 윌리엄스가 쓴 「유리 동물원」 개막을 축하하며 출연진과 친구들을 위해 개막 공연 파티를 열었다. 시빌과 친한 친구가 된 제임스 리스밀른이 시빌에게 매우 고마워한 일도 있었다. 1948년 8월, 줄곧 은둔 생활을 하는 괴짜 로런스 존스턴을 시빌이 설득한 끝에 눈부시게 아름다운 히드코테 정원을 내셔널 트러스트에 맡겨 그의 사후에 보존할 수 있게 된 것이다. 40년 동안 〈로리 J(로런스 존스턴)〉와 친분을 쌓으며 원예 연구에 몰두한 시빌은 로런스가 신뢰한 몇

안 되는 사람 중 한 명이었다. 리스 밀른은 1948년 9월에 시빌의 흥미로운 발언을 글로 남겨 두었다. 〈아니, 난 안 행복해요. 늙은이들은 절대 행복하지 않거든.《예전엔》나도 행복했지. 이제 난 젊은이들한테만 관심이 있어요.〉[6]

시빌은 확실히 젊은이들과 함께 있는 것을 좋아했다. 1948년 6월, 나이절 니컬슨이 그녀를 영화관으로 데려갔을 때 뉴스 영화로 마운트배튼이 총독 임기를 끝내고 부부가 델리에서 출발하는 소식이 전해졌다. 런던은 마운트배튼 총독의 아내 에드위나가 인도 수상 네루와 열애 중이라는 소문에 떠들썩했다. 시빌과 나이절이 어둠 속에 앉아 깜빡이는 화면을 보고 있을 때 시빌이 말했다.

「에드위나가 공항에서 네루에게 작별 키스하는 장면은 안 보여 줬구먼. 그게 인도 여론에 굉장한 충격을 준 데다 디키가 멀쩡히 잘한 일 전부를 망쳐 버렸거든.」

그들 앞 좌석에 앉은 여자가 몸을 돌려 냉랭하게 말했다.

「안녕하세요, 시빌. 제가 목소리를 알아들은 것 같더라고요.」

바로 에드위나 마운트배튼이었고, 그 옆자리에는 그녀의 남편인 전 총독이 앉아 있었다. 어색한 순간이었다. 영화 상영을 위해 불이 꺼지자 나이절과 시빌은 조용히 극장을 빠져나왔다.

1949년 1월경 척주 만곡과 심한 기침에 시달려 극도로 말라 버린 시빌은 누가 봐도 건강 상태가 좋지 않았다. 다이애나 쿠퍼는 한 결혼식장에서 시빌을 보고 이런 평을 남겼다. 〈가여운 작은《석탄통》여사가 잔뜩 굽은 몸에 은빛 여우 털을 걸치고 있네요. 이제 부인에게 보이는 거라곤 눈 아래 처량한 땅바닥뿐이겠군요.)[7] 몸 상태가 그런데도 시빌은 미래에 대한 계획으로 부풀었을 뿐 거의 불평하는 법이 없었다. 자기 집과 도체스터 호텔에서 손님 접대를 계속하면서 여전히 행사 후에는 손님들에게 조용히 청구서를 보냈다. 시빌이 격조 높은 파티를 열기 위해 자금을 충당하려면 이 방법밖에 없었고, 파티에 참석하는 사람들은 이 실용적인 처리 방식에 흡족해했다.

시빌의 건강은 점점 나빠졌지만 마지막까지 눈에 총기가 있고 정신이 맑은 편이었다. 그러다 생애 마지막 날 밤에 시빌 콜팩스는 남편 아서가 집 밖에서 들어오려고 기다린다고 믿었다. 그녀는 일흔다섯이던 1950년 9월 22일 이른 아침에 잠자던 중 숨을 거두었다. 마침 해럴드 니컬슨이 피렌체에 있다가 시빌의 부고를 전보로 접한 직후 버나드 베런슨 집에 도착했다. 해럴드는 오랜 친구 시빌이 그토록 돌아오고 싶어 했으나 전쟁과 불운에 발목 잡혀 뜻을 이루지 못했던 바로 그곳에 자기가 있다는 게 기분이 이상했다. 생전에 시빌이 함께 어울리면 서로에게 좋은 자극이 될 거로 생각한 이들을 한자리에 모으고 섞이게 만들고자 한 열정에 덕을 본 많은 사람이 시빌을 애도했다. 그녀가 한때 즐겨 어울린 〈젊은이〉 중 하나였던 케네스 클라크가 이렇게 평했다. 〈시빌은 진실로 사람들을 사랑했고, 그들을 한자리에 모으는 것을 평생의 과업으로 삼았다. 그녀는 더 많이 사랑받았어야 했다.)[8]

로라 메이 코리건은 1947년에서 1948년으로 넘어가는 겨울 크리스마스 시즌에 미국으로 돌아가고 얼마 후에 세상을 떠났다. 로라는 샌프란시스코에 사는 언니 데이비드 암스트롱 테일러와 휴가를 보내기 위해 크리스마스이브에 파리에서 뉴욕으로 향했다. 뉴욕에서 만난 두 자매는 맨해튼의 플라자 호텔에서 머물고 있었는데, 로라가 갑자기 병이 나 급히 병원으로 실려 갔다가 다음 날인 1948년 1월 22일에 사망했다. 남편이 죽은 지 정확히 20년 후였다. 1948년 1월 24일 자 『뉴욕 타임스』 부고에서 로라가 한때 시카고에서 웨이트리스였고, 그녀의 아버지가 〈잡역부〉였으며, 로라가 코리건-매키니 철강 회사의 상속자와 결혼하고 나서 클리블랜드 사교계에 발도 못 붙였다는 사실을 거리낌 없이 다 밝혔다.

이 신문에 실린 로라에 관한 솔직한 평을 보자면, 뉴욕 사교계도 클리블랜드와 마찬가지로 그녀를 환영하지 않았으나 이후 런던 사교계에서는 로라가 엄청난 성공을 거두었고 〈니커보커* 무리〉인 미국인 애스터가와 밴더빌트가를 그녀의 파티에 들이지 않는 것으로 나름의 복수를 했다. 게다가 클리블랜드 세트는 로라가 매년 시를 위해 클리블랜드 펀드에 5,000달러를 기부했는데도 코리건 부부의 사교 활동에 조금도 힘을 보태지 않았다. 로라는 클리블랜드 미술관에 2만 5,000달러를 기부해 세잔을 비롯한 여러 작가의 명작을 구입

* 네덜란드계 뉴욕 사람.

하도록 지원했다. 자기가 개인적으로 클리블랜드 동물원에 제공한 동물들의 관리 비용과 사료비도 지불했다. 로라의 시신은 과거에 그녀를 냉대했던 도시로 돌아가 클리블랜드의 레이크 뷰 묘지에 묻혔다. 그곳에는 단순하지만 우아한 기념비가 달랑 〈코리건〉이라는 이름으로 제임스와 로라의 합동 묘임을 알려 준다.

런던에서는 메이페어의 사교계 여성들이 즐겨 찾는 교회인 노스오들리 스트리트의 세인트 마크 교회에서 로라의 이름으로 추도식이 열렸다. 이 자리에 켄트 공작부인, 버클루 공작부부, 말버러 공작 부부, 영원한 라이벌 에메랄드 커나드를 비롯해 오랜 친구들이 많이 참석했다는 것을 알면 로라가 기뻐했을 것이다.

⁑

1945년 10월 26일, 이디스 런던데리가 종전 후 첫 의회 개회식에 보무당당히 참석하긴 했지만 이제 그녀의 우선순위는 예전과 달라졌다. 제2차 세계 대전 후 수년간 이디스는 가족을 돌보고 마운트 스튜어트 저택을 복구하는 일에 집중하면서 공직 생활에서 대체로 손을 떼고 지냈다. 앨리스 케펠은 1946년에 마운트 스튜어트에 머물던 중 이디스가 바지 차림으로 식사를 하고 하녀도 없이 지내는 데다 아이들을 자기 침실과 가까운 침실에 둔 것을 보고 경악했다. 에드워드 7세의 〈총애하는 여인〉 앨리스가 에드워드 8세의 양위 당시 코웃음을 치며 말했듯이 〈나 때는 이 지경은 아니었는데〉 같은 심정이었을 것이다.

1946년 6월 20일, 알려진 바로는 로열 에어로 클럽이 전시 폭격으로 훼손된 파크 레인의 런던데리 하우스를 인수할 것이라고 했다. 런던데리 가족은 임대차 계약을 맺어 저택의 방 22개짜리 공간을 계속 사용했다. 그리고 1948년 7월 21일에는 소설가 바버라 카틀랜드의 딸 레인 맥코쿼데일과 제럴드 레지의 결혼식 후에 치러지는 최고급 피로연 장소로 저택을 임대하기도 했다. 1950년 5월 25일, 이디스의 열일곱 살짜리 손녀 제인 베인 템페스트 스튜어트를 주빈으로 무도회가 열렸는데 전 국민이 내핍 생활을 하던 시대에 런던데리 가족으로서도 그렇게 성대한 행사는 드문 일이었다.

이디스의 사랑하는 남편 찰리가 점점 이디스의 걱정거리가 되었다. 비행에 대한 열정이 남달랐던 찰리는 글라이딩을 시작했고, 1945년 11월에 견인 케이블이 툭 끊어져 심각한 사고를 당했다. 골절상을 입지는 않았지만 이 사고를 기점으로 건강이 나빠지기 시작했고, 1947년에는 경미한 뇌졸중을 몇 차례 앓으면서 거동과 대화가 힘들어졌다. 1949년 2월 10일, 그는 향년 일흔의 나이로 마운트 스튜어트 저택에서 세상을 떠나 베인-템페스트-스튜어트 가문의 묘지 티르 너 노그(스코틀랜드 게일어로 〈젊음의 땅〉)에 묻혔다. 이디스는 결혼 생활을 50년간 같이 한 남편을 먼저 보냈다.

그녀는 일흔 살에 런던데리 후작 미망인이라는 새로운 작위를 얻었다. 찰리의 정치 경력은 나치 독일과 교류한 전력으로 회생 불가능할 정도로 손상되었다. 그가 나치와 접촉한 동기가 무엇이었는지를 두고는 여전히 의견이 분분하다. 그가 애국자임은 의심의 여지가 없었고, 독일과 모든 거래 시 잘 무장된 힘을 갖춘 상황에서 협상에 나서야 한다고 늘 주장했지만 우려가 된 부분은 그의 판단력이었다. 그는 밥 부스비에게 〈내가 할 수 있던 건 정말 단 두 가지뿐이었소. 공군을 만들거나 독일과 친해질 방도를 찾거나 둘 뿐이었지〉라고 말했다. 그의 의도는 훌륭했으나 1935년부터 1938년 사이에 보인 친독 태도로 인해 개인적인 명성은 흠집이 났다. 그가 이전에 접대하던 리벤트로프는 제2차 세계 대전 말에 연합군에 생포되어 뉘른베르크 국제 군사 재판에서 법의 심판을 받았다. 리벤트로프는 전쟁 전 윈저 공작, 낸시 애스터와 친분이 있었던 것을 자랑하듯 당당히 밝혔으며 자신을 변호해 줄 사람으로 그 두 사람과 런던데리 경을 성격 증인*으로 불러 달라고 요청했다. 당연히 그의 요청은 받아들여지지 않았다. 기나긴 재판 후 그는 유죄 판결을 받고 1947년에 처형당했다.

늘 로빈으로 불리던 런던데리 부부의 아들 에드워드가 8대 후작이 되었으나 그도 1955년 10월 17일에 세상을 떠났다. 로빈은 이디스와 찰리의 자식 중 두 번째로 사망했다. 일찍이 장녀 모린이 1942년 6월에 세상을 떠났다. 이디스는 가족의 고향 같은 마운트 스튜어트 저택의 미래가 염려스러웠다. 그래서 1957년에 정원을 내셔널 트러스트에 기증했고, 남아 있는 딸 마이리 버리(결혼 전 이름은 베인-템페스트-스튜어트

---

* 법정에서 원고 또는 피고의 성격, 인품 등에 관하여 증언하는 사람을 뜻한다.

인 베리 자작 미망인)는 1977년에 저택과 가재 대부분을 내셔
널 트러스트에 넘겼다.

　이디스는 말년에 온갖 풍파와 비극을 겪었음에도 여전히
자신이 사교계의 핵심 인사로서 할 일이 있다고 느꼈다. 그녀
가 처음으로 파티를 주관한 후로 어언 40년이 넘는 세월이 흘
렀다. 마지막으로 성대하게 개최한 정계 축하연은 1958년에
런던데리 하우스에서 치러진 것이었고, 이디스가 주빈으로 모
신 마지막 총리는 해럴드 맥밀런이었다. 이디스는 이미 죽을
날을 앞둔 암 환자였지만 생애 마지막 몇 달 동안에도 그녀의
삶을 내내 관장해 온 다부진 결단력과 실용적인 상식과 유머
감각을 잃지 않았다. 베벌리 니컬스의 기억 속 이디스는 이러
했다.

　　내가 마지막으로 런던데리 하우스에 들어갔을 때 이
디스는 살날이 얼마 남지 않은 상태였다. 저택의 대부분
공간은 폐쇄되어 있었고, 이후에도 두 번 다시 햇빛을 보
지 못했다. 그 거대한 계단에 유령들이 떼 지어 모여 있다
는 느낌이 들었다. 우리는 아일랜드의 마운트 스튜어트에
서 가져온 꽃으로 가득한 위층에서 오찬을 나눴다. 이디
스는 좌골 골절로 상당히 고통스러워했는데도 여전히 파
티에 활기를 불어넣는 존재였으며 잭 프러퓨모도 분위기
를 거들었다. 누군가가 하이드 공원에서 근위병과 추잡한
짓을 벌인 혐의로 체포되었다는 어느 재수 없는 국회 의원
이야기를 꺼냈다. 듣자 하니 그가 젊은 근위병을 관목숲으

로 끌어들였는데 그의 부적절한 행동이 경찰의 눈에 딱 걸린 모양이었다. 이런 화젯거리가 그 당시에는 8대 후작 미망인과 나누기에 적합한 주제는 아니었으나 이 요부 마나님에게는 〈딱〉이다 싶은 이야기였다.

「이런 〈바보〉 같은 사람!」

그녀가 소리쳤다.

「하이드 파크에 월계수가 널리고 널렸잖아요. 〈잎 다 떨어진〉 애먼 관목숲은 왜 골랐대요?」[9]

1959년 4월 23일, 이디스는 향년 여든의 나이로 세상을 떠났다. 그녀의 시신은 그녀가 마운트 스튜어트 사유지에 마련한 가족 매장지 티르 너 노그에 묻혔다. 이디스는 너무나 사랑하던 남편 곁에 묻혔고 부부의 무덤은 아일랜드 성자들의 조각상으로 둘러싸여 있다.

‡

노년의 낸시 애스터는 신체적으로 원기 왕성하고 혈색도 더할나위 없이 좋은 백발의 아름다운 할머니였다. 그녀는 이제 전쟁 전처럼 손님들을 성대하게 접대할 일이 없었던 터라 런던의 힐 스트리트에 살았다. 배급제를 따라야 하고 하인과 연료가 부족한 실질적인 문제가 닥쳐 짜증이 났다. 낸시는 이제 하원에서 마음껏 경멸을 표할 기회를 박탈당하자 일삼아 젊은 남성들을 앉혀 놓고 그녀가 유독 애착을 갖는 두 가지 주제, 가톨릭과 공산주의에 관해 열변을 토하며 그들을 난감하게 만들곤 했다. 월도프는 클리브덴에서 영지 일대와 사업을 관리하며 말년을 보내는 동안 곧 그의 뒤를 이을 장남 빌리에게 모든 것을 설명해 줄 기회가 생겼다. 그는 건강이 나빠져 휠체어 신세를 지고 있었다. 1952년 8월에 아들 데이비드와 지내던 중 심각한 심장 마비가 왔었고 〈내가 어디 다른 데서 죽으면 네 어머니가 괴로워할 거다〉라는 이유로 클리브덴으로 돌아오기로 마음먹은 속사정이 있었다. 애스터 부부는 7년간 소원한 상태였다. 이제 낸시는 월도프가 오늘내일하는 시기에 그에게 돌아왔고, 부부는 그간 쌓였던 앙금을 풀고 화해했다. 월도프는 죽기 전에 자식들을 하나하나 붙들고 〈어머니를 잘 챙겨라〉 하고 당부했다. 그가 죽은 뒤 낸시는 그간 괜히 허비한 세월을 몹시 후회했다. 더는 클리브덴에 머물 수 없다고 느낀 그녀는 1958년에 이튼 스퀘어 100번지에 있는 아파트로 이사해 런던에서 시간 대부분을 보냈다. 장남 빌리는 낸시에게 아무것도 부족하지 않을 거라고 했다. 낸시는 찰스 딘을 집사로 두고, 가정부와 오스트리아인 요리사, 운전기사를 각 1명씩 두고, 로즈 해리슨을 하녀로 두었다.

마지막 순간까지 대쪽같이 금주를 주장하던 낸시 애스터는 직원이 낸시의 조카 낸시 랭커스터의 지시로 오전 11전에 그녀가 마시는 음료에 뒤보네* 한 모금을 넣는 건 알아채지 못했다. 애스터는 개를 한 마리 들여 키웠다. 마담이라는 이름의 건장하고 고집 센 코기였는데 잡역부 윌리엄이 매일 저녁 마담

* 프랑스산 달콤한 포도주.

을 데리고 산책을 시켰다. 벨그레이비어 뒷거리에는 하인들이 자주 찾는 작은 술집이 즐비했고 윌리엄과 마담은 이곳의 유명 인사가 되었다. 다른 단골들이 식탐 많은 마담에게 으레 먹을 걸 주는 사이 윌리엄은 늘 술이 고픈 잡부들이 그렇듯 갈증을 채우느라 바빴다. 그런데 어느 날 저녁, 가만있질 못하는 원기 왕성한 애스터가 누가 말릴 새도 없이 마담의 목줄을 홱 잡아채 평소와 다른 조합으로 어스름 거리 속으로 출발했다. 첫 번째 모퉁이에서 마담은 겁에 질린 주인마님을 끌고 자갈이 깔린 거리를 따라 직진해 어느 술집의 아지트 같은 방으로 들어갔다. 그곳에서 참으로 〈딱〉이다 싶게 〈어서 오십쇼, 마담!〉이라는 다정한 인사말로 환영받았다. 오랫동안 술을 입에도 안 대는 금주가로 전 세계에 인정받아 온 공인인 낸시는 그녀의 식솔이면 당연히 따라야 할 행동거지와 너무 다른 모습을 보인 데 충격을 받았다.

1953년에 낸시가 미국을 재방문했고, 이번 방문 역시 언론에 주요 기사로 실렸다. 그녀가 참석한 수많은 파티 중 한 곳에서 진보 좌파에게 재앙 같은 존재이자 영향력 있는 상원 의원 조지프 R. 매카시가 칵테일을 홀짝이는 모습을 봤다.

「저게 독이 아니라 참 유감이네.」

낸시가 나직이 한마디를 했다. 알코올에 대한 혐오감이 있었지만 공산주의를 향한 혐오감은 매카시와 같은 생각이었기 때문에 양가감정이 들었다. 1950년대에 줄곧 낸시 애스터는 로디지아,* 미국, 유럽 등지를 여행 다니며 나소, 카사블랑

* 아프리카 남부의 옛 영국 식민지로 지금의 짐바브웨.

카, 마라케시에서 겨울을 났다. 애스터는 정정한 몸으로 골프를 한 게임 돌며 팔순 생일을 기념했다. 하지만 그녀는 일선에서 물러나고 월도프도 세상을 떠난 후로 삶의 목적이 없어졌다. 1955년 4월 말, 노엘 카워드는 낸시를 보며 이렇게 평했다. 〈여전히 활력이 충만했으나 그녀의 삶이 끝났다는 생각에 사로잡혀 마음이 미어진다. 그녀의 진저리 나는 크리스천 사이언스 예찬과 금주를 부르짖는 장광설이 있긴 해도 나는 그녀에 대한 애정이 크다. 그녀는 비범한 인물이며 자주 잘못된 생각을 고집하지만, 심성이 잘못된 사람이라고는 생각하지 않는다. 의심할 여지 없이 아주 멋진 성격의 소유자다.〉[10]

그녀에게 얼마간 보상이 주어지긴 했다. 1959년에 플리머스시에서 낸시에게 명예 시민권을 주었고, 그 보답으로 낸시는 훗날 시장 부인들이 착용하게 된 최고급 보석 세트를 기증했다. 이 세트는 길이가 거의 120센티미터에 이르는 백금 목걸이, 다이아몬드와 사파이어 세트, 그에 어울리는 귀걸이로 구성되어 있었다. 2015년 기준 환산 가치로 60만 파운드에 달한 이 보석 세트는 플리머스 시민을 위해 헌신했던 여성이 시에 기증한 이례적으로 후한 선물이었다.

낸시 애스터는 생전에 프러퓨모 사건*까지 목도했다(하지만 다행히도 사건의 전말을 정확히 이해하지는 못했다). 예전 집 클리브덴에서 터진 이 사건에는 낸시의 장남 빌리까지 얽혀

* 맥밀런 내각의 육군 장관 존 프러퓨모가 주영 소련 대사관 해군 무관과 관계가 있는 정부 크리스틴 킬러에게 국가 기밀을 누설해 동서 냉전 시대의 안전 보장 문제를 일으킨 전대미문의 스캔들이다.

들었다. 그와 낸시는 하원에 적을 둔 최초의 모자였다. 월도프가 세상을 떠난 후 빌이 작위를 물려받았고 클리브덴에서 친구와 지인들을 접대했다. 빌이 아는 사람 중에는 그가 승마 사고후에 치료를 받은 접골사 스티븐 워드가 있었다. 워드는 클리브덴 영지의 춘계 별장 세입자가 되었고, 빌이 담장을 세운 정원의 야외 수영장을 종종 이용했다. 1961년 7월에 이 화려한환경에다 워드가 마련한 풀 파티가 화근이 돼 프러퓨모 사건이벌어졌고, 뒤이어 정부가 무너지기에 이르렀다. 냉전 중에 소련 대사관 공무원과 영국 전쟁 장관이 화류계 미녀 크리스틴킬러와 동시에 염문을 뿌렸다는 사실이 드러나자 기득권층은충격에 빠졌다.

이 스캔들은 풀 파티가 있던 날로 2년 후인 1963년에 터졌다. 스티븐 워드는 약물 과다 복용으로 재판 중에 사망했고, 빌 애스터의 평판도 타격을 입었다. 그는 사실 워드의 소송 비용과 생활비를 댔는데도 친구를 버렸다고 넘겨짚은 언론의 저격으로 힘든 시간을 보냈다. 빌은 범법 행위로 기소되진 않았으나 희대의 스캔들로 그의 명예도 처참하게 실추되었다. 증인 맨디 라이스데이비스는 빌 애스터가 그녀의 연인 중 하나였다는 주장에 대해 심문을 받았는데 빌은 이를 부인했다. 이에 맨디가 〈그러시겠죠, 안 그러겠어요?〉*라고 답했다. 간결하되 함축적인 이 표현은 그 이후로 『옥스퍼드 현대 인용구 사전 *The Oxford Dictionary of Modern Quotations*』에 등재되었다.

낸시 애스터는 이제 여든둘의 나이가 되자 현실 인지 능력

* He would, wouldn't he?

이 점점 떨어졌다. 그녀의 친구와 가족은 프러퓨모 사건을 그녀에게 알리지 않는 편이 낫다고 뜻을 모았다. 그들은 당번을 정해 매일 오후 1시와 6시 라디오 뉴스 시간 직전에 런던 아파트에 있는 그녀에게 전화를 걸었다. 집으로 들어오는 신문은 검열을 거쳤고, 이튼 스퀘어 집의 텔레비전은 희한하게도 더는 작동하지 않았다. 방문객은 낸시에게 아무 말도 하지 말라는 경고를 받았으나 바비 쇼가 어느 날 저녁에 취한 채 나타나서는 자기가 집안의 유일한 골칫거리는 아니라는 걸 증명하고 싶은 간절함에 〈엄마도 알아야 한다〉라며 고집을 부렸다. 낸시는 불안해하며 집사 찰스에게 클리브덴에 전화를 넣으라고 했다. 찰스는 우선 이튼 스퀘어의 하인들 숙소에 있는 수화기를 내려놓은 후 클리브덴인 척 그쪽으로 전화를 걸어 그날 저녁 내내 연락이 불통인 것처럼 만들었다. 낸시는 아들 곁에 있어야 한다며 다음 날 아침에 클리브덴으로 갈 거라고 고집을 피웠지만 로즈가 그날 밤 간신히 낸시의 정신을 딴 데 돌렸다. 다음 날이 되자 낸시는 전날 일을 까맣게 잊어버렸다.

늘 정확했던 애스터의 기억력이 점점 흐릿해졌다. 수면 습관도 종잡을 수 없어져서 로즈가 그녀를 침대에 눕혀 아이 다루듯 이불을 덮어 주고 잠들 수 있게 해줘야 했다. 낸시는 돈 걱정을 하면서도 한편으로는 상습적으로 돈을 꾸는 사람들에게 〈만만한 지갑〉처럼 돼버렸다. 낸시의 가족이 생일 선물로 근사한 외알박이 다이아몬드 반지를 선물했다. 다이아몬드는 낸시가 늘 좋아한 보석이었다.

「나 어때 보여, 로즈?」

그녀가 묻자 〈역시 카르티에네요, 마님〉 하고 마음에 드는 답이 돌아왔다.

오랜 시간 열정으로 충만했던 낸시의 삶이 마침내 1964년 5월 2일로 마무리되었다. 그녀가 링컨셔에 있는 딸 위시의 집 그림스토프성에서 머물 때 심각한 뇌졸중이 찾아왔다. 낸시는 생애 마지막 날에 참을성 많은 하녀 로즈와 가족들의 보살핌을 받았다.

「재키, 오늘이 내 생일이야, 제삿날이야?」

잠에서 깨서 모든 친척이 침대 주변에 포진한 걸 보고 늘 그랬듯 단도직입적으로 물었다. 그녀는 혼수상태에서 일주일을 보냈다가 5월 1일 저녁에 살짝 정신이 돌아와 〈월도프〉라고 한마디를 내뱉었다. 그녀는 다음 날 세상을 떠났다. 로즈는 그날을 이렇게 기억했다. 〈내가 침실로 들어갔다. 마님은 너무나 아름답고 참으로 평화로워 보였다. 그간 거의 고통을 겪지 않으셨다. 내 머릿속에 간직할 좋은 모습이었다. 또 하나 간직할 것은 과거와의 연결 고리, 바로 우리 마님의 개 《마담》이었다. 우리는 함께 슬그머니 집을 빠져나왔다.〉[11]

낸시 애스터의 시신은 화장된 후 유해는 클리브덴 옥타곤 사원의 월도프 옆에 묻혔다. 그녀의 관에는 생전의 요청대로 버지니아주에서 수여한 남부 연방기가 씌워졌다.

12장
유산

파티를 여는 건 사소한 취미지만 내게 절대적인 필요
조건에 비용을 지불하는 것이기도 하다.[1]

엘사 맥스웰

전간기에 활약한 이 비범한 여성 6명은 그들의 목소리를 내고
싶은 영국 사교계의 다양한 분야에서 유명한 사람들을 불러 모
으고, 그들과 관계를 구축하며, 그들에게 영향력을 미치는 삶
을 택한 이들이다. 그들이 사교계를 어떻게 변화시켰는지 이해
하고, 그들을 움직이게 한 동기를 파악하려면 그들의 유산과
업적과 실패를 평가할 필요가 있다.

여왕벌 6명은 지체 높은 여성이 어떤 식이든 공적인 역할
을 맡거나 집 밖에서 일하는 것을 받아들이는 자체가 여전히
매우 드물었던 시대에 각기 독보적인 사회적 환경을 만들어 냈
다. 그 세계 안에서 자신이 키워 주고 널리 알리고 싶은 이들,
또는 뜻이 맞는 다른 사람들과 인맥을 만들어 주고 싶은 이들
을 각종 연회와 파티 자리로 불러 모았다. 이 거물급 6인이 사
교계의 중요한 인물로 입지를 확고히 구축하기 전부터 이미 원

숙한 나이의 여성이었음에 주목할 만하다. 이 비범한 여성들은 자신의 사회적 역할을 천직이나 직업, 혹은 소명으로 여겼다.

그들이 19세기가 아니라 20세기에 태어났더라면 특정 분야에서 나름의 확실한 직업을 가졌을 수도 있다. 아마 정치 지도자, 극단 단장이나 음악 감독, 사회 개혁가, 사업가, 외교관, 변호사, 사회 명사 등이 되었음 직하다. 당시 실정에서 그들은 여러 다양한 방식으로 영국 사회를 개선해 나가기 위해 나름대로 그 시대의 현실적인 범위 내에서 노력했다. 남성 우월주의가 당연시되고 마땅히 보장받던 빅토리아 시대에 태어나 자란 이 여성들이 얼마나 급진적이었는지 오늘날 가늠이 잘 안 될 수도 있다.

이들은 자기 안에서 동력을 얻고 대부분 독학으로 입지를 다진 여성이었다. 미국인 3인 낸시 애스터, 에메랄드 커나드, 로라 코리건은 출신 배경이 제각각 달랐지만, 영국 사회에 발을 디뎠을 때 자신의 계급으로는 웬만해선 오를 수 없는 위치를 획득했다는 공통점이 있다. 영국인 3인도 마찬가지로 영국 상황의 변화하는 속성을 전형적으로 보여 준 인물이었다. 레이디 런던데리가 성에서 자란 명문가 출신의 귀족이었던 반면, 시빌 콜팩스는 불행한 결혼 생활을 하는 중산층 부부 사이에서 제대로 양육받지 못하며 자란 아이였고, 마거릿 그레빌은 에든버러의 백만장자 양조업자와 그의 고용인 사이에서 태어난 사생아였다.

이러한 〈레이디 인플루언서〉들은 제1차 세계 대전 후 점점 변화의 여지를 보여 준 영국 사회의 분위기를 적극적으로 이용했다. 원래 왕실을 중심으로 집단을 이룬 지주 귀족으로 계층화된 엄격한 계급 제도가 존재했고, 국민 모두 자기 위치에 수긍하는 상황에서 이 계급제가 국가의 정치 활동에 막강한 영향력을 행사했었다. 하지만 4년간의 전쟁과 그 후 이어진 경제적 파장이 계급제에 대대적인 균열을 일으켰다. 다시 평화가 찾아오자 많은 귀족 가문이 전문적인 접대와 사교 활동의 일선에서 물러났고, 새로 등장한 인맥 좋은 부유한 여성들이 비록 태생은 변변찮았어도 그 공백을 곧바로 메웠다. 이전 시대에는 냉정히 외면했을 사람들이 의도적으로 그들에게 구애하며 환심을 샀고, 예전보다 민주적인 시대를 맞은 여왕벌들은 과거에 오로지 높은 출신 성분만으로 성취할 수 있었던 것 이상을 개인의 적성과 결단력으로 이뤄 낼 수 있음을 몸소 증명했다.

이 시대에는 일종의 공생 관계가 존재했다. 파티 주최자들이 각자의 기호대로 마련한 무대에는 야망가와 당대의 특이한 인물과 어려움을 불사하고 계급 상승을 꿈꾸는 이들이 모여들었다. 연줄이 좋은 사교계 부인의 눈에 들어 그들의 야회나 만찬회나 축하연에 초대받으면 야망 있는 이들에게는 크나큰 도움이 되었다. 바로 그런 자리는 매혹적인 화려한 무대에서 막후 실력자와 정계 실세를 소개받을 수 있는 기회였던 까닭이다.

파티 주최자들은 손님들에게 〈소프트 파워〉를 행사해서 그들이 협력자를 찾고, 논쟁을 벌이고, 쏠쏠하게 인맥을 챙기고, 시야를 넓히고, 정보를 공유하고, 우정을 다지고, 심지어 사랑을 싹틔울 수 있는 장을 제공했다. 더군다나 〈선택받은 소수〉 중 한 명이 되는 〈특권〉 의식은 파티에 참석한 이들에게 내심 우쭐한 기분을 안겨 주었다. 정치계에서는 그러한 기회가 확연히 다른 양상으로 펼쳐졌다. 살벌한 투계장 같은 하원에서는 공식 의전과 엄격한 서열이 의회 업무 전반을 좌우했다. 게다가 의회의 회의록은 국회 의사록에 기록되고 언론에 보도되었다. 로니 그레빌이 찰스 스트리트 저택에서 여는 야간 축하연이나 레이디 애스터가 클리브덴에서 주최하는 주말 하우스 파티에 초대받는다는 건 젊고 미숙한 하원 의원에게는 경쟁의 발판을 마련하고 유쾌하며 격의 없는 환경에서 당 고위 원로의 마음에 들 절호의 기회였다.

파티 주최자들이 관리한 런던과 시골의 호화로운 저택이 〈사교적인〉 분위기를 조성한다는 점이 그들의 매력 공세에 중요한 요인으로 작용했다는 사실이 종종 간과된다. 고풍스러운 은제 식기에 촛불이 비쳐 반짝이고, 제복 차림의 하인들이 물 흐르듯 시중을 들고, 안락하며 화려한 장소가 제공되고, 훌륭한 음식과 와인이 나오는 것 역시 매력으로 작용했다. 사교계를 주도한 여성들 사이에는 손님에게 완벽한 환경을 제공하기 위한 경쟁이 벌어졌다. 물론 재력이 상당한 여성이라면 누구든 만찬회와 축하 연회를 열 수 있었다. 다만 사회를 변화시키기에 충분한 〈소프트 파워〉를 발휘하는 것은 천재적인 사교계 실세들의 몫이었다.

그중 두 사람은 후대의 여성들에게 훌륭한 본보기가 되었다. 낸시 애스터는 1919년에 처음 하원 의원으로 당선된 후 그에게 주로 적대적인 시선을 쏟아 내던 하원에서 오랜 기간 유일한 여성 의원으로 활동했다. 낸시는 여성이 공적 생활을 할 수 있는 발판을 마련하는 데 적극 투신하기로 결심하며 경찰, 사법부, 외교단, 사회사업 분야의 여성 채용을 지지했다. 좀 더 소극적인 성격이었다면 동료 평의원들에게 당한 따돌림에 주눅 들었을 수도 있으나 낸시는 자신이 전념한 대의명분을 위해 오로지 한 가지만 바라보며 나아갔다. 애스터가의 재산을 런던에서 사교 행사를 열고 축하연을 주최하는 일에 쓰면서 여러 남녀가 이전에는 거의 접촉할 수 없었던 국회 의원과 여론 주도자들을 만나 로비 활동을 벌이는 데 꼭 필요한 장을 마련해 주었다. 낸시는 자신의 포부를 이렇게 설명했다.

> 내가 우리 집에서 정말 열고 싶은 파티가 있다. 평화주의자와 싸움꾼, 개혁가와 보수주의자, 부유층과 빈민층, 노년층과 청년층 등 완전히 정반대되는 부류가 한데 모인 파티다. 그들이 서로 만나면 두루 친구가 될 테고, 친구가 되면 문제의 해법을 어느 정도 찾게 되지 않을까.[2]

원래 낸시는 전쟁 전에 진행된 참정권 운동의 적극적인 지지자가 아니었지만, 이제는 여성이 단지 성별이라는 장벽에 가로막혀 적극적이고 성취감 충만한 삶에서 배제되어야 할 이유가 없다고 봤다.

낸시 애스터는 자주 반감을 사고 조롱당하며 때로는 인신공격까지 받긴 했지만, 비록 낸시처럼 유리한 상황에서 출발하지는 못했더라도 야심 있고 헌신적인 수많은 여성의 롤 모델이 되었다. 낸시는 여성이 특정 사회 분야, 즉 여성과 아동의 이익을 대변하고 옹호할 수 있을 뿐 아니라 자신이 사랑하는 플리머스 선거구 같은 지역 사회를 대표할 수 있다는 사실을 증명했다. 낸시가 정치 경력을 시작할 수 있었던 건 애스터 가문의 재산 덕분이었으며 든든한 직원들과 묵묵히 따르는 남편 없이는 성공할 수 없었음은 의심할 여지가 없다. 하지만 그녀가 26년간 줄곧 하원 의원으로 활약할 수 있던 원동력은 그녀의 체력과 투지였다. 낸시는 결혼 생활을 유지하면서 여러 채의 저택과 거대한 영지 운영을 거들었고 자식 6명을 길러 냈다.

낸시 애스터와 동시대를 산 이디스 런던데리가 정치에 대한 의지를 표명한 방식은 애스터와 근본적으로 달랐으나, 결과적으로 이디스는 영국 정치사에 훨씬 더 지대한 영향을 미쳤다. 그녀는 혈통 있는 귀족 가문의 딸로 자라 강고한 보수당 가문과 결혼했다. 그렇지만 이디스 캐슬레이는 제1차 세계 대전이 발발했을 때 모든 계층의 영국 여성이 전쟁을 승리로 이끄는 데 일조할 잠재력을 지녔으나 간과된 인력임을 알아본 혜안이 있었다. 그녀는 또한 반대파와 맞붙어 이길 수 있는 설득력과 조직을 꾸리는 능력이 있어서 여성의 지식과 전문성과 의지를 활용하는 기구로써 여성 부대를 결성해 남자들이 해외에서 전투에 매진할 수 있는 여건을 마련하는 데 힘썼다. 이디스는 자기 뜻을 실행하고자 언론을 활용해 운동을 벌였고, 영향력 있는 이들의 지지를 얻어 전 계층의 아내, 어머니, 딸, 여자 친구를 일선에 모았다. 이는 엄청난 성과로 이어졌다. 제1차 세계 대전이 끝날 무렵에는 이전에 남성이 독점했던 많은 일자리가 여성 인력으로 채워졌다. 4년이 채 안 되는 시간 동안 나타난 이러한 사회적 변화는 영국 정부가 여성의 투표권을 인정하기까지의 과정에서 중요한 역할을 했다. 더구나 뒤이어 1919년에 제정된 성차별 금지법은 이전에 여성을 수많은 직업의 문턱에서 좌절시켰던 벽을 허물었다. 이디스의 동력과 설득력, 정치적 인맥이 없었다면 여성 참정권 운동은 또다시 수포로 돌아갔을 것이다.

1958년에 이디스는 앞선 19세기에 영향력 있는 정치계 여성 인사로 활약한 프랜시스 앤 런던데리를 깊이 있게 다룬 전기를 썼다. 이 책에서 만약 레이디 런던데리가 남자로 태어났더라면 분명히 정치인이 되었을 테고, 어쩌면 총리의 자리에도 올랐을 것이라는 의견을 피력했다. 아마도 이디스는 자신의 경력에 대해서도 내심 같은 생각이었을 것이다. 본인이 상당한 영향력을 지닌 예리하고 능력 있는 정치계 안주인이면서 수십 년간 〈소프트 파워〉를 행사해 온 터였다.

이디스를 비롯해 여왕벌 6명이 전간기 수십 년간 최고의 영향력을 행사하던 시기는 한창때인 청년기를 이미 지난 시점이었다. 그들은 각자의 목표를 이루기 위해 사회적 지위를 이용한 중년의 기득권층이었다. 1918년에 일흔다섯이었던 마거릿 그레빌은 여성에게 투표권이 주어지기 전에 영국에서 가장 부유하고, 가장 인맥이 좋은 여성 중 한 명으로 꼽혔다. 완성형의 사업가였던 그레빌은 아버지에게 물려받은 양조 회사 운영에 상당한 권한을 행사하는 한편, 호화로운 생활을 유지하는 데도 자금을 아끼지 않아 영국과 해외의 정치 권력층과 가깝게 지낼 수 있었다. 그레빌은 1920년대와 1930년대에 영국 사교계의 배후에서 활약한 〈막후 실력자〉이자 존 사이먼, 오스틴 체임벌린, 네빌 체임벌린 같은 남성들과 절친한 친구였다. 오즈월드 모즐리나 밥 부스비의 출세를 돕는 후견인이기도 했다. 윈스턴 처칠의 비범한 잠재력을 알아본 후 설령 두 사람이 정치적으로 자주 견해가 부딪쳤을지언정 그를 늘 환영했다. 심지어 그가 정치계 〈야인〉으로 지내던 시절에도 내내 그를 만찬 자리에서 반겼다. 제2차 세계 대전 동안 처칠이 의지하게 된 수많은 협력자와 동지는 그레빌의 찬조를 통해 만난 이들이었다.

권력의 가까이에 있겠다는 것이 그레빌의 주된 목표였지만, 그녀는 젊은이들에게 잠재력을 발견하고 그들이 그레빌의 인맥을 통해 자리를 잡도록 돕는 데도 능했다. 한편 해럴드 니컬슨은 그레빌을 〈고집과 재력에 힘입어 그 자리에 오른 저속하고 심술궂은 여자〉라고 일축했다. 물론 그녀가 부를 원 없이 누리긴 했어도 많은 재산을 자선 단체에 기부했다. 당연히 그레빌은 자신의 부를 이용해 남들을 조종하고 사람들을 끌어들이긴 했다. 친구 베벌리 니콜라스는 그레빌을 정확히 이렇게 묘사했다. 〈사교계의 나폴레옹이었다. 요즘에는 여자들을 그런 식으로 말하지 않는다. 그녀는 아름답지 않았지만 눈부시게 빛났다. 그리고 굉장한 속물이었다. 그런데도 사람들은 그녀를 진정으로 좋아했다.〉[3]

그레빌의 가장 큰 영향력은 영국 왕실 가문의 사적인 관계에서 〈요정 대모〉 역할을 하는 데서 발휘되었다. 앨버트 왕자에게 자신의 소유지를 남겨 주겠다는 제안을 하며 잠재적인 후원자로 있던 그레빌은 그와 진정한 우정을 나누는 관계로 발전했고, 앨버트 왕자의 청혼을 두 번이나 거절한 엘리자베스 보우스라이언 사이에서 가망이 없어 보이던 둘의 관계를 진전시키는 데 결정적인 역할을 했다. 엘리자베스는 나중에 에드워드 8세 퇴위 후 동생인 앨버트 왕자가 왕위에 오를 때 그에게 든든한 버팀목이 되어 줄 존재였는데, 만약 앨버트 왕자가 엘리자베스와 결혼하지 않았더라면 과연 그가 국가 역사상 중대한 시점에 왕위를 굳건히 지키는 데 성공할 수 있었을지 의문이다. 더구나 조지 6세(앨버트 왕자)가 엘리자베스와 결혼하지 않았다면 오늘날 영국 왕가의 중요 인물의 지형도가 사뭇 달라졌을 것이다. 이를테면 엘리자베스 2세 여왕도, 왕위 계승의 다음 자리에 찰스 왕세자도 없었을 것이다.

그레빌 부인과 대조적으로 레이디 커나드는 에드워드 8세와 월리스 심프슨의 로맨스를 적극적으로 밀어주며 왕실의 미래에 영향을 미치겠다는 야망을 키웠다가 결국 기성 체제로부터 비방을 듣고 사회적 배척을 당하기에 이르렀다. 게다가 뛰어난 재치와 대화술을 갖춘 문화계 살롱의 안주인으로 불리던 이전의 명성에도 타격을 입었다. 그래도 커나드가 전간기에 국가의 문화계가 활성화되도록 영국의 오페라, 발레, 클래식 음악의 존재 의미를 전심전력으로 지켜냈던 과정은 긍정적인 유산으로 평가할 만하다.

커나드의 충실한 내조와 상당한 재정적 지원, 부자들을 구슬려 넉넉한 자금을 얻어 내는 능력이 없었다면 커나드에게 별로 충실하지 않던 연인 토머스 비첨은 세계적인 오케스트라의 단장이자 지휘자이자 리더로서 받은 수많은 국제적 찬사를 얻지 못했을 것이다. 에메랄드는 정부 보조금이나 기업의 후원이 있기 훨씬 이전 시대에 기금 마련 감각과 예술에 대한 진심 어린 헌신만 보더라도 〈코벤트 가든의 여왕〉이라는 칭호를 받을 자격이 충분했다.

이렇게 자신의 목적을 위해 자금을 확보하고 조달하는 것은 에메랄드의 최대 경쟁자 레이디 콜팩스도 말년에 중요하게 여긴 부분이기도 하다. 시빌은 자기만의 문화 예술 판의 감독으로서 끊임없이 공연을 이어 가기 위해 수입과 지출 사이의 부족한 부분을 꿋꿋이 메꿔 나갔다. 또한 콜팩스&파울러로 알려진 혁신적인 장식 회사를 성공적으로 꾸려 갔다. 1930년대와 1940년대 인테리어 디자인에 큰 영향을 미쳤던 이 회사는 1980년대에 눈을 사로잡는 매력을 보여 준 로라 애슐리의 실내 장식 회사에 비견되기도 한다. 콜팩스&파울러는 많은 사람에게 일자리와 실질적인 전문 지식을 제공했고 젊은이들이 인테리어 디자인을 발전 가능성 있는 직업으로 받아들일 수 있는 계기를 마련했다.

시빌은 모든 사교계 여성 실세 중에 명사라면 껌뻑 죽는 속물 중의 속물이었지만, 대대로 토지 소유권을 통해 높은 지위에 오른 전통적인 상류층과 좀 더 개방적이고 절충적인 명사들을 융합시키는 재주가 있었다. 그녀가 마련한 식사 자리에는 존 메이너드 케인스와 버지니아 울프 같은 일류 작가나 학자뿐 아니라 콜 포터, 노엘 카워드, 찰리 채플린, 로런스 올리비에,

비비언 리 같은 창의적인 신진 상류층도 참석했다. 시빌은 작가와 지식인, 배우와 예술 전문가 등 〈마땅히〉 서로 알고 지내야 한다고 생각한 이들을 한자리에 모아 즐거운 시간을 보내는 것을 평생의 과업으로 삼았다.

똑똑하고 호기심 많고 연줄 좋은 시빌이 대서양을 넘나드는 인맥에 힘입어 영미 최상류 계층 통합의 선두 주자로 활약했고 다른 사교계 여성들도 곧바로 그 뒤를 따랐다. 〈대서양을 건너〉 다니며 비공식적으로 쌓아 둔 인맥이 제2차 세계 대전 발발 후 큰 도움이 되었다. 여성 실세들은 〈전시 활동〉의 목적으로 영향력 있는 미국인을 만찬 자리로 불러 모을 수 있었다.

로라 메이 코리건의 전시 활약이 아마 가장 놀라운 부분일 것이다. 그녀가 사교계의 유명인이 된 생활 방식과는 완전히 대조되는 양상을 보였기 때문이다. 로라는 위스콘신주 시골에서 자란 미천한 출신 배경을 뒤로하고 런던과 파리에서 탐욕스럽고 별난 사람들에 둘러싸여 끝도 없이 파티를 즐겼다. 그녀가 1920년대와 1930년대에 의도적으로 관계를 구축한 이들은 브라이트 영 싱스 무리와 화려한 귀족 계층, 그리고 선택받은 유럽 왕족이었다. 로라를 〈돈은 많은데 둔한〉 여자라고 깔보듯 대했던 이들도 그녀가 나치 최고 사령부를 코앞에 두고 파리에 머물며 괴링에게 보석을 팔고, 전쟁 때문에 비시에 발이 묶인 사람들을 도우며, 점령된 프랑스에서 이중 속임수를 쓰는 위험한 판을 벌이면서 진짜 패기를 보여 주자 로라에 대한 의견을 재고할 수밖에 없었다. 로라는 융통 가능한 전 재산을 위험한 상황에서 전시 노동을 지원하는 데 썼고, 1942년에 돈이 다 떨어졌을 때 영국으로 돌아왔다. 로라의 절친한 친구이자 스승인 엘사 맥스웰은 이렇게 썼다. 〈로라는 벼락부자인 건 맞지만 그녀를 비웃던 위선적인 모든 귀족보다 훨씬 더 기개가 뛰어나고 사회적 양심이 충만한 사람이었다.〉[4]

당대의 사람들 대부분이 그랬듯, 이 걸출한 여성 6명 또한 유럽이 또 다른 전쟁에 직면하는 건 피하고 싶었다. 그런 차원에서 개인적 인맥을 동원했고, 독일을 드나들었으며, 공동의 대의명분 안에서 대립 국가 간의 더 큰 화합이 필요하다는 주장에 동조했다. 애스터 부부는 그들이 몸담은 그룹, 〈클리브덴 세트〉를 통해 독일인들과 결탁했다는 혐의를 받았다. 그레빌 부인은 일찍이 히틀러의 팬이었고, 런던데리 부부는 전쟁을 피하길 바라는 마음으로 제3제국을 여러 차례 방문했다. 그들은 자신이 만난 독일의 외교 사절이나 대리인의 진정성에 대한 믿음이 있었기에 너무 늦게까지 히틀러의 야심을 알아차리지 못했다. 그렇지만 전쟁이 불가피해졌을 때는 그들 모두 파시즘에 대항하는 필사적인 싸움에 동참해 내재된 애국심을 유감없이 발휘했고, 연합군은 6년간의 기나긴 전투 끝에 결국 승리를 거뒀다. 비록 1940년대 후반과 1950년대에는 그들도 내핍 생활을 하고 재정난을 겪거나 건강이 나빠져서 왕성한 사교 활동은 위축되었지만, 세계 역사의 중대한 시기에 서구 사회의 여러 측면에 적잖은 긍정적 영향을 미쳤다.

이들 6명은 사생아라는 낙인이 따라다니거나, 가난 속에 자라며 상처 입거나, 사랑받지 못한 유년기의 슬픔에 시달리거나, 사랑하는 부모가 세상을 떠나거나, 계급과 성별을 이유로 차별받거나, 이혼녀라고 손가락질받거나, 남편의 부정으로 쓰라린 상처를 입거나, 미망인으로 살아가며 저린 외로움을 느끼거나, 자식을 잃거나 관계가 소원해져 상실감에 빠지는 등 각양각색의 아픔을 겪었지만 이를 보란 듯이 극복해 냈다. 그들은 이러한 개인적인 비극을 뒤로하고 사회생활에 나서서 자기만의 사회적 영역을 만드는 데 상당한 에너지를 쏟았다. 곁에 두고 싶은 사람들의 마음을 얻기 위해 자신의 매력과 재주를 활용하면서 발전 가능성이 있는 이들을 양성하는 데 힘썼다. 로라 코리건은 죽기 직전에 이런 말을 남겼다.

「어렸을 때 나는 세상의 모든 왕과 왕비를 알게 되길 꿈꿨다. 그게 지금껏 나의 소원이었다.」[5]

이것이야말로 모든 여왕벌이 끝내 함께 이뤄 낸 업적 아니었을까.

주

들어가며

1. Oswald Mosley, *My Life*, Thomas Nelson and Sons Ltd, 1968, p 75-76.

1장 태생

1. Lewiston Daily Sun, 20 January 1891.

2. Patrick Balfour, *Society's Racket*, John Long Ltd, 1933.

3. Sonia Keppel, *Edwardian Daughter*, Hamish Hamilton, 1958, p 170.

4. Sibyl Colefax, unpublished autobiography, quoted in Kirsty MacLeod, *A Passion for Friendship: Sibyl Colefax and her circle*, Michael Joseph, 1991, p 17. Reproduced by kind permission of Penguin Random House, UK.

5. 같은 책, p 21-22.

6. 같은 책, P 28.

7. Lady Londonderry, from Anne De Courcy, *Society's Queen: The Life of Edith*, Marchioness of Londonderry, Phonix, 1992.

8. 같은 책.

9. 같은 책.

10. Edith Cunard and Nancy Astor quoted in Adrian Forth, *Nancy: The Story of Lady Astor*, Vintage, 2013, p 55-56.

11. George Moore, from Rupert Hart-Davis, *George Moore: Letters to Lady Cunard 1895-1933*, Rupert Hart-Davis Ltd.

12. 같은 책.

13. 같은 책.

14. Lady Cunard, from Lois Gordon, *Nancy Cunard: Heiress, Muse, Political Idealist*, Columbia University Press, 2007, p 14.

15. Mark Twain, letter to the San Francisco Alta California, 15 November 1868.

2장 에드워드 7세 시대의 여름과 그 시절의 막강한 여성 실세들

1. Sonia Keppel, *Edwardian Daughter*, Hamish Hamilton, 1958, p 170.

2. The Marchioness of Londonderry, *Retrospect*, Frederick Muller Ltd, 1938, p 97.

3. George Moore, from Rupert Hart-Davis, *George Moore: Letters to Lady Cunard 1895-1933*, Rupert Hart-Davis Ltd.

4. 같은 책.

5. Letter from Mrs Margaret Greville to King George V, 25 May 1914. Reproduced by kind permission of Her Majesty Queen Elizabeth II, from the Royal Archives at Windsor Castle.

6. From the diary of King George V, 14 June 1914. Reproduced by kind permission of Her Majesty Queen Elizabeth II, from the Royal Archives at Windsor Castle.

3장 제1차 세계 대전

1. Osbert Sitwell, *Great Morning*, Macmillan and Company Ltd, 1948.

2. The Marchioness of Londonderry, *Retrospect*, Frederick Muller Ltd, 1938, p 118.

3. 같은 책, p 109.

4. Consuelo Vanderbilt Balsan, *The Glitter and the Gold*, Heinemann Ltd, 1953, p 160.

5. Margot Asquith, *Autobiography*, Penguin, 1920 (second ed. 1936), p 224-225.

6. 같은 책.

4장 전쟁의 여파: 1918~1923

1. Patrick Balfour, *Society's Racket*, John Long Ltd, 1933, p 77.

2. Letter from Lady Astor to Lady Londonderry, quoted in Anne De Courcy, *Society's Queen: The life of Edith, Marchioness of Londonderry*, Phoenix, 1992, p 164.

2. Letter from Lady Astor to Lady Londonderry, quoted in Anne De Courcy, *Society's Queen: The life of Edith, Marchioness of Londonderry*, Phoenix, 1992, p 164.

3. Michael Astor, *Tribal Feeling*, John Murray Press, 1963, p 92.

4. Letter from Mrs Margaret Greville to the Marquess of Reading, circa 20 February 1922, held in the British Library.

5. Virginia Woolf, 'Am I a Snob'?, reproduced in Jeanne Shulkind, *Virginia Woolf: Moments of Being*, Pimlico, 2002.

6. Beverley Nichols, *The Sweet and Twenties*, Weidenfeld and Nicolson, 1958, p 156.

7. Osbert Sitwell, *Great Morning*, Macmillan and Company Ltd, 1948, p 249-250.

8. George Moore, from Rupert Hart-Davis, *George Moore: Letters to Lady Cunard 1895-1933*, Rupert Hart-Davis Ltd.

9. E. F. Benson, *Freaks of Mayfair*, originally published 1916 by T.N. Foulis, republished 2001 by Prion Books Ltd, p 125.

10. Barbara Cartland, *The Isthmus Years: 1919-1939*, Hutchinson and Co, 1942, p 94.

11. Elsa Maxwell, *RSVP: Elsa Maxwell's Own Story*, Little, Brown and Company, p 21. Reproduced by kind permission of the Permissions Company Inc.

5장 광란의 20세기

1. The Duchess of Westminster, *Grace and Favour*, Weidenfeld and Nicolson, 1961, p 123. Reproduced by kind permission of the Orion Publishing Group.

2. Lord Bob Boothby, *Recollections of a Rebel*, Hutchinson, 1978, p 67.

3. Beverley Nichols, *The Sweet and Twenties*, Weidenfeld and Nicolson, 1958, p 79.

4. Rosina Harrison, *Rose: My Life in Service*, Cassell, 1975, p 142.

5. Virginia Woolf, 'Am I a Snob?', from Jeanne Schulkin (ed.), *Virginia Woolf: Moments of Being*, Pimlico, 2002, p 70.

6. Oswald Mosley, *My Life*, Thomas Nelson and Sons Ltd, 1968, p 75-76.

7. Lord Bob Boothby, *Recollections of a Rebel*, Hutchinson, 1978, p 67.

8. John Foster Fraser, quoted in Stanley Walker, *Mrs Astor's Horse*, Frederick A. Stokes Company, 1935, p 44.

9. Patrick Balfour, *Society's Racket*, John Lang Ltd, p 139.

10. Alfred, Lord Tennyson, 'Come into the garden, Maud' from *Maud and other poems*, 1850.

11. Lord Bob Boothby, *Recollections of a Rebel*, Hutchinson, 1978, p 67.

12. Beverley Nichols, *All I Could Never Be*, Jonathan Cape, 1949, p 188.

13. Consuelo Vanderbilt Balsan, *The Glitter and the Gold*, Heinemann Ltd 1953, p 160.

14. Stanley Walker, *Mrs Astor's Horse*, Frederick A. Stokes Company, 1935, p 11-12.

15. 같은 책, p 12.

16. Daily Mirror, 29 November, 1929.

17. Daily Express, 13 July, 1927.

6장 대공황: 1929~1933

1. Mrs Greville, quoted in Beverley Nichols, *Sweet and Twenties*, Weidenfeld and Nicolson, 1958, p 82-83.

2. Beverley Nichols, *All I Could Never Be*, Jonathan Cape, 1949, p 50.

3. Mary Borden, 'To Meet Jesus Christ' from Four *O'Clock and other stories*, Heinemann, 1926, p 273.

4. Beverley Nichols, *The Unforgiving Minute*, WH Allen, 1978, p 152-153.

5. Letter from Harold Nicolson, 1 October, 1931, printed in Nigel Nicolson, *Harold Nicolson: Diaries & Letters 1930-39*, Fontana Books, 1969, p 959-6. Reproduced with the permission of the Harold Nicolson Estate.

6. George Moore, *Heloise and Abelard*, Cumann Sean-eolais na héireann, 1921, republished 2003 by Kessinger Publishing.

7. Kenneth Clark, *Another Part of the Wood*, John Murray Press, p 194.

8. E. F. Benson, *As We Are: A modern review*, Longmans, Green and Co, 1932, republished by Hogarth Press, 1985, p 191-192.

9. Beverley Nichols, *The Unforgiving Minute*, WH Allen, 1978, p 198.

10. Rosina Harrison, *Rose: My Life in Service*, Cassell, 1975, p 142.

7장 파티와 정치: 1933~1936

1. Stanley Walker, *Mrs Astor's Horse*, Frederick A. Stokes Company, 1935, p 11-12.

2. Barbara Cartland, *The Isthmus Years, 1919-1939*, Hutchinson and Co, 1942, p 13.

3. Noel Coward, 'Past Conditional', compiled in *Autobiography*, Methuen, 1986, p 277. © The Estate of Noel Coward, 'Past Conditional', Bloomsbury Methuen Drama, an imprint of Bloomsbury Publishing Plc.

4. Geoffrey Harmsworth, 'I Meet Hitler', The Daily Dispatch, 1 October 1933, p 11.

5. Diana Cooper, from Philip Zeigler, *Diana Cooper*, Hamish Hamilton, 1981, p 186.

6. Sibyl Colefax, letter to Berensen, 1933, Colefax MS Eng c. 3176, held in the Bodleian Library.

7. Nigel Nicolson, *Long Life: Memoirs, Weidenfeld and Nicolson*, 1997, p 185.

8. Evening News, 30 June 1933.

9. Mrs Greville, in Charles Ritchie, *The Siren Years, Macmillan*, 1974, p 99.

10. Sir Robert Bruce Lockhart, from Kenneth Young (ed.), *The Diaries of Sir Robert Bruce Lockhart, 1915-1938* (14 September and 17 October 1934), Macmillan, 1973.

11. The English Review, July 1936.

12. The Marquess of Londonderry, *Ourselves and Germany*, Penguin, 1938, p 73 and p 93.

13. Lady Edith Londonderry, quoted in Anne De Courcey, *Society's Queen*, Phoenix, 1992, p 331.

14. Letter from Unity Mitford to Diana Mosley (8 February 1936), from Charlotte Mosley (ed.), *The Mitfords: Letters Between Six Sisters*.

15. Harold Nicolson in Nigel Nicolson (ed.), *Harold Nicolson: Diaries and Letters 1930-1939* (20 February 1936), Phoenix, 2005, p 157. Reproduced with the permission of the Harold Nicolson Estate.

16. Elsa Maxwell, *RSVP*, Little, Brown and Company, 1954, p 8.

17. Sir Henry Channon, in Robert Rhodes James (ed.), *Chips: The Diaries of Sir Henry Channon* (5 April 1935), Phoenix, 1996.

18. Sir Robert Bruce Lockhart, from Kenneth Young (ed.), *The Diaries of Sir Robert Bruce Lockhart*, Macmillan, 1973, p 331.

19. Sir Henry Channon in Robert Rhodes James (ed.), *Chips: The Diaries of Sir Henry Channon* (13 January 1940), Phoenix, 1996, p 231.

8장 한 해에 3명의 왕: 1936

1. Sir Alan Lescalles, in Duff Hart-Davis (ed.), *King's Counsellor: Abdication and War: The Diaries of Sir Alan Lescalles* (5 March 1943), Weidenfeld and Nicolson, 2006.

2. Bella Fromm, *Blood and Banquets: A Berlin Social Diary*, Carol Publishing Group, 1990, p 205-206.

3. Harold Nicolson from Nigel Nicolson (ed.), *Harold Nicolson: Diaries and Letters 1930-1939* (20 September 1936), Fontana Books, 1969. Reproduced with the permission of the Harold Nicolson Estate.

4. 같은 책, Letter to Vita Sackville-West, 12 June 1936.

5. 같은 책, Letter to Vita Sackville-West, 28 June 1936.

6. Sir Henry Channon in Robert Rhodes James (ed.), *Chips: The Diaries of Sir Henry Channon* (5 April 1935), Phoenix, 1996.

7. Beverley Nichols, *All I Could Never Be*, Jonathan Cape, 1949, p 274.

8. Letter from Harold Nicolson to Vita Sackville-West (11 June 1936), from Nigel Nicolson (ed.), *Harold Nicolson: Diaries and Letters 1930-1939*, Fontana Books, 1969. Reproduced with the permission of the Harold Nicolson Estate.

9. Virginia Woolf, 'Am I a Snob?', from Jeanne Schulkind (ed.), *Virginia Woolf: Moments of Being*, Pimlico, 2002, p 74.

10. Rosına Harrison, *Gentlemen's Gentlemen: My friends in service*, Arlington Books, 1976, p 85, republished by Sphere as *Gentlemen's Gentlemen: from Boot Boys to Butlers*, 2015. Reproduced by kind permission of Sphere.

11. Harold Nicolson from Nigel Nicolson (ed.), *Harold Nicolson: Diaries and Letters 1930-1939* (2 April 1936), Phoenix, 1996. Reproduced with the

permission of the Harold Nicolson Estate.

12. Cecil Beaton in Richard Burkle (ed.), *Self Portrait with Friends: the Selected Diaries of Cecil Beaton, 1926-1974*, Weidenfeld and Nicolson, 1979, p 47.

13. Letter from Harold Nicolson to Vita Sackville-West (9 December 1936), from Nigel Nicolson (ed.), *Harold Nicolson: Diaries and Letters 1930-1939*, Fortune Books, 1969. Reproduced with the permission of the Harold Nicolson Estate.

14. Sibyl Colefax quoted in Kirsty MacLeod, *A Passion for Friendship: Sibyl Colefax and her Circle*, Michael Joseph, 1991, p 149.

15. Letter from Mrs Margaret Greville to King George VI, 11 December 1936. From the Royal Archives.

16. Sir Alan Lascelles in Duff Hart-David (ed.), *Abdication and War: The Diaries of Sir Alan Lascelles*, Weidenfeld and Nicolson, 2006, p 414.

17. Osbert Sitwell, 'Rat Week', *An Essay on the Abdication*, Michael Joseph, 1986. Reproduced with kind permission of David Higham Associates.

18. Letter from Queen Mary to Prince Paul of Yugoslavia, 16 December 1936. Reproduced with kind permission from The Prince Paul of Yugoslavia papers, The Bakhmeteff Archive of Russian and East European History and Culture, Rare Book and Manuscript Library, Columbia University, New York.

19. Rosina Harrison, *My Life in Service*, Cassell, 1975, p 214.

20. Lady Nancy Astor in Adrian Fort, *Nancy: The Story of Lady Astor*, Vintage Books, p 248.

21. Richard Collier, *The Rainbow People*, Weidenfeld and Nicolson, 1984, p 170.

22. Letter from Mrs Margaret Greville to Lord Reading, British Library, Mss Eur F118/27/27-105.

23. Elephant story from Mark Amory, *Lord Berners: The Last Eccentric*, Chatto and Windus, 1998, p 171.

9장 대관식, 클리브덴 세트, 뮌헨 사태

1. The Marquess of Londonderry, *Ourselves and Germany*, Penguin, 1938,

p 73.

2. 같은 책, p 27-28.

3. The Marchioness of Londonderry, *Retrospect*, 1938, p 256.

4. Letter from Lord Londonderry to Hermann Goering, November 1939, quoted in Anne De Courcy, *Society's Queen: The Life of Edith, Marchioness of Londonderry*, Phoenix, 1992, p 352-353.

5. Beverley Nichols, *All I Could Never Be*, Jonathan Cape, 1949, p 20.

6. Harold Nicolson, from Nigel Nicolson (ed.), *Harold Nicolson: Diaries and Letters 1930-1939* (20 July 1937), Fontana, 1969. Reproduced with the permission of the Harold Nicolson Estate.

7. Margot Asquith, *Autobiography*, Penguin, 1920, p 128.

8. Bella Fromm, *Blood and Banquets: A Berlin Social Diary* (8 October 1933).

9. From a scrapbook in the archives at Polesden Lacey, 1930s.

10. Letter from Queen Elizabeth to Edith, Marchioness of Londonderry, 3 March 1938, Londonderry Papers, PRONI, D. 3099/3/13/5/15.

11. Letter from Queen Elizabeth to Edith, Marchioness of Londonderry, 31 May 1937, PRONI, Londonderry Papers, D. 3099/13.

12. Lord Berners quoted in Mark Amory, *Lord Berners: The Last Eccentric*, Chatto and Windus, 1998, p163.

13. Elsa Maxwell quoted in Tilar J. Mazzeo, *The Hotel on the Place Vendôme*, Harper Perennial, 2014, p 52.

14. 같은 책.

15. Harold Nicolson in Nigel Nicolson (ed.), *Harold Nicolson: Diaries and Letters 1930-1939* (10 April 1939), Fontana, 1969. Reproduced with the permission of the Harold Nicolson Estate.

16. Lord Bob Boothby, *Recollections of a Rebel*, Hutchinson, 1978, p 78.

17. Sir Henry Channon in Robert Rhodes James (ed.), *Chips: The Diaries of Sir Henry Channon* (4 August 1939), Phoenix, 1996.

18. 같은 책, 24 August 1939.

10장〈포화 속의 용기〉: 1939~1945

1. Letter from Diana Cooper to John Julius Norwich from *Darling*

Monster: The Letters of Lady Diana Cooper to her son John Julius Norwich, 1939-1952, Chatto and Windus, 2013, p 68.

2. Charles Ritchie, The Siren Years, Macmillan, 1974, p 68.

3. 같은 책, p 73.

4. Nancy Astor quoted in the Western Morning News, 7 April 1941.

5. New York Journal-American, Hearst Newspapers, 9 February 1942, quoted in John Lucas, Thomas Beecham: An Obsession with Music, The Boydell Press, 2008, p 278-279.

6. Sir Henry Channon in Robert Rhodes James (ed.), Chips: The Diaries of Sir Henry Channon (16 November 1942), Phoenix, 1996.

7. Letter from Lord Berners, quoted in Mark Amory, Lord Berners: The Last Eccentric, Chatto and Windus, 1998, p 187-188.

8. Charles Ritchie, The Siren Years, Macmillan, 1942.

9. Letter from Queen Elizabeth to Osbert Sitwell, 13 September 1942, quoted in William Shawcross (ed.), Counting One's Blessings: The selected letters of Queen Elizabeth, the Queen Mother, Pan Macmillan, 2012, p 324.

10. Beverley Nichols, All I Could Never Be, Jonathan Cape, 1949, p 22-24.

11. Time Magazine, 5 October 1942.

12. Noel Coward in Graham Payne and Sheridan Morley (eds.), The Noel Coward Diaries, Macmillan, 1983, p 25.

13. Lady Nancy Astor in a speech at Southport on 1 August 1942, quoted in Adrian Fort, Nancy: The Story of Lady Astor, Vintage, 2013, p 294.

14. The Marchioness of Londonderry, Retrospect, Frederick Muller Ltd, 1938, p 253.

15. Letter from Lord Londonderry to Lady Desborough, February 1945, quoted in Anne De Courcy, Society's Queen: The Life of Edith, Marchioness of Londonderry, Phoenix, 1992, p 365.

11장 평화와 내핍 생활

1. Lord Boothby, Recollections of a Rebel, Hutchinson, 1978, p 69.

2. Lord Berners, quoted in Mark Amory, Lord Berners: The Last Eccentric, Chatto and Windus, 1998, p 229.

3. Daily Mail, 12 July 1948.

4. The Times, 17 July 1948.

5. Nigel Nicolson, 'Hostess with the Mostess', *The Spectator*, 27 May 1994.

6. Sibyl Colefax, in James Lees-Milne, *Diaries 1942-1954* (1 September 1948), John Murray Press, 2006, p 258.

7. 같은 책.

8. Kenneth Clark, *Another Part of the Wood*, John Murray Press, 1974.

9. Beverley Nichols, *The Unforgiving Minute*, W.H. Allen, 1978, p 150.

10. Noel Coward, *The Noel Coward Diaries* (1 May 1955), edited by Graham Payne and Sheridan Morley, Macmillan, p 265.

11. Rosina Harrison, *Rose: My Life in Service*, Cassell, 1975, p 260.

12장 유산

1. Elsa Maxwell, *RSVP*, Little, Brown and Company. Reproduced with kind permission of the Permissions Company Inc.

2. Nancy Astor, quoted in Adrian Fort, *Nancy: The Story of Lady Astor*, Vintage, 2013, p 214.

3. Beverley Nichols, *All I Could Never Be*, Jonathan Cape, 1949, p 13.

4. Elsa Maxwell, *RSVP: Elsa Maxwell's Own Story*, Little, Brown and Company, p22. Reproduced with kind permission of the Permissions Company Inc.

5. Laura Corrigan quoted in Pamela Horn, *Country House Society: The Private Lives of England's Upper Class*, Amberley Publishing, 2013, p 50.

감사의 말

제가 자료를 조사하고 이 책을 쓰는 동안 수많은 분이 각자의 지식과 전문적 의견을 나눠주시며 크나큰 도움을 주셨습니다. 여러 가지 면에서 힘써 주신 다음 분들에게 특별히 감사의 말씀을 전하고 싶습니다.

다이앤 뱅크스, 안젤라 배럿, 그랜트 베리, 비키 베번, 필립 볼드윈, 팸 버브리지, 패멀라 클라크, 로저 콜먼, 데이미언 콜린스 의원, 앨리슨 돌비, 폴 디어엔, 하비 에딩턴, 새라 에번스, 마크 파이필드, 카라 월리스, 클레어 고거티, 캐시 고슬링, 수재나 핸들리, 케이트 휴슨, 리사 하이턴, 데이비드 키트, 에이브릴 로클린, 수 로벳, 조너선 마시, 스티브 프라이스, 나이절 포터, 폴리 파월, 크리스 롤린, 존 스타치에비츠, 로렌 타일러.

옮긴이의 말

이 책은 두 번의 세계 대전이 세상을 뒤흔들었던 시기를 전후로 영국 사교계를 다채롭게 주름잡던 여성들의 이야기다. 빅토리아 시대에 태어나 전간기에 영국을 거점으로 주변 유럽국과 미국 등지에서 활약하던 사교계 실세 6명의 역동적이고 능란한 소프트 파워의 향연이 펼쳐진다.

자기 야망을 솔직히 드러내고 적극적으로 그것을 좇았던 강골 여성들의 일대기를 담아낸 이 책은 방대한 사료를 바탕으로 촘촘하게 짚어 낸 수십 년의 기간을 수많은 인물과 사건으로 채웠다. 앞부분에서 등장인물 파악에 조금만 품을 들이면 그 후부터는 흥미롭게 궤적을 좇는 재미가 보장되는 이야기가 차고 넘친다. 진지하고 심각하게 역사와 시대상을 읽어 내며 분석해야 한다기보다는 전간기의 여성 인플루언서, 특히 중년의 나이에 인생의 전성기를 구가하며 사회 전반에 영향력을 발휘한 여성들의 삶을 따라가면서 그 당시 상류층의 화려한 삶과 흥미로운 에피소드를 구경해도 된다. 영미 유럽 역사를 비롯해 상류층의 가십이나 사교계 에피소드에 흥미를 느끼거나 다양한 인간 군상을 마에스트라처럼 지휘하던 걸 크러시의 이야기에 솔깃한 사람이라면 즐겁게 책장을 넘길 듯하다.

한편으론 이들이 영국 역사(특히 사교계, 문화계, 예술계, 정치계)에 얼마나 큰 영향을 미쳤고, 전시에 어떤 활약을 했고, 역사상 어떤 공적을 남겼는지 조목조목 들려주는 것은 물론, 인간적으로 어떤 잘못을 저지르고 약점을 보였는지(인맥 경쟁, 남성 편력, 악취미, 정치의식, 각종 술수, 여론 조작 등)도 숨기지 않고 열거하는 점이 이 책의 매력이다. 주인공 6명은 자신의 계급과 재력과 인맥을 때로는 선의로 이용해 긍정적인 평가를 받을 활약을 펼치고, 때로는 영악하게 악용해 잇속을 챙겼지만 판단 착오로 인한 결과로 이어져 욕을 먹기도 한다. 저자는 기본적으로 이 여성들을 영웅시하는 데 집중하기보다는 공과를 가감 없이 드러내며 인물을 다면적으로 다룬다. 〈부인하지 못할 과실도 있지만 영국 사회와 역사에 적극적으로 이바지한 부분이 적지 않아 긍정적으로 평가할 만한 영향력 있는 여성〉을 보여 주겠다는 저자의 의지가 읽힌다. 전시에 여성 부대를 조직하고 여성 참정권 운동을 지지하며 여성 공직자로서 여권 신장에 공헌한 과정이나 양차 대전 당시 중요한 활동을 벌인 내용을 충실히 담아낸 것도 이런 맥락일 것이다.

각종 인명과 지명, 그리고 사건이 끊임없이 소환돼 정보가 넘치기는 해도 그 정보들이 꿰 내는 이야기를 따라가 보기를 권한다. 그러다 만나는, 교과서나 역사서나 다른 진지한 책에서 이름과 업적을 접했던 유명인의 이름과 그들의 스냅숏이나 B컷 같은 낯설고 인간적인 면모를 보면 슬쩍 발견의 기쁨을 느낄 수도 있다. 역사상 유명인들이 수시로 조연이나 특별 출연으로 등퇴장하며 이 책의 주인공들과 얽히는 순간들을 확인하는 재미가 제법이고, 주인공들 간의 경쟁과 견제와 암투와 협상과 상생은 물론이고 흔히 알 수 없던 트리비아를 전해 듣는 재미도 있다. 가령 사교계 파티에서 치마를 단단히 여미고 물구나무를 서며 장기를 뽐낸 귀부인이 있었다거나, 한 해에 영국 왕이 3명이 있었다거나, 영국의 신임 국왕이 히틀러를 만나서 애매하게 나치식 경례를 했다거나, 버지니아 울프를 두고 귀부인들이 쟁탈전을 벌였다거나, 39년간 한 여자만을 연모한 문인이 있었다거나, 유능한 집사나 하녀를 서로 빼앗아 왔다거나, 기가 센 하녀와 주인마님이 늘 투덕거리고 무려 난투극까지 벌일 정도로 막역한 사이였다거나, 전쟁이 한창이던 어느 날 영국 해협이 내려다보이는 야외에서 남녀노소 수백 명이 왈츠와 폭스트롯을 추는 진풍경이 펼쳐졌다거나, 전시에 모피 컬렉션을 호텔 붙박이장에 숨겨 뒀다거나, 나치 장교에게 패물을 팔아 현금을 확보해 전시 구호 활동을 벌였다거나, 손님이 많은 파티 정찬 테이블에 할당된 인당 45센티미터라는 상차림 공간이 너무 비좁아 처칠이 툴툴댔다거나, 프로이트의 손자가 전시에 호텔 주방에서 수습 요리사로 일했다거나 하는 에피소드 등 별의별 이야기로 가득하다.

이 책은 역사를 다루고 있지만 어떤 면에서는 소설처럼 읽어도 좋겠다. 영국 왕실이나 사교계를 다루는 드라마를 즐겨 보는 이들에게도 괜찮은 읽을거리일 것이다. 그 이야기를 끌고 가는 주인공들의 질펀한 본능과 능력과 희로애락을 흥미진진 따라가노라면 체온이 0.1도쯤 상승하는 기분이 느껴질지도 모른다. 정치적, 사회적, 문화적 격변기에 유럽 각국, 특히 사교계에는 볼거리, 들을 거리, 씹을 거리가 가득하기 때문이다. 뜯어 보면 참 막장이다 싶은 신화를 비롯해 다종다양한 허구가 현실에 크게 빚진 채 상상력을 풀어내는데 현실은 더하면 더했지 진폭도 농도도 훨씬 세다. 그래서 실제 역사를 들려주는 이 책은 도파민 도는 이야기투성이고 여느 막장 드라마보다 더한 다이내믹한 관계와 사건을 보여 준다.

영미 유럽 역사의 중대한 한 시기에 사교계를, 말 그대로 쪄 먹던 대범하고 강인한 이 여인들은 꿈, 희망, 바람 같은 순한 단어보다는 정확히 〈욕망〉에 충실했던, 욕망을 구체화하는 판을 치밀하게 만들어 내던 사람이었다고 생각한다. 자기 욕망을 파악하고 실체화한 여성들의 이야기를 읽으며 들끓는 욕망들이 어떻게 기화해 그 시대를 뭉게뭉게 채웠는지 확인하는 동안, 지금을 살고 있는 여성들이 자기 욕망을 얼마나 제대로 들여다보며 사는지를 곰곰이 생각하게도 되었다.

누군가는 금수저로 태어났고 누군가는 신데렐라풍 신분상승 스토리의 주인공이었다고 전제를 붙일 만도 하지만, 중장년기에 최상의 활동력을 발산했던 이들에게서 〈위인〉이 아니라 〈욕망하는 여자 사람〉을 다채롭게 확인할 수 있어서 즐거웠다. 각자의 욕망을 구체화한 빙식과 그 욕망이 나아간 방향과 갈무리된 결과를 지켜보는 재미가 있었다. 한 시대를 얽히고설켜 살아낸 서로 간의 화학 작용으로 역사의 중요한 지점에 기어이 굵직한 발자취를 남기는 자기 주도의 삶을 만들었다는 점에서 그런 힘을 획득하고 유감없이 발휘했던 이 여성들의 욕망

가득한 삶이 유의미하게 읽혔다.

　이 책의 책장을 넘기는 이들에게는 어떤 단어가 〈깊생〉의 키워드로 추출될지 궁금해진다.

정미현

옮긴이 **정미현** 연세대학교에서 신학을, 한양대학교에서 연극영화학을 공부했고, 뉴질랜드 이든즈 칼리지에서 TESOL 과정을 마쳤다. 오래전에 교계 신문사 기자로, 잠깐은 연극배우로 살다가, 지금은 해외의 좋은 책을 찾아 소개하고 우리말로 옮기는 일을 하고 있다. 옮긴 책으로는『신과 인간의 전쟁, 일리아스』,『소주 클럽』,『소로의 나무 일기』,『작가의 어머니』,『그는 왜 자기 말만 할까?』,『사회주의 100년』(공역) 등이 있다.

여왕벌

발행일 **2024년 11월 25일 초판 1쇄**

지은이　　**시안 에번스**
옮긴이　　**정미현**
발행인　　**홍예빈**
발행처　　**주식회사 열린책들**

경기도 파주시 문발로 253 파주출판도시
전화 031-955-4000 팩스 031-955-4004
홈페이지 www.openbooks.co.kr 이메일 humanity@openbooks.co.kr

Copyright (C) 주식회사 열린책들, 2024, *Printed in Korea.*
ISBN 978-89-329-2482-3 03840